## Das Buch

Merci Rayborns neuester Fall: Die junge, lebenslustige Gwen Wildcraft wird ermordet. Ihr Mann Archie, ein junger Polizist, hat einen Schuss in den Kopf bekommen; er überlebt, erinnert sich aber nicht an die Ereignisse. Eigentlich sieht es danach aus, als hätte Archie seine Frau umgebracht und anschließend versucht, sich selbst zu töten. Eine These, die umso glaubwürdiger scheint, als der schlechtbezahlte Polizist offenbar weit über seine Verhältnisse lebte und niemand weiß, womit er den Luxus eigentlich finanzierte. Sind ihm die Schulden über den Kopf gewachsen? Merci glaubt nicht daran. Sie will beweisen, dass der junge Kollege unschuldig ist. Dieser macht es ihr allerdings nicht leicht: Er flüchtet aus dem Krankenhaus und taucht unter. Offenbar hat er sich an Entscheidendes erinnert – versteckt er sich, um einer Verhaftung zu entgehen? Oder jagt er die wahren Mörder auf eigene Faust? Merci heftet sich an seine Fersen . . .

## Der Autor

T. Jefferson Parker wuchs in Orange County, Kalifornien, auf. Nach seinem Studium arbeitete er als Journalist, spezialisiert auf Polizeiberichterstattung. Parker ist der Autor mehrerer preisgekrönter Bestseller; für *Der stille Mann* erhielt er 2002 den begehrten Edgar Award in der Kategorie »Bester Roman«. *Schwarze Wasser* ist der dritte Roman mit der Ermittlerin Merci Rayborn. T. Jefferson Parker lebt mit seiner Familie in Fallbrook, Kalifornien.

In unserem Hause sind von T. Jefferson Parker bereits erschienen:

*Blaue Stunde*
*Rote Schatten*
*Die kalte Gier*
*Der stille Mann*

T. Jefferson Parker

# Schwarze Wasser

Roman

Aus dem Englischen
von Norbert Möllemann

Ullstein

Besuchen Sie uns im Internet:
www.ullstein-taschenbuch.de

Umwelthinweis:
Dieses Buch wurde auf chlor- und säurefreiem Papier gedruckt.

Ungekürzte Ausgabe im Ullstein Taschenbuch
1. Auflage Februar 2006

Titel der amerikanischen Originalausgabe: *Black Water* (Hyperion, New York)
Umschlaggestaltung: Büro Hamburg
Titelabbildung: © Rolf Hicker/Picture Press
Satz: Pinkuin Satz und Datentechnik, Berlin
Gesetzt aus der Minion
Druck und Bindearbeiten: Ebner & Spiegel, Ulm
Printed in Germany
ISBN-13: 978-3-548-26370-0
ISBN-10: 3-548-26370-4

# Eins

Archie schaltete in den dritten Gang und legte seine Hand auf ihr Knie. Coast Highway, Richtung Süden. Der Mann im Mond fett und ganz nah, als neigte er den Kopf, um besser in das Cabrio hineinsehen zu können. Archie warf einen Blick nach oben, es war nicht zu erkennen, ob der Bursche lächelte oder die Stirn runzelte. Es war ihm auch egal, denn Gwens Haut fühlte sich warm an durch das Kleid, ein paar Grad wärmer als die Brise, die den Wagen durchströmte.

Er warf einen Blick auf den Tacho, dann schaute er sie an. Ihre Haare flatterten im Wind, und im roten Schein der Armaturenbrettbeleuchtung zeichneten sich die Umrisse ihres Gesichts ab. Sie lächelte ihn an, eine silbrige Sektflöte in der Hand.

Archie tat so, als hätte er sie nie zuvor gesehen. Tat so, als wollte er eigentlich etwas völlig anderes in Augenschein nehmen – etwa das Fischerboot weit draußen vor Crystal Cove in einer Pfütze aus weißem Licht –, nur um das Gefühl zu erleben, dass dieses Gwen-Geschöpf urplötzlich und wie ein Spezialeffekt in seinem Leben auftaucht. Und da war sie schon. Was hatte er für ein Glück!

Er schob den Saum ihres Kleids über die Knie und ließ seine Hand darunter gleiten. Sie lehnte sich ein wenig im Sitz zurück, er hörte, wie sie den Atem anhielt. Er schnupperte ihren Duft, vom Wind abgeschwächt, aber unverkennbar. Archie hatte eine gute Nase, und das, was sie ihm übermittelte, gefiel ihm. Gwens Geruch nach Milch und Orangenblüten war der Bass-Duft seines Lebens. All die anderen Duftnoten – der Küstensalbei und der Ozean, das Leder in seinem neuen Wagen – waren lediglich Begleitung.

Sie lächelte und warf den Plastiksektkelch in die Luft, der geräuschlos von der Nacht verschluckt wurde. Dann legte sie eine Hand auf seine, knöpfte das Baumwollkleid auf, bis es auseinander fiel wie eine Tagesdecke, dabei fuhr sie mit einem Finger seinen Unterarm entlang bis zum Handgelenk.

»Noch ganz schön weit bis nach Hause, Archie.«

»Fünf lange Meilen.«

»Was für ein Abend. Es ist wunderbar, seine Freunde zusammenzubringen und zu sehen, dass sie sich verstehen.«

»Sie sind alle großartig. Priscilla hat eine Menge getrunken.«

»Deine Kollegen haben auch gut zugelangt. Danke, Archie. Das muss ein Vermögen gekostet haben.«

»Das war es mir wert. Schließlich wirst du nur einmal sechsundzwanzig.«

Gwens Locken flogen im Wind und sie zog seine Hand ein bisschen näher heran. Eine ganze Weile sagte sie nichts. »Sechsundzwanzig. Hab ich ein Glück. Liebst du mich auch noch, wenn ich sechsunddreißig bin? Und erst mit sechsundachtzig?«

»Klar doch.«

»Tut mir Leid wegen vorhin.«

»Vergiss es einfach. Spielt keine Rolle. Meine verdammte Unbeherrschtheit.«

Sie lauschten dem Dröhnen des Motors, wussten, dass alles vergeben und vergessen war.

»Ich kann's kaum erwarten, nach Hause zu kommen, Archie. Ich werde dich ordentlich rannehmen, schließlich ist heute mein Geburtstag. Ich *hab* doch noch Geburtstag, oder?«

»Noch ungefähr drei Minuten.«

»Hmmm. Dann fahr doch lieber rechts ran.«

Archie schaltete herunter und hielt Ausschau nach einer Abfahrt vom Highway. Es gab eine zum Strand, eine zum Campingplatz und eine weiter hinten am Getränkekiosk. Sie hatten sie alle schon ausprobiert. Es im Auto zu treiben, gehörte zu ihren heimlichen Vergnügungen. Dabei setzte sie sich mit dem Rücken zu ihm auf seinen Schoß. In der erhöhten Position wirkte sie wie eine Touristin, die nach irgendetwas Ausschau hielt, eine Hand auf der Armlehne, die andere auf das Armaturenbrett gestützt. Das Schöne an dem neuen Cabrio war, dass Archie abwechselnd Gwen und über ihren Kopf hinweg die Sterne betrachten konnte, während er seine Nase in ihrem Haar vergrub oder an ihrem Hals rieb und sich fragte, womit er sie eigentlich verdient hatte. Archie war zwar noch relativ jung, aber mit seinen dreißig Jahren hatte er immerhin begriffen, dass er absolut nichts geleistet hatte, um so eine Frau zu verdienen. Er hatte Schwein gehabt, so einfach war das.

»Da ist die Abfahrt«, sagte sie.

»Ich liebe dich«, erwiderte er.

»Ich liebe dich, Archie. Du wirst immer zu mir gehören, nicht wahr?«

Archie gab ihr keine Antwort, denn er wusste, dass das nicht als Frage gemeint war. Er bremste und lenkte den Wagen vom Highway in die Dunkelheit.

Vier Stunden später wurde Deputy Wildcraft durch ein lautes Geräusch im Wohnzimmer aus dem Schlaf gerissen.

Gwen hatte nichts davon mitbekommen, und Archie legte ihr eine Hand auf den Mund, als er sie weckte. Ihre Augen weiteten sich, als er ihr ins Ohr flüsterte, was er gehört hatte. Er schob sie aus dem Bett in Richtung Badezimmer, denn er hatte ihr immer eingeschärft, sich bei Gefahr dort zu verschanzen. Archie lauschte angestrengt in die Dunkelheit, doch es war nichts zu hören, weder im Wohnzimmer noch sonst wo im Haus.

Er sah zu, wie Gwen ihren neuen roten Bademantel vom Boden aufhob und leise im Bad verschwand. Archie holte seinen 9-mm-Selbstlader unter dem Bett hervor und legte ihn auf das Kissen. Er zog sich seine Unterhose an – Boxershorts mit der Aufschrift: »Viel Glück zum Geburtstag, ich gehöre dir« und einer neckischen roten Schleife über dem Eingriff. Gwen hatte sich darüber kaputtgelacht. Er auch, und dann hatten sie sich noch einmal geliebt und waren verschwitzt in den zerwühlten Laken eingeschlafen.

Er schlüpfte in seinen Bademantel und nahm die Waffe in die Hand. Unter der Badezimmertür war ein schmaler Lichtstreifen zu sehen. Archie öffnete die Tür, drückte Gwen das Telefon in die Hand und flüsterte: *Keine Sorge, wenn das ein Einbrecher ist, hat er sich das falsche Haus ausgesucht, vielleicht war's ja auch nur ein Vogel, der gegen die Scheibe geflogen ist, falls was schief geht, ruf 911 an, aber zuerst will ich mich umsehen.*

*Ich ruf lieber sofort an, Archie.*

*Erst wenn ich's dir sage. Mach das Licht aus, die Zweiundzwanziger liegt unter dem Waschbecken, das Magazin ist voll und eine Kugel ist im Lauf, die Entsicherung ist neben dem Abzughahn, drück drauf, bis das Rote zum Vorschein kommt.*

*Sei vorsichtig.*

*Ich pass schon auf.*

Archie nahm die Taschenlampe und trat in den Flur. Auf dem Teppichboden machten seine nackten Füße kaum ein Geräusch. Am Ende des Flurs neben dem Eingang zum Wohnzimmer befand sich ein Lichtschalter. Er schaltete das Licht ein, blieb in der Tür stehen und suchte über seine Automatik hinweg den Raum ab – von rechts nach links und wieder zurück: Wand, Sofa, die Jalousie mit einem großen Loch in der Mitte, Sessel, Wand mit Gemälde, Gwens Geburtstagsgeschenke auf dem Boden.

Er warf einen Blick auf den großen Stein, der mitten im Zimmer auf dem Teppichboden lag. So groß wie eine Pampelmuse. Er sah die Glasscherben, die neben der gläsernen Schiebetür funkelten. Sah, wo die hölzerne Jalousie gesplittert war, die der Stein durchschlagen hatte. Er löschte das Licht und lauschte. Der Kühlschrank brummte und in der Ferne war Straßenverkehr zu hören.

Archie schlich in die Küche und schaltete auch hier das Licht ein. Alles war unverändert, auch die Sitzecke mit dem Fernseher und dem Kamin, nur die Digitaluhr des Videorekorders leuchtete. 4:28 Uhr.

Er sah in der Toilette und im Wäscheraum nach. Ging zurück ins Wohnzimmer und richtete den Strahl der Taschenlampe auf den Stein. Wie ein abgerundeter Würfel, rot und glatt, durchzogen von transparenten Marmorschichten, die aussahen wie Fett. Gneis, dachte Archie, mit Quarzadern. Nichts Besonderes.

Er fragte sich, wer so etwas Kindisches und Vandalisches getan haben mochte. Wahrscheinlich irgendwelche Jugendlichen, die keinen Schimmer hatten, wer hier überhaupt wohnte, die einfach irgendwas zerstören, ihr Werk auf Video aufzeichnen und anschließend damit angeben wollten. Oder vielleicht irgendein Ganove, den er im Gefängnis von Orange County ein bisschen zu hart angepackt hatte, als er vor acht Jahren in den Polizeidienst eingetreten war. Polizisten machten sich täglich Feinde, Archie war da keine Ausnahme. Sie fielen ihm alle ein, aber niemand im Besonderen. Die Jungs im Labor würden den Stein auf Fingerabdrücke untersuchen.

All das raste Archie durch den Kopf, als er die Haustür entriegelte, hinausschlüpfte und die Tür leise wieder hinter sich schloss.

Der Mond war verschwunden. Archie schaltete seine Taschenlampe ein und suchte die Veranda und die Büsche ab. Ein plötzliches Geräusch im Laub ließ Archie zusammenzucken – ein Kaninchen. Er ging weiter bis zum Gartenweg, der von chinesischen Flammenbäumen, gelbem Hibiskus und Strelitzien gesäumt wurde. Die herunterhängenden Zweige der Flammenbäume bildeten einen Tunnel. Archie folgte dem Weg bis hinter das Haus, die Taschenlampe in der linken Hand, die Neunmillimeter in der rechten.

Dann weiter um den Swimmingpool herum. Die Wasseroberfläche glänzte wie ein Spiegel, und zum millionsten Mal sagte sich Archie, in was für einem wunderschönen Haus sie jetzt lebten, das groß war, aber voller Charme, auf einem doppelten Baugrundstück in den Hügeln mit diesem Pool und einer Garage für drei Autos und fünfzehn Meter hohen Palmen, die die Auffahrt säumten. Ein Zimmer extra für die Betrachtungssteine, ein Zimmer für Gwens Musik. Und ein Zimmer für das Baby, das sie vielleicht irgendwann haben würden.

Er ging weiter den gewundenen Gartenweg entlang bis zu der Glasschiebetür, durch die der Stein geworfen worden war. Im Strahl der Taschenlampe konnte Archie das große gezackte Loch und die schimmernden Risse in der Scheibe erkennen. Er sah keine Fußabdrücke und auch kein niedergetretenes Gras.

Er blieb reglos stehen und lauschte, schaltete die Lampe aus. Er hatte keinen Wagen wegfahren hören. Jugendliche, dachte er wieder. Wahrscheinlich hatten sie den Stein geworfen, waren kichernd entlang des Zauns auf der Westseite abgehauen, an der Ecke zurückgeklettert und den Hügel hinuntergerannt, noch bevor er Gwen ins Badezimmer bugsiert hatte. Er stellte sich vor, wie sie im Morgenmantel im kalten Licht dastand, die Haare ganz zerzaust, und ängstlich wie ein Vogel auf jedes noch so kleine Geräusch lauschte, während die Zweiundzwanziger vermutlich immer noch im Schrank unter dem

Waschbecken lag, weil sie Waffen nicht ausstehen konnte. Und er musste daran denken, dass er sich auf der Party mal wieder wie ein eifersüchtiges kleines Arschloch aufgeführt hatte. Seit acht Jahren waren sie nun verheiratet, und noch immer schwoll ihm der Kamm, wenn seine Freunde Gwen umarmten und küssten.

Sie fehlte ihm. Er fragte sich, was zum Teufel er hier draußen eigentlich zu suchen hatte – in seinen Geburtstagsshorts mit einer Waffe in der Hand, während seine Frau dreißig Meter weiter in einem verschlossenen Badezimmer vor Angst zitterte.

Er drehte sich um und ging den Weg zurück. Am Pool vorbei. Durch den Tunnel der Flammenbäume. Plötzlich schoss ihm ein greller Lichtstrahl in die Augen, und bevor er den Schalter der Taschenlampe fand, war es zu spät.

Direkt vor und über ihm eine rote Explosion.

Gleißend weißes Licht, und Archie sah sich selbst, wie er da hineinflog, ein Käfer im Universum, ein Mann auf dem Weg nach Hause.

# Zwei

Sergeant Merci Rayborn nickte den beiden Deputys zu, die an der Eingangstür des Wildcraft-Hauses standen. Einer der beiden überreichte ihr eine Liste, in die sich jeder vor Betreten des Hauses einzutragen hatte, und sie unterschrieb nach einem Blick auf die Uhr. Sie war groß und hatte ihre dunklen Haare zu einem Pferdeschwanz zusammengebunden, der sich über die orangefarbenen Buchstaben hinten auf ihrem Anorak hochschob, während sie sich eintrug, und wieder senkte, als sie das Klemmbrett zurückgab.

»Welche Leute waren zuerst hier und wo sind sie jetzt?«

»Crowder und Dobbs, Sergeant. Ich glaube, in der Küche.«

Der andere Uniformierte schaute wortlos an ihr vorbei.

In der Diele blieb sie stehen, um die Atmosphäre auf sich wirken zu lassen. Der Geruch von Möbelwachs und Holz. Blumenduft. Stimmengemurmel. Sie betrachtete den Spiegel in der Diele, die Wohnzimmermöbel, den Teppichboden. Sie sah das Loch in der Jalousie, das ein Loch in der Glasscheibe dahinter vermuten ließ, und den Stein von der Größe eines Babykopfs, der mitten im Zimmer lag. Den kleinen Stapel mit Geschenkeschachteln. Keine Alarmanlage – die befand sich vielleicht in der Küche.

»Merci.«

Paul Zamorra kam auf sie zu. Leichtfüßig, aber schweren Herzens, dachte Merci. Er bewegte sich mit der höflichen Bedächtigkeit eines Leichenbestatters. Und dazu trug er den passenden schwarzen Anzug.

Sie wandte sich zu ihrem Partner um. »Hallo, Paul. Kennst du diesen Mann?«

»Nicht gut. Ich erinnere mich an sein freundliches Gesicht. Wir haben ab und zu ein paar Worte gewechselt.«

»Wildcraft. Bestimmt hab ich auch schon mal mit ihm gesprochen.«

Eigentlich war sie sich dessen gar nicht so sicher. Ihre Kollegen im Department ließen sich einteilen in Leute, die guthießen, was Merci Rayborn getan hatte, und die, die es ihr übel nahmen. Eine Meinung dazu hatte jeder. Einige Deputys redeten nicht mehr mit ihr, und sie redete auch nicht mit ihnen, außer wenn es sich nicht vermeiden ließ. Das schmerzte Merci zutiefst, als würden sich die beiden Hälften ihres Herzens gegenseitig verabscheuen. Mittlerweile misstraute sie allen Meinungen, selbst ihrer eigenen.

Aber Deputy 2 Archie Wildcraft? Sie konnte sich lediglich an seinen ungewöhnlichen Namen erinnern. Jetzt lag er im Krankenhaus mit mindestens einer Schusswunde im Kopf und wenig Überlebenschancen.

»Seine Frau ist das andere Opfer, Merci. Gwen Wildcraft. Sie ist im Badezimmer.«

Merci ging voraus den Flur entlang, registrierte die Schwarzweißfotos des Yosemite-Parks in Rahmen aus gebürstetem Edelstahl, die Strahler, die die Fotos erst richtig zur Geltung brachten. Am Raumthermostat blieb sie stehen und stellte fest, dass er auf einundzwanzig Grad eingestellt war. Sie ging an einem weiteren Deputy vorbei in ein riesiges Schlafzimmer mit einer doppelten, verglasten Terrassentür und hauchdünnen Vorhängen. Ein breites Schlittenbett mit zerwühlten Decken. Der Geruch nach Parfüm und Menschen.

Die Badezimmertür stand offen. Der Türrahmen war gesplittert und das Schloss baumelte nur noch an zwei Schrauben. Merci beugte sich über das Absperrband und schaute hinein.

Hier schlugen ihr ganz andere Gerüche entgegen – der scharfe Geruch nach verbranntem Pulver und irgendetwas schwach Metallisches und Süßliches. Gwen Wildcraft lag neben der Toilette rücklings auf dem Boden, den Kopf in einem unnatürlichen Winkel an die Wand gelehnt. Augen geschlossen, Mund geöffnet, Arme und Beine ausgestreckt. Bekleidet war die Tote mit einem dunkelroten Morgenmantel in beinahe der gleichen Farbe wie das Blut an der Wand, auf dem Fußboden, der Duschtür, der Kommode und dem Spiegel. Blut lief ihr aus Nase und Mund. Im Waschbecken rechts neben Gwen lag ein Handy.

Das hier war Rayborns siebenundsechzigster Mordfall als Ermittlerin im Orange County Sheriff Department. Zum siebenundsechzigsten Mal befahl sie sich, zu sehen statt zu fühlen. Zu denken statt zu fühlen. Zu arbeiten statt zu fühlen. Aber nicht zum ersten Mal in ihrem Leben sagte sich Merci, dass sie nicht mehr hinsehen mochte.

»Lass uns Crowder und Dobbs herholen.«

»In Ordnung«, erwiderte Zamorra.

Sie standen zu viert in der Essnische. Bei einem Blick in die Küche bemerkte Merci die volle Kanne auf der Warmhalteplatte der noch eingeschalteten Kaffeemaschine. Der Kaffee war unberührt. Eine Zeitschaltuhr, dachte sie, wie selbstverständlich darauf programmiert, Kaffee zu machen, den Archie und Gwen Wildcraft nicht mehr trinken würden. Ein Durchschlag voller Apfelsinen stand auf der Anrichte, und an einem geschnitzten Holzständer hing ein Bündel unreifer Bananen. Wie so oft kam ihr das Wort *Verschwendung* in den Sinn.

Crowder war ein massiger, grauhaariger Mann mit einem

strengen Fünfziger-Jahre-Bürstenschnitt. Er erinnerte Merci an einen Mann, den sie vor vielen Jahren einmal geliebt hatte – genau gesagt vor drei Jahren. Crowder musterte sie, als sie einen neuen blauen Notizblock und ihren Füller hervorholte, und sie fragte sich, ob auch er gegen sie eingenommen war.

»Wir waren gerade in Moulton und wollten einen Kaffee trinken. Über Funk kam die Meldung von einer möglichen Schießerei in Hunter Ranch. Es war zwar kein Notruf über 911, aber wir sind trotzdem hingefahren. Es war zehn nach fünf. Wir sind ohne Sirene hergefahren. Ist ja ein anständiges Viertel hier und wir hatten schließlich keinen Notruf erhalten. Um vierzehn nach fünf sind wir hier angekommen. Von außen war am Haus nichts Auffälliges zu entdecken. Niemand war zu sehen, keine Nachbarn, gar nichts. In ein paar Zimmern brannte Licht.«

»Außen auch?«

»Nein.«

»In der Auffahrt?«

»Nein.«

Sie fragte deshalb so genau nach, weil zwei Scheinwerfer eingeschaltet gewesen waren, als sie die Auffahrt der Wildcrafts hinaufgegangen war. Das war kurz nach sechs gewesen, kurz vor Sonnenaufgang.

Merci machte sich Notizen in verschnörkelter Kurzschrift, die Themen unterteilt durch Schrägstriche, wie Gedichtzeilen, die in einer Rezension zitiert wurden. *ÜP* bedeutete überprüfen, immer in Großbuchstaben und unterstrichen, manchmal eingekreist, wenn ihr die Frage besonders wichtig schien. Sie schrieb: *Auffahrtlicht BewMel*? *ÜB/*, dann schaute sie Zamorra an.

»Paul, wie viele Autos standen in der Auffahrt, als du angekommen bist?«

»Vier.«

»Lass uns den Boden ansehen, auf dem keine stehen, bevor

wir hier verschwinden. Der Beton ist ziemlich frisch, er könnte Spuren aufweisen. Kümmer dich darum, dass die Tatortspezialisten ihn untersuchen, bevor die ganze Mannschaft wieder aufbricht.«

»In Ordnung.«

Crowder schaute aus einem der Kreuzsprossenfenster in der Essecke. Merci folgte seinem Blick auf einen riesigen eingezäunten Garten, die Terrasse und die Orangenbäume; das Licht dieses Augustmorgens ließ alle Farben deutlich hervortreten.

Dobbs seufzte kurz auf. Er war jung, hatte ein energisches Kinn, muskulöse Arme, die sein grünes Uniformhemd gut ausfüllten, und ein glattes rötliches Gesicht. »Es war so: Nachdem wir Archie auf der anderen Seite des Hauses gefunden hatten, haben wir sofort Verstärkung angefordert und den Notarzt gerufen. Dann haben wir das Haus durchsucht und die Frau im Bad entdeckt. Anschließend haben wir den Tatort mit Absperrband gesichert. Mittlerweile war die Auffahrt voller Fahrzeuge, frischer Beton hin oder her.«

Merci schaute ihn durchdringend an. »Denken Sie das nächste Mal nach, bevor Sie einen Parkplatz freigeben.«

Dobbs wandte sich ab.

»Wie auch immer«, sagte Crowder. »Wir haben geklingelt, aber niemand hat sich gemeldet. Die Verandabeleuchtung war ausgeschaltet, aber drinnen brannte Licht. Also sind wir ums Haus herumgegangen, um nachzusehen. Wildcraft lag hinter dem Haus rücklings auf dem Weg mit einer blutenden Kopfwunde, aber er atmete noch. Er hatte einen Morgenmantel an, neben ihm lag eine Schusswaffe. Dann haben wir, wie Dobbs schon gesagt hat, Verstärkung angefordert, sind ins Haus gegangen und haben seine Frau entdeckt. Ich habe zwei Fußabdrücke und einen Knieabdruck irgendwo im Bad hinterlassen. Na ja, ich habe ihren Puls gefühlt, aber da war nichts mehr.«

»War das Licht im Bad an, als Sie reingegangen sind?«

»Ja«, erwiderte Crowder. »Und es roch noch nach Schießpulver.«

In der Essnische roch Merci nichts davon, nur den leichten Duft nach Holzpolitur und Kaffee.

»Ist Ihnen auf Ihrer Fahrt hierher irgendetwas aufgefallen?«, fragte Zamorra.

Dobbs verschränkte seine kräftigen Arme. »Ja, Sir. Als wir hier hochfuhren, ist ein schwarzer, relativ neuer Cadillac auf der Jacaranda Street in Richtung Norden abgebogen. In so einem Viertel ist diese Art Auto nichts Ungewöhnliches, allerdings war es kurz nach fünf am Morgen. Zwei weiße Männer – Anfang, Mitte dreißig, plus oder minus fünf. An der Kreuzung steht eine Straßenlaterne, aber sie leuchtet nicht sehr hell.«

»Konnten Sie die Gesichter sehen?«

»Nur sehr kurz, Sir. Der Beifahrer war dunkelhaarig, hatte einen Bart, ein breites Gesicht und eine dicke schwarze Brille auf der Nase – also ich meine, das Gestell war schwarz und dick. *Schwergewichtig,* dachte ich so bei mir. Der Fahrer war blond, und ich dachte: *Geschäftsmann*. Ich meine, das waren nur kurze Eindrücke, Sir, bloß … Momentaufnahmen. Aber sie sahen beide eher ungewöhnlich aus.«

»Inwiefern?«, fragte Merci.

Dobbs reagierte nicht auf sie, redete nur mit Zamorra.

»Ungewöhnliche Gesichtszüge.«

»Was meinen Sie damit?«, wollte Zamorra wissen.

»Na ja, Sie wissen schon, so wie man auf der Strandpromenade unten in Laguna sofort die Touristen aus anderen Ländern erkennt. Allein die Gesichter und die Art, wie sie sprechen. Ich hab mal in einer Zeitschrift gelesen, dass das daran liegt, dass bei unterschiedlichen Sprachen unterschiedliche Gesichtsmuskeln für die Aussprache gebraucht werden. Na, Sie wissen schon, so wie sich das Gesicht eines Franzosen von dem eines Amerikaners unterscheidet, weil er andere Gesichtsmuskeln zum Sprechen benutzt.«

»Es waren also Franzosen?«, fragte Zamorra mit der Andeutung eines Lächelns.

Dobbs lachte in sich hinein. »Das kann ich nicht sagen, Sir.«

»Was vermuten Sie denn?«, fragte Merci.

»Bei den wenigen Anhaltspunkten möchte ich lieber nichts vermuten«, erwiderte Dobbs und sah Merci schließlich an. »Das wäre zwecklos.«

Merci spürte, wie die Wut in ihr hochstieg. Auch nach siebenunddreißig Jahren vergeblicher Mühe gelang es ihr immer noch nicht, das zu verhindern, aber immerhin hatte sie gelernt, ihre Wut im Zaum zu halten, indem sie sie in Gedanken verpackte. Was manchmal ganz amüsant war. In Bezug auf Dobbs und seine herablassende Art dachte sie nur: *Unter die Guillotine mit ihm.*

»Wo Sie doch so viel Wert auf Zweck legen, Dobbs, welchen Zweck haben Sie denn damit verfolgt, Ihren Wagen in der Auffahrt eines Tatorts zu parken und auch nichts dagegen zu unternehmen, dass alle anderen ebenfalls ihre Fahrzeuge dort abstellen?«

Es war nicht nett, darauf herumzureiten, aber irgendwas musste sie sagen, es war ihr mehr oder weniger herausgerutscht. Es sah ihr ähnlich, sich an etwas festzubeißen. Wenn Dobbs ihr übel nahm, was sie getan hatte, dann sollte das umso mehr Grund für ihn sein, sich ins Zeug zu legen, Fehler zu vermeiden und seine Arbeit zu tun. Das war jedenfalls Mercis Meinung.

»Hören Sie, Sergeant Rayborn«, sagte Crowder. »Das nehme ich auf meine Kappe. Der Beton ist mir aufgefallen, aber ich hab gedacht, das ist bestimmt mal wieder ein Fehlalarm wegen eines Feuerwerkskörpers oder einer Fehlzündung. Ich hätte etwas sagen sollen. Aber ich habe ihn einfach parken lassen, wo er wollte. Bis uns klar war, was sich hier abgespielt hat, waren die Kollegen und der Notarztwagen schon da. Und wir waren im Badezimmer.«

»Verstehe«, erwiderte Merci.

Sie ging um den zierlichen kleinen Esstisch herum, baute sich vor Dobbs auf und sah ihm direkt in die Augen. Genüsslich nahm sie seine Unsicherheit wahr.

»Ich hätte vielleicht auch dort geparkt«, sagte sie. »Die Auffahrt interessiert mich nicht. Vergessen Sie's. Was mich interessiert, ist, dass Sie Ihre Kollegen mit Respekt behandeln und nicht wie lästige Schmeißfliegen. Es heißt immer noch *wir* und *die anderen*, Deputy. Wenn Sie mich nicht leiden können, kein Problem. Wenn Ihnen nicht passt, was ich getan habe, bitte sehr. Aber behalten Sie es gefälligst für sich, dann können wir alle besser arbeiten. Sie haben Gwen und Archie gesehen. Ich denke, wir haben größere Probleme als unsere persönlichen Animositäten. Was meinen Sie, Deputy?«

»Sie haben Recht, Sergeant«, erwiderte Dobbs.

Dobbs' Antwort klang schon weniger feindselig. Mehr konnte sie nicht erwarten. Seit sie ihr geliebtes Department vor einem Jahr öffentlich bloßgestellt hatte, hielt sie sich weitgehend zurück. Sie hatte unter Eid die Wahrheit ausgesagt. Danach hatte sie nicht mehr viel zu sagen und niemanden, dem sie es sagen wollte. Und sie hatte festgestellt, dass Schweigen den Feind in Verwirrung brachte.

Aber wenn es so weit kam, dass ein Untergebener sie vor Kollegen herabzusetzen versuchte, dann konnte sie sich das nicht bieten lassen. Es war nicht das erste Mal, dass das passierte. Im Verlauf des vergangenen Jahres hatte sie gelernt, dass Konfrontationen wie Frisuren waren – es gab gute und schlechte, aber an der grundlegenden Wahrheit konnten sie alle nichts ändern. Und die grundlegende Wahrheit war, dass es eine Menge Leute im Department gab, die das, was sie getan hatte, niemals vergessen und auch niemals vergeben würden.

Wenn der Mann also jetzt ein wenig zurücksteckte, reichte ihr das.

»Danke«, sagte sie.

»Mir geht das hier ziemlich an die Nieren, Sergeant. Archie war zwar kein enger Freund von mir, aber ich habe ihn gemocht. Er war ein netter Kerl.«

»Dann lassen Sie uns zusammenarbeiten und das Schwein, das ihm das angetan hat, auf den elektrischen Stuhl bringen.«

»Ja.«

»Also noch mal – Franzose, Deutscher, Litauer, Kroate, Russe, Finne oder Däne? Ich bin sicher, dass jeder Polizist in Orange County das morgens um fünf unter einer trüben Straßenlaterne innerhalb von zwei Sekunden feststellen könnte.«

Dobbs lächelte, aber errötete leicht. Merci wandte sich grinsend ab.

»So, Leute«, sagte sie. »Lassen Sie das Fahrzeug im ganzen County zur Fahndung ausschreiben. Nur über das Sheriff's Department. Sie sollen nur die Computer und nicht den Funk benutzen, denn Sergeant Rayborn will keine neugierigen Gaffer haben. Die haben zwar eine Stunde Vorsprung, aber einen Versuch ist es wert. Wenn es Touristen sind, hängen sie vielleicht irgendwo in unserem berüchtigten Verkehr fest.«

»Alles klar«, antwortete Dobbs.

»Anschließend bringen Sie mir den Nachbarn, der angerufen hat. Wenn er nicht herkommen will, sagen Sie ihm, ich werde sehr bald und sehr laut an seine Tür klopfen. Auf dem Rückweg sollte einer von Ihnen die Schritte von dort bis hierher zählen.«

In ihr kleines blaues Notizbuch – blau, weil der Mann, der ihr beigebracht hatte, wie man als Detective in der Mordkommission arbeitete, ebenfalls ein blaues benutzt und sie ihn geliebt hatte – kritzelte sie den Namen und die Adresse des Anrufers, der berichtet hatte, Schüsse gehört zu haben, riss die Seite heraus und reichte sie Dobbs.

»Horchen Sie ihn auf dem Weg hierher ruhig schon mal ein bisschen aus.«

Dobbs schien zu begreifen, dass sie ihm einen Vertrauensvorschuss gab und ihn ermutigte, den Zeugen informell zu befragen. Bei dem Gedanken daran, was der muskulöse, aber nicht sonderlich helle Dobbs bei seinem informellen Verhör herausfinden würde, legte sich ihre Stirn in Falten. Aber die Erfahrung hatte sie gelehrt, dass zwei Versionen aus dem Munde desselben Zeugen besser waren als eine, weil Widersprüche sofort ins Auge fielen.

Dobbs nickte und machte sich mit Crowder auf den Weg. An der Eingangstür blieben sie stehen, um den Bezirksstaatsanwalt Clay Brenkus und einen seiner Ermittler, Ryan Dawes, eintreten zu lassen.

Merci musste schlucken und hoffte, dass ihr Blutdruck nicht verrückt spielen würde. Dawes war der aggressivste und beste Ankläger der Staatanwaltschaft, seine Erfolgsquote betrug sechsundneunzig Prozent. Er war Mitte dreißig und sah gut aus, zumindest nach den Standards von Männermagazinen, dachte Merci. Ein »Extrem«sportler, was immer das sein mochte, Rocksurfing oder Sky Skiing oder etwas in der Art. Sein Spitzname war Jaws und darauf war er stolz. Er war der Einzige in der Bezirksanwaltschaft, der sich öffentlich geäußert hatte, als Merci vor weniger als einem Jahr die berufliche und persönliche Hölle durchgemacht hatte. Jaws hatte gegenüber dem Orange County *Journal* die Meinung vertreten, Merci habe sich nur wichtig machen wollen, und ihr Verhalten als »Schande« bezeichnet.

Rayborn und Zamorra sahen zu, wie die Spurensucher Videoaufnahmen und Fotos von Gwen Wildcraft und vom Tatort machten. Die Gerichtsmediziner packten ihr Thermometer wieder ein und stülpten durchsichtige Plastikbeutel über die Hände, die Füße und den Kopf des Opfers. Danach waren die Spurensucher wieder an der Reihe, maßen den Abstand der Leiche zur Wand, zur Tür, zur Badewanne, etc. Ächzend und fluchend mühten sich dann vier Kollegen auf dem vom Blut schlüpfrigen Boden ab, die Leiche in einen Plastiksack zu verstauen. Merci entdeckte an Gwen zwei kleine runde Wunden – eine am Haaransatz, direkt über der linken Schläfe, die andere direkt unter ihrer linken Brust.

Sie empfand zugleich Abscheu und Mitleid für die menschliche Gattung. Sie stellte sich eine rosafarbene *Casita* an einem weißen Strand in Mexiko vor. Sie war noch nie an einem solchen Ort gewesen, aber es gefiel ihr, ihn sich auszumalen. Jetzt hatte sie das Bild genau vor Augen. Sie sah ihren Sohn, von dem sie sich vor weniger als einer Stunde verabschiedet hatte, neben dem rosafarbenen Haus glücklich im Meer planschen. Sie beobachtete, wie der Verlobungsring an Gwens Finger, ein kleiner Diamant in Rubine gefasst, mitsamt ihrem Arm in dem Plastiksack verschwand.

»Rektale Temperatur sechsunddreißig Grad, Sergeant Rayborn«, sagte der Gerichtsmediziner.

»Dann ist sie weniger als eine Stunde tot.«

»Vielleicht länger, wenn sie eine hohe Körpertemperatur hatte.«

Ein Spurensucher, mit dem Merci bisher noch nicht zusammengearbeitet hatte, überreichte ihr zwei kleine durchsichtige Spurensicherungsbeutel. Jeder enthielt eine leere Patronenhülse – offenbar Kaliber neun Millimeter. Auf dem einen Beutel stand »1«, auf dem anderen »2«. Der Mann starrte auf die Beutel, als er sie ihr übergab. Die Aufschrift am Boden der Hülsen bestätigte ihre Vermutung: S&W 9 mm.

»Ich habe die Lage der Hülsen auf den Fußbodenfliesen mit eingekreisten schwarzen Ziffern und die Richtung der Öffnungen mit Pfeilen markiert. Damit nicht darauf herumgetrampelt wird und sie verloren gehen, habe ich sie aufgehoben. Beide lagen rechts neben dem Opfer. Eine in der Ecke und eine neben dem Knie. Ich habe hier eine Skizze davon, wo und wie sie gelegen haben. Der Zeitpunkt, an dem das Opfer gefunden wurde, ist vermerkt. Die Video-Leute haben Nahaufnahmen gemacht.«

Merci betrachtete die Glastüren der Duschkabine, um festzustellen, ob die Hülsen, nachdem sie aus einer Automatikpistole abgefeuert worden waren, vielleicht abgeprallt waren und einen Kratzer oder eine Delle hinterlassen hatten. Aber das Licht spiegelte sich im Glas und sie konnte keinerlei Spuren sehen. Nur schwach ihre eigenen Konturen: breite Schultern, kräftiger Körperbau, ein beinahe hübsches Gesicht.

Der Spurensucher hatte in die Öffnung eines jeden Beutels ein kleines Knäuel Toilettenpapier gestopft, damit sich darin keine Feuchtigkeit bildete und mögliche Fingerabdrücke ruinierte.

»Wie heißen Sie?«

»Don Leitzel.«

»Ich bin Merci Rayborn. Danke, gute Arbeit.«

Sie warf einen Blick auf die Kommode im Schlafzimmer der Wildcrafts und bemerkte die Saphir-Ohrringe in der noch geöffneten Schachtel.

Sie standen im Steinzimmer. Dutzende von Steinen, die meisten dunkelfarbig, alle auf eine Weise erlesen, die Merci nicht hätte beschreiben können. Manche so klein wie Golfbälle, andere einen Meter lang. Viele davon lagen auf passenden Ständern, von denen einige aus Holz waren. Andere Ständer waren aus Gips oder Ton, manche sogar aus gebürstetem Stahl.

»Wozu dienen diese Sachen?«, fragte sie.

»Keine Ahnung«, erwiderte Zamorra.

»Sie sehen japanisch aus«, sagte Merci. »Vielleicht weiß Bob was darüber.«

»Ich geh ihn holen.«

Sie warteten in dem stillen Zimmer. Mercis Blick wanderte von einem Stein, der aussah wie eine Insel mit Buchten, zu einem Stein, der sie an überhaupt nichts erinnerte. Sammlungen beunruhigten Merci, da sie einmal einen Mann verhört hatte, der bemalte Vogeleier sammelte. In einer nahe gelegenen Wohnung hatte er eine ganze Sammlung ausgestopfter, bemalter Leichen. Aber während sie den Stein betrachtete, der nach nichts aussah, dachte sie, dass es das ästhetischste Nichts war, das sie je gesehen hatte.

Bob Fukiyama und Zamorra traten rechts und links neben sie.

»*Suiseki*«, sagte der stellvertretende Pathologe. »Betrachtungssteine.«

»Was macht man damit?«, fragte Merci.

»Man betrachtet sie. Genießt den Anblick. Man meditiert.«

»Und dann?«

»Wie bitte?«

»Und was macht man *dann*?«

»Ich glaube, das ist alles.«

Merci sah den Pathologen ungläubig an. Sie hatte noch nie meditiert. Über Dinge nachgedacht, das schon, wie über einen schwierigen Fall, den sie bearbeitete, aber das machte jeder. Einen Augenblick genießen, gut, das kam auch vor. Sie genoss es, ihren Sohn zu betrachten, aber Tim Jr. war kein Stein.

»*Suiseki* zu sammeln und auszustellen ist ein uraltes Hobby in Japan«, erklärte Fukiyama. »Mein Großvater hat Steine gesammelt. Es gibt heute noch Vereine, Wettbewerbe und Ausstellungen. *Suiseki* können sehr wertvoll sein. Einige sehen aus wie Inseln. Manche wie Gebirge mit Schnee und Flüssen. Andere sind eher abstrakt. Die Menschen in überfüllten Städten bewahren sie in ihren Häusern auf, denken über ihre Formen nach und was sie bedeuten. Die Steine entführen sie aus der Stadt in die Natur.«

»Gibt es denn noch welche?«, fragte sie abwesend. Sie betrachtete versunken einen Stein, der aussah wie ein ruhender Wasserbüffel, den Kopf auf der Flanke.

»Was meinen Sie damit, Sergeant?«, fragte Fukiyama.

»Ich meine in Japan, Bob. Sie sagen, es ist ein uraltes Hobby, und das Land ist klein. Haben sie nicht inzwischen alle guten Steine eingesammelt?«

»Ich glaube nicht, Sergeant. Außerdem werden sie auf der ganzen Welt gesammelt.«

»Mir gefällt der Büffel.«

Fukiyama trat einen Schritt vor und betrachtete ihn. »Also, das ist wirklich ein guter Stein«, sagte er. »Wenn ich mich recht erinnere, sind Wasserbüffel eine ganz eigene Kategorie. Sehr schwer zu finden. Der von meinem Großvater war auch gut, aber weder so schön noch so groß wie dieser hier. Und auch nicht so jadeartig.«

»Siehst du«, meinte Zamorra. »Du verstehst *Suiseki*, du weißt es nur nicht.«

»Ich erkenne einen guten Stein, wenn ich einen sehe«, erwiderte sie, immer noch in den Anblick des Wasserbüffels vertieft.

Die Männer lachten leise, nur Merci nicht. Sie roch immer noch bei jedem Atemzug Gwen Wildcrafts Blut.

Auf der anderen Seite des Flurs befand sich ein Musikzimmer. Merci ließ den Blick über das Keyboard, die Lautsprecher und das Mischpult schweifen, dann über das Kabelgewirr und die Stecker und Steckdosen.

Es gab zwei Türme voller CDs. Merci sah sich die Rückseiten mit den Namen der Künstler an, kannte jedoch keinen davon.

»Wie alt war sie?«

»Sechsundzwanzig«, antwortete Zamorra. »Gestern war ihr Geburtstag.«

Eine musikinteressierte Frau, die zehn Jahre jünger war, hörte wahrscheinlich ganz andere Musik als sie selbst, dachte Merci.

»Und Archie?«

»Dreißig.«

An den Wänden hingen farbenfrohe Ölgemälde von Stränden und Bergen. Sie schienen aus der Hand ein und desselben Künstlers zu stammen und Merci entdeckte auf dreien in der rechten unteren Ecke die Signatur GK. Sie machte sich eine Notiz, dass sie Gwens Geburtsnamen überprüfen musste.

Es gab mehrere Fotos von Archie und Gwen. Archie hatte einen kräftigen Hals, ein breites, freundliches Gesicht und ausgeprägte Grübchen. Glatte kurze Haare. Gesunde Zähne. Gwens Gesicht war glatt und fest, wohlproportioniert mit einer hohen Stirn. Ausdrucksstarke Augen. Intelligent und sinnlich. Acht der Fotos waren professionelle Porträts, auf deren unterem Rand Messingplättchen mit dem jeweiligen Datum angebracht waren. Das erste trug die Jahreszahl 1994 und stammte von Gwens und Archies Hochzeit.

Merci betrachtete die Fotos und das jeweilige Datum, an denen sich gut ablesen ließ, wie die Wildcrafts gemeinsam Jahr für Jahr älter geworden waren. Zuerst sahen sie aus wie ein Paar auf einem High-School-Ball. Zuletzt wirkten sie wie eins dieser Paare in Hochglanzmagazinen. Dazwischen lagen sechs Jahre, in denen sich nach und nach gutes Aussehen und Schönheit entwickelt hatten.

Tot in ihrem Badezimmer in der Nacht nach ihrem Geburtstag. In den Kopf geschossen im eigenen Garten.

Einer von uns.

Merci trat an den Synthesizer und blickte auf die Tasten und Knöpfe, dann auf die Regler des Mischpults. Sie bemerkte das Mikrophon an einem Ständer neben dem Keyboard. Die schwarze Farbe auf dem Metallgitter war von Gwen Wildcrafts Lippen abgenutzt, stattdessen hatte sich dort rote Farbe abgelagert, wohl von ihrem Lippenstift.

»Ich schalte das Bandgerät ein«, sagte Zamorra.

Die Lautsprecher knisterten, und Merci sah ihm zu, wie er die Lautstärke herunterdrehte. Ein sanftes viertaktiges Intro, dann ein weiteres, intensiveres, als probierte die Musizierende beim Spielen, was besser klang. Dann setzte eine hohe, klare Frauenstimme ein. Nicht kraftvoll, eher gehaucht und zart:

We went out and got it all
Gold and diamonds wall to wall
And I got you and you got me
We're who everybody wants to be
Turn it up loud turn it up high
Do what you have to
But don't say good-bye
Don't even joke about saying good-bye

Merci nahm ihr blaues Notizbuch heraus und schrieb auf: *Dep. 2, 30, $40T Jahresgeh/Frau, 26, malt & macht Musik/Haus 1 Mio aufwärts/Pool, Einr teuer/ÜP$.*

Zamorra schaltete die Musik mitten im Stück aus.

Einen Moment lang stand Merci in der schrecklichen Stille. Als ein grün uniformiertes Muskelpaket das Zimmer betrat, drehte sie sich um. »Der Zeuge wartet draußen. Einhundertfünfzig Schritte von der Stelle, wo er den Schuss gehört hat, bis zu dieser Haustür.«

»Gute Arbeit, Dobbs.«

# Drei

»Es war eine großkalibrige Handfeuerwaffe«, sagte der Zeuge.

Sein Name war William Jones, achtundsechzig Jahre alt, Lehrer im Ruhestand. Er sah aus wie Dean Martin, fand Merci, und benahm sich auch so. Die Trunkenheit war allerdings nicht gespielt. Sie roch es an seinem Atem. Er trug braun karierte Shorts, ein blau kariertes Hemd und gefütterte Stiefel. Seine Beine waren käseweiß und dürr. Es war mittlerweile 7.34 Uhr und sie standen auf der Straße gegenüber der Auffahrt zum Haus der Wildcrafts. Einige Nachbarn hatten sich vor dem Absperrband versammelt.

»Woher wissen Sie das?«

»Als junger Mann war ich ein leidenschaftlicher Schütze. Zweiundzwanziger. Achtunddreißiger. Fünfundvierziger. Von einundfünfzig bis dreiundfünfzig war ich in der Armee. Mit Schusswaffen kenne ich mich aus. Und der Schall trägt weit hier in den Hügeln.«

Jones erklärte, er lebe in der Garage seines Sohnes in Hunter Ranch. Er könne zwar auch im Haus wohnen, aber er habe die Garage vorgezogen, ein Mann brauche seine eigenen vier Wände. Außerdem komme er mit seiner Schwiegertochter nicht zurecht, aber das stehe auf einem anderen Blatt. Er sei schon gegen fünf Uhr wach gewesen, denn er habe einen leichten Schlaf und leide an Magenschmerzen.

Den Schuss habe er um exakt 5.06 Uhr gehört und sofort gewusst, was es war.

Er sei in das Haus seines Sohnes gegangen, habe die Nummer des Sheriff's Department vorn im Telefonbuch gefunden und angerufen.

Merci erinnerte sich, dass Crowder die Meldung um zehn nach fünf entgegengenommen hatte. Die Aussage war also korrekt.

William Jones fuhr fort: »Nach dem Anruf bin ich ins Bad, hab mich erleichtert und mir die Hände gewaschen. Dann bin ich zurück in die Küche gegangen – von wo ich telefoniert hatte –, habe aus dem Fenster gesehen und darauf gewartet, dass die Polizei erscheint.«

Merci schrieb alles mit, dann sah sie Jones an. Er zündete sich eine Zigarette an und musterte sie neugierig durch den Rauch.

»Sind alle wohlauf?«, fragte er.

»Archie wurde angeschossen, lebt aber noch. Seine Frau ist tot.«

»Gwen? O verdammt, sie waren so ein nettes junges Paar. O *verdammt*!«

Jones erstarrte einen Moment, dann trat er wütend in die Luft, glühende Funken lösten sich aus seiner Zigarette. Seinen Stiefel hätte er beinahe verloren, und Jones balancierte auf einem dünnen Bein, um den Fuß wieder in den Stiefel zu bekommen. Als er sein Gleichgewicht wiedergefunden hatte, schaute er seufzend zum Haus der Wildcrafts, dann zu seiner Garage, dann zu Merci.

»Scheiße«, sagte er. »Sie haben doch hoffentlich nichts dagegen?«

Er holte einen Flachmann aus seiner Gesäßtasche, nahm einen Schluck und verstaute die Flasche wieder. Canadian Mist, stellte Merci fest.

»Was haben Sie gesehen?«, fragte sie.

»Zuerst nichts. Dann, als ich aus dem Bad zurückkam, habe ich einen schwarzen Cadillac STS wegfahren sehen. Mit Autos kenne ich mich auch aus. Da war es elf nach fünf.«

Merci blickte Jones durchdringend an, hoffte, dass er ein brauchbarer Zeuge war. Er trinkt schon morgens um sieben Whiskey, dachte sie. Aber das bedeutet nicht, dass er nicht geradeaus sehen kann.

»Kalifornisches Kennzeichen, und die ersten beiden Buchstaben konnte ich erkennen«, sagte Jones und musterte Merci erneut. »OM.«

»Haben Sie den Fahrer erkannt?«, fragte Zamorra.

»Nein. Hab überhaupt niemand gesehen. Es war viel zu dunkel.«

»Wie schnell ist er gefahren?«, fragte er.

»Gut dreißig. Aber er hat beschleunigt.«

»So als würde er gerade von dem Haus kommen?«, fragte Zamorra mit einem Blick auf Merci.

»Ganz genau. Aber er kam nicht aus der Auffahrt. Das hätte ich bemerkt. Vielleicht hat er auf der Straße gegenüber dem Haus der Wildcrafts geparkt, aber der Magnolienbaum vor meinem Fenster verstellt die Sicht auf diese Stelle. Der Wagen ist den Hügel hinuntergefahren, direkt gegenüber von Archies Haus, als ich ihn zuerst gesehen habe. Ich hab aus dem Fenster geschaut und da war er.«

Merci ließ den Blick über die teure Gegend schweifen: große Grundstücke, hohe Bäume, Pferdekoppeln und Boxen, von der Straße ein Stück entfernt liegende Häuser, kaum sichtbar. Auf einem der Grundstücke gab es sogar einen Teich. Die Morgensonne tauchte alles in goldenes Licht. Sie entdeckte Jones' Garage auf der anderen Straßenseite am Ende einer langen Auffahrt, die von hohen italienischen Zypressen gesäumt war.

Einhundertfünfzig Meter vom Haus der Wildcrafts bis zu

Jones' Ohr, dachte sie, mehr oder weniger. Und vom Badezimmer der Wildcrafts war es noch weiter, dazu kamen die Wände und Decken, was wahrscheinlich der Grund dafür war, dass Jones die Schüsse, die Gwen getötet hatten, nicht hatte hören können.

»Was ist mit der Beleuchtung der Auffahrt?«, fragte sie.

Jones erwiderte, sie sei eingeschaltet gewesen. Er kniff die Augen zusammen, und zuerst glaubte Merci, das läge am Sonnenlicht. Aber die Sonne stand hinter dem Magnolienbaum und der Baum stand hinter Jones.

»Nein«, sagte er.

»Was nein?«

»Nein. Ich glaube nicht, dass es so ein Mord-Selbstmord-Ding war«, sagte er.

Selbstmord war ihr als Erstes in den Sinn gekommen, als sie erfahren hatte, dass sie es mit zwei Schussopfern zu tun hatten. Und dann wieder, als sie erfuhr, dass es sich um einen Polizisten und dessen Frau handelte. Merci wusste, dass weitaus mehr Polizisten durch Selbstmord starben als in Ausübung ihres Dienstes. Früher hatte sie geglaubt, dass das Selbstmordproblem der Polizei mit den niedrigen Eignungsstandards zu tun hatte. Dann, vor einem Jahr, war Paul Zamorra nahe dran gewesen, Selbstmord zu begehen, was Merci von ihrer eingeschränkten Sichtweise abbrachte.

»Warum nicht?«

»Archie ist in Ordnung, Sergeant Rayborn. Intelligent. Sieht aus wie der junge Gary Cooper. Und seine Frau war nicht nur schön, sie war so liebreizend, wie ein Mädchen nur sein kann. Manchmal hört man ja von perfekten Paaren, also, die waren eins. Sie hatten alles.«

»Wir wissen nicht, was vorgefallen ist«, sagte Merci.

»Das können Sie auf jeden Fall ausschließen«, beharrte Jones.

»Haben Sie sie mal streiten gehört?«

»Hin und wieder.«

»Wie oft ist ›hin und wieder‹?«

Jones überlegte. »Zweimal im halben Jahr.«

»Und wann war das letzte Mal?«

»Gestern Nachmittag, gegen drei. Ich war beim Unkrautjäten. Es kam aus ihrem Garten.«

»Was kam aus ihrem Garten?«

»Geschrei. Vor allem von ihr. Gwen schrie, aber Archie war ruhig. Er hat nicht viel gesagt.«

»Wer hat was gesagt?«

»Ich habe kein Wort verstanden, nur zwei Leute miteinander streiten hören. Ich bin reingegangen und hab mir noch ein Bier geholt. Ich kann es nicht leiden, wenn Paare streiten. Das ist für mich das schlimmste Geräusch. Erinnert mich an meine Ex.«

Sie bedankten sich bei ihm, aber Jones blieb einfach stehen und starrte auf das Haus der Wildcrafts.

Merci betrachtete die kleine Menschenmenge, die sich hinter dem Absperrband gebildet hatte. Sie und Zamorra nahmen sich ein paar Minuten Zeit, sich zu den Leuten zu gesellen und herauszufinden, ob jemand etwas gesehen oder gehört hatte. Nichts. Für alle Fälle ließ sie sich Namen, Adressen und Telefonnummern geben.

Dann gingen sie wieder zum Haus zurück.

Einer der Spurensicherer ging langsam die Auffahrt entlang – mit langen Schritten, den Kopf gebeugt, die Mütze tief ins Gesicht gezogen – und suchte den Beton ab. Er erinnerte Merci an ihren Vater, wie er früher auf der Suche nach Forellen durch den East Walker River gestapft war.

Sie blieb stehen und beobachtete den Mann. Seine Konzentration und Intensität gefielen ihr. »Paul, ich finde, wir sollten den schwarzen Caddy in ganz Südkalifornien zur Fahndung ausschreiben lassen – einen Wagen, dessen Kennzeichen mit OM anfängt. Ich weiß, dass es vielleicht schon zu spät ist. Ich weiß, dass da möglicherweise überhaupt nichts dran ist. Ich weiß, dass Jones sein Frühstück in flüssiger Form zu sich nimmt. Aber es ist einen Versuch wert.«

»Ich kümmere mich darum, Merci.« Zamorra zögerte. »Glaubst du, Archie war's?«

»Ich hoffe nicht.«

Im letzten Jahr war Zamorra zum Berater für suizidgefährdete Mitarbeiter im Department ernannt worden. Merci hatte viel Gutes über Pauls Arbeit gehört, auch wenn er selbst kaum mehr als ein paar beiläufige Sätze darüber verloren hatte.

»Was meinst du, Paul?«

»Ich möchte mich mit seinen Freunden unterhalten. Mit seinen Angehörigen, falls er welche hat. Als Erstes soll Gilliam einen Techniker ins Krankenhaus schicken. Wir sollten Wildcraft auf Schmauchspuren untersuchen, bevor er gewaschen wird. Und seine Kleidung auf Blutspuren überprüfen.«

Schmauchspuren, dachte Merci. Man würde Spuren mit einem Klebeband abnehmen, einen Abstrich machen und diesen dann in ein Lösungsmittel geben. Wenn man Barium, Blei oder Antimon fände, wäre das ein deutlicher Hinweis darauf, dass Wildcraft eine Waffe abgefeuert hatte. Wenn man Schmauchspuren *und* Spuren von Gwens Haut und Blut auf Archies Kleidung und Händen fand, dann sah es ganz schlecht aus.

Wildcraft konnte aber auch an dem Tag auf dem Schießplatz gewesen sein, dachte Merci, um mit seiner Dienstwaffe zu üben. Ebenso war es möglich, dass er in unmittelbarer Nähe seiner Frau gestanden hatte, als sie von einem anderen erschossen wurde, um sein Leben gerannt war und es bis nach draußen geschafft hatte.

Oder es war ihm gelungen, dem Mann, der ihn angeschossen hatte, eine Kugel zu verpassen.

»In Ordnung.«

Merci stand in dem Tunnel aus Ästen und betrachtete die Blutflecken, die Wildcraft hinterlassen hatte. Bei einem erwachsenen Mann, der einen Kopfschuss überlebt hatte, hätte sie mehr Blut erwartet. Dennoch war die Menge beträchtlich. Das meiste Blut hatte sich in einer Lache gesammelt, ein Hinweis darauf, dass er sich kaum noch bewegt hatte. Zamorra hielt sich etwas hinter ihr, da der Gehweg zu schmal war, um nebeneinander zu stehen. Hinter Zamorra standen Crowder und Dobbs.

»Archie lag auf dem Rücken«, sagte Crowder. »Die Arme ziemlich nah am Körper. Als wäre er nicht mal dazu gekommen, sie zu heben, als wäre er einfach umgefallen. Soweit ich erkennen konnte, hat er sich nicht mehr gerührt. Er lag so, dass seine Füße von uns wegzeigten.«

Merci hockte sich vor die Pistole, die nicht weit von der Blutlache entfernt lag. Eine S&W-Automatik – eine Neunmillimeter. Einen Meter davon entfernt lag eine lange schwarze Stablampe halb auf dem Gehweg, halb im Dreck. Sie war ausgeschaltet.

»Wo genau am Kopf wurde er von der Kugel getroffen?«, fragte sie.

»Ich kann nicht mit Gewissheit sagen, ob es überhaupt eine Schussverletzung war. Bei all dem Blut und den Haaren war die Wunde nicht zu sehen. Ich wollte die Blutung stoppen, deshalb habe ich meinen Anorak um seinen Kopf gewickelt. Ich dachte, vielleicht war es ein Schuss durchs Auge. Aber plötzlich hat er beide Augen geöffnet und sie sahen so weit okay aus.«

»Hat er irgendwas gesagt?«

»Nein. Die Pupillen stark geweitet, totaler Schockzustand.«

Sie betrachtete das Gefälle des schmalen Wegs und kam zu dem Schluss, dass Wildcraft mit dem Gesicht zur Haustür gestanden haben musste, als auf ihn geschossen wurde. Er hatte also eine Steigung vor sich, deshalb war er nach hinten gestürzt, so wie man ihn gefunden hatte. Aber genauso gut konnte er auch vom Haus weggegangen und nach vorn aufs Gesicht gefallen und anschließend auf den Rücken gerollt sein. Oder er hatte sich durch die Wucht des Schusses gedreht. Oder er war getaumelt und hatte sich dabei um hundertachtzig Grad gedreht. Oder er war spastisch geworden und hatte unvorhersehbar reagiert, wie es häufig bei Schussopfern vorkam.

Vielleicht wacht Archie ja in ein paar Stunden auf und erzählt uns, was passiert ist, dachte sie. Kopfverletzungen bluten wie verrückt. Vielleicht hat die Kugel nur eine Fleischwunde verursacht und ihn außer Gefecht gesetzt, das Gehirn aber intakt gelassen. Vielleicht ist sie ja vom Schädel abgeprallt.

Sie musste an einen Fall denken, mit dem sie in ihrem ersten Jahr als Streifenpolizistin zu tun hatte. Ein kleiner Ganove hatte einen Kopfschuss aus einer Neunmillimeter abbekommen, aber die Kugel wurde im Oberschenkel gefunden. Sie war dort gelandet, nachdem sie vom Schädelknochen abgeprallt war, sich durch Muskeln und Knorpel gefressen hatte und dann weiter durch festes Gewebe getrudelt war – wie ein außer Kontrolle geratenes Monster. Und genau das, dachte Merci, ist ein Geschoss, wenn es erst einmal in einen Körper eindringt: ein Monster. Der Mann hatte schließlich bekommen, was er verdiente: Er wurde wegen Drogenhandels verurteilt und ins Gefängnis gesteckt. Cortera, erinnerte sich Merci – Reuben Cortera. Das war schon zehn Jahre her, aber den Namen eines Verbrechers vergaß Merci nicht. Niemals.

Sie erhob sich und warf einen Blick auf die Bäume. Die Stämme standen ein paar Meter vom Gehweg entfernt, und die Morgensonne hing noch so niedrig, dass die Strahlen ihren Weg unter den Blättern hindurch fanden. Vom Gehweg aus schob Merci ein paar Zweige zur Seite und ließ den Blick über den dunklen Boden und ein paar Veilchen und Steinkraut schweifen, die es irgendwie schafften, in nahezu vollständigem Schatten zu überleben. Dieser Teil des Gartens war kürzlich bearbeitet worden. Es waren Harkspuren zu erkennen und einer der Sprenkler war mit einem nagelneuen Messingkopf versehen.

Dann entdeckte Merci zu ihrer Überraschung in weniger als einem Meter Entfernung zwei Schuhabdrücke. Sie befanden sich direkt nebeneinander und zeigten in ihre Richtung. Nah. Deutlich. Groß. Als hätte dort jemand gewartet oder als stünde da in diesem Moment ein unsichtbarer Mann, der ihr die Hand zur Begrüßung hinstreckte. Oder eine Waffe auf ihren Kopf richtete. Links von Archie, falls Archie den Weg hinaufgegangen war. Drei Meter weiter entdeckte sie noch mehr Fußspuren. Mehrere Teilabdrücke und Überlappungen – Anzeichen von Bewegung. Aber dort war der Boden härter und die Abdrücke waren nicht so gut zu erkennen.

Sie gab Zamorra mit dem Kopf ein Zeichen. Zamorra schob die Zweige noch ein bisschen weiter aus dem Weg und inspizierte den Boden.

»War hier jemand drin?«, fragte er.

»Nein, Sir«, sagte Dobbs. »Darf ich mal sehen?«

Merci trat zur Seite und ließ den jungen Polizisten einen Blick auf die Stelle werfen.

»Ausgezeichnete Spuren«, sagte er.

Crowder kam als Nächster und gab nur ein leises *hmmm* von sich.

»Das wird Ike gefallen«, sagte Merci. Ike war einer der guten Spurensucher, einer von denen, die damals für sie Partei ergriffen hatten. Er war Spezialist für das Anfertigen von Gipsabdrücken. »Bitte sagen Sie ihm, dass ich ihn hier brauche, Deputy Dobbs.«

»Jawohl, Sergeant«, erwiderte er und eilte in Richtung Haus. Sie wusste nicht, ob er sich über sie lustig machte oder ob er sich bemühte, effizient zu sein, aber es war ihr eigentlich auch egal. Mercis Herz hatte einen Satz gemacht, als sie die Fußspuren entdeckt hatte, und nun klopfte es immer noch laut und kraftvoll, während sie dachte: *Mit diesem Abdruck kriege ich dich dran, du verdammtes Schwein.*

Zehn Minuten lang suchten Merci und Crowder in der Nähe der Fußabdrücke nach Patronenhülsen. Sie hockten am Rand des betonierten Wegs, reckten sich vor und benutzten ihre Kugelschreiber, um Veilchenblüten anzuheben und die mit feinen Härchen bedeckten Blüten des Steinkrauts wegzuschieben. Wenn es sich nicht vermeiden ließ, setzten sie auch mal einen Fuß auf das Laub, stets bemüht, den Abdrücken nicht zu nahe zu kommen. Sie sahen aus wie zwei Botaniker. Merci scherte sich nicht darum, was für ein Bild sie abgab, Hauptsache, ihre Mühe hatte letztlich Erfolg. Ihre Seite schmerzte. Die von der Schussverletzung herrührende Narbe war jetzt acht Monate alt, glatt und hart, wie ein dünnes Stück Aluminium, das in ihre Haut eingewachsen war.

Einmal blickte sie sich nach Zamorra um. Er stand immer noch auf dem Gartenweg, entspannt und lässig wie eine Katze, mit dem Rücken zur Sonne und die Hände in den Taschen seiner schwarzen Anzughose.

Es war Zamorra, der die glänzende 9-mm-Hülse neben einer Veilchenblüte entdeckte. Er zeigte mit dem ausgestreckten Finger darauf. Die Hülse stand aufrecht und gerade, wie eine Turnerin in der Abschlusspose. Sie befand sich drei Meter vom Weg entfernt, in entgegengesetzter Richtung zu den Fußabdrücken. Nicht dort, wo der Riese unter dem Baum gewartet hatte.

Merci betrachtete das Blut auf dem Beton und die Patronenhülse in etwa drei Metern Entfernung. Genau dort, wo sie gewesen sein musste, wenn Wildcraft sich selbst erschossen hatte.

Merci und Zamorra sahen zu, wie Ike fotografierte und anschließend Abdrücke der gut sichtbaren Schuhspuren anfertigte. Zuerst besprühte er den Boden mit Haarspray, um die losen Erdpartikel zu fixieren, dann ließ er flüssigen Gips über ein Kittmesser in die wertvollen Bodenvertiefungen laufen. Die Ränder stützte er mit abgebrochenen Zungenspateln ab, bevor er dann die flacheren Dellen bis oben hin auffüllte. Als er fertig war, setzte sich Ike hin, zündete sich eine Zigarette an und wartete, dass der Gips aushärtete.

Die Spurensucher nahmen die Stelle, an der Archie Wildcraft gefunden worden war, auf Video auf, fotografierten und skizzierten sie.

Währenddessen erkundigte sich Merci telefonisch nach dem Gesundheitszustand des verwundeten Polizisten: alle paar Minuten, immer wieder vergeblich, er war noch nicht ansprechbar.

Und immer noch keine Spur von dem schwarzen Cadillac STS mit den Buchstaben OM im Kennzeichen.

Merci und Zamorra sahen den Spurensuchern im Bad und Schlafzimmer bei der Arbeit zu. Wie erwartet gab es überall reichlich Fingerabdrücke. Unter dem Waschbecken hatten die Spezialisten eine Zweiundzwanziger Automatik gefunden, die sie in eine Papiertüte verpackt und für Merci auf der Kommode deponiert hatten. Sie nahm die Tüte und schaute sich die schwere kleine Waffe an. Glänzender Edelstahl, Perlmuttgriff. Eine Damenpistole. Sie fragte sich, warum Gwen sie nicht benutzt hatte. Die Chancen, dass Gwen Wildcraft damit umzugehen wusste, lagen bei fünfzig zu fünfzig.

Sie legte den kleinen Selbstlader zu den anderen Beweismitteln und dachte über die Waffe nach, die sie draußen neben Archie Wildcrafts Hand gefunden hatten. Mord-Selbstmord-Waffe oder die Privatwaffe des Deputys? Vielleicht beides? Wieder zog sich ihr Magen zusammen bei dem Gedanken, Archie Wildcraft könnte zuerst seine Frau erschossen und anschließend versucht haben, sich selbst zu erschießen.

Man konnte sich das Szenario auf verschiedene Weise ausmalen, dachte sie: Wildcraft hört, wie der Stein durchs Fenster geschleudert wird. Er schnappt sich seine Waffe und eine Taschenlampe und geht raus, um nachzusehen. Und als er den Weg entlangkommt, steht der Hüne unter dem Baum, jagt ihm eine Kugel in den Kopf und nimmt Archies Neunmillimeter an sich, geht ins Haus und erschießt Gwen. Danach drückt er Archie die Waffe wieder in die Hand. Ziemlich unwahrscheinlich.

Eine andere Variante: Der Stein liegt bereits da, irgendwann vorher in einem Wutanfall vom Ehemann oder seiner Frau geworfen – in dem Streit, den William Jones nachmittags gehört und der vielleicht das Fass zum Überlaufen gebracht hat. Kriminalwissenschaftlich ausgedrückt: der auslösende Stressfaktor. Vielleicht hatte es irgendetwas mit ihrem Geburtstag zu tun. Als seine Frau sich zum Schlafengehen fertig macht, kocht Archie vor Wut. Sie nimmt das Telefon mit ins Bad und schließt sich ein. Fühlt sich sicher. Aber er tritt die Tür ein und schießt so schnell, dass ihr das Telefon aus der Hand fliegt, bevor sie dazu kommt, 911 zu wählen. Danach rennt er nach draußen, stolpert herum und jagt sich schließlich selbst eine Kugel in den Kopf.

Merci ging wieder hinaus auf die Einfahrt. Die Autos waren weg. Auf der Straße standen mittlerweile Übertragungswagen – von zwei überregionalen und zwei lokalen Sendern. Die Anzahl der neugierigen Nachbarn war angewachsen, darunter viele Kinder auf Tretrollern. Über dem Dach von William Jones' Garage flimmerte die feuchte Augusthitze.

Merci schritt das große Rechteck ab, wo die Auffahrt frisch betoniert war, kniete sich hin und überprüfte eine raue Stelle in der Oberfläche. Dabei musste sie an die Frau im Badezimmer denken, die von zwei Kugeln getroffen worden war.

Die Scheinwerfer für die Auffahrt waren unter dem Dachvorsprung an der Garage angebracht. Merci schaute hoch zu dem Sonnenlicht-/Bewegungsmelder. Sie holte ihr blaues Notizbuch heraus und notierte sich: *ÜP BewMel nach Dunkelheit.*

Was hatte den Bewegungsmelder aktiviert? Jones hatte um fünf Uhr elf gesehen, dass das Licht eingeschaltet war, aber Crowder hatte drei Minuten später gesehen, dass es aus war. Keiner hatte einen Wagen in der Auffahrt bemerkt.

Sie ging zurück um das Haus herum bis zur Glastür, durch die der Stein geschleudert worden war. Weit und breit waren weder Steine dieser Art noch überhaupt irgendwelche Steine zu sehen, bis auf eine Reihe sehr großer, runder grauer Steine, die um einen Whirlpool herum einbetoniert waren. Außerdem gab es eine kleine überdachte Veranda mit einem Bistrotisch und zwei Stühlen, Pflanzen in Kübeln, ein Schwimmbecken, ein Stückchen leuchtend grünen Rasen, dann ein abschüssiges Wildblumenbeet, das bis zu einem weißen Koppelzaun reichte.

Merci folgte einem Fußweg aus Eisenbahnschwellen, der durch die Blumenbeete führte. Zwischen den Schwellen lag Kies, und die Blumen wuchsen bis an die Holzeinfassung heran. Bienen summten in den Blüten herum, und einen Moment lang war es Merci, als hätte sie eine Szene aus Tim Juniors Puh-der-Bär-Geschichten vor sich. Sie dachte an ihren kleinen Jungen und wünschte, sie könnte mit ihm in eine dieser Szenen hineingehen und für ein oder zwei Jahre dort bleiben.

Sie folgte dem Pfad bis zum Zaun, ging dann zurück bis zur Veranda, ohne auch nur einen einzigen Stein zu entdecken, der sich zum Werfen geeignet hätte. Sie fragte sich, ob der Stein, der das Fenster durchschlagen hatte, vielleicht aus Wildcrafts Sammlung von Betrachtungssteinen stammte.

Zamorra saß am Tisch auf der Veranda, die Beine übereinander geschlagen, und starrte auf das Loch in der Glastür.

»Lass uns den ganzen Ablauf morgen nachstellen«, sagte er.

»In Ordnung.«

»Bis dahin wissen wir, ob Archie die Waffe abgefeuert hat oder nicht.«

»Stimmt.«

Er musterte sie mit seiner irritierend ruhigen Art. »Sei unvoreingenommen, Merci. Er könnte es getan haben.«

»Ich weiß. Ich geb mir ja Mühe.«

Merci dachte daran, wie leicht man sich irren konnte. Sie wusste, wie falsch sie bei einem Polizisten namens Mike McNally gelegen hatte und welch fürchterlichen Preis sie beide dafür gezahlt hatten. Mike war ein Teil dessen, was vor einem Jahr geschehen war, eigentlich der Mittelpunkt. Deshalb sagte sie nichts weiter. Denn selbst wenn sie sich wieder irrte – selbst wenn ihr Herz sie genau wie damals auf eine falsche Fährte lockte –, so bedeutete das immerhin, dass es wieder mit ihr sprach.

Außerdem und vor allem, dachte sie, ist Wildcraft einer von *uns*. Wir sind Freunde und Helfer. Wir tun, was getan werden muss. Wir greifen hart durch.

Wir töten nicht unsere Liebsten und anschließend uns selbst.

»Ich weiß, dass du dir Mühe gibst, Merci.«

Um neun Uhr abends kehrte Merci noch einmal in das Haus der Wildcrafts zurück. Sie hatte mit ihrem Sohn und ihrem Vater zu Abend gegessen, mit Tim Junior gespielt, ihm aus seinen drei Lieblingsbüchern vorgelesen und ihn dann ins Bett gesteckt.

Sie war zwar hundemüde, wollte aber unbedingt noch etwas überprüfen. Sie würde keinen Schlaf finden, solange sie keine Klarheit hatte.

Sie parkte am Rande der Einfahrt und ging zum Haus hinauf, die Taschenlampe in der Hand, man konnte ja nie wissen. Als sie sich der Garage näherte, gingen die Lichter an, große Scheinwerfer – einer leuchtete nach rechts, der andere nach links. Auf ihrer Uhr war es einundzwanzig Uhr zwölf und acht Sekunden. Sie wandte sich dem Haus zu, folgte dem Gartenweg, der zur Veranda und zur Eingangstür führte, und wollte um das Haus herum dorthin gehen, wo Archies Blut auf dem Beton Flecken hinterlassen hatte.

Aber auf halbem Weg zur Tür blieb sie stehen, schaute zurück, um festzustellen, ob die Scheinwerfer noch eingeschaltet waren. Das waren sie. Merci trat vom Weg unter die Büsche und blieb im Dunkeln unter einer großen Platane stehen.

Sie lauschte den Grillen und einem in der Ferne kläffenden Hund. Von hier aus waren keine anderen Häuser zu sehen. Vor ihr, über dem Garagendach, erstreckte sich ein Stück schwarzer Himmel mit ein paar Sternen. Seit zehn Jahren ärgerte sie sich schon, dass sie nur einen einzigen Stern identifizieren konnte: den Nordstern. Sie hatte sich vorgenommen, irgendwann einmal einen Anfängerkurs in Astronomie zu belegen, eines der vielen Vorhaben, die sie bisher nicht hatte verwirklichen können. Merci selbst stand ganz unten auf ihrer Liste von Menschen, denen sie gern ab und zu eine Freude bereitete.

Um Punkt einundzwanzig Uhr siebzehn schalteten sich die Scheinwerfer ab. Sie trat aus der Dunkelheit und ging zurück zur Auffahrt, damit sich das Licht wieder einschaltete. Der Bereich, in dem Bewegungen erfasst wurden, war ziemlich groß – von der Mitte der Auffahrt bis hin zum Anfang des Wegs am Haus.

Sie versuchte die Garagentür zu öffnen, spürte Widerstand, wollte aber keine Gewalt anwenden. Auf der Seite gab es eine Nebeneingangstür, die allerdings verschlossen war. Mit der Taschenlampe leuchtete sie durch das kleine Fenster. Das Glas reflektierte den Lichtstrahl, sodass nicht viel zu erkennen war, nur zwei Autos, die in der Garage standen. Ein Geländewagen und ein kleineres Fahrzeug, das mit einer Stoffplane abgedeckt war.

Sie ging zurück zu ihrem Auto und richtete wie üblich den Strahl ihrer Taschenlampe als Erstes auf den Rücksitz, bevor sie einstieg. Sie lauschte dem leise gestellten Polizeifunk, dachte an Tim Hess und Tim Jr. und ließ ihren Arm hinter der Rücklehne herunterbaumeln.

Wieder blieben die Scheinwerfer erneut genau fünf Minuten eingeschaltet.

Die Zeitschaltung funktionierte perfekt. Und der Bewegungsmelder registrierte jede menschliche Bewegung im Umkreis von sechs Metern.

## Vier

Kurz nach sechs Uhr am nächsten Morgen wachte Archie auf. Er hatte das Gefühl, endlos lange nach oben geschwommen zu sein, ohne sagen zu können, ob es Stunden oder Jahre gedauert hatte. Er wusste nur, dass er aufstieg durch Wasser und Sterne, Erde und Feuer, hin zu irgendetwas, das er unbedingt erreichen musste, das aber weit weg war. Die Stimme einer Frau befahl ihm: *Schwimme, atme, ruh dich aus. Schwimme, atme, ruh dich aus.*

Und das tat er.

Er stieß durch die Oberfläche und erblickte eine leuchtend rote Zimmerdecke mit hellblauen Lichtern. Flimmernde Luft, Schatten, die kamen und wieder verschwanden. Raum, der zusammenfiel, Raum, der sich ausdehnte. Geräusche, schmerzhaft laut: mechanisch, elektronisch, pneumatisch, ätherisch.

»*Unglaublich*«, sagte eine Stimme.

»*Hallo, Archie*«, sagte eine andere.

»*Ich hole Dr. Stebbins.*«

Das Gespräch war viel zu schnell und zu verwirrend, als dass Archie ihm hätte folgen können. Aber er begriff zweierlei. Erstens, dass er Angst hatte. Und zweitens, dass er etwas Bedeutendes verloren hatte und dass es nie wieder zurückkommen würde.

Er öffnete die Augen und sah Ungeheuer über sich: Augen, Nase, Zähne. Er versuchte, den Mund zu öffnen, aber sein Wille versagte ihm den Dienst. Seine Lippen brannten, seine Kehle brannte, und die wilden Farben ließen ihn wieder die Augen schließen und dorthin zurücktauchen, wo er so lange gewesen war, wo er unter der Oberfläche schwebte, beschützt und sicher in seinem Fluss.

*Schwimme, atme, ruh dich aus.*

## Fünf

»Wildcrafts Fingerabdrücke waren auf der Neunmillimeter. An seinem rechten Zeigefinger und Daumen haben wir Barium, Antimonium, Kupfer und Blei gefunden. Bei so eindeutigen Beweisen können wir mit Sicherheit davon ausgehen, dass er die Waffe abgefeuert hat. Damit haben wir vor Gericht ständig zu tun.«

James Gilliam, Leiter des gerichtsmedizinischen Labors im Sheriff Department, schaute Merci über seine Brillengläser hinweg an, dann Zamorra, der an der Wand von Gilliams Büro lehnte. Er wirkte wie ein stiller, gebildeter Mann – bis man ihn näher kennen lernte.

Es war acht Uhr am nächsten Morgen. Merci hatte bereits mit Sheriff Vince Abelera gesprochen, der seinerseits schon einen Neurologen der Medizinischen Abteilung der UCI, der University of California Irvine, zu Rate gezogen hatte. Archie Wildcraft hatte die Nacht überlebt. Röntgenaufnahmen hatten ein kleines Objekt tief in seinem Gehirn gezeigt und überall verteilte Splitter. Er hatte für etwa fünfzehn Sekunden die Augen geöffnet. Die Ärzte würden derzeit keine Befragung des Patienten gestatten. Das Leben des Mannes hing an einem seidenen Faden. Merci hatte Sheriff Abelera inständig gebeten, sich von den Ärzten sagen zu lassen, welches Kaliber die Kugel in Archies Gehirn hatte. Aber die Röntgenaufnahmen waren nicht deutlich genug, um die millimetergroßen Fragmente zu vermessen, und das Objekt war offensichtlich zersplittert.

»Ich kann Ihnen nicht sagen, worauf er mit dieser Waffe geschossen hat«, fuhr Gilliam fort. »Erst wenn wir Näheres über die Kugeln in der Leiche seiner Frau wissen. Und wenn die Kugel aus seinem Kopf entfernt ist.«

Merci schlugen die Worte auf den Magen. Gilliam schien bereits der festen Überzeugung, dass Wildcraft es getan hatte. Außerdem hatte sie ihr normales opulentes Frühstück verzehrt, das ihr Vater jeden Morgen für sie, Tim Jr. und sich selbst zubereitete. Sie aß viel und verbrannte die Kalorien normalerweise im Fitnessstudio. Aber jetzt hatte sie das Gefühl, Nägel gegessen und diese mit Batteriesäure hinuntergespült zu haben.

Sie versuchte ihre Angst mit Ermittlungsdetails zu bekämpfen. »Wie viele Mikrogramm Blei sind in den Schmauchspuren enthalten, James?«

»Null Komma sechs fünf. Nach zwei Stunden ist das die Menge, die man bei einem abgefeuerten Neunmillimeter-Selbstlader erwarten würde. Wie bei der Waffe, die wir neben ihm gefunden haben. Gut, dass sie ihn in der Klinik noch nicht völlig gewaschen hatten.«

»Sehr gut«, sagte sie. »Was ist mit dem Blut an seinem Morgenmantel?«

»Das überprüfen wir noch auf die DNA seiner Frau. Ich brauche noch ein bis zwei Tage.«

»Also gut, ich bin jetzt bereit für Mrs Wildcraft.«

»Ich hab mir schon gedacht, dass Sie sie sehen wollen.«

»Unbedingt.«

»Es wird Sie wütend machen und härter arbeiten lassen.«

»Es wird mich noch wütender machen.«

Gilliam lächelte, errötete leicht und stand auf. Vor einem Jahr hätte er nicht gelächelt. Damals war er in Merci verknallt gewesen wie ein Schuljunge und hatte nicht gewusst, wie er damit umgehen sollte. Anfänglich war sie zu begriffsstutzig und unerfahren gewesen, um zu verstehen, was los war. Dann eines Tages hatte er es ihr aus heiterem Himmel einfach gestanden. Es hatte edel, aber ulkig geklungen. Gilliam hatte ihr verraten, dass selbst seine Frau ihn mit seiner Schwärmerei aufzog. Danach hatte sich ihr Verhältnis wieder normalisiert. Für sie war die Geschichte ein erneuter Beweis dafür gewesen, dass sie von Männern keine Ahnung hatte.

»Fertig, Paul?«, fragte sie.

Zamorra nickte und stieß sich mit dem Rücken von der Wand ab.

Merci war der Autopsieraum zuwider. Der Gestank nach Formaldehyd, Bleichmittel und Blut. All die hartkantigen Abflussbecken und Messer, die Sägen und Absauger, Skalpelle und Messgeräte. Der Edelstahl, das Chrom, das Plastik. Und die hellen Deckenlampen, die diese Folterkammer als Hort reiner Wissenschaft auswiesen. Aber vor allem verabscheute sie diesen Raum, weil er ihr Übelkeit verursachte und ihr der kalte Schweiß auf die Stirn trat, bis sie nur noch kotzen und anschließend schlafen wollte.

Gwen Wildcraft lag immer noch auf dem Tisch, war aber mit einem Laken bedeckt. Das Einzige, was Merci sehen konnte, waren ihre Füße – klein und steif und weiß wie Zaunpfähle.

Gilliam hob das Laken von Mrs Wildcrafts Gesicht und zog es bis unter ihr Kinn. Ihre Haut war grauweiß und die Augen waren geschlossen. An der linken Kopfseite hatte man ihr einen Teil der lockigen Haare abrasiert. Die rasierte Haut umgab ein kleines Loch mit angeschwollenem Wundrand. Über dem Loch befand sich ein kurzer senkrechter Streifen wie der Strich eines Ausrufezeichens.

»Lassen Sie sich nicht von der Wulst täuschen«, sagte Gilliam. »Das ist die Eintrittswunde.«

Wie immer konnte Merci sich nur schwer vorstellen, wie eine Leiche jemals ein Körper voller Leben gewesen sein konnte. Es war ein solch ungeheuerlicher Widerspruch. Als stünde man in der Wüste, während die Sonne auf einen herunterbrannte – wie sollte man glauben, dass dort einmal das Meer gewesen war? Mit wachsender Wut bemerkte sie, dass Gwen Wildcraft, obwohl tot und verstümmelt, immer noch beinahe schön war.

»Also, es gibt zwei Einschüsse«, sagte Gilliam. »Einen ins Herz und einen in den Kopf. Beide stammen *höchstwahrscheinlich* von einer Neunmillimeter, aus der Nähe abgefeuert. Wir haben beide Kugeln herausgeholt, Buckley vergleicht sie mit der am Tatort gefundenen Waffe. Die eine, die ins Gehirn eingedrungen ist, hat fürchterliche Schäden angerichtet. Sie ist verformt und zersplittert. Gott sei Dank sind Köpfe hart.«

Nicht hart genug, dachte Merci.

Am Nachmittag des Vortags hatte sie die Seriennummer der neben Wildcraft gefundenen Waffe überprüfen lassen. Sie war auf Archibald Franklin Wildcraft registriert.

»Sie entschuldigen«, murmelte Gilliam und zog das Laken bis zur Hüfte hinunter. Merci musste schwer schlucken, als sie den Einschnitt in der Form eines Y betrachtete, obszön groß und grob zusammengenäht. Die endgültige Entwürdigung, dachte sie.

»Die zweite Kugel«, fuhr Gilliam fort, »ist von einer Rippe abgeprallt und im Herzen stecken geblieben – im rechten Vorhof. Auf ihrem Weg hat sie die Lungenarterie durchtrennt. Die Todesursache war Herzstillstand. Schwer zu sagen, ob ihr Herz aufgehört hat zu schlagen, weil es von der Kugel getroffen wurde oder weil ihr Gehirn zerstört war. Jeder Schuss für sich allein wäre tödlich gewesen – der ins Herz auf jeden Fall, der ins Gehirn mit großer Wahrscheinlichkeit. Die Schüsse sind unmittelbar nacheinander abgefeuert worden. Sie ist sehr schnell gestorben, was sich an ihrem Histaminspiegel und am

Blutverlust ablesen lässt. Ihr Körper enthielt immerhin noch vier Liter Blut.«

»Wie nah stand der Schütze?«, fragte Zamorra.

»Sehr nah. Das Herz befand sich in Zone vier – die Mündung war zwischen fünfzehn und sechzig Zentimeter entfernt. Anhand der Schmauchspuren auf ihrem Morgenmantel würde ich schätzen, es war eher näher, aber wir haben keine Rußspuren gefunden. Ich glaube, der erste Schuss traf ins Herz – von weiter weg, ein größeres Ziel, dadurch hatte der Schütze die Möglichkeit, näher heranzugehen, um den nächsten Schuss abzugeben. Der Kopfschuss war ein Zone-eins-Schuss, direkter Hautkontakt, und hat aufgrund der Explosion zu erheblichen Verletzungen geführt. In dem unmittelbar anschwellenden Gewebe hat der Lauf sogar einen Abdruck hinterlassen. Vorne an der Waffe, die am Tatort gefunden wurde, klebte ein winziges, blutiges Hautpartikel. Und der Lauf ist übersät mit Blut und Gewebepartikeln. Wir warten noch auf die DNA-Analyse. Möglicherweise hat die Frau auf dem Rücken gelegen und der Mörder hat ihr die Pistole an den Kopf gedrückt. In der Wunde befanden sich Spuren von Schießpulver. Den DNA-Vergleich führen wir auch bei Mr Wildcraft durch.«

Merci starrte vor sich hin, ließ die Abscheulichkeit auf sich wirken. Die Sinnlosigkeit. Die Arroganz. Die Krankhaftigkeit eines Gehirns, die einen das Leben eines anderen als wertlos und beliebig ansehen lässt. Die Tatsache, dass derjenige, der einem anderen eine *solche* Scheußlichkeit zugefügt hatte, immer noch frei herumlief, aß und lächelte und schlief und aufs Klo ging wie der Rest der Menschheit.

Sie nickte fast unmerklich, den Blick starr, die Lippen fest zusammengepresst.

»Sie haben beide Kugeln eigenhändig entfernt, James, nicht wahr?«

»Ja.«

»Und sind es Neuner oder nicht? – Sie haben doch weiß Gott genug Erfahrung damit.«

»Ich bin mir fast sicher, dass es sich um Neuner handelt, aber dafür ist Buckley zuständig.«

»Also gut, James – Sie glauben, Wildcraft hat sie getötet und wollte sich dann selbst umbringen. Seine Waffe, seine Fingerabdrücke. Hat es sich Ihrer Meinung nach so abgespielt?«

»So weit passt alles zusammen. Aber ich maße mir nicht an, mich in Ihre Arbeit einzumischen. Meine reicht mir.«

»Paul?«

Zamorra zögerte. Er bedachte Gwen Wildcraft mit einem Blick, der ausdrückte, was Merci fühlte.

»Ich habe gestern Abend mit ein paar von Wildcrafts Freunden telefoniert.«

Er hielt ihrem Blick stand, und sie begriff, dass er schlechte Neuigkeiten hatte, die er nicht in Gilliams Beisein ausbreiten wollte.

*Na wunderbar.*

Merci spürte die Wut in sich aufsteigen, konnte sie aber nicht aufhalten. Sie wollte es auch nicht. Sie war nicht so scharf und klar wie im Lehrbuch beschrieben, sie hatte keine läuternde Wirkung. Sie kam ihr eher schwer und sperrig vor – wie ein Güterwaggon voller Felsbrocken, der sich, nachdem er einmal in eine Richtung losgefahren war, nicht mehr zurückholen oder bremsen ließ. Sie versuchte, diese Wut auf Archie Wildcraft zu richten, weil er sie zwang, ihn zu verdächtigen. Sie versuchte, sie auf Gilliam und Zamorra zu richten, weil sie so selbstgefällig das Schlechteste von einem Kollegen annahmen. Sie versuchte, sie auf Mike McNally zu richten, weil er mit dazu beigetragen hatte, dass sie zur schlimmsten Fehleinschätzung ihres Lebens gelangt war, die immer noch nachwirkte.

Am liebsten hätte sie die Wut auf den Mörder von Gwen Wildcraft gerichtet, aber sie wusste nicht, wer es war.

Noch nicht.

»Lassen wir der Frau ihre Ruhe«, sagte sie. »Wir können in Ihrem Büro weitermachen.«

»Ganz wie Sie wollen«, erwiderte Gilliam.

»Ich weiß nur, was ich nicht will, und das ist ein schuldiger Polizist.«

»Verstehe.«

»Weil der Letzte, den ich verhaftet habe, absolut unschuldig war.«

»Ich habe verstanden«, sagte Gilliam.

»Ich weiß.«

Mit beiden Händen zog er das Laken wieder über Gwen Wildcraft, schaute Merci an, aber in dem grellen Deckenlicht konnte sie an seinen Augen nichts ablesen.

In Gilliams Büro lehnte sich Merci an eine Wand, Zamorra an die andere. Sie war aufgewühlt und nervös, am liebsten hätte sie auf jemanden eingetreten.

»Ist sie vergewaltigt worden?«

Gilliam blätterte durch seine Aufzeichnungen, bis er eine bestimmte Seite fand, die er glatt strich.

Merci fragte sich, warum man die Antwort auf so eine Frage erst suchen musste, aber gleichzeitig wusste sie, dass es Gilliam um die Untersuchungsergebnisse ging. Trotzdem ging es ihr auf die Nerven, dass er sich manchmal so schwer tat, zum Wesentlichen zu kommen.

»Sie hatte innerhalb der letzten Stunden ihres Lebens Geschlechtsverkehr. Es gab keine genitale Blutung, keine Hämatome, Risse oder Abschürfungen. Keine Anzeichen eines Kampfes. Kein Sperma in Mund, Hals oder Anus. Mrs Wildcraft hatte ein paar kleine Kratzer im Nacken, vielleicht Spuren von Zähnen. Ich kann sie nicht erklären. Vielleicht sind sie sexueller Natur, vielleicht auch nicht. Aber nichts deutet auf ein Sexualdelikt hin. Es ist allerdings möglich, dass sie ohne Gewaltanwendung zum Geschlechtsverkehr genötigt wurde.

Vielleicht wurde der Killer aber auch überrascht. Vielleicht war es gar nicht seine Absicht. Aber das sind alles Spekulationen.«

»Das heißt also, sie wurde nicht vergewaltigt.«

»Davon bin ich überzeugt.«

Die Wut, die beim Anblick von Gwen Wildcrafts geschundener Leiche in Merci aufgelodert war, hatte sich nicht gelegt, sie feuerte sie an, machte sie kämpferisch. »Ist es das Sperma von Deputy Wildcraft oder nicht?«

»Ich bin gerade dabei, die DNA-Analyse durchzuführen, Merci.«

»Was ist mit der Einfahrt? Irgendwelche brauchbaren Reifenspuren?«

»Nichts, womit man etwas anfangen könnte.«

»Und wie sieht's mit den Fußabdrücken unter den Bäumen aus?«

»Die Gipsabgüsse sind hervorragend geworden«, erwiderte Gilliam. »Freizeitschuhe Größe sechzehn von Foot Rite. Die sind nicht sehr verbreitet – zumindest im Vergleich zu den gleichen Schuhen in Größe zehn. Da müssen Sie in Spezialgeschäften und in Katalogen nachforschen. Ike kann Ihnen vielleicht ein paar brauchbare Informationen über den Hersteller besorgen.«

»Fingerabdrücke im Bad?«

»Jede Menge, wie Sie sich denken können. Wir vergleichen sie alle mit seinen und ihren, aber bisher ist dabei nichts herausgekommen. Da wir dabei mit bloßem Auge arbeiten, dauert das seine Zeit. Vince hat mir gestern Abend gesagt, wir sollen uns ranhalten. Buckley hat ein paar Probeschüsse abgegeben, vielleicht hat er ja mittlerweile Ergebnisse.«

Als sie in das Labor für ballistische Untersuchungen kamen, saß Buckley am Tisch neben den Vergleichsmikroskopen. Er hatte versunken ins Leere gestarrt, das Kinn auf eine Faust gestützt, und sie dann angesehen, als müsste er sich dafür entschuldigen.

Auf dem Tisch neben ihm lag ein großes, quadratisches Stück Noppenfolie und darauf ausgebreitet die Waffe von Deputy Wildcraft mit der von Zamorra gefundenen Patronenhülse und den beiden Hülsen aus dem Bad der Wildcrafts. In einem durchsichtigen Plastikkästchen entdeckte Merci eine kleinkalibrige Kugel, die in zwei Teile gespalten war. Das Kästchen daneben war leer. Ein größerer Behälter enthielt vielleicht fünfzig leere Neunmillimeter-Hülsen: Buckleys Vergleichshülsen, dachte Merci, aus verschiedenen Waffen abgefeuert.

Buckley stammte aus Georgia, er war ein drahtiger Typ mit tadellosen Umgangsformen, wie Merci fand. Bei den Olympischen Spielen 1972 hatte er eine Medaille im Tontaubenschießen gewonnen. Wie üblich trug er ein kariertes Hemd und eine einfarbige Strickkrawatte, seine Haare waren mit Haarspray zu einem braunen Helm frisiert.

»Alle drei Neunmillimeter-Hülsen, die am Tatort gefunden wurden, sind aus der Automatik abgefeuert worden, die auf Deputy Wildcraft registriert ist«, sagte er ruhig. »Die Verschluss-Stirnseite hat zwei leicht erkennbare Riefen hinterlassen. Ich habe das alles noch nicht fotografiert, solange müssen Sie sich auf mein Wort verlassen.«

»Ihr Wort reicht mir, Buck, auch wenn es nicht das ist, was ich hören wollte.«

Er seufzte und schüttelte den Kopf. »Ich habe mir das auch nicht gewünscht. Ich frage mich, ob ich irgendetwas hätte tun können. Oder ob ich etwas hätte sehen müssen. Aber das habe ich nicht. Wahrscheinlich bin ich zu sehr in meiner eigenen kleinen Welt gefangen.«

Buckley ließ die Schultern hängen. Merci sah, wie er tief Luft holte und sich wieder aufrichtete.

»Die Kugeln, die wir aus Mrs Wildcraft geholt haben, stammen ebenfalls aus Hülsen dieser Pistole. Die Feld- und Zugspuren sind deutlich ausgeprägt, weil das ursprüngliche Zugwerkzeug eine auffällige Anomalie aufweist, die sich bei jeder aus dieser Waffe abgefeuerten Kugel zeigt. Wenn ich sage auffällig – also, man braucht schon ein Mikroskop, um sie zu sehen. Für einen Spezialisten ist sie so groß wie ein Verkehrsschild.«

Merci sah ihre Hoffnung ins Bodenlose stürzen und schwieg.

Sie begann wieder Zuflucht im Detail zu suchen und hätte am liebsten darauf hingewiesen, dass das Zugwerkzeug, mit dem die Führungsrillen im Lauf der Waffe gefräst worden waren, vielleicht auch bei der Herstellung der Läufe der *nächsten* Smith&Wesson-Serie zum Einsatz gekommen war. Und auch der vorherigen Serie. Aber die Chance, dass zwei gleiche Läufe im selben Zustand zur selben Zeit im selben Mordfall auftauchten, waren kleiner als die Riefen auf den Hülsen. Erheblich kleiner.

Es drehte ihr den Magen um, dass sie jetzt schon wie ein Strafverteidiger dachte.

»Wahrscheinlich hat Jimmy an der Mündung der Automatik Gewebe und Blutspuren gefunden, die er mit der Wunde in ihrer Stirn vergleichen kann«, verkündete Buckley.

Weder Merci noch Zamorra sagten etwas, bis sie den Pathologieraum verlassen hatten. Es war schon fast Mittag, und Ende August war es feucht und heiß draußen.

Merci blickte hinauf in den blassblauen Himmel und fragte sich, was Tim Jr. wohl gerade tat. Vielleicht sah er fern, half dem Opa im Garten oder vielleicht fuhr er auf seinem Lieblingsgeburtstagsgeschenk von vor drei Monaten herum: ein fest stehendes autoähnliches Gerät mit einem Monitor, das er durch eine Hindernisrennstrecke »steuern« konnte; es gab sogar Soundeffekte: Je nach Tempo und eingelegtem Gang tönte der Motor höher und tiefer, lauter und leiser.

Sie fand es rührend, wie Tim Jr. sorgfältig den Sicherheitsgurt anlegte, bevor er die Zündung einschaltete, wie er das Lenkrad in die Hand nahm, das Gaspedal durchdrückte und die Gänge einlegte – es wirkte auf sie wie eine Mischung aus Intelligenz und Mut. All ihre Bekannten dachten dasselbe von ihren eigenen Kindern, aber für Merci war eben Tim der Beste und Klügste.

»So, jetzt kannst du mir erzählen, was du bei Wildcrafts Freunden über ihn herausgefunden hast. Wahrscheinlich nichts Gutes, wenn du James nicht einweihen wolltest.«

Zamorra zuckte die Achseln. »Er war reizbar, glücklich und hatte Sorgen.«

Es kam ihr vor, als wäre in einem stickigen Raum plötzlich ein Fenster geöffnet worden und hätte eine kühlende Brise hindurchfegen lassen.

*Glücklich?*

»Was für Sorgen, Paul?«

»Sie haben viel Geld ausgegeben. Sie hatten beide was für hübsche Dinge übrig. Er hat so viele Überstunden gemacht wie möglich. Hin und wieder hat er als Leibwächter und bei einem Sicherheitsdienst gearbeitet. Wenn wir ihre Finanzen überprüfen, stoßen wir bestimmt auf ein paar saftige Kreditkartenabrechnungen.«

Sie wartete. Ein flüchtiges Lächeln huschte über Zamorras Gesicht. »Und er war verliebt. Er ist es immer noch, sozusagen.«

Sie wappnete sich innerlich, während sie die Worte aussprach. »In wen?«

»In Gwen. Alle drei Männer, mit denen ich geredet habe, haben ausgesagt, dass sie noch nie jemanden erlebt haben, der seine Frau so geliebt hat. ›Irrsinnig‹ geliebt, wie zwei von ihnen sich ausgedrückt haben. Als sie geheiratet haben, hatte sie gerade die Highschool hinter sich und er das College mit einem Diplom in Geologie abgeschlossen. Er hat mit einem

Baseball-Stipendium studiert. Während Archie anschließend auf der Sheriff's Academy war, hat Gwen als Sängerin in einer Rockband das Geld verdient. Archie war mächtig stolz darauf, wie sie das alles durchgezogen hatten.«

Zamorra lachte leise. Das passierte nicht oft und es veränderte ihn sehr. Die Düsterkeit verschwand von seinem Gesicht, und er verwandelte sich in einen Mann, den sie gerne kennen lernen würde, vielleicht sogar berühren.

»Okay, Paul, spuck's aus.«

»Archie hat feste Ansichten und er vertritt sie vehement. Außerdem ist er jähzornig. Er trifft sich öfter mit einer Gruppe junger Cops, die er von der Polizeiakademie kennt. Archie und einer von ihnen haben sich in einer Kneipe in die Wolle gekriegt und geprügelt; Archie hat ihn mit einem Schlag außer Gefecht gesetzt.«

»Worum ging es bei dem Streit?«

»Um dich. Der Typ meinte, du wärst nicht in Ordnung, und Archie meinte, du wärst sehr wohl in Ordnung, und irgendwie ist es aus dem Ruder gelaufen. Sie haben sich später wieder versöhnt, aber keiner der beiden hat seine Meinung geändert.«

Für einen kurzen Moment vergaß Merci ihre Befürchtungen und genoss das wohltuende Gefühl, dass jemand zu ihr hielt. Ein Mann, den sie nicht einmal kannte. Ein Mann, der wahrscheinlich einen Mord begangen hatte. Ein Mann, der eine Kugel im Kopf hatte und vermutlich diesen Tag nicht überleben würde.

»Schon merkwürdig«, sagte sie. Es klang ziemlich lahm, aber das war ihr egal. »Und, ist Wildcraft nun ein Kandidat für einen Mord mit anschließendem Selbstmord oder nicht?«

Zamorra sah sie an und schüttelte den Kopf. Sie stellten immer wieder fest, wie unterschiedlich sie die Dinge betrachteten. Merci wollte klare Verhältnisse, schwarz oder weiß. Zamorra neigte zu Schattierungen und Abstufungen. Merci bildete sich schnell ein Urteil, Paul manchmal gar keins.

»War er's oder war er's nicht, Paul?«

Mit einem schmalen Lächeln schaute sie Zamorra an, weil sie wusste, dass die Antwort lange auf sich warten lassen konnte. Hess war wie eine Mischung aus ihr und Zamorra gewesen: Er hatte sich in Details und Fakten vergraben, hatte Erkenntnisse gesammelt anstatt zu urteilen und sich dann schließlich von seinen Gefühlen leiten lassen. Sie wünschte sich, mehr wie Hess zu sein, weniger festgefahren und empfindlich, aber dennoch entschlossen und effektiv, wenn es darauf ankam. Er hatte ihr geraten, gut zu sich selbst zu sein, da sie noch die nächsten fünfzig Jahre in ihrer eigenen Gesellschaft verbringen müsste.

»Ich muss mir erst noch ein genaueres Bild machen«, erwiderte Zamorra schließlich. »Einige Menschen haben versteckte Seiten, Bereiche, die im Verborgenen bleiben. Das sind die harten Fälle. Niemand ahnt etwas. Es passiert nicht häufig, aber es kommt vor. Sie suchen sich keine Hilfe. Sie kündigen es nicht an. Meistens hinterlassen sie einen Abschiedsbrief.«

Merci versuchte sich vorzustellen, wie so ein Leben im Verborgenen aussah, mit Absichten, von denen niemand etwas ahnte.

»Ich glaube einfach nicht, dass er eine solche Frau hätte töten können. Seine Frau. Sie war eine Schönheit. Und was für eine Stimme, sie hat Lieder geschrieben. Sieh dir doch nur diese Steine an, die er gesammelt hat, die *Suiseki*. Er war, wie soll ich sagen … Er wusste gute und schöne Dinge zu schätzen.«

»Man kann all das haben, Merci, und dennoch verzweifelt sein. Und das ist es, was sie alle verbindet – sie sehen keinen Ausweg. Sie glauben, dass es ihre letzte positive Handlung ist.«

»Aber sich eine Kugel in den Kopf zu jagen ist negativ.«

»Ich meine das nicht moralisch. Es ist positiv in dem Sinne, dass man es tut. Man handelt. Man entscheidet über sein Leben, indem man es beendet.«

Sie dachte darüber nach und versuchte Zamorras komplizierte Gedanken nachzuvollziehen. »Das ist doch für ’n Arsch«, sagte sie.

»Du solltest nicht über etwas urteilen, das du nicht verstehst.« Zamorra warf ihr einen Blick zu und sie sah Zorn in seinen Augen aufblitzen.

# Sechs

Merci stand zum ersten Mal im Badezimmer der Wildcrafts. Sie hatte die Tatortfotos in der Hand und betrachtete sie immer wieder. Es roch nicht mehr nach Blut und Schießpulver, sondern nach Seife und einer Mischung aus allem Möglichen. Das Bad war kleiner, als sie angenommen hatte, aber für zwei Personen ziemlich geräumig. Weiße Wände, ein glänzender Fliesenboden, eine hohe Decke mit Lichtkuppel. Flauschige weiße Handtücher, die nach Lavendel dufteten. Und da jetzt kein Licht von der gläsernen Duschtür reflektiert wurde, entdeckte sie darin eine Kerbe, die von einer ausgeworfenen Hülse stammen konnte.

Sie war eine Stunde früher hergekommen, weil sie Zeit für sich allein brauchte. Hess hatte ihr erklärt, wie ihn oft ein Bild, das ihm hinsichtlich des möglichen Tathergangs in den Kopf gekommen war, den Weg in besonders schwierige Fälle gewiesen hatte. Er hatte dieses Bild sich entwickeln und verändern lassen, auch wenn es keinen Sinn zu ergeben schien. Mit dieser Methode war er einem Mörder, dem so genannten Handtaschenräuber, auf die Spur gekommen – das erste Bild, das er damals vor Augen gehabt hatte, war eine Frau in einem Kokon. Der Fall hatte letztlich überhaupt nichts mit Kokons zu tun, aber das Bild hatte sich entwickelt und verändert, bis

Hess begriffen hatte, was der Mörder getan hatte und wie er vorgegangen war. Merci hatte große Hochachtung vor dieser Vorgehensweise empfunden. Sie hatte es bis zur völligen Erschöpfung immer wieder versucht. Aber ihrer Art zu denken war diese Technik völlig fremd, denn sie hatte es noch nie – auch nicht als Kind – spannend gefunden, so zu tun als ob. Am Anfang gelang es ihr überhaupt nicht, aber irgendwann hatte sie den Dreh raus. Ihr wurde klar, dass sie, um Dinge verstehen zu können, sie zuerst vor ihrem geistigen Auge zum Leben erwecken musste. Diese Vorstellung war das Zweitwichtigste, das Hess ihr hinterlassen hatte.

Dafür musste Merci allein sein, sie konnte keine andere Gesellschaft gebrauchen als die Geister.

Allein im Haus, gelang es ihr, Gwen in ihrem roten Morgenmantel vor sich zu sehen. Lebendig. Dynamisch. Verschreckt. Kleines Gesicht, kluge Augen voller Angst.

Kommt sie ins Bad, um sich abzuschminken und aufs Klo zu gehen? Oder hat sie sich sofort mit dem Rücken zur Wand gestellt?

Sie hat das Telefon bei sich, weil sie Angst hat, aber wie groß ist die Angst? Sie verschließt die Tür, weil sie Angst hat, aber wovor?

Angst vor dem nächsten Moment? Oder ist es Vorsicht, Man-weiß-ja-nie-Angst? Hatte sie das Telefon in der Hand, als der Täter hereinkam, oder hat sie es da erst in die Hand genommen?

Egal wie, am Ende liegt es im Waschbecken, »seinem« Becken, denn im Schränkchen daneben befinden sich Rasiergel, ein Sport-Deo, Rasierwasser und eine Packung Kondome. Durchschnittsmodelle, typische Marken, bis auf einige mit Noppen für besondere Anlässe.

Andererseits hat Gwen nicht so viel Angst, dass sie die kleine Zweiundzwanziger mit dem Perlmuttgriff aus Archies Waschtischschränkchen nimmt. Vielleicht fürchtet sie sich davor. Vielleicht weiß sie nicht damit umzugehen. Vielleicht weiß sie nicht einmal, dass sie da ist.

Oder vielleicht *war sie einfach nicht schnell genug.*

Alles konnte sich innerhalb weniger Sekunden abgespielt haben: Gwen rennt ins Bad, verschließt die Tür, hat das Telefon in der Hand und will eine Nummer wählen, die Tür zersplittert, etwas schlägt ihr gegen die Brust, eine Pistole wird ihr so fest gegen die Stirn gedrückt, dass der Lauf einen Abdruck in ihrem anschwellenden Fleisch hinterlässt, und im nächsten Augenblick ist sie auch schon tot.

Erschossen von ihrem Mann – einem Adonis mit Grübchen, mit dem sie noch vor ein paar Stunden bereitwillig geschlafen hatte, dem Mann, in den sie sich auf der High-School verliebt hatte, den sie während seiner Polizeiausbildung durchgefüttert hatte, mit dem sie gemeinsam jedes Jahr ein Porträtfoto aufgenommen hatte, mit dem sie das Bett und ein Haus in den Hügeln geteilt hatte?

Es wollte sich kein Bild einstellen. Sie konnte Archie nicht hier im Bad mit Gwen sehen. Er war nicht der Akteur, nicht in dieser Situation.

Aber warum nicht? Sie glaubte zu wissen, warum nicht, aber das würde warten müssen.

Zum jetzigen Zeitpunkt würde sie sich erst einmal ernsthaft bemühen, es so zu sehen, wie Gilliam und Buckley und vermutlich alle anderen annahmen, dass es sich abgespielt hatte.

Also ging sie ins Schlafzimmer. Die Augustsonne schien durch die Jalousien und warf breite Schrägstreifen auf den Teppichboden. Der Geruch nach Laken lag in der Luft, verstärkt von der Nachmittagswärme. Das Bett war ungemacht, die Decke zurückgeworfen, die Kissen lagen so nah beieinander, dass Merci sich fragte, ob Gwen auf ihrer Seite geschlafen hatte, das Gesicht an ihren Mann geschmiegt. Oder umgekehrt.

*Do what you have to*
*But don't say good-bye*
*Don't even joke about saying good-bye*

Okay, dachte sie. Archie hat sie getötet und begibt sich auf seinen Todesmarsch raus in den Garten. Sie versuchte, sich ihn vorzustellen, aber es wollte ihr immer noch nicht gelingen. Es wäre vielleicht einfacher, wenn sie schon einmal mit ihm gesprochen hätte, aber sie konnte sich nicht erinnern, ihn überhaupt je gesehen zu haben. Sein Gesicht wäre ihr aufgefallen, allein die Grübchen waren etwas, woran sie sich immer erinnern würde.

Sie überprüfte ihre Notizen, um Klarheit zu bekommen, welche Lichter ein- und welche ausgeschaltet gewesen waren: Im Bad war eine Lampe an gewesen, ebenso in der Küche und in der Fernsehecke. Sonst hatte kein Licht im Haus gebrannt. Die Scheinwerfer an der Einfahrt waren eingeschaltet, als Bill Jones seinen Anruf morgens um fünf Uhr acht gemacht hatte, aber abgeschaltet, als Crowder und Dobbs um fünf Uhr vierzehn eingetroffen waren.

Als Merci den Flur entlangging, spürte sie, wie der dicke Teppichboden unter ihren Dienststiefeln nachgab, ganz anders als die knarrenden Holzdielen in ihrem Mietshaus im Orangenwäldchen. Zu Hause hörte sie sogar, wenn *die Katzen* durch den Flur schlichen. Und hier war es so still.

Archie hat also gerade seine Frau getötet, dachte Merci, und kommt jetzt den Flur hinunter, ohne das Licht einzuschalten.

Sie konnte keinen Grund erkennen, warum Archie im Wohnzimmer stehen bleiben sollte. Es dröhnt in seinen Ohren, in seiner Nase hat er den scharfen Geruch nach Schießpulver, und vor Augen hat er nichts als das Blut seiner Frau, das überall im Badezimmer verspritzt ist. Es klebt ihm an der rechten Hand, vielleicht sogar im Gesicht und am Morgenmantel. Archie sieht den Stapel Geschenke nicht. Archie sieht den Stein mitten im Wohnzimmer nicht, der seit dem heftigen Streit am Nachmittag dort liegt. Archie, dachte Merci, sieht überhaupt nichts außer der schwarzen Leere, die draußen auf ihn wartet.

Warum draußen? Er hat bereits im Bad eine Riesensauerei veranstaltet. Warum bringt er sich nicht im Steinzimmer um, inmitten seiner stummen, erlesenen *Suiseki*? Warum tut er es nicht in seinem makellos polierten, silbernen Porsche-Cabrio, das *zugedeckt* in der Garage steht? Warum setzt er sich nicht auf eins der Wohnzimmersofas und macht es sich gemütlich?

Aber nein, Archie geht nach draußen.

Merci öffnete die Haustür, betrat die Veranda und schloss die Tür hinter sich. Um fünf Uhr morgens scheint die Sonne noch nicht, dachte sie. Sie versuchte sich die Welt dunkel vorzustellen, nur vom Lichtstrahl einer Taschenlampe erhellt, wie Archie sie gesehen hatte. Aber das fiel ihr schwer. Sie war sogar dankbar für das helle Sommerlicht, da der Gartenweg steiler, enger und kurviger war, als sie ihn in Erinnerung hatte. Wenn man mit dem Weg nicht vertraut war, konnte man leicht davon abkommen.

Aber Archie, dachte sie, der gerade seine Frau abgeschlachtet hat und danach an einem halben Dutzend gefühlsbeladener und bedeutungsvoller Orte, an denen er sich hätte umbringen können, vorbeigekommen ist, nimmt eine Taschenlampe mit, damit er nicht vom Gartenweg abkommt, und dann … was? Stößt er sich den Zeh? Macht er sich die Füße schmutzig? Schlägt er mit dem Kopf an die niedrigen Äste des Flammenbaums?

So oder ähnlich musste es gewesen sein. Denn, wie Gilliam anhand der Pulverspuren und Buckley anhand der Hülsenriefen schon demonstriert hatten, bleibt Archie auf dem Gehweg stehen, beschließt, dass hier der richtige Ort ist, dreht sich in die Richtung, aus der er gekommen ist, und schießt sich in den Kopf.

Klar. Vielleicht.

Merci stand über die Stelle gebeugt, an der Wildcraft gefunden worden war, die Blutflecken auf dem Beton nahmen allmählich eine rostbraune Farbe an. Ameisen krabbelten darauf herum, vor allem in den Fugen.

Klar. Vielleicht.

*Schwachsinn.*

Mit schnellen Schritten ging sie zurück zum Haus, stieß die Haustür auf und ging noch einmal ins Badezimmer. Sie blieb stehen, wo Archie gestanden haben musste, und betrachtete die Handtücher, das Blut auf den Fliesen und den überall verteilten Fingerabdruckstaub.

Entscheide dich jetzt schnell, dachte Merci. Wie ein Mann, der soeben seine Frau erschossen hat und jetzt vorhat, sich selbst zu töten.

Den Flur entlang, kein Licht, denn hier ist er schon tausendmal langgegangen. Er hat die Pistole in der Hand und die Taschenlampe. Pistole rechts, Taschenlampe links. An der Tür schiebt er die Taschenlampe unter den Arm, um eine Hand frei zu haben. Er tritt aus dem Haus und schließt die Tür hinter sich.

Noch ist kein Licht an, aber das ist ihm egal, er hat die Taschenlampe und weiß, wohin er geht.

Aber wohin geht er?

Kurz vor der Stelle, wo sich Archies Blut befand, blieb Merci stehen und blickte den Weg hinauf und hinunter. Sie sah die Hauswand, den dicken Schornstein, die Fenster auf beiden Seiten und die Wand aus Bäumen zu ihrer Rechten. Sie betrachtete eins der Fotos.

Eine Möglichkeit: An dieser Stelle war er am weitesten von Gwen entfernt. Den Weg weiterzugehen hieße, wie im Kreis wieder zurück in ihre Richtung zu gehen. In ihre Richtung *gezogen* zu werden. Auch im Tod hat sie noch mehr Kraft als er, deshalb muss er es hier tun. Aber hier, genau hier hat er den äußersten Winkel ihres Einflussbereichs erreicht. Hier ist das Ende der Leine, an der sie ihn hält. Hier kann er vom Innern des Hauses aus nicht gesehen werden. Gwen, die unerträgliche Hexe, das Monster, das endlich bekommen hat, was sie schon vor Jahren verdient hätte, hier kann sie ihn unmöglich sehen, er ist durch den Schornstein verdeckt. Sie hat keine Ahnung, was er vorhat. Er ist endlich frei.

Merci sah, dass Archie, nachdem er den Weg bis hierher gekommen war, mit dem Rücken zu seiner Frau gestanden hatte. Es erschien ihr nur logisch, dass er ihr ein letztes Mal den Rücken zuwandte.

Mittlerweile zittert er, dachte sie, seine Wut und Entschlossenheit und seine krankhafte Logik fangen an zu schwinden, und ihn beschleicht Entsetzen über das, was er getan hat. Und was er noch tun muss.

Er dreht sich um in die Richtung, aus der er gekommen ist. Warum? Als könnte er zurückgehen, alles ungeschehen machen? Noch mal von vorne anfangen? Gwen beichten, dass er sie doch nicht wirklich hasst? Einfach hallo sagen? Oder adieu?

Er holt tief Luft. Er dreht sich schnell und entschlossen um und drückt ab.

Er hört es nicht. Sieht nichts. Fühlt nichts. Vielleicht beobachtet eine Eule, wie die Hülse in die Veilchen trudelt, und sieht die kleine Rauchwolke, als die Pistole auf den Weg knallt, genau in dem Moment, als Archie Wildcrafts schwerer Körper zusammensackt wie ein Springbrunnen, der für die Nacht abgestellt wird.

Das ergibt sich aus dem, was wir gefunden haben, dachte Merci: eine Neunmillimeter-Hülse auf der rechten Seite des Gehwegs, wohin der Auswerfer der Smith sie logischerweise befördern würde.

Okay. Ich kann es glauben. Ich kann es glauben. Aber ich kann es mir immer noch nicht vorstellen.

Was ist mit dem Riesen, der unter dem chinesischen Flammenbaum wartet? Was ist mit all den Fußspuren auf der anderen Seite des Weges? Wer hat sie hinterlassen und was hat derjenige gesucht?

Sie spürte ihr rasendes Herz und den kühlen Schweiß auf ihrer Kopfhaut. Ihre Finger, mit denen sie die Fotos hielt, waren so verschwitzt, dass sie sie an ihrer Hose abwischte. Sie roch sich selbst und ihr Parfüm und den süßlich scharfen Duft irgendwelcher Blumen oder Weinranken und den satten Geruch feuchter Erde.

Sie folgte dem Weg und versuchte einen klaren Kopf zu bekommen. Am Swimmingpool blieb sie einen Moment stehen und betrachtete das klare blaue Wasser, die beiden Liegestühle, die direkt nebeneinander standen, und die kleinen runden Tische rechts und links davon. So können sie sich berühren, dachte sie, gemeinsam in der Sonne dösen. Es duftet nach Blumen. Die Hand ausstrecken, streicheln. Leise Worte. Die Augen geschlossen, die Sonne rot und warm auf den Lidern. Wollen wir reingehen? O *ja*.

Am anderen Ende des Pools standen zwei Eukalyptusbäume. Zwischen ihnen war eine Hängematte gespannt, groß genug für zwei. Merci schaute hinüber zur Terrasse, wo Zamorra am Ende jenes ersten langen Tages gesessen hatte. Ein kleiner Tisch und, natürlich, zwei schmale Stühle.

Überall, wo ich hinschaue, dachte sie: zwei junge Menschen, die sich lieben. So musste es eigentlich sein, man gestaltet sich seine eigene Welt. Wir. Wir. Wir und sie.

Sie fing noch einmal im Schlafzimmer an. Aber diesmal war Archie nicht der Schütze.

Und als Erstes dachte sie: Gwen wurde gar nicht zuerst erschossen. Der Stein hat nicht schon seit dem Nachmittag auf dem Teppichboden gelegen. Er wird kurz nach fünf Uhr früh durch das Fenster geworfen, und Archie springt aus dem Bett, als er das Geräusch hört. Er schickt seine Frau mit dem Handy ins Bad. Sie soll noch nicht gleich 911 anrufen, schließlich ist er Polizist, ein junger Cop mit einer Waffe und einer Taschenlampe für solche Fälle. Wenn ein Drache in sein Schloss eingedrungen ist, wird Archie ihn eigenhändig töten, ihm den Kopf abschlagen und damit im Triumph um sein Grundstück marschieren.

Merci ging noch einmal ihre Lampenliste durch und stellte sich Archie nicht als Mörder, sondern als Verteidiger seines Hauses vor. Aber welche Lichter eingeschaltet gewesen waren, würde ihr keinen Aufschluss darüber geben können, was Archie getan hatte, denn wenn ihre Theorie stimmte, war jemand nach ihm im Haus gewesen.

Archie steht also im Flur, die Taschenlampe in der linken Hand und die Pistole in der rechten. Er ist angespannt, sein Puls rast. Mit nackten Füßen geht er leise über den Teppichboden.

Jetzt bekam sie ein Bild von Archie, obwohl sie sich nicht erinnern konnte, ihn je gesehen zu haben. Die Porträtfotos, fiel ihr ein. Das breite jungenhafte Gesicht, die Grübchen, der kräftige Hals. Aber es war mehr als das. Sie konnte ihn sich vorstellen, weil er es so getan hatte. Er war hier gewesen. So stimmte das Bild.

Zumindest sagte ihr das ihre Vorstellungskraft. Was vor Gericht nicht zählen würde.

Im Wohnzimmer starrte sie wieder auf den Teppichboden, wo der Stein gelegen hatte. Archie würde ebenfalls auf den Teppich gestarrt haben, auf den Stein und die zertrümmerte Jalousie.

Merci ging mit Archie zusammen nach draußen. Sie erinnerte sich daran, die Mondphasenkarte in der Zeitung gesehen zu haben; der Mond war in der Tatnacht um zwei Uhr verschwunden. Es fiel ihr leicht, dem Strahl der Taschenlampe zu folgen, der sich von dem rissigen kleinen Gartenweg hin zu den Bäumen bewegte und wieder zurück.

Sie folgte dem Weg bis zu der Stelle, an der Archie zu Boden gestürzt war. Sie fragte sich, ob Wildcraft irgendetwas gehört hat, das ihn dazu veranlasst, sich umzudrehen. Oder ob er einfach ums Haus herumgeht, bis er die Stelle findet, von wo der Stein geworfen wurde. Er will sehen, von wo der Stein gekommen ist. Menschliche Neugier. Die Ausbildung eines Polizisten. Klar, das war es, was er hatte herausfinden wollen.

Merci versuchte, sich den weiteren Verlauf des Tathergangs zu vergegenwärtigen, bekam jedoch keine Details zusammen. Sie konnte nicht einschätzen, wie weit er gegangen war. Ob er stehen geblieben war und sich umgedreht hatte, bevor er sein blaues Wunder erlebte, oder ob er von dem zersplitterten Fenster aus zurückgegangen war. Sie würde es vielleicht nie erfahren, dachte sie, es sei denn, Archie wachte auf und hatte noch so viel von seinem Gehirn übrig, dass er sich erinnern konnte.

Aber hier an dieser Stelle hatte es ihn erwischt. Vor sich den Gartenweg, die Veranda, die Haustür, den Eingang zu seinem Haus. Er blickt in die Richtung, in der sich seine Frau aufhält, die gerade sechsundzwanzig geworden ist, mit der er kurz zuvor geschlafen hat und die er morgens um fünf allein und verängstigt im Bad gelassen hat mit einem Handy, das hier in den Hügeln vermutlich nicht besonders gut funktionierte, und mit einer Waffe, die sie wahrscheinlich nicht benutzen wird.

All das jagte Merci durch den Kopf, während sie auf die von Ameisen wimmelnden Blutflecken hinunterschaute, dann dorthin, wo die Fußabdrücke Größe sechzehn immer noch sichtbar waren, und schließlich unter den herunterhängenden Zweigen des Flammenbaums hindurch.

Ich werde dich finden, dachte sie.

Ich werde herausfinden, wer du bist, und ich werde dafür sorgen, dass man an dir das ganze Arsenal der Kriminaljustiz durchexerziert: besondere Umstände, heimtückisch, Kapitalverbrechen, schuldig im Sinne der Anklage, Euer Ehren.

Du hast einen von uns auf dem Gewissen, aber das Orange County Sheriff's Department ist noch lange nicht fertig mit dir.

Sie stand unter dem Baum, wo Größe Sechzehn gestanden hatte, setzte ihre Füße in seine Fußstapfen.

Was für ein Ausblick. Nicht einfach hinter den belaubten Zweigen versteckt, sondern *zwischen* ihnen verborgen. Man brauchte nur im richtigen Augenblick herauszuschlüpfen.

Archie ist hier vorbeigekommen, dachte Merci. Auf dem Hinweg war er für Größe Sechzehn schlecht zu sehen. Aber auf dem Rückweg war Archie ein leichtes Ziel. Vielleicht war Archie auch mittlerweile schon weniger wachsam. Vielleicht hatten sich seine Augen an die Dunkelheit gewöhnt und er hatte die Taschenlampe ausgeschaltet. Vielleicht leuchtete er woandershin. Größe Sechzehn brauchte nichts zu machen als, na ja, zwei große Schritte.

Behende schlüpfte Merci aus dem Geäst an den Wegrand. Es ging leichter und schneller, als sie sich vorgestellt hatte. Wenig Widerstand, kaum Geräusche.

Ja, sie brauchte zwei Riesenschritte, um zum Rand des Betonwegs zu gelangen. Wofür – für einen Schuss aus einem Meter Entfernung auf den Kopf eines Menschen? Kinderspiel.

Sie machte noch einmal zwei Schritte, die Neunmillimeter in der ausgestreckten rechten Hand. Sie umfasste die Waffe nur mit einer Hand, weil sie in der anderen die Fotos hielt. Wahrscheinlich hatte Größe Sechzehn seine Waffe auch nur mit einer Hand gehalten, denn er brauchte eine freie Hand, um das Blätterwerk zu teilen. Ob er auch eine Taschenlampe bei sich hatte? Im Dunkeln, auf dem Grundstück eines Fremden, der mit Sicherheit ebenfalls *bewaffnet* war? Zweifellos.

Aber das eigentliche Problem war die Hülse. Wenn sich alles so abgespielt hatte und der Schütze eine Automatik benutzt hatte, konnte die ausgeworfene Hülse nicht dort gelandet sein, wo Zamorra sie gefunden hatte.

Sie wäre auf der anderen Seite bei den sich überlappenden Fußabdrücken gelandet.

Und die Kugel, die immer noch in Wildcrafts Kopf steckte – stammte sie aus seiner eigenen Pistole oder aus einer anderen Waffe? Das war der Schlüssel. Es gab noch keine Nachricht von Sheriff Abelera. Und auch keine aus dem Krankenhaus.

Sie hörte, wie ein Auto näher kam und auf der Straße parkte. Zamorra, dachte sie. Sie ging zur Einfahrt und sah, wie Ryan Dawes die Tür seines Cabrios zuschlug.

Merci beobachtete ihn, als er den Gehweg zur Auffahrt entlangkam: grauer Anzug, schwarzes Hemd mit offenem Kragen, Sonnenbrille und schwarzer Aktenkoffer. Groß, schlank, muskulöse Beine, knackiger Hintern. Er fuhr sich mit der Hand durch das honigblonde Haar.

Sie versteckte sich wieder zwischen den Bäumen, stellte sich in die Abdrücke von Größe Sechzehn und wartete ruhig, bis Dawes an ihr vorbei zum Haus ging. Als er unverrichteter Dinge zurückkam, trat Merci hervor und zielte mit dem Zeigefinger auf seinen Kopf.

»Hände hoch, Jaws!«

Dawes machte einen Satz rückwärts und ließ den Aktenkoffer fallen.

»*Scheiße! Sie haben mich zu Tode erschreckt, Rayborn.*«

»Was machen Sie hier?«

»Meine *Arbeit.*«

»Sie sind bloß Jurist.«

Er sagte nichts, sein Atem ging schnell und der Schweiß stand ihm auf der Stirn.

»Sie werden sich wieder erholen, Mr Dawes – wenn man sich vor Angst in die Hose macht, empfiehlt es sich, tief durchzuatmen. Ganz tief.«

»Ja, ja.«

»Kapiert?«

»Kapiert.«

»Was suchen Sie?«

Er schwieg, während sie versuchte, durch seine Sonnenbrille hindurch seinen Blick zu ergründen. Aber sie erblickte nur ihr eigenes Spiegelbild in den silberblauen Gläsern.

»Das hier ist ein Tatort und die Spurensicherung ist noch nicht abgeschlossen. Also bleiben Sie gefälligst auf dem Trampelpfad und rühren Sie nichts an. Absolut gar nichts.«

Er lächelte und schnaubte verächtlich. »Lassen Sie den Blödsinn, Rayborn. Ich weiß selbst, wie ich mich an einem Tatort zu verhalten habe. Wir können einander nicht leiden. Okay. Ich kann mich an Ihre Spielregeln halten, wenn es sein muss.«

»Spielregel Nummer eins: Kein überflüssiges Wort an die Presse.«

»Ich hätte damals den Mund halten sollen.«

Das klang nicht gerade wie eine Entschuldigung, nicht einmal wie der Ansatz dazu.

»Sie haben noch nachgetreten, als ich am Boden lag, Jaws.«

»Ich hätte mich zurückhalten sollen.«

»Bringen Sie mir nicht meinen Tatort durcheinander.«

»Keine Bange. Diesmal will ich nur sicherstellen, dass die Beweismittel korrekt erfasst werden.«

Sie hätte ihn umbringen können. Es hätte nicht viel gefehlt. Aber sie hielt ihre Zunge im Zaum und stellte sich genüsslich vor, wie Jaws im Yosemite-Nationalpark an einer steilen Schlucht abrutschte, in die Tiefe trudelte und in den sicheren Tod stürzte.

Dann hörte sie Schritte auf dem Gehweg. Sie brauchte einen Moment, bis sie Al ohne seine Sportjacke und mit dunkler Piloten-Sonnenbrille erkannte.

Al Madden war der ehemalige Leiter der Mordkommission im Sheriff's Department, mittlerweile aber Chefermittler des Bezirksstaatsanwalts. Er war massig, intelligent und ruhelos. Hess hatte stets voller Hochachtung von ihm gesprochen.

Die Staatsanwälte holten Al immer dann, wenn ihnen das, was die Polizei herausgefunden hatte, nicht reichte. Oder wenn sie einen Fall wasserdicht machen, die Details einordnen und letzte Unklarheiten beseitigen wollten.

Oder wenn die Staatsanwaltschaft glaubte, die Polizei hätte falsche Schlüsse gezogen. Al Maddens Aufgabe war es, dafür zu sorgen, dass die Staatsanwaltschaft ihre Prozesse gewann. Zu verhindern, dass »das Volk« wegen schlechter Polizeiarbeit vor Gericht dumm dastand. Oder von der Bürgerrechtsorganisation ACLU mit horrenden Schadenersatzforderungen überzogen wurde.

Sie nickte und reichte Al wortlos die Hand. Als begrüßte sie ihren Scharfrichter, dachte sie. Sie hatte keine Lust auf höflichen Smalltalk. In dem verlegenen Schweigen nahm Al die Sonnenbrille ab und rot geränderte graue Augen kamen zum Vorschein.

»Also, Merci, in den Berichten sieht alles sauber aus. Ich bin nur hier, um ein paar Messungen vorzunehmen und einige Kleinigkeiten zu überprüfen. Clay weiß, dass das hier ein heikler Fall ist, Wildcraft ist schließlich einer von uns.«

»Verstehe. Was für Kleinigkeiten und was für Messungen?«

»Nichts Spezielles.«

Also ganz allgemein, dachte sie. Die pauschale Missachtung meiner Arbeit.

»Lassen Sie uns anfangen, Al«, sagte Dawes.

»Was dagegen, Sergeant?«, fragte Madden mit dem Anflug einer Entschuldigung in der Stimme.

Sie schüttelte den Kopf und ging an den beiden Männern vorbei in Richtung Einfahrt.

Gemeinsam mit Zamorra spielte sie alles noch einmal durch, einmal mit Archie als Täter, einmal mit Archie als Opfer. Dann schlüpften sie in die Rolle von möglichen Einbrechern, die registrierten, was sie alles hätten mitnehmen können. Als sie fertig waren, blieben sie einen Moment am Swimmingpool stehen und sahen Al Madden und Dawes bei der Arbeit zu.

Die beiden Ermittler hockten am Boden, Al auf dem Weg und Dawes an der Stelle, wo Zamorra die Hülse entdeckt hatte. Dawes betrachtete die Tatortskizzen auf seinem Klemmbrett, das neben ihm lag, ließ sein Ende des Maßbands fallen und streckte beide Arme aus, um auf den Punkt zu zeigen, wo die Hülse gefunden worden war. Madden nickte. Dann richtete er einen Zeigefinger wie eine Pistole auf seine Stirn und machte mit dem Kopf eine ruckartige Bewegung nach hinten.

»Hat Wildcraft sich selbst in den Kopf geschossen, Paul?«

»Ich weiß es noch nicht.«

»Ich meine, passt er in das Profil oder wie auch immer ihr das nennt?«

»Eigentlich nicht. Aber die Beweismittel sprechen gegen ihn. Das weißt du selbst. Merci, wenn wir einen schuldigen Deputy festnehmen müssen, wird dich dafür niemand kreuzigen.«

»Und wenn er nicht schuldig ist? Dann wäre er schon der Zweite. Beim ersten Mal habe ich einen anständigen Mann tief verletzt und dabei mein halbes Department gegen mich aufgebracht.«

»Sprich mit dem Sheriff.«

»Worüber?«

»Er soll die Sache an Wheeler und Teague übergeben. Soll jemand anders den Fall übernehmen.«

Merci war klar, dass sie Wildcrafts Unschuld auch für sich selbst brauchte. Um denen, die sie ablehnten, zu beweisen, dass sie eine gute Polizistin war, dass sie zu ihnen gehörte. Falls man ihr nachwies, dass sie sich geirrt hatte, so wie sie sich bei Mike geirrt hatte, würde sie ihren Posten aufgeben. Wahrscheinlich musste sie das nicht mal, dachte sie: Man würde sie einfach zur Verkehrspolizistin degradieren.

»Nein«, antwortete sie.

»Dachte ich mir.«

»Was würdest du tun?«

»Mehr über Wildcraft herausfinden. Niemand tut so was ohne Grund. Meistens gibt es sogar mehrere Gründe.«

Schweigend sah sie zu, wie Jaws sich mit der Hand durch die Haare fuhr und sich geistesabwesend am Kopf kratzte. Du Kotzbrocken, dachte sie.

»Merci, ich habe hier ein paar Kontoauszüge, nicht eingelöste Schecks und Kreditkartenabrechnungen der Wildcrafts. In den letzten zwei Monaten des vergangenen Jahres und in den ersten zwei Monaten dieses Jahres haben die beiden ungefähr hundertzwanzigtausend Dollar für Spielereien ausgegeben – für den neuen Porsche in der Garage, neue Möbel und Teppichböden, für den Umbau von zwei Bädern. Außerdem Reisen nach Gran Canaria, Tahiti, Costa Rica. Ganz abgesehen davon, dass sie in einem Haus für mehr als eine Million in einer Gegend mit lauter Millionären wohnen. Wildcraft hat fünfzigtausend im Jahr verdient und seine Frau achttausend.«

Überzeugendere Fakten konnte man kaum finden. Sie schüttelte den Kopf und sagte nichts.

Zamorra zuckte die Achseln. »Ich habe für fünf Uhr ein Treffen mit ihren Eltern arrangiert.«

»Was ist mit seinen Eltern?«

»Die sind gestern Abend aus Nordkalifornien hergekommen. Der Vater meinte, sie wollten morgen den ganzen Tag im Krankenhaus verbringen. Er sagte, sie würden so lange hier bleiben, bis der Kerl, der ihnen das angetan hat, im Sarg liegt.«

Vor längerer Zeit hatte Merci einmal die Idee gehabt, man müsste im County einen aus Steuern finanzierten Fonds zur Unterstützung von Opfern der schlimmsten Verbrechen einrichten. Die Überlebenden würden eine Menge Geld bekommen. Selbst wenn nur fünf Dollar pro Kopf eingezahlt würden, käme man auf einen verfügbaren Betrag von fünfzehn Millionen Dollar für den Fonds. Diesen Fonds hatte sie einführen wollen, wenn sie im Alter von etwa achtundfünfzig Jahren zum Sheriff gewählt würde. Aber dann hatte sie an all die Leute denken müssen, die einander allein wegen *dieses* Geldes umbringen würden, und hatte die Idee wieder verworfen. Die menschliche Natur, dachte sie. Nicht zu begreifen.

Außerdem würde sie ohnehin nie Sheriff von Orange County werden. Das war einmal ein Traum gewesen. Noch vor Mike McNally und einem Mann, den sie getötet hatte, noch vor ihrer Aussage vor der Grand Jury.

Mittlerweile war sie aufgewacht.

# Sieben

An diesem Nachmittag wachte Archie erneut für kurze Zeit auf, hörte die Geräusche, sah die Gesichter. Zu grell, zu laut.

Er begriff, dass er Archie Wildcraft hieß und von Beruf Deputy beim Orange County Sheriff's Department war. Dass er mit Gwen verheiratet war. Dass sie in einem schönen Haus in den Hügeln der Stadt wohnten. Diese Tatsachen erschienen ihm zerbrechlich und ohne jedes Gewicht.

Dann wieder schwarzes Wasser.

Eine Stunde später erwachte er wieder und sah, dass sein Vater und seine Mutter auf ihn herunterschauten. Er spürte Tränen, die ihm heiß über das Gesicht liefen. Sein Vater hielt seine Hand und sagte ihm, dass man in jener Nacht auch auf Gwen geschossen hatte, dass sie nicht überlebt hatte. Archie verstand, dass es das war, was er verloren hatte und nie mehr zurückbekommen würde. Das war das Wichtige, das Wertvolle, das ihm fehlte. Gwen. Seine Frau. Er konnte sich ihr Gesicht nicht richtig vorstellen. Und ihre Abwesenheit hinterließ ein großes, schwarzes Loch in ihm.

Also tauchte er wieder hinunter, tiefer noch, als er je gewesen war. Versuchte, bis auf den Grund zu gelangen und dort zu bleiben, für immer in der Dunkelheit zu verschwinden. Er musste sich anstrengen, in die Tiefe zu kommen. Unten in der

Dunkelheit, wo er sich durch Schlamm und Schlick und Steine grub, hörte Archie wieder die Stimme der Frau.

*Schwimme, atme, ruh dich aus.*

Die Stimme hatte den Klang von Autorität, und da Archie ein junger Mann war, der an Befehle gewöhnt war, gehorchte er ihr. Er vertraute ihr. Er glaubte ihr. Er wendete, stieß sich vom schwarzen harten Grund ab und schwamm wieder nach oben.

# Acht

Als Merci in ihrem Impala auf den Riverside Freeway hinauffuhr, waren alle vier Spuren mit kriechenden und stinkenden Autos verstopft. Wie an der mexikanischen Grenze, dachte sie, fehlten nur noch die Kinder, die *Churros* und Sparschweine aus Keramik feilboten. Was für ein Chaos. Sie fädelte sich ein und wechselte schließlich auf die Car-pool-lane, die Spur für Busse und Autos mit mindestens einem Beifahrer, auf der es etwas zügiger voranging.

Zamorra saß neben ihr, wie immer tadellos gepflegt in seinem Anzug, und blickte zum Seitenfenster hinaus. Sie hatte ihn noch nie mit gelockerter Krawatte erlebt, selbst als er aus dem Krankenhaus gekommen war, in dem seine Frau im Sterben gelegen und er ausgesehen hatte, als wollte er gleich mitsterben.

Seitdem waren acht Monate vergangen, und sie hatte gelernt, ihn zu mögen und zu respektieren. In den ersten zwei Monaten nachdem seine Frau gestorben war, hatte er aufgrund von Alkoholkonsum und Bewegungsmangel reichlich zugenommen. Er hatte sein Schicksal nie beklagt. Jeden Morgen hatte er verkatert gewirkt, auch wenn Merci nicht glaubte, dass er es tatsächlich immer war. Sie hatte den Verdacht, dass er eine Reihe kurzer Liebschaften hatte, und es gab auch ein paar Hinweise, die diesen Verdacht bekräftigten, aber sie fragte ihn nicht danach und er erzählte nichts davon.

Über alles andere redeten sie miteinander. Anfangs waren sie sehr zurückhaltend gewesen, wie Teilnehmer einer öffentlichen Diskussionsrunde. Aber nach einigen Monaten konnte Merci mit ihm über den Tod von Hess sprechen und Zamorra mit ihr über Janines Tod. Es war leichter, mit jemandem zu sprechen, der Ähnliches durchgemacht hatte. Es war, als tauschte man schreckliche, aber wertvolle Geschenke aus. Und obwohl sich Merci die Schuld an Hess' Tod gab und Zamorra wegen Janines Tod mit dem Schicksal haderte, hatten all die Gespräche über Verlust, Wut, Traurigkeit und Schuld allmählich zu einem freundschaftlichen Verhältnis geführt. Aber Merci hatte nie das Gefühl, dass sich hier zwei Pechvögel zusammengetan hatten. Eher traurige Herzen. Ihr Leiden hatte etwas Edles, fand sie, auch wenn das manchmal schwer ausfindig zu machen war.

Nach ein paar Monaten hatte Zamorra offenbar mit dem Trinken aufgehört. Merci wusste, dass er wieder in seinen geliebten Boxklub in Westminster ging. Er schien wieder ganz der Alte zu sein, auch wenn er mit seinen Gedanken oft tausend Meilen weit weg war. Sie bewunderte die Zähigkeit, die ihn befähigt hatte, aus dem tiefen Loch zu klettern, in das er gefallen war. Und sie bewunderte die Intensität seiner Gefühle, die ihn befähigt hatte, überhaupt in dieses Loch zu fallen.

Eine heimliche Liebe begann zu wachsen. Heimlich, weil Merci immer noch Hess liebte und weil Paul immer noch Janine liebte. Heimlich, weil sie sich nur wenige Monate zuvor dazu hatte verleiten lassen, Mike McNally zu verraten, von dem sie wusste – selbst als sie ihn verriet –, dass er sie liebte. Wie sollte sie jemandem ihr untreues und kleinmütiges Herz anbieten, der so unerschütterliche Liebe bewiesen hatte? Heimlich auch deshalb, weil sie Partner waren. Ihre Aufklärungsquote lag bei vierundachtzig Prozent, es war die höchste im Department. Warum sollte sie ein gut funktionierendes Team gefährden und schon wieder das Leben eines Mannes durcheinander bringen? Waren ihre vagen Gefühle das wert?

Dennoch gelang es Merci nicht, ihre Gefühle zu unterdrücken. Im Laufe der Zeit war sie immer wieder angetan von Zamorras Qualitäten – seinen Umgangsformen und seinem guten Aussehen, von seinen Fähigkeiten als Ermittler und von seiner Eleganz. Er war sanft, uneigennützig, rücksichtsvoll. Und einfühlsam. Auf Fragen antwortete er bedächtig, aber präzise. Er war ein guter Beobachter, der oft mehr sah als sie selbst. Er verstand Feinheiten, die – ihrer Meinung nach – den meisten anderen Männern erst erklärt werden mussten. Zudem fühlte sie sich zu seinen dunklen Seiten hingezogen – nicht zu dem Kummer, aber zu seiner Gewaltbereitschaft, die er meistens zu bändigen wusste. Zu seiner Wut. Mehr als einmal hatte sie erlebt, dass gegenüber Verdächtigen, Informanten und Verurteilten, aber auch gegenüber aggressiven Mitmenschen Wut in ihm aufflackerte. Er hatte sie meistens unter Kontrolle, aber sie war da, und zwar nicht zu knapp. Es flößte Merci Respekt ein, wie er seine Wut unter Verschluss und zugleich wie eine Waffe jederzeit einsatzbereit hielt.

Sie mochte seinen Geruch. Sie mochte die kleinen Fältchen, die sich um seine Augen bildeten, wenn er – selten genug – lächelte. Selbst die hässlichen blauen Flecken, die er sich im Boxstudio einhandelte. Und sie mochte es, wie traurig seine Wimpern im Profil aussahen.

Sie stellte sich vor, ihn zu berühren und von ihm berührt zu werden. Fragte sich, wie sich seine glatt rasierte Wange an ihrem Hals anfühlen würde. Wie sich seine sehnigen Arme an ihrem Körper anfühlen würden und wie es wäre, sich an seine breite Boxerbrust zu schmiegen. Manchmal stellte sie sich vor, sie wären ein Paar, dann musste sie innerlich lächeln, weil er fünf Zentimeter kleiner war als sie. Das amüsierte sie und erinnerte sie an berühmte Schauspieler, die angeblich aus einem bestimmten Winkel gefilmt wurden, damit sie größer wirkten. Yul Brynner zum Beispiel, der – ihrer Mutter zufolge, die den Film mindestens zwanzigmal gesehen hatte – in *The King and I* auf einer Kiste gestanden hatte.

Unwillkürlich versuchte Merci sich vorzustellen, wie wohl ihre gemeinsamen Kinder aussähen. Und wie wunderbar es für Tim Jr. wäre, wenn er einen Bruder oder eine Schwester hätte. Sie ertappte sich dabei, wie sie sich das rosafarbene Haus am Strand in Mexiko ausmalte, nur dass diesmal nicht sie und Hess und Tim Jr. dort waren, sondern auch noch Paul und ihr *gemeinsames* Kind, ein Mädchen, das sie schon auf den Namen Ann getauft hatte. Ann und Tim Junior kamen blendend miteinander aus. Genauso wie Hess und Zamorra. Merci liebte sie alle gleichermaßen und doch auf verschiedene Weise und sie waren ständig außergewöhnlich glücklich.

Also wartete sie ab, um zu sehen, ob Paul genauso empfand wie sie. Sie bezweifelte es. Sie stellte ihn sich mit irgendeiner zierlichen Blondine vor, die nichts mit der Polizei zu tun hatte. Seine Freundin wäre elegant und feminin, aber auf eine zurückhaltende Art. Sie würde ihr Leben ihm widmen, nicht ihrem Beruf. Sie hätte dieses gewisse Etwas, das auch Paul auszeichnete – den Sinn für Stil. Sie wäre sehr bemüht, ihn glücklich zu machen, und wüsste instinktiv, was dazugehörte, oder sie würde es herausfinden. Merci versuchte, nicht zu voreingenommen zu sein gegenüber der blöden Kuh. Wenn sie die Richtige war für Paul, bitte sehr, dann würde Merci die beiden auf jede erdenkliche Weise unterstützen.

Aber Zamorra ließ keinerlei Anzeichen von Interesse an Merci erkennen. Sie spielte mit dem Gedanken, mit ihm darüber zu sprechen oder ihm zu zeigen, was sie empfand. Aber das wäre ein Fehler. Zamorra würde sich in sie verlieben, wenn er dazu bereit war, oder eben nicht. Merci glaubte nicht, etwas tun zu können, um das Herz eines Mannes zu gewinnen, nichts gab ihr das Recht dazu. Liebe war wie ein Naturereignis. Die Natur würde von allein ihren Weg finden, so wie sie es seit undenklichen Zeiten tat.

Und dann, vor ein paar Monaten, an einem Tag im Juni, hatte Zamorra sie kalt erwischt.

Als sie nach der Mittagspause um das alte Gerichtsgebäude herumgingen, erzählte Paul ihr beiläufig, er habe jemanden gefunden. Ihr Name sei Kirsten.

Merci war froh, dass sie ihre Sonnenbrille aufhatte, denn sonst hätten ihre Augen sie garantiert verraten. Ansonsten hatte sie alles unter Kontrolle – ihre Stimme und die Wahl ihrer Worte, die geheuchelte Freude über sein Glück, ihr gespieltes Interesse an dieser, dieser … *Person.*

Sie hatte gar nicht gewusst, wie gut sie schauspielern konnte. Aber je länger sie an diesem warmen Frühlingsmorgen neben Zamorra herging und die Rolle der teilnahmsvollen Freundin spielte, desto besser wurde sie. Als sie das Department erreichten, hatte Merci nicht nur ein Mittagessen zu dritt vorgeschlagen, wenn Paul und *Kirsten* es zeitlich einrichten konnten. Sie hatte Paul außerdem anvertraut, dass sie sich ebenfalls mit jemandem traf. Mit einem Immobilienmakler namens Frank.

Zamorra warf ihr einen seltsamen Blick zu. Das Einzige, was sie mit Sicherheit in seinen Augen lesen konnte, war Erleichterung.

Zamorra hatte es gewusst.

Als sie endlich die Damentoilette erreichte, hatte sie Herzrasen, der kalte Schweiß brach ihr aus und sie schaffte es gerade noch, den Klodeckel hochzuklappen, bevor sie sich übergab. Danach saß sie auf dem Klo und heulte in ein riesiges Knäuel Klopapier, das sich auflöste und in ihrem ganzen Gesicht verteilte. Seit der Nacht, in der sie Mike McNally verführt hatte, um bei der Gelegenheit Beweismittel für eine Mordanklage gegen ihn zu sammeln, hatte sie sich nicht mehr übergeben. Jetzt fühlte sie sich viel elender, wusste aber nicht warum. Vielleicht hatte sie sich bei der Geschichte mit Mike zwar vor sich selbst geekelt, aber dennoch geglaubt, das Richtige zu tun. Jetzt heulte sie sich einfach nur ihren erbärmlichen kleinen Liebeskummer von der Seele.

Vor dem Verlassen der Toilette hatte sie bei einem Blick in den Spiegel das gesehen, was sie immer sah: eine große, kräftig gebaute Frau mit widerspenstigem schwarzem Haar und einem nicht sehr hübschen Gesicht. Aber immerhin hatte sie schöne Haut, oder? In ihren dunklen Augen sah sie nur Wut und Enttäuschung und Demütigung. Zamorra hatte es *gewusst.* Sie atmete tief durch und dachte: Scheiß drauf, ich muss an Tim Junior denken, und das Letzte, was meine wunde Seele gebrauchen kann, ist eine Liebschaft mit einem Polizisten, dessen Frau erst vor kurzem an Krebs gestorben ist.

So sah es aus.

»Was hast du über Gwens Familie rausgefunden, Paul?«

»Ich habe ihre Namen und die Adresse auf einem der Kreditanträge der Wildcrafts entdeckt. Die Mutter heißt Earla, der Vater Lee. Der Familienname ist Kuerner. Earla sagte, sie wären um fünf zu Hause. Sie waren mit den Begräbnisformalitäten beschäftigt.«

Merci erinnerte sich an die Initialen GK auf einigen Bildern in Gwen Wildcrafts Musikzimmer.

»Wie hörte sie sich an?«

»Wie erstarrt.«

Die Kuerners lebten in Norco, einer kleinen Stadt nicht weit von der Countygrenze. Zamorra suchte den Weg auf der Landkarte. Merci fuhr in Corona auf die Lincoln Street, von da auf die River Road und hielt sich rechts zur Second Street.

»Hier draußen war ich noch nie«, sagte sie mit einem Blick auf einen Milchbetrieb mit unzähligen schwarzen Kühen an den Futterstellen.

»Interessant hier.«

Die Häuser entlang der Second Street waren größtenteils heruntergekommen, die Rasenflächen braun. Maschendrahtzäune, verrostete Metallschuppen mit braunen Regenflecken an den Seiten. An einem Haus baumelte noch die Weihnachtsbeleuchtung vom Dachfirst und über den Fenstern hingen verschossene, ehemals rote Schleifen. Auf einem handgemalten Werbeschild aus Sperrholz wurden Zwergziegen zum Verkauf angeboten. Merci betrachtete die gedrungenen, dickbäuchigen kleinen Ziegen und fragte sich, wozu sie gut waren und was sie wohl kosteten. In einem Garten stapelte sich Schrott – Autotüren, übereinander geschichtet wie Pfannkuchen, Dutzende von verrosteten Rasenmähern, bergeweise alte Zaunpfosten aus Metall und eine ganze Sammlung ausrangierter Betonmischer. Ein Strauß stand in einem Planschbecken und schaute Merci an wie ein Polizist. Der Gestank des Milchbetriebs kam durch die Klimaanlage ins Wageninnere, faulig und jauchig.

»Wie malerisch«, sagte sie.

»Norco ist die Abkürzung für North Corona«, erklärte Zamorra.

»Hier möchte ich nicht begraben sein.«

»Die Leute in dem Teil der Stadt hier sind arm.«

»Und allem Anschein nach auch faul.«

»Wieder typisch Merci.«

Er hatte Recht. Sie brauchte Zamorras Hilfe, um unbedachte Äußerungen und vorschnelle Urteile zu vermeiden. Sie war so erschöpft von all den Meinungen, die andere über sie hatten – *sie hat Sheriff Brighton nur aus Eigennutz in die Pfanne gehauen; sie hat es getan, weil sie ihn nicht ausstehen konnte und er sie nicht befördert hat; sie hat ihren Vater in die Pfanne gehauen, weil sie den auch hasst, nein, weil sie ihn liebt; sie fühlte sich von McNally angeschmiert und hat es an anderen ausgelassen; sie hat's getan, weil sie unmoralisch ist, weil sie zu mora-*

*lisch ist, blablabla* –, dass ihr auch ihre eigenen Meinungen schon zum Hals heraushingen.

Aber manchmal war es einfach so schwer, sich keine Meinung zu bilden, bevor man über alle Fakten verfügte. Man sah, was man sah, dachte, was man dachte, roch, was man roch. Sie dachte an Archie Wildcraft und daran, was er seiner Frau und sich selbst angetan oder auch nicht angetan hatte. Schon wieder typisch Merci, bildete sich eine Meinung, bevor sie alle Fakten kannte.

»Okay«, sagte sie. »Gut. Wahrscheinlich müssen die meisten für das bisschen, was sie haben, hart arbeiten.«

»Ich habe für das Klassenfoto in der zweiten und der dritten Klasse dasselbe T-Shirt angehabt. Dasselbe T-Shirt, das mein älterer Bruder auf *seinem* Schulfoto aus der zweiten Klasse trägt.«

»Und wie viele Autowracks standen bei euch im Garten?«

Sie grinste, Zamorra ebenfalls.

»Ich weiß«, sagte sie. »Ich sollte einfach öfter die Klappe halten, wenn ich mir nicht sicher bin.«

Das Haus der Kuerners an der Cherokee Street war ein blassblauer Bungalow mit einer weiß gestrichenen Veranda. Der Vorgarten war von einem weißen Palisadenzaun eingefasst, Trittsteine führten zur Veranda. Zwei große Kiefern spendeten Schatten. Das Grundstück war gepflegt und aufgeräumt.

Merci fuhr durch das offene Tor der Einfahrt und parkte vor der Garage. Als sie ausstieg, schlug ihr die Augusthitze entgegen und der Gestank nach Mist raubte ihr fast den Atem. Mindestens fünfunddreißig Grad, dachte sie.

Earla Kuerner kam an die Tür und bat sie ins Haus. Eine kleine Glocke bimmelte, als sie die Tür wieder schloss. Sie war eine Frau von Anfang fünfzig, mittelgroß und kräftig, hatte lockige schwarze Haare mit grauen Strähnen und ein sympathisches Gesicht.

Im Wohnzimmer war es kühl, die Vorhänge waren gegen

die Nachmittagshitze zugezogen und eine Klimaanlage summte. Der Fernseher lief ohne Ton, davor standen zwei Sessel und zwischen diesen ein runder Beistelltisch. Grüner Teppichboden. Ein braun kariertes Sofa mit schweren Eichenlehnen, ein Bücherschrank mit säuberlich geordneten Taschenbüchern, an einer Wand Familienfotos, an einer anderen ein Schrank mit Porzellan. Daneben hingen zwei gerahmte Bilder von Gwen. Eins zeigte das Haus von vorn mit den beiden Kiefern, auf dem anderen saß ein Kätzchen vor einer Scheune. Merci bemerkte, dass zur Stereoanlage noch ein Plattenspieler gehörte.

Lee Kuerner stand von seinem Sessel auf, reichte den Detectives die Hand und stellte sich vor.

»Nehmen Sie Platz«, sagte er.

Earla bot ihnen Limonade an.

»Danke, gern«, sagte Paul.

»Genau das Richtige.«

»Ich mach das schon, Liebling«, sagte Lee. Merci sah ihm nach, als er in die Küche ging, ein großer, schlanker Mann, der eine Gelassenheit ausstrahlte, die Merci auf der Stelle gefiel. Brille, kariertes Hemd, Jeans. Er erinnerte sie an ihren Vater, obwohl Lee wahrscheinlich zehn Jahre jünger war. Er hatte leicht ergrautes, volles braunes Haar, das ihm bis auf den Hemdkragen fiel.

Zamorra übernahm den Smalltalk, während sie warteten. Merci betrachtete die Fotos an der Wand. Die Kuerners hatten offenbar vier Kinder, alles Mädchen. Gwen war entweder die Jüngste oder Zweitjüngste, Merci konnte es nicht genau ausmachen. Die Mädchen waren alle dünn, hatten hübsche Gesichter und ein auffallend kräftiges Gebiss.

Lee Kuerner kam aus der Küche zurück, in einer Hand zwei Gläser Limo, unter dem Arm ein Beistelltischchen, das er mit der anderen Hand aufstellte. Der Klappmechanismus funktionierte ganz leicht, offenbar wurde das Standtablett häufig benutzt. Lee stellte die Gläser darauf ab, ging zurück in die Küche und holte zwei weitere Gläser.

»Wir haben hinter dem Haus einen Zitronenbaum«, sagte er. »Earla macht hervorragende Limonade daraus.«

Merci nippte an ihrem Glas und stimmte zu. Nach einer Pause sagte sie: »Es tut mir sehr Leid.«

Lee schaute weg und nickte. Earla blickte in ihr Limonadenglas. Eine Träne lief ihr über die Wange. Mit dem zerknüllten Papiertaschentuch, das sie die ganze Zeit in der Hand hielt, tupfte sie sich die Träne weg.

Merci ergriff wie üblich das Wort. »Mrs Kuerner, erzählen Sie uns doch von Gwen. Wer hätte Ihrer Tochter nach dem Leben trachten können?«

»O mein Gott! Ich kann nur hoffen und beten, dass es nicht Archie war. War er's?«

»Wir glauben es nicht, können aber nichts mit Bestimmtheit sagen«, erwiderte Paul. »Einige Beweise deuten auf ihn als Täter, andere nicht.«

»Nein«, sagte Lee. »Archie hat das nicht getan. In den Zeitungen steht, dass er verdächtigt wird.«

»Das zu beurteilen ist nicht Sache der Zeitungen«, erwiderte Merci. »Das ist unsere Aufgabe und im Moment halten wir Archie nicht für den Täter.«

»Aber ein Nachbar hat ausgesagt, er hätte sie am Nachmittag streiten hören. An ihrem Geburtstag, dem zwanzigsten«, sagte Zamorra.

»Aber Streit kommt doch schon mal vor, oder?«, fragte Earla.

»Gwen hatte bisher keine Anzeige wegen Gewalt in der Ehe erstattet«, sagte Zamorra. »Haben sie sich häufig gestritten?«

»Davon wissen wir nichts«, antwortete Earla.

Eine Zeit lang sagten weder Merci noch Paul etwas. Merci war schließlich diejenige, die das Gespräch wieder aufnahm; diese Strategie verfolgten sie gewöhnlich bei ihrer Zusammenarbeit – Merci ging voran und stellte Fragen, Zamorra erläuterte, fasste zusammen und entwarf ein Bild.

»Erzählen Sie uns etwas von Ihrer Tochter, Mr und Mrs Kuerner«, sagte sie. »Und erzählen Sie uns auch etwas über Archie.«

Sie holte ihr blaues Notizbuch aus der Jackentasche und nahm einen Stift in die Hand.

Gwen war einfach. Gwen war glücklich. Sie war von Geburt an eine Schönheit. Sie war eine fleißige Schülerin, eine brave Tochter. Sie hatte eine schöne Stimme und sang gerne. Außerdem zeichnete sie gut. Auch in der Pubertät war sie ein braves Mädchen. Sie hatte viele Freundinnen, und das zu Recht. Mit vielen von ihnen war sie noch heute befreundet … Keine Probleme mit Alkohol oder Drogen, auch wenn sie vielleicht mal was ausprobiert hatte. Sie arbeitete bei Pizza Hut, Sirloin Stockade und schließlich in einem Musikgeschäft. Sie liebte Pferde, Kleider und Musik. Vor allem die Musik. Kaufte sich vom eigenen Geld eine Gitarre und brachte sich selbst bei, darauf zu spielen. Sie hatte Talent, und niemand wusste, von wem sie es geerbt hatte. Mit Jungs ließ sie sich auf nichts Festes ein, da hatte sie offenbar ein gutes Urteilsvermögen. Sie verliebte sich in Archie, als sie sechzehn und im zweiten Jahr auf der High-School war. Archie war im zweiten Jahr Student am College in Riverside und spielte in der Baseballmannschaft. Die beiden lernten sich in einem Kino in der Shopping Mall kennen, in die Gwen mit zwei Freundinnen gegangen war. Archie hatte zwei Kumpel dabei. Nach der Vorführung gingen sie in einen Eissalon und tauschten anschließend Telefonnummern aus. Lee und Earla waren zuerst gar nicht glücklich über diesen viel älteren Jungen. Archie war schon zwanzig. Und der Name Wildcraft verhieß nichts Gutes, sagte Lee. Sie erlaubten ihm, zu ihnen nach Hause zu kommen und sie kennen zu lernen, und hatten an jenem Abend noch eine »hitzige« Debatte darüber, ob man ihn noch einmal ins Haus lassen sollte. Beide waren sich einig, dass Archie ein hübscher, ordentlicher Junge war, gute Umgangsformen hatte und über beide Ohren in Gwen verliebt war.

Lee war dagegen gewesen, Earla dafür.

Seitdem kam Archie regelmäßig für ein, zwei Stunden zu ihnen, wenn er nicht mit der Baseballmannschaft unterwegs war. Er wohnte auf dem Campus, eine halbe Stunde entfernt. Earla und Lee ließen die beiden nie unbeaufsichtigt, außerdem waren noch zwei Schwestern im Haus. Aber nach einiger Zeit ließen sie die jungen Leute allein im Wohnzimmer fernsehen oder gemeinsam lernen. Archie brachte Gwen nach einem Date nie zu spät nach Hause, und das, obwohl sie ziemlich früh zu Hause sein musste. Außerdem brachte er Earla Blumen mit und Lee ein paar Barschköder, die sein Vater geschnitzt hatte, und er half Lee dabei, den Außenbordmotor an seinem kleinen Fischerboot zu überholen. Weder Gwen noch Archie rochen je nach Alkohol, man sah sie nie Zärtlichkeiten austauschen bis auf Küsschen zur Begrüßung und zum Abschied. Die Kuerner-Mädchen mochten ihn alle gern und waren davon überzeugt, dass Gwen einen guten Fang gemacht hatte. Gwen wurde ständig rot, wenn er da war oder wenn im Haus sein Name erwähnt wurde. Sie taufte ein Kätzchen auf den Namen Archie, so konnte sie ihm eine Menge erzählen. Sie war siebzehn, als sie verkündete, dass sie Archie nach der Schule heiraten wollte.

Lee stimmte dagegen, Earla dafür.

Zwei Monate nachdem sie die Schule beendet hatte, führte Lee seine Tochter in einer kleinen Methodistenkirche von Riverside zum Traualtar. Es war einer der glücklichsten und zugleich traurigsten Augenblicke in seinem Leben. Jetzt waren ihm nur noch zwei Töchter geblieben. Aber er mochte Archie und glaubte, dass er gut mit seiner Tochter umging. Er vertraute ihm. Hatte ihn gern. Archie hatte Erfolge im Baseball und die Barschköder funktionierten.

Earla stand auf und gab ihm ein Papiertaschentuch, Lee wandte den Kopf ab und nahm die Brille von der Nase.

Merci räusperte sich leise. Zamorra schaute Earla kurz an.

»Wie war die Ehe?«, fragte Merci.

»Gut«, erwiderte Earla. »Anfangs hat Gwen jeden Tag angerufen, später dann einmal die Woche, bis jetzt ... Archie fehlte anfangs das Baseballspielen, aber er hat als Deputy ziemlich bald Karriere gemacht und Spaß an seiner Arbeit gefunden.«

»Warum hat er mit dem Baseball aufgehört?«, fragte Zamorra.

»Er ist davon ausgegangen, dass er in die Army eingezogen würde, aber dazu ist es nicht gekommen. Der Fastball war nicht gerade seine Stärke und in seinem letzten Jahr auf dem College hatte er auch Probleme mit dem Forkball. Dazu kam noch eine Sehnenscheidenentzündung. Er hat sich dann als Statist versucht, aber das hat auch nicht geklappt. Er hat keine Angebote bekommen.«

»Schade«, sagte Paul.

»Er hat es aber gut verkraftet und war bereit, etwas Neues zu probieren.«

»Hat Gwen zu der Zeit gearbeitet?«, fragte Merci.

»Gwen hatte eine Band und hat ein bisschen was verdient«, erwiderte Earla. »Sie hatte ein sehr schönes Lied geschrieben, das in einem Fernsehfilm verwendet wurde. Sie hat eine Menge Geld dafür bekommen, auch wenn es jemand anders gesungen hat.«

»Also ging es ihnen finanziell gut?«

»Gwen ist nicht mit viel Geld aufgewachsen«, sagte Earla vorsichtig. »Archie auch nicht. Also, im Vergleich dazu, wo sie herkamen, ging es ihnen gut. Sie war glücklich und Archie auch, wenn er uns nicht was vorgespielt hat. Und dann, Mitte letzten Jahres, haben sie ganz plötzlich mit Aktien große Gewinne gemacht. Sie haben sich ein schönes Haus in den Hügeln gekauft und neue Autos. Und sind rumgereist. Sie haben uns sogar hunderttausend Dollar angeboten, um hier alles umzubauen oder damit wir das Haus verkaufen und in ein besseres Viertel ziehen. Aber wir hatten einfach kein gutes Gefühl dabei. Sie waren nicht habgierig. Kein bisschen. Aber sie hatten Spaß an schönen Dingen. Und sie haben sich ins Zeug gelegt, um sich diese Dinge leisten zu können. Und wenn sie sie dann hatten, waren sie glücklich damit.«

»Was für Aktien waren das?«, fragte Merci.

»OrganiVen«, antwortete Earla. »Die sind von B. B. Sistel aufgekauft worden und alle haben dabei ein Vermögen gemacht. Vielleicht haben Sie ja darüber gelesen.«

Merci wusste nichts davon, kannte aber B. B. Sistel Laboratories, ein pharmazeutisches Unternehmen, das alles Mögliche produzierte, angefangen bei dem Zeug, das sie gegen Kopfschmerzen nahm, bis hin zu den Verhütungspillen, die sie während der Monate mit Mike McNally genommen hatte.

»Ein paar Ärzte in La Jolla haben das Unternehmen gegründet. Die haben dieses Krebsmittel aus Klapperschlangengift entwickelt. Die Idee ist ja schon alt, aber sie haben es so hinbekommen, dass es funktionierte. Gwen und Archie haben uns erzählt, dass sie Dias und Videos gesehen hätten, auf denen gezeigt wurde, wie dieses Mittel aus dem Schlangengift innerhalb von ein paar Minuten Krebszellen abtöten konnte. Sie meinten, es wäre so, als erlebte man ein Wunder. Die Firma nannte das Medikament MiraVen. Jedenfalls haben Gwen und Archie Anfang letzten Jahres zwanzigtausend Dollar investiert. Sie mussten es richtig zusammenkratzen. Die Firma ging an die Börse und wurde dann von Sistel gekauft. Es gab Splits und Optionen und Dividenden und all so was. Und die beiden haben praktisch über Nacht zwei Millionen Dollar verdient.«

Merci machte sich eine Notiz. »Sie haben zwanzigtausend reingesteckt und in weniger als einem Jahr zwei Millionen rausbekommen?«

»In einem halben Jahr. Es waren lauter junge Genies, die die Firma OrganiVen gegründet und das Krebsmittel entwickelt haben. Ärzte, Finanzgenies, Marketinggenies – alles Freunde vom College.«

Merci und Zamorra tauschten kurze Blicke aus. Langsam, beinahe abwesend notierte sie sich: *ÜP OrganiVen*. Jemand hatte in weniger als einem Jahr aus zwanzigtausend Dollar und Schlangengift zwei Millionen gemacht, das roch nach Betrug. Andererseits konnte so etwas an der Wall Street oder beim Nikkei oder auch beim Pacific Stock Exchange hier in Kalifornien durchaus vorkommen, und zwar auf ganz legale Weise.

Merci wusste nicht recht, was sie als Nächstes fragen sollte, also hielt sie sich an das Naheliegende. »Hat das Geld die beiden glücklich gemacht?«

»Und wie.«

»Nun ja, manchmal kommt es vor, dass Leute glücklich sind, bis sie plötzlich reich werden. Dann fangen die Probleme an.«

Lee nickte schnell, als hätte er darüber schon lange nachgedacht.

»Davon war nichts zu merken«, sagte er. »Die beiden wirkten irgendwie … erleichtert. Diese zwanzigtausend waren schwer zusammenzubekommen. Sie haben sich ihre Rentenansprüche auszahlen lassen und sogar von uns achthundert Dollar geliehen. Und von Freunden ein bisschen was. Außerdem haben sie eine Hypothek auf ihr kleines Haus in Santa Ana aufgenommen. Und als dann alles genau so eingetreten ist, wie sie es sich erhofft hatten, konnten sie es kaum glauben. Es war, als hätten sie in Las Vegas den großen Gewinn gemacht, anstatt durch eine solide Geldinvestition.«

Merci schrieb: *konnten es kaum glauben*.

Die Kuerners sahen einander an. Dann wandte Lee sich wieder Merci zu. »Glauben Sie, es hat mit alldem etwas zu tun?«

»Was glauben Sie?«

»Es hat mich beunruhigt, dass sie so viel verdient haben«, antwortete er. »Es war alles legal, ich weiß. Aber es hat mich beunruhigt.«

»Wir sind bescheidene Leute«, sagte Earla.

»Hat sich letztes Jahr, als der Geldsegen kam, Archies und Gwens Bekanntenkreis geändert?«

»Nicht dass wir wüssten«, sagte Lee.

»Haben sie je über Steuern geredet oder wie man sie umgeht oder wie sich das Geld vor dem Staat verbergen lässt – vielleicht nur im Scherz?«

Lee runzelte die Stirn und sah Merci an. »Nein. Einmal hat Archie mir erzählt, dass er bei zwei Millionen damit rechnete, fast die Hälfte an den Staat abgeben zu müssen. Aber er hat es nicht so gesagt, als wollte er das Geld verheimlichen. Und er war auch nicht verbittert. Es war eher wie eine Tatsache.«

»Wissen Sie, ob sie all das Geld der Finanzbehörde gemeldet haben?«

»Soweit ich weiß, ja.«

Merci ließ einen Moment verstreichen, bevor sie das Thema wechselte. »Mr und Mrs Kuerner, hat Gwen jemals etwas davon erzählt, ob sie Liebschaften mit anderen Männern hatte?«

»Nein«, sagte Earla.

Lee starrte auf den abgeschalteten Fernseher, die Hände im Schoß gefaltet. »Nein«, sagte er ruhig.

»Aus was für Anlässen ist sie schon mal besonders wütend auf Archie geworden?«

Earla seufzte und schaute zur Decke. »Einmal hat sie mir erzählt, dass er zu einigen Kolleginnen übertrieben nett gewesen ist. Dass er immer ein Lächeln und ein Kompliment für die hübschen Frauen übrig hatte. Sie hatte das Gefühl, dass die Hälfte der Frauen, denen Archie über den Weg lief, ihn ihr am liebsten ausgespannt hätten. Sie fühlte sich unsicher damals, glaube ich. Sie hat wohl nicht von einem bestimmten Mädchen gesprochen. Und sie hat Archie auch nicht beschuldigt, dass er untreu war. Es ging ihr damals einfach nicht gut.«

»Wissen Sie warum?«

»Nach diesem einen Lied, das sie für das Fernsehen produziert hat, konnte sie nichts mehr verkaufen. Die Band bekam weniger Auftritte. Dieser beliebte Club unten am Strand – The Nut House – hat Gwens Band nicht mehr engagiert. Nach drei Jahren haben sie ihr einfach keinen Vertrag mehr gegeben. Gwen bekam immer mehr das Gefühl, weder gut schreiben noch singen zu können. Dabei waren diese Dinge ihr so wichtig.«

Merci warf Zamorra wieder einen Blick zu. »Wann haben Sie Gwen das letzte Mal lebend gesehen?«, fragte er.

»An ihrem Geburtstag«, erwiderte Earla. »Sie ist extra hier raus zu uns gefahren, um mit uns zum Lunch zu gehen. Das war eine Tradition.«

»Und wie ging es ihr da?«

»Sie war guter Dinge. Vielleicht ein bisschen nachdenklich, wie das schon mal am Geburtstag vorkommt, wenn man so an die Jahre zurückdenkt. Aber Archie hatte in einem netten Restaurant in Newport Beach einen Tisch fürs Abendessen reserviert. Sie hat sich darauf gefreut. In Wirklichkeit war es eine richtige Party, aber sie wusste nichts davon. Unsere Jüngste, Priscilla, ist auch dort gewesen, falls sie mit ihr darüber reden wollen.«

Merci machte sich eine Notiz. »Um wie viel Uhr ist Gwen hergekommen?«

»Mittags, fast Punkt zwölf.«

»Und wann ist sie wieder losgefahren?«

»Kurz nach drei.«

Merci sah Zamorra an. An seinem Blick erkannte sie, dass er sich dieselbe Frage stellte wie sie: Wenn Gwen an dem Tag um drei noch hier gewesen war, wie konnte sie sich dann zur selben Zeit mit Archie im Garten gestritten haben?

»Nach dem Mittagessen sind wir wieder hierher gekommen und haben uns unterhalten«, sagte Lee. »Sie wollte sich alte Familienfotos ansehen. Wie Earla schon gesagt hat, Gwen war ein bisschen nachdenklich an dem Tag. Irgendetwas hat sie beschäftigt. Ich weiß nicht was. Ich hab auch nicht gefragt. Jetzt wünschte ich, ich hätte es getan.«

Einen Moment lang herrschte Schweigen. Zamorra gab Merci mit einem Nicken zu verstehen, dass sie zum Ende kommen sollten.

Sie stand auf und trat an die Wand mit den Familienfotos. »Erzählen Sie mir von Ihrer Familie. Vier Töchter. Und Gwen war die … Zweitjüngste?«

Earla nickte, stand ebenfalls auf und gesellte sich zu Merci. »Richtig, sie kommt vor der Jüngsten. Priscilla ist unsere Jüngste, die beiden älteren sind Diana und Lizzy. – Wollen Sie noch Limonade?«

»Gern.«

Earla brauchte eine halbe Stunde, die Geschichte der Familie in kurzen Zügen wiederzugeben. Merci folgte ihrer Erzählung anhand der Fotos an der Wand. Dann schauten sie sich die Fotos an, die Earla Kuerner Gwen an ihrem Geburtstag gezeigt hatte, einen Tag bevor sie in ihrem Badezimmer ermordet wurde.

Zamorra und Lee blieben im Wohnzimmer, und Merci fing ein paar Fetzen ihrer Unterhaltung auf: die Aggressivität von Großmaul-Barschen gegenüber den kleinen, Martinez' bisheriges großartiges Abschneiden im August, Spekulationen über Archie Wildcrafts Veranlagung zu Gewalttätigkeiten in der Ehe. *Nein, das glaube ich nicht, Detective. Er war ein anständiger Mann.*

Merci hatte gerade Earla ihr leeres Limonadenglas in die Hand gedrückt, als die kleine Glocke an der Haustür bimmelte und eine junge Frau in einem eleganten Kostüm hereinkam.

Sie sah Gwen so ähnlich, dass Merci zweimal hinsehen musste: die gleichen intelligenten Augen, die gleichen dunklen Locken, die gleiche gute Figur. Sie warf Merci und Zamorra einen kurzen Blick zu.

»Die Herrschaften sind von der Polizei«, sagte Earla.

»Hallo«, sagte die Frau. »Ich bin Priscilla Brock. Bald wieder Kuerner.«

Sie sah ihre Mutter an. »Hast du ihnen gesagt, dass ich auch auf der Party war?«

»Sie wissen Bescheid.«

Priscilla nickte. »Ich gehöre wohl zu den Letzten, die sie lebend gesehen haben. Arch hat im Rex eine ganz schöne Party gegeben. Wir waren zwanzig Leute.«

*Arch*. Merci machte sich auch dazu eine Notiz.

Priscilla schien Merci zu taxieren und Zamorra ebenfalls. Ihr Kinn zitterte, dann biss sie die Zähne zusammen. »Und jetzt sind wir nur noch achtzehneinhalb, oder wie?«

»Könnten Sie sich ein paar Minuten Zeit nehmen und uns von der Party erzählen?«

»Ich mach mich nur eben frisch.«

Sie ging zu ihrem Vater und umarmte ihn, dann verschwand sie im Flur.

Wenige Minuten später kam Priscilla zurück, im selben Kleid, aber ohne Schuhe und Strümpfe. Sie hatte sich die Haare hochgesteckt und sich abgeschminkt. Sie setzten sich in das kleine Esszimmer, während Lee und Earla sich die Nachrichten ansahen. Priscilla holte noch mehr Limonade für die Gäste und Wasser mit Eis für sich selbst.

Sie berichtete von der Party im Rex, wie Archie Gwen erzählt hatte, es sei ein Geburtstagsdinner für sie beide, aber als sie dann ankamen, waren alle schon versammelt und Gwen war beinahe in Ohnmacht gefallen. Alle stießen auf sie an, sie bekam Geschenke, darunter ein paar richtig schöne, dann wurde viel gegessen und ein bisschen getrunken. Zehn Paare waren da – alte Freunde, die Leute von der Band, Archies Kollegen. Priscilla war die einzige der drei Schwestern, die zu dem Fest kommen konnte – eine war im Urlaub und die andere hatte Nachtschicht.

»Welchen Eindruck haben die beiden an dem Abend gemacht?«, fragte Zamorra.

Priscilla überlegte einen Augenblick. »Archie war ein bisschen nervös, ein bisschen angespannt, wie es so seine Art ist. Ich glaube, er hat sich über ein paar seiner Freunde geärgert, weil sie Gwen umarmt und geküsst haben. Es war keine große Sache – ging dann auch vorbei. Gwen war glücklich. Ein bisschen verlegen, weil alles so viel gekostet hatte, aber glücklich. Ihre Freunde waren ihr immer wichtig. Und sie sah umwerfend schön aus.«

Priscilla schaute auf den Tisch. Sie atmete tief ein und langsam wieder aus.

Zamorra setzte nach: »Wissen Sie, weswegen Archie nervös war?«

»Er ist so ein Typ. Ich glaube nicht, dass es einen besonderen Anlass gab. Vielleicht hat er sich Sorgen gemacht, ob das Fleisch auch gut war oder die Getränke schnell genug kamen. Ob es Gwen wirklich gut ging.«

Merci hörte die meiste Zeit zu und machte sich Notizen. Sie hatte schnell erfasst, dass Priscilla besser auf Paul reagierte, daher sollte lieber er das Gespräch führen. Priscilla erwähnte zweimal die Dekoration des Festzimmers. Ein paar Frauen hatten ihr und Archie dabei geholfen, alles schön herzurichten, während Gwen hier mit ihren Eltern zusammen war.

Von Norco nach Newport Beach, dachte Merci. Ihr kam eine Idee.

»Haben Sie Archie zu Hause abgeholt auf dem Weg zu dem Hotel?«, fragte Merci.

»Ja.«

»Das war bestimmt eine Menge Arbeit, das ganze Dekozeug dorthin zu schaffen und alles aufzuhängen. Um welche Uhrzeit sind Sie denn bei Archie eingetroffen?«

»Zwei, halb drei.«

Merci wartete und ließ das Schweigen auf Priscilla wirken. Zamorra tat das Gleiche.

»Und worüber haben Sie sich mit Archie hinten im Garten gestritten?«

In Priscillas Augen blitzte Wut auf, aber sie hatte sich im Griff.

»Wir haben über gar nichts gestritten.«

»Ach?«, erwiderte Merci. »Ein Nachbar hat ausgesagt, dass er laute Stimmen gehört hätte – von einem Mann und einer Frau – gegen drei Uhr nachmittags.«

»Na ja, das werden dann wohl die von Archie und mir gewesen sein. Aber es war auf jeden Fall kein Streit. Was los war: Ich war stinksauer auf meinen zukünftigen Exmann, diesen Mistkerl. Und Archie hat versucht, mich zu beruhigen. Ich kann ziemlich heftig werden. Und in dem Moment ist mein Temperament mit mir durchgegangen.«

»Warum?«

»Was meinen Sie mit warum?«

»Warum in dem Moment, ausgerechnet bei Ihrem Schwager?«

Priscilla wurde rot, Merci machte sich eine kurze Notiz und blickte dann in der Hoffnung auf, die Frau noch ein bisschen aus der Reserve locken zu können.

»Vielleicht weil wir *Freunde* sind?«, fragte sie mit grimmiger Gelassenheit. »Weil ich ihm vertraue und ihn respektiere? Weil er wie ein älterer Bruder für mich ist, seit ich vierzehn bin?«

»Das sind alles gute Gründe, Priscilla. Ich habe nur gefragt, weil ich ein Gefühl für die Stimmung bekommen möchte, die Ihr Gespräch ausgemacht hat.«

»Entschuldigen Sie. Ich bin einfach so aufgewühlt, dass ich am liebsten jemandem den Kopf abreißen würde. Und Ihrer ist gerade in Reichweite.«

»Akzeptiert«, sagte Merci. »Und mir tut es Leid, dass ich alles und jeden sofort verdächtige. Das ist mein Job und darin kenne ich mich aus.«

»Das stimmt allerdings«, erwiderte Priscilla.

»Wer hat den Stein geworfen?«

»Wie bitte?«

»Wer hat den Stein durchs Wohnzimmerfenster geworfen?«

Priscilla musterte Merci mit neuem Misstrauen und hielt ihrem Blick stand. Merci erwartete, dass Priscilla errötete, falls sie von dem Stein wusste. Oder vielleicht würde sie auch einen tiefen Seufzer der Erleichterung ausstoßen.

Ohne die Farbe zu wechseln, lächelte sie Merci mit fragend hochgezogenen Brauen schmallippig an.

»Welchen Stein?«

»Den Stein, der im Wohnzimmer auf dem Teppichboden lag. Jemand hat ihn durch das Fenster und die Jalousie geschleudert.«

»Nein. Da war kein Stein. Das wäre mir aufgefallen. Also, es kommt schon mal vor, dass ich was nicht mitkriege, aber einen Stein, Detective, den hätte ich gesehen.«

Einen Augenblick herrschte betretenes Schweigen, während sich die beiden Frauen wieder beruhigten. Zamorra sagte nichts.

»Erzählen Sie mir von Ihrem zukünftigen Exmann«, sagte Merci.

»Charles Brock von Ritter-Dunne-Davis Financial. Er arbeitet in der Filiale in Riverside. Das ist alles, was Sie wissen müssen. Das ist alles, was *ich* am liebsten über ihn wissen würde. Das können Sie mir glauben.«

Merci wartete. Schließlich: »Sicher. Danke für alles. Wirklich.«

Priscilla begleitete sie zur Tür. Lee und Earla erhoben sich, kamen nach vorne, verabschiedeten die beiden und bedankten sich bei ihnen.

Plötzlich fiel Merci noch etwas ein. »Es ist wahrscheinlich weit hergeholt, Priscilla, aber wissen Sie vielleicht, ob Charles Brock Archie und Gwen die OrganiVen-Aktien verkauft hat?«

Priscilla seufzte. »Ja, hat er. Charlie kann jedem alles verkaufen. Er hat sogar welche an sich selbst verkauft.«

Sie parkten am UCI Medical Center und gingen auf die neurologische Station. Sie mussten fast zwanzig Minuten warten, bevor sie mit Dr. John Stebbins sprechen konnten. Stebbins war untersetzt, jung und verkniffen und er beäugte die Detectives wie chirurgische Komplikationen.

»Wir können das nicht«, sagte er. »Wir können das Kaliber der Kugel in Mr Wildcrafts Kopf nicht bestimmen.«

»Wir können es, Doctor«, sagte Merci. »Sie brauchen uns nur die Röntgenbilder zu zeigen.«

»Sie verstehen mich nicht. Die Computertomographie zeigt uns sehr genaue Maße an, bis auf einen Millimeter genau. Aber die Kugel ist aufgesplittert. Und wenn Sie sich jetzt vorstellen, dass man die Ungenauigkeit von plus/minus einem Millimeter bei vier Fragmenten hat, wird eine Kalibermessung bedeutungslos. Verstehen Sie?«

»Wann werden Sie sie entfernen?«

Er lachte kurz auf und seufzte, während er über Merci hinwegblickte, als könnte er sich auf diese Weise leichter vorstellen, dass sie nicht wirklich existierte. »Das Ödem geht ein wenig zurück«, sagte er. »Die Wunde hat sich bisher nicht entzündet. Eine Operation ist nicht ratsam. Möglicherweise werden wir die Kugel nie aus Mr Wildcrafts Gehirn entfernen.«

»Und möglicherweise stirbt er morgen«, sagte Merci.

»Sein Zustand ist extrem kritisch.«

»Ich möchte ihn sehen.«

»Absolut unmöglich.«

»Ich schiebe Sie einfach zur Seite und marschiere hinein.«

Er sah sie immer noch nicht an. »Ich gebe Ihnen genau dreißig Sekunden. Nur einem von Ihnen. Nur einem.«

»Und wenn wir beide nur fünfzehn Sekunden bei ihm bleiben?«

»Das ist auch okay.«

»Sie haben die richtige Entscheidung getroffen, Stebbins.«

# Neun

Eine Frau mit dunklen Augen und Haaren sah auf ihn herunter. Archie spürte, dass das Gwen sein musste, dass sie in Wirklichkeit nicht verloren gegangen war und dass das alles ein langer böser Traum sein musste.

Er schaute zu ihr auf. Ihr Gesicht drückte Mitleid aus, doch es sah so aus, als müsste sie es sich abringen. Aber mehr als alles andere sah sie wütend aus.

»Ich bin Sergeant Merci Rayborn, Mordkommission«, sagte sie. »Ich untersuche den Mord an Ihrer Frau. Das ist mein Kollege Paul Zamorra.«

Als er begriff, dass sie nicht Gwen war, überkam ihn Hoffnungslosigkeit. Er überlegte, ob er wieder abtauchen sollte. Aber dann erkannte Archie sie – unbedeutende Akteure aus einer längst vergangenen Zeit. Er hätte gerne etwas gesagt, aber Worte machten ihn endlos müde.

Also schloss er die Augen und tauchte unter, schwebte im kühlen, klaren Fluss.

*Wir wollten uns nur vorstellen, Archie. Das ist alles. Es wird Ihnen bald wieder besser gehen. Das verspreche ich Ihnen.*

Woher wollt ihr das wissen?, fragte er sich.

Er dachte an Gwen und erinnerte sich schwach an eine Geburtstagsparty, an eine Fahrt auf dem Coast Highway, an einen Stein durch das Fenster und an einen grellen Lichtstrahl in seinen Augen. Wo hatte er sie zuletzt gesehen? War das im Bett? Hatte sie nicht geschlafen? Hatten sie nicht miteinander geschlafen? Oder … im Badezimmer? Waren sie nicht wegen irgendetwas ins Bad gegangen?

Gwen ist tot, erinnerte er sich. Mein wertvollster Besitz, verschwunden. Warum kann ich dein Gesicht nicht sehen? Bitte lass mich dein Gesicht sehen.

Und wieder versuchte er, sich Gwen vorzustellen, sah aber nichts außer der schwarzen Leere, die sie verschluckt hatte.

*Man hat mir in den Kopf geschossen, stimmt's?*

Niemand antwortete, also fragte er noch einmal.

Auch diesmal antwortete niemand, und er begriff, dass er dachte und nicht sprach. Er begriff, dass er von allen weit entfernt war. Aber er begriff auch, dass sie jetzt im Moment genau hier waren, nur einen Meter entfernt. Es war, als wären sie in einer anderen Welt, die zwar gleichzeitig am selben Ort existierte, aber nicht mit seiner Welt verbunden war.

Er versuchte zurückzuschwimmen, damit er sprechen konnte und herausfinden, was geschehen war, und vielleicht sogar Detective Rayborn helfen.

Nach oben. *Nach oben.*

Aber es gab immer noch Wasser über ihm und er konnte die letzten Meter nicht überwinden.

Dann wieder die Stimme, die ihn die ganze Zeit aufrechterhalten hatte:

*Atme. Ruh aus. Atme, Archie. Ruh dich aus.*

# Zehn

»Und Archie?«

»Archie ist im Krankenhaus.«

»Er ist nicht im Krankenhaus.«

»Doch, er ist im Krankenhaus.«

»Er ist nicht im Krankenhaus?«

»Ich hab's dir doch gerade gesagt, Tim. Er *ist* im Krankenhaus.«

Tim Junior schaute weg und tat so, als hätte er das Interesse verloren. »Ach so.«

Merci drückte den Waschlappen über seinem Kopf aus und Tim lächelte sie an.

»Archie ist nicht im Krankenhaus?«

Mit etwas über zwei Jahren war Tim mitten in seiner ersten Trotzphase. Es bereitete ihm großes Vergnügen, Merci zu widersprechen, selbst wenn es seinen eigenen Interessen zuwider lief. Zum Beispiel machte es ihm Spaß, zu behaupten, dass er etwas nicht ausstehen konnte, selbst wenn er es für sein Leben gern mochte. Oder Fragen zu stellen, die dem, was man ihm gerade erklärt hatte, völlig widersprachen. Immer und immer wieder. Merci genoss diese Spiele, bei denen Tim seine ersten Erfahrungen mit der Macht des Wortes Nein machte.

Seine zweite neue Marotte – die hatte er seit einigen Monaten – war ein ausgeprägtes Interesse an Leuten, die mit seinem täglichen Leben überhaupt nichts zu tun hatten. Zum Beispiel fragte er dauernd nach dem Gärtner, der in der Parkanlage in der Nähe von Mercis Haus arbeitete. Sein Name war Rodas, und nachdem Tim ihm einmal begegnet war, wollte er ständig irgendetwas über ihn wissen. Oder über Tad, dem das Restaurant gehörte, wo Merci hin und wieder sonntags mit Tim frühstücken ging. Oder Paul Zamorra, der sie ein paar Mal besucht hatte – allerdings nie mit Kirsten.

Tims neueste Leidenschaft galt Archie Wildcraft. Am Abend zuvor hatte Merci ihm ein bisschen von dem erzählt, was passiert war. Sie versuchte stets, ihn wie einen jungen Menschen zu behandeln und nicht wie ein Kleinkind, auch wenn sie sich manchmal fragte, ob das richtig war. Irgendwie wollte sie ihm wohl ein realistisches Weltbild vermitteln. Vor allem hatte sie das Gefühl, dass er, wenn er wissen wollte, was sie den ganzen Tag gemacht habe, eine vernünftige Antwort verdient hatte. Nicht dass sie ihm ihre Erlebnisse bis ins Detail geschildert hätte, es gab noch genug, was sie ihm vorenthielt. Sie versuchte immer, ihm die Dinge vorsichtig zu erklären, sodass sie ihn nicht bedrückten oder ängstigten. *Archie ist am Kopf verletzt worden und ins Krankenhaus gekommen. Und seine Frau ist jetzt ganz weit weg.*

»Ganz weit weg« sagte sie auch, wenn Tim nach seinem Vater fragte, nach Hess. Und jedes Mal wenn sie diese Worte aussprach, brach es ihr fast das Herz.

Am vergangenen Abend, als Merci von ihrem langen Tag im Haus der Wildcrafts nach Hause gekommen war, hatte Tim sie unermüdlich nach Archie ausgefragt. Und am Morgen hatte er noch mehr Fragen gestellt. Als Merci wie jeden Tag nach dem Mittagessen angerufen hatte, hatte er als Erstes wissen wollen, ob Archie im Krankenhaus war. Aus Gründen, die Merci gut nachvollziehen konnte, hatte ihr Sohn ein ganz besonderes Interesse an einem Mann entwickelt, über den er fast nichts wusste und dem er noch nie begegnet war.

Genauso verhielt es sich bei seinem Vater.

Immerhin besser, sagte sich Merci, als wenn er unaufhörlich nach den scheußlichen Spielsachen und den Süßigkeiten quengelte, für die im Kinderfernsehen geworben wurde.

»Ist Archie auch ganz weit weg?«

»Nein, Archie geht es gut.«

»Ist er ganz weit weg?«

»Es geht ihm gut.«

»Ist Archie … ein Auto?«

»Nein, er ist Polizist.«

»Ist er kein Polizist?«

»So, genug gebadet. Komm, Tim, lass dich abtrocknen.«

Clark, Mercis Vater, wärmte das Essen vom Vortag auf, während sie mit Tim am Esstisch saß. Sie wohnten in einem alten Bauernhaus mit einer großen Küche, und um diese Jahreszeit ließen sie alle Fenster offen, um die kühle Abendluft hereinzulassen. Eine schwarze Katze sprang auf Mercis Schoß. Sie streichelte das Tier kurz und setzte es dann auf den Boden. Sie hatten sechs oder acht Katzen, aber Merci konnte sich nie ihre Namen merken. Sie mochte sie eher als Spezies denn als Individuen, ähnlich, wie es ihr mit Menschen ging. Und ebenso wie Menschen gingen sie ihr meistens auf die Nerven.

Sie hatte die aufgeschlagene Zeitung vor sich auf dem Tisch liegen, aber keine interessanten Verbrechen hatten es in die Schlagzeilen geschafft. Aus Neugier überflog sie den Wirtschaftsteil nach dem Aktienstand von B. B. Sistel. Die Firma lief unter der Kurzbezeichnung BBS. Ihre Aktien waren an der New Yorker Börse gleich bleibend mit dreiundfünfzigdreiviertel Dollar notiert.

»Wie schätzen die Ärzte denn seine Chancen ein?«, wollte Clark wissen.

»Offenbar ist sein Zustand im Moment stabil. Sein Leben

scheint also nicht mehr an einem seidenen Faden zu hängen.«

»Wo ist sie denn stecken geblieben?«

»Ich weiß nicht. Für mich sieht das alles aus wie gelber Wackelpudding.«

»Wackelpudding?«, fragte Tim.

»Ja, Wackelpudding«, sagte Merci. »Dein Gehirn.«

»Ach so.«

Clark nahm einen Topflappen und zog eine Auflaufform aus dem Ofen. Merci musste an Lee Kuerner und dessen Leidenschaft fürs Angeln denken. Sie wünschte, ihr Vater hätte ein Hobby, das ihn begeisterte, und wenn es nur so etwas Albernes wie Angeln wäre. Aber er schien in letzter Zeit einzig und allein daran interessiert zu sein, sich nützlich zu machen.

»Wenn die linke Hälfte seines Gehirns beschädigt ist«, sagte er, »kann es sein, dass er an der rechten Körperseite Behinderungen zurückbehält. Es ist nämlich so, dass eine Gehirnhälfte jeweils die andere Körperseite steuert.«

Merci dachte darüber nach. Im Kochbuchhalter stand der aufgeschlagene zweite Band einer Enzyklopädie. Clark gefiel sich in der Rolle ihres fachlichen Beraters.

»Diese Kugel könnte bewirken, dass er sein Erinnerungsvermögen verliert«, sagte er. »Oder die Fähigkeit, zu rechnen, Farben zu sehen oder logisch zu denken. Alles Mögliche.«

»Ich wüsste gern, ob sie einfach da drin bleiben kann, ohne großen Schaden anzurichten.«

»Eine Menge Hirnmasse wird gar nicht genutzt.«

»Der Arzt meinte, sie wissen noch gar nicht, ob sie versuchen werden, die Kugel zu entfernen, weil das womöglich riskanter ist, als sie drin zu lassen. Ich dachte, das Blei würde sich auflösen und den Patienten umbringen, aber das scheint nicht das Problem zu sein. Das Blei in Farben kann tödlich wirken, aber nicht das in Kugeln. Das hat mich gewundert.«

»Das Gehirn hat keine Empfindungsnerven. Man kann am

Gehirn ohne Narkose operieren und sich dabei mit dem Patienten unterhalten. Das machen sie zum Beispiel, wenn sie in der Nähe des Sprachzentrums arbeiten müssen. Wenn der Patient dann anfängt, Unsinn zu reden, hören sie auf.«

»Großartig. – Was gibt's zu essen?«

»Hähnchen.«

»Dawes, dieser Schwachkopf, hat Al Madden eingeschaltet, damit der mir auf die Finger sieht. Er meinte, diesmal will er dafür sorgen, dass alle Beweismittel ordentlich ausgewertet werden.«

Clark schaute sie an. »Dawes hat deine Situation ausgenutzt, um sich selbst in ein gutes Licht zu rücken. Was er getan hat, sagt mehr über ihn aus als über dich.«

Es verblüffte sie immer wieder aufs Neue, dass ihr Vater sie in einer Sache verteidigte, mit der sie Schande über ihn und zwei seiner Freunde gebracht hatte. Nicht dass das aus heiterem Himmel geschehen wäre: Merci und Clark waren sich beide darüber im Klaren gewesen, dass Clarks Kopf rollen würde, wenn sie vor der Grand Jury aussagte. Wegen einer Geschichte, die sich vor über dreißig Jahren ereignet hatte, dachte sie. Vor genau *drei*unddreißig Jahren: eine Geschichte von einer Prostituierten mit Geheimnissen, mächtigen Männern, die um ihre Karriere gefürchtet hatten, und einem Deputy, der dazu gezwungen worden war, das Unaussprechliche zu tun. Und von einem stillen, liebenswürdigen Mann, der die Augen verschlossen hatte vor dem, was sich seines Wissens nach abspielte. Was hatte er noch gesagt? *Ich wusste, dass ich Blut an den Händen hatte, aber ich wusste nicht, wie viel Blut es war.*

»Schwachkopf?«, fragte Tim.

»Das ist einer, der nicht sehr klug ist«, erklärte Merci.

»Einer, der sehr klug ist?«

»Vergiss es«, sagte sie. Die Vorstellung, dass Tim sich tagelang den Kopf über Dawes zerbrechen würde, drehte ihr den Magen um.

»Ich schütte mir die Suppe nicht über den Kopf«, verkündete ihr Sohn.

»Sehr gut, Tim. Bestens.«

Clark nahm den Deckel von einem dampfenden Topf, rührte darin herum, tat den Deckel wieder drauf. Die ganze Küche war erfüllt vom Duft nach Salbei und geschmortem Hähnchen. Es war warm und Merci hielt sich die langen Haare hoch. Tim schaute sie an, kletterte von seinem Hochstuhl und erklärte, er werde gleich wieder da sein. Er liebte es, Aufgaben zu bewältigen.

»Habt ihr auf der Schusswaffe Fingerabdrücke gefunden?«

»Die von Wildcraft. Und an ihm befanden sich auch Schmauchspuren.«

»Haben die im Labor zu den Kugeln, die seine Frau getötet haben, die passende Waffe gefunden?«

»Ja.«

»Sagtest du nicht, dass die Waffe auf Wildcraft registriert ist?«

»Dad, du weißt doch genau, was ich gesagt habe.«

»Und ihr Blut war an seinen Kleidern?«

»Der Laborbefund steht noch aus.«

Tim kam zurück in die Küche gerannt, in der Hand ein kleines Gummiband. Merci nahm es lächelnd entgegen und band ihr schweres, dunkles Haar im Nacken zusammen. Tim kletterte auf ihren Schoß.

»Sieht schlecht aus für ihn, nicht wahr?«

Sie seufzte und schaute Clark an. »Ich glaube nicht, dass er es getan hat. Ich glaube nicht, dass er sich diese Kugel selbst in den Kopf gejagt hat. Irgendjemand hat erst auf ihn geschossen und dann mit seiner Waffe seine Frau erschossen. Anschließend ist er wieder zurückgegangen und hat ihm die Waffe in die Hand gedrückt.«

»Und einmal abgedrückt, damit er Schmauchspuren an der Hand hat.«

»Genau.«

»Und warum?«

»Das weiß ich nicht. Aber Archie hatte keinerlei Motiv. Er war glücklich und er hat seine Frau abgöttisch geliebt. Das behaupten zumindest alle seine Freunde. Sie wohnten in einem schönen Haus – es ist nicht zu übersehen, dass sie ganz stolz darauf waren. Irgendjemand hat einen dicken Stein durch die Scheibe der Terrassentür geworfen, und ich glaube, dass Archie davon am frühen Morgen aus dem Schlaf gerissen wurde. Und ich vermute, dass der Stein genau zu diesem Zweck geworfen wurde. Ein Nachbar hat einen schwarzen Cadillac wegfahren sehen, kurz nachdem er den Schuss gemeldet hatte. Die Streifenpolizisten, die auf den Anruf hin zu Wildcrafts Haus unterwegs waren, haben ebenfalls einen schwarzen Cadillac beobachtet, der ihnen entgegenkam. Mit zwei Männern drin. Kalifornische Nummernschilder, die ersten beiden Buchstaben waren OM. Wir haben eine landesweite Fahndung ausgerufen, aber ohne Ergebnis.«

Clark hörte auf, an der Spüle zu hantieren, und schaute Merci an. »Da ist einer mit verdammt großem Aufwand reingelegt worden.«

Sie betrachtete die Zeitung. »Ganz genau. Wir versuchen rauszufinden, ob er Feinde hatte, aber bisher hat sich noch nichts ergeben. Die beiden haben letztes Jahr eine Menge Geld mit Aktien verdient – sie haben zwanzigtausend investiert und zwei Millionen rausbekommen.«

»Diese Art von Geld führt immer zu Problemen.«

»Die Eltern behaupten, es sei alles ganz legal gewesen, alles ordentlich versteuert.«

»Trotzdem – wenn einer innerhalb von ein paar Monaten mit einer kleinen Investition ein Vermögen macht, löst das alle möglichen Reaktionen aus. Das ist wie bei einem chemischen Prozess.«

Sie nickte, während ihr gleichzeitig auffiel, dass auf der Seite mit den Aktienkursen alle Pfeile nach unten zeigten. »Die Schwester ist irgendwie interessant«, sagte sie.

»Ach?«

»Jünger als Gwen. Genauso hübsch. War am Tag, als der Mord geschehen ist, bei Archie, während Gwen bei ihren Eltern in Norco war. Der Nachbar hat die beiden streiten hören. Und zwar laut. Worüber streitet sich eine Frau mit ihrem Schwager? Am Geburtstag ihrer Schwester, die aber gerade nicht da ist? Sie sagt, sie hätten sich nicht gestritten, sie hätte sich nur lauthals über ihren zukünftigen Ex ausgelassen. Kommt mir irgendwie … unwahrscheinlich vor. Zwei außergewöhnlich schöne Schwestern und dieser junge Adonis, der gerade zwei Millionen abgesahnt hat. Ich weiß nicht. Es ist einfach so ein Gefühl. Archie soll erst seine Frau erschossen und dann versucht haben, sich selbst umzubringen? Das will mir einfach nicht in den Kopf. Ich kann nur hoffen, dass er irgendwann richtig wach wird und uns erzählen kann, was passiert ist.«

Clark schwieg eine Weile. Sein Gesichtsausdruck sagte: *Verlass dich lieber nicht drauf*, aber er war klug genug, es nicht auszusprechen. »Normalerweise kannst du dich doch auf deinen Instinkt verlassen, Merci.«

»Ja, *normalerweise.*«

»Ach, komm schon.«

»Na ja, ich geb mir ja Mühe.«

»Meine liebe Tochter, sei ein bisschen netter zu dir selbst.«

»Ja, ja, ja.«

Tim verfolgte aufmerksam das Gespräch, sagte jedoch nichts dazu. Er starrte entrückt ins Leere, ein Zeichen dafür, dass er sich konzentrierte. Eine Zeit lang hatte Merci aus diesem Blick geschlossen, dass er träumte oder mit seiner Verdauung beschäftigt war. Bis er anfing, Dinge zu wiederholen oder nach Dingen zu fragen, von denen sie gar nicht wusste, dass er sie überhaupt mitbekommen hatte. Sie mochte diese Konzentration in seinem Blick.

»Ich habe einen Kollegen im Archiv gebeten, mir eine Kopie von Wildcrafts Aussagen anzufertigen, die er während der letzten zwei Jahre zu Kapitalverbrechen vor Gericht gemacht hat«, sagte sie. »Die will ich heute Abend lesen. Abgesehen davon, dass ein Deputy die dicke Kohle verdient, hat er auch immer ein oder zwei Feinde.«

»Eine von diesen Sondervergünstigungen.«

»Ich frage mich, warum die kein Mensch mehr so nennt.«

»Ich nenn sie so«, sagte Tim, plötzlich aus seiner Starre erwacht.

»Wie nennst du sie?«

»So.«

»Sehr gut.«

»Nicht gut?«

Merci lächelte und lehnte sich so weit nach vorn, dass sie fast seine Nase berührte. »Sehr gut? Nicht gut? Sehr gut? Nicht gut?«

Tim lachte und zwickte sie in die Nase und Merci wollte einen Kuss von ihm haben. Als er den Kopf schüttelte, tat sie so, als würde sie schmollen, und er gab nach. Seine Hände fühlten sich warm und weich an auf ihren Wangen. Er schien von Tag zu Tag schwerer zu werden, aber sie mochte es, wenn er auf ihrem Schoß saß, ihn so dicht bei sich zu haben, dass sie seinen Duft riechen und seinen kleinen Körper fühlen konnte. Wenn sie Tim anschaute und dann an ihre Arbeit dachte, fragte sie sich, was aus manchen Menschen wurde. Wie aus so süßen kleinen Kindern so erbärmliche Kreaturen werden konnten. Sie hatte schon so oft erlebt, was die Welt den Menschen antun konnte und was die Menschen der Welt antun konnten, aber es hatte sie, bevor Tim Junior geboren wurde, nie so emotional berührt.

Mein wunderbarer kleiner Mann, dachte sie, was wird die Welt einmal aus dir machen?

»In meiner ersten Woche Dienst im Gefängnis hat mir einer

der Insassen gedroht, mich umzubringen, sobald er rauskommt«, sagte Clark.

»Das hast du mir noch nie erzählt.« Das war typisch für ihren Vater: Als Merci noch ein Kind war, hatte er kaum über seine Arbeit gesprochen, und nachdem er in Rente gegangen war, hatte sich das nicht geändert. Merci fragte sich, wie unterschiedlich sie beide in Bezug auf ihre Arbeit waren. Die Arbeit als Deputy war für Clark nichts weiter als ein Job gewesen. Für Merci war es eine Leidenschaft. Für Clark hörte der Job auf, sobald er nach Feierabend das Polizeigebäude verließ. Merci begleitete die Arbeit bis in ihre Träume. Clark redete fast gar nicht über seine Arbeit, während Merci kaum von etwas anderem sprach. Die Energie und die Begeisterungsfähigkeit hatte sie zweifellos von ihrer Mutter geerbt. Auch ihre Sturheit und ihre unterschwellige Menschenfeindlichkeit. Für ihre Eltern, die so unterschiedliche Charaktere besaßen, musste es sehr schwer gewesen sein, miteinander auszukommen.

»Es war ganz seltsam«, sagte Clark. »Der Mann saß wegen Körperverletzung. Er war ein Biker, einer von den Hessians, ein hagerer Typ mit roten Haaren und Sommersprossen und einem Sauerkrautbart. Smitty hieß er. Smitty Cole. Der hatte mich vom ersten Augenblick an gefressen. Und er war gut – er hat mich total durchschaut. Er hat immer behauptet, dass er ein Prophet wäre, dass Gott ihm sagen würde, was andere Leute dachten. Er war vielleicht sechs-, siebenundzwanzig und ich war ein- oder zweiundzwanzig. Er hat dauernd irgendwelchen Blödsinn über mich verbreitet, über die Polizeiarbeit, über deine Mutter. Das ist mir so auf die Nerven gegangen, dass mir eines Tages der Kragen geplatzt ist, und da habe ich ihm erst einen Schlag in die Magengrube und dann einen Kinnhaken verpasst. Und zwar mit Wucht. Ich hab ihn glatt k. o. gehauen.«

Plötzlich empfand Merci eine ganz neue Art von Respekt vor ihrem Vater. »Du hast ihn k. o. geschlagen?«

»Ja.«

»Ich werd verrückt.«

Er schaute sie leicht ungläubig an, ein Ausdruck, den sie von ihm kannte, seit sie denken konnte.

»Damals herrschten noch nicht so strenge Sitten im Knast. Wir haben keine Gladiatorenkämpfe austragen lassen wie die Jungs drüben in Corcoran, aber, na ja, es lief nach dem Motto: Wie du mir, so ich dir.«

»Und das war so ein Fall.«

»Es war das einzige Mal, dass ich einen Insassen geschlagen habe.«

»Ich kann dich nur beglückwünschen, dass du dem Scheißkerl eine verpasst hast. – Und als er wieder zu sich kam, da hat er gesagt, er würde dich umbringen?«

Clark warf einen Blick auf Tim, der immer noch auf Mercis Schoß saß. »Ein paar Tage später. Er hat mich im Speisesaal angesehen, er hatte vor Wut regelrecht Schaum vor dem Mund und meinte, er würde sich, äh … mich vorknöpfen, sobald er draußen wäre. Und ich hab's ihm geglaubt. Vielleicht, weil ich jung war. Aber es gefiel mir nicht. Vielleicht, weil er schon andere Dinge behauptet hatte, die sich später bewahrheitet hatten.«

Merci wartete auf die Pointe, die eigentlich klar war, aber sie hätte gern gewusst, wie die Geschichte ausgegangen war.

»Er ist bei einem schief gelaufenen Drogendeal ums Leben gekommen«, sagte Clark, während er Hähnchenfleisch auf die Teller tat. Er schaute erst Tim, dann Merci an. »Jemand … hat ihm den Kopf entfernt mit einem für Schlingfallen vorgesehenen Draht.«

»Pech. – Na, hast du Hunger, Tim?«

»Nein.«

»Auch Pech, kleiner Mann. Guten Appetit!«

Nach dem Essen schenkte sie sich einen ordentlichen Scotch ein und schaltete für Tim den Fernseher ein. Er schaute sich gern die *Teletubbies* an – eine Kinderserie auf PBS, die Merci als schwachsinnig, aber harmlos betrachtete. Sie handelte von putzigen Geschöpfen mit im Bauch implantierten Fernsehern, die unter einer Spielwiese mit großen Plastikblumen in einem Tunnelsystem hausten, rosafarbenen Pudding aus einer Puddingmaschine aßen und aussahen wie dickbäuchige Greise, die quiekend umherwuselten. Auf der Wiese hoppelten Kaninchen mit weißen Schwänzchen und die Begleitmusik war auf seltsame Weise infantil und monoton. Merci hatte den Verdacht, dass es sich bei den Schöpfern der Serie um Sechziger-Jahre-Drogenopfer mit einem dicken Stipendium von der Drogenmafia handelte. Sie versuchte, den Gedanken aus ihrem Kopf zu verscheuchen, wahrscheinlich war es wieder mal eine von ihren nutzlosen, noch dazu unangebrachten Meinungen. Sie hatte zu viele davon. Sie sah zu, wie die Teletubbies sich in ihren unterirdischen Schlafkojen zu Bett legten und wie das ihren Sohn absolut faszinierte.

Was kann es schon schaden? Du hast deine Tubbies, ich hab meinen Scotch.

Sie setzte sich neben ihn auf den Boden und streichelte ihm den Rücken. Sie würde ihm nicht erlauben, sich auch noch die nächste Sendung anzuschauen, und sie wusste, dass das einen Tobsuchtsanfall nach sich ziehen würde – Tims neueste Art und Weise, auf alles zu reagieren, was ihm versagt wurde, und sei es der kleinste Wunsch. Wahrscheinlich eine Phase, dachte Merci.

Sie wartete, bis Tim sich wieder beruhigt hatte, dann brachte sie ihn in sein Zimmer, setzte sich mit ihm in den Schaukelstuhl und las ihm noch drei Geschichten vor. Nachdem er auf ihrem Schoß eingeschlafen war, steckte sie ihn ins Bett.

Sie duschte, zog einen leichten Morgenrock über, ging zurück ins dunkle Kinderzimmer und setzte sich in eine Ecke.

Die Eiswürfel in ihrem Glas klimperten leise, als sie es schüttelte. Der süße Duft der Apfelsinenblüten wurde vom warmen Wind ins Zimmer getragen. Sie schloss die Augen und betete dasselbe Gebet wir jeden Abend, an einen Gott gerichtet, an den sie glaubte, bei dem sie sich jedoch nicht sicher war, ob sie ihm vertrauen sollte.

*Behüte ihn. Behüte ihn. Behüte ihn.*

Im Wohnzimmer schaltete sie den Polizeifunk leise, der auf die Frequenz ihres Departments eingestellt war. Den Polizeifunk zu hören war eine alte Angewohnheit aus ihrer Zeit als Streifenpolizistin, als sie noch das Gefühl hatte, jede Verbrechensmeldung mitbekommen zu müssen, egal ob sie im Dienst war oder nicht.

Sie saß vornübergebeugt auf dem Sofa, einen Teil von Archie Wildcrafts Aussagen vor Gericht auf dem Couchtisch ausgebreitet, die Stehlampe so gedreht, dass sie genug Licht zum Lesen hatte. Die Fenster standen offen und in Clarks altem Sessel zuckte hin und wieder die weiße Spitze eines Katzenschwanzes.

Sie begann mit den Kapitalverbrechen, die ein Jahr zurücklagen.

*Das Volk gegen Vomastic Washington* – mehrfacher Mord, befragte Deputys: Archibald Wildcraft und Damon Reese. Archie hatte ausgesagt, den Angeklagten am Tatort im Badezimmer entdeckt zu haben, wo er sich in einem Schrank versteckt hatte. Vertreter der Anklage Ryan Dawes, zweimal lebenslänglich, nacheinander zu verbüßen, Berufung eingelegt, noch anhängig.

*Das Volk gegen Stephanie Mai*, versuchter Mord an Marilyn Mai, ihrer Zwillingsschwester, Abhörprotokoll Deputy Archibald Wildcraft. Offenbar hatte Archie in der Lieblingsdisco der Schwestern, dem Garden Grove, undercover ermittelt und bei einer Abhöraktion belastende Aussagen aufgezeichnet.

Vertreter der Anklage Lisa Musick, zwölf Jahre, Berufung eingelegt, Verfahren schwebend.

*Das Volk gegen Felix Mendez*, illegaler Drogenbesitz, Drogenhandel, illegaler Waffenbesitz, versuchter Mord an einem Polizisten. Das alles war herausgekommen nach einem Anruf wegen ruhestörenden Lärms, den die Deputys Archibald Wildcraft und Damon Reese entgegengenommen hatten. Als Mendez mit einer Derringer auf Reese anlegte, hatte Archie ihn in die Hand geschossen, die Waffe mit dem Fuß weggetreten und dem Angeklagten Handschellen angelegt. Auf die Frage des Staatsanwalts, ob Archie sich als Held betrachtete, weil er das Leben seines Partners gerettet hätte, antwortete dieser, er sei nur ein Polizist, der seine Arbeit tue. Vertreter der Anklage Ryan Dawes, lebenslänglich ohne Aussicht auf Bewährung für Mendez: Er war zum dritten Mal straffällig geworden.

Merci las den Mendez-Bericht noch einmal durch und fand, womit sie gerechnet hatte: Mendez war tief verwickelt in die Machenschaften von *La Eme*, der mexikanischen Mafia, bestritt jedoch mit Nachdruck, irgendetwas über die Organisation zu wissen. Dawes legte Beweise vor, die belegten, dass Mendez ein hochrangiges Mitglied von *La Eme* war und sich seinen Weg nach oben als Drogendealer, Geldeintreiber und Killer verdient hatte. Mendez' Verteidiger legte einen Einspruch nach dem anderen ein, der Richter wies die Einsprüche zur Hälfte ab und ließ die übrigen zu, sodass Mendez Gelegenheit hatte, alles abzustreiten.

Merci wusste, dass *La Eme* in den vergangenen zwei Jahrzehnten mit dem Anwachsen der hispanischen Bevölkerung immer mehr an Macht gewonnen hatte. Die Gefängnisse Kaliforniens waren fest in ihrer Hand. Die Mitglieder von *La Eme* waren extrem gewalttätig, gut organisiert und gründlich. Sie waren untereinander absolut loyal und der Polizei gegenüber verschwiegen. Und obwohl das Machtzentrum der Organisation unerkannt in den Zellen des riesigen Gefängnisgebäudes eingesperrt war, reichte ihre Macht weit über dessen Mauern und Stacheldrahtzäune hinaus.

Sicher, dachte Merci, *La Eme* konnte Archie Wildcraft erschießen lassen, wenn sie wollte. Und Felix Mendez war bestimmt nicht erfreut darüber, dass ihm in den eigenen vier Wänden von einem hübschen jungen Deputy die linke Hand zerschossen worden war, noch dazu vor den Augen seiner Frau. Aber warum Gwen?

Merci blätterte noch einmal zurück, um nachzusehen, was es mit dem Anruf wegen ruhestörenden Lärms auf sich hatte. Ein anonymer Nachbar hatte sich bei der Polizei beschwert und die beiden Deputys waren mitten in einen heftigen Streit zwischen den völlig zugekoksten Eheleuten geplatzt. Natürlich hatte Archie, als Michelle Mendez ihn gebissen und ins Gesicht gespuckt hatte, die Frau gegen eine Wand gedrückt und ihr Handschellen angelegt. Sie so rau angepackt, dass ihre Nase blutete. Und in dem Augenblick hatte Mendez die Pistole aus seiner Bademanteltasche gezogen.

Merci markierte die Seite mit einer roten Büroklammer.

Sie blätterte durch den Bericht über *Das Volk gegen Goudee*, ein Fall von Vergewaltigung, aber Vergewaltiger waren allesamt Feiglinge. Dann *Das Volk gegen Viznaska*, ein Autodieb, aber Viznaska war gerade mal zwanzig Jahre alt, hatte offenbar nichts mit der Mafia zu tun und war nicht wegen irgendwelcher Gewaltdelikte vorbestraft. Dann *Rhonert*, ein Einbrecher, *Nelson*, ein Wertpapierbetrüger, *Vasquez*, eine polizeilich gesuchte Frau aus der Führungsriege der Mafia, die Archie und Reese anhand eines Fahndungsfotos erkannt hatten, als sie mitten am helllichten Tag ganz in der Nähe des Polizeireviers ihre drei Pitbulls spazieren führte.

Nach einer weiteren Stunde hatte Merci die Strafprozesse durchgearbeitet, bei denen Wildcraft während der letzten zwei Jahre als Zeuge ausgesagt hatte. Sie blätterte die Festnahmeprotokolle durch – die meisten bezogen sich auf Delikte wie

Alkoholkonsum in der Öffentlichkeit, Trunkenheit am Steuer, Ruhestörung und Schlägereien. Derselbe Mist, um den es die ganze Zeit im Polizeifunk geht, dachte sie. Alltäglicher Kleinkram.

Ein Mann, den Wildcraft und Reese vor fast zwei Jahren wegen Trunkenheit am Steuer festgenommen hatten, war Trent Gentry, der für die Newport-Beach-Niederlassung von Ritter-Dunne-Davis Financial arbeitete. Merci markierte auch diesen Bericht mit einer roten Büroklammer, wenn auch nur wegen des puren Zufalls, dass Priscilla Brocks geliebter Charles für denselben multinationalen Konzern arbeitete. Kleine Welt, dachte sie. *Kleine Welt, große Chancen* – war das nicht der Slogan von RDD, mit dem die Fernsehzuschauer dauernd genervt wurden? Jedenfalls hatte Archie das Richtige getan und den Betrunkenen verhaftet.

Seufzend lehnte sie sich zurück und betrachtete den durch das Fensterkreuz geviertelten Vollmond. So viele Kriminelle, dachte sie. Aber wie viele von ihnen wären zu so einer Tat fähig? Einer? Vielleicht zwei?

Sie schaltete das Radio aus, schaute kurz nach Tim, goss sich noch einen Whiskey ein und setzte sich auf die Veranda. Sie ließ ihren Blick über den dunklen Orangenhain schweifen, der in drei von vier Richtungen nach knapp hundert Metern an der lachsfarbenen, dreieinhalb Meter hohen Umgebungsmauer einer Reihenhaussiedlung endete. Merci mochte die Mauer, weil sie so viele Leute *einschloss*. Sie hatte sich nicht aus ästhetischen Gründen für das alte Bauernhaus entschieden und sie machte sich noch nicht einmal etwas aus Orangensaft, aber sie mochte den Duft der Bäume und die Ruhe und die verwilderten Katzen, die nachts lautlos wie Gedanken durch den Hain strichen. Ein Bekannter, dem das Haus gehörte, hatte es ihrem Vater zur Miete angeboten, und die Miete war billig. Das war lange bevor Clark mit dem Gedanken gespielt hatte, hier einzuziehen. Der Eigentümer hatte von vornherein klargestellt, dass er das alte Haus an den Ersten verkaufen würde, der ihm einen angemessenen Preis dafür bot, aber bisher hatte sich noch kein Interessent gefunden. Merci fragte sich, wie viele Millionen ihre anderthalb Hektar wert sein mochten. Vielleicht sechs- oder achttausend Dollar pro Orange?

Um vierzehn nach elf rief Zamorra an.

»Du hörst offenbar keinen Polizeifunk.«

»*Hä?*«

»Die Polizei in Irvine hat am Ende der Sand Canyon Road einen herrenlosen schwarzen STS, Nummernschild QM742JN, gefunden. Du weißt schon, draußen bei den Erdbeerfeldern – hinter dem neuen Krankenhaus.«

»Jones hat gesagt OM.«

»O und Q – es wäre nicht das erste Mal, dass die Buchstaben verwechselt werden.«

»Ich will den Wagen sehen.«

»Gilliam und Ike Sumich sind unterwegs.«

»Ich auch. Danke, Paul.«

Sie schubste eine Katze aus dem Weg, schüttete den Whiskey aus, trank rasch eine Tasse Kaffee, zog sich um, erklärte Clark kurz, worum es ging, und drückte Tim einen Kuss auf die Stirn. Sie erinnerte sich an den Tatortspezialisten Don Leitzel, der in Archie Wildcrafts Haus so gründliche Arbeit geleistet hatte. Sie rief ihn an und bat ihn, sich so schnell wie möglich auf den Weg zu machen. »Bin schon unterwegs«, sagte er und legte auf.

Zwanzig Minuten später traf Merci in der Sand Canyon Road ein. Sie parkte ihren Impala außerhalb des hellen Lichtkegels von drei Scheinwerfern, die mit Hilfe eines ohrenbetäubend lauten Generators betrieben wurden. Merci konnte vor Lärm kaum ihre eigenen Gedanken hören, aber die Scheinwerfer beleuchteten die Szene hell und punktgenau, und Zamorra kam aus dem Licht ins Dunkel, um sie zu begrüßen.

# Elf

Der STS stand neben der Straße auf einem breiten, sandigen Seitenstreifen entlang der Erdbeerfelder. Als Merci aus ihrem Wagen stieg, meinte sie, die Erdbeeren zu riechen. Der dröhnende Generator stand etwa zwanzig Meter entfernt von dem Cadillac. Die drei Scheinwerfer waren in etwa zehn Metern Entfernung von dem Wagen aufgestellt worden. Gut, dachte Merci.

Der Platz um den Wagen herum war weiträumig mit Absperrband gesichert.

»Das wird dir gefallen«, sagte Zamorra.

»Ein Bekennerbrief und eine Videoaufnahme von dem Mord?«

»Nicht ganz. Dein Freund Dobbs war mal wieder als Erster hier.«

»Kann ich ja von Glück reden.«

»Sieh dir den Bereich an, den er abgesperrt hat, er ist so groß wie das Yankee Stadium.«

Auch das helle weiße Licht der Scheinwerfer erinnerte Merci an ein Baseballstadion. Sie folgte Zamorra bis zur Absperrung, wollte darunter hindurchschlüpfen, doch Zamorra hielt sie zurück.

Da entdeckte Merci die Taschenlampe, die auf dem Seitenstreifen lag. Knapp einen Meter davon entfernt lag ein Notizblock, daneben ein Sonnenbrillenetui. Schließlich, dichter am STS, ein Bündel unbenutzte Leuchtraketen.

Ihr Puls beschleunigte sich. Sie dachte an den jungen Dobbs und fragte sich, was das alles zu bedeuten hatte.

»Wieso liegt dieses Zeug da überall rum?«

»Das wird Dobbs dir bestimmt erklären.«

Dobbs kam bereits auf sie zu – auf Zehenspitzen, den Nacken steif –, doch er hielt sich außerhalb des abgesperrten Bereichs. Merci sah seinen athletischen Oberkörper, den muskulösen Brustkorb und die Arme.

»Sergeant Rayborn«, grüßte er sie knapp.

»Deputy.«

Er hockte sich hin, hob die Taschenlampe auf und leuchtete damit den Boden ab. Bei dem grellen Licht aus den Scheinwerfern war der Lichtkegel kaum zu sehen. Merci ging ebenfalls in die Hocke.

Dobbs beschrieb einen kleinen Kreis mit seinem Lichtkegel. In der Mitte befand sich ein großer Fußabdruck.

»Ich habe insgesamt zehn Abdrücke gefunden, die vom Wagen zur Straße führen. Die besten habe ich mit Gegenständen markiert, die ich gerade zur Hand hatte. Sie sind alle nicht sehr gut, aber die ersten vier in der Nähe des Wagens sind ein bisschen deutlicher. Zwei Leute. Die Abdrücke des einen fangen an der Beifahrertür an, die des anderen an der Fahrertür. Ich habe mir die Freiheit genommen, meinen Stiefel über die auf der Beifahrerseite zu halten – aber keine Sorge, ich habe keinen berührt.«

Dobbs schaute konzentriert auf die Stelle, die er mit seiner Taschenlampe beleuchtete.

»Ich trage Größe zwölf«, sagte er. »Die hier sind größer als meine. Wesentlich größer. Muss ein großer Typ gewesen sein.«

»Ja, ein sehr großer.«

»Ich habe mich dem Wagen an der Beifahrerseite von hinten genähert, nachgesehen, ob mir irgendwas verdächtig vorkam, dann habe ich den Bereich abgesperrt und den Fund gemeldet. Mit einem von den Tatortspezialisten hat es einen kleinen Streit darüber gegeben, wie nah der Generator stehen sollte. Nach dem Patzer mit der Einfahrt kommt mir *keiner* mehr in die Nähe eines meiner Tatorte, mich eingeschlossen.«

»Machen Sie heute zusammen mit Crowder Dienst?«

»Er hat sich krankgemeldet, ich bin also allein. Raten Sie mal, was in dem Cadillac auf dem Vordersitz liegt, Sergeant.«

»Das könnte eine Weile dauern.«

»Das *Journal* von heute, säuberlich gefaltet, mit dem Artikel über Archie vorne drauf. Über Archie und Gwen, meine ich.«

»Gute Arbeit.«

»Danke. Ich bin da drüben, falls Sie mich brauchen.«

Merci ging vorsichtig hinter Zamorra her zum hinteren Ende des Wagens, wobei sie vorsichtig darauf achtete, nicht auf Dobbs' Markierungen oder die Fußabdrücke zu treten. Sie ließ ihren Blick über das Erdbeerfeld streifen, über die langen Reihen der niedrigen Pflanzen, die in einem Hügel zusammenzulaufen schienen, über dem der Mond stand. Zum Schutz der Erdbeeren waren die Pflanzen mit Plastikfolie abgedeckt, die im Mondlicht glänzte wie Wasser. Der Duft der Erdbeeren lag in der Luft, nicht so schwer wie der Duft von Apfelsinen, süßer und weniger ausgeprägt. Sie konnte das Irving Medical Center sehen, die Klinik, in der Tim Junior geboren worden war. Sie musste daran denken, wie winzig und rot und ängstlich er gewesen war, und an das viel zu große Namensarmband aus Plastik an seinem winzigen Handgelenk, an das blauweiß karierte Mützchen, das sie ihm aufgesetzt hatten, um seinen Kopf warm zu halten in der neuen Welt. Sie erinnerte sich an die Angst und die Wut, die sie empfunden hatte, als man sie in einem Rollstuhl auf die Säuglingsstation gefahren hatte, um Tim abzuholen und ihn mit nach Hause zu nehmen.

Sie leuchtete mit ihrer Taschenlampe auf das Nummernschild.

»Die Nummer steht nicht auf der Fahndungsliste«, sagte Zamorra. »Als Halter ist ein George Massati aus Lake Forest registriert. Vierundvierzig Jahre alt, eins fünfundsiebzig groß, neunzig Kilo. Keine Vorstrafen. Ich habe zwei Streifenpolizisten zu ihm geschickt. Auf der Fahndungsliste von Kalifornien stehen zwölf Wagentypen wie dieser hier – drei davon im County. Falls jemand die Nummernschilder ausgetauscht hat, könnte das immer noch ein gestohlenes Fahrzeug sein.«

»Hast du schon einen Blick in den Kofferraum geworfen?«

»Da gibt's nicht viel zu sehen. Aber schau dir das mal an.«

Zamorra betätigte den Hebel im Innern des Wagens und Merci leuchtete den Kofferraum mit ihrer Taschenlampe aus. Es gab tatsächlich nicht viel zu sehen: ein Abschleppseil, ein alter, roter Putzlappen, drei Papierrollen mit dem Logo von Union 76 darauf. Der Teppich, mit dem der Kofferraum ausgelegt war, war sauber.

»George scheint ein sparsamer Typ zu sein«, sagte Zamorra. »Macht sogar den Ölwechsel selbst.«

»Und dann fährt er seinen blitzblanken Caddy hierher und lässt ihn einfach stehen? Kommt mir komisch vor.«

»Mir auch«, sagte Zamorra. »Wenn er den Wagen hier stehen gelassen hat, dann ist er wahrscheinlich von jemand abgeholt worden. Vielleicht hat das Fluchtauto ein paar Spuren für uns hinterlassen.«

»Wahrscheinlich haben die Spurensicherer den Generator draufgestellt.«

»Aber Dobbs kannst du dafür nicht verantwortlich machen«, sagte Zamorra.

»Nein, er ist ein guter Junge«, erwiderte Rayborn.

Die Beifahrertür war offen, und davor stand Ike Sumich, die Hände auf die Knie gestützt, und steckte den Kopf in den Wagen. Als er Merci hinter sich spürte, drehte er sich um.

»Entweder haben sie Handschuhe getragen«, sagte er mit unterdrückter Wut, »oder sie haben alles gründlich abgewischt. Sämtliche üblichen Stellen – Lenkrad, Schalthebel, Türgriffe, Scheinwerferschalter, Blinker – sind absolut sauber.«

»Zu warm für Handschuhe«, sagte Merci. »Wahrscheinlich haben sie alles abgewaschen. Sie haben einen von diesen roten Lappen aus dem Kofferraum benutzt und ihn dann da drüben in den Graben geworfen. Ich weiß schon, wo wir den finden.«

Sumich schüttelte den Kopf. »Ich hab schon nachgesehen.«

Ike hatte blonde Haare, die ihm in die Stirn fielen, und war spindeldürr. Er war ein hervorragender Spurensucher, der beste Skizzenzeichner, mit dem sie je zusammengearbeitet hatte. Schon vor Jahren hatte sie sich gesagt, dass er einmal einer von *ihren* Leuten sein würde, einer derjenigen, die – damals noch unter dreißig – eines Tages das Department leiten würden, zusammen mit ihr. Dieser Plan hatte sich nach der Verhaftung von Mike McNally in Wohlgefallen aufgelöst, aber das hatte nichts mit Ike zu tun. Sie erinnerte sich, dass Hess ihr mal gesagt hatte, er wünschte, er wäre noch mal in Ikes Alter. Sie wünschte auch, er wäre damals in Ikes Alter gewesen. Und dass er jetzt etwa in ihrem Alter wäre. Und keinen Krebs bekommen hätte. Und nicht von einer Kugel getroffen worden wäre, die sein Leben beendet hatte.

*Daddy ist ganz weit fort?*

*Daddy ist ganz weit fort.*

*Ist Daddy hier?*

*Nein, Daddy ist nicht hier.*

*Ist er auf dem Bild?*

*Er ist auf dem Bild, aber er ist ganz weit fort.*

*Er ist nicht ganz weit fort?*

*Daddy ist ganz weit fort. Gute Nacht, Tim. Ich hab dich lieb. Gute Nacht. Schlaf schön, kleiner Mann.*

»Sergeant, ich könnte vielleicht ein paar Abdrücke von den Türgriffen oder der Karosserie bekommen, aber es wird hier draußen immer feuchter. Ich würde also vorschlagen, dass wir den Wagen so bald wie möglich in einen überdachten Raum schleppen. Ich kann es morgen noch mal versuchen, wenn es draußen trocken und warm ist. Falls der Fingerabdruckstaub nichts zutage fördert, kann ich es an den großen Flächen mit UV-Licht und vielleicht an ein paar der Armaturenknöpfe mit Dämpfen versuchen.«

»Alles klar.«

Dann wechselte Sumich unvermittelt das Thema, eine Angewohnheit, die Merci häufig verwirrte. »Al Madden treibt sich neuerdings dauernd im Labor rum. Und zwar gemeinsam mit dem Chef. Sie reden hinter verschlossenen Türen.«

Das waren schlechte Neuigkeiten. »Und Sie haben den Namen Wildcraft gehört.«

»Ja. Gilliam muss ihm unsere Ergebnisse aushändigen. Ich meine, das ist schließlich unser Job. Wenn wir die Ergebnisse *nicht* rausrücken, würde das verdammt merkwürdig wirken.«

»Verstehe.«

»Dawes auch.«

»Mist!«

»Tut mir Leid, Ihnen das sagen zu müssen.«

»Würden Sie es mir nicht sagen, könnte es mir eher schaden.«

»Ich sehe, was ich sehe. Ich habe das Gefühl, dass Gilliam nicht glücklich ist bei der Sache. Er … na ja, Sie wissen ja, wie sehr er Sie mag.«

»Die wenigen Stolzen.«

Er lächelte und schüttelte den Kopf, um die Haare aus der Stirn zu bekommen. »Sie sagen, was Sie denken, und Sie sind der beste Detective der ganzen Mordkommission.«

»Danke.«

»Ich sehe, was ich sehe.«

»Sie werden wohl heute Abend noch ein paar Abgüsse von den Fußspuren machen.«

»Ja, ich werde noch eine Weile brauchen. Sand und Kies sind schwierig. Ich hoffe, dass nicht noch mehr Wind aufkommt.«

»Wie groß sind Ihre Chancen, die Abdrücke miteinander abzugleichen, damit Sie feststellen können, ob sie von denselben Schuhen stammen?«

Sumich überlegte. »Da bräuchte ich ein bisschen Glück – irgendeine sichtbare Anomalie, die diese Schuhe einzigartig macht. Oder fast einzigartig.«

»Sie sind doch ein Glückspilz, Ike.«

»Ich versuche jedenfalls, einer zu sein.«

Merci warf einen Blick in den Wagen. Ihr fiel auf, dass der Beifahrersitz weit zurückgeschoben war. *Sehr* weit, dachte sie.

»Haben Sie den Sitz verrückt, um an die Bodenmatte zu gelangen?«

»Noch nicht.«

Der Sitz stand also genauso, wie Größe Sechzehn ihn hinterlassen hatte.

Don Leitzel war für die Fotos zuständig. Er hatte die Fahrertür geöffnet und war dabei, mit der grenzenlosen Geduld eines Profis Innenaufnahmen zu machen.

»Vergessen Sie nicht, den Beifahrersitz zu fotografieren.«

»Bereits erledigt, Sergeant.«

»Und notieren Sie die Höheneinstellung, bevor Sie sie verändern, okay?«

»Ich habe sämtliche Licht-, Fenster-, Tür- und Sitzpositionen notiert. Alles, von den Lampen bis zum Zigarettenanzünder.«

»Wie war die Einstellung?«

»Höhenmäßig? Ganz unten. Der Sitz ganz hinten und die Rückenlehne um etwa vierzig Grad geneigt. Wer den Sitz so einstellt, muss verdammt groß sein.«

Etwa so groß wie einer, der Schuhe Größe sechzehn trägt, dachte Merci. »Haben Sie hier drin irgendwas Brauchbares gefunden?«

»Sie meinen, so was wie einen Führerschein oder ein Scheckbuch? Nein.«

Merci leuchtete mit der Taschenlampe über das Armaturenbrett und die weichen Ledersitze. Innenausstattung hellgrau. Glänzende Holzteile. Das Ganze hatte etwas Vertrautes, es kam ihr vor wie eine Luxusversion ihres Impala. Die Schlüssel baumelten im Zündschloss.

Der Lichtkegel fiel auf das LCD-Display eines Navigationssystems. Mit so einem technischen Schnickschnack war ihr Impala jedenfalls nicht ausgestattet.

»Kann man rausbekommen, welche Strecke der Navigator als Letztes angezeigt hat?«

»Klar. Das habe ich vor.«

»Jetzt gleich?«

»Dazu müsste ich in den Wagen steigen.«

»Nein. Holen Sie Ike, der soll Sie festhalten.«

Merci hielt Ike fest, und Ike umfasste Leitzel, sodass der sich weit genug in den Wagen lehnen konnte, um den Zündschlüssel umzudrehen und das Navigationssystem einzuschalten. In weniger als dreißig Sekunden hatte er dem Bordcomputer die gewünschten Informationen entlockt. Merci konnte sich immer wieder begeistern für Leute, die sich mit so etwas auskannten: Diese technischen Spielereien waren ihr stets ein Rätsel, obwohl sie ihre Smith & Wesson ebenso schnell wie alle ihre Kollegen mit verbundenen Augen auseinander nehmen und wieder zusammensetzen konnte.

»Irgendeine Adresse in La Jolla«, sagte Leitzel. »Sieht aus wie eine Wohngegend.«

»Versuchen Sie's noch mal.«

Wieder lehnte Leitzel sich weit vor, fummelte an dem Gerät herum, blickte dann über die Schulter zu Merci. »Newport Beach«, sagte er. »Da drüben auf dem Hügel, oberhalb der Bucht.«

»Gehen Sie noch weiter zurück.«

Einen Augenblick später sah sie den Kartenausschnitt auf dem Display verschwinden und einen neuen auftauchen.

»University of California, San Diego«, rief Leitzel. »Medizinische Fakultät.«

Merci dachte über diese Angaben nach, konnte sich jedoch keinen Reim darauf machen. »Dieses Ding kann auch eine Adresse ausspucken, oder?«

»Sicher«, sagte Leitzel. »Die muss man ja eingeben, um einen Kartenausschnitt zu bekommen.«

Leitzel gab Ike seine Hand und Ike gab Merci seine andere Hand, dann beugte sich Leitzel wieder in den Wagen. Sie hörte die Knöpfe klicken und sah, wie sich die Farben auf dem Display änderten.

»Hier ist die Adresse von der UCSD.«

Leitzel fing an, die Adresse vorzulesen, doch Merci unterbrach ihn und rief Zamorra herbei. Sie bat ihn, das blaue Notizbuch und den Kugelschreiber aus ihrer Jacke zu holen, ein paar Adressen zu notieren und mit seinem Grinsen aufzuhören.

Merci fand keine brauchbaren Spuren von einem Fluchtfahrzeug. Spuren ja, aber es waren einfach zu viele. Außerdem waren sie zu schwach bei all dem Sand und Kies und der sommerlichen Hitze, die den Boden austrocknete, sodass sich kaum etwas darin abzeichnen konnte. Staub zu Staub. Wahrscheinlich würden die Abgüsse, die Ike von den Fußabdrücken genommen hatte, ebenfalls zu schwach ausfallen, um von Nutzen zu sein.

Dennoch ließ sie Leitzel zwei etwas deutlichere Reifenspuren fotografieren.

Dann ging sie, mit der Taschenlampe vor sich herleuchtend, zu dem Graben, der entlang der Straße verlief und sie von den Erdbeerfeldern trennte. Der Graben war breit und tief mit steilen Wänden und auf dem Boden war ein dünnes Rinnsal zu sehen. Der Mond war mittlerweile hinter dem Hügel verschwunden. Der Duft der Erdbeeren stieg ihr wieder in die Nase. Komisch, wie der Geruch kommt und geht, dachte sie, ganz anders als bei den Orangen.

Mit zwei großen Schritten stieg sie in den Graben und blieb stehen, umgeben von dem brackigen Geruch abgestandenen Wassers. Still hier. Gestrüpp und Unkraut zu beiden Seiten, ein Stück weiter in der Nähe des Wassers hohes Schilf. Jetzt, in einiger Entfernung von dem dröhnenden Generator, konnte sie die Frösche und die Grillen hören. Etwas raschelte im Gras, dann folgte ein Plätschern.

Mit vier Schritten seitwärts gelangte sie ans Wasser. Die Narbe an ihrer Seite schmerzte. Sie musste daran denken, wie sie von hinten angegriffen worden war, erinnerte sich an die schreckliche Erkenntnis, dass im nächsten Moment jemand auf sie schießen würde, und wie lange es gedauert hatte, bis sie zu Boden gegangen war.

Der Graben war mit Beton ausgelegt. Der Lichtkegel von Mercis Taschenlampe huschte über glänzendes Wasser und schwarzen Schlamm. Langsam ging sie im Kreis, immer vor sich herleuchtend. Eine zerdrückte Bierdose. Ein Teil eines Styroporbehälters. Ein Autoreifen. Ein türloser Kühlschrank. Ein Gartenschlauch, brüchig und verschossen.

Auf dem Weg zurück nach oben leuchtete sie nach rechts und links in der Hoffnung, zwischen dem Unkraut etwas Rotes zu entdecken.

Kurz bevor sie oben ankam, sah sie tatsächlich etwas. Sie arbeitete sich durch das Gestrüpp und ging in die Hocke, um besser sehen zu können, was sich da auf dem Boden verbarg. Es war ein roter Putzlappen, halb zusammengeknüllt. Als sie ihn mit einem Stock aufhob, blieb der zerknüllte Teil des Lappens unverändert, so als wäre er mit Leim verklebt. Oder weiß der Teufel womit, dachte Merci.

Sie zog eine frische Brottüte aus der Hosentasche – sie nahm immer drei davon mit, wenn sie zu einem Tatort gerufen wurde – und öffnete sie mit einer Hand. Dann stopfte sie den Lappen mit Hilfe des Stocks hinein. Für alle Fälle nahm sie auch den Stock mit.

Schade, dass man von einem Lappen, mit dem Fingerabdrücke abgewaschen wurden, keine Fingerabdrücke nehmen kann, dachte sie. Aber es gab noch viele andere Dinge, woran Größe Sechzehn womöglich nicht gedacht hatte, als er den Lappen weggeworfen hatte: Hautpartikel, Haare, Fasern von Kleidungsstücken oder Möbeln oder Teppich oder Autositzen, Schuppen, Schweiß. Und womit klebt der Lappen zusammen, Größe Sechzehn? Hast du dir damit deine riesige Mördernase geschneuzt, bevor du das Ding ins Gestrüpp gefeuert hast? Vielleicht wird dir schließlich dein eigener Rotz zum Verhängnis.

Ein paar Meter von der Böschung entfernt blieb sie stehen und sah sich erneut nach Fußabdrücken um. Nichts. Zu viel Gestrüpp, zu viel Unkraut. Der Lärm des Generators zerrte an ihren Nerven.

Plötzlich tauchte ein Schatten hinter ihr auf, vom Flutlicht deutlich umrissen.

Erschrocken fuhr sie herum. Instinktiv griff sie nach der S&W, doch dann ließ sie ihre Hand sinken.

»*Paul!*«

Er blieb wie angewurzelt stehen und hob die Hände. »Alles in Ordnung?«

»Perfekt.«

Er schaute sie immer noch ein bisschen verwundert an, doch sie sah, dass er begriff. Er wusste, dass die Erinnerung so schwer wie ein Motorblock und so scharf wie eine Rasierklinge sein kann. Trotz ihres Herzklopfens und des Rauschens in den Ohren wurde ihr erneut klar, was sie von Anfang an so sehr an Zamorra gemocht hatte: dass man ihm so vieles nicht zu erklären brauchte, dass er so vieles einfach *begriff*.

»Die Kollegen haben mit George Massati gesprochen«, sagte er. »George hat sich fürchterlich aufgeregt, weil sie ihn geweckt hatten, und behauptet, sein Auto sei nicht gestohlen, sondern stehe in der Garage. Und das stimmte tatsächlich. Aber was glaubst du wohl? Es hatte andere Nummernschilder. Unsere Freunde waren also schlau genug, einen Wagen zu stehlen und dann Nummernschilder dranzuschrauben, die sie von einem anderen Wagen geklaut hatten. Wahrscheinlich haben sie sich gesagt, dass der Besitzer eine Weile brauchen würde, bis er merkt, dass er falsche Nummernschilder am Auto hat.«

»Raffiniert«, sagte Merci. Ihr Herz raste immer noch und irgendwie kam sie sich vor wie eine hysterische dumme Kuh. Gleichzeitig hatte sie das Gefühl, als hätte ein Geist sie gerade mit der Hand am Schenkel berührt. Sie holte tief Luft.

»Was hast du da in der Tüte?«, wollte Zamorra wissen.

»Einen roten Putzlappen. Ich glaube, er wurde in den Graben geworfen, damit wir ihn nicht finden.«

Zamorra nickte lächelnd. »Du bist besser als perfekt. Du bist einfach gut.«

# Zwölf

Früh am nächsten Morgen öffnete Archie die Augen. Im gedämpften Licht der Intensivstation sah er die Umrisse des Monitors und des Infusionsständers, eine schemenhafte Gestalt, die den Raum verließ. Er hob den Kopf, stützte sich auf den Ellbogen auf, ließ sich wieder zurück aufs Kopfkissen sinken.

Gwen ist tot, dachte er. Die riesige schwarze Leere, die jetzt Gwen war, tat sich vor ihm auf, und er spürte, wie sein Herz mitten hineinstürzte. Es schlug noch, während es fiel, aber widerstrebend. Vielleicht würde es gleich stehen bleiben. Er wartete darauf, dass es stehen blieb. Er sah den hellen Lichtblitz in seinen Augen, dem er auf dem Weg unter den Bäumen begegnet war.

Und er hörte die Stimme wieder, die ihm in den vergangenen achtundvierzig Stunden immer gesagt hatte, was er tun sollte, und jetzt sagte sie: *Du hast ein kräftiges Herz. Ich bin im Himmel über dir. Du wirst mich finden, wenn du nachschaust.*

Archie wusste, dass es Gwens Stimme war, aber ihr Gesicht konnte er sich immer noch nicht vorstellen.

Dann wieder die verschwommene Gestalt an der Tür. Jetzt kam sie auf ihn zu. »Oh, Mr Wildcraft! Mr Wildcraft! Wie wunderbar! Vorsicht mit der Infusion.« Warme Hände an seiner Schulter, dann ein dumpfer Schmerz wie ein grüner Blitz. »Ganz langsam, Mr Wildcraft. Sie sind unser Wunder. Ganz langsam.«

»Sicher«, hörte er sich selbst sagen. Die Stimme klang sandig und rau und schien von weit her zu kommen.

Auf einmal standen vier weitere Leute im Zimmer. Er spürte die Energie, die sie mitbrachten, als glühten ihre Körper. Wieder Hände an seiner Schulter, wieder ein dumpfer Schmerz.

Eine andere Krankenschwester sagte: »Archie, wir werden Sie im Bett ein bisschen nach unten schieben und dann das Kopfteil hochstellen, okay? Entspannen Sie sich ...«

Sie zogen ihn an den Knöcheln nach unten. Eine Schwester hielt ihm den Kopf, es fühlte sich an, als trüge sie Ofenhandschuhe, und er fragte sich, ob er einen Kopfverband hatte. Ein Motor begann zu summen, das Bett hob sich ein wenig und richtete seinen Oberkörper auf. Sein Kopf schmerzte nur leicht. Aber ein brennendes Streichholz berührte die Spitze seines Penis, und er senkte ganz langsam den Kopf, um nachzusehen. *Katheter*, dachte er und versuchte vergeblich, das Wort auszusprechen.

Er verdrehte sich fast den Hals, um einen Blick auf seine Schulter zu erhaschen. Durch das Krankenhemd konnte er die Plastikvorrichtung mit dem angeschlossenen Tropf sehen. Mit der rechten Hand berührte er seine Wange: harte Stoppeln. Er hob die Hand ein bisschen höher und fühlte den Turban aus Verbandsmull, der ihm bis zu den Ohren reichte. Als er mit einem Finger unter den Verband fuhr, stellte er fest, dass man ihm den Kopf rasiert hatte.

Dann fiel ihm wieder ein, dass Gwen tot war, und er wartete darauf, dass sein Herz stehen blieb.

Die vier Leute gingen weg. Ein Mann in einem Anzug trat ans Bett, schaute Archie an und sagte: »Ich bin John Stebbins. Wie geht es Ihnen?«

Archie brachte ein Nicken zustande.

Dr. Stebbins spähte ihm in die Augen, als suchte er nach einem Schatz. »Sehen Sie verschwommen?«

Archie schüttelte kaum merklich den Kopf, sein Turban schränkte seine Bewegung ein.

»Farbe?«

Archie nickte.

»Wie viele Finger halte ich jetzt hoch?«

»Zwei«, sagte Archie. Es kam ihm vor wie ein unglaublich langes Wort, wie ein kilometerlanger Sandstrand.

»Offenbar können Sie mich hören. Wie fühlt sich Ihr Kopf an?«

Archie nickte erneut. Er sah, dass der Arzt einen Blick auf den Monitor warf und sich dann wieder zu ihm wandte.

»Bitte schauen Sie an die Decke. Ich werde Sie mit meinem Kugelschreiber berühren. Wenn Sie es spüren, heben Sie einfach einen Finger, okay?«

Das Nicken strengte ihn an. Er schaute nach oben. Er spürte, wie etwas seinen Zeh berührte. Knöchel. Kniescheibe. Fingerspitze. Bauch. Schenkel. Hüfte. Brust. Oberarm. Handfläche.

»Bewegen Sie Ihren rechten Fuß. Gut. Den linken. Gut. Heben Sie Ihr rechtes Knie – das reicht. Jetzt das linke. Sehr schön. Heben Sie die rechte Hand. Jetzt den ganzen Arm – hervorragend. Können Sie lächeln?«

Archie versuchte zu lächeln, aber seine Lippen waren zu steif und seine Zähne fühlten sich riesengroß und trocken an.

»Schön«, sagte der Arzt. »Willkommen in der Welt.«

Archie starrte ihn nur an: ein blassblauer Mann mit freundlichen Augen und einem schmalen Mund.

»Wie viel Decadron bekommt er?«

Eine Schwester sagte etwas und Stebbins nickte. »Und wie viel Tegretol?«

Archie hörte die Antworten, begriff jedoch nicht, was sie bedeuteten.

»Krämpfe?«

»Kaum noch. Seit Stunden keine mehr.«

Dr. Stebbins drehte sich zu einer der Schwestern um und ordnete eine Computertomographie an. »Sagen Sie Bixton, es hat absoluten Vorrang, und rufen Sie mich an, sobald die Ergebnisse vorliegen.«

Sie verließen das Zimmer und der Arzt hinterließ einen leuchtend roten Kometenschweif. Alle vier hatten ihn angestarrt, als wäre er das Interessanteste, was sie je gesehen hatten. Eine fünfte Person reckte von der Tür aus den Hals.

»Suppe«, sagte Archie.

Er trank drei Tassen klare Brühe und sank in einen tiefen Schlaf. Dann versuchten sie wieder, ihn zu wecken, und es gelang ihm, durch das klare, warme Wasser zu ihnen aufzutauchen.

Eine Schwester rollte sein Bett aus dem Zimmer, während eine andere den Wagen mit dem Infusionsgerät hinterherschob.

»Sie werden berühmt sein, wenn Sie hier rauskommen«, sagte die Schwester, die ihn ein Wunder genannt hatte. »Die Journalisten warten schon alle darauf, mit Ihnen zu sprechen.«

Ihr Gesicht war emailgelb. Orangefarbenes Haar, leuchtend blaue Uniform, die in Wirklichkeit, das wusste er, weiß oder hellblau war. Er sah diese Farben ganz deutlich, obwohl er wusste, dass sie nicht stimmten.

»Ist sie begraben worden?«, hörte er sich fragen.

»Das weiß ich nicht. Denken Sie an das Leben, Mr Wildcraft. Denken Sie nicht an den Tod.«

Aber das war so ziemlich das Einzige, woran Archie dachte, während er in der Röhre lag. An den Tod und an Gwen. Der Tod und Gwen, die jetzt vereint waren. Er versuchte, sie auseinander zu reißen, aber es wollte ihm nicht gelingen. Und er konnte sich immer noch nicht erinnern, wann er ihr Gesicht zum letzten Mal gesehen hatte. Er wusste, dass er sie liebte. Er wusste, dass sie für immer fort war. Er wusste, dass sie das Größte in seinem Herzen war, in seinem Leben, in seiner Geschichte. Warum konnte er sie nicht sehen?

Würde sie wieder mit ihm sprechen?

Die Tomographie war schmerzlos. Die Ärzte standen in der Nähe und unterhielten sich über etwas in seinem Gehirn, das er nicht sehen konnte. Er fragte sich, ob sie sehen konnten, was er dachte. Dann erklärte der Arzt namens Stebbins ihm alles Mögliche, was mit seinem Gehirn passieren konnte, sprach von Fragmentation und Ödemen und Infektionen und Amnesie und Schmerzen, vom Thalamus und der Amygdala und der Pyramidenbahn, von Farben und Verwirrung und den emotionalen Kompenenten des Erinnerungsvermögens.

Zurück in seinem Zimmer auf der Intensivstation, schloss er die Augen und versuchte, aus seinem Alptraum zu entkommen. Das hatte er immer als Junge gemacht, wenn er einen schlechten Traum hatte – einfach die Augen ganz fest zukneifen, sich hinauskatapultieren und in sein warmes Bett zurückkehren. Es war, wie durch das All zu reisen. Aber diesmal funktionierte es nicht, weil es kein Traum war.

Also versuchte er, sich in jene Nacht zurückzuversetzen. Auf den Weg unter den Bäumen, eine Sekunde bevor das grelle Licht in seine Augen stach. Um ungeschehen zu machen, was passiert war.

Gott, was ich hätte tun können!, dachte er.

Aber es gelang ihm nicht, dorthin zurückzukehren. Und was würde es ihm auch nützen?, fragte er sich. Er wusste, er würde wieder diesen Weg entlanggehen, wieder von dem grellen Licht geblendet werden, wieder eine Kugel in den Kopf bekommen.

Und was mit Gwen passiert war, würde wieder mit ihr passieren.

Er würde es nicht verhindern können. Weil er nicht wusste, *warum* es passiert war. Er wusste einfach nicht, warum das alles geschehen war. Welchen Sinn hatte es, zurückzukehren, solange man nicht wusste, warum sich etwas ereignet hatte?

Archie drehte sich hastig auf die Seite und erbrach den mageren Inhalt seines Magens. Tränen brannten ihm in den Augen und der Katheter sandte einen grünen Schmerzpfeil durch seinen Körper. Er roch den faulen Gestank seines Körpers. Er hörte, wie ein Summer ertönte, dann noch einer.

Und wieder der rote Schatten von Bewegung um ihn herum, Hände an seinem Körper, aufgeregt murmelnde Stimmen. Schon wieder dieser Blödsinn, er sei irgendjemandes Wunder. Er lehnte sich zurück und schloss die Augen, versuchte in das tiefe, warme Wasser zu tauchen, wo er unsichtbar und in Sicherheit war. Aber er konnte nicht dorthin gelangen. Kam nicht an sich selbst vorbei.

Dann wieder ihre Stimme, die ihm befahl, nicht abzutauchen, nicht unterzugehen.

*Nach oben, Archie … dort warte ich auf dich. Frei und leicht im Himmel.*

Und so lag Archie im Bett, während sie an ihm herumhantierten, und stellte sich vor, er schwebe in einem hellen, blauen Himmel. Aber es war so schwer, sich dorthin zu erheben, bei all den Geräuschen und dem hektischen Treiben um ihn herum. Ihm wurde klar, dass dies jetzt seine Welt war. Es war der einzige Ort, der ihn aufnahm. Laut und schmerzvoll und durchsetzt mit Farben, die keinen Sinn ergaben. Ohne Gwen und ohne Liebe und ohne alles, das ihm etwas bedeutete. Gleichgültig, von Nadeln beglückt und von Kathetern gequält. Notwendig, aber sinnlos. Dies war die Welt, zu der er jetzt gehörte.

Daran konnte er nichts ändern. Es war, wie noch einmal geboren zu werden.

Dann, inmitten seiner Verzweiflung, hörte Archie erneut Gwens Stimme.

*Ich liebe dich, Archie. Ich bin immer noch dein Mädchen.*

Ich will bei dir sein, dachte er. Ich möchte so gern bei dir sein.

*Sei bei mir. Ich warte hier oben auf dich.*

Wenn ich herausfinden kann, warum es passiert ist, kann ich vielleicht zurückgehen und dafür sorgen, dass es gut ausgeht. Wenn ich es begreife, kann ich machen, dass es so läuft, wie es für uns gut ist.

*Finde heraus, warum es passiert ist, Archie. Mach, dass es gut ausgeht.*

Das werde ich. Das kann ich.

Als Archie erneut aufwachte, war es früher Nachmittag und Sergeant Rayborn saß neben seinem Bett. Wieder – wenn auch nur für den Bruchteil einer Sekunde – dachte er, es sei Gwen, dachte, dass dieses ganze Theater nur ein blöder Alptraum und in Wirklichkeit alles in Ordnung war.

Aber es war nur die Polizistin. Sie sah nicht so zornig aus wie das letzte Mal, aber sie hatte die Art Gesicht, das ganz schnell so einen Ausdruck annehmen konnte. Hinter ihr, an der Wand, stand ihr Partner, Zamorra, der Typ, der sich kleidete wie ein Leichenbestatter. Ganz allmählich, Bild für Bild, kehrten mehr Erinnerungsfetzen zurück.

Er ließ seinen Blick zu dem kleinen, gerahmten Bild auf seinem Nachttisch wandern – eine schöne, dunkelhaarige Frau mit intelligenten Augen. Das ist sie, dachte er. *Gwen.*

»Wie geht es Ihnen?«, fragte Rayborn.

Archie hob die Brauen und ließ sie wieder sinken. »Gut«, flüsterte er. Er hatte gar nicht beabsichtigt zu flüstern, es war einfach so leise rausgekommen.

»Können wir uns ein paar Minuten unterhalten?«

Archie nickte. Er sah ihr kleines Notizbuch und ihren Stift. Er erinnerte sich daran, dass er einmal davon geträumt hatte, eines Tages in der Mordkommission zu arbeiten. Sie hatte harte Augen und ein blassblaues Gesicht. Zamorra war rosa.

»Würden Sie mir Ihren vollen Namen nennen?«

»Archibald Franklin Wildcraft.«

»Adresse?«

Er gab ihr seine Adresse an. Es war seltsam, dieses bisschen Information auszugraben. Es war in ihm und es stimmte, aber es war nicht wesentlich.

»Was haben Sie am College gemacht, Archie?«

»Baseball gespielt. Mein Leben lang.« Das war ein wesentlich schwereres Stück Erinnerung. Er warf noch einen Blick auf das Bild auf seinem Nachttisch.

»Was ist Ihr Dienstgrad, Archie?«

»Deputy Two.«

»Wo sind Sie eingeteilt?«

»Streife. Tagesschicht.«

»Können Sie mir den Namen Ihres Partners nennen?«

»Damon Reese.«

»Können Sie ihn beschreiben?«

»Eins achtzig, neunzig Kilo. Braun und braun. Große Nase.«

Rayborn wartete. Dann nickte sie und notierte sich etwas.

»Archie, was ist in der Nacht passiert, als Gwen ermordet wurde?«

Er brauchte eine Weile, um die Worte zu suchen, sie zu ordnen und Kraft zu sammeln, um sie auszusprechen. Seine Erinnerung an jene Nacht war lückenhaft. Voller Abgründe. Gefüllt mit demselben schwarzen Nichts, das Gwen jetzt war. Ihm war, als könnte er jeden Augenblick in diese schwarze Leere stürzen. Die frühen Erlebnisse, wie das Baseballspielen, waren deutlicher.

»Ich kann mich nicht an alles erinnern.«

Einen Moment lang blickte sie nicht von ihrem Notizbuch auf. Als sie es tat, schaute sie ihm direkt in die Augen, und er kam sich vor, als sähe sie ihn nackt.

Er sah, wie sie sich etwas notierte. Dann schaute sie ihn wieder an, wartete. »Erzählen Sie mir, an was Sie sich erinnern.«

»Ich erinnere mich, dass Gwen da war. Es fällt mir schwer, sie mir in der Nacht vorzustellen. Ich sehe sie, wie sie vor Jahren war, aber nicht in der Nacht. Sie ist wie … ein Geist. Ein guter Geist. Eine Party. Freunde. Ein Stein im Haus. Der Weg zum Pool. Ein grelles Licht. Dann das.«

»Wissen Sie, wie der Stein in Ihr Haus gelangt ist?«

»Ich erinnere mich an ein Geräusch.«

»Hat jemand ihn geworfen?«

»Hab ich nicht gesehen.«

»Haben Sie ihn geworfen?«

»Ich erinnere mich nicht daran, ihn geworfen zu haben.«

Rayborn schaute ihren Partner an. Archie war sich sicher, dass sie ihm etwas zu verstehen gab, aber er wusste nicht was. Es war schwer zu verstehen. Sein Gehirn schien manchem folgen zu können, dann taten sich große, weiche Löcher auf und die Bedeutung verschwand darin. Er wusste, dass die Bedeutung da war, aber er konnte sie nicht erreichen. Es war, als wollte er einen Ball außerhalb seiner Reichweite zu fassen bekommen.

»Haben Sie Ihre Frau erschossen?«

Archie schaute das Bild an, bevor er antwortete.

»Ich glaube nicht.«

»Haben Sie auf sich selbst geschossen?«

»Ich glaube nicht, nein.«

Rayborn wartete die beiden Antworten ab, dann notierte sie sich etwas auf ihrem Notizblock.

»Archie, hatten Sie eine Affäre?«

»Ich kann mich an keine erinnern.«

»Und Gwen?«

»Daran habe ich auch keine Erinnerung. Nein.«

»Wären Sie bereit, sich einem Lügendetektortest zu unterziehen und diese Art Fragen zu beantworten?«

»Ja.«

Sie nickte, biss sich auf die Unterlippe, genau wie Gwen,

wenn sie sich über etwas den Kopf zerbrach. Ist das nicht seltsam, dachte er, dass ich mich daran erinnern kann, wie sie sich auf die Lippe gebissen hat, aber nicht, wie ihr Gesicht an ihrem Geburtstag aussah? Er holte tief Luft und atmete ganz langsam aus.

»Erinnern Sie sich, ob Sie in jener Nacht eine Schusswaffe bei sich hatten?«

Er dachte lange über die Frage nach. »Nein.«

»Wussten Sie, dass Gwen mit Ihrer Waffe erschossen wurde, einer auf Ihren Namen zugelassenen Neunmillimeter Smith & Wesson?«

Archie spürte ein merkwürdiges Ziehen in den Eingeweiden. Dann ein schreckliches Sinken. Einen Moment lang dachte er, er würde wieder zurück in das warme, schwarze Wasser gleiten, um unter der Oberfläche zu schweben und diese Leute von dort aus zu betrachten. Aber nein – Gwen hatte ihm gesagt, sie sei oben, nicht unten. Er versuchte, sich über alles zu erheben, über das Zimmer und die Polizisten. Nach oben, wo sie war. Ins Blaue. Nur zu schweben und nichts zu tun.

»Nein.«

»Ihre Abdrücke waren an der Waffe. Und auf den Patronen, die sich darin befanden. Und auf den leeren Hülsen, die wir am Tatort sichergestellt haben. Es waren keine anderen Fingerabdrücke darauf. Nur Ihre.«

Er sagte nichts.

»In Ihrem Haus und auf Ihrem gesamten Grundstück haben wir keine anderen als die Fingerabdrücke von Ihnen und von Ihrer Frau gefunden.«

»Könnte jemand Handschuhe getragen haben?«, fragte er.

»Möglich«, sagte Rayborn. »Aber das bedeutet, dass wir keinerlei Indizien dafür haben, dass sich eine dritte Person in Ihrem Haus aufgehalten hat. Wir haben zwei Fußabdrücke, die aber auch von einem Gärtner stammen könnten. Wir haben einen schwarzen Cadillac, der vielleicht etwas mit dem Fall zu tun hat, vielleicht aber auch nicht. Und das war's auch schon. Keinerlei Beweismittel, dass sich in jener Nacht außer Ihnen irgendjemand auf Ihrem Grundstück aufgehalten hat. Keine Zeugen. Nur Ihre Waffe mit Ihren Fingerabdrücken.«

Er sagte nichts. Der Gedanke, dass er als Verdächtiger betrachtet werden könnte, war ihm noch gar nicht gekommen. Wenn es nicht um Gwen ginge, könnte man es für einen Witz halten. Er würde glatt darüber lachen. Aber so lächerlich das auch sein mochte, es ging auch um Gwen, und Gwen war ermordet worden, und nichts an dem Mord an Gwen würde jemals zum Lachen sein.

Archie starrte Rayborn an und spürte, wie sich eine fast blendende Wut in ihm ausbreitete. Wie etwas kochend Heißes, das von seinem Herzen ausging. Er kannte dieses Gefühl, und er war immer davon überzeugt gewesen, dass er in einem Zustand derartiger Wut zu einem Mord fähig wäre. Er hatte gelernt, dieses Gefühl zu verbergen. Gleichzeitig mit der Wut jedoch überkamen ihn jedes Mal tiefe Schuldgefühle.

*Ich konnte sie nicht beschützen.*

Er blinzelte. Er nahm seinen eigenen Körpergeruch wahr. »Ich kann sie nicht getötet haben, Detective. Ich habe sie geliebt. Ich töte keine Menschen, die ich liebe.«

Sie musterte ihn eindringlich. Sie wusste, dass er wütend war, dachte Archie. Er glaubte, eine Art Verstehen über ihr Gesicht huschen zu sehen. Vielleicht ist sie ja auch jähzornig.

»Beantworten Sie folgende Frage«, sagte sie.

Er wartete.

»Unsere Laborleute haben genug Barium und Antimon auf Ihrer Hand gefunden, um zu beweisen, dass Sie kürzlich eine Waffe abgefeuert haben. Und zwar mit Ihrer Schusshand. Also: Wann haben Sie das letzte Mal geschossen und worauf haben Sie geschossen?«

Archie musste nachdenken. Aber erst musste sich sein Zorn ein bisschen legen. Wenn die Wut ihn überfiel, war sie wie etwas Schweres, Glattes, das abwärts rollte. Und ihn einfach mitriss.

Aber selbst nachdem seine Wut abgeebbt war, brauchte er eine Weile, um zurückzukehren in die Zeit, vorbei an den Ereignissen in jener Nacht. Es fiel ihm unglaublich schwer, an diesem Punkt vorbeizukommen. Es lag hinter ihm wie ein Damm in einem Fluss. Es war riesig und schwarz und schwer und unverrückbar. Jenseits davon lagen die Erinnerung, Gwen und heftige Gefühle. Diesseits davon befanden sich nur unscharfe Bilder, die mit keinerlei Emotionen verknüpft waren.

»Ich war vor kurzem auf dem Schießstand. Wenn ich meinen Kalender hätte, könnte ich Ihnen sagen wann.«

»An dem Tag auch?«

»Nein.«

»Am Tag davor?«

»Nein. Zwei Wochen davor. Vielleicht auch drei oder vier. An manche Dinge kann ich mich nicht richtig erinnern.«

Sie schaute ihn wieder direkt an, und ihre Augen wühlten in ihm, als wären sie hungrig. »Das verstehe ich, Deputy.«

»Ich erinnere mich einfach nicht.«

»Barium und Antimon werden normalerweise in ein oder zwei Tagen abgewaschen. Beim normalen Duschen.«

»Ich kann es nicht erklären.«

»Vielleicht haben Sie geschossen und erinnern sich nicht daran. Das kommt vor bei Kopfverletzungen, Archie. Teile des Erinnerungsvermögens werden ausgelöscht.«

»Das scheint mir unmöglich.«

»Was?«

»Dass ich mich daran erinnern würde, sie geliebt zu haben, aber nicht, sie erschossen zu haben.«

Er sagte nicht, dass er sich zwar daran erinnerte, sie geliebt zu haben, aber nicht daran, wie sie aussah, als er sie das letzte Mal gesehen hatte. Außer dass sie so ähnlich ausgesehen haben musste wie Sergeant Rayborn, da er sich schon zweimal gefragt hatte, ob Rayborn Gwen war. Er betrachtete das Bild und bemerkte eine leichte Ähnlichkeit.

Sie schaute Zamorra an, dann wieder Archie. »Das ist nicht schwer zu verstehen. Eine Erinnerung ist verloren, eine andere geblieben.«

Nach dieser Theorie, dachte Archie, konnte er im Verlauf seines Lebens Gott weiß was getan haben und sich jetzt nicht mehr daran erinnern. Es war, als würde einem ein Käfig übergestülpt.

»Haben Sie sie erschossen, Archie?«

Wieder diese heiße Wut, die ihn durchströmte. Eine Wut mit Wurzeln im alten Archie, dem Teil seines Lebens jenseits des Damms. »Nein. Bin ich verhaftet?«

»Nein«, sagte sie. Dann atmete sie tief aus, als hätte sie es lange zurückgehalten.

Archie sah, wie Zamorra näher an sein Bett trat. Zamorra wirkte wie ein Mann, der einem hart zusetzen konnte, und dieser Ruf eilte ihm voraus. Aber so wütend, wie er war, hätte Archie aus dem Bett aufspringen und Zamorra den Kopf abreißen können, bevor der einen Ton von sich gab.

»Wissen Sie, was ein *Suiseki* ist, Archie?«, fragte er.

»Nein.«

»Sagen Sie mir, hat Gwen komponiert und getextet?«

»Ja.« Er erinnerte sich an ein paar Zeilen eines Songs, den sie vor vielen Jahren geschrieben hatte, kurz nachdem sie sich kennen gelernt hatten. Da war sie sechzehn gewesen. Sie hatte ihm eine Tonbandaufnahme von dem Song gegeben, bei dem sie Gitarre gespielt hatte. Er hatte das Band aufbewahrt, in einer Zigarrenkiste in seinem Kleiderschrank.

*Don't speak, don't say a word*
*We're just dreaming*
*Words get in the way*

Er fragte sich, wie es möglich war, dass er sich an diesen Text von vor zehn Jahren erinnerte, aber nicht daran, wie ihr Gesicht ausgesehen hatte, als er zuletzt mit ihr zusammen war. Das machte ihn vollkommen verrückt.

»Wann war das?«, fragte Archie.

»Wann war was, Archie?«

»Wann ist sie gestorben?«

»Am frühen Mittwochmorgen. Vorgestern. Heute ist Freitag.«

Archie versuchte, diese Information irgendwo einzuordnen. Aber er konnte sich an kaum etwas von dem Tag erinnern. Oder vom Tag davor. Und noch weniger an etwas von den Tagen danach, den zwei Tagen, die er hier in dem Bett verbracht hatte – nur eine übergangslose Abfolge von Schlaf und Traum und Stimmen, unterlegt von schrecklicher Angst. Dagegen konnte er sich genau erinnern, wie er das Team von Cal State Fullerton im April 1993 in einem Pre-League-Spiel ausgeschaltet hatte, wie er in sieben Innings drei Punkte gemacht und am Schluss einen Homerun geschafft hatte. Er konnte sich deutlich an die weißen Haare erinnern, die seinem schwarzen Labrador *Clunker*, den er als Junge gehabt hatte, zwischen den Zehen gewachsen waren, als er alt wurde. Deutlich sah er das Gesicht seines Vaters vor sich, wenn er an einem seiner handgeschnitzten Köder einen kleinen Fisch aus dem Wasser zog: stoppeliges Kinn, stolz leuchtende Augen, breites Grinsen mit zusammengekniffenen Lippen, im Mundwinkel eine Zigarette, deren Rauch sich unter der Hutkrempe kräuselte.

Und er konnte sich deutlich und mühelos das Gesicht der sechzehnjährigen Gwen Kuerner vorstellen, als er zum ersten Mal an ihre Haustür geklopft hatte und sie und alle ihre drei Schwestern geöffnet hatten.

Er schloss die Augen. »Ich bin todmüde.«

»Vielen Dank, dass Sie mit uns gesprochen haben«, sagte Zamorra. »Können wir irgendetwas für Sie tun?«

»Bitte, bringen Sie mir noch ein Foto von Gwen.«

Zamorra betrachtete das Bild auf dem Nachttisch, bevor er antwortete. »In Ordnung. Sonst noch etwas?«

»Mir ist gerade wieder eingefallen, was *Suiseki* heißt. Das sind Steine, die man sammelt und betrachtet. Betrachtungssteine. Ich habe ein ganzes Zimmer voll davon. Schon als Junge war ich von Steinen fasziniert. Aber die Betrachtungssteine habe ich, glaube ich, erst kürzlich gekauft.«

»Vor drei Minuten wussten Sie das noch nicht.«

»Es ist mir gerade wieder eingefallen.«

»Archie«, sagte Zamorra. »Wann kommt Ihr Gärtner?«

»Hä?«

»Ihr Gärtner, der Mann, der das Laub zusammenfegt und das Unkraut jätet.«

»Ich weiß nicht.«

»Wissen Sie seinen Namen oder wie wir ihn erreichen können?«

»Ich kann mich nicht erinnern.«

»Darf ich Ihnen noch eine Frage stellen?«

Archie nickte, aber er spürte, wie er nach oben in den blauen Himmel schwebte, hinauf zu Gwen.

»Wenn Sie an den besagten Abend denken – an Gwen, an die Party, an den Stein und das Licht in Ihren Augen –, erinnern Sie sich, ob Sie traurig waren? Oder wütend? Oder glücklich? Hatten Sie Angst? Wie haben Sie sich an dem Abend gefühlt? Wie sah es in Ihrem Herzen aus?«

»Ich war glücklich. Wir haben uns am Strand geliebt. Sterne in ihrem Haar. Das ist mir eben auch gerade wieder eingefallen.«

Merci saß im Department an ihrem Schreibtisch und hörte ihren Anrufbeantworter ab. Es war kurz vor sieben am Freitagabend und die Abteilung war leer. So war es ihr am liebsten.

George Wildcraft bestätigte den Termin für Samstag früh.

Er hatte eine kräftige, klare Stimme und aus irgendeinem Grund stellte sie sich einen sonnengebräunten Mann mit guten Zähnen vor. Natalie, Archies Mutter, würde ebenfalls anwesend sein. Aber Zamorra würde nicht dabei sein, denn er weigerte sich, am Wochenende zu arbeiten. *Kirsten.*

Gilliam hatte angerufen, aber nicht gesagt, was er wollte. Er hinterließ nur selten Informationen auf Band. Sie rief ihn zu Hause an und entschuldigte sich dafür, doch er unterbrach sie.

»Sie wissen, dass Sie mich jederzeit anrufen können, Merci, Tag und Nacht.«

»Danke, Jim.«

»Hören Sie, ich wollte es nicht auf Band sprechen, aber wir haben die DNA-Untersuchungen von Gwen und Archie heute abgeschlossen. Das Sperma war seins.«

»Das hätte ich Ihnen auch sagen können.«

Schweigen. Fernsehnachrichten im Hintergrund.

»Und ein Teil des Bluts an seinem Morgenmantel stammte ebenfalls von ihr.«

»*Mist!*«

»Ja«, sagte er leise.

»Dafür gibt es eine Erklärung, Jim. Er hat sie geliebt. Er hatte kein Motiv.«

»Es widerstrebt mir ja, Sie darauf hinzuweisen, aber –«

»Aber wir haben jede Menge Gewaltverbrecher aufgrund von wesentlich weniger Indizien verurteilt.«

»Weniger als ein Viertel«, sagte Gilliam.

Merci lief ein kalter Schauer über den Rücken. Sie versuchte, sich die Geschworenen vorzustellen, die sich Archies Bemühungen anhörten, seine lückenhaften Erinnerungen zu sortieren: *Daran kann ich mich nicht erinnern … Moment mal, gerade ist mir eingefallen … Nein, ich habe sie nicht getötet …*

Sie überlegte, ob ein Stück Blei vielleicht überzeugender für ihn sprechen könnte. »Können Sie mir etwas über das Kaliber der Kugel in seinem Kopf sagen?«

»Unmöglich. Die Aufnahmen sind einfach nicht deutlich genug. Wir reden hier von Bruchteilen von Millimetern bezüglich des Kalibers. Dazu kommen die Zersplitterung und die Verformung. Ich brauche die Kugel.«

»Können Sie nicht ein Dings benutzen – ein, Sie wissen schon, Jim, ein …«

»Ein was, Merci? Ich bin weiß Gott offen für alle möglichen Vorschläge.«

»Ich weiß nicht, irgendein Dings, mit dem man eine Kugel in einem Gehirn vermessen kann.«

Schweigen. »Ich wünschte, es gäbe so etwas.«

»Es ist durchaus möglich.«

»Was?«

»Dass jemand anders auf beide geschossen hat.«

Gilliam lachte in sich hinein. »Ich versuche ja, es so zu sehen wie Sie. Wirklich, trotz der Beweismittel. Aber ich komme einfach nicht weit.«

»Da ist irgendein Mist passiert, Jim. Irgendjemand hat einen dicken Stein durch das Wohnzimmerfenster geworfen. Wir haben ein paar riesige Fußabdrücke unter diesem Baum gefunden. Was, wenn Gwen noch *gelebt* hat, als Archie rausgegangen ist? Was, wenn Wildcraft nach draußen gegangen ist, um nachzusehen, wer den Stein geworfen hatte, und auf Größe Sechzehn geschossen hat? Das würde die Schmauchspuren erklären.«

»Okay. Aber Ihr Zeuge hat nur einen Schuss gehört, nicht zwei.«

»Gleichzeitig.«

»Sehr gewagte Theorie.«

»Okay, dann ist Archie also mit seiner Waffe rausgegangen, nachdem er gehört hatte, wie der Stein durch die Scheibe flog, und wird von dem Riesen unter dem Baum angeschossen. Er liegt blutend am Boden. Der Schütze nimmt Archies Waffe und erschießt Gwen damit. Er kommt zurück, drückt Archie die Waffe in die Hand und drückt ab. Und das hat Jones gehört.«

»Warum hat er den Schuss nicht gehört, der Archie niedergestreckt hat?«

»Kleines Kaliber – zweiundzwanzig oder zweiunddreißig. Schalldämpfer. Vielleicht hat Jones auch in dem Augenblick geniest oder die Klospülung betätigt. Ich weiß es noch nicht. Aber es war ein Selbstlader. Das erklärt die vielen Fußabdrücke. Der Schütze musste die Hülse finden.«

»Stammen die Abdrücke nicht einfach vom Gärtner? Oder von einem unserer Leute?«

»Es war nicht der verdammte Gärtner, und Crowder hat mir gesagt, dass niemand da reingegangen ist. Es war der Schütze, der die Hülse gesucht hat.«

»Und irgendwann beschmiert dieser Typ Archies Morgenmantel mit Gwens Blut?«

»Genau.«

Gilliam seufzte. »Vielleicht.«

»Was gefällt Ihnen daran nicht?«

»Eigentlich nichts, Merci. Aber wir haben es entweder mit einem jungen, finanziell überforderten, sehr eifersüchtigen Deputy zu tun, der zuerst seine Frau erschießt und sich dann selbst eine Kugel in den Kopf jagt. So was kommt vor. Das wissen wir doch alle. Oder wir haben einen Hünen, der Steine wirft, sich unter Bäumen versteckt, Waffen austauscht, Beweismittel fingiert und verschwindet, ohne dass ihn jemand sieht. Da würde ich mich doch eher an Ockhams Rasiermesser orientieren.«

»Verschonen Sie mich bloß mit Ockham und seinem bescheuerten Rasiermesser.«

»Und was ist mit diesem Zeugen Jones? Ich habe gehört, er hätte schon am frühen Morgen Whiskey getrunken.«

»Und? Er hat gehört, was er gehört hat. Die beiden Schüsse, die Gwen getötet haben, sind im Badezimmer gefallen.

Und das Badezimmer befindet sich von Jones' Garage aus gesehen auf der hinteren Seite des Hauses. Wer hat Ihnen im Übrigen erzählt, Wildcraft wäre extrem eifersüchtig gewesen?«

»Ich habe nur meine eigenen Schlüsse gezogen.«

»Weil Gwen eine schöne Frau war.«

»Ganz genau.«

»Und was soll der Quatsch von wegen *finanziell überfordert*?«

»Diese Hütte ist eine Million Dollar wert, Merci. Wildcraft hat pro Jahr etwa fünfzig-, sechzigtausend verdient und seine Frau war arbeitslos.«

»Sie haben in OrganiVen investiert, die Firma, die Krebsheilmittel herstellt, und damit in weniger als einem Jahr zwei Millionen gemacht. Die hatten keine finanziellen Probleme – die hatten alles, was sie wollten.«

»Ausgeben ist leichter als einnehmen. Womöglich haben sie über ihre Verhältnisse gelebt.«

»Jim, irgendwas stimmt da nicht. Helfen Sie mir. Ich komme nicht weiter, wenn ich ständig wie ein Strafverteidiger denke. Aber ich kann auch keinen unschuldigen Deputy einsperren, bloß weil es den Anschein hat, er wäre schuldig.«

*Wie ich es mit Mike gemacht habe.*

»Wissen Sie, Merci, die Eintrittswunde an Wildcrafts Kopf – rechte Seite, hinter der Schläfe und über dem Ohr – ist genau die Stelle, an der die meisten rechtshändigen Selbstmörder den Schuss ansetzen.«

Sie spürte, wie die Wut von ihrem Herzen in ihren Mund sprang wie ein Funke. »Stebbins hat Ihnen die CT-Bilder schon gegeben?«

»Immer mit der Ruhe. Sie kriegen Ihre Kopien morgen früh. Sie können sich aber gern meine ansehen, wenn Sie nicht so lange warten wollen.«

Sie schluckte ihren Ärger runter und sagte nichts.

»Ryan Dawes sieht die Sache auch nicht ganz so wie Sie«, sagte Gilliam.

»Ich weiß. Und Al Madden schaut mir auf die Finger wie ein Fahrlehrer.«

»Hören Sie, Merci, zu entscheiden, ob Wildcraft beschuldigt und verhaftet wird, ist die Aufgabe von Vince und von Clay Brenkus. Sollen die ihre Arbeit tun, wir tun unsere.«

Wieder stellte sie sich Wildcraft vor Gericht vor: *Daran kann ich mich nicht erinnern … Ich glaube nicht … an dem Abend haben wir uns am Strand geliebt … Moment, gerade ist mir wieder eingefallen …*

Gott, dachte sie, und dazu seine Fingerabdrücke auf der Waffe, mit der sie erschossen wurde, und ihr Blut an seinem Morgenmantel. Da konnten die Geschworenen gleich einen elektrischen Stuhl und eine Verlängerungsschnur mitbringen.

Sie überlegte. »Okay, Sie glauben also, er hat es getan. Aber was würden Sie an meiner Stelle tun? Wenn Sie tief in Ihrem Herzen davon überzeugt wären, dass er es nicht getan hat?«

Gilliam antwortete nicht gleich, dann räusperte er sich. »Ich würde ihm eine Menge Fragen stellen und mir seine Antworten anhören. Wenn Wildcraft es getan hat, wird es irgendwann rauskommen. Mit einer Kugel im Kopf ist er nicht in der Lage, sich rauszureden. Ich meine, es wird ihm nie gelingen, seine Geschichte durchzuhalten. So wie ich die Sache sehe, hat er versucht, sich umzubringen. Er hatte nicht vor, sozusagen als sein eigener Entlastungszeuge zur Verfügung zu stehen.«

Mit dieser Meinung stimmte sie überein, sagte jedoch nichts.

»Und ich würde mich auf seinem Grundstück nach einem Paar Foot-Rite-Stiefeln Größe sechzehn umsehen. Und zwar würde ich auf dem Grund einer Mülltonne mit der Suche anfangen.«

»Glauben Sie wirklich, er hat versucht, es so aussehen zu lassen, als wäre ein Dritter beteiligt?«

»Nein. Aber es ist möglich, und wenn es so war, dann hatte er nicht viel Arbeit damit – er musste nur ein paar Fußabdrücke verteilen und einen Stein durch sein eigenes Wohnzimmerfenster werfen.«

»Um sich anschließend zu erschießen? Wieso sollte er sich die Arbeit überhaupt machen, wenn er vorhatte, sich das Leben zu nehmen?«

»Weil er nicht erwischt werden wollte. Er ist schließlich Polizist. Selbst im Tod wollte er nicht erwischt werden.«

»Lieber tot als entehrt.«

»Zum Beispiel. Hinzu kommen Eitelkeit, Arroganz und Stolz.«

»Und ich dachte immer, *ich* wäre zynisch.«

»Geben Sie sich noch etwa zwanzig Jahre.«

Sie dachte darüber nach. In zwanzig Jahren würde sie siebenundfünfzig sein. Sie hatte einmal geglaubt, in dem Alter würde sie für den Posten des Sheriffs von Orange County kandidieren. Jetzt, nach ihrer Aussage vor der Grand Jury, erschien ihr diese Vorstellung wie ein bitterer, lächerlicher Traum.

»Es heißt, er sei jähzornig«, sagte Gilliam.

»Das habe ich auch gehört.«

»Zumindest ist er es gewesen. Der Himmel weiß, was die Kugel in seinem Kopf aus ihm macht.«

Sie bedankte sich bei Gilliam und legte auf, spürte, wie sich ihre Hoffnung immer mehr in nichts auflöste.

Sie nahm ihr blaues Notizbuch zur Hand und wählte William Jones' Nummer. Eine ziemlich aufgedrehte junge Frau meldete sich, die lachte und sagte, sie würde mal nachsehen, aber gewöhnlich sei Bill um diese Tageszeit nicht besonders nüchtern.

Eigentlich klang er ganz in Ordnung, fand Merci, und er erinnerte sich sofort an sie. Sie fragte ihn, ob er wisse, wann der Gärtner der Wildcrafts normalerweise kam.

Montags und dienstags, da sei er sich ziemlich sicher, sagte Bill. Er erkenne es immer an dem Kleinlaster und an dem Lärm des Laubpusters.

»Wie sieht er aus?«, wollte Merci wissen.

»Wie ein Gärtner eben. Ein Mexikaner, normal groß. Er kommt so gegen sieben und geht gegen drei. Ich rufe Sie an, wenn er wieder da ist. – Wie geht es Archie? In den Zeitungen steht ja nicht viel, und von den Krankenschwestern kriege ich jedes Mal dieselbe Antwort, wenn ich anrufe.«

»Ich war heute bei ihm. Er ist wach und bei klarem Verstand, aber sehr müde.«

»Er wird durchkommen. Archie ist kräftig wie ein Pferd. Ich hab ihn oft gesehen, wenn er sonntags sein Auto geputzt hat, und der hat Muskeln, das glauben Sie gar nicht. Nicht die Art, wie Bodybuilder sie haben, eher wie ein Baseballer. Lange Muskeln vom Laufen und Werfen. Ich kenne mich damit aus, denn ich habe in der Highschool selber Baseball gespielt. Aber das ist schon lange her.«

»Bei mir auch.«

Sie gab ihm ihre Büro- und Handynummer, bedankte sich und legte auf.

# Dreizehn

George Wildcraft war ein hoch gewachsener, drahtiger Mann mit geduldigen, grünen Augen und dem Gesicht eines Menschen, der sich viel im Freien aufhält. Was die Zähne und die Sonnenbräune anging, hatte Merci also Recht behalten. Am Telefon hatte er wie ein Vertreter geklungen, aber jetzt sah sie, dass sie sich geirrt hatte. Ledrige, tief gefurchte Hände, vernarbte Finger. Sie schätzte ihn auf etwa sechzig, und wahrscheinlich war er im Baugewerbe tätig – Tischler, vielleicht auch Elektriker oder Klempner.

Natalie sah zehn Jahre älter aus als ihr Mann. Sie war sehr klein, hatte ledrige Haut und war in gewisser Hinsicht hübsch. Als Merci ihre Hand schüttelte, kam sie ihr so winzig vor wie die eines Äffchens. Sie trug einen Ehering mit einem großen Diamanten.

Sie setzten sich an einen runden Glastisch in einem Lichthofcafé eines Hotels in Newport Beach. Das Licht der Augustsonne wurde von dem milchigen Glasdach und hoch aufragenden Palmen gebrochen. Merci wusste, dass die beiden in einem Best-Western-Hotel in Santa Ana wohnten, aber es war ihr nicht wichtig, an welchem Ort sie das Gespräch führten.

Der Kellner, der ihre Bestellungen entgegennahm, sah aus, als wäre er einer Modezeitschrift entsprungen.

»Was haben Sie denn bisher?«, fragte Natalie. »Was für Beweismittel?«

Merci lehnte sich zurück. »Wir haben eine Menge Beweismittel, Mrs Wildcraft.«

»Nennen Sie mich Natalie.«

»Also gut, Natalie. Zu viele Beweismittel, um Sie Ihnen im Einzelnen aufzuzählen. Nicht alle weisen in dieselbe Richtung. So ist es in den meisten Fällen.«

»Wer hat es getan?«, wollte Natalie wissen. Für eine kleine Frau hatte sie eine auffallend raue und tiefe Stimme. Daraus und aus ihren vielen Falten im Gesicht schloss Merci, dass sie seit mindestens dreißig Jahren rauchte. Sie selbst hatte zehn Jahre lang eine Schachtel pro Tag geraucht, aber vor vier Jahren aufgehört. Sie vermisste die Zigaretten sehr und im Traum rauchte sie immer noch häufig. Aber Tim zuliebe wollte sie länger leben, zudem hatte der Gestank nach Rauch an ihren Kleidern und Fingern sie schon immer gestört. Und das Pfeifen in ihrer Lunge, wenn sie sich abends ins Bett legte. Aber sie fand nach wie vor, dass der Duft einer frisch geöffneten Schachtel Zigaretten einer der betörendsten war, gleich nach dem Duft von frisch geröstetem Kaffee und dem von Tims Haaren.

»Wir wissen es nicht.«

»Wird Archie verdächtigt?«

»Nein.«

»Aber das passiert häufig, dass ein Polizist zuerst seine Frau und dann sich selbst tötet.«

»Nicht häufig, Natalie. Aber unter Polizisten ist die Selbstmordrate tatsächlich höher als bei anderen.«

»Er hat es nicht getan.«

»Das glaube ich auch nicht. Aber einige Beweismittel legen den Schluss nahe.«

»Was für Beweismittel?«

»Das kann ich Ihnen nicht sagen.«

»Können Sie nicht oder wollen Sie nicht?«

»Beides.«

Natalie blickte Merci aus ihren harten braunen Augen an. »Niemand kennt ihn so gut wie George und ich. Sein ganzes Leben lang ist er ehrlich und anständig und zuverlässig gewesen. *Absolut* ehrlich. Für mich ist er ein offenes Buch. Er könnte mir niemals etwas vormachen, keine Sekunde lang. Er hat mir gesagt, er hat es nicht getan, und ich garantiere Ihnen, dass das stimmt.«

Der Kellner brachte den Kaffee, aber niemand wollte ein Frühstück bestellen. Er wirkte enttäuscht.

»Welche Meinung hatten Sie von Gwen?«, fragte Merci.

Natalie lehnte sich zurück, schaute erst ihren Mann, dann Merci an. »Wir haben sie für ein wundervolles Mädchen gehalten. Nicht wahr, George?«

George Wildcraft nickte. Seine grünen Augen drückten Wärme aus. »Sie war ein nettes Mädchen. Wir haben sie geliebt und Archie hat sie auch geliebt.«

George und Natalie senkten ihre Blicke und starrten auf den Glastisch. Als würde der Tisch ihnen etwas sagen. Merci schaute die beiden Trauernden an. Beide schwiegen.

»Erzählen Sie mir von Archie«, sagte Merci. »Sie sagten, er war ehrlich und anständig und zuverlässig?«

Schließlich blickte Natalie auf, eine Träne im Augenwinkel. Sie lächelte. »Nun, nicht immer, Detective Rayborn. Als er ein Teenager war, konnte er einen ganz schön auf Trab halten. Er war halt ein richtiger Junge. Sie wissen schon, was ich meine.«

Die Wildcrafts wohnten in Willits, im Mendocino County in Kalifornien. Sie waren beide in zweiter Generation *Nord*kalifornier. Merci fiel auf, wie stolz sie darauf waren. Aus dem Norden Kaliforniens zu stammen bedeutete, dass man nicht so viel Wasser aus dem Colorado River vergeudete, nicht narzistisch war, Nordkalifornier waren keine schrägen Hollywoodvögel, keine Bodybuilder, keine coolen Szenetypen etc.

George war Bauhandwerker, Natalie arbeitete in der Tagesschicht bei der Firma Remco in der Metallbearbeitung. Archie war ihr einziges Kind.

Er war ein kräftiges, zufriedenes Baby gewesen und ein zufriedenes Kleinkind. Selbst damals schon war er sehr sportlich. George erinnerte sich, wie er im Alter von sechs Monaten Schaumgummibälle im Kinderzimmer herumgeworfen hatte: »Er konnte sie richtig pfeffern.« Mit neun Monaten konnte er gehen, mit zehn *laufen*.

Mit fünf Jahren kam Archie in den Kindergarten. Autoritätspersonen beeindruckten ihn nicht und er spielte nur mit ein paar handverlesenen Freunden. Er war ein kleiner Tyrann und sehr motorisch. Hatte einen Freund namens Kevin, der ihm sehr ähnlich war, und die beiden waren dauernd dabei, irgendetwas auszuhecken. Als Archie vier war, kam er in die T-Ball-Mannschaft, obwohl er dafür ein Jahr zu jung war, aber niemand sagte etwas, weil er der beste Spieler im Team war. Im selben Jahr spielte er schon bei den Orioles. So wie er den Ball vom T schlug, erinnerte er ein bisschen an Will Clark. Er kam vorzeitig in die Softball-Pinto League und in dem Team war er ebenfalls der beste Spieler.

Natalie berichtete, dass Archie in seinen ersten vier Schuljahren Probleme hatte. Nichts Ernstes, aber er prügelte sich viel. Interessierte sich für nichts als Sport. War bei den Lehrern und den Mitschülern nicht besonders beliebt. Aber Kevin und er heckten immer noch dauernd Streiche aus. In seiner körperlichen Entwicklung schien er den anderen immer ein oder zwei Jahre voraus zu sein, aber mit seinen schulischen Leistungen tat er sich schwer. Zu Hause war er lieb und höflich, denn er wusste, dass seine Mutter ihm den »Po versohlen« würde, wenn er sich nicht benahm. George schlug ihn, wenn nötig, mit seinem Gürtel, aber das kam nur selten vor, sagte Natalie.

»Wie häufig ist selten?«, wollte Merci wissen.

»Damals vielleicht einmal im Monat«, sagte George. »Zwei,

drei ordentliche Schläge, bis er brüllte, und dann war für eine Weile Ruhe. Ich habe ihn nie grün und blau geschlagen. Ich hatte meinen Jungen lieb, konnte ihm nicht wehtun. Ich wollte ihm nur ein bisschen Verstand einbläuen.«

Dann, während des fünften Schuljahres, veränderte Archie sich. Natalie und George nahmen es beide wahr. Er fing an, sich nach der neuesten Mode zu kleiden. Brauchte ewig, um sich zu frisieren. Putzte sich morgens zweimal die Zähne, begann ein Deo zu benutzen. Hatte plötzlich einen seltsam federnden Gang – schwer zu beschreiben, aber es war, als würde er mehr auf den Fußballen gehen. Nahm sogar einen anderen Weg zur Schule, sodass er zehn Minuten länger brauchte.

»Sie hieß Julia«, sagte George. »Sie war mit ihren Eltern aus Dayton, Ohio, nach Willits gezogen. Ein schmales, dunkelhaariges Mädchen mit einem strahlenden Lächeln. Richtig niedlich.«

George und Natalie lächelten. Dann senkte Natalie den Blick und schüttelte den Kopf.

»Es hat ihn verändert«, sagte sie. »Er hat ihr Briefe und Gedichte geschrieben und sie dauernd angerufen. Er hat ihr Fotos von sich und seinem Hund Clunker geschickt. Hat sich fürchterlich mit Kevin geprügelt – sie mussten beide im Krankenhaus genäht werden –, aber das war die letzte Prügelei, auf die er sich eingelassen hat. Nach einer Weile hatte er nur noch gute Noten auf dem Zeugnis, bloß weil er Julia beeindrucken wollte. Sie rief ihn auch an und schickte ihm Liebesbriefchen mit roten Kussmundaufklebern hinten drauf. Sie gingen Händchen haltend zur Schule und von der Schule nach Hause. Wir beide, George und ich, haben mit Julias Mutter darüber gesprochen – sie war allein erziehend –, und wir waren uns einig, dass es in Ordnung war, solange Archie und Julia nicht anfingen sich zu küssen oder sich zu verstecken oder … na ja, Sie wissen schon. Wir wollten die Freundschaft zwischen den beiden unterstützen, vielleicht sogar eine frühe Form des Verliebtseins, aber keine erotische Liebelei. Da hatten wir ein Auge drauf, das können Sie uns glauben.«

»Ja«, sagte Merci. Einen Augenblick lang fragte sie sich, was sie tun würde, wenn Tim Junior sich in dem Alter in ein Mädchen verknallte. Mit Handschellen an meinen Arm fesseln, dachte sie, oder vielleicht an sein Bett. Wahrscheinlich würde es eine Kirsten sein wie die von Zamorra, dachte sie: eine skrupellose Blondine.

»Und dann«, sagte Natalie, »ist sie verschwunden.«

»Julia?«

»Ja. Irgendwo zwischen ihrer Wohnung und der Stelle, wo Archie sich immer mit ihr traf, um zur Schule zu gehen. Ein weißer Pick-up war in der Gegend gesehen worden. Einige Leute behaupteten, Julia sei eingestiegen, andere, sie sei nicht eingestiegen. Jedenfalls hat man sie nie gefunden. Auch den Pick-up nicht. Sie war zehn.«

Der Kellner füllte Kaffee nach, aber immer noch wollte niemand frühstücken. Konzentriert füllte er Mercis Tasse, dann lächelte er, ohne sie anzusehen, und zog sich zurück.

Merci vergewisserte sich, dass sie den Nachnamen des Mädchens, das Jahr, die Stadt und die Schule richtig notiert hatte: Diese Geschichte würde sie sich noch einmal genauer ansehen.

»Die Polizei hat Archie eine ganze Weile vernommen«, sagte George. »Natürlich in unserer Gegenwart. Nicht im Sinne einer Anklage.«

Alle Vernehmungen sind anklagend, dachte Merci.

»Welche Auswirkungen hatte Julias Verschwinden auf Ihren Sohn?«

George seufzte und schaute sie an. »Anfangs ist er ganz still geworden. Und während dieser Zeit hat er sich die Zähne *dreimal* geputzt, bevor er zur Schule ging, wollte noch *mehr* modische Kleidung und hat noch *länger* gebraucht, um sich zu frisieren. Er hat ihr weiterhin Briefe geschrieben. Monate später hat Julias Mutter sie mir gegeben. Er hat kaum mit jemandem gesprochen. Beim Essen sagte er nur etwas, wenn man ihm eine direkte Frage stellte. Das hat bis zum Ende des Schuljahres, über den Sommer und bis ins nächste Schuljahr hinein gedauert. Fast jeden Tag ist er nach der Schule in die Bibliothek gegangen und hat sämtliche Zeitungen der Gegend gelesen. Das hat uns die Bibliothekarin erzählt. Er sagte mir, man könne nie wissen, wo sie wieder auftauchen würde. In dem Sommer hat er mehr und besser Baseball gespielt als je zuvor. Er hat richtig auf den Ball eingedroschen. Und ihn mit aller Kraft geworfen – eine Ballgeschwindigkeit von vierundsiebzig Meilen pro Stunde hat man bei ihm gemessen und da war er noch nicht mal zwölf. Ich konnte regelrecht sehen, welche … wie soll ich sagen … welche *Leidenschaft* in ihm steckte. Welche Frustration, welche Wut. Am Ende des nächsten Schuljahres – am Ende der sechsten Klasse – schien er die Sache mehr oder weniger überwunden zu haben. Er sprach wieder mehr, freundete sich mit anderen Kindern an. Sogar mit Mädchen. Er war beliebt. Hatte immer noch gute Noten. Sah hübsch aus. Ein guter Junge.«

»Aber seitdem hatte er einen weißen Fleck auf der Seele«, sagte Natalie. »So als wäre ihm etwas verloren gegangen. Und genau das war ja passiert.«

Das mit den weißen Flecken kannte Merci von Hess. Sie stellte sich die menschliche Seele so ähnlich vor wie eine Mondlandschaft – die Krater standen für gute Dinge, die man verloren hatte, die Hügel für gute Dinge, die man nicht verloren hatte, die Ebenen dazwischen für Dinge, die keine große Rolle spielten. »Wie hat er reagiert, als die Polizei ihn vernommen hat?«

George lachte in sich hinein. »An dem Abend hat er zu uns gesagt, wenn er es als Baseballspieler nicht in die Major League schaffte, würde er Polizist werden und sich um die Suche nach Vermissten kümmern. Und das war kein Scherz. Archie war kein Typ, der solche Scherze machte. Wenn er über seine Zukunft sprach, war er immer ganz ernst. Nun, genauso ist es ja schließlich gekommen, nicht wahr? Er hat den Baseball aufgegeben und ist Polizist geworden.«

Merci notierte sich das, kreiste es ein, sah zu, wie ihr Kugelschreiber das lange Oval auf dem Papier zeichnete, einmal, zweimal. *Wollte sich als Polizist um Vermisste kümmern.* Weil seine erste große Liebe plötzlich wie vom Erdboden verschluckt war. Weil er sie so sehr geliebt hatte, dass er ihretwegen sein Leben änderte.

»Erzählen Sie mir von Gwen.«

Archie habe sich auf den ersten Blick in sie verliebt, sagte Natalie. Ein paar Wochen später hatte er seinen Eltern eröffnet, dass er sie heiraten werde. Es machte ihn ein bisschen verlegen, weil sie erst sechzehn war und er zwanzig und weil er in der Collegemannschaft Baseball spielte. Aber das war alles. Er dachte langfristig. Er wusste, dass vier Jahre Altersunterschied später nicht mehr viel ausmachen würden.

George und Natalie seien ein bisschen besorgt gewesen wegen des Altersunterschieds, meinte Natalie, aber als sie Gwen kennen lernten, hätten sie nicht anders gekonnt, als sie zu mögen. Wenn zwei Menschen sich so liebten, dürfe man ihnen nichts in den Weg stellen. Gwen habe Julia sehr ähnlich gesehen.

»Wir mussten Archie vertrauen«, sagte Natalie. »Und wir *haben* ihm vertraut. Eigentlich geht mich das ja nichts an, aber ich wette, sie war noch Jungfrau, als sie geheiratet haben.«

»Und Archie?«

Natalie schüttelte den Kopf. »Der hatte viele Freundinnen in der Highschool und später am College.«

»Vor Gwen«, sagte George.

George starrte ins Leere, als wäre die Tatsache, dass sein Sohn nicht unberührt in die Ehe gegangen war, ein Problem, das er lösen musste. Natalie schaute Merci ausdruckslos an.

»Werden Sie ihn anklagen?«

»Bisher ist niemand angeklagt.«

»Ich habe gefragt, ob Sie es tun werden.«

»Ich weiß es nicht.«

Natalies Blick wurde durchdringend. »Es gibt noch etwas, worüber wir uns unterhalten sollten. Damit Sie Bescheid wissen. Vor langer Zeit hat Archie für sich und für Gwen Lebensversicherungen abgeschlossen. Das schien uns vernünftig zu sein bei seinem Job. Ich glaube, die Versicherungssumme belief sich auf eine Viertelmillion. Sie haben uns davon erzählt, denn sie hatten Gwens Eltern und uns als Begünstigte eingesetzt für den Fall, dass ihnen beiden etwas zustoßen sollte. George und ich brauchen das Geld nicht, das ist es also nicht, worauf ich hinauswill. Ich wollte nur, dass Sie es wissen.«

Merci dachte darüber nach, was eine Viertelmillion Dollar bewirken konnte oder nicht. »Mich würde interessieren, ob sie die Versicherungssumme erhöht haben, nachdem sie durch die OrganiVen-Aktion zu Geld gekommen waren.«

Natalie musterte Mercis Gesicht von oben bis unten. »Soweit ich weiß, haben sie ihr Geld für schöne Dinge ausgegeben. Archie hat uns ein Auto gekauft. Einen Mercedes C430. Rot. Wir hatten ihnen zweitausend Dollar geliehen, damit sie die Aktien der neuen Firma kaufen konnten; das war, bevor sie von dem Pharmakonzern übernommen wurde.«

»Archie und Gwen haben uns auch einen Computer gekauft«, sagte George.

Merci hatte den Eindruck, als glaubten sie, dass ihr Sohn umso unschuldiger war, je mehr Dinge er ihnen gekauft hatte. Für sie selbst musste es auch so geklungen haben, dachte sie, weil beide plötzlich verlegen schwiegen.

»Er wollte fliegen«, sagte George. Er schaute Merci mit einem wehmütigen Lächeln an. »Nicht professionell, nur, na ja …«

»Als er sieben war, ist er vom Garagendach gesprungen«, sagte Natalie. »Aus Besenstielen und Betttüchern hatte er sich

Flügel gebastelt. Hat sich einen Knöchel gebrochen, ist wieder raufgeklettert und noch mal gesprungen, hat sich den anderen Knöchel gebrochen. Nur Haarrisse, die nicht gegipst zu werden brauchten.«

»Glück«, meinte George.

»Sturheit«, sagte seine Frau.

»Auch Steine haben ihn immer fasziniert«, sagte George. »Er hatte immer die Hosentaschen voll davon und später hat er sie in seinem Rucksack angeschleppt. Hat darüber gelesen. Als er dann reich wurde, hat er sich ein paar wertvolle japanische Steine gekauft.«

»Die *Suiseki.*«

»Ja.«

»Stellen Sie sich das mal vor«, sagte Natalie. »Dass jemand sich Steine kauft.«

Wieder entstand Schweigen, als die Erinnerungen der Wildcrafts mit dem Wissen darum kollidierten, warum sie sich mit Merci getroffen hatten.

»Vielen Dank«, sagte Merci, die sich über die Vorlieben des A. F. Wildcraft wunderte. »Sie haben mir sehr geholfen.«

»Am Mittwoch wird Gwen begraben, Detective«, sagte George. »Auf dem katholischen Friedhof in Laguna Hills. Um zwei Uhr. Wir möchten Sie im Namen unserer und Gwens Familie dazu einladen.«

»Ich werde da sein. Der Kaffee geht auf mich.«

Sie bezahlte und stand auf.

»Wie groß sind Ihre Chancen, den zu schnappen, der das getan hat?«, wollte George wissen.

Sie dachte über die Frage nach, während sie noch einen Dollar Trinkgeld auf den Tisch legte. »Größer als die von Amateuren.«

»Ja, er hat sich Gedanken gemacht«, sagte Damon Reese, Archies Partner. Er war sechsunddreißig, sechs Jahre älter als

Archie. Er hatte ein breites, schönes Gesicht, eine kräftige Nase und Aknenarben auf den Wangen. Wenn er einen anschaute, waren seine Augen sehr aufmerksam.

»Archie ist einfach so ein Typ. Er macht sich Gedanken um seine äußere Erscheinung, um seine Figur, um seine Muskeln. Er macht sich Gedanken über die Dinge, die er besitzt – sein Haus, seine Autos, all das. In welcher Farbe er die Wände streichen soll, was für Bäume er pflanzen soll. Was für Teppichboden er aussuchen soll. Er macht sich Gedanken über das Geld, das er in dieses Krebsmittel investiert hat. Er hat sich immer Gedanken darüber gemacht, wie er Gwen glücklich machen konnte. Über Gwens Musik. Über Gwens Familie. Und das ist erst der Anfang.«

»Eine ganze Menge.«

»Merci, Archie ist ein Typ, der immer alles in Ordnung bringen, reparieren, verbessern will. Er glaubt, er könnte alles bewältigen. Und eins muss man ihm lassen – er macht alles mit Leib und Seele, macht seine Hausaufgaben, gibt nie auf. Ich bin das glatte Gegenteil. Ich weiß, dass ich fast gar nichts verbessern kann. Mir ist es egal, in welcher Farbe meine Wände gestrichen sind, und ich kann Menschen nicht verändern. Ich habe keine Frau mehr, über die ich mir Gedanken machen müsste. Also nehme ich das Leben leichter. Ich wette, dass mein Blutdruck halb so hoch ist wie der von Archie, und wahrscheinlich schlafe ich auch viel besser als er. Ich werde nie da oben in den Hügeln wohnen, aber das kratzt mich nicht. Mir gefällt es da, wo ich bin. Wir sind gute Partner, weil wir so unterschiedlich sind.«

Merci hörte Reese zu, während er den Rumpf seines Boots mit dem Wasserschlauch abspritzte. Das Boot stand auf dem Anhänger in der Einfahrt. Damon war am frühen Morgen von Dana Point aus zum Angeln rausgefahren und wie versprochen rechtzeitig um zehn zurück gewesen, um sich mit Merci zu unterhalten.

Das Wasser prasselte auf das Aluminium und tropfte in glitzernden Kaskaden zu Boden. Es war zu laut zum Reden, und sie sah einfach zu, wie Deputy Reese das Meerwasser von seinem Boot und den Schwimmwesten und den Angelgerätschaften spülte. Als er damit fertig war, sah sie zu, wie er den Anhänger mit dem Boot rückwärts in die Garage rangierte, und half ihm, ihn vom Pick-up abzukoppeln.

Reese trug zwei Plastiktüten mit Barschfilets ins Haus, ohne sich darum zu scheren, dass sie tropften. Merci trug das Sonargerät.

»Stellen Sie es einfach da auf die Anrichte, Merci. Danke.«

»Was war mit Felix Mendez?«

Reese drehte sich mitten in der Küche um und blickte Merci aufmerksam an. »Der hätte mich umgebracht, wenn Archie nicht gewesen wäre. Das hat Archie in Ordnung gebracht und dafür bin ich ihm sehr dankbar.«

Er lächelte kopfschüttelnd, als er sich an die Situation erinnerte, dann nahm er eine gläserne Auflaufform aus dem Schrank und stellte die Tüte mit dem Fisch hinein.

»Mendez war nicht irgendein Kleinkrimineller. Das war ein gemachter Mann, ein hohes Tier bei der *Eme*. Er war total vollgedröhnt an dem Abend, sonst wäre das alles nicht passiert. Mitten in einem heftigen Streit mit seiner Frau, zugekokst und sturzbetrunken. Als seine Frau auf Archie losgegangen ist und Archie sie gegen die Wand gedrückt und ihr Handschellen angelegt hat, wollte Mendez seine Pistole ziehen. Er hatte eine Fünfundzwanziger Derringer in der Tasche seines Morgenmantels – die war so klein, dass sie noch nicht mal die Tasche ausgebeult hat. Jedenfalls nicht genug, dass einer von uns was bemerkt hätte. Mendez hatte das Ding also plötzlich in der Hand, hat uns beide völlig überrumpelt. Als Erstes hat er die Pistole auf mich gerichtet, weil ich näher bei ihm stand. Aber Archie war blitzschnell. Hat Mendes ein Loch in die Hand geschossen, das auf der Einschussseite etwa so groß war wie eine Erbse und auf der Austrittsseite so groß wie ein Vierteldollar. Da ragten jede Menge Knochen raus, das war eine richtige Sauerei. Archie hatte aus drei, vier Metern Entfernung geschossen. Er hat mir das Leben gerettet. Fantastisch.«

»Hat Mendez gedroht, ihn umzubringen?«

»An Ort und Stelle hat er vor lauter Wut und Schmerz wahrscheinlich irgend so was gesagt.«

»Und später? Im Gefängnis oder vor Gericht?«

Reese schüttelte den Kopf. »Nein. Das würde Mendez nicht machen. Wenn die *Eme*-Leute einen erledigen wollen, dann setzen sie einen Killer auf ihn an, die brüsten sich nicht damit. Die sorgen einfach dafür, dass der Betreffende umgelegt wird.«

Merci wusste, dass er Recht hatte. »Gibt es bei der *Eme* einen Killer, der so groß ist, dass er Schuhgröße sechzehn trägt und den Beifahrersitz in einem Cadillac weit nach hinten schieben muss, um ein- und auszusteigen?«

Wieder Reeses aufmerksamer Blick. Merci gefiel die intelligente Ernsthaftigkeit in seinen Augen. So hatte sie sich die Augen eines Polizisten immer vorgestellt.

»Nicht dass ich wüsste«, sagte Reese. »Aber darüber können Sie mal mit den Leuten vom Dezernat für Organisierte Kriminalität reden. Quevas kennt jeden, der schon mal einen Fuß in dieses County gesetzt hat. Die *Eme* würde wahrscheinlich genauso vorgehen wie die anderen Organisationen und einen aufstrebenden Neuling mit dem Mord beauftragen. Könnte also gut sein, dass sie einen mit großen Füßen in den unteren Rängen haben, von dem wir noch nichts wissen.«

»Ein Jugendlicher«, sagte Merci.

»Ja«, sagte Reese mit leicht sarkastischem Unterton. »Wo haben Sie denn so große Fußabdrücke gefunden?«

»Unter einem von Archies Bäumen. Etwa drei Meter entfernt von der Stelle, wo er selber lag.«

Reese schüttelte den Kopf. »Ich habe gestern mit Dawes gesprochen. Er will es sich nicht anmerken lassen, aber ich glaube, er will Archie an den Kragen. Er hat eine Menge Zeit damit verbracht, einen Beweis dafür zu finden, dass Archie bei dieser Aktiengeschichte statt eines Riesen*gewinns* einen Riesen*verlust* gemacht hat. Ich habe Jaws gesagt, dass die Wildcrafts meines Wissens keinerlei nennenswerte Schulden hatten. Sie hatten großes Glück mit diesen Aktien und das war's. Dawes ist immer noch darauf aus, Archie so hinzustellen, als wäre er in einer verzweifelten Situation. Als hätte er seine Geschichte im Kopf und wäre jetzt auf der Suche nach Tatsachen, die seine Geschichte bestätigen. Ich habe ihm wesentlich weniger erzählt als Ihnen, ohne dass er das Gefühl haben musste, ich wollte ihn nicht unterstützen.«

»Danke.«

»Was macht Jaws so überzeugt davon, dass Archie es war? Er wollte nicht damit herausrücken, was er für Beweise hat, aber irgendwas muss er in der Hand haben.«

Sie schauten einander an, und sie wussten beide, dass er sie um Informationen bat, die sie nicht geben konnte. Aber sie vertraute Reese und sie mochte ihn, und er gehörte zu den Leuten, die sie sich in ihrer Abteilung wünschen würde, wenn sie das Sagen hätte. Man gibt, weil man was dafür erwartet. Aber manchmal gibt man etwas ohne Gegenleistung.

»Die Beweise sprechen fast alle gegen ihn, Damon. Fingerabdrücke auf der Waffe. Schmauchspuren an seiner Schusshand. Ihr Blut an seinem Morgenmantel. Keinerlei Beweis dafür, dass sich zum Tatzeitpunkt noch jemand anders auf dem Grundstück oder im Haus aufgehalten hat.«

»Verdammt. Und sie wurde mit Archies Waffe erschossen?«

Merci nickte.

»Und was ist mit den großen Fußabdrücken? Möglicherweise irrelevant?«

Sie nickte wieder. »Soweit wir wissen, könnten sie vom Gärtner stammen.«

»Und sein Erinnerungsvermögen ist ziemlich im Eimer, stimmt's?«

»Na ja, mehr oder weniger. Es ist lückenhaft. Teilweise verschwommen, teilweise klar. Sieht so aus, als könnte er sich an die aktuellsten Dinge am wenigsten erinnern. Aber die älteren Dinge – Ereignisse, die Jahre zurückliegen – sind ganz deutlich.«

Reese wandte sich ab. »Jaws meint also, der Fall ist ein Kinderspiel. Fingerabdrücke an der Tatwaffe, Schmauchspuren an der Schusshand und ein Mann, den es so schlimm erwischt hat, dass er sich nicht verteidigen kann.«

»Das sehe ich genauso. Und sehr publicityträchtig. Wenn er Archie Wildcraft vor Gericht bringt, kommt er damit garantiert in die Schlagzeilen. Ich meine, die Geschichte steht seit drei Tagen auf den Titelseiten. Man kann sich vorstellen, was los ist, wenn es erst zum Prozess kommt.«

Er sah die Überzeugung in ihren Augen. »Ich glaube nicht, dass er sie umgebracht hat«, sagte er. »Nie und nimmer.«

»Aber wenn man Staatsanwalt ist und eine Verurteilung durchsetzt, dann ist man mindestens eine Viertelstunde lang berühmt. Mehr braucht Dawes nicht, um Brenkus zu beerben. Brenkus ist alt. Jaws will seinen Job, ob er es zugibt oder nicht.«

Reese schüttelte erneut den Kopf. »Ja. So funktioniert das, nicht wahr? So was passiert, und die Leute benutzen es, um nach oben zu kommen. Die Wildcrafts sind nichts weiter als eine Sprosse an der Leiter.«

»Hat er je eine Julia erwähnt?«

»Nie.« Reese schaute sie mit vorsichtigem Interesse an, mehr nicht.

»Erzählen Sie mir ein bisschen über seine Neigung zu Wutanfällen.«

Reese nickte, als hätte er mit der Frage gerechnet.

»Tja, er kann ziemlich hitzköpfig sein. Wir sind seit anderthalb Jahren Streifenpartner, und ich kann immer noch nicht vorhersagen, was ihn auf die Palme bringt. Er ist friedlich. Er ist hellwach. Er ist bei der Sache. Und plötzlich geht er hoch. Sie kennen doch dieses Hau-den-Lukas-Spiel, das es auf Jahrmärkten gibt, nicht wahr? Genauso ist Archies Temperament. Etwas kommt ihm in die Quere und er geht hoch.«

»Wird er dann gewalttätig?«

»Das habe ich nur einmal erlebt. Aber man sieht es. Man hört es. Man spürt es. Und man spürt auch, wie er sich zusammenreißt.«

Wie Zamorra, dachte Merci.

»Sie wissen also nicht, was konkret ihn aus der Fassung bringt. Und im Allgemeinen?«, fragte Merci. »Worüber ärgert er sich?«

Reese nickte wieder. »Wenn Frauen oder Mädchen schlecht behandelt werden. Das kann Archie so richtig in Rage bringen.«

Merci dachte darüber nach.

»Wenn wir zum Beispiel zu einem Streit innerhalb einer Familie gerufen werden, interessiert sich Archie kaum für den Standpunkt des Mannes. Er stellte sich immer auf die Seite der Frau, egal wie betrunken oder gewalttätig oder wie sehr im Unrecht sie ist. Ich meine, von Michelle Mendez hat er sich ziemlich heftig beschimpfen lassen, bevor er ihr Handschellen angelegt hat. Wenn Archie einen Frauenhasser riecht, dann tut der gut daran, sich schleunigst in Sicherheit zu bringen.«

»Einmal hat er sich meinetwegen geprügelt.«

Reese nickte. »Das war das einzige Mal, wo er in meiner Gegenwart die Kontrolle verloren hat. Wir diskutieren gerade ziemlich sachlich über die Frage, wer besser ist für die Leitung des Departments, Vince Abelera oder Chuck Brighton, da lässt einer ein paar nicht sehr liebenswürdige Bemerkungen über Sie fallen, Detective Rayborn, und im nächsten Augenblick liegt Deputy Mark Stump bewusstlos am Boden. Archie stand schon über ihn gebeugt und versuchte, ihn mit ein paar Ohrfeigen wieder zu sich zu bringen.«

»Wo war das?«

»Im High Rollers, drüben in Katella. Wir haben uns bemüht, es nicht ausufern zu lassen. Schließlich waren wir in einem ganz normalen Lokal, nicht in irgendeiner Polizeikneipe.«

»Dass er sich für mich eingesetzt hat. Merkwürdig.«

»Wieso?«

»Unerwartet, meine ich. Überraschend.«

»Viele sind der Meinung, dass Brighton überfällig war, McNallys Vater erst recht. Und Ihr Vater, na ja, er war in die Sache verwickelt und hat es zugegeben. Es war eine der wenigen Gelegenheiten, bei denen ein paar Leute bekommen haben, was sie verdienten.«

»Ein paar haben ein bisschen mehr abgekriegt.«

»Sie haben sich täuschen lassen, was Mike anging. Oder *beinahe* zumindest.«

»Das ist eine sehr großzügige Auslegung der Ereignisse.«

»Brightons Saustall musste schließlich mal ausgemistet werden, Merci. Und dann waren Sie eben diejenige, die das erledigt hat.«

Es gefiel ihr, wie Damon Reese die Dinge auf den Punkt brachte. Es stellte sie in ein gutes Licht und ließ alles einfach und logisch erscheinen. Die Wahrheit war wesentlich komplizierter, und ein Teil der Wahrheit war, dass sie sich geirrt und einen Kollegen äußerst unfair behandelt hatte – einen Mann, den sie zu lieben versucht hatte. Sie hatte ihm das Schlimmste unterstellt, weil die Beweise es nahe gelegt hatten. Manche Leute hatten ihr verziehen, andere nicht. Mike hatte ihr vergeben, als er ihr an einem eiskalten Abend im vergangenen Winter einfach die Tür vor der Nase zugemacht hatte.

Mittlerweile hatte auch sie sich verziehen und dennoch hatte sie kein Vertrauen mehr zu sich selbst. Jedenfalls kein volles Vertrauen. Und was nützte Vertrauen, wenn man sich nicht darauf verlassen konnte? Sie hinterfragte jetzt alles. Immer wieder. Es war demütigend. Das war es auch, was sie im Fall Wildcraft umtrieb: Sie bemühte sich, *nicht* das Schlimmste von Archie anzunehmen, obwohl die Beweise gegen ihn sprachen. Ihr Selbstvertrauen versuchte, ihre Selbstzweifel zu besiegen, aber es war zu schwach, außerdem wurde das Ganze von dem überschattet, was im Jahr zuvor geschehen war. Was wäre, wenn sie sich erneut irrte? Wenn sie mit ihrer Annahme, dass Archie unschuldig war, wieder einmal danebenläge?

Reg dich ab, verdammt, schalt sie sich selbst. Sie seufzte, spürte, wie ihr die Hitze ins Gesicht stieg. »Danke, dass Sie das gesagt haben.«

»Ich hätte es schon vor Monaten sagen sollen. Ich dachte, es wäre hilfreicher, wenn ich meinen Mund halte.«

»Weil Sie niemand sind, der alles in Ordnung bringen will.«

»Korrekt«, erwiderte er grinsend.

Damon Reese gab ihr ein paar Barschfilets in einer kleinen, mit Eis gefüllten Kühlbox mit. Dann begleitete er sie nach draußen. Sie sah zwei kleine Jungs mit Tretrollern auf dem Gehweg stehen, nicht sehr weit von ihrem Wagen entfernt.

Reese blieb an einem Pflanzkübel neben seiner Garage stehen und schnitt mit seinem Taschenmesser ein paar Margeriten ab. Während sie den Deckel aufhielt, legte er sie zu dem Eis und dem Fisch in die Kühlbox.

Er schüttelte ihr die Hand und schaute sie mit seinen ruhigen, aufmerksamen Augen an.

»Rufen Sie mich an, falls Ihnen noch etwas einfällt«, sagte Merci.

»Mach ich. Ich würde auch einfach so anrufen, wenn ich wüsste, dass Sie abnehmen.«

Sie hatte mit dieser indirekten Frage gerechnet, aber seine Direktheit erwischte sie doch ziemlich unvorbereitet. Über so eine Frage musste man nicht nachdenken. Man wusste die Antwort, so oder so.

»Ich würde abnehmen.«

Er berührte ihre Wange ganz leicht mit seinen Fingern und schob ihr eine Strähne aus dem Gesicht. Sie ließ es geschehen, spürte seine Haut an ihrer viel intensiver, als sie erwartet hatte. Sie roch Fisch und Meer und einen Hauch Benzin.

Im Rückspiegel ihres Impala sah sie, wie er ihr zum Abschied winkte, und ohne darüber nachzudenken, nahm sie die rechte Hand vom Steuer und winkte zurück. Sie schaute zu den beiden kleinen Jungen hinüber, die noch immer mit ihren Tretrollern auf dem Gehweg standen. Beide lächelten: Zahnlücken und Kaugummi, Zähne, die zu groß waren für ihre kleinen Gesichter. Einer warf ihr einen Luftkuss zu und dann rasten sie kichernd davon.

# Vierzehn

Normalerweise waren die Samstage Tim Junior vorbehalten. Da sie heute fast den ganzen Vormittag dienstlich unterwegs gewesen war, blieb ihnen nur noch Zeit für ein kurzes Mittagessen in einem Fastfood-Restaurant. Anschließend fuhren sie an den Strand von Laguna Beach, um sich im Meer abzukühlen. Tim jagte Möwen, bis er außer Atem war. Merci saß im Sand und spürte das Prickeln der Sonne auf ihren Schultern und ihrem Rücken.

*Ich würde abnehmen. Gott, und was jetzt?*

Der Abend verlief typisch für den Rayborn-Haushalt: ein üppiges Abendessen, von Clark zubereitet, Popcorn, Videos, Scotch mit Wasser und Eis. Im Hintergrund waren leise die Nachrichten des Polizeifunks zu hören.

Tim, bewaffnet mit einem inzwischen sehnenlosen Bogen, den Merci ihm auf einem Jahrmarkt gekauft hatte, wollte zum x-ten Mal *Robin Hood* sehen. Merci legte die Kassette ein.

»Gibt es Robin Hood in echt?«

»Nein, Robin Hood gibt es in Wirklichkeit nicht. Er ist eine Figur aus einem Film.«

»Gibt es Prinz John in echt?«

»Nein, Prinz John gibt es auch nicht. Er ist auch eine Filmfigur.«

»Er ist in einem Film?«

»Richtig.«

»Ach so.«

Tim fing an zu heulen, als die endlose Vorschau anfing, also ließ Merci das Video bis zu der Stelle vorlaufen, wo der eigentliche Film losging.

»Der Junge weiß sich durchzusetzen«, meinte Clark.

»Von wem er das wohl hat?«

Immer noch schniefend, den Bogen unter dem Arm, kletterte Tim auf den Sessel seines Großvaters – sein neuer Lieblingsplatz. Merci streckte sich auf dem Sofa aus. Bei der Hitze trug sie nichts als Shorts und ein ärmelloses T-Shirt, die Haare hatte sie sich hochgesteckt. Sie balancierte ihr Whiskeyglas auf dem Bauch und schon bald bildete sich ein Schweißring auf ihrem T-Shirt. *Ich würde abnehmen.* Sie betrachtete ihre Beine und ihre großen Füße, die sie auf der Sofalehne abgelegt hatte, fragte sich, ob sie schöne Beine hatte. Man hatte ihr schon mehrmals gesagt, sie seien schön, aber das war während ihrer College-Zeit gewesen.

Sie überflog die Zeitung, fand jedoch keine interessanten Polizeiberichte. Sie schaute nach, wie die Angels gespielt hatten: nicht schlecht. Eigentlich interessierte sie sich überhaupt nicht für Baseball, aber sie fühlte sich verpflichtet, die Spiele zu verfolgen, weil so viele ihrer Kollegen Fans waren. Im Wirtschaftsteil las sie nach, wie die Aktien von B. B. Sistel standen: Sie waren am Freitag um anderthalb Dollar gestiegen.

Auf dem Bildschirm rannten Robin Hood und Little John vor den Pfeilen des Sheriffs davon. Merci mochte keine Filme, die Gesetzesbrecher glorifizierten, aber ihr Vater hatte Tim den Zeichentrickfilm sehen lassen, als sie nicht zu Hause war, und seitdem war Tim süchtig nach dem Streifen. Letztlich war der Film aber sowieso zu albern, um ihn ernst zu nehmen, und die Schauspieler, die den Zeichentrickfiguren ihre Stimmen liehen, waren auch lustig.

Aber eigentlich verfolgte sie weder den Film noch lauschte sie den Mitteilungen des Polizeifunks im Hintergrund. Stattdessen grübelte sie über Archie Wildcraft und Gwen Kuerner nach. Und über deren Eltern. Über Julia und Priscilla und darüber, dass man innerhalb eines halben Jahres mit einer Investition von zwanzigtausend Dollar einen Gewinn von zwei Millionen erzielen konnte. Darüber, wie es für Archie sein musste, im Bett zu liegen und zu wissen, dass seine Frau vor zwei Tagen ermordet wurde und dass er eine Kugel im Kopf hatte. Dass er womöglich der Tat verdächtigt wurde. Wie es für ihn sein musste, um ein zweites Foto von seiner eigenen Frau bitten zu müssen, Himmelherrgott, weil ein Foto einfach nicht reichte, um dem von der Kugel durchlöcherten Gedächtnis auf die Sprünge zu helfen. Sie spürte, wie ihr Blutdruck stieg und beruhigte sich mit einem Schluck Scotch.

»Ist der Sheriff von Nottingham ein Böser?«

»Ja, er ist böse.«

»Ist der Sheriff von Nottingham ein Guter?«

»Nein, er ist böse.«

»Ist er ein Guter?«

»Du weißt, was er ist, Tim.«

Das Abendessen war gut und hinterher fühlte sie sich schwer und warm und ein bisschen rastlos. Sie sah zu, wie Tim sich schon wieder *Robin Hood* anschaute, und nippte an ihrem dritten Scotch.

Gegen neun rief Gary Brice vom *Journal* an, was er seit einigen Monaten beinahe jeden Samstagabend tat. Anfangs hatte sie immer den Anrufbeantworter laufen lassen, aber dann hatte sie angefangen, die Gespräche entgegenzunehmen, denn Brice amüsierte sie. Seit fast einem Jahr versuchte er nun schon vergeblich, mit ihr anzubandeln. Sie hatte keine Lust, sich auf ihn einzulassen, weil er eine Lachnummer und ein Weiberheld und zehn Jahre jünger war als sie und weil das Einzige, was sie an ihm attraktiv fand, seine eigenartige männliche Energie war. Wenn er anrief, mokierte er sich als Erstes darüber, dass sie an einem Samstagabend zu Hause war, um ihr als Nächstes in gespielt herrischem Ton zu befehlen, *auf der Stelle* in dem Club oder der Bar zu erscheinen, wo er sich gerade mit irgendwelchen Freunden aufhielt. Gary hatte »massenhaft« Freunde – Frauen wie Männer –, und er beteuerte ihr immer wieder, dass sie darunter schon *irgend*jemanden finden würde, der ihr gefiel. Sie fragte sich, warum sie ihm nicht einfach sagte, er solle mit seinen Anrufen aufhören, aber die Antwort auf diese Frage hatte mit ihrem Samstagabendfrust zu tun, und sie war sich gar nicht sicher, dass sie seine Anrufe wirklich nicht mehr wollte.

»Ich höre gar keine Betrunkenen und keine laute Musik im Hintergrund«, sagte sie. »Haben Sie sich diesmal mit Ihren Freunden in der Leichenhalle getroffen?«

»Ich bin im Büro. Meine ›Lifestyle‹-Kolumne für Sonntag hat plötzlich meine volle Aufmerksamkeit gefordert. Unsere Heldin, die gegen einen inoperablen Lungentumor kämpft, aber gleichzeitig ihr Leben voll auslebt, indem sie sich um psychotische Penner kümmert – äh, ich meine, geistig behinderte Obdachlose –, hat ganz plötzlich einen Herzstillstand erlitten. Sieht schlecht aus.«

»Das heißt also, Ihr Artikel wird entweder ein bisschen länger oder ein bisschen kürzer ausfallen.«

Sie fragte sich, warum Gary Brice' wortgewandter Pessimismus sich so schnell auf sie übertrug. Und sein barscher Ton.

»Ja«, sagte Brice. »Diese ›Lifestyle‹-Artikel sind harte Brocken. Der peppige Optimismus dieses Blatts geht mir gehörig auf den Senkel. Aber ich stehe auf Polizeimusik. Ich berichte viel lieber über kleine Betrüger oder Psychopathen als über all diese euphorischen Gutmenschen.«

»Sie trösten die Leidenden und finanzieren gleichzeitig die Zeitung mit Werbung für Fettabsaugung und Schönheitschirurgie.«

»Genau. Sie hätten eine zynische Journalistin werden sollen anstatt eine zynische Polizistin.«

»Ich kann nicht schreiben«, sagte sie.

»Gehen Sie mit mir einen trinken. Wir treffen uns irgendwo, wo Sie sich sicher fühlen.«

»In Ihrer Gegenwart fühle ich mich immer sicher.«

»Also abgemacht. Wir lassen uns voll laufen, und wenn Sie mir nicht mehr widerstehen können, schleppen Sie mich in Ihr Auto und machen sich über mich her. Dieser große Impala wäre doch perfekt. Oder Sie nehmen mich mit in ein nettes kleines Hotel.«

»So viel wie Sie über Sex reden, sollte man meinen, Sie würden es dauernd treiben.«

»Kommt ungefähr hin. Es gibt keine Erholungsphase zwischen den Sätzen.«

»Sie bräuchten eine heißere Braut für ihre Samstagabendanrufe.«

»Es geht nicht um Sex, Merci. Es geht um Demütigung und Qual.«

Sie lächelte. »Wessen?«

»Merci, lassen Sie uns die schönen Dinge *gemeinsam* erleben.«

»Haben Sie's schon mal mit einem Telefonsex-Dienst versucht?«

»Sie sind billiger.«

Sie musste wieder lächeln. »Also, was gibt's Neues in den Nachrichten?«

»Ich kann Ihnen sagen, was nicht neu ist.«

Sie zuckte leicht zusammen, wusste, worauf er hinauswollte.

»Eine Verhaftung im Fall Wildcraft«, sagte sie.

»Korrekt. Mein Redakteur hat danach gefragt. Sogar der *Herausgeber* hat mich schon deswegen angerufen. Glauben Sie mir, bis meine Chefs sich den Kopf über was zerbrechen, haben das schon eine Menge andere Leute getan.«

»Und worüber zerbrechen sie sich den Kopf?«

»Sie haben einen Mann vor sich, der als Polizist fünfzigtausend im Jahr verdient und mit seiner arbeitslosen Frau in einer Anderthalb-Millionen-Hütte in Hunter Range wohnt. Der Typ hat ein aufbrausendes Naturell und eine Einkommensbegrenzung. Er fährt einen neuen Porsche. Sie sieht aus wie ein Filmstar und will immer mehr hübsche Sachen haben. Er kann die Rechnungen nicht mehr bezahlen, oder er kann den Druck nicht mehr ertragen, und er will seine Frau auf keinen Fall verlieren. Also beschließt er, ihrer beider Leben ein Ende zu setzen – peng! Oder er versucht es zumindest. Aber in letzter Sekunde bringt er es nicht fertig, sich selbst umzubringen, und fügt sich nur eine schwere Wunde zu. Drei Tage später keine Spur von einem Verdächtigen. Kein Wort von einem Tatmotiv, noch nicht mal von den eben erwähnten Auffälligkeiten. Die Pressestelle des Sheriff Department hält sich verdammt bedeckt. Also fangen die Leute natürlich an, sich zu fragen, ob die Polizei vielleicht versucht, einen der ihren zu schützen.«

»Ich kann Ihnen keine offiziellen Informationen geben. Nicht bevor jemand verhaftet wurde, das wissen Sie.«

»Er steht also unter Verdacht?«

»Wir vernehmen jeden, der Gwen gekannt hat.«

Brice schwieg einen Augenblick.

»Halten Sie es wirklich für möglich, dass er es nicht getan hat – inoffiziell?«

»Zurzeit weisen die Beweismittel in eine andere Richtung«, log sie.

»Aber Sie müssen doch mittlerweile an der Tatwaffe Fingerabdrücke gefunden haben.«

»Keine eindeutigen.«

»Es handelt sich nicht zufällig um eine registrierte Waffe?«

»Sie wurde in einem Waffengeschäft in Arizona gestohlen«, log sie erneut. »Und das ist alles absolut inoffiziell, Gary.«

»Klar. Ich habe Sie noch nie in Verlegenheit gebracht, Merci.«

»Das ist richtig.«

»Wenn es also Beweismittel gibt, die nicht in seine Richtung weisen, um was für Beweise handelt es sich dann?«

»Das kann ich Ihnen nicht sagen, Gary. Sie wissen, dass ich nicht ins Detail gehen darf.«

»Auch nicht inoffiziell?«

»Auch nicht inoffiziell.«

»Aber Sie haben Beweise.«

»Unterstellen Sie mir nicht, dass ich lüge, Gary.«

»Mach ich nicht. Aber Sie können Fehler machen. Sie können die Dinge so sehen, wie Sie sie sehen wollen. Ich meine, wir alle –«

Sie hatte das Bedürfnis nach ein bisschen Leichtigkeit an diesem heißen Sommerabend. Sie hatte keine Lust, sich an Fehler erinnern zu lassen, für die sie bitter bezahlt hatte. Für die sie immer noch bezahlte.

Sie legte wortlos auf und nahm nicht ab, als er sofort wieder anrief. Als er zum dritten Mal anrief, ging sie nach dem ersten Läuten ran und Brice legte gleich los.

»Also gut, ich habe manchmal eine große Klappe und ein Spatzenhirn. Tut mir Leid. Sie sind die beste Ermittlerin im Department und das wissen Sie. Ich liebe Sie und ich werde Sie immer lieben.«

»Gute Nacht, Gary.«

»Süße Träume.«

Sie legte kopfschüttelnd auf.

Tim sprang in Clarks Sessel auf, den Bogen in der Hand, ein angriffslustiges Funkeln in den Augen. »Der böse Prinz John ist ein Guter!«

»Nein, er ist böse. Und weißt du was, kleiner Mann? Es ist Schlafenszeit.«

»Es ist nicht Schlafenszeit.«

Nachdem sie ihm drei Gutenachtgeschichten vorgelesen und eine lange Diskussion mit ihm darüber geführt hatte, welche Leute echt waren und welche es nur in Geschichten gab, schlief Merci auf dem Boden neben Tims Bett ein. Als sie gegen Mitternacht wach wurde, lag ein Kissen unter ihrem Kopf und sie war mit einem leichten Laken zugedeckt. Sie sammelte das Bettzeug ein, ging in ihr Zimmer und legte sich in ihr eigenes Bett.

Die Tür zum Flur stand offen und aus der Küche drang ein schwacher Lichtschein. Merci dachte an Hess und fragte sich, wie es ihnen jetzt wohl gehen würde, wenn er noch leben würde. Wer konnte das wissen? Sie erinnerte sich, wie sie ihn manchmal schlafend in seinem Sessel vorgefunden hatte in seiner Wohnung auf der Thirteenth Street, wie der Mond auf sein Gesicht geschienen hatte und wie sehr es sie danach verlangt hatte, die weiße Strähne in seinen grauen Haaren zu berühren. Sie erinnerte sich daran, wie ihm diese Haare später in Büscheln ausgefallen waren und wie sie versucht hatte, sie wieder anzukleben, ohne dass er es merkte. Sie erinnerte sich daran, was sie als Nächstes getan hatte: Sie hatte mit ihm geschlafen, weil sie davon überzeugt gewesen war, dass sie ihm auf diese Weise neues Leben einhauchen konnte, während sie gleichzeitig gewusst hatte, dass sie es in erster Linie für sich selbst tat, weil sie alles von ihm in sich aufnehmen wollte, von dem Funkeln in seinen Augen bis hin zu den Krebszellen in seinem Körper. Sie stellte sich ihn in seinem Sarg unter der Erde vor, ein Bild, das sie nicht abschütteln konnte, egal wie oft sie es verscheuchte. Weg. *Vergangen.* Sie dachte auch an Paul Zamorra, der jetzt bestimmt bei seiner Kirsten war. Und an Archie Wildcraft, der auf die Pieptöne der Monitore und das Pochen seines Herzens lauschte. An die Hand eines Fischers auf ihrem Gesicht. An Tim auch, wie immer. Tim, der mit allen verbunden war, ohne zu ahnen wie, der jüngste Spieler in dieser kleinen Geschichte, reines Licht in einer Welt voller Schatten.

## Fünfzehn

Am Sonntagnachmittag bat Archie darum, telefonieren zu dürfen. Eine Krankenschwester brachte ihm ein Telefon und meinte, Archie könne sicher bald von der Intensivstation auf eine normale Station verlegt werden. Sein Zustand hatte sich stabilisiert, er hatte keine Infektion und das Ödem war fast verschwunden. Seit anderthalb Tagen war er ohne Unterbrechung bei Bewusstsein. Erst am Vormittag hatten sie den Heparin Lock entfernt und die Wunde mit einem kleinen, sauberen Stich zugenäht. Seit Samstagmorgen hatte er einen regelrechten Heißhunger entwickelt.

Nachdem Archie telefoniert hatte, bat er darum, duschen zu dürfen. Er schien keine Hilfe zu brauchen, aber die Schwestern halfen ihm trotzdem. Er bedankte sich lächelnd für die Duschhaube, die seinen Kopfverband trocken halten sollte. Während der fünf Tage, die er flach auf dem Rücken in seinem Bett auf der Intensivstation verbracht hatte, war keinem der Krankenhausmitarbeiter aufgefallen, was für ein großer, kräftiger Mann er war. Und sie staunten nicht schlecht, als er, obwohl es bei seiner Einlieferung so ausgesehen hatte, als hätte er kaum Überlebenschancen, jetzt auf der Station herumschlurfte wie einer, der vorhatte, die Speisekammer zu plündern. Das Leben war ein Wunder an Zähigkeit.

Um zehn nach fünf kam eine attraktive junge Frau, die Archie schon mehrmals besucht hatte, mit einem kleinen Koffer. Es war Gwen Wildcrafts Schwester, diejenige, die ihm auch das kleine gerahmte Bild seiner ermordeten Frau gebracht hatte. Nachdem die Schwestern ihm ein Loch in den Bauch gefragt hatten, verschwand Archie mit dem Koffer im Bad und kam wenig später frisch rasiert, komplett angezogen und grinsend wieder heraus.

Um zwanzig vor sechs unterschrieb er ein Formular, das besagte, dass er auf eigene Verantwortung aus dem Krankenhaus entlassen wurde.

Die Schwestern und Ärzte hatten ihn nicht von seinem Entschluss abbringen können, und wegen der Kugel in seinem Kopf wagten es weder die Pfleger noch die Sicherheitsleute, ihn mit Gewalt am Gehen zu hindern. Nicht einmal Dr. Stebbins, Archies behandelnder Arzt, der ihn per Handy aufforderte, sich auf der Stelle wieder in sein Bett zu begeben, hatte den geringsten Einfluss auf seine Entscheidung.

Um sechs Uhr waren Archie und die junge Frau in der Apotheke des Medical Center, um Archies Medikamente abzuholen. Vier Deputys kreuzten in der Krankenhausapotheke auf, doch sie hatten weder einen Haftbefehl noch verdächtigten sie ihn eines Verbrechens, sondern stellten nur fest, dass er sowohl körperlich als auch geistig in guter Verfassung war. Es wurde gelächelt, Hände wurden geschüttelt, Schultern geklopft und fragende Blicke ausgetauscht. Einer der Polizisten führte per Funk ein fast fünfminütiges Gespräch.

Um fünf vor halb sieben fuhr die junge Frau mit ihm in einem weißen, viertürigen Saturn davon, den sie im Halteverbot vor dem Eingang abgestellt hatte.

Zwei schwarzweiße Streifenwagen folgten ihnen ohne Blaulicht und hielten reichlich Abstand.

Archie spürte, wie ihm der kalte Schweiß ausbrach, als Priscilla auf die Straße einbog. Es ging bergauf. Vorbei an der großen Norfolk-Kiefer an der Ecke, vorbei an dem blauen Haus mit der Reithalle und der Freilauf-Führanlage, dann entlang einem Straßenabschnitt, der ihm vage bekannt vorkam. Die Sonne stand schon tief und leuchtete dunkelgelb durch die Dattelpalmwedel. Archie schaute Priscilla an, und ihr Gesicht war weder blau noch rot, sondern schimmerte in einem annehmbaren Violettton. Komisch, wie manche Farben dem entsprachen, wie sie zu sein hatten, und andere vollkommen abwegig und dennoch überzeugend waren.

Die Einfahrt zu seinem Haus? Musste wohl so sein. Sie kam ihm fremd und zugleich vertraut vor. Er konnte sich an nicht besonders viele Einzelheiten aus jenen letzten Stunden erinnern, jedenfalls an nicht so viele, wie ihm lieb wäre. Aber er erinnerte sich an genug – und man hatte ihm genug erzählt –, um sich des Schreckens bewusst zu sein, der von diesem Ort ausging, um sich dessen bewusst zu sein, was sich hier ereignet hatte.

*Gwen.*

»Danke, Priscilla.«

»Ich komme kurz mit rein, wenn du willst.«

»Da muss ich allein durch.«

»Was genau hast du eigentlich vor, Archie?«

»Ich weiß es nicht«, sagte er, ohne den Blick von dem geschlossenen Garagentor vor ihnen abzuwenden. »Ich bin mir nicht sicher. Aber es ist wichtig, dass ich hier bin, nicht wahr?«

»Ich glaube, ich kann das verstehen. Ich komme in einer Stunde wieder her. – Hier, den hab ich machen lassen, nachdem du angerufen hast. War gar nicht so einfach, den Mann vom Schlüsseldienst an einem Sonntag zu erwischen.«

Er nahm den glänzenden neuen Hausschlüssel entgegen und lächelte. »Den brauche ich.«

Dann stieg er aus und nahm seinen Koffer aus dem Auto. Er

kam sich seltsam stark vor, als er ihn aus dem Kofferraum hievte und auf den Boden stellte, woraufhin er sich fragte, ob seine Schmerzsensoren vielleicht in Mitleidenschaft gezogen worden waren, was Stebbins für möglich gehalten hatte. Oder ob es einfach die Kraft war, die eine Woche Bettruhe einem verschaffte. Er zog den langen Tragegriff heraus und ging, den Koffer hinter sich herziehend, auf das Haus zu.

Er drehte sich um und beobachtete, wie Priscilla rückwärts aus der Einfahrt setzte. Nachdem sie um die Ecke gebogen war, tauchten die beiden Streifenwagen auf und stellten sich quer in die Einfahrt, sodass kein Wagen auf das Grundstück der Wildcrafts fahren oder es verlassen konnte.

Zwei Deputys kamen auf ihn zugelaufen. »Brauchst du Hilfe, Archie?«

»Ich komm schon zurecht.«

»Rayborn hat uns gesagt, dass das hier immer noch ein Tatort ist. Sie ist unterwegs hierher. Sie sagte, rechtlich gesehen können wir dir den Zutritt verweigern.«

»Das ist mein Haus, Jungs.«

Ebenso wie im Krankenhaus lächelten sie, nickten und schauten einander unsicher an.

»Ich werde mit ihr reden«, sagte Wildcraft und ging auf die Haustür zu. »Keine Sorge.«

Die beiden hatten Recht. An der Tür hing in einer durchsichtigen Plastikhülle ein Beschluss des Orange County Sheriff Coroner Department, der das Haus zum Tatort erklärte. Es war jedoch nirgendwo ein Absperrband oder eine Wache zu sehen. Archie bemerkte reichlich Fingerabdruckstaub an der Türklinke und der Klingel. Er spürte, wie schwer sich der neue Schlüssel ins Schloss stecken ließ, sah, wie ein feiner Sonnenstrahl von dem glänzenden Metall des Schlüssels reflektierte und auf der lackierten Eichentür einen hellen Fleck erzeugte.

Im Wohnzimmer blieb er stehen und betrachtete den Stapel

Geschenke, die immer noch auf dem Boden lagen. Gwens Geburtstag, natürlich, und er erinnerte sich, dass es eine Party gegeben hatte. Dann wanderte sein Blick zu dem schwarzen Klebeband, das mitten im Raum, dort, wo der Stein gelegen hatte, eine Art Kreis beschrieb, und von dort, zu der zersplitterten Fensterscheibe und den geborstenen Lamellen in der hölzernen Jalousie, die der Stein durchschlagen hatte. Der Anblick war verblüffend. Alles schien so weit zurückzuliegen, in einem gänzlich anderen Zeitalter, und dennoch wirkte alles so frisch, als wäre es gerade erst geschehen.

Archie stellte seinen Koffer neben den Geschenken ab und ging durch den Flur ins Schlafzimmer. Er betrat das Zimmer und betrachtete das große Doppelbett. Als er die zerwühlten Laken und Decken erblickte, wurde ihm schwindlig und er hatte das Gefühl, in die tiefe Schwärze hinuntergezogen zu werden, in die Gwen verschwunden war. Er konnte sie sich nicht hier vorstellen, hier in dem Bett. Er konnte sich nicht vorstellen, wie sie aussehen würde. Oder wie es sich anfühlen würde, jetzt mit ihr hier zu sein. Er erinnerte sich an die tiefen Gefühle, die er empfunden hatte, als er mit ihr im Haus ihrer Eltern in Norco oder in ihrer alten Wohnung in Santa Ana oder auf ihrer Hochzeitsreise gewesen war, aber nicht, wie es war, hier mit ihr in dem neuen Haus zu sein. Die Kugel hatte die Gefühle ausgelöscht. Er fragte sich, ob er jemals wieder solche großen, wundervollen Gefühle haben würde oder ob er sich mit der immer blasser werdenden Erinnerung daran würde begnügen müssen. Sein Atem ging flach und sein Herz begann zu rasen.

*Ein Bild*, dachte er. *Bitte, zeigt mir ein anderes Bild von ihr. Ein großes.*

Kein Problem. Da war sie, an der Wand des kleinen Wohnzimmers neben dem Schlafzimmer, ein Porträtfoto von Gwen in einem tief ausgeschnittenen schwarzen Kleid, mit hochgesteckten Haaren und glitzernden Ohrringen. Ihre klugen Augen schauten ihn verschwörerisch und voller Verlangen an. Der lange, schlanke Hals, die kurze Perlenkette. Das war Gwen. Er wusste es. *Gwen*. Der Grund. Der Anfang. Der Ursprung.

Lange blieb er dort stehen und betrachtete das Bild. Erinnerte sich, wie Gwen mit sechzehn ausgesehen hatte, mit achtzehn, zwanzig, zweiundzwanzig; versuchte, sich an diesen klaren Erinnerungen weiter vorzuarbeiten, um ein Bild von ihr im Alter von sechsundzwanzig heraufzubeschwören, ein Bild von Gwen vor nur fünf Tagen, bevor sie gestorben war. Laut Datum am unteren Rand war das Porträt im vergangenen Jahr angefertigt worden. Aber es reichte nicht aus, um ihr Gesicht, so wie es vor fünf Tagen gewesen war, vor seinem geistigen Auge auftauchen zu lassen.

*Es ist zu deinem Schutz, Archie.*

Gwens Stimme schon wieder. Unverkennbar. So deutlich und lebendig, dass er meinte, ihren Atem im Nacken zu spüren. Er drehte sich um und ließ den Blick durch das Zimmer wandern. Dann richtete er seinen Blick nach oben, über seine Schulter hinweg.

»Aber ich konnte *dich* nicht beschützen«, flüsterte er.

Aber diesmal war keine Stimme zu hören, nur das Gekrächze einer Spottdrossel in der Korkeiche vor der Veranda.

»Gwen?«, flüsterte er. Auf einmal war er ganz verlegen, denn er wusste ja, dass sie tot war, und er wusste, dass die Toten nicht sprechen, höchstens vielleicht miteinander.

Plötzlich fühlte sich die Luft um ihn herum heiß und verbraucht an. Archie riss die Tür zur Veranda auf.

Dann drehte er sich wieder zum Schlafzimmer um. Als er die Tür zum Badezimmer erblickte, wusste er, dass das, was in jener Nacht passiert war, sich hauptsächlich dort abgespielt hatte. Von dort, wo er stand, konnte er nicht mehr sehen als die halb geöffnete Tür und einen Teil der großen, gefliesten Dusche. Unterwegs zum Bad sah er, dass der Türrahmen teilweise aus der Halterung gerissen war. Sie müssen die Tür aufgebrochen haben, dachte er. Mit der Fingerspitze drückte er die Tür auf und spähte ins Bad.

Der Geruch von geronnenem Blut stieg ihm erst ganz vage, dann schlagartig in die Nase. Ein paar Fliegen flogen auf, summten ihm kurz ums Gesicht und ließen sich wieder auf dem dunkelbraunen Fleck neben der Toilette nieder. Archie betrachtete die Schleifspuren und Fußabdrücke. Wie ein Schlachtfeld, dachte er. Er sah die Blutspritzer an der Wand und an der gläsernen Duschkabine. Weitere auf den Waschbecken. Und die kleinen, handbeschriebenen Stücke Klebeband, mit denen sie markiert waren: 21.08.02/7.49h/Bad3.

Er zog die Tür fest zu und ging nach draußen. Seine Augen brannten und das Herz schlug ihm bis zum Hals. Die Spottdrossel in der Korkeiche beugte sich vorwurfsvoll zu Archie vor, wippte mit dem Schwanz und ließ eine Warnung fallen.

Archie machte einen großen Bogen um den Baum und ging durch den Garten zu dem Fenster, durch das der Stein geflogen war. Das Loch in der Scheibe wirkte nicht besonders eindrucksvoll. Im Licht der untergehenden Sonne konnte er es kaum ausmachen.

Er folgte dem Gartenweg am Pool vorbei, dann ums Haus herum nach vorne. Als er an den Chinesischen Flammenbäumen vorbeikam, spürte er, wie seine Erinnerungen versuchten, an die Oberfläche zu gelangen. Es war, als stünde er vor einer verschlossenen Tür und wüsste, dass dahinter Leute waren, die auf ihn warteten. Aber wo befand sich der Türknauf?

Vor dem großen Blutfleck auf dem Weg, der zu einem dunklen Rostbraun getrocknet war und allmählich verblasste, blieb er stehen. Er dachte an das grelle Licht in seinen Augen und erinnerte sich, dass es hier an dieser Stelle gewesen war, wo er es gesehen hatte. Ja, genau hier, auf dem Weg zurück zur Haustür.

Dann wurde ihm bewusst, dass das Blut seins war. Er hockte sich hin und nahm es in Augenschein, berührte es mit einem Finger.

Die Detectives kamen schnellen Schrittes auf ihn zu, wie Arbeiter, die von der Mittagspause zurückkehren. Zum ersten Mal hielt Archie die Frau nicht für Gwen, nicht eine Sekunde lang.

»Deputy Wildcraft«, sagte sie. »Können Sie mir mal verraten, was Sie hier machen?«

Er stand auf und wischte sich den Finger an der Hose ab. Ihr Tonfall zerrte an seinen Nerven. Er war herablassend und herrisch. Und er traute keinem von den beiden, weil sie ihm offensichtlich auch nicht trauten. Sie hatten ihn wie einen Verdächtigen behandelt.

»Ich sehe mir das Blut an«, erwiderte er.

»Sie haben eine Kugel im Kopf.«

»Aber ich spüre sie nicht.«

»Sie können nicht hier bleiben.«

»Warum nicht? An dieser Stelle habe ich das grelle Licht gesehen.«

Rayborn stand mit halb offenem Mund da und schüttelte ungläubig den Kopf, sagte jedoch nichts.

Zamorra wartete einfach mit verschränkten Armen ab. Er sah aus wie ein Leichenbestatter, dachte Archie.

»Priscilla hat mir ein paar Sachen zum Anziehen gebracht«, erklärte er. »Ich habe geduscht und mich rasiert und die Entlassungspapiere unterschrieben. Ich habe meine Medikamente. Ich glaube, es ist alles in Ordnung.«

»*Verdammt*, Archie!«, sagte Rayborn. »Sie können nicht hier bleiben.«

Er sah den Zorn in ihren Augen. Offenbar meinte sie es ernst, aber gleichzeitig war sie hochgradig nervös. Selbst Zamorra, der sonst so unerschütterlich wirkte, zeigte Zeichen von Irritation.

»Warum nicht?«

Merci trat dicht an Archie heran und durchbohrte ihn mit ihren traurigen dunklen Augen. Als hätten sie Klauen.

»Sie müssen zweierlei begreifen, Deputy Wildcraft. Erstens, Ihre Frau ist tot; sie wurde in diesem Haus ermordet. Und zwar mit Ihrer Waffe. Ihre Fingerabdrücke sind auf der Waffe. An Ihrer Hand waren Schmauchspuren. An Ihrem Morgenmantel klebte Blut von Ihrer Frau. Es gibt sehr einflussreiche Leute, die nur darauf warten, Sie wegen dieses Mordes vor Gericht zu bringen. Das ist das Erste. Sie verstehen doch, was ich Ihnen sagen will, nicht wahr? Dass es Leute gibt, die Sie für den Mörder Ihrer Frau halten? Und was das bedeutet?«

»Ja.«

»Voll und ganz?«

»Voll und ganz.«

»Gut. Denn Ihrer Verhaftung steht so gut wie nichts mehr im Wege. Wenn Sie auch nur ein einziges falsches Wort sagen oder eine falsche Bewegung machen, dann landen Sie in Ihrem eigenen Gefängnis in Untersuchungshaft.«

Sie schüttelte den Kopf und presste die Lippen zusammen, als hätte ihr jemand etwas Bitteres zu essen gegeben. »Zweitens, Archie, hat jemand Ihnen eine Kugel in den Kopf gejagt – genau hier, vor gerade mal fünf Tagen. Und er hat Sie für tot gehalten und hier liegen lassen. Er wollte Sie töten, Archie. Es ist kaum anzunehmen, dass er sich das inzwischen anders überlegt hat. Wenn er hört, dass Sie hier sind, kommt er womöglich her und jagt Ihnen noch eine Kugel in den Kopf. Wie fänden Sie das?«

»Ich werde eine Waffe bereithalten.«

»Das hat Ihnen beim letzten Mal auch nicht geholfen. Kriegen Sie überhaupt mit, was ich Ihnen zu sagen versuche, Deputy Wildcraft?«

»Ziemlich deutlich.«

»Ziemlich, aber nicht ganz.«

»Ich habe Sie durchaus verstanden.«

»Können Sie überhaupt klar *denken*?«

»Ich glaube schon, ja. Draußen stehen zwei Streifenwagen. Solange die da stehen, wird sich keiner in meine Nähe wagen. Noch bin ich nicht verhaftet, Detective. Ich bin ein zurechnungsfähiger Erwachsener ohne Vorstrafen, der in sein eigenes Haus zurückkehrt. Ich bin ein Mann, dessen Frau gerade gestorben ist, und ich bin hierher zurückgekommen, weil dieses Haus unser Zuhause war. Ich bin hergekommen, um über das nachzudenken, was passiert ist, und um mich an meine Frau zu erinnern.«

»Warten Sie ab, was passiert, wenn die Journalisten Wind davon bekommen, dass Sie sich hier aufhalten«, sagte Rayborn.

Archie wusste nicht genau, was er von Journalisten zu erwarten hatte. »Würden Sie mich bitte allein lassen? Ich möchte in Ruhe versuchen, mich an meine Frau zu erinnern.«

Immer noch lag dieser ungläubige Ausdruck in ihrem Gesicht. »Archie, wissen Sie überhaupt, was heute für ein Tag ist?«

»Sonntag.«

»Wissen Sie, wie man die Uhrzeit feststellt?«

»Schauen Sie auf meine Armbanduhr.«

»Und ob Sie Hunger oder Durst haben?«

Archie spürte, wie Wut in ihm aufstieg. »Ich habe keinen Hunger.«

»Und was machen Sie, wenn an Ihrem Kopfverband Blutflecken auftauchen?«

»Dann rufe ich den Arzt an.«

»Wie heißt Ihr Arzt? Wo können Sie ihn erreichen?«

»Dr. Stebbins, im, äh … im Medical Center.«

»UC Irvine Medical Center.«

»Richtig.«

»Wo finden Sie seine Telefonnummer?«

»Auf den Medikamentenfläschchen. Oder falls es heftig blutet, rufe ich 911 an.«

Sie seufzte, doch sie schaute ihm immer noch unverwandt in die Augen. Archie spürte deutlich ihre Energie und ihre Willenskraft. Ganz langsam entspannten sich ihre Pupillen und dann spürte er ihre Hände auf seinen Schultern.

»Morgen früh um acht werden Paul und ich uns hier mit Ihnen unterhalten. Wir werden das Ganze gemeinsam durchgehen. Sorgen Sie dafür, dass Sie ausgeruht sind. Sie werden uns alles erzählen, was Sie von der Nacht noch in Erinnerung haben. Alles über Ihr Leben vor dieser Nacht. Über Gwen und die zwei Millionen und Felix Mendez und ein Mädchen namens Julia. Sie werden mir alles erzählen, was Sie wissen. Und Sie werden mit niemandem sonst reden. Verstanden?«

»Ja, in Ordnung.«

»Rufen Sie mich an, falls Sie etwas brauchen. Rufen Sie nicht Priscilla an. Rufen Sie nicht Ihre Freunde an. Rufen Sie mich an.«

»Okay, mach ich.«

»Falls irgendjemand bei Ihnen anruft, sprechen Sie nicht mit ihm. Mit keinem Journalisten, keinem Vertreter, keinem Zeugen Jehovas, mit *niemandem*. Verstanden?«

Es wurmte ihn, dass sie ihn erst wie einen Mörder und dann wie ein Kind behandelte. »Und was ist mit Mom und Dad?«, fragte er sarkastisch.

Sie seufzte. »Ja, selbstverständlich dürfen Sie mit Ihren Eltern reden.«

Er sah, wie sie eine Visitenkarte aus ihrer Handtasche nahm und etwas auf die Rückseite kritzelte.

»Büro- und Pagernummer stehen vorne drauf, Handynummer hinten. Archie, ich möchte, dass Sie mich anrufen, falls Sie sich, bevor wir uns morgen früh sehen, an irgendetwas Neues über das erinnern, was Ihnen und Gwen zugestoßen ist. Auch wenn es Ihnen nicht besonders wichtig erscheint. Rufen Sie mich an.«

»Okay.«

Zamorra hatte sich bereits umgedreht und war auf dem Weg zur Einfahrt.

Er saß am Pool und schaute zu, wie die Sonne unterging. Er hatte das Telefon mit nach draußen genommen, und er sprach mit Priscilla, als sie anrief. Auch seine Eltern riefen an, sie waren schrecklich besorgt, aber Archie erklärte ihnen, es gehe ihm gut, er werde von Kollegen beschützt, und er lud sie für den kommenden Tag zum Mittagessen ein.

Ein paar Minuten später schlug er Trent Gentrys Nummer in seinem persönlichen Telefonbuch nach und tippte sie ein.

»*Scheiße*, Mann«, sagte Trent. »Ich denke Tag und Nacht an dich. Was passiert ist, tut mir so verdammt Leid. Ich kann einfach … einfach … Kann ich dich zurückrufen?«

Archie gab ihm seine Nummer.

Wenige Minuten später war Trent wieder in der Leitung. Archie hörte Verkehrsgeräusche im Hintergrund.

»Also, Archie«, sagte Trent, »was kann ich für dich tun, Mann? Das alles tut mir wirklich Leid.«

»Hat es was mit OrganiVen zu tun?«

»Wie kommst du denn darauf?«

»War nur so ein Gedanke. Ich muss immer wieder an OrganiVen denken. Wie an etwas, was uns Glück und zugleich Unglück gebracht hat.«

»Wie meinst du das?«

»Ich weiß nicht, wie ich das meine. Manches in meinem Kopf ist ziemlich verschwommen.«

»Lass es dabei, Mann. Lass es einfach dabei. Sei vorsichtig und pass auf dich auf.«

Archie dachte darüber nach. »Okay«, sagte er.

»Ich fliege morgen nach Hawaii. In ein paar Wochen bin ich wieder zurück. Dann melde ich mich bei dir.«

»Was ist mit den Leuten von OrganiVen? Ich glaube, ich sollte mich mit einem von denen unterhalten. Ist nur so ein Gefühl.«

»Verdammt, Archie, die sind alle in der Schweiz, soweit ich weiß. Ich meine, ich kenne diese Leute nicht. Vielleicht sind sie auch auf irgendeiner Jacht in Griechenland. Das waren sowieso keine OrganiVen-Leute – das waren bloß Investoren.«

»Das Auto?«

»*Welches Auto?*«

»Das Auto, mit dem sie zu diesem Treffen gekommen sind. Es sah ganz normal aus, aber es war kein normales Auto. Gott, ich wünschte, ich könnte mich erinnern.«

»Mann, du redest kompletten Unsinn.«

»Tut mir Leid.«

»Müsstest du nicht eigentlich im Krankenhaus sein?«

Archie erinnerte sich dunkel, dass Gwen sich eines Abends mit zwei Männern in Newport Beach getroffen hatte. Das war lange her. Ein Jahr vielleicht? Oder länger? Sie hatte Archie gebeten, in der Nähe zu sein, ohne dass die Männer ihn bemerkten. Weil sie nervös war, unsicher, wie die Männer reagieren würden. Aber worauf sollten sie reagieren? Er suchte in seinem Gedächtnis nach einer Antwort, aber es war, als versuchte man, in einem leeren Eimer Wasser zu finden. Doch er erinnerte sich, dass er in Shorts und T-Shirt in einer Ecke gesessen und die drei hin und wieder durch eine dunkle Sonnenbrille beobachtet hatte. Einer der Männer war blond und glatt rasiert. Der andere hatte dunkle Haare und einen Vollbart und war einer der größten und kräftigsten Menschen, die Archie je gesehen hatte. Er hatte einen riesigen Kopf. Archie erinnerte sich, dass er Angst um Gwen gehabt hatte, allein schon, weil sie so nah neben dem Hünen gesessen hatte.

Gentry legte auf.

Archie rief Merci Rayborn auf ihrem Handy an und erzählte ihr, dass ihm gerade eingefallen war, dass Gwen sich über einen Mann mit einem riesigen Kopf aufgeregt hatte.

»Erklären Sie mir das ein bisschen genauer«, sagte sie unwirsch.

Er sagte, es hätte vielleicht etwas mit OrganiVen zu tun gehabt, berichtete von dem Treffen in Newport Beach, dass Gwen ihn gebeten hatte, sich in der Nähe zu halten, ohne dass die Männer ihn bemerkten.

»Hünenhaft?«, fragte sie.

»Absolut. Dunkle Haare, Vollbart.«

»Groß genug, dass er den Beifahrersitz in einem Cadillac ganz nach hinten schieben muss, nur um ein- und auszusteigen?«

»Ich weiß nicht. Könnte hinkommen.«

»Was noch?«

»Das Auto, mit dem sie gekommen waren. Irgendwas daran war ungewöhnlich. Aber ich kann mich nicht erinnern, was es war.«

»Marke und Typ?«

»Ich kann mich nicht erinnern.«

»Amerikanisch oder ausländisch?«

»Groß, mehr weiß ich nicht mehr.«

»Wie sah der Wagen aus? Wie hörte er sich an? Besondere Lackierung oder Karosserie? Irgendein Firmenschild, ein Aufkleber?«

»Tut mir Leid. Ich erinnere mich nur, dass es irgendwie anders aussah als andere Autos.«

Schweigen.

»Archie, ich komme zu Ihnen und bringe Sie zurück ins Krankenhaus. Jetzt gleich.«

»Ich gehe nicht zurück ins Krankenhaus.«

»Ich kann Ihnen auch einen Krankenwagen schicken, wenn Ihnen das lieber ist.«

»Ich gehe nicht ins Krankenhaus.«

Lange Zeit herrschte Stille in der Leitung.

»Archie, geht es Ihnen gut?«

»Ja. Die Deputys sind immer noch draußen.«

»Sie werden die ganze Nacht dort bleiben.«

»Ich habe keine Angst.«

»Ich wünschte, Sie hätten welche.«

Immer noch am Pool sitzend, blickte Archie zu den Lichtern in den Hügeln hinüber. Er hatte keinen Appetit. Als eine kühle Brise aufkam, ging er ins Haus, um das Telefon wegzulegen und sich ein paar Decken zu holen.

Kaum hatte er das Telefon aufs Ladegerät gestellt, klingelte es.

»Hallo, Deputy Wildcraft?«

»Ja.«

»Hier spricht Gary Brice vom Orange County *Journal.* Wie geht es Ihnen?«

»Gut.«

»Was halten Sie von einem Interview heute Abend? Ich könnte in einer knappen halben Stunde bei Ihnen sein.«

»Nein, ich bin müde.«

»Das kann ich mir vorstellen. Wieso haben Sie das Krankenhaus verlassen?«

»Hier fühle ich mich besser.«

»Hat die Polizei Sie unter Druck gesetzt?«

»Sie haben mich wegen der Vorfälle vernommen.«

»Was haben Sie ihnen erzählt? Was ist denn eigentlich passiert, Deputy Wildcraft?«

»Ich möchte mich jetzt nicht mit Ihnen unterhalten. Ich muss allein sein und brauche Zeit zum Nachdenken.«

Archie legte auf. Sofort klingelte das Telefon erneut – und immer wieder im Laufe des Abends, bis er Stunden später einschlief –, aber er nahm nicht ab.

Vom Küchenfenster aus konnte er einen Teil der Einfahrt sehen und die beiden Streifenwagen, die sie immer noch blockierten. Gut, dachte er, vorerst bin ich also in Sicherheit. Außerdem hatte er eine Waffe, eine Zwölfer Remington Automatik mit gekürztem Schichtholzschaft und abgesägtem Lauf. Die Magazinsperre war entfernt, damit alle fünf Patronen in den Lauf passten. Er vergewisserte sich, dass sie geladen und gesichert war.

Er ging wieder nach draußen, legte das Gewehr auf den Holzboden neben den Pool, machte es sich in einem Liegestuhl bequem und packte sich in die Decken ein. Er sah eine Sternschnuppe, dann noch eine und noch eine. Er erinnerte sich, dass er einmal, in einer Septembernacht, als er im Schlafsack im Garten übernachtet hatte, einhundertneunzehn Sternschnuppen gezählt hatte.

Archie lauschte auf das Rauschen der Palmwedel im Wind.

Ich werde mich an alles erinnern, dachte er. Ich werde Detective Rayborn alles erzählen und sie wird den Schuldigen verhaften, aber es wird sich überhaupt nichts ändern.

Ich werde mich an dich erinnern, dachte er. Eines Tages werde ich mich an dich erinnern und dich nie wieder vergessen.

*Und ich werde mich an dich erinnern, Archie.*

»Gwen.«

Kurz nach sechs am nächsten Morgen, im ersten Morgenlicht, fuhr Archie aus dem Schlaf.

Er hörte einen Zweig knacken, dann leise, vorsichtige Schritte auf dem Weg. Sie kamen aus Richtung Garten, nicht vom Haus, sondern von der Treppe bei den Wildblumen, die zum Zaun und zur Straße führte.

Seine Decken waren feucht. Die Kleider, in denen er geschlafen hatte, waren feucht. Sein Kopfverband ebenfalls. Archie lief ein Schauer über den Rücken, während er auf die Schritte lauschte, die immer näher kamen. Er stand auf und schlich mit dem Gewehr im Arm auf den Weg zu, den Finger am Sicherheitshebel neben dem Drücker.

Archie sah ihn zuerst. Ein junger, blonder Mann in Jeans und Turnschuhen und einer leichten Windjacke. Er hielt sich einen Camcorder vors Gesicht, während er auf das Haus zuging. Er schwenkte die Kamera nach links, dann nach rechts, dann richtete er sie wieder auf das Haus.

Und dann auf Archie, der plötzlich hinter einem Hibiskusstrauch hervortrat, die Arme ausstreckte und dem Mann den Gewehrlauf unters Kinn hielt.

Der Mann erstarrte, hob einen Fuß, um einen Schritt zu machen. »Scheiße«, flüsterte er. »Bitte, nicht schießen.«

Als er die Kamera ganz langsam sinken ließ, sah Archie sein jungenhaftes Gesicht – die blassen Wangen, die jungen blauen Augen, den dünnen Schnurrbart und den rosigen, verblüfften Mund.

Archie ließ das Gewehr, wo es war.

»Ich bin Gary Brice, Deputy. Ich bin Journalist vom Orange County *Journal.* Bitte, erschießen Sie mich nicht.«

»Zeigen Sie mir Ihren Ausweis.«

»Der ist in meiner Brieftasche. Und meine Brieftasche ist in meiner Hosentasche. Ich nehme sie raus.«

»Bewegen Sie sich ganz langsam.«

»Darf ich meinen Fuß absetzen?«

»Nein.«

Der Mann, der sich Gary Brice nannte, holte seinen Ausweis hervor und Archie warf einen Blick darauf. Er wirkte echt. Brice stand immer noch auf einem Bein und fing an zu wackeln.

»Sie begehen Hausfriedensbruch.«

»Ich wollte, dass Sie mir erzählen, was passiert ist.«

Archie spürte, wie ihn die Wut packte. Es war, als würde eine Rakete gezündet. Eigentlich konnte er es sich nicht erklären, höchstens damit, dass jemand auf ihn geschossen und seine Frau ermordet hatte, dass man ihn betastet, mit Nadeln gestochen, in eine Röhre geschoben, befragt, angezweifelt, bedroht und wie ein kleines Kind behandelt hatte und dass jetzt auch noch jemand Hausfriedensbruch beging.

Das Gewehr immer noch an Brice' Kinn gedrückt, forderte er ihn auf, sein Grundstück zu verlassen. Er hörte die eiskalte Wut in seiner eigenen Stimme, und da wusste er, woher sie kam.

»Ich werde Ihr Grundstück augenblicklich verlassen, Deputy. Ich werde einfach weggehen, okay? Also schießen Sie bitte nicht, ich werde mich verziehen und ich werde nicht zurückkommen, es sei denn, Sie laden mich ein.«

Brice setzte seinen zitternden Fuß ab, dann ging er ganz langsam rückwärts. Archie hielt die Waffe immer noch auf seine Brust gerichtet.

»Deputy Wildcraft, was ist in jener Nacht passiert?«

»Verschwinden Sie, bevor mir der Kragen platzt.«

Brice ging langsam weiter, bemüht, Blickkontakt mit Archie zu halten und nicht zu stolpern.

»Haben Sie gesehen, wer Ihre Frau erschossen hat?«

»Verschwinden Sie.«

»Was haben Sie vor?«

»Ich werde sie selbst töten.«

In dem Augenblick sprang Brice hinter einen Orangenbaum. Er stolperte und hätte beinahe seine Kamera fallen lassen. Schließlich fand er sein Gleichgewicht wieder und richtete die Kamera auf Archie.

Archie lächelte.

»Haben Sie auf Ihre Frau und auf sich selbst geschossen, Sir?«

»Scher dich zum Teufel, du kleiner Scheißer!«

Brice war inzwischen auf halbem Weg durch das Wildblumenbeet und ging immer schneller rückwärts. Als er glaubte, außer Schussweite zu sein, drehte er sich blitzschnell um, klemmte sich die Kamera wie einen Football unter den Arm, rannte los und sprang mit einem Satz über den Zaun.

Archie sah zu, wie er in einen kleinen, viertürigen Wagen stieg und davonfuhr.

# Sechzehn

Der Durchgang mit Wildcraft war ein Fiasko. Rayborn machte sich ausgiebig Notizen, und Zamorra sorgte dafür, dass der Kassettenrekorder stets in Archies Nähe war, aber der hatte fast nichts an Informationen zu bieten. Er drückte sich vage aus. Seine Erinnerung war lückenhaft. Mal war er sehr emotional, dann teilnahmslos, dann wieder emotional. Merci kam er vor wie jemand, der versuchte, Löcher in Käse zu bohren.

Während sie durch das Haus gingen, fiel ihr auf, dass Archie ein bisschen aufgeräumt hatte. Er hatte das Bad geputzt, die alten Handtücher weggehängt und zwei Fenster geöffnet. Die Geburtstagsgeschenke, die im Wohnzimmer auf dem Boden gelegen hatten, hatte er an einer Wand säuberlich gestapelt. In einer Ecke der Diele, etwa einen Meter von der Haustür entfernt, stand eine Schrotflinte Kaliber zwölf an die Wand gelehnt. Seine Medikamente hatte er auf der Küchenanrichte neben der Kaffeemaschine ordentlich nebeneinander aufgereiht.

Aber das Bett war ungemacht und die Luft im Schlafzimmer war warm und abgestanden. Rayborn nahm den Geruch von Männerschweiß wahr und es machte sie verlegen.

Archie schwitzte sichtlich.

»Wer von Ihnen hat sich um die Finanzen gekümmert?«, fragte Merci.

»Gwen. Seit wir verheiratet waren. Im Musikzimmer steht ein Schreibtisch und daneben ein Aktenschrank. Da finden Sie alles.«

»Erzählen Sie uns von OrganiVen.«

Wildcraft setzte sich aufs Bett. Er schaute sich im Zimmer um, als wäre er noch nie hier gewesen. Merci erkannte es an seiner Haltung, an seinem ernsten Gesicht, an den fragenden Augen. Als würde er in jeder Sekunde neue Dinge entdecken. Vielleicht tut er das tatsächlich, dachte sie. Augen wie Tims.

»Das war eine neue Firma. Wir haben etwas Geld investiert, aber ich weiß nicht genau wie viel. Der Name bezieht sich auf ein Mittel, das sie herstellen, ein Medikament gegen Krebs, das aus Schlangengift gewonnen wird. Sie haben uns Bilder und Dias davon gezeigt, wie das Mittel auf Tumore wirkt, und das war wirklich unglaublich. Dann wurde die Firma von einer größeren Firma aufgekauft, und als wir unsere Anteile verkauft haben, hat uns das eine Menge Geld eingebracht.«

Er schaute Merci an, hob teilnahmslos die Brauen, wandte sich wieder ab.

»Wie haben Sie von der Firma erfahren?«

»Ich bin mir nicht ganz sicher. Ich glaube, über Priscillas Mann, Charlie Brock. Der arbeitet für einen großen Börsenmakler, aber an den Namen kann ich mich nicht erinnern.«

»Ritter-Dunne-Davis.«

Archie lächelte und seine Augen funkelten. »Ja, genau. Sie hätten mal sehen sollen, wie das Zeug die Tumore gefressen hat. Man konnte regelrecht dabei zusehen, wie es den Krebs vernichtet hat. Vor der Kamera, meine ich, auf dem Video.«

»Sie und Gwen haben fast alles, was Sie besaßen, in diese Firma investiert. Oder?«

»Ja, ich glaube schon. Ich kann mich an die Einzelheiten nicht erinnern. Vielleicht habe ich sie aber auch nie gekannt, weil Gwen sich immer um alle Gelddinge gekümmert hat.«

»Ich würde mir diese Unterlagen gern ansehen«, sagte Zamorra. »Ein paar davon mitnehmen, um sie genauer zu studieren.«

»Tun Sie sich keinen Zwang an. Tut mir Leid, dass ich Ihnen nicht mehr sagen kann. Ich fühle mich müde und träge. Irgendwie benommen. Vielleicht hat die Schwellung wieder zugenommen.«

»Dann sollten wir Sie am besten wieder ins Krankenhaus bringen«, sagte Merci.

»Daran habe ich auch schon gedacht. Aber ich möchte noch ein bisschen hier bleiben. Mir Gwens Bilder und Sachen ansehen. Und hier kann ich sie riechen. Es ist, als würde ein Licht angehen. Als würde ich etwas aus einem dunklen Teich heraufziehen.«

»Wir können diese Deputys nicht ewig vor Ihrer Einfahrt Wache schieben lassen, Archie«, sagte Zamorra.

»Ich weiß.«

»Sie würden uns sehr helfen, wenn Sie zurück ins Krankenhaus gingen«, fuhr Zamorra fort. »Und sich selbst auch.«

»Ich habe hier noch ein paar Dinge zu erledigen. Ich muss ein paar Anrufe machen. Mir einige Bilder ansehen. Versuchen … versuchen, mich zu erinnern.«

Zamorra sah Archie durchdringend an, dann verließ er das Zimmer.

Wildcraft saß noch immer auf dem Bett. Er berührte die Laken wie zum ersten Mal, rieb den Stoff zwischen Daumen und Zeigefinger. Als er Merci anschaute, hielt seine Hand in der Bewegung inne.

»Werden Sie mich verhaften?«

»Wenn Sie der Täter sind, ja.«

»Dann glauben Sie mir also nicht?«

»Wir sind immer noch dabei, zu ermitteln.«

»Ich kann verstehen, warum Sie mich verdächtigen. Bei all den Beweisen, von denen Sie mir erzählt haben.« Er lächelte. Das Licht spiegelte sich in seinen Augen und ließ sie unschuldig und kindlich und traurig aussehen. »Ich fühle mich schuldig.«

Rayborns Antennen richteten sich schlagartig auf, als sie eins ihrer Lieblingsworte hörte. »Warum, Archie? Sagen Sie mir, was Sie getan haben, dass Sie sich schuldig fühlen.« Zuerst wirkte er verärgert, dann gekränkt, dann einfach nur unglücklich. »Ich habe es geschehen lassen. Ich habe sie nicht beschützt.«

»So was nennt man Schuldgefühle des Überlebenden.«

»Wirklich?«

Sie musterte seine arglosen Augen, versuchte, durch sie hindurch seine Gedanken zu lesen. So etwas war ihr noch nie passiert und es irritierte sie. Sie hatte noch nie mit einem Verdächtigen darüber geplaudert, ob sie ihn verhaften würde oder nicht, außer um ihn abzulenken. Oder über Beweismittel diskutiert, außer um den anderen einzuschüchtern oder in die Irre zu führen. Oder im Schlafzimmer eines Verdächtigen gestanden und dessen zerwühlte Laken gerochen und sich gefragt, ob der Mann dort oder in seinem Auto, in der Nähe des Coast Highway, zum letzten Mal mit seiner Frau geschlafen hatte. *Sterne in ihrem Haar.*

All das war schon schlimm genug. Aber was das Ganze beinahe unerträglich machte, war, dass sie zum allerersten Mal mit einem Verdächtigen redete und fand, dass er gut aussah. Lag das an den hübschen Grübchen und den graziösen Baseballmuskeln? Vielleicht. Oder daran, dass er sich in einer Bar für sie geprügelt hatte? Gut möglich. Vielleicht auch mit der Kugel in seinem Kopf und dem ganzen traurigen Geheimnis, das diese Kugel symbolisierte? Ja. Aber vor allem lag es an der – nicht zu übersehenden – Tatsache, dass dieser Mann seine Frau leidenschaftlich geliebt hatte. Das war es, was Wildcraft so außergewöhnlich, so natürlich, so unkompliziert schön machte.

*Himmelherrgott*, dachte sie, *reiß dich zusammen.*

»Was ist los?«, fragte er.

»Nichts. Warum?«

»Ihr Blick. Ich weiß es nicht.«

»Allerdings nicht.« Dann, nur um den Augenblick zu verscheuchen, fragte sie: »Wieso ist Ihr Gärtner heute nicht hier?«

»Er arbeitet montags nicht.«

»Beschreiben Sie ihn.«

»Dunkelhäutig, schwarze Haare. Ich glaube, er ist Mexikaner, aber ich bin mir nicht sicher.«

»Wie groß?«

»Klein und stämmig. Vielleicht eins siebzig groß und neunzig Kilo schwer. Warum?«

»Ich frage mich, wer unter dem Baum da draußen Fußabdrücke Größe sechzehn hinterlassen hat.«

»Das weiß ich nicht.«

Wildcraft drehte sich um und starrte die Kopfkissen an. Er beugte sich vor, nahm mit den Fingern etwas von einem Kissen und hielt es ihr hin. Sie sah die Haare: zehn Zentimeter lang, dunkel, leicht gelockt.

»Das sind Gwens«, sagte Wildcraft.

»Von wem sonst sollen sie denn sein?«

»Na ja, es könnten ihre oder meine sein. Aber meine waren kurz, bevor sie mir den Kopf rasiert haben.«

Wildcraft drehte sich um und legte die Haare zurück auf das Kissen.

»Waren Sie glücklich mit ihr, Archie?«

Er musterte Merci einen Augenblick lang. »Ja, ich glaube schon. Wenn sie mir jetzt, wo sie weg ist, so groß erscheint, muss sie noch größer für mich gewesen sein, als sie noch da war.«

»Wie groß ist sie, jetzt, wo sie weg ist?«

»Riesig, Detective, gigantisch.«

Sie glaubte ihm. Dennoch drang sie weiter in ihn. Vielleicht machte er sich etwas vor.

»Und Sie waren nicht auf mehr aus, Archie? Sie haben nicht hier und da mal eine kleine Nummer geschoben, wie Ihre Kollegen das gern tun?«

»Ich kann mich nicht erinnern, so was je getan zu haben.«

»Und Gwen?«

»Sie meinen, ob sie es mit anderen Kerlen getrieben hat?«

»Ja, das meine ich.«

Er schüttelte den Kopf. »Nein, ich glaube nicht. Nein. Wollen Sie was ganz Sonderbares hören?«

»Sicher.«

»Sie spricht mit mir. Ich höre ihre Stimme in meinem Kopf, so deutlich, dass ich mich umdrehe, um nachzusehen, wo sie ist. Einmal habe ich sogar ihren Atem im Nacken gespürt.«

Rayborn kannte noch mehr Leute, die von ihren Toten hörten. Sie selbst hatte Hess' Stimme nur ein einziges Mal gehört, seit er tot war, und das war im Traum gewesen. Er hatte gesagt: *Es ist in Ordnung.* Anfangs hatte sie sich geschämt, dass sie so taub war, hatte es auf einen Mangel an Gefühl oder Fantasie zurückgeführt. Aber mit der Zeit hatte sie gelernt, sich zu verzeihen, dass sie nichts hörte. Warum sollte sie sich Vorwürfe machen, wenn die Toten schwiegen? Sie hatte mit Zamorra darüber gesprochen. Auch er hatte noch nie von Janine gehört, außer einmal, ebenso wie sie, im Traum.

»Sie haben Glück«, sagte sie.

»Aber es ist auch quälend«, erwiderte Archie. »Es … weckt Hoffnungen.«

»Das kann ich verstehen.«

»Ich frage mich, ob es auch eine Möglichkeit gibt, sie zu sehen. Wenn man sie hören kann, warum kann man sie dann nicht sehen? Ich glaube nicht, dass es unmöglich ist.«

Merci sagte nichts. Was sollte sie auch dazu sagen? Aber einen ganz kurzen Augenblick – die Zeit, die es brauchte, um ein- und wieder auszuatmen – redete Merci sich ein, dass sie Hess sehen konnte, wenn sie wollte. Es war ihr unheimlich.

Aber würde sie ihn treffen wollen, wenn sie könnte? Sicher. Es gab so vieles, worüber sie mit ihm reden wollte.

»Also, ich sage Ihnen Bescheid, wenn ich rausfinde, wie es geht«, sagte Archie.

»Tun Sie das, Archie.«

Zamorra kam mit einem Pappkarton. »Für den Anfang habe ich eine Menge Material eingepackt. Ich habe ein paar Videos gefunden, die von OrganiVen zu sein scheinen. Vielleicht bekommen wir das Klapperschlangenkrebsmittel in Aktion zu sehen.«

Merci nahm einen gereizten Unterton in Zamorras Stimme wahr. Sie erinnerte sich, dass sie mit Paul zu einer Klinik in Tijuana gefahren war, als es Janine immer schlechter ging. Auf der Rückfahrt, zwei Tage später, hatte Zamorra vor Wut und Verachtung über das, was sie in Erfahrung gebracht hatten, stumm vor sich hin gekocht. Er hatte einen sarkastischen Witz darüber gemacht und geschworen, er würde den Laden abfackeln und die Quacksalber totschlagen.

»Das wird Ihnen gefallen«, sagte Archie nichts ahnend.

»Davon bin ich überzeugt.« Zamorra zog mit seiner Beute ab.

»Soll ich Sie ins Krankenhaus fahren?«, fragte Merci.

»Nein, danke. Ich habe noch ein paar Stunden hier zu tun. Ich fühle mich schon wieder besser. Meine Eltern haben mich zum Mittagessen eingeladen.«

Sie schaute ihn an und nickte.

»Sie sind ein guter Detective, Sergeant Rayborn«, sagte Archie. »Ich glaube, Sie sind intelligent und gründlich. Ihre Arbeit scheint Ihnen Freude zu machen. Sie lächeln nicht viel, aber bei Ihrem Job haben Sie ja auch nicht viel zu lächeln. Die ersten paar Male, als ich Sie gesehen habe, habe ich Sie für Gwen gehalten. Sie haben sehr ähnliche Augen. Intelligente Augen. Der Unterschied ist, dass in Gwens Augen etwas Offenes und Großzügiges lag, in Ihren dagegen nicht. In Ihren Augen liegt etwas Wertendes und Zurückhaltendes. Etwas, das andere Menschen draußen hält – oder vielleicht auch nur mich.«

Sie dachte über das nach, was er gesagt hatte, aber es war, als hätte man sie mit verschiedenen Dingen an verschiedenen Stellen geschlagen.

»Es interessiert mich eigentlich nicht, was Sie von mir oder meinem Aussehen halten oder an wen ich Sie erinnere.«

»Nein, das hatte ich auch nicht angenommen. Ich wollte nur etwas Sachliches sagen.«

»Wir sehen uns, Archie.«

»Okay, sicher. Etwas Seltsames ist gerade passiert, Sergeant.«

Sie wartete, spürte, wie sie ärgerlich wurde.

»Mir ist gerade wieder eingefallen, was an dem Auto so anders war. Sie wissen schon, das Auto, mit dem diese beiden Männer zu dem Treffen mit Gwen gekommen sind.«

Sie sagte immer noch nichts.

Archie nickte, runzelte die Stirn und starrte ins Leere. »Es war ein Lincoln Town Car, schwarz. Aber er hatte Kennzeichen wie eine Mietlimousine. Es ist mir aufgefallen, als ich mir die Nummernschilder angesehen habe.«

»Sie sind also mit dem Wagen zu dem Treffen gekommen«, sagte Merci.

»Aber einer von ihnen ist gefahren. Das kam mir auch merkwürdig vor. Der große Mann ist gefahren, aber er war einer der Teilnehmer an dem Treffen, also kann er ja kein Chauffeur gewesen sein, oder? Und der Blonde hat vorne auf dem Beifahrersitz gesessen, nicht wie ein Kunde, sondern wie ein Freund oder so.«

Das kam Rayborn auch merkwürdig vor. Und den Blonden hatte Wildcraft bisher noch nicht erwähnt. »Beschreiben Sie den blonden Mann.«

»Durchschnittliche Größe, so etwa Mitte vierzig. Haare ein bisschen länger als üblich. Eine Art Siebziger-Jahre-Look.«

»Als Sie ihn zum ersten Mal sahen, haben Sie da gedacht, er könnte ein Geschäftsmann sein?«

»Genau das habe ich gedacht.«

Ebenso wie Dobbs, dachte Merci. »Sie haben sich doch bestimmt das Kennzeichen notiert, oder?«

»Ich glaube schon.«

»Und was haben Sie damit getan, nachdem Sie es aufgeschrieben hatten?«

Er schüttelte bereits den Kopf.

»Sie können sich nicht erinnern.«

»Ich kann mich nicht erinnern.«

»Haben Sie ein ganz normales Notizbuch?«

»Ja, ich *glaube*, es ist ein normales Notizbuch. Sie können es haben. Einen Moment.«

Archie stand vom Bett auf und ging in seinen begehbaren Kleiderschrank. Merci hörte Münzen in einem Behälter klimpern, dann das Umblättern von Seiten.

Einen Augenblick später kam Archie mit einem billigen Notizbuch mit Spiralbindung und grünem Deckblatt zurück. »Viel Glück«, sagte er. »Ich konnte nichts finden, das aussah wie eine Autonummer.«

»Schade. Und über das Treffen können Sie mir nichts weiter erzählen?«

Archie schüttelte stirnrunzelnd den Kopf, biss sich auf die Lippe. »Ich wünschte, ich könnte. Nur dass es etwas mit unseren OrganiVen-Aktien zu tun hatte. Ich meine, ich bringe den Wagen mit den Aktien in Verbindung, aber ich weiß nicht warum. Und ich weiß, dass Gwen mich in der Nähe haben wollte. Da bin ich mir ganz sicher. Es tut mir wirklich Leid.«

»Mir auch.«

»Ach, da fällt mir noch was ein! Das Licht ist von oben auf mich gefallen.«

»Wovon reden Sie, Archie?«

»Das Licht. In der Nacht. Ich bin eins fünfundachtzig. Die meisten Leute müssten ihre Taschenlampe nach oben richten, um mir ins Gesicht zu leuchten. Aber der Typ hat den Lichtkegel nach unten gerichtet. Das ist mir gerade wieder eingefallen.«

Als sie auf halbem Weg zurück ins Revier waren, klingelte Mercis Handy. Es war Sheriff Vince Abelera, der wie immer einen sanften Ton anschlug.

»Ich möchte Sie und Paul um siebzehn Uhr in meinem Büro sehen.«

»Ja, Sir. Können Sie mir sagen, worum es geht?«

»Darum, ob wir Wildcraft verhaften oder nicht. Brenkus und Dawes werden ebenfalls anwesend sein. Sie wollen Anklage erheben, sie meinen, der Fall sei eindeutig. Hieb- und stichfest. Dieser Mord erregt die Gemüter. Ich möchte Ihre Meinung dazu hören.«

Sie holte tief Luft. »Danke, Sir.«

»Sie und Zamorra haben mein volles Vertrauen, was diesen Fall angeht.«

Sie dachte über den letzten Satz nach, fragte sich, warum Abelera es für nötig hielt, ihr das zu sagen – wenn es stimmte. Sie schaltete das Handy seufzend aus, klärte ihren Partner auf.

»Ich hab's kommen sehen«, sagte Zamorra.

»Ich auch.«

Sie schaute ihn an, versuchte seine Gedanken zu lesen. »Paul, du hast mir bisher in diesem Fall das Auffinden von Belastungsmaterial überlassen. Besser gesagt, das *Nicht*auffinden. Aber kann es sein, dass ich irgendetwas übersehe? Bin ich blind? Bin ich etwa die Einzige, die nicht bereit ist, diesen Mann wegen Mordes anzuklagen?«

Zamorra schwieg eine geraume Weile. Merci sah, wie ein Mann mit einem Handy am Ohr kurz vor ihnen mit etwa hundertfünfzig Stundenkilometern die Spur wechselte, und wünschte, sie könnte ihn anhalten und ihm Handschellen anlegen.

»Ich glaube, Wildcraft hält uns zum Narren.«

»Das höre ich zum ersten Mal, Paul.«

»Der heutige Vormittag hat mich endgültig davon überzeugt. Als wir mit ihm durch das Haus und den Garten gegangen sind, erinnert er sich an nichts. Aber er erinnert sich an die Art von Nummernschildern bei einem Treffen, von dem wir nicht mal wissen, ob es überhaupt stattgefunden hat. Dann fällt ihm plötzlich ein, dass das Licht von oben kam, nicht von unten. Er schmiert dir Honig um den Bart, was für ein guter Detective du bist und wie schön du bist und wie sehr du ihn an seine Frau erinnerst, die seit sechs Tagen tot ist. Als ich das gehört hab, dachte ich, du scheuerst ihm gleich eine.«

»Hätte ich auch beinahe. Ich wusste übrigens gar nicht, dass du lauschst.«

»Ich kam gerade mit dem Karton voller Papiere aus dem Musikzimmer und dachte, es kann ja nicht schaden, wenn ich mir anhöre, was er dir erzählt. Die Art, wie er da auf dem Bett saß, hat mich einfach misstrauisch gemacht. Tut mir Leid.«

»Na ja, du bist schließlich mein Partner, du darfst lauschen, so viel du willst.«

»Was ich gehört habe, hat mir nicht gefallen. Und dass er mit der kleinen Schwester in seinem Garten geschäkert hat, als Gwen weg war, gefällt mir auch nicht. Was hat sich da abgespielt? Diesen Blödsinn von wegen ›Ich hab mich über meinen zukünftigen Ex aufgeregt‹ kauf ich denen nicht ab. Es gefällt mir nicht, dass Gwens kleine Schwester mit Archies Klamotten im Krankenhaus aufgekreuzt ist und ihn aus dem Krankenhaus geholt hat. Ich werde diesen Dingen nachgehen und mir die Kleine mal vorknöpfen.«

»Die nur darauf gewartet hat, sich den hübschen Ehemann zu krallen, wenn die große Schwester erst mal von der Bildfläche verschwunden ist.«

»Zum Beispiel.«

»Durchaus möglich. Okay.«

»Ich finde, wir sollten ihn im Auge behalten. Und zwar ganz genau. Und ihn beschatten. Vielleicht nicht rund um die Uhr, aber regelmäßig – sehen, wohin er geht, mit wem er redet. Ich glaube nicht, dass er mit einer Kugel im Kopf sehr weit kommt. Aber er könnte uns an interessante Orte führen.«

»Die werden von uns verlangen, dass wir ihn verhaften, Paul.«

»Dann werden wir ihnen eben die Wahrheit sagen. Nämlich dass wir noch nicht so weit sind und dass wir ihn erst verhaften, wenn wir unserer Sache sicher sind.«

»Gut. Einverstanden. Das ist klar und unmissverständlich, so machen wir es. Danke, Paul.«

»Ich traue ihm nicht, und ich komme allmählich zu der Überzeugung, dass er es getan hat. Er hat den Selbstmord vermasselt, und jetzt improvisiert er, um seinen Hals zu retten.«

»Ich glaube nicht, dass er es getan hat. Aber das heißt nicht unbedingt, dass ich ihm traue.«

Sie lächelte und Zamorra lächelte auch.

»Wir sind doch wirklich zwei gesunde, optimistische, vertrauensvolle Menschen, nicht wahr?«, sagte sie.

»Ganz genau.«

»Glaubst du wirklich, er hat sie erschossen?«

»Irgendwas hat er jedenfalls auf dem Kerbholz.«

An ihrem Schreibtisch auf dem Revier stellte Rayborn eine Liste von Firmen aus dem County zusammen, die Limousinen vermieteten, angefangen bei denen in Newport Beach. Sie hatte nur Zeit für drei Anrufe, aber jedes Mal bekam sie dieselbe Auskunft. Weder bei Executive Plus noch bei Air Glide noch bei Limo-Dream gab es einen auffallend großen Fahrer mit Vollbart. Tut uns furchtbar Leid, dass wir Ihnen nicht weiterhelfen können, *Sergeant*.

Der Mann, den sie bei Limo-Dream an der Strippe hatte, fragte nach ihrer Dienstnummer. Sie gab sie ihm und schrieb sich in ihrem blauen Notizbuch eine Bemerkung über seine Neugier auf.

# Siebzehn

Eine Minute später saß Merci in einem der Konferenzsäle des Polizeipräsidiums und sah zu, wie eine eindrucksvolle blaue Welle sich auf einem weißen Sandstrand brach. Dann noch eine. Zamorra stellte die Lautstärke am Fernsehgerät ein und setzte sich ihr gegenüber an den Tisch. Er schob den Karton mit den Unterlagen, die er aus Wildcrafts Haus mitgenommen hatte, zur Seite, damit er Platz hatte, sich Notizen zu machen.

Über den sich brechenden Wellen erschien der Titel des Films – *MiraVen und die Behandlung bösartiger Blastome.* Produziert von OrganiVen Biomedical Research Partnership und der Medizinischen Fakultät der University of California, San Diego.

Eine sachlich klingende, männliche Stimme verkündete vor dem Hintergrund des Wellenrauschens:

»Seit der Mensch die Erde bevölkert, wird er vom Krebs begleitet. Krebs ist eine organische Funktionsstörung, die nicht nur Menschen befällt, sondern praktisch alle höheren Wirbeltiere und selbst manche Pflanzen. Eine Krebszelle ist eine Zelle, bei der die normalen durch die DNA gesteuerten Programmabläufe gestört sind, die metastasiert und sich ohne Kontrolle im Wirtsorganismus reproduziert. Eine solche Reproduktion kann den Wirt, in den die Zelle eingeschleust worden ist, töten.«

Statt der ästhetischen Wellen waren jetzt auf dem Bildschirm geöffnete Körper zu sehen mit Tumoren in unterschiedlichen Größen und an unterschiedlichen Stellen. Merci lief ein kalter Schauer über den Rücken. Operationsszenen und Obduktionen gingen ihr mehr unter die Haut als Tatorte, was wohl mit der langsamen Präzision von Ersteren im Vergleich zu der explosiven Energie von Letzteren zu tun hatte.

»Bei der Behandlung von Krebs werden immer ausgefeiltere Methoden entwickelt. Aber bis heute gibt es kein Mittel und auch keine Kombination von Mitteln, womit die tödlichen Tumore erfolgreich bekämpft werden können. Das grundsätzliche Problem aller bisherigen Behandlungsmethoden ist die gleichzeitige Zerstörung von gesundem Gewebe, während der Tumor chirurgisch oder per Laser entfernt, mit Bestrahlung oder Chemotherapie bombardiert, überhitzt oder unterkühlt wird.

Aber jetzt tritt *MiraVen* auf den Plan. Die Behandlungsmethode, die von OrganiVen Biomedical Research Partnership entwickelt wurde, ist so effektiv, dass Dr. Stephen Monford von der University of California, San Diego, sie begeistert als Wunder bezeichnet.«

Statt einer von Tumoren zerfressenen Lunge war jetzt auf dem Bildschirm ein weißhaariger Mann in einem weißen Kittel zu sehen, der hinter einem glänzenden, hölzernen Schreibtisch saß. An der Wand hinter ihm sah Merci lauter gerahmte Auszeichnungen. Er war etwa Mitte sechzig, schlank und mit Sommersprossen übersät; er hatte schöne, blaue Augen und trug eine randlose Brille.

»In meinem Beruf benutzt man das Wort *Wunder* normalerweise nicht«, sagte Dr. Monford. Seine Stimme klang leise und warm. »Aber das hat sich jetzt geändert. Ich habe gesehen, was MiraVen bewirkt, und es gibt kein besseres Wort, um seine Wirkung zu beschreiben. Zwei Schritte waren notwendig, um diese Therapie zu entwickeln. Der erste kopiert einfach das simple Genie der Natur: MiraVen tut *genau* das, was die Natur vorgesehen hat – es zerstört Zellen. Den zweiten Schritt unternahm das biomedizinische Forschungsteam von OrgaVen, das eine Möglichkeit entdeckt hat, zu verhindern, dass gesundes Gewebe vernichtet wird. Das Ergebnis ist … nun, ein Wunder. Ich könnte mich stundenlang über die medizinischen Aspekte von MiraVen auslassen und darüber, was die Firma OrganiVen Biomedical für die Zukunft der Krebstherapie bedeutet. Aber sehen Sie sich lieber mit eigenen Augen an, was MiraVen bewirken kann.«

Dr. Monford verschwand vom Bildschirm, und an seiner Stelle kam eine Kobra ins Bild, die sich mit erhobenem Kopf und ausgebreiteten Halsrippen graziös im Einklang mit einem Mann mit Turban bewegte, der vor ihr kniete und auf der Flöte spielte.

Die erste männliche Stimme war wieder zu hören, streng und sachlich im Ton.

»Die Schlange. Der Lindwurm. Geheimnisvoll und Angst einflößend. Manche Urvölker hielten die Schlange für den Satan. Andere verehrten sie als göttliches Wesen. Aber alle kannten die Wirkung des Schlangengifts auf den Menschen. Doch erst gegen Ende des neunzehnten Jahrhunderts begann die moderne Wissenschaft zu erforschen, was sich im menschlichen Körper abspielt, wenn die Schlange ihm ihr tödliches Gift einspritzt.«

Auf dem Bildschirm erschien eine schematische Darstellung des menschlichen Nervensystems. Wie in einem Zeichentrickfilm spritzte eine Schlange einen Tropfen einer schwarzen Flüssigkeit in den Körper, woraufhin das Gift erst die Rückenmarksnerven lähmte und sich in Gehirn und Herz vorarbeitete.

»Frühe biomedizinische Forschung hat ergeben, dass es

zwei Sorten von Schlangengift gibt: eine neurotoxische, die das zentrale Nervensystem angreift, und eine hemotoxische, die Blut und Gewebe angreift. Die besonders gefürchteten Schlangen Indiens – Kobras und Mambas und andere Giftschlangen – besitzen das gefährliche Nervengift, das einen Menschen innerhalb einer halben Stunde töten kann. Andere Giftschlangen der Welt – Klapperschlangen, Ottern und Vipern – besitzen ein ganz anderes Gift, *das direkt auf das Blut und das Gewebe des Opfers einwirkt.*«

Auf dem Bildschirm erschien eine stark vereinfachte, schematische Darstellung von Blut: rote Blutkörperchen, weiße Blutkörperchen, Blutplättchen. Eine Zeichentrickschlange injizierte einen kleinen Tropfen schwarze Flüssigkeit in das Blut, woraufhin die Zellen nach und nach verschrumpelten und sich auflösten.

Die Stimme der Wahrheit und Vernunft fuhr fort:

»In der Natur kann ein Biss von einer dieser Schlangen zu einem langsamen, qualvollen Tod führen. Aber in den Forschungslabors von OrganiVen unter der Leitung der medizinischen Fakultät der University of California, San Diego, begannen Wissenschaftler, nach einer Möglichkeit zu forschen, dieses tödliche Gift *in einen Zerstörer zu verwandeln, der Krebszellen vernichtet, gesunde Zellen jedoch verschont.* Nach jahrelanger Forschungsarbeit ging ihr Traum in Erfüllung, sie entwickelten einen Wirkstoff, mit dem die meisten Formen der tödlichsten und gefürchtetsten Krankheit der Menschheit geheilt werden können.«

Als Nächstes waren innere Organe zu sehen, aber die Kamera war so dicht am Geschehen, dass Merci nicht erkennen konnte, ob es sich um einen Menschen oder eine Laborratte handelte.

»Ich wünschte, dieser aufgeblasene Arsch würde uns sagen, was wir da sehen sollen«, sagte sie.

»Die Erläuterungen zur Bildmodalität durch das Vorführteam von OrganiVen stehen noch aus«, bemerkte Zamorra sarkastisch.

Dann begann Mr Arsch wieder zu schwadronieren:

»*Das Neuroblastom oder der Herztumor ist bei konventioneller Behandlung fast immer tödlich.* Aber beobachten Sie, was passiert, wenn die Forscher der University of California in das Neuroblastom eines Hundes MiraVen injizieren.«

Merci sah genau hin. Die Kamera fuhr noch näher an das Objekt heran. Eine behandschuhte Hand, eine Spritze, eine silberne Nadel, die in das schwarze Tumorgewebe eines schlagenden Hundeherzens drang.

»Wenn ich so was sehe, wird mir immer ganz anders«, sagte Merci.

»Mach die Augen zu, ich erzähle dir, was passiert.«

»Ich halt's schon aus.«

Merci holte tief Luft. Die Nadel glitt aus dem Tumor heraus und die Hand verschwand. Das Hundeherz schlug unbeirrt weiter und der schwarze Tumor an der Seite wackelte im Rhythmus mit.

Dann wieder die Stimme der Wahrheit:

»Während wir Ihnen den Verlauf der Entwicklung im Zeitraffer zeigen, können Sie auf der Bildschirmuhr die Echtzeit verfolgen. Was Sie in der nächsten Minute sehen werden, hat in Wirklichkeit siebenundfünfzig Minuten gedauert, also *weniger als eine Stunde.*«

In der oberen rechten Ecke des Bildschirms erschien ein Digitalzeitmesser, auf dem die Echtzeit angegeben wurde.

Sie sah den schwarzen Tumor bei jedem Herzschlag wackeln.

Sie sah, wie er sich dunkelgrau färbte.

Sie sah, wie er sich aschgrau färbte.

Sie sah, wie er seine Festigkeit verlor und aufhörte, sich im Rhythmus des Herzschlags zu bewegen.

Sie sah, wie er auseinander brach. Wie die einzelnen Teile in kleinere und noch kleinere Teile zerfielen.

Wie ein Muffin, den man in Wasser tunkt, dachte sie.

Die behandschuhte Hand erschien wieder, diesmal demonstrativ beherzt. Mit einer Art Pipette saugte die Hand die weichen Tumorteile von dem Hundeherzen weg.

Die Uhr auf dem Bildschirm hielt bei siebenundfünfzig Minuten und vier Sekunden an. Dann wieder die Stimme:

»Und das ist das Herz desselben Hundes, ein halbes Jahr später.«

Merci betrachtete das anscheinend gesunde, unermüdlich schlagende Organ. Es schien weder vernarbt noch verfärbt noch in irgendeiner Weise beschädigt zu sein.

Das letzte Bild zeigte einen schwarzen Cockerspaniel, der auf einem grünen Rasen hinter einem roten Ball hersprang.

»Und das soll ich glauben?«, fragte Merci.

»Die Leute von Sistel Laboratories haben es offenbar geglaubt«, sagte Zamorra. »Sie haben OrganiVen für insgesamt vierhundert Millionen Dollar aufgekauft. Die hatten garantiert ganze Heerscharen von Ärzten, Anwälten und Investoren, die sich dieses Video ganz genau angesehen haben. Und alles andere.«

»Das heißt also, die haben tatsächlich ein Krebsheilmittel entwickelt?«

»Irgendwas haben sie jedenfalls entwickelt. Deswegen haben die Wildcrafts mit zwanzigtausend zwei Millionen Dollar verdient. Deswegen hat Sistel den ganzen Laden aufgekauft. Alle waren glücklich: die junge Firma, die Investoren, wie zum Beispiel Archie und Gwen, und der Pharma-Riese.«

Merci verschränkte die Arme, lehnte sich zurück und schaute auf den leeren Bildschirm. Sie war nicht der Typ, der solche fantastischen Neuigkeiten einfach so glaubte. Fantastische Neuigkeiten passten nicht zu der realen Welt, in der sie seit siebenunddreißig Jahren lebte.

»In diesem Karton habe ich ein paar interessante Sachen gefunden«, sagte Zamorra. »Schreibpapier mit dem Briefkopf von

OrganiVen und Briefumschläge mit dem Logo von OrganiVen – gutes, schweres Papier mit Absenderangabe in Thermaldruck. Danksagungskärtchen von OrganiVen mit passenden Umschlägen. Eine lange Liste mit Namen und Adressen, auf einem Laserdrucker ausgedruckt – einige mit Bleistift durchgestrichen. Kopien von Zeitungs- und Zeitschriftenartikeln über dieses Heilgift. Newsletters von OrganiVen. Kopien des Wirtschaftsplans von OrganiVen und Biografien der Gründer und der bei der Firma angestellten Ärzte. Vier Videos, wie wir sie soeben gesehen haben. Zumindest haben sie denselben Titel.«

»Wozu brauchten die Wildcrafts das alles?«

»Es gibt zwei Möglichkeiten«, sagte Zamorra. »Entweder haben sie versucht, für die Firma Investoren zu werben. Das würde erklären, warum sie diese Videos hatten.«

Merci nickte. »Oder sie hatten das Gefühl, dass irgendwas nicht stimmte – vielleicht haben sie befürchtet, dass sich ihre 20 000-Dollar-Investition in Wohlgefallen auflösen könnte. Dieses ganze Zeug sollte als Beweismittel dienen, falls sich herausstellte, dass OrganiVen nicht hielt, was es versprach. Oder falls Archie und Gwen zu diesem Schluss kommen sollten.«

»Genau«, sagte Zamorra. »Wir sollten uns mal mit diesem Doktor Monford von der UCSD unterhalten. Und mindestens mit einem der Gründer von OrganiVen. Sie stehen auf der Liste der hier aufgeführten Biografien.«

Zamorra nahm ein paar Papiere aus dem Karton. »Hier«, sagte er. »Wyatt Wright, Cody Carlson, Sean Moss.«

Merci überlegte. »Wyatt, Cody und Sean. Klingt wie eine Liste von Tims Freunden vom Spielplatz.«

»Ich übernehme Monford und Wright. Du kümmerst dich um Cody und Sean. Ich rufe bei der Überwachungsbehörde für das Börsenwesen an, vielleicht können die mir ja ein bisschen was erzählen.«

»Sistel war am Freitag an der Börse noch stabil notiert,

Paul – die Aktien waren, glaube ich, um anderthalb Dollar gestiegen. Ich hab nachgesehen.«

»Ich auch.«

»Wenn die tatsächlich ein Heilmittel für Krebs entwickelt haben, könnte ich vielleicht auf die Idee kommen, mir auch ein paar von ihren Aktien zu kaufen.«

»Nein, du hättest dir Aktien von OrganiVen Biomedical Research Partnership kaufen müssen, *bevor* die Firma von Sistel aufgekauft wurde.«

»Und wie viel haben die gekostet?«

»Einen Vierteldollar das Stück. Das steht hier im Wirtschaftsplan. Archie und Gwen haben achtzigtausend dieser Aktien gekauft.«

Merci rechnete aus, wie hoch der Gewinn pro Aktie gewesen war. Da ihr Notizblock zu klein war, benutzte sie einen Bogen des OrganiVen-Briefpapiers. Sie dividierte auf die altmodische Art, zählte die Nullen mit der Kugelschreiberspitze, um sich nicht zu verrechnen.

»Die Aktien waren fünfundzwanzig Cent wert, als sie sie gekauft haben, und fünfundzwanzig Dollar, als sie sie abgestoßen haben.«

Während sie die Zahlen betrachtete, versuchte sie, sich zwei Millionen in Sachwerten vorzustellen: ein großes Haus, teure Autos, Geschenke für Freunde und Verwandte.

»Wir müssen uns mit dem Ehemann der kleinen Schwester unterhalten«, sagte Merci. »Charles Brock. Er hat das Aktiengeschäft für die beiden arrangiert. Richtig?«

»Nein, falsch«, sagte Charles Brock von der Firma Ritter-Dunne-Davis Financial.

Er hatte darauf bestanden, sich außerhalb seines klimatisierten Büros mit ihnen zu treffen. Er hatte ihnen erklärt, er sei sehr in Eile und habe höchstens fünf Minuten Zeit. Und so standen sie nun im schwülen Schatten eines Magnolienstrauchs in Downtown Riverside, zwei Blocks entfernt vom RDD-Gebäude.

»Die beiden waren es, die *mich* darauf aufmerksam gemacht haben.«

»Erklären Sie uns das bitte«, sagte Merci. Charles Brock war ein stämmiger Mann mit braunen Haaren und er trug einen marineblauen, zweireihigen Anzug. Trotz der Hitze behielt er sein Jackett an. Merci fand, dass er für einen Mann, der das Geld anderer Leute betreute, zu viel Gel im Haar hatte. Ihr fiel der schmale weiße Streifen an seinem Ringfinger auf, an der Stelle, wo er einmal einen Ring getragen hatte. Er schwitzte in der Augusthitze, aber Merci vermutete, dass er auch ohne Augusthitze geschwitzt hätte. Seine Augen huschten nervös hin und her und nach einer Weile setzte er eine Sonnenbrille auf.

»Irgendwann Anfang vergangenen Jahres waren Priscilla und ich mit Gwen zum Mittagessen verabredet«, sagte Brock. Er sprach ganz ruhig, schob seine Hände in die Jacketttaschen und reckte sein Kinn vor. »Gwen erzählte uns, sie hätte von dieser neuen Firma OrganiVen gehört, ein biomedizinischer Betrieb unten in San Diego. Ich habe mir den Wirtschaftsplan, die Geschäftsaussichten, den Börsenprospekt und die Lebensläufe der Gründer angesehen, um mich davon zu überzeugen, dass alles mit rechten Dingen zuging. Ich meine, heutzutage kann doch jede Klitsche Aktien auf den Markt werfen. Aber OrganiVen kam mir ziemlich solide vor, also habe ich ihnen gesagt, wenn sie bereit wären, ein großes Risiko einzugehen, sollten sie ihr Geld ruhig investieren.«

»Sie haben ihnen also nicht ausdrücklich dazu geraten?«

»Eigentlich nicht. Ich hatte nicht das Gefühl, dass OrganiVen das Richtige für sie war. Ich bin immer dafür, Geld sicher anzulegen. Ich bevorzuge Wertpapiere und solche verkaufe ich hauptsächlich. Wenn ich mit Leuten zu tun habe, die darauf aus sind, über Nacht reich zu werden, macht mich das nervös. Vor allem, wenn sie zur Familie gehören.«

»Wie hat Gwen von OrganiVen erfahren?«

Brock zuckte die Achseln. »Von einem unserer Mitarbeiter.«

»Von welchem Ihrer Mitarbeiter?«

»Trent Gentry von der Zweigstelle in Newport. Er kannte einen der Gründer von OrganiVen von der Schule her. Wenn ich mich recht erinnere, hat Trent Wildcraft in einer Bar kennen gelernt oder so. Ja, ich glaube, so war es.«

Brock schaute sie durch seine dunkle Sonnenbrille an. Er warf einen Blick auf seine Armbanduhr und schürzte die Lippen. »Tut mir Leid, aber ich muss jetzt wirklich gehen.«

Merci versuchte einen Blick auf seine Augen zu erhaschen. »Tun Sie, was Sie tun müssen, Mr Brock. Danke, dass Sie sich fünf Minuten Zeit genommen haben, um uns dabei zu helfen, den Mörder Ihrer Schwägerin zu finden.«

»Keine Ursache.«

»Haben Sie Gwen gut gekannt, Mr Brock?«

»Eigentlich nicht. Ich habe sie erst vor drei Jahren kennen gelernt. Und in der Zeit habe ich sie nicht sehr oft gesehen.«

»Wahrscheinlich waren Sie zu ihrer Geburtstagsparty an dem Abend, bevor sie ermordet wurde, nicht eingeladen.«

»Nein, nur Priscilla.«

»Mr Brock«, sagte Merci, »gerade fällt mir noch etwas ein. Haben Sie selbst auch Aktien von OrganiVen gekauft?«

Brock holte tief Luft. »Ja. Ich habe zwanzigtausend Aktien für fünftausend Dollar gekauft.«

»Sie haben also auch einen satten Gewinn gemacht, als Sistel die Firma aufgekauft hat?«

»Ja, das ist richtig.«

»Mr Brock, hatten Sie je Grund zu der Annahme, dass OrganiVen oder die Leute, die die Firma leiteten, nicht vertrauenswürdig waren?«

»Nein, überhaupt nicht.«

»Kennen Sie einen der Firmengründer?«

»Nein.«

»Wussten Archie und Gwen, dass Sie auch Aktien der Firma gekauft haben?«, fragte Zamorra.

»Nein.«

»Und Priscilla?«

»Selbstverständlich.«

»Sie hat es *später* erfahren«, sagte Zamorra.

»Ganz genau.«

»Weil Sie und Ihre Frau sich zerstritten hatten«, fuhr Zamorra fort.

»Richtig. Mehr werde ich zu dem Thema nicht sagen.«

»Nochmals vielen Dank für Ihre Hilfe. Wir werden Ihnen jedoch noch weitere Fragen stellen müssen.«

»Geht das auch telefonisch? Ich kann keinen Bürotratsch gebrauchen. Ihrem Kollegen macht es nichts aus, sich am Telefon mit mir zu unterhalten.«

Merci brauchte einen Augenblick, um zu begreifen.

»Al Madden.«

»Ja«, sagte Brock.

»Telefonieren ist in Ordnung, nur nicht für alle Gespräche geeignet«, sagte Zamorra.

»Wie Sie wollen.« Brock nickte zum Gruß, ohne ihnen die Hand zu reichen, dann eilte er davon in Richtung RDD-Gebäude, immer auf der schattigen Straßenseite.

»Der ist ja richtig niedergeschmettert über den Mord an seiner Schwägerin«, bemerkte Zamorra.

»So niedergeschmettert, dass er nicht mal neugierig ist, wer sie ermordet haben könnte. Und so niedergeschmettert über den Streit mit Priscilla, dass er heimlich Investitionen tätigt, die er vor dem Scheidungsanwalt geheim halten kann. Seinen Ehering trägt er ja schon nicht mehr.«

Merci sah, wie Charlie Brock an der Market Street um die Ecke bog. »Er hat ordentlich geschwitzt, Paul.«

»Und zwar nicht allein wegen der Hitze.«

»Nein, das Thermometer an der Bank zeigt nur vierzig Grad an.«

Auf dem Weg zurück zu ihrem Wagen hielten sie sich auf der Schattenseite der Straße. Merci spürte den heißen Asphalt durch ihre Schuhsohlen.

»Sollen wir uns mal mit Dr. Stebbins über Archies Gehirn unterhalten?«, fragte Merci.

»Ja. Wenn man schon von uns erwartet, dass wir ihn verhaften, sollten wir wenigstens wissen, wie sein Gehirn funktioniert. Oder das, was davon übrig ist.«

Zamorra übernahm das Steuer. Auf dem Freeway war der Verkehr zum Stillstand gekommen, also bog er auf die mautpflichtige Spur ein. Während Zamorra mit hundertdreißig dahinraste, starrte Merci auf die chromblitzenden Türgriffe der im Stau stehenden Autos. Sie hielt Brock für unglaubwürdig, während sie glaubte, dass Archie Wildcraft versuchte, die Wahrheit zu sagen. Sie musste daran denken, wie er den »riesigen« Kopf des Mannes beschrieben hatte, der sich mit Gwen getroffen hatte.

»Paul, Wildcraft ist der Meinung, dass dieses Treffen, das seine Frau mit den beiden Männern hatte, etwas mit Organi-Ven zu tun hatte. Er hat von einem blonden Geschäftsmann gesprochen und von dem großen Mann in einem Wagen mit Mietlimousinenkennzeichen. Archie meinte, der Große könnte ein Chauffeur gewesen sein. Aber ein Chauffeur nimmt nicht an einer Besprechung teil. Also, nehmen wir mal an, dass diese beiden Männer etwas mit OrganiVen zu tun hatten. Es wäre ja durchaus möglich, dass sie zu der Firma gehörten, oder? Und wenn dem so ist, dann müssten doch noch eine Menge andere Leute wissen, wer sie sind.«

»Es ist einen Versuch wert.«

Sie schlug Wyatt Wrights Nummer in ihrem Notizbuch nach, wählte sie und bekam eine andere Nummer mitgeteilt.

Unter dieser zweiten Nummer meldete sich eine Sekretärin: »BioLucid, das Büro von Mr Wright.« Als Merci sich als Polizistin zu erkennen gab, stellte die Sekretärin ihren Anruf durch.

Wright klang wie ein junger Mann, dem es gar nicht gefiel, dass eine Polizistin bei ihm anrief. Er erklärte, OrganiVen, die Firma, bei der er bis vor kurzem gearbeitet hatte, habe nie einen Limousinenservice benutzt. Damals hätte die Firma sich sogar Geld leihen müssen, um die *Miete* zu bezahlen, sagte er, ein Umstand, der ihn mit Stolz zu erfüllen schien.

»Haben Sie je geschäftlich mit einem hünenhaften, vollbärtigen Mann zu tun gehabt?«

»Nein, nie.«

»Oder mit einem blonden Mann, etwa Mitte vierzig, wahrscheinlich Ausländer, sieht aus wie ein … na ja, wie ein Geschäftsmann.«

»Nein. Ich war ausschließlich in der Forschungsabteilung tätig. Ich hatte nur mit den anderen Wissenschaftlern zu tun, mit niemand sonst. Das gehörte zu den Bedingungen meines Arbeitsvertrags.«

»Gehörten ein hünenhafter Mann mit Vollbart und ein blonder Mann von Mitte vierzig zu den Angestellten der Firma? Egal ob Sie mit einem von ihnen zu tun hatten oder nicht.«

»Nicht dass ich wüsste. Ich habe mehr oder weniger die ganze Zeit in Reagenzgläser geschaut.«

»Danke.«

Klick.

»Traue keinem Geschäftsmann unter dreißig«, murmelte Merci.

Als Nächstes versuchte sie es bei Cody Carlson, einem der Mitbegründer von OrganiVen, aber seine Sekretärin erklärte ihr, Dr. Carlson weile zurzeit im Ausland und sei nicht erreichbar.

Von dem Mitbegründer Sean Moss hatte sie keine Büronummer, also rief sie ihn zu Hause an, geriet jedoch nur an einen Anrufbeantworter.

Sie versuchte es bei Dr. Stephen Monford – dem Mann von dem Werbevideo von OrganiVen –, nur um zu erfahren, dass er ein Sabattjahr genommen hatte und sich derzeit in Norwegen aufhielt.

Sie lehnte sich zurück und dachte über den Hünen und den Blonden nach, die vielleicht beide etwas mit OrganiVen zu tun hatten, vielleicht aber auch nicht, die sich mit einer nervösen Gwen Wildcraft getroffen hatten, wobei sie von Archie beobachtet wurden. Eine neue schwarze Limousine mit Mietkennzeichen. Der Hüne könnte der Chauffeur gewesen sein oder auch nicht. Sie konnte sich keinen Reim auf all das machen, hatte nichts in der Hand, womit sie etwas anfangen konnte. Das Ganze wirkte verschwommen und traumartig, genauso, wie es Wildcraft vorkommen musste. Aber es lag Merci nicht, Dinge auf sich beruhen zu lassen. Zamorra hatte sie einmal mit dem Gila-Monster verglichen, das seine Beute um keinen Preis losließ.

»Wenn der Hüne und der Blonde etwas mit OrganiVen zu tun hatten, aber nicht zu den Gründern gehören, könnten wir vielleicht etwas über die beiden erfahren, wenn wir uns Unterlagen ansehen, die sie eingereicht haben, um die Firma anzumelden«, sagte sie.

»In Ordnung.«

»Aber wir haben ja auch noch die Stretch-Limo, ich werde also noch ein bisschen auf Kosten des Departments telefonieren.«

Merci rief bei acht Autovermietungen in der Gegend von Newport Beach an, die Luxuslimousinen vermieteten. Wieder erkundigte sie sich nach einem hünenhaften Fahrer. Und ob die Firmen einen Kunden namens OrganiVen hätten. Die Anrufe würden einen großen Posten auf der Handy-Rechnung des Departments ausmachen, aber Merci hatte noch nie angenommen, dass man Verbrecher mit Sparprogrammen fangen konnte.

Keine der Firmen hatte je einen hünenhaften, vollbärtigen Mann mit Brille als Chauffeur beschäftigt. Keine hatte je mit einem regelmäßigen Kunden namens OrganiVen zu tun gehabt.

Nachdem sie zu Ende telefoniert hatte, fragte sie sich, wie viel die neun Gespräche wohl gekostet hatten, Telefonate, durch die sie nichts in Erfahrung gebracht hatte, außer dass Wyatt Wright ein Klugscheißer war und dass die Firma Red Carpet Limo ein Sommersonderangebot hatte, bei dem man die erste Stunde kostenlos bekam, wenn man eine Stretch-Limo für mindestens drei Stunden mietete.

# Achtzehn

Dr. John Stebbins empfing sie in einem kleinen Büro in einem alten Gebäude hinter dem UCI Medical Center. In einer Ecke rackerte sich ein Standventilator tapfer ab, konnte jedoch gegen die Hitze nichts ausrichten. Vom Korridor her waren Stimmen zu hören und Schritte auf dem Parkettboden.

Stebbins trug einen weißen Arztkittel wie beim letzten Mal, als Merci ihm begegnet war, wirkte jedoch wesentlich entspannter.

»Verzeihen Sie bitte, dass ich neulich so gereizt war«, sagte er. »Ich … Wenn man in meinem Beruf einen schlechten Tag hat, dann, äh …«

»… sterben Menschen«, sagte Merci.

»Ja. Danke. Wahrscheinlich geht es Ihnen ähnlich.«

»Ich habe in letzter Zeit niemanden gesund gemacht«, sagte Merci. »Und es tut uns Leid, dass Deputy Wildcraft das Krankenhaus auf eigene Verantwortung verlassen hat. Er hat sich nicht mit uns abgesprochen, und wir können ihn auch weder hier noch sonst wo länger als achtundvierzig Stunden festhalten, es sei denn, wir verhaften ihn.«

»Ich mache mir große Sorgen um ihn. Das Ödem könnte zunehmen. Eine Infektion ist nicht ausgeschlossen. Falls ein Blutgefäß im Gehirn platzt, wäre das dadurch entstehende

Hämatom tödlich. Und abgesehen von der Verletzung, die er davongetragen hat, bin ich mir nicht sicher, ob er in der Lage ist, für sich selbst zu sorgen. Ob er sich erinnert, wie man für sich selbst sorgt.«

»Tja, da bin ich mir auch nicht so sicher.«

»Haben Sie ihn getroffen?«

»Vor drei Stunden. Er wirkte ein bisschen geistig retardiert. Er sagte, er sei müde, könne nicht immer klar denken. Aber er meinte, er wolle heute Nachmittag wieder ins Krankenhaus zurückgehen.«

»Bisher ist er nicht hier aufgetaucht.«

»Was spielt sich in seinem Gehirn ab, Dr. Stebbins?«

Stebbins schüttelte seufzend den Kopf und schob sich ein Stückchen von seinem mit Papieren übersäten Schreibtisch zurück. Der Ventilator drehte sich gerade in seine Richtung und die Ecken der Papiere hoben sich wie Zuschauer bei einem spannenden Baseballspiel.

»Es ist am einfachsten, wenn ich es Ihnen zeige«, sagte Stebbins und erhob sich.

An der Wand hinter dem Schreibtisch befand sich ein Röntgenbildschirm, den er einschaltete. Archie Wildcrafts Röntgenaufnahmen hingen bereits dort. Dr. Stebbins lenkte einen roten Laserpfeil auf die Außenseite des Schädels.

Merci war verblüfft über das dunkle Chaos, das die Kugel in Archies Gehirn angerichtet hatte. Rechts oben begann ein wie eine Windhose geformter Schatten, dessen schlauchartiges Ende fast bis an die Schädelbasis reichte. Um die Windhose herum war ein hellgrauer Rand zu sehen.

»Das hier ist Archies rechte Gehirnhälfte. Die Kugel ist hier in den Schädel eingetreten und hat das dunkle Hämatom verursacht, das Sie sehen. Hier erkennen Sie die Fraktur des Knochens und die Art der Blutung aus den die Pia Mater versorgenden Blutgefäßen. Es ist schwer zu sagen, ob der Schusskanal durch den Schädelknochen verändert wurde oder ob die

Kugel aus einem entsprechenden Winkel abgefeuert wurde, aber sie können erkennen, dass sie von oben nach unten eingedrungen ist und sich bis an das Foramen Magnum vorgearbeitet hat, die untere Öffnung des Schädels, wo das Rückenmark eintritt. Sie hat die Galenschen Venen verfehlt, die in dem großen triangulären Flügel der Pia Mater liegen, der auch als Velum interpositum bezeichnet wird. Sie hat die Hirnnerven verfehlt – den Vagus, den Sehnerv, den Trigeminus etc. Sie hat auch die Capsula interna verfehlt, die die motorischen Funktionen steuert.«

Dr. Stebbins betrachtete stirnrunzelnd das Röntgenbild. Dann schaute er Merci und Zamorra an. »Leider hat sie die rechte Amygdala nicht verfehlt. Den größten Teil der Kugel sehen Sie hier, etwa fünf Zentimeter vom Ohr entfernt.«

»Welche Aufgabe hat die Amygdala?«, fragte Merci.

»Beim Mann steuert die rechte Amygdala die mit der Erinnerung verbundenen Gefühle, also nicht die Erinnerung selbst. Bei Frauen ist es die linke.«

»Seine Erinnerungen sind also nicht mehr mit Gefühlen verbunden?«

»Seine jüngsten Erinnerungen. Und die Erinnerungen, die er zurzeit – in jedem Moment des Wachzustands – aufzubauen versucht, während dieser Kugelsplitter in der Amygdala steckt. Auch sein Langzeitgedächtnis wird mit der Zeit den emotionalen Inhalt verlieren. Die länger zurückliegenden Erinnerungen werden in einem anderen Teil des Gehirns gespeichert, aber wenn die Bindeglieder, die vergangene und gegenwärtige Gefühle miteinander in Zusammenhang bringen, zerstört sind, wird Wiedererkennung unmöglich.«

»Und was bedeutet das?«, wollte Merci wissen.

»Seine jüngsten Erinnerungen sind fragmentarisch und unvollständig und er kann kaum Gefühle damit verbinden. Sein Langzeitgedächtnis wird, was die Deutlichkeit und den emotionalen Inhalt betrifft, schwächer werden.«

Stebbins schaltete das Laserzeigegerät aus.

»Wenn er also nicht in der Lage ist, mit dem, was er erlebt, Gefühle zu verbinden, dann wird er nicht wissen, was diese Erlebnisse für ihn bedeuten«, sagte Zamorra.

»Richtig.«

»Wie ein Zombie?«, fragte Merci.

Stebbins lächelte.

Rayborn erwiderte das Lächeln und hob die Brauen. »Hören Sie, ich bin Polizistin, kein Gehirnchirurg.«

»Ihre Beschreibung ist durchaus zutreffend, nur Ihre Ausdrucksweise hat mich amüsiert. Aber um Ihre Frage zu beantworten: Er hat keinen Zugang mehr zu den emotionalen Komponenten seiner jüngsten Vergangenheit. Er wird auch verwirrt sein, denn die emotionale Bedeutung unserer Erinnerungen ist das, was uns sagt, was falsch und richtig, was gut und schlecht ist. Was bedrohlich und was liebevoll ist. Gefährlich oder gutartig.«

»Er besitzt also kein emotionales Ruder mehr«, sagte Merci.

»Er besitzt kein emotionales Ruder, was seine *jüngste* Vergangenheit betrifft«, sagte Stebbins, während er noch einmal mit dem Laserpfeil auf die Amygdala in dem Röntgenbild zeigte. »Er hat also nur noch Zugang zu seiner weiter zurückliegenden Vergangenheit.«

»Aber die wird auch verblassen«, konstatierte Rayborn. »Denn es gibt nichts Neues, mit dem sie in Verbindung gebracht werden kann … um sie lebendig zu halten.«

Stebbins nickte. »Natürlich ist es durchaus möglich, dass ein gewisser Heilungsprozess stattfindet. Wenn das Ödem zurückgeht und der Druck nachlässt, kann ein Teil seines Kurzzeitgedächtnisses zurückkehren. Aber ob die beschädigte Amygdala ihm je wieder angemessene Gefühle vermitteln wird, kann ich Ihnen nicht sagen.«

»Sind denn Teile seines Gehirns unwiderruflich zerstört?«, fragte Merci.

»Sie sind unwiderruflich verändert«, sagte Stebbins. »Er kann von Glück reden, dass er noch lebt.«

Merci betrachtete den Schusskanal, fragte sich, warum die Kugel von oben nach unten in Wildcrafts Gehirn eingedrungen war anstatt von der Seite. Sie überlegte, wie groß Größe Sechzehn sein mochte, und dachte über das Licht nach, von dem Archie gesprochen hatte, das nach seiner Aussage von oben gekommen war.

»Jetzt wissen wir also, was mit der Amygdala ist«, sagte Merci. »Welche anderen körperlichen Schäden hat er denn davongetragen?«

»Ohne zusätzliche Untersuchungen und ohne längerfristige Beobachtung des Patienten kann ich Ihnen dazu nichts sagen. Die Schwellung hier neben dem Sehnerv könnte es ihm erschweren, deutlich und tiefenscharf zu sehen. Möglicherweise sieht er Farben blasser oder verzerrt oder extrem grell. Krampfanfälle sind möglich, meistens kleine fokale Anfälle, aber auch generalisierte Konvulsionen. Krämpfe werden durch Druck ausgelöst und Druck wird durch Schwellungen verursacht. Der Schädel bietet wenig Platz. Außerdem besteht die Möglichkeit, dass er heftigen Schmerz oder leichte Berührungen nicht so deutlich und schnell wie zuvor spürt, da ein Splitter gegen den Thalamus drückt.«

»Er scheint vieles, was sich in jener Nacht ereignet hat, vergessen zu haben«, sagte Zamorra. »Nicht nur die Gefühle, sondern ganze … Szenen, ganze Ausschnitte.«

»Das nennt man traumatische Amnesie, das ist normal. Selbst eine leichte Gehirnerschütterung kann dazu führen, dass der Patient keine Erinnerung an die Verletzung hat. Aber in seinem Fall ist sicherlich retrograde Amnesie möglich, bei der er große Teile älterer Erinnerungen verliert. Man müsste ihn lange beobachten, um eine Diagnose zu stellen. Mir persönlich würde sehr daran liegen, mich ausgiebig mit ihm beschäftigen zu können.«

Er schaute sie mit einer Mischung aus Enttäuschung und Vorwurf an. »Außerdem gibt es noch den komplizierten Bereich der psychogenen Gedächtnisstörung.«

»Psychogene Gedächtnisstörung«, wiederholte Merci.

»Ja. Das sind Störungen des Teils des Gedächtnisses, der nicht durch organische Schäden oder Krankheit beeinträchtigt ist.«

»Sondern psychisch.«

»Im Prinzip ja. Sehen Sie, Mr Wildcraft weiß, was passiert ist. Er erinnert sich an Einzelheiten. Und mit der Zeit, wenn das Ödem zurückgeht, wird er sich an mehr erinnern. Aber je mehr die Erinnerung zurückkehrt, umso größer ist die Gefahr, dass er unterschiedliche Arten hysterischer Amnesie entwickelt. Diese wird nicht durch organische Schäden ausgelöst, sondern durch psychischen Stress und Traumata. Ihre Auswirkungen sind weitreichend und unvorhersehbar.«

Merci überlegte. »Der Teil seines Gehirns, der alles vergessen hat, wird sich also allmählich wieder erinnern. Und der Teil, der sich erinnert, wird anfangen zu vergessen.«

Stebbins lächelte. »So in etwa.«

»Klingt ermüdend«, sagte sie.

»Meine Patienten, die diese Mischung aus Erinnerung und Vergessen durchmachen, erleben das als extrem strapaziös.«

Stebbins nahm an seinem Schreibtisch Platz. Merci sah, wie die Ecken der Papiere sich wieder hoben, hörte das leise Summen des Ventilators.

Sie versuchte sich vorzustellen, wie es sein mochte, wenn man sich wieder erinnerte und gleichzeitig vergaß. Wenn man *dasselbe Ereignis* zugleich erinnerte und vergaß. Wie ging das vonstatten? Man erinnerte sich daran, dass die Papiere sich hoben, aber nicht, dass ein Ventilator dafür verantwortlich war? Wie erklärte man sich so etwas?

»Dr. Stebbins«, sagte sie, »halten Sie es für möglich, dass er anfangen wird zu fantasieren?«

Stebbins setzte zu einer Antwort an, sprach sie jedoch nicht aus. Er schaute erst Merci, dann Zamorra an. »Es würde mir widerstreben, vor Gericht als Zeuge gegen einen Patienten auszusagen. Ich glaube nicht, dass ich dazu bereit wäre.«

»Bei einer gerichtlichen Anordnung würden Sie es tun.«

»So funktioniert das?«

»Ja, so funktioniert das. Aber wir haben nicht vor, das von Ihnen zu verlangen«, sagte sie. »Wir versuchen nur, diesen Mann zu verstehen. Wir glauben nicht, dass er seine Frau getötet hat, aber es gibt Leute, die davon überzeugt sind. Was Sie mir hier sagen, könnte bewirken, dass Sie nicht als Zeuge berufen werden. Und es könnte ferner bewirken, dass Archie nicht verhaftet wird.«

Stebbins seufzte leise und ordnete einige Papiere. »In der Fachsprache nennen wir das Konfabulation«, sagte er. »Erfundenes, Übertreibungen, zeitlich Versetztes. Manche Amnesiepatienten können vollkommen logische und glaubhafte Ereignisse erfinden, die nie stattgefunden haben. Manche Patienten werden, wenn man sie fragt, in allen Einzelheiten schildern, was sie am Tag zuvor getan haben – während es sich in Wirklichkeit um Dinge handelt, die sie an einem bestimmten Tag vor zwölf Jahren getan haben. Manche entwickeln ein hohes Maß an Fantasie, sodass man ihre Erzählungen leicht als erfunden erkennen kann.«

»Und was triff bei Archie zu?«

»Ich hatte leider noch keine Zeit, das herauszufinden«, erwiderte Stebbins. »Außerdem kann es sich ändern, je nachdem, wie sich das Ödem entwickelt und welchen Verlauf das psychische Trauma nimmt. Konfabulation ist unberechenbar. Im Allgemeinen kann man sagen, dass Patienten mit Schädigungen am rechten Temporallappen zu Déjà-vu-Erlebnissen neigen, was wir als eine Form von Konfabulation betrachten. Ebenso kann man sagen, dass Patienten, die sich ihrer Amnesie bewusst sind, weniger zur Konfabulation neigen. Diejenigen, die am heftigsten bestreiten, dass sie an Amnesie leiden, neigen am ehesten dazu, Dinge zu erfinden. Aber das sind nur Verallgemeinerungen, die sich nicht auf jeden Fall anwenden lassen.«

»Archie ist sich seines Gedächtnisverlustes bewusst«, sagte Zamorra. »Er scheint sich immer wieder an Einzelheiten zu erinnern, als würde er versuchen, Stücke eines Puzzles zusammenzusetzen.«

»Genau das tut er.«

»Ist das ein selektiver Prozess?«

»Er ist nicht in der Lage, die Menge und die Qualität seiner Erinnerungsschnipsel bewusst zu beeinflussen, nein. Aber Archies Erinnerungsvermögen wird durch seinen allgemeinen emotionalen Zustand gefiltert und gesteuert. Auf jeden Fall. Er hat ein tief greifendes traumatisches Erlebnis hinter sich. Es ist durchaus möglich, dass er sich an einiges, was sich in der Nacht abgespielt hat, niemals wirklich erinnern wird, während anderes ihm quälend deutlich vor Augen steht. Letztlich ist es nach wie vor schwer, eine organische von einer psychogenen Amnesie zu unterscheiden. Wenn man die Beschädigung der Amygdala mit einbezieht, wird es nahezu unmöglich, eine fundierte Prognose abzugeben.«

»Wie lange wird es denn dauern, bis er wieder gesund ist?«, fragte Merci. »Ich meine, wann wird er körperlich wieder gesund sein? Falls nichts weiter schief geht?«

Stebbins schüttelte seufzend den Kopf. »Wahrscheinlich *nie*, wenn Sie nicht dafür sorgen, dass er eine ordentliche medizinische Versorgung erhält.«

»Und wenn wir dafür sorgen?«

»Das kann ich ihnen unmöglich sagen. Tut mir Leid.«

»Zwei Wochen? Zwei Monate? Zwei Jahre?«

Stebbins schaute sie an. »Wenn er keine Infektion bekommt und wenn das Ödem durch Steroidabgabe kontrolliert ist, wird sein Erinnerungsvermögen wahrscheinlich in einem Jahr so weit wiederhergestellt sein, wie es überhaupt möglich ist. Aber Sie müssen bedenken, dass sein Gehirngewebe beschädigt ist. Ein Teil seines Gedächtnisses ist unwiederbringlich verloren. Dasselbe gilt für die psychogene Amnesie – wenn das psychische Trauma schwer genug ist, dann wird er sich an bestimmte Dinge nie erinnern.«

»Aber sie sind in seinem Gehirn vorhanden«, sagte Zamorra. »Diese Erinnerungen hat er in sich gespeichert.«

»Ja.«

»Gibt es eine Möglichkeit, sie freizulegen?«

»Hypnose.«

Merci dachte an Dr. Joan Cash und die fantastischen Ergebnisse, die sie mit Hypnose bei einem Zeugen erzielt hatte. Sie notierte sich: *J. Cash?*

»Bedenken Sie jedoch«, sagte Dr. Stebbins, »dass Hypnose bei einem Patienten wie Mr Wildcraft schädliche Auswirkungen haben kann. Sie würden Erinnerungen wachrufen, die er in seinem jetzigen Zustand emotional nicht verarbeiten kann. Sie würden seine Selbstschutzmechanismen zerstören. Es würde dem Versuch gleichkommen, die Kugel in seinem Kopf chirurgisch zu entfernen. Es wäre unklug, zerstörerisch, möglicherweise katastrophal.«

Während des darauf folgenden Schweigens lauschte Merci auf das Summen des Ventilators, auf die Schritte und Stimmen im Korridor. Sie fragte sich, wie viele schwere Entscheidungen in diesem Raum schon gefallen waren. Wie viele Menschen auf denselben Boden gestarrt und ihre Götter um Hilfe angefleht hatten.

»Nach einer Hypnosebehandlung könnten wir ihn vor Gericht nicht mehr als Zeugen aufrufen«, sagte sie. »Das verbietet das kalifornische Gesetz.«

»Nun«, meinte Stebbins, »ich sagte ja bereits, dass eine solche Behandlung unter den gegebenen Umständen auf keinen Fall ratsam wäre.«

»Können Sie die genaue Größe der Geschosssplitter in seinem Kopf bestimmen?«

»Ich kann die Größe bis auf einen Millimeter genau bestimmen, was vollkommen ausreichen würde, wenn die Kugel intakt wäre. Aber auf dem CT-Bild sind drei Fragmente zu erkennen, und wahrscheinlich gibt es noch weitere, die aber zu klein sind, als dass wir sie entdecken könnten. Wir können also unmöglich wissen, welche Dimension wir messen. Den Durchmesser? Die Länge? Eine Kombination von beidem? Das Kaliber der Kugel ist einfach nicht zu bestimmen – ich nehme an, dass Ihre Frage darauf abzielte. Nach meinem Gespräch mit Sheriff Abelera habe ich einige Messungen vorgenommen. Alles, was ich Ihnen mit einiger Sicherheit sagen kann, ist, dass das Kaliber der Kugel wahrscheinlich zwischen zweiundzwanzig und achtunddreißig liegt.«

»Selbst das können Sie nicht mit Sicherheit sagen?«

»Nein. Es ist denkbar, dass das Geschoss beim Eintritt zersplittert ist und Teile davon gar nicht eingedrungen sind. Es ist sogar möglich, dass ein Fragment den Schädel wieder verlassen hat und in einen anderen Körperteil eingedrungen ist. Bis zu dem Zeitpunkt, als Mr Wildcraft das Krankenhaus unsinnigerweise verlassen hat, hatten wir erst Aufnahmen seines Kopfes gemacht.«

»Wenn wir ihn überreden würden, wieder herzukommen, könnten Sie es dann mit einer Magnetresonanztomographie versuchen?«

»Das geht nicht wegen des Metallgehalts in dem Geschoss.«

»Und was ist mit einer Positronenemissionstomographie?«, fragte Zamorra.

»Damit kann man biochemische Abläufe im Gehirn wunderbar messen, aber nicht das Volumen eines Fremdkörpers bestimmen. Tut mir Leid.«

»Damit wäre mein medizinisches Wissen auf dem Gebiet erschöpft«, sagte Merci.

»Meins auch«, sagte Zamorra.

»Glauben Sie mir, ich würde das Kaliber der Kugel herausfinden, wenn ich könnte. Die einzige Möglichkeit wäre eine Autopsie. Wir müssten im wahrsten Sinne des Wortes die einzelnen Teile des Geschosses wieder zusammensetzen.«

Einen Augenblick lang herrschte Schweigen.

»Vielen Dank für Ihre Hilfe«, sagte Merci. »Und für Ihre Aufrichtigkeit.«

»Ich wüsste keine andere Möglichkeit, Medizin zu praktizieren.«

Dr. Stebbins hielt ihrem Blick kurz stand, dann wandte er sich ab, drehte sich mit seinem Stuhl um und betrachtete erneut das Röntgenbild von Archie Wildcraft. »Das menschliche Gehirn wiegt etwa anderthalb Kilo. Es ist klein. Man kann es in den Händen halten. Aber es ist unglaublich komplex. Je genauer man hinsieht, desto komplexer wird es. Es ist wie bei einem Teleskop, durch das man in den Nachthimmel blickt. Je mehr man sieht, umso mehr gibt es zu entdecken. Je mehr man erfährt, umso mehr gibt es zu begreifen. Es geht immer weiter, und es gibt noch so vieles, was wir nicht wissen.«

Er drehte sich wieder um und schaute Merci an. »Aber eins weiß ich mit Sicherheit, Sergeant Rayborn und Sergeant Zamorra, nämlich dass Archie Wildcraft in ärztliche Obhut gehört. Zu viel kann schief gehen. Ich rate Ihnen dringend, ihn zurück ins Krankenhaus zu bringen.«

# Neunzehn

Sie überquerten den Parkplatz des Departments. Flimmernde Hitze waberte über den Autos, in der feuchten Luft schimmerte der Himmel ockerfarben. Merci blickte zu dem Gebäude hoch – ein riesiger, unpersönlicher Betonklotz, der etwa so viel architektonisches Flair besaß wie ein Sozialbau. Sie hatte es immer gemocht, weil es ein nüchterner Zweckbau war. Es versprach nichts außer dem Versuch, das Gesetz zur Geltung zu bringen, und es beschützte die Leute, die bereit waren, für diese Idee ihr Leben aufs Spiel zu setzen.

Sheriff Vincent Abeleras Büro lag im vierten Stock. Es war ein geräumiges, sonniges Eckzimmer mit vier Fenstern. Hellblauer Teppichboden und Möbel aus dunklem Walnussholz, für Mercis Geschmack eine perfekte Zusammenstellung. Im Schein der indirekten Beleuchtung glänzten die Messingschilder an den Auszeichnungen, die an den Wänden hingen. Abeleras großer Schreibtisch stand schräg in der Ecke. An der Stelle, wo sich beim früheren Sheriff ein marmorner Stifthalter und eine Kladde befunden hatten, stand jetzt ein Computerbildschirm. Es gab ein Waschbecken, Bücherregale, zwei Sitzecken mit niedrigen Tischen und einen großen Fernseher auf einem fahrbaren Untersatz.

Als sie das Büro betrat, musste Merci an mehrere unangenehme Besprechungen denken, die sie im Jahr zuvor mit Chuck Brighton, Abeleras Vorgänger, gehabt hatte. Brighton hatte den Posten des Sheriffs fast vier Jahrzehnte lang bekleidet. Merci hatte ihn gemocht und mit der Zeit begriffen, dass er alle Mängel seines Departments ertragen hatte, als wäre er allein dafür verantwortlich. Aber Merci hatte seiner Karriere ein Ende gesetzt, indem sie einen dreißig Jahre zurückliegenden Mord aufgeklärt hatte, einen Mordfall, den Brighton und seine Vertrauten im Department aus nahe liegenden Gründen, wie sich zeigte, lieber ungelöst gelassen hätten. Es war derselbe Fall, der ihren Vater und einige andere Deputys, und zwar nicht nur pensionierte, diskreditiert hatte. Als sie jetzt über den hellblauen Teppichboden ging, alle Sinne geschärft, lief ihr ein vertrauter Schauer über den Rücken. Bei dem Gedanken an den hohen Preis der Loyalität musste sie schwer schlucken.

Obwohl sie zwei Minuten zu früh kamen, waren sie die Letzten, die eintrafen. Sie setzten sich dem Bezirksstaatsanwalt Clayton Brenkus und dessen Vertreter Ryan Dawes gegenüber auf das Sofa an der Fensterwand. Die Juristen hatten sich für das Sofa mit der Aussicht entschieden. Sheriff Abelera hatte, wie um seine Unabhängigkeit und seine übergeordnete Position zu demonstrieren, auf einem Ledersessel zwischen den beiden Sofas Platz genommen.

Abelera war in Uniform. Brenkus trug eine dunkle Hose und ein blaues Hemd. Dawes war, wie immer, modisch gekleidet: olivfarbener Anzug, Krawatte mit abstraktem Muster. Er war braun gebrannt vom Wochenende. Merci betrachtete kurz ihre schwarze Hose, die weiße Bluse und die graue Jacke und kam zu dem Schluss, dass sie angemessen genug gekleidet war.

Marilyn, die Sekretärin des Sheriffs, bot Kaffee an, den aber alle ablehnten. Sie war eine elegante, ältere Dame mit grau meliertem Haar, das sie stets zu einem Dutt frisiert trug. »Ist wohl heute zu heiß für Kaffee«, bemerkte sie. Sie sagte, es gebe auch noch Saft und Cola, aber auch davon wollte niemand etwas.

»Wie wär's mit einem kühlen Bier nach Dienstschluss?«, fragte Dawes.

Marilyn lächelte, errötete leicht und schloss die Tür hinter sich.

Abelera, die Arme auf den Sessellehnen, setzte sich aufrecht und schaute erst Brenkus, dann Merci an.

»Ich bin seit fast dreißig Jahren Polizist«, sagte er. »Aber ich habe es noch nie erlebt, dass der Staatsanwalt unbedingt Anklage erheben will, die ermittelnden Detectives dagegen nicht. Normalerweise ist es *immer* umgekehrt. Nun bin ich also noch nicht mal ein Jahr Sheriff und Sie schreiben schon Department-Geschichte.«

»Das ist unsere Art, Sie willkommen zu heißen«, sagte Brenkus.

»Dann will ich mich also willkommen fühlen«, erwiderte Abelera. Er hatte ein kantiges Gesicht und sein Lächeln wirkte lässig und echt. »Merci, Paul, ich würde gern mit den Staatsanwälten anfangen, denn ich weiß, dass sie Anklage erheben wollen. Danach höre ich mir an, was Sie zu sagen haben, einverstanden? Clay, Ryan – sagen Sie mir, warum wir meinen Deputy anklagen und verhaften sollen.«

Der Bezirksstaatsanwalt schaute seinen Stellvertreter an und nickte.

»Weil er seine Frau ermordet und versucht hat, sich selbst das Leben zu nehmen«, begann Dawes. »Warum hat er das getan? Weil er ein Manipulierer ist, und als nicht alles so lief, wie er sich das wünschte, hat er sich, wie die meisten Manipulierer, in einen Feigling verwandelt. In einen gewalttätigen Feigling. Erstens steckten der Deputy und seine Frau Gwen in finanziellen Schwierigkeiten: Sie hatten in den vergangenen Monaten fast neunhunderttausend Dollar ausgegeben und sie lebten von nur einem Einkommen – dem Einkommen eines kleinen Polizisten, das sich auf etwa fünfzigtausend pro Jahr beläuft, falls er genug Überstunden macht. Und Wildcraft hat in den vergangenen zwei Jahren eine Menge Überstunden gemacht. Er wusste, dass die gesamte finanzielle Belastung auf ihm ruhte. Neues Haus, neue Autos, teure Reisen. Das lässt sich leicht nachweisen.

Zweitens werde ich beweisen, dass Archie Wildcraft ein eifersüchtiger und vereinnahmender Ehemann war. Er ist jähzornig. Gwen war eine schöne Frau und wusste um ihre Reize – das werden ihre Freunde bestätigen. Archie war oft wütend. Gwen konnte sich nicht erklären, warum er so oft wütend wurde. Es muss sie ziemlich eingeschüchtert haben. Aber ich kann es mir erklären. Wir alle können das. Archie war drauf und dran, Pleite zu gehen, und hatte Angst, seine Frau zu verlieren. *Seine Frau, seinen Schatz, seine Trophäe.* Sie streiten sich und er wirft einen Stein durchs Fenster. Sie schreien sich an. Die Nachbarn hören sie. An dem Abend hat er eine große Party für sie organisiert, aber sie weiß das nicht zu schätzen. Sie flirtet schamlos. Sie trinkt ein bisschen zu viel. Zu Hause will er Sex, aber sie verweigert sich. Er zwingt sie mit Gewalt. Sie gibt gegen ihren Willen nach, weil er stärker ist als sie. Er ist über eins achtzig groß und wiegt etwa neunzig Kilo. Außerdem passiert das nicht zum ersten Mal. Also lässt sie es geschehen, aber das reicht diesem Typen nicht, weil ihm sowieso nie etwas gut genug ist, denn er ist ein Manipulierer und ein Feigling. Er trinkt, er grübelt, er will wieder Sex. Daraufhin schließt sie sich mit dem Handy im Badezimmer ein, weil sie fürchtet, dass er durchdreht, und weil sie Angst hat. Sie hat Recht, aber sie ahnt nicht, wie Recht sie hat. Der Typ bricht durch die Tür, und zwar mit mehr als Sex im Sinn. Er hat seine Neunmillimeter in der Hand und schießt. Sie stürzt zu Boden, er hält ihr die Waffe an den Kopf und drückt noch mal ab. Es ist eine Riesensauerei. Es stinkt nach Blut und Schießpulver und seine schöne Frau liegt sterbend am Boden. Er lässt sie da liegen, geht nach draußen und erschießt sich ebenfalls. Davon hat er die ganze Zeit geträumt, diesem Alptraum zu entrinnen, ihn zu beenden, aber er konnte schließlich seine Frau nicht am Leben lassen und zulassen, dass seine Freunde sich um sie kümmern würden, oder? Vor allem nicht, wo sie die Ursache für all das war. Das Problem ist, dass die Kugel ihn nicht umbringt. Er kommt zu sich und stellt fest: Sieh mal einer an, ich lebe noch und ich bekomme eine neue Chance. Er überlegt sich, dass er über die Ereignisse in der besagten Nacht erzählen kann, was er will, denn es gibt niemanden, der ihm widersprechen könnte. Also muss er sich an gewisse Dinge *erinnern*. Andererseits *vergisst* er auch gewisse Dinge. Ja, er kann sogar alles Mögliche *erfinden*. Und genau das tut er, meine Damen und Herren Geschworenen: Er manipuliert Sie ebenso, wie er seine Frau manipuliert hat.«

Dawes wandte sich an Merci. »Aber wissen Sie was? Das alles spielt eigentlich gar keine so große Rolle, denn dieser Fall wird allein aufgrund handfester Beweise entschieden werden. Ich will Ihnen ein paar Dinge nennen, die der Deputy nicht abstreiten kann, weil es sich um bewiesene Tatsachen handelt. Wir haben keinen Beweis dafür, dass sich in jener Nacht eine dritte Person *auf dem Grundstück* aufgehalten hat, auf keinen Fall im Haus des Deputys. Wir wissen, dass die Waffe, mit der seine Frau getötet wurde, ihm gehörte. Wir wissen, dass die Waffe in jener Nacht in seinem Besitz war. Wir wissen, dass sie in jener Nacht in seiner *Hand* war. Wir wissen, dass er in der Nacht mit der Waffe *geschossen* hat. Wir wissen, dass seine Fingerabdrücke sich nicht nur auf der Mordwaffe befinden, sondern auch *auf den Hülsen, die die tödlichen Kugeln enthielten*. Das bedeutet, dass er die Waffe sowohl geladen als auch abgefeuert hat. Und wem gehört diese Neunmillimeter? Um wessen Waffe handelt es sich? Um Wildcrafts. Und deswegen, meine Damen und Herren Geschworenen, müssen Sie zu einem Schuldspruch kommen. Deswegen, Sheriff Abelera und Staatsanwalt Brenkus, müssen wir Anklage erheben. Deswegen, Sergeant Rayborn und Sergeant Zamorra, müssen Sie *Ihre Pflicht tun* und den Mann verhaften.«

»Gut«, sagte Abelera. »Die Verteidigung?«

»Er kann das alles gar nicht beweisen«, sagte Merci, wobei sie Dawes ignorierte. »Er kann nicht beweisen, dass die Wildcrafts drauf und dran waren, Pleite zu gehen, weil es einfach nicht stimmt. Sie haben im vergangenen Jahr eine Menge Geld ausgegeben, weil sie bei einer legalen Investition zwei Millionen Dollar verdient haben. Nach Abzug der Steuern blieben ihnen etwa eine Million und zweihunderttausend. Sie haben immer noch fast zweihunderttausend in Wertpapieren und auf diversen Konten. Dawes kann nicht beweisen, dass Archie bereit gewesen wäre, vor lauter Eifersucht einen Mord zu begehen – dieses Bild hat sich in Gesprächen mit seinen Freunden und Angehörigen keineswegs bestätigt. Ebenso wenig wurde Gwen von irgendjemandem als auffallend kokett beschrieben, und wir haben von niemandem gehört, dass er dauernd wütend war oder dass er Angst hatte, sie zu verlieren. Es waren nicht Archie und Gwen, die sich an dem Tag im Garten gestritten haben, und keiner von den beiden hat irgendetwas durch ein Fenster geworfen. Das ganze Vergewaltigungsszenario ist kompletter Blödsinn. Es gibt nicht die Spur eines Beweises dafür, dass es erzwungener Sex war. Und als Nächstes soll er die Badezimmertür eingetreten haben, um sie zu erschießen? Warum? Dazu bestand nicht der geringste Grund, denn sie standen nicht vor der Pleite und sie waren glücklich und liebten einander. Drei Zeugen haben unabhängig voneinander von zwei Männern in einem schwarzen Cadillac gesprochen, der vom Grundstück der Wildcrafts weggefahren ist. Wir haben zwei Fußabdrücke gefunden – enorm, Größe sechzehn –, und zwar genau an der Stelle, *an der ein Schütze sich verstecken würde*, wenn er Archie auflauern wollte. Archie Wildcrafts Fingerabdrücke befinden sich zwar auf der Waffe, aber es gibt keinen Beweis dafür, dass er bei Bewusstsein war, als seine Finger die Waffe berührten. Selbstverständlich sind seine Fingerabdrücke auf der Patronenhülse – schließlich hat er seine eigene Waffe eigenhändig geladen, Herrgott noch mal. Wir brauchen mehr Zeit, Sir. Wir glauben, dass wir den schwarzen Cadillac gefunden haben. Riesige Fußabdrücke rund um den Wagen, genau wie unter dem Baum im Garten der Wildcrafts. Es deutet einiges darauf hin, dass es sich um einen Auftragskiller von *La Eme* handeln könnte. Dr. Stebbins sagt, bei der Kugel in Wildcrafts Kopf kann es sich um irgendein Geschoss vom Kaliber zweiundzwanzig bis achtunddreißig handeln, es ist also nicht ausgeschlossen, dass noch eine zweite Waffe im Spiel war, was Dawes' Theorie restlos über den Haufen werfen würde, falls es sich als zutreffend erweist. Und Archie erinnert sich an mehr und mehr Einzelheiten aus jener Nacht. Wir müssen einen Lügendetektortest machen – wozu er sich bereit erklärt hat –, und wir ziehen in Erwägung, ihn unter Hypnose zu befragen, wenn er sich psychisch wieder stabilisiert hat. Wir brauchen Zeit für weitere Ermittlungen. Wir sind noch nicht fertig. Dieser Fall hat vor Gericht keine Chance und ich werde meinen Namen nicht dafür hergeben – Punkt, aus.«

»Abgesehen von Ihrem losen Mundwerk«, bemerkte Dawes, »würden Sie eine gute Strafverteidigerin abgeben.«

»Jedenfalls gut genug, um Sie zu schlagen.«

»Ich kann's kaum erwarten.«

»Sie werden sich noch ein bisschen gedulden müssen«, sagte Merci. »Ich nehme nämlich erst dann eine Verhaftung vor, wenn ich zwingende Beweise habe, und nicht, um einem stellvertretenden Bezirksstaatsanwalt zu Schlagzeilen zu verhelfen.«

»Merci«, sagte Abelera.

»Auch gut für Schlagzeilen«, zischte Dawes.

»Immer mit der Ruhe, Ryan«, warf Brenkus ein.

»Interessieren Sie sich überhaupt für die Wahrheit, Rayborn, oder spekulieren Sie auf Streicheleinheiten vonseiten Ihrer Kollegen?«, fragte Dawes.

»Mäßigen Sie sich, Ryan«, sagte Brenkus. »Das bringt uns nicht weiter. – Vince, lassen Sie mich etwas sagen. An dem, was Dawes gesagt hat, ist etwas Wahres dran, aber auch an dem, was Rayborn vorgebracht hat. Aber seien Sie sich darüber im Klaren, dass wir in dieser Angelegenheit eine Menge Anrufe erhalten. Ich weiß, dass es Ihnen nicht anders ergeht. Die Öffentlichkeit ist aufgebracht, und die Leute wollen sehen, dass etwas unternommen wird. Gut, wir können sie hinhalten, bis wir so weit sind – unter dem Druck einer wütenden Öffentlichkeit ist noch nie ein Fall geklärt worden. Allerdings bekommen wir auch Druck von den Medien und das gefällt uns nicht. Es wird bereits spekuliert, dass Ihr Department die Ermittlungen hinauszögert, weil Sie einen Kollegen decken wollen. Wenn das erst mal die Runde macht – wenn die Leute anfangen, das zu glauben –, dann schaffen Sie damit eine feindselige Stimmung im County, und ich glaube kaum, dass wir damit umgehen könnten. Ihr Vorgänger hat für einiges Misstrauen dem Department gegenüber gesorgt, das sich immer noch nicht gelegt hat. Da ging es um schlechte Polizisten, die schlechte Polizisten gedeckt haben. Die Leute wollen Ihnen gern eine Chance geben, Vince, aber sie werden ebenso schnell bereit sein, Sie zu kreuzigen, sobald sie hier wieder Mauscheleien riechen. Selbst wenn sie nur das *Gefühl* haben, sie würden sie riechen.«

»Gut gesagt. – Paul?«

»Nichts, was ich bisher über Wildcraft gehört habe, legt nahe, dass er suizidgefährdet ist. Er passt nicht in dieses Profil. Aber ich sage Ihnen, was ich auch schon Merci gesagt habe: Ich traue ihm nicht. Ich habe das Gefühl, dass er uns etwas vormacht. Umso mehr Grund, an ihm dranzubleiben. An ihm dranbleiben, Sir, mehr können wir nicht tun. Lassen Sie sich nicht auf einen nur halb geklärten Fall ein. Wir müssen ihn -einem Polygraphentest unterziehen und ihn hypnotisieren lassen, wie Merci schon gesagt hat. Und wir müssen ihn überwachen. Ich glaube, es ist die Zeit und das Geld wert, Sir.«

»Einverstanden. – Clay?«

Brenkus erhob sich. »Wir bleiben an der Sache dran. Wir werden Al Madden keine Ruhe gönnen. Wir hätten gern schnelleren Informationsaustausch zwischen Ihren und unseren Leuten. Gilliam ist ziemlich langsam. Halten Sie uns nicht außen vor, Vince.«

»Kein Gedanke daran. – Und Sie, Merci?«

»Nein, Sir. Auf keinen Fall.«

Der Sheriff stand auf und reichte Brenkus die Hand. »Danke, Clay. Wir arbeiten hart an diesem Fall. Geben Sie uns noch ein paar Tage.«

»Kein Problem, Vince.«

»Mr Dawes?«, fragte Abelera.

Dawes richtete sich auf und knöpfte sein Jackett zu. Er sah Merci an. »Wir könnten den Fall vor die Grand Jury bringen und die entscheiden lassen, ob Anklage erhoben wird oder nicht. Und wenn die weitere Ermittlungen wünschen, sind wir wieder genau da, wo wir jetzt sind.«

»Nein«, sagte Merci. »Wir lassen auf keinen Fall zu, dass ein Mann mit einer Kugel im Kopf und ohne Anwalt von einundzwanzig Leuten befragt wird.«

»Warum nicht?«, fragte Dawes.

»Weil seine Erinnerung allmählich zurückkehrt, darum.«

»Gwen Wildcraft war ein Mensch«, sagte Dawes. »Das ist kein Spiel, Sergeant.«

»Dann machen Sie es nicht –«

Merci wollte gerade sagen »zu einem Spiel«, als die Tür aufgerissen wurde und der stellvertretende Sheriff Dale Knox hereingestürmt kam. »Chef, schalten Sie CNB ein, jetzt gleich. Unglaublich.«

Abelera nickte, Knox schlug die Tür zu und eilte auf den großen Fernseher zu.

County News Bureau – die Nachrichtensendung des Orange County *Journal*, wo Gary Brice arbeitete – kam ins Bild.

Wildcraft richtete das Gewehr auf die Kamera und sagte: *Sie begehen Hausfriedensbruch.*

Dann aus dem Hintergrund die Stimme von Brice: *Ich wollte von Ihnen wissen, was passiert ist.*

Merci konnte nicht fassen, wie Archie Wildcrafts Gesicht aussah. Seine Augen waren weit aufgerissen und blutunterlaufen. Sein Kinn war mit schwarzen Bartstoppeln übersät. Auf seiner Stirn zeichnete sich eine dicke Ader ab. Seine Kleider waren zerknittert und zerzaust und an seinem Kopfverband war ein schmutzig brauner Fleck zu sehen. Er wirkte wie ein Soldat in Antietam oder wie ein böser Geist, der gerade aus seiner Flasche entwichen war.

*Verschwinden Sie von meinem Grundstück*, sagte er.

Brice ging rückwärts, die Kamera wackelte, und Archie hielt das Gewehr in einem Winkel, dass es so aussah, als würde er gleich auf die Zuschauer schießen.

»Wo zum Teufel ist das?«, fragte Vince.

»In seinem Garten«, sagte Merci, die sich schnell zusammengereimt hatte, was sich abgespielt hatte. »Brice hat ihn aufgespürt. Er hat Informanten in der Klinik.«

Die Kamera war jetzt auf dem Rückzug, entfernte sich heftig wackelnd immer weiter.

Brice: *Haben Sie gesehen, wer Ihre Frau erschossen hat?*

Archie: *Verschwinden Sie.*

Brice: *Was haben Sie vor?*

Archie: *Ich werde … mich selbst töten.*

In der Mitte des Satzes machte die Kamera eine heftige Bewegung und Archies Gesicht verschwand vom Bildschirm. Als er wieder zu sehen war, grinste er blöde.

Brice: *Haben Sie sie erschossen, Sir?*

Archie: *Scher dich zum Teufel, du kleiner – PIEP.*

Merci blieb fast das Herz stehen. Es war, als würde sie einen Vorgeschmack davon bekommen, wie es sich anfühlen würde, wenn sie sich in dem Mann täuschte.

Die letzten paar Sekunden des Films zeigten Archie hoch oben in seinem Garten, das Gewehr immer noch in der Hand, den Blick auf die Kamera gerichtet. Er wirkte absolut bedrohlich.

»O Mann«, stöhnte Merci, aber was sie dachte, hätte sich erheblich schlimmer angehört.

»Er wirkt wie ein richtiger Unschuldsengel«, bemerkte Dawes.

Merci hörte Brice fragen: *Vielleicht sollte uns mal jemand erklären, warum die Polizei diesen Mann noch nicht offiziell vernommen hat.*

»Bringen Sie ihn her, auf der Stelle!«, sagte Abelera zu Knox.

»Moment«, fiel Merci ein. »Lassen Sie uns das machen. Wir stehen mit ihm in Kontakt und mit uns redet er vielleicht. Bitte, Sir – schicken Sie keinen Streifenwagen. Er ist sehr … durcheinander.«

»Ach, wirklich?«, feixte Dawes.

Rayborn sah Zorn in Abeleras Augen aufflackern. »Verhaften Sie ihn, Sergeant. Bevor er sich selbst oder jemand anderen tötet.«

»Ja, Sir.«

Sie erhob sich vom Sofa und folgte Zamorra zur Tür hinaus. Das Herz schlug ihr bis zum Hals vor Wut über sich selbst, über Dawes und über Brice.

# Zwanzig

Die beiden Streifenwagen des Sheriff's Department blockierten noch immer die Einfahrt zu Wildcrafts Grundstück. Die vier Deputys standen aufgrund der Hitze neben den Wagen. Sie berichteten, Archie sei die ganze Zeit im Haus gewesen, niemand habe versucht, das Grundstück zu betreten, außer seinen Eltern, die gegen Mittag am Straßenrand geparkt hätten und um zehn nach eins wieder abgefahren seien.

Nichts rührte sich, als Merci an der Haustür klopfte. Sie klopfte noch einmal. Dann probierte sie die Türklinke und stellte fest, dass nicht abgeschlossen war.

Sie drückte die Tür ein Stück weit auf, während sie ihr Halfter an der Hüfte öffnete. Mit der linken Hand schob sie ihre Jacke aus dem Weg. Sie rechnete nicht damit, dass Wildcraft schießend aus dem Haus gerannt käme, aber sie trug keine kugelsichere Weste und wollte nicht riskieren, dass die Zimmerdecke von Archies Wohnzimmer das Letzte war, was sie von dieser Welt sah.

»Archie!«, rief sie in einem Ton, als würde sie einen eigensinnigen Jagdhund rufen. »Archie, wir sind's – Rayborn und Zamorra.«

Stille. Sie durchquerte die Diele. Dabei fiel ihr auf, dass Wildcrafts abgesägte Schrotflinte nicht mehr in der Ecke stand. Sie lugte um die Ecke, dann trat sie in die Küche. »Archie?«

Im nächsten Augenblick fiel ihr auf, dass Archies Medikamente verschwunden waren. Durch das Fenster über dem Küchentisch schaute sie zum Pool hinüber, wo Archie seine Pressekonferenz mit Gary Brice gehalten hatte. Himmelblaues Wasser, gelbe Hibiskusblüten, aber kein Archie.

Eilig durchsuchten sie das ganze Haus. Immer noch keine Spur von Wildcraft. An der Wand im Musikzimmer fehlten drei Bilder, im Steinzimmer fehlten drei Steine. Das Schlafzimmer kam Merci unverändert vor, bis auf ein weißes Rechteck an der Wand, wo das Porträt von Gwen Wildcraft gehangen hatte.

Im Badezimmer fand Merci ein Stück blutbeschmierte Watte im Waschbecken.

»Er hat ein paar Steine, ein paar Bilder und seine Schrotflinte eingepackt und ist abgehauen«, sagte sie.

In der Garage standen Archies silberner Boxster und Gwens neuer weißer Durango. Sie durchforsteten den ganzen Garten.

Schließlich standen sie im Schatten auf dem Weg, wo Archie angeschossen worden war. »Was hat er gemacht, Paul? Ist er *zu Fuß* abgehauen?«

Zamorra sah sie wortlos an.

Fußspuren führten zu der Treppe, die sich durch das Wildblumenbeet wand. Die Treppe führte zum Gartentor. Es war leicht zu erkennen, dass das Tor geöffnet worden war, denn es hing schief in den Angeln und hatte eine frische Schramme auf dem Boden hinterlassen.

»Da muss Brice heute Morgen reingekommen sein«, sagte Merci.

»Und da ist Archie wahrscheinlich rausgekommen. Unten auf dem Moulton Drive gibt es eine Autovermietung«, sagte Zamorra. »Das ist nicht weit. Er brauchte seine Sachen nur in eine Tasche zu packen, die Tasche hier am Tor stehen zu lassen, zur Autovermietung zu gehen, sich einen Wagen zu besorgen und das Zeug abzuholen. Die Deputys haben noch nicht mal mitbekommen, dass er das Haus verlassen hat.«

»Verdammt, Paul. Ich hätte damit rechnen müssen.«

»Ich hätte nicht gedacht, dass er sich aus dem Staub machen würde. Er hätte doch schon längst Gelegenheit dazu gehabt.«

»Ich bin erst auf die Idee gekommen, als Brice hier aufgetaucht ist.«

»Wahrscheinlich ist auch Archie erst daraufhin auf die Idee gekommen«, sagte Zamorra. »Deswegen hat er uns nichts davon erzählt, dass Brice hier war. Vielleicht hat er auch angenommen, dass wir ihm nicht alles abgekauft haben, was er uns heute Morgen aufgetischt hat – womit er sogar Recht hatte.«

»Es ist wohl zwecklos, zu hoffen, dass er zurück ins Krankenhaus ist, nicht wahr? Oder dass er zu seinen Eltern gefahren ist oder zu den Kuerners nach Norco?«

»Wir werden sehen«, sagte Zamorra, während er sein Handy aus der Tasche nahm.

»Dawes wird sich ins Fäustchen lachen.«

»Das werden alle – Polizei lässt bewaffneten und gefährlichen Mörder entkommen.« Zamorra ahmte den theatralisch ernsten Ton eines TV-Kommentators nach: »*Oder hat die Polizei den Mann absichtlich entkommen lassen*?«

»Ruf Abelera an, Paul. Und vergiss nicht den Partner, Damon Reese. Archie hat ihm das Leben gerettet.«

Sie blickte in den blassblauen Himmel, lauschte auf das Schreien eines Habichts und verfluchte sich innerlich dafür, dass sie das hatte geschehen lassen.

Sie gingen zurück zur Einfahrt, weil Merci die Deputys befragen wollte. Während Merci nicht das Geringste in Erfahrung brachte, rief Zamorra bei den Wildcrafts an und erfuhr, dass sie ihren Sohn nicht mehr gesehen hatten, seit sie sich kurz nach eins von ihm verabschiedet hatten.

William Jones, das Kinn entschlossen vorgereckt, kam mit seinen spindeldürren Beinen von der anderen Straßenseite auf sie zu. Merci sah den großen, violetten Plastikbecher in seiner Hand, hörte die Eiswürfel klimpern, als er den uniformierten Polizisten zuprostete.

»Detective Rayborn«, sagte er. »Und natürlich Detective Zamorra, da drüben mit dem Handy.«

»Hallo, Mr Jones«, sagte Merci.

»Archie war letzte Nacht zu Hause, stimmt's?«

»Ja.«

»In den Nachrichten haben sie gesagt, dass er das Krankenhaus auf eigene Verantwortung verlassen hat. Gwens Schwester hat ihn abgeholt.«

»Kann ich irgendetwas für Sie tun, Mr Jones?«

Er nippte an seinem Drink und musterte sie. »Ich bin nur rübergekommen, um Ihnen ein paar Dinge zu erzählen. Erstens, der Gärtner arbeitet dienstags. Das weiß ich, weil dienstags die Müllabfuhr kommt, und ich habe schön öfter beobachtet, wie er die leeren Mülltonnen zur Seite geräumt hat, damit er seinen Pick-up parken konnte. Sobald er also morgen früh hier eintrifft, rufe ich Sie an.«

»Das wäre sehr nett von Ihnen.«

Jones sah sie von der Seite an. »Auf CNB haben sie es so dargestellt, als hätte er sie umgebracht. Sie haben die Sendung doch bestimmt gesehen, oder?«

»Zum Teil.«

»Als Erstes haben sie gezeigt, wie der Typ mit der Kamera Archie auf die Nerven gegangen ist. Wie Archie gesagt hat, er würde sich umbringen. Und dann kam der Typ ins Bild – der Journalist, meine ich – und erzählte, wie gefährlich Archie gewirkt hätte. Wie er dachte, er würde ihn abknallen. Und dann schildert der Arsch, was sich seiner Meinung nach in der Nacht abgespielt hat. Er glaubt, Archie hätte Gwen erschossen und dann versucht, sich umzubringen, und würde jetzt versuchen, seinen Kopf aus der Schlinge zu ziehen. Und er behauptet, Sie wollten ihn nicht verhaften, weil er ein Polizist ist. Weil es im letzten Jahr schon so einen Riesenskandal im Department gegeben hat. Aber Sie können sich das alles selbst noch mal ansehen, wenn es wiederholt wird. Sie wissen ja, wie das bei CNB abläuft.«

Zamorra schob die Antenne seines Handys ein und ging kopfschüttelnd auf Merci zu.

»Guten Tag, Detective Zamorra.«

»Jones.«

Jones grinste spitzbübisch, wandte sich von Zamorra ab und sah wieder Merci an. »Ich habe einen Tipp für Sie, junge Frau.«

»Ich höre.«

»Vor zweieinhalb Stunden, um vier Uhr heute Nachmittag, bin ich losgefahren, um mir ein paar Zigaretten und eine Flasche Wodka zu besorgen. Ich fahre nur noch Fahrrad, weil sie mir den Führerschein abgenommen haben. Bergab lasse ich rollen und bergauf schiebe ich, okay? Auf halbem Weg die Straße runter, knapp dreihundert Meter von hier entfernt, ist ein kleiner Park mit einem Tisch und ein paar Bäumen drum herum. Schon mal gesehen?«

»Ja, ist mir aufgefallen«, sagte Merci.

»Also, als ich die Straße runtergefahren bin, war keiner in dem Park. Aber als ich mein Fahrrad den Berg raufschiebe, sehe ich einen Mann bei dem Tisch stehen und mit einem Fernglas durch die Bäume spähen. Er hat mich erst gehört, als ich fast neben ihm war. Und als er mich bemerkt, dreht er sich um, wirft mir einen vernichtenden Blick zu und richtet sein Fernglas in eine andere Richtung. Was ich Ihnen also sagen wollte, ist: Gehen Sie mal in den kleinen Park da unten, stellen Sie sich neben den Tisch – auf der Südseite – und schauen Sie durch die Bäume. Was sie zu sehen bekommen, ist die Rückseite von Archies und Gwens Haus.«

»Beschreiben Sie den Mann«, sagte Merci.

»Der größte Kerl, den ich je gesehen habe. Er trug einen blauen Trainingsanzug und eine Sonnenbrille. Dunkle Haare, Vollbart. Kein Rauschebart, sondern kurz und gepflegt. Hässlich und hünenhaft, wenn Sie mich fragen.«

»Irgendein Wagen?«

»Weißer Lincoln Town Car. Am Steuer saß ein zweiter Mann, ein blonder Typ, der mich mit versteinertem Gesicht angestarrt hat. Auf die Nummernschilder hab ich nicht geachtet.«

»Warum nicht?«

»Ich hatte das Gefühl, die legen mich um, wenn ich es wage.«

»Mr Jones«, sagte Merci, »wenn wir noch ein paar tausend weitere Bürger wie Sie hier in unserem County hätten, dann gäbe es bei uns keine Kriminalität mehr.«

»Vielen Dank. Ich wollte Sie gerade anrufen, aber da kam Archie im Fernsehen. Danach habe ich mir zusammengereimt, dass es etwa fünfzig Minuten dauern würde, bis Sie hier auftauchen. Sie haben nur vierunddreißig gebraucht.«

»Sie sind vielleicht 'ne Marke.«

»Ich bin bloß ein harmloser Säufer und möchte der Polizei helfen, den Kerl zu finden, der auf meine Nachbarn geschossen hat. Sagen Sie Ihrem Partner, dass ich kein schlechter Mensch bin. Er hat keinen Grund, mich anzusehen, als wäre ich ein Stück Scheiße.«

»Ich werd's ihm ausrichten.«

Jones trank einen Schluck aus seinem riesigen, violetten Plastikbecher und zwinkerte ihr zu, dann drehte er sich um, überquerte die Straße und ging zurück zur Garage seines Sohnes. Seine käseweißen Beine schimmerten im frühen Abendlicht.

Auf ihrem Weg den Berg hinunter hielten Rayborn und Zamorra an dem kleinen Park. In der Mitte der Anlage standen ein Betontisch mit zwei Bänken, eine grüne Mülltonne mit Deckel und etwas abseits, unter den Bäumen, ein Wasserspender. Merci trat an den Tisch und spähte durch die Platanen. In einiger Entfernung sah Merci das Wildblumenbeet in Archies Garten, das Tor, durch das er entkommen war, das Dach des Hauses, einige Fenster sowie den von Palmen umgebenen Swimmingpool.

Zamorra schaltete sein Handy ab und lief, die Hände auf dem Rücken verschränkt, gedankenversunken den Rasen auf und ab. Merci ging zu dem kleinen Wäldchen aus Eichen und Platanen hinüber. Sie entdeckte eine zerdrückte Coladose, die schon wesentlich länger als drei Stunden dort gelegen hatte, ein paar alte Zigarettenkippen, eine halb verwitterte Pferdezeitschrift. Sie hob die Mülltonne aus ihrer Halterung und stellte sie auf den Rasen. Im Innern der Tonne fand sie einen Fahrradschlauch, eine Hamburgerverpackung mit Soßenresten, die mittlerweile fast schwarz waren, daneben eine zerknüllte weiße Tüte von einem Fastfood-Restaurant, eine schwarze Bananenschale, einen Pappbecher mit Deckel, in dem immer noch der Strohhalm steckte. Der Pappbecher stammte von einer anderen Fastfood-Kette als der Hamburgerkarton und die Papiertüte.

Eine halbe Stunde später traf Ike Sumich ein. Merci erklärte ihm, was William Jones ihr erzählt hatte.

»Also wieder Größe Sechzehn«, sagte Ike.

»Vielleicht.«

»Diese beiden Typen sind jedenfalls keine Vogelbeobachter.«

»Suchen Sie den Tisch nach Fingerabdrücken ab«, sagte Merci. »Vor allem die Seite, die nach Süden zeigt. Und nehmen Sie sich den verchromten Hahn an dem Wasserspender vor und *beide* Seiten des Griffs an dem Mülltonnendeckel. Ich möchte Sie ja nicht überstrapazieren, Ike, aber in dem Mülleimer da drüben befindet sich ein Plastikbecher mit Strohhalm. Vielleicht finden sich Speichel oder Hautzellen daran. Falls Größe Sechzehn daraus getrunken hat, können wir eine DNA-Analyse machen und das Ergebnis mit dem von dem roten Putzlappen vergleichen, der bei dem Wagen in der Sand Canyon Road lag. Machen Sie ein paar Fotos von der Stelle hier, ja, und ein paar, auf denen zu erkennen ist, was man von hier aus vom Haus der Wildcrafts sieht. Vielleicht könnten Sie sich neben die Platane dort stellen und von dort aus Wildcrafts Swimmingpool fotografieren.«

Ike nickte grinsend. »Und ich dachte immer, *ich* wäre ein analfixierter Kontrollfreak mit Allmachtsfantasien.«

»Wir Kontrollfreaks sind immer noch die Besten in unserem jeweiligen Metier, egal was die anderen behaupten.«

»Was glauben Sie, wohin Wildcraft gefahren ist?«

»Ich habe keine Ahnung. Sie?«

»Ich nehme an, bei seinem Partner, seinen Freunden und Angehörigen haben Sie's schon versucht?«

»Ohne Erfolg. Es sei denn, einer von denen hat gelogen.«

Sumich schüttelte den Kopf. »Wann findet die Beerdigung statt?«

»Erst am Mittwoch. Ich glaube, ihre Eltern wollten warten, bis er aus dem Krankenhaus entlassen wird.«

»Ich wette hundert Dollar, dass er da aufkreuzt.«

Rayborn überlegte, wie groß die Chancen waren, dass Wildcraft sich bei der Beerdigung seiner Frau blicken ließ. »Ich will ihn vorher haben.«

»Das kann ich verstehen. Die CNB-Sendung heute war eine Katastrophe und die anderen Sender werden sich natürlich auch darauf stürzen.«

So weit hatte Rayborn noch gar nicht gedacht. Die Vorstellung, dass auf allen Sendern über Archie berichtet wurde, bedrückte sie. Und von wem würde man Kommentare verlangen, von wem würde man wissen wollen, warum die Polizei

Archie nicht verhaftet oder zumindest offiziell verhört hatte, bevor er verschwinden konnte?

»Ich habe mir die Sendung zusammen mit Abelera und Clay Brenkus angesehen«, sagte Merci. »So blöde bin ich mir noch selten in meinem Leben vorgekommen. Da werfe ich mich gerade ins Zeug, um diesen Mann zu verteidigen, und im nächsten Augenblick erscheint er im Fernsehen und droht einem Journalisten mit einer Flinte. In dem Moment habe ich mich gefragt, ob ich Archie einfach völlig falsch eingeschätzt habe. Und ich habe mich gefragt, was sich da oben abgespielt hat.«

Sumich schaute zum Haus der Wildcrafts hinauf, dann schüttelte er den Kopf. »Brice hat ihm einen Schrecken eingejagt. Archie ist nicht richtig im Kopf. Das ist nicht Ihre Schuld, aber diese Geschichte wirft ein schlechtes Licht auf ihn. Und auf uns ebenfalls. Ich hoffe bloß, dass er sich nicht umbringt. Oder jemand anders.«

»Das wird er nicht. Ich werde es nicht zulassen.«

Ike schaute erst auf die Tischplatte, dann in die untergehende Sonne. »Also, ich muss das hier erledigen, solange wir noch etwas Tageslicht haben. Irgendwelche Hundescheiße in dem Mülleimer, die ich nach Fingerabdrücken untersuchen soll?«

»Nein, aber Sie stehen gerade drin.«

Als Sumich erschrocken auf seine Schuhe starrte, verpasste Merci ihm eine Kopfnuss.

»Von wegen Allmachtsfantasien«, sagte sie.

Zwanzig Minuten später bestätigte Todd von der Autovermietungsfirma Economy, dass sie am Nachmittag um 15.05 Uhr einen Wagen an einen gewissen Archibald Franklin Wildcraft vermietet hatten.

»Das war wahrscheinlich ein weißer Durango«, sagte Todd, während seine Finger über die Tastatur flogen. »Für eine Woche mit Automobilclub-Discount zu neunundachtzig Dollar pro Tag. Eine Versicherung hat er nicht abgeschlossen.«

# Einundzwanzig

Um vier Uhr an diesem Nachmittag stieg Archie in Irvine in der Nähe der Interstate 5 in einem Hotel ab. Er trug eine Baseballmütze, um seinen rasierten Schädel zu verbergen, die Einschusswunde hatte er mit einem Heftpflaster überklebt. Er trug eine dunkle Sonnenbrille und einen falschen Schnurrbart. Die junge Frau an der Rezeption war höflich und professionell, und nicht das geringste Anzeichen deutete darauf hin, dass sie ihn erkannt hatte oder für merkwürdig hielt.

Er benutzte den Namen Jim Green, füllte das Anmeldeformular jedoch ansonsten wahrheitsgemäß aus. Der Name kam ihm in den Sinn, weil das Gesicht der jungen Frau irgendwie grün aussah. Er zahlte in bar für drei Tage im Voraus, plus hundert Dollar Kaution, und erhielt einen Plan mit dem Weg zu seinem Zimmer.

Das Hotel war ein scheunenartiger Betonbau, der ursprünglich als Kornspeicher und Lagerhaus benutzt worden war. Archie erinnerte sich, dass seine Eltern vor Jahren hier abgestiegen waren, wenn sie über Weihnachten zu Besuch gekommen waren, und dass es ihnen immer gut gefallen hatte. Sein Zimmer lag im ersten Stock am Ende des Korridors und war fünfeckig – ein ehemaliger Silo, wie er der Geschichte des Gebäudes entnommen hatte, die im Eingangsbereich auslag.

Vom Fenster aus sah er rote Eisenbahnschienen, ein blaues Feld und in der Ferne eine Bergkette. Die blauen Berge waren wunderschön. Auf der anderen Seite des Parkplatzes befand sich ein Schnellrestaurant und auf der gegenüberliegenden Straßenseite eine Tankstelle.

Mühelos trug er seine beiden Koffer nach oben und packte seine Sachen aus: drei Porträtfotos von Gwen, die Schrotflinte samt einer Schachtel Munition, ein paar Handfeuerwaffen, seine drei Lieblings-*Suiseki*, ein Laptop, ein paar Kleidungsstücke, darunter seine Uniform, seine Medikamente, sein Rasierzeug und ein paar Kleinigkeiten, die er wahllos eingepackt hatte. Er wunderte sich, dass die ganze Schlepperei die Treppe hinauf ihn kaum angestrengt hatte. Seit seinem Krankenhausaufenthalt war er offenbar noch kräftiger als zuvor. Er fühlte sich, als könnte er ein Auto hochheben und werfen, wenn er wollte.

Er legte eins von Gwens alten Demobändern in einen kleinen Kassettenrekorder und stellte die Lautstärke leise. Anschließend spülte er seine Nachmittagsdosis Decadron mit Orangensaft aus der Minibar hinunter; dann nahm er zur Sicherheit noch eine von den Pillen, weil sich die Farben immer mehr vermischten.

*But now my mind is playing tricks on me*
*I close my eyes and you're all I see*

Gott, genauso ist es, dachte er. Es schien ihm, als würde jede Zeile, die sie geschrieben hatte, an Bedeutung gewinnen, seit sie tot war. Er stellte ihre Fotos neben der Klimaanlage an die Wand und betrachtete sie.

Ich lasse nicht zu, dass sie dich mir wegnehmen, dachte er. Das lasse ich nicht zu.

*For every ounce of trouble*
*I gotta pound of cure*

Als das Band zu Ende war, nahm er das Telefonbuch vom Nachttisch. Er notierte sich die Adressen der beiden nächstgelegenen Geschäfte für Sanitätsbedarf und ließ sich telefonisch bestätigen, dass sie Aluminiumkrücken führten, die man sowohl kaufen als auch mieten konnte. Vor allem erkundigte er sich nach der Sorte, die man zur Stabilisierung an den Oberarmen schnallen konnte. Auch diese, von den Verkäufern am Telefon als Kanadische Gehhilfen bezeichnet, waren in beiden Läden vorrätig.

Archie bedankte sich und legte auf. Einen Augenblick lang starrte er zu den leuchtend blauen Bergen hinüber und dachte nach. Rote Krähen krächzten in einem gelben Himmel. Fantastisch.

Dann blätterte Archie wieder im Telefonbuch, bis er die Autovermietungen gefunden hatte, und rief die erste Nummer an.

»Hallo«, sagte er. »Mein Name ist Jim Green. Ich habe gestern auf dem Heimweg von einer Party in meiner Limo fünf Hundertdollarscheine gefunden. Ich hab das Geld eingesteckt und wollte es behalten, aber ich war betrunken. Ich verdiene zehnmal so viel wie Ihre Fahrer, auch wenn das vielleicht ungerecht ist. Jedenfalls, falls das Geld einem Ihrer Leute gehört, würde ich es gern zurückgeben.«

»Wie hieß denn Ihr Fahrer?«

»Ich kann mich nicht erinnern. Ein Freund von mir hat mir die Limo als Überraschung geschickt, aber ich weiß nicht, welcher Freund das war, und ich weiß auch nicht, welche Firma er beauftragt hat. Das Einzige, was ich Ihnen sagen kann, ist, dass der Fahrer ein ziemlich großer, dunkelhaariger Typ mit Vollbart war. Und dass ihm jetzt fünf Hunderter fehlen.«

»Das war kein Fahrer von uns.«

»Okay, vielen Dank, dann versuch ich's bei einer anderen Firma.«

Eine halbe Stunde später traf Archie ins Schwarze. Der Mann an der Anmeldung bei der Firma Air Glide in Newport Beach erklärte mit einem starken Akzent, ja, sie hätten einen auffallend großen Fahrer, und der hätte tatsächlich gesagt, er habe in der vergangenen Nacht früher Feierabend gemacht.

»Wie hieß er gleich?«, fragte Archie.

»Al Apin.«

Archie sagte, er würde das Geld entweder vorbeibringen oder mit der Post schicken, und bedankte sich.

»Ich werde heute Abend bis acht Uhr im Büro sein. Ich werde dafür sorgen, dass er das Geld bekommt.«

Davon bin ich überzeugt, dachte Archie.

Er setzte sich an den Tisch vor dem Fenster, wo er seine drei *Suiseki* aufgereiht hatte. Er betrachtete die Steine, versuchte sich auf ihre Schönheit und Anmut zu konzentrieren. Er wusste, dass er es einmal sehr genossen hatte, diese Steine zu betrachten. Ebenso wie er es genossen hatte, große, kühle Steine in seinem Garten zu verlegen, ebenso wie es ihm als Junge Spaß gemacht hatte, sich die Hosentaschen mit Kieselsteinen voll zu stopfen. Als er sich gerade abwenden wollte, löste der *Suiseki*, der aussah wie ein Wasserbüffel, etwas in seinem Kopf aus, und einen Augenblick lang begriff Archie alles über dieses Tier, den Wasserbüffel – dass er ein Krieger war, ein Anführer, ein Patriarch.

Eine ganze Weile saß Archie fast reglos da, eingetaucht in die grüne Welt des Wasserbüffels.

Am nächsten Morgen kaufte Archie sich für achtundneunzig Dollar ein Paar verstellbare Kanadische Gehhilfen aus Aluminium. Im warmen Schatten auf dem Parkplatz packte Archie die Plastikgriffe mit den Händen und schob seine Oberarme in die C-förmigen Stützen. Er würde die Stützen ein wenig weiten müssen, damit seine Oberarme bequem hineinpassten, und sie außerdem zehn Zentimeter länger machen.

Einen Moment lang blieb er neben dem Wagen stehen, der aussah wie Gwens Durango. Füße zusammen, Beine gerade. Er drehte den Kopf von einer Seite zur anderen, um an jeder Aluminiumkrücke hinunterzublicken bis zum hellgrünen Gummifuß am Ende.

Er hob und senkte die Arme. Die Krücken waren erstaunlich leicht. Und sie verschafften ihm ganz nebenbei fast einen Meter zusätzliche Reichweite. Wenn er sie ganz ausfuhr, sogar noch mehr.

In einem nahe gelegenen Heimwerkermarkt kaufte Archie sich drei wasserdichte Planen. Auf der Verpackung stand, sie seien blau, aber ihm kamen sie rostfarben vor. Außerdem kaufte er sich ein eins achtzig mal fünf Meter großes Stück Teppichboden, der als »sandfarben« bezeichnet wurde, weiterhin eine Gartenschere, ein paar leichte Spannbänder mit Schnellverschluss, zwei Flaschen Epoxy-Leim, fünf Stück 1-Zoll-PVC-Rohre von je zweieinhalb Metern Länge, einen Cutter, ein Sortiment Verbindungsstücke – Winkel, gerade Stücke, Endstücke, T-Stücke, Kreuzverbindungen – und zwei Dosen PVC-Kleber.

Er schob seinen voll beladenen Einkaufswagen über den Parkplatz bis zu dem gemieteten Durango. Er packte seine Einkäufe in den Kofferraum, schlug die Klappe zu und wischte sich den Schweiß und die Tränen vom Gesicht.

Dann setzte er sich hinters Steuer, nahm die Kappe vom Kopf und richtete die Klimaanlage auf sein Gesicht. Die Luft fühlte sich komisch an auf seinem nackten Schädel, vor allem um die Einschusswunde.

*Nicht weinen, Archie.*

»Ach verdammt, Baby!«

*Komm mich holen, Archie. Ich bin hier oben. Ich warte auf dich.*

»Ich komme, Baby. Ich muss nur erst noch ein paar Dinge erledigen.«

*Ich warte auf dich.*

Archie fuhr los in Richtung Air Glide Limousine Service in Newport Beach.

## Zweiundzwanzig

Das Cancun ist ein Polizistentreff auf der Seventeenth Street in Santa Ana, nicht weit entfernt vom Department. Die Küche ist mexikanisch, gut und billig, die Getränke sind hochprozentig. Hier trifft man zu jeder Tages- und Nachtzeit zwischen einem und zwanzig Deputys an. Zwar sind sie in Zivil, aber an den Wölbungen unter ihren Jacken oder an ihren Hosenbeinen erkennt man, dass sie Waffen tragen. Die Augen sind wach, die Gespräche leise und unter manch einem Schnurrbart leuchtet ein herzliches Lächeln. Das Restaurant ist absolut frei von Kriminellen.

Als Merci um zehn vor sieben eintraf, wartete Brad Eccles bereits in einer Ecknische auf sie. Einige Kollegen nickten zum Gruß oder lächelten ihr zu, als sie an ihren Tischen vorbeiging, andere blickten durch sie hindurch. Das Restaurant repräsentierte einen Mikrokosmos des Departments, einschließlich der unterschiedlichen Meinungen. Merci war dieses Spießrutenlaufen zuwider, aber sie weigerte sich, klein beizugeben, und verkehrte regelmäßig im Cancun. Sie würde nie vergessen, wie sie zum ersten Mal zusammen mit Hess hierher gekommen war, nie die süffisanten Blicke vergessen, die die Männer ihr zugeworfen hatten. Das war, bevor sie sich in ihn verliebt hatte, und es wurmte sie noch immer, dass

Leute ihr etwas unterstellen konnten, das sich später als zutreffend erwies.

Laut Aussage aller Zeugen, mit denen Merci gesprochen hatte, war Eccles Archie Wildcrafts bester Freund im Department gewesen. Er war zweiunddreißig, hatte gerade den Streifendienst hinter sich und war ins Betrugsdezernat befördert worden. Er war der Erste, der am Abend der Party auf Gwen angestoßen hatte.

»Ich habe also mein Glas gehoben und gesagt, es könne gar nicht sein, dass eine so schöne und kluge Frau wie sie einen Kerl wie Archie Wildcraft verdient hätte«, sagte er. Er trank einen Schluck Bier und schüttelte den Kopf. »Einer der zehntausend Sprüche, die ich in meinem Leben von mir gegeben habe und gern zurücknehmen würde.«

»Es war doch nur ein Scherz«, meinte Merci, während sie sich eine Notiz machte.

»Ja, ja.«

»Haben Sie ihn heute getroffen?«

»Nein.«

»Hat er Sie angerufen?«

»Nein.«

»Hat Sie irgendjemand angerufen und nach ihm gefragt?«

»Na ja, ein paar Leute, die wissen wollten, ob ich mit ihm gesprochen hätte. Kein Mensch weiß, wo er steckt, und manche machen sich Sorgen. Heute Nachmittag auf CNB hat er nicht besonders gut ausgesehen. Er hat gesagt, er würde sich umbringen, und das klang ziemlich glaubhaft.«

Eccles war kräftig gebaut, er hatte eine beginnende Glatze und trug sein dunkles Haar nach hinten gekämmt. Schnurrbart, kurzärmeliges, blaues Hemd, Krawatte mit Paisleymuster, Cordjacke. Dicke Finger, Ehering. Er trank noch einen Schluck und wischte sich den Bierschaum mit der Handfläche von den Lippen.

Rayborn, die ausschließlich zu Hause Alkohol trank, nippte

an ihrer Limonade. »War er als Ehemann auffallend eifersüchtig?«

Eccles schaute sie stirnrunzelnd an. »Ein bisschen. Er war unglaublich stolz auf Gwen. Hat nie ein schlechtes Wort über sie gesagt. Gwen war … hm … kein Thema, worüber Archie lachen konnte. Er hat das nie ausgesprochen, Sergeant, aber ich bin mir sicher, wenn irgendeiner von uns Gwen zu nahe getreten wäre, dann wäre Archie sofort dazwischengefahren. Was ich sagen will, ist, niemand hätte es gewagt, mit Gwen zu schäkern. Aber wissen Sie, ich habe nie erlebt, dass er irgendjemandem gedroht hätte oder irgendwas verkündet, was mit dem Übeltäter geschehen würde. Es war einfach kein Thema. Mit Archie machte man einfach keine solchen Scherze. Nicht über seine Frau. Da verstand er keinen Spaß.«

»Wie hat er denn auf Ihren Trinkspruch reagiert?«

»Ach, das war kein Problem. Wenn es um ihn selbst geht, kann Archie Spaß vertragen. Er weiß, was er für ein Typ ist.«

»Hat Gwen gern geflirtet?«

»Also … sie war fröhlich, gut gelaunt. Sie hat einen immer angefasst, wenn sie mit einem redete. Sie wissen schon, eine Hand auf den Arm gelegt, solche Sachen. Zur Begrüßung und zum Abschied umarmt. Aber flirten? Nein. Sie war keine Frau, die einen Mann mutwillig in Versuchung führte.«

»Und versehentlich?«

»Sie war wirklich unglaublich schön. Bei ihr konnte man schon auf Ideen kommen.«

»Wer zum Beispiel?«

»Nein, so habe ich das nicht gemeint. So was hab ich nie erlebt.«

»Aber Sie könnten es sich vorstellen?«

Eccles nickte.

»Was hat Ihre Frau von ihr gehalten?«

Er sah Merci an und schüttelte den Kopf. »Die beiden haben sich gut verstanden. Kein Problem. Meine Frau hat die beiden manchmal um ihr schönes Haus beneidet, um all das Geld, das sie über Nacht verdient hatten. Mehr nicht.«

»Was haben die anderen Ehefrauen von ihr gehalten?«

»Das kann ich Ihnen nicht sagen. Keine Ahnung.«

»Wie ging es Gwen an dem Abend?«

»Anfangs war sie ganz verlegen. Na ja, zwanzig Leute zum Abendessen im Restaurant. Lauter bunte Päckchen an ihrem Platz am Tisch. Wahrscheinlich hat der Abend drei-, viertausend Dollar gekostet. Sie ist ziemlich arm aufgewachsen. Sie war solche Sachen nicht gewöhnt.«

»Und nachdem die Verlegenheit sich gelegt hatte?«

»Sie war einfach ... glücklich. Sie hat gestrahlt, hat sich gefreut, dass Archie so was für sie organisiert hat. Hat sich über ihre Freunde und alles gefreut.«

»Hat sie viel getrunken?«

»Na ja, ziemlich. Aber das haben wir alle. Nur Archie nicht. Ich hab noch nie erlebt, dass er irgendwas übertrieben hätte.«

»Wie war er an dem Abend?«

Eccles warf ihr einen Blick zu und trank noch einen Schluck. Er setzte zum Sprechen an, brach ab. Trank wieder.

»Ein bisschen nervös. Irgendwas lag ihm auf dem Magen. Ich hab ihn gefragt, und er meinte, irgendein Geldscheiß.«

»Waren das seine Worte?«

»Ja. Genau so hat er sich ausgedrückt. Er wollte nicht drüber reden. Aber Archie macht sich oft Gedanken, und da hab ich mir gesagt, na ja ... das Übliche.«

Sie notierte sich *Geldscheiß* und unterstrich das Wort zweimal. Dann kringelte sie es zweimal ein, wobei ihr Kuli sich tief in das Papier grub. Sie spürte, wie sie von einem heißen Gefühl des Zorns durchströmt wurde. Das baute sich jetzt schon seit einer Woche auf, hatte sich vergrößert und verstärkt, während sie mit anderen Dingen beschäftigt gewesen war.

Merci lehnte sich zurück und betrachtete die Rohrstühle, die Tische, die Kellnerinnen in ihren kurzen Röcken, die Palmen, die Deckenventilatoren. Am liebsten hätte sie irgendetwas durch die Gegend geworfen.

»Da stimmt doch irgendwas nicht«, sagte sie. »Ich rede mit Ihnen, ich rede mit seinem Partner, mit seinen Eltern, seinen Schwiegereltern, seinem Nachbarn und alle sagen mir das Gleiche. Archie ist großartig. Archie hat mir das Leben gerettet. Archie hat seine Frau angebetet. Archie ist nicht übertrieben eifersüchtig. Archie ist über Nacht reich geworden, aber es ist ihm nicht in den Kopf gestiegen. Archie zahlt brav seine Steuern. Archie trinkt nie einen über den Durst. Archie setzt sich für Frauen ein. Alle sagen, Archie ist perfekt. Aber das glaube ich einfach nicht. Das glaube ich von niemandem.«

Eccles grinste, ohne die Zähne zu zeigen. »Na also, da haben Sie's.«

»*Was* habe ich?«

Er seufzte kopfschüttelnd, legte die Hände auf den Tisch und richtete seinen Blick darauf.

»Archie ist … anders. Er hat eine drei Meter hohe Mauer um sich errichtet. Und die Außenseite dieser Mauer ist perfekt. Es ist absolut verrückt, dass alle Ihnen erzählt haben, ich sei Archies bester Freund, denn eigentlich kenne ich ihn gar nicht besonders gut. Ich mag ihn. Ich respektiere ihn. Ich versuche sogar, ihm ein Freund zu sein. Zum Beispiel, als ich ihn an dem Abend gefragt habe, was mit ihm los ist. Aber gleichzeitig hatte ich das Gefühl, mit dieser simplen Frage total aufdringlich zu sein. Ich rede nicht mit Archie über persönliche Dinge und er auch nicht mit mir. Wir quatschen über Baseball, Autos, den Job, wissen Sie – Männerthemen halt.«

Eccles lehnte sich zurück und schaute Merci an. Sie sah tiefe Enttäuschung in seinen Augen. »Vielleicht mag ich ihn deswegen. Weil ich weiß, dass viel mehr in ihm vorgeht, worüber er nicht spricht. Archie hat Charakter, Sergeant Rayborn. Er hat Tiefe. Vielleicht hat er Geheimnisse. Vielleicht auch ein paar nicht besonders schöne Geheimnisse.«

»Was ist mit seinem Jähzorn?«

»Ja, ja, er geht leicht an die Decke. Damit verrät er sich. Er kann lächeln und gut gelaunt sein und dann plötzlich heißt es Vorsicht. Normalerweise gelingt es ihm, sich zu beherrschen. Er hat einen starken Willen. Aber manchmal platzt ihm auch der Kragen. Sie hätten mal sehen sollen, wie er Mark k. o. gehauen hat, als die beiden sich Ihretwegen gestritten haben.«

Sie wartete, doch weiter sagte er nichts. Schließlich seufzte er und schaute der Kellnerin nach, die vorbeiging. »Werden Sie ihn verhaften?«

»Ja.«

»Hat er sie getötet?«, fragte Eccles.

Merci seufzte auch und schaute zu zwei Detectives vom Dezernat für Einbruch und Diebstahl hinüber, die gerade das Restaurant betraten. In der Abteilung hatte Clark früher gearbeitet. Sie beugte sich zu Eccles vor.

»Verdammt, Brad«, sagte sie leise, »er ist Ihr bester Freund und Sie fragen *mich* das?«

Kaum hatte sie die Frage ausgesprochen, wurde ihr klar, dass sie denselben Fehler schon einmal gemacht hatte – einem Mann zu leicht und zu schnell Vertrauen zu schenken.

Eccles beugte sich ebenfalls vor. »Er ist nicht mein bester Freund, Sergeant. Ich bin *sein* bester Freund. Und als er Mark erst angelächelt und im nächsten Augenblick niedergeschlagen hat, da habe ich mich gefragt, wozu er wohl sonst noch fähig ist.«

Und als Mike McNally ihr gestanden hatte, dass er sich in eine neunzehnjährige Prostituierte verliebt hatte, die nach einem gemeinsamen Abendessen mit ihm in ihrer Wohnung tot aufgefunden worden war, hatte Merci sich in Bezug auf Mike dasselbe gefragt.

Sie nickte. Misstrauen. Verwunderung. Erstaunen. Eccles hatte das Recht, solche Gefühle zu haben. »Also gut. Was ist, kurz gesagt, Ihr Fazit, wenn Sie an Archie und Gwen denken?«

Eccles stellte sein Bierglas ab. Als er sie schließlich ansah, meinte sie so etwas wie Kränkung in seinen Augen zu sehen.

»Ich weiß es nicht, Sergeant – das versuche ich ja die ganze Zeit zu sagen. Nach allem, was ich über Ihre Beweise gehört habe, und so wie ich Archie kenne, *weiß ich einfach nicht, was ich denken soll, verdammt.*«

Er errötete leicht und wandte sich ab.

»Also, falls CNB und Gary Brice bei Ihnen rumschnüffeln kommen, brauchen Sie ihnen das ja nicht zu sagen«, raunte sie. »Vorerst gehen wir von seiner Unschuld aus.«

»Keine Sorge. Ich bin einfach misstrauisch, Sergeant. Ich verstehe Leute nicht, die dichtmachen, vor allem ihren Freunden gegenüber. Aber ich bin nicht so blöd, dass ich darüber mit Fernsehjournalisten rede. Hören Sie – was glauben Sie eigentlich, wie ich mich dabei fühle, wenn ich Ihnen so was über ihn erzähle, wie ich es eben getan habe? Mein Freund hat eine Kugel im Kopf. Ich komme mir vor wie Judas. Aber ich musste es sagen, weil ich es so gesehen habe und weil es meine Meinung ist. Und weil Gwen tot ist. Vielleicht sind das die Auswirkungen meiner Arbeit in der Abteilung für Betrug. Man hört von morgens bis abends nichts als Lügen.«

Merci dachte über seine Worte nach und legte Geld auf den Tisch. »Was Sie da sagen, ist bestimmt nicht leicht zuzugeben. Das rechne ich Ihnen hoch an.«

»Ich hoffe, dass ich mich irre. So wie Sie damals.«

Sie musterte ihn durchdringend – aber nach was suchte sie eigentlich? »Ja, das hoffe ich auch.«

Beide schwiegen eine Weile, während Rayborn sich mit den Geistern ihrer Erinnerung herumschlug. Eccles nahm seine Brieftasche. »Übrigens, ich spiele Tennis mit McNally. Er spricht manchmal von Ihnen. Nicht viel, aber mehr als wenig.«

»Bitte nicht.«

Diesmal war Merci diejenige, die errötete. Sie spürte es deutlich.

Eccles zuckte die Achseln. »Er bewundert Sie.«

»Das kann nicht sein.«

Er sah sie offen an. »Vielleicht wissen Sie weniger, als Sie glauben. Ich weiß, dass Sie eine gute Polizistin sind. Das weiß jeder. Aber Sie sollten sich ein bisschen öffnen und sehen, was um Sie herum passiert. Was möglich ist. Was passieren kann. Von manchen Menschen wird man überrascht. Rufen Sie ihn bei Gelegenheit mal an.«

Merci schaute ihn mit einem freundlichen Gesichtsausdruck an. »Sie klingen gar nicht wie einer von der Abteilung Betrug. Sind Sie sicher, dass Sie dort richtig aufgehoben sind?«

Eccles hob die Schultern und lächelte. »Da ist eben mein altes Ich zum Vorschein gekommen. Ich war als Junge bei den Pfadfindern. Der Junge ist wohl noch nicht ganz tot.«

»Halten Sie ihn am Leben.«

»Ich versuch's.«

An dem Abend kam sie nach acht nach Hause. Clark und Tim saßen einander gegenüber am Küchentisch, Tim auf seinem Hochstuhl, Clark mit aufgestützten Ellbogen.

Clark warf ihr einen besorgten Blick zu. Tim würdigte sie keines Blickes. Es war ein typischer Montag, und Tim nahm seiner Mutter übel, dass sie ihn einen ganzen Tag allein gelassen hatte, nachdem sie zwei ganze Tage mit ihm zusammen verbracht hatte.

Sie umarmte ihn, doch er wandte sich ab, als sie versuchte, ihm einen Kuss auf die Wange zu drücken.

»Vielen Dank, du undankbares kleines Monster«, sagte sie.

»Du fehlst ihm eben.«

»Komische Art, das zu zeigen.«

Tim schaute sie an. »Hallo, Mom!«

Sie drückte ihn an sich und überhäufte ihn mit Küssen, und er ließ es geschehen und kicherte, als sie ihn unterm Kinn kitzelte. Merci ließ sich auf den Stuhl am Kopfende des Tisches fallen. Tim saß zu ihrer Linken, Clark zu ihrer Rechten.

»Gott, war das ein Tag«, sagte sie.

Clark stand auf und tätschelte ihr im Vorbeigehen die Schulter. »Heute gibt's Seeteufel«, verkündete er. »Der Hummer der armen Leute.«

»Wir sind arme Leute«, sagte Merci. »Perfekt.«

»Ich hab die Sendung auf CNB heute Nachmittag gesehen. Tim hat mitgeguckt.«

»Großartig, Dad.« Sie warf ihrem Vater einen tadelnden Blick zu, dem Clark jedoch auswich, indem er sich über seine Pfanne beugte. Er ließ Tim Dinge tun und sehen, die sie ihm verbieten würde, so war es nun mal. Ein Jahr lang hatte sie ihrem Vater deswegen Vorhaltungen gemacht und es schließlich aufgegeben. Was das Fernsehen anging, war er einfach hemmungslos.

»Ist Archie nicht okay?«

»Nein, Archie ist nicht okay. Er ist weg.«

»Er ist weg?«

»Ja. Vorerst ist er weg.«

»Er ist nicht weg?«

»Du bist anstrengend, Tim«, sagte Merci. »Süß, aber anstrengend.«

»Gary Brice hat zweimal angerufen«, bemerkte Clark.

»Dieses Arschloch.« Zu spät.

»Arschloch?«

»Ich geb's auf.«

Nach dem Abendessen badete sie ihren Sohn. Wegen der Hitze steckte sie ihn in einen Schlafanzug mit kurzer Hose, aber er bestand darauf, seine Cowboystiefel anzuziehen. Die letzte Geschichte, die sie ihm vorlas, hieß *Der schlecht gelaunte Buhmann*, die für Mercis Geschmack zu düster und an den

Haaren herbeigezogen war. Aber Tim gefiel sie, und er betrachtete aufmerksam die bunten Bilder, vor allem die auf den letzten Seiten, wo der alte Mann starb und das kleine Mädchen ihm die Hand hielt.

Tim schlurfte gähnend zum Bett hinüber. Merci zog ihm die Stiefel aus und stellte sie vor die Wand, wo er sie sehen konnte. Sie deckte ihn mit einem Laken und einer leichten Decke zu und schaltete das Licht aus. Dann setzte sie sich wieder in den Schaukelstuhl, um noch ein bisschen mit Tim zu plaudern. Diese Minuten genoss sie immer ganz besonders, wenn sie in dem dunklen Zimmer, in das nur vom Flur her ein wenig Licht drang, mit ihrem Sohn redete. Am liebsten würde sie stundenlang so dasitzen.

»Ist der Buhmann tot?«

»Ja, er stirbt in der Geschichte.«

»Ist er ganz weit fort?«

»Ganz weit fort. Aber er ist nur eine Figur in einem Buch.«

»Er ist nicht echt?«

»Nein, wirklich nicht.«

»Ist Daddy ganz weit fort?«

Sie schluckte, denn sie wusste, wie es weitergehen würde. Tim schien sich nie mit dieser Antwort zufrieden zu geben, und mit der Zeit war ihr klar geworden, dass die Toten auf diese Weise unter den Lebenden weilten.

»Ja, Daddy ist ganz weit fort.«

»Und auch tot?«

»Ja.«

»Er ist keine Figur in einer Geschichte?«

»Richtig. Er war echt. Dein Daddy war echt.«

»Heißt er Tim?«

Heißt Tim oder hieß Tim? Sie seufzte leise und spürte, wie ihr Tränen in die Augen stiegen.

»Ja. Er heißt Tim.«

»Und er ist ganz weit fort?«

»Ja.«

»Ach so.«

Ein paar Minuten später sagte sie ihm Gute Nacht und deckte ihn zu. Tim war still, aber er war noch nicht eingeschlafen.

Kurz nach neun klingelte das Telefon. Es war Captain Greg Matson vom Police Department in Willits, der Mercis Anruf erwiderte.

»Tut mir Leid, dass ich Sie so spät noch störe«, sagte er. »Ich habe ziemlich lange gebraucht, um die Akte aufzutreiben, dann hatten wir eine Schießerei in einer Bar in der Innenstadt. Wir haben etwa alle zwei Jahre eine Schießerei und heute war es mal wieder so weit.«

»Haben Sie den Kerl geschnappt?«

»Er war noch in der Bar, als wir ankamen. Eifersuchtsdrama. Aber die Frau ist außer Lebensgefahr, nur ein Schuss in den Oberarm.«

Es hatte Merci schon immer gewundert, dass eifersüchtige Männer stets zuerst auf ihre Frauen schossen und erst dann auf ihre Rivalen, wenn überhaupt. »War der Schütze vorbestraft?«

»Ein paar Anzeigen wegen Trunkenheit am Steuer. Eigentlich ein anständiger Kerl. Seine Frau ist vor ein paar Jahren bei einem Bootsunglück auf dem Lake Mendocino ertrunken. Seitdem hat er sein Leben nie wieder richtig in den Griff gekriegt.«

»Das sind harte Brocken.«

»Ja, aber Julia Santos war ein noch härterer Brocken.«

»Ich höre.«

Captain Matson erzählte, er sei damals in Willits Detective bei der Mordkommission gewesen und in dieser Funktion an der Fahndung nach vermissten Personen beteiligt gewesen, wenn ein Verbrechen vermutet wurde, was natürlich der Fall war, als die zehnjährige Julia Santos verschwand. Sie hatte an jenem Morgen um zehn vor acht ihren Schulweg angetreten und war seitdem spurlos verschwunden. Nachbarn hatten einen fremden Pick-up beobachtet, aber niemand hatte sich die Kennzeichen notiert oder sagen können, um welche Automarke es sich handelte.

»Die Eltern waren sauber«, sagte Matson. »Allein erziehende Mutter, Anna. Gute Frau. Der Vater wohnte drüben in Fort Bragg, aber der kam als Täter nicht in Frage. Er ist an dem Morgen um halb acht zur Arbeit erschienen, und zwanzig Zeugen am Dock haben bestätigt, dass er bis zehn Uhr, als ich kam, um ihn zu vernehmen, die ganze Zeit dort gewesen war.

Wir haben sämtliche Nachbarn in dem Wohnblock vernommen, wo Julia gewohnt hatte. Wir haben jeden Hausbesitzer zwischen dem Wohnblock und der Schule befragt. Einige von ihnen haben wir sogar einem Polygraphentest unterzogen. Wir haben ein paar Bluthunde aus Santa Ana kommen lassen, die Julias Spur von der Haustür bis zu einer Stelle am Highway 101 verfolgt haben, ziemlich genau da, wo die Straße über den Fluss führt. Ich bin davon ausgegangen, dass der Täter sie dort auf der Brücke erwischt hat, wo sie nicht weglaufen konnte.«

Merci überlegte. »Was haben die Lügendetektortests ergeben? Irgendwelche Verdächtigen?«

»Nein. Ich bin zu dem Schluss gekommen, dass es einer von auswärts gewesen sein muss, der sie wahrscheinlich irgendwohin verschleppt hat. Als wir nach zwei Tagen weder das Mädchen noch eine Leiche hatten, hatte ich das verdammt ungute Gefühl, dass wir den Fall nie lösen würden.«

»Was war mit Archie Wildcraft?«

»Zunächst mal – wie geht es ihm?«

»Kugel im Kopf, zurzeit verschwunden, möglicherweise suizidgefährdet.«

»Sie haben das Video von ihm auf ABC gebracht.«

»Gruselig.«

»Ich schätze … na ja, ich schätze, Sie hätten ihn schon verhaftet, wenn es Gründe gegeben hätte.«

Merci hörte den vorwurfsvollen Unterton, doch sie ließ sich nicht erschüttern. »Ganz genau. Ich glaube nicht, dass er der Täter ist. Aber als seine Eltern mir von Julia erzählt haben, dachte ich, es würde sich lohnen, mal mit Ihnen zu sprechen.«

Matson schwieg einen Moment. Merci hörte Eiswürfel in einem Glas klimpern. »Er war damals elf. Großer, kräftiger Junge, guter Sportler. Wissen Sie, es ist irgendwie seltsam. Wenn dieses Verbrechen heute passiert wäre, würde ich mir den Jungen ganz genau vorknöpfen. Ich würde ihn schwer unter Druck setzen. Aber damals, na ja, es ist erst achtzehn, zwanzig Jahre her, aber es war einfach eine andere Welt. Ehrlich gesagt, habe ich ihn nie wirklich verdächtigt. Ich habe ihn vernommen, und er kam mir vor wie ein Junge, der total verknallt war in ein süßes Mädchen. Er war niedergeschmettert. Das, was mit ihr passiert ist, hat er sich sehr zu Herzen genommen. Und er hat nie die Hoffnung aufgegeben, dass sie wieder auftauchen würde. Ich bin noch ein paar Monate lang mit George und Natalie in Kontakt geblieben, und sie haben mir erzählt, wie er jeden Tag in die Bibliothek gegangen ist und die Tageszeitungen aus dem ganzen Umkreis studiert hat. Er hat ihr noch mindestens ein halbes Jahr lang nach ihrem Verschwinden Briefe geschrieben. Anna Santos hat mir ein paar davon gezeigt – sie konnten einem das Herz brechen. Als wäre Julia absichtlich verschwunden und als versuchte der Junge, sie zur Rückkehr zu überreden. Aber irgendwann hat er natürlich aufgehört, ihr zu schreiben, er wurde älter und hat die Sache überwunden.«

»Haben Sie ihn je beschattet?«

Matson zögerte einen Augenblick, bevor er antwortete. »Ja,

das habe ich tatsächlich. Auf dem Weg zur Schule nahm er immer eine Abkürzung durch den Wald und ich bin ihm ein paar Mal gefolgt.«

»Lag die Abkürzung vor oder hinter der Brücke?«

»Vor der Brücke.«

»Und?«

»Einfach ein Junge, der durch den Wald lief. Mehr hab ich nicht gesehen. Wissen Sie was – ich habe das nie in meinen Bericht aufgenommen, weil ich mich dafür geschämt habe. Aber ich habe damals verzweifelt nach einer Spur gesucht.«

»Wie Sie eben sagten, Captain, es war eine andere Welt.«

»Aber sie gefiel mir.«

»Mir auch«, sagte Merci. Sie dachte einen Moment lang nach, begriff, dass es ihr jetzt so ähnlich ging, wie es Matson vor achtzehn Jahren gegangen war – in Bezug auf denselben Mann. »Was muss ich über Wildcraft wissen, Captain? Können Sie mir irgendetwas sagen?«

Matson schwieg erneut. Klimpernde Eiswürfel. »Es gibt etwas, an das ich mich sehr deutlich erinnere. Ich werde nie seinen Gesichtsausdruck vergessen, nachdem ich ihn das erste Mal vernommen hatte. Er hat mich ganz ruhig angesehen und gesagt: Wenn ich später kein Baseballprofi werden kann, dann will ich Polizist werden. Er sagte sogar noch, er wolle in der Abteilung für vermisste Personen arbeiten. Ich habe es ihm abgenommen, er war völlig überzeugt davon. Mein Sohn war damals dreizehn und der hatte nicht annähernd diese Entschlossenheit. Hat er immer noch nicht. Ich weiß noch, dass es mich ein bisschen irritierte, wie sehr der Junge alles in sich reingefressen hat. Archie, meine ich. Sehr willensstarker Junge. Tut mir Leid, dass ich Ihnen nicht mehr sagen kann, Sergeant.«

»Ich bin ganz froh darüber.«

»Falls Archie so verrückt sein sollte, hierher zu kommen, werde ich mich um ihn kümmern und Sie sofort anrufen.

Grüßen Sie George und Natalie. Das sind gute Leute. Sagen Sie ihnen, ich habe ein Auge auf ihr Haus. Es ist alles in Ordnung. Die Hunde und alles.«

»Mach ich.«

Sie wollte gerade zu Tim ins Zimmer gehen und sich vergewissern, dass er fest schlief, als ihr Telefon erneut klingelte.

»Hier ist Archie Wildcraft.«

»Wo sind Sie?« Merci ging ins Wohnzimmer.

»Das sage ich Ihnen nicht. Ich kann nicht zulassen, dass Sie mich wegen Gwen verhaften. Ich bin mir ganz sicher, dass ich sie nicht getötet habe. Und ich muss ein paar Dinge erledigen, wissen Sie, Dinge, um die ich mich vom Krankenhaus oder vom Gefängnis aus nicht kümmern kann. Ich wollte Ihnen nur sagen, dass es mir gut geht, dass ich brav meine Medikamente nehme und alles.«

»Im Fernsehen haben Sie gesagt, Sie würden sich umbringen, Archie.«

»Nein, das war ein Problem mit dem Video. Ich hab gesagt, ich würde *den* selbst umbringen.«

»Den, der Gwen getötet hat?«

»Ja, genau.«

»Ist es das, was Sie vorhaben, Archie? Versuchen Sie, den Täter selbst zu finden?«

Einen Moment lang sagte Wildcraft nichts und Merci hörte Verkehrsgeräusche in der Leitung.

»Würden Sie das nicht auch tun?«, fragte er.

»Das ist doch lächerlich.«

»Sie haben meine Frage nicht beantwortet.«

Sie überlegte, aber sie brauchte nicht lange. Sie wusste, was sie tun würde.

»Könnte sein, dass ich es versuchen würde.«

»Vor allem, wenn Ihre eigenen Kollegen glaubten, Sie hätten es getan.«

»Ich bin die Chefermittlerin in diesem Fall. Und ich glaube nicht, dass Sie es getan haben.«

»Sagen Sie das Al Madden. Er hat mich zu Hause angerufen. Er hat meine Eltern verhört. Er und Dawes, die beiden wollen mir das anhängen. Ich mag vielleicht eine Kugel im Kopf haben, aber ich merke, wenn jemand versucht, mich hinter Gitter zu bringen.«

»Archie, wir haben nicht vor, Anklage zu erheben. Treffen Sie sich mit mir im Krankenhaus. Oder ich fahre sie dorthin. Wir liefern Sie wieder ein und sorgen dafür, dass die Ärzte Sie wieder fit machen. Auf dem Video konnte man sehen, dass Sie geblutet haben.«

»Das war nicht der Rede wert.«

»Woher wollen Sie das wissen?«

»Eigentlich mache ich mir deswegen ein bisschen Sorgen. Es ist, na ja, wenn der Druck stärker wird, dann sehe ich Farben, die nicht stimmen. Rote Gesichter und blaue Berge, wissen Sie. Aber meine Erinnerung kommt immer mehr zurück, was vielleicht ein Anzeichen dafür ist, dass die Schwellung zurückgeht. Der Arzt, dieser Doktor Stebbins im Krankenhaus, der hat mir gesagt, dass so was passieren könnte.«

»Archie, verdammt, sagen Sie mir doch, wo Sie sind, damit ich Sie abholen kann! Niemand wird Sie wegen des Mordes an Gwen anklagen. Dawes wittert bloß einen Fall, bei dem er den Sieg ganz einfach davontragen kann, weil Sie sich nicht erinnern können, was in der Nacht passiert ist. Madden tut nur seine Pflicht. Aber ich weiß, dass Sie Gwen nicht getötet haben, und ich weiß, ich werde die Leute kriegen, die das getan haben. Sie können sich auf mich verlassen, Archie. Ich bin eine gute Ermittlerin. Und wissen Sie was, Archie – *es gibt eine Möglichkeit, Ihnen dabei zu helfen, sich genau an alles zu erinnern, was in der Nacht passiert ist.*«

Schweigen. Sie wusste, dass sie ihn hatte.

»*Hypnose*«, sagte sie.

»Wer hat Ihnen das gesagt?«

»Stebbins. Es ist riskant, weil es Sie dem Trauma erneut aussetzen würde. Aber es ist eine Methode, die dazu führt, dass Sie sich an alles erinnern.«

»Wirklich?«

»Wirklich, Archie.«

»Dann würde ich sie also wiedersehen. Mich an Gwen erinnern.«

»Ja.«

»Es könnte sein, dass ich den Schützen gesehen habe.«

»Mein Gott, Archie – gut, dass Sie das sagen.«

»Ich bin mir aber nicht sicher. Ich fange an, dieses Gesicht hinter dem Licht zu sehen, aber ich frage mich, ob ich es wirklich gesehen habe oder ob ich es mir nur einbilde.«

»Das kann die Hypnose klären.«

»Und wenn ich das Gesicht sehe, fällt mir jedes Mal das Wort *wenden* ein.«

»Wenden und was noch?«, fragte sie. Vielleicht das Schicksal wenden?

»Einfach nur wenden.«

»Das ist nicht sehr überzeugend. Helfen Sie mir, Archie. Helfen Sie mir dabei, Ihnen Gwen zurückzugeben. Diese Ärzte können dafür sorgen, dass es Ihnen besser geht, dass Sie Ihre Erinnerungen und Gefühle zurückbekommen.«

Erneutes Schweigen, nun etwas länger. »Ich werde darüber nachdenken. Aber ich sage Ihnen trotzdem nicht, wo ich bin.«

»Überlegen Sie doch mal, Archie – Sie wollen Ihren Job wiederhaben, wenn es Ihnen besser geht. Wie wird das aussehen, wenn wir Sie verhaften müssen wie einen Verbrecher?«

»Sergeant Rayborn, ich habe meinen Job geliebt, aber es ist mir scheißegal, ob ich ihn je wiederbekomme. Ich muss den Mann kriegen, der dieses Licht auf mich gerichtet hat, der sich hinter dem Baum versteckt hat. Und ich muss Gwen wiederfinden.«

»Gwen wiederfinden? Wie meinen Sie das?«

»Ich habe Ihnen doch gesagt, ich höre ihre Stimme. Und ich garantiere Ihnen, sie ist nicht bloß in meinem Kopf. Sie ist da, wo ich bin, im Zimmer, oder wo auch immer, und sie kommt von oben. Nicht von hoch oben, nicht aus dem Himmel, sondern von direkt über mir, als schwebte sie, sagen wir ... etwa drei Meter über mir. Drei, vier Meter über meinem Kopf und über meiner linken Schulter. Jedes Mal wenn sie mit mir spricht, ist sie ein bisschen weiter weg. Beim ersten Mal habe ich ihren Atem im Nacken gespürt. Aber beim letzten Mal, das war vor etwa einer Stunde, da war sie, na ja, ungefähr vier Meter über mir, hinter mir, auf der linken Seite.«

»Archie, Sie haben eine Kugel im Kopf. Sie brauchen ärztliche Hilfe.«

»Dafür habe ich im Moment keine Zeit. Wenn das vorbei ist, dann sollen sie mit mir machen, was sie wollen. Es tut überhaupt nicht weh, wissen Sie. Es juckt nur fürchterlich um die Wunde herum. Das bedeutet, dass der Heilungsprozess eingesetzt hat.«

»Kommen Sie, Archie. Sagen Sie mir, wo Sie sind. Sie werden sich in noch größere Schwierigkeiten bringen, wenn Sie nicht vorsichtig sind.«

»Ich werde diesen Mann kriegen, Sergeant. Deputy Wildcraft schnappt sich seine Verbrecher immer.«

Er lachte leise in sich hinein. Merci hörte am Ende der Leitung eine Harley vorbeifahren, dann noch eine. Sie dachte an Cook's Corner, den Bikertreff in den Bergen, aber neuerdings gab es so viele Harleyfahrer, dass Archie genauso gut aus Irvine oder Laguna Beach aus anrufen konnte.

»Für Julia wollten Sie auch da sein, nicht wahr?«

»Julia? Wer hat Ihnen von Julia erzählt?«

»Ihre Eltern. Und Matson vom Department in Willits.«

»Ach, Julia«, flüsterte er.

Daran, wie er die drei kurzen Silben aussprach, spürte Merci, wie schwer der Verlust auf ihm lastete.

»Wegen Julia habe ich mich entschlossen, Polizist zu werden. Und weil mein Forkball immer in die falsche Richtung flog.«

»Ich habe mich sehr angenehm mit Ihren Eltern unterhalten. Und mit Lee und Earla Kuerner.«

»Das sind alles gute Leute«, sagte Archie leise. »Ich habe Glück.«

Merci hörte die Erschöpfung in seiner Stimme. »Hat Julia je mit Ihnen gesprochen, Archie, nachdem sie verschwunden war? So wie Gwen?«

»Nein«, erwiderte Wildcraft knapp.

»Warum nicht?«

»Weil jemand sie *verschleppt* hat, Sergeant. Aber bei Gwen ist das was ganz anderes. Irgendjemand hat sie getötet, und sie ist dorthin zurückgekommen, wo sie zuletzt gewesen ist. Zu mir.«

»Glauben Sie denn, es war derselbe Täter, Archie? Derselbe, der Julia verschleppt hat, hat der auch Gwen getötet?«

»Schert euch doch alle zum Teufel!«

Er legte auf. Sie probierte den Stern-sechs-null-neun-Trick, aber wie üblich funktionierte er nicht. Sie wartete im warmen Wohnzimmer in ihrem Haus in dem Orangenhain darauf, dass Wildcraft noch einmal anrufen würde. Wie hatte sie nur so etwas Dummes sagen können?

Drei Stunden später wachte sie auf. Sie hatte sich den Nacken auf dem Sofa ganz steif gelegen, und der Polizeifunk war noch eingeschaltet.

Sie schaute kurz nach Tim und setzte sich in den Schaukelstuhl. Sie dachte darüber nach, wie Wildcraft sich wohl fühlen musste mit diesen riesigen Lücken in seinem Gedächtnis. Wie es für ihn sein mochte, dass ihm ein so großer Teil seiner Erinnerung fehlte, vor allem an die Ereignisse der Nacht, die dazu geführt hatten, dass seine Frau tot war und er eine Kugel im Kopf hatte, die so tief saß, dass die Chirurgen sie nicht entfernen konnten.

Wütend.

Frustriert.

Verwirrt.

Hilflos.

Allein.

Er muss sich fühlen wie in der Hölle, dachte sie, egal ob er sich erinnern kann, was die Hölle ist.

Aber er hört immer noch ihre Stimme.

## Dreiundzwanzig

Am nächsten Morgen hatte Merci gerade ihre Kaffeetasse an die Lippen gesetzt, als ihr Blick auf die Schlagzeile im Wirtschaftsteil des Orange County *Journal* fiel:

SISTEL GEHEN DIE SCHLANGEN AUS
Krebsbehandlung auf Giftbasis scheint nicht realisierbar

Der Pharmariese B. B. Sistel Laboratories gab gestern die sofortige Einstellung aller Arbeiten an dem Medikament MiraVen bekannt, das zur Tumorbekämpfung aus Schlangengift gewonnen werden sollte.
Die stellvertretende Firmenchefin Carol Spenser erklärte, sämtliche Pläne, das Medikament herzustellen und zu vermarkten, seien »mit sofortiger Wirkung aufgegeben worden«. Die OrganiVen-Abteilung von Sistel, die MiraVen produzieren sollte, werde umstrukturiert.
Der Börsenmarkt reagierte mit massiven Verkäufen der Aktie, deren Kurs von 55 $ auf 45 $ fiel und damit einen Verlust von fast zwanzig Prozent erlitt.
Bei Sistel macht man sich Gedanken über das Schicksal der mehr als hundert OrganiVen-Angestellten und die fast 400 Millionen $, die im vergangenen Jahr für den Kauf von OrganiVen gezahlt wurden.

Sistel Laboratories hat seinen Firmensitz in Minneapolis, das Firmenkapital wurde bei Redaktionsschluss auf 3 Milliarden $ geschätzt. Sistel hält die Patent-, Herstellungs- und Vertriebsrechte an einigen der effektivsten und profitabelsten Medikamente der Welt.

»Wir werden alles daransetzen, die Angestellten von OrganiVen zu integrieren«, sagte Spenser. »Unser Konzern ist dafür bekannt, dass er sich um seine Mitarbeiter kümmert.«

Das viel diskutierte »Krebsheilmittel« basierte auf der gewebezerstörenden Wirkung von Schlangengift. Die jahrzehntealte Idee hatte bei von OrganiVen durchgeführten Tierversuchen in San Diego viel versprechende Resultate gezeigt.

Die Forscher von OrganiVen benutzten das Tumormedikament in Kombination mit einem Giftimmunisierungs-Programm, aufgrund dessen Krebspatienten eine erhöhte Gifttoleranz erreichen können.

Die winzige Start-up-Firma OrganiVen wurde ursprünglich mit Kapital gegründet, das von Freunden und Angehörigen kam, die Aktien im Wert von fünfundzwanzig Cent kauften.

Als OrganiVen – gegründet von Ärzten der Universitätsklinik in San Diego – beeindruckende Ergebnisse aus Tierversuchen mit MiraVen vorweisen konnte, begannen Risiko-Kapitalgesellschaften wie CEIDNA, Trident Capital und Brown Brothers, in großem Stil in die Firma zu investieren.

Das Finanzdienstleistungsunternehmen Pricewaterhouse-Coopers, das erst vor kurzem einen Überblick über die Kapitalgesellschaften veröffentlicht hatte, schätzte die Kapitalanteile der Investoren auf 56 Millionen $.

Sistel übernahm OrganiVen im September vergangenen Jahres für 400 Millionen $. Geplant war, eine Reihe kostspieliger und ungewisser klinischer Studien mit Miraven durchzuführen, die Voraussetzung für den Vertrieb eines neuen Medikaments auf dem Markt.

»Natürlich sind wir enttäuscht darüber, dass die Hoffnungen, die wir in MiraVen gesetzt hatten, sich zerschlagen haben«, sagte Spenser. »Aber eine effektive Krebsbehandlung war innerhalb einer vernünftigen Zeitspanne, ab der das Medikament schwarze Zahlen schriebe, nicht in Sicht. Wir müssen auf unsere Aktionäre Rücksicht nehmen, und wir sind bei der Entwicklung auf Probleme gestoßen, die einfach nicht lösbar waren. Das ist wirklich sehr bedauerlich.«

Nach Einschätzung informierter Wirtschaftskreise finden von allen neuen Krebsmitteln, die jedes Jahr von Pharmafirmen entwickelt werden, weniger als ein Prozent ihren Weg in die Produktion.

Merci las den Artikel noch ein zweites Mal, ihren Kaffee hatte sie immer noch nicht angerührt. »Die Firma, in die Archie und Gwen investiert haben, ist aufgelöst worden«, sagte sie.

Ihr Vater saß ihr mit Sturmfrisur gegenüber am Küchentisch und war in die Sportseite vertieft. »Hab ich gesehen.«

»Wie kann eine Firma erst Millionen und dann überhaupt nichts mehr wert sein?«

»Na, wegen der Probleme, von der die Frau gesprochen hat.«

»Was zum Teufel ist ein 400-Millionen-Dollar-Problem?«

Clark schaute sie über seine Brillengläser hinweg an. »Ruf die Frau doch an und frag sie.«

Mit wenig Hoffnung, die stellvertretende Firmenchefin Carol Spenser an die Strippe zu bekommen, ließ Merci sich die Nummer der Firma von der Auskunft geben und rief an. Die Frau an der Vermittlung stellte sie zum Büro für Öffentlichkeitsarbeit durch. Carol Spensers Assistentin ging an den Apparat. Merci stellte sich als Detective der Mordkommission von Orange County vor und bat darum, mit Miss Spenser zu sprechen.

»Einen Augenblick bitte.«

»Carol Spenser.« Sie schien eine Frau in mittleren Jahren zu sein und hatte eine angenehme Stimme, die auf Intelligenz schließen ließ.

Merci erklärte ihr, dass sie in einem Mordfall ermittelte, in den einige OrganiVen-Investoren verwickelt seien, und dass sie deswegen wissen wolle, was die Umstrukturierung von OrganiVen bedeute.

»Es bedeutet einfach, dass wir die Leute und die Infrastruktur behalten, die Abteilung jedoch schließen«, sagte Spenser.

»Aber warum? Ich habe das MiraVen-Video gesehen – die Wirkung war doch phänomenal.«

»Das waren, wie Sie wissen, Tierversuche. Versuche an Menschen wären sehr viel komplizierter und teurer ausgefallen.«

»Welcher Art waren denn die unüberwindlichen Probleme bei der Entwicklung, Miss Spenser?«

»Detective Rayborn, das kann ich Ihnen nicht sagen. Ich bin stellvertretende Firmenchefin und Leiterin der Abteilung für Öffentlichkeitsarbeit eines internationalen Konzerns, es gehört zu meinen Pflichten, firmeninterne Informationen zu schützen. Wir sind nicht gesetzlich verpflichtet, derartige Informationen preiszugeben, solange kein amerikanisches Gericht die Offenlegung verfügt. Einige Informationen unterliegen strikter Geheimhaltung, die auch durch kein Gericht aufgehoben werden kann. Das wäre etwa so, als würden Sie Einzelheiten Ihrer Ermittlungsarbeit öffentlich machen.«

»Verstehe. Aber ich muss einen Mord aufklären.«

»Nun, unsere Entscheidung, eine Abteilung von Sistel umzustrukturieren, kann wohl kaum etwas mit einem Mord zu tun haben, oder? Ich meine, wir haben die Entscheidung erst gestern bekannt gegeben, und der Mord hat sich doch sicherlich schon vorher ereignet, nicht wahr?«

»Vor einer Woche. Das Opfer ist eine OrganiVen-Investorin namens Gwen Wildcraft. Sie und ihr Mann haben zwei Millionen Dollar verdient, als Sie die Firma im letzten September übernommen haben.«

»Und?«

Und, dachte Merci, Gwens Ehemann, der bei dem Überfall angeschossen wurde und möglicherweise in die Tat verwickelt ist, der jetzt eine Kugel im Kopf hat, hat ausgesagt, dass ein hünenhafter Mann, von dem er *annimmt*, dass er irgendetwas mit der Investition zu tun hat, sich mit seiner Frau in einer Bar getroffen hat und *vielleicht* in den Mord verwickelt ist.

Überleg schnell, sagte sie sich. Sie überlegte, so schnell sie konnte, aber es fiel ihr so gut wie gar nichts ein.

»Vielen Dank, dass Sie mir Ihre Zeit gewidmet haben«, sagte sie.

»Rufen Sie jederzeit wieder an, falls es etwas gibt, womit ich Ihnen tatsächlich helfen kann. Ich wünsche Ihnen viel Erfolg bei der Lösung des Falls.«

Merci legte auf, drückte auf die Wahlwiederholungstaste und bat darum, mit der Sicherheitsabteilung von B. B. Sistel verbunden zu werden. Die Frau an der Vermittlung verband sie mit Plant Security, wo ihr Gespräch zu Personnel Security und von dort wiederum zur Rechtsabteilung durchgestellt wurde.

»Ron Billingham«, meldete sich eine sanfte männliche Stimme.

Merci stellte sich vor und erklärte Mr Billingham, sie ermittle im Mord an Gwen Wildcraft, einer Frau, die viel Geld in die Firma OrganiVen investiert habe, bevor diese von Sistel aufgekauft worden sei.

Billingham antwortete nicht gleich, dann bat er sie, sich einen Augenblick zu gedulden, und ließ sie zwei volle Minuten in der Warteschleife hängen. Merci lauschte der Musik in der Leitung und trank ihren Kaffee.

Schließlich meldete er sich wieder und entschuldigte sich. »Sergeant Rayborn, ich gebe Ihnen die Nummer von Ardith Day bei der Federal Trade Commission in Washington, D.C. Wenn Sie mit Miss Day gesprochen haben, können Sie mich gegebenenfalls noch einmal anrufen.«

Merci notierte sich die Nummer und rief bei Ardith Day an. Day nahm den Anruf persönlich entgegen und gab ihr die Nummer von FBI Special Agent Nicholas Behrens in Washington. Behrens nahm den Anruf persönlich entgegen und gab ihr die Nummer von Special Agent Carl Komer im FBI-Büro des Orange County.

Merci hinterließ eine Nachricht im FBI-Büro in Santa Ana und knapp eine Minute später rief Komer sie zurück.

»Wir sollten uns miteinander unterhalten«, sagte er. »Um halb zwölf in meinem Büro? Wäre Ihnen das recht?«

»Vielen Dank. Ich werde da sein.«

Sheriff Vince Abelera sah sie betrübt an, als sie über den hellblauen Teppichboden in seinem Büro auf ihn zukam und sich ihm gegenüber an seinen Schreibtisch setzte. Marilyn schloss die Tür hinter ihr und Merci spürte die vertraute Stille des Raums.

»Haben Sie von Wildcraft gehört?«, fragte der Sheriff.

»Ja, Sir, gestern Abend um Viertel nach zehn. Er hat mich angerufen. Aber er wollte mir nicht sagen, wo er war. Und er wollte sich auch nicht von mir abholen lassen. Er hat sich geweigert, zurück in die Klinik zu gehen und sich behandeln zu lassen. Sein geistiger Zustand schien mir … instabil zu sein. Körperlich geht es ihm nach eigenem Bekunden gut.«

»Warum hat er Sie angerufen?«

»Um mir zu sagen, dass es ihm gut geht und dass wir uns keine Sorgen um ihn machen sollen.«

»Ausgerechnet jetzt, nachdem er einen Journalisten vor laufender Kamera mit einer Schrotflinte bedroht und angekündigt hat, dass er vorhat, sich umzubringen, geht es ihm gut?«

»Archie hat mir erklärt, dass das so nicht stimmt. Er meinte, er hätte Brice gesagt, er würde ›sie selbst umbringen‹, womit er die Mörder gemeint habe, aber das ›sie‹ sei irgendwie vom Band verschluckt worden. Kann durchaus sein, denn Brice ist in einen Orangenbaum gestolpert, während Archie geredet hat. Als ich mir den Film zum zweiten Mal angesehen habe, ist mir das Geräusch aufgefallen, das dadurch verursacht wurde.«

Abeleras dunkle, intelligente Augen bohrten sich in ihre. Sie wandte sich ab und schaute durch das Fenster in den verhangenen Augustmorgen.

»Zurzeit läuft eine Großfahndung nach ihm«, sagte der Sheriff. »Bisher haben wir noch keine Spur von ihm. Seine Eltern, seine Schwiegereltern und die kleine Schwester werden Tag und Nacht überwacht.«

»Ich glaube, er hat von einer Telefonzelle aus angerufen. Ich habe im Hintergrund Straßengeräusche gehört, zwei Harleys.«

Abelera musterte sie. »Ich habe für heute dreizehn Uhr eine Pressekonferenz anberaumt. Das ist früh genug, um sie in die Abendnachrichten zu bekommen. Ich lasse gerade zwei Archivfotos von Wildcraft vergrößern, die rechts und links vom Podium aufgestellt werden. Ich habe einige Standfotos aus dem CNB-Video ziehen lassen. Dr. John Stebbins wird da sein und etwas über Wildcrafts bedenklichen Gesundheitszustand sagen. Und *Sie* werden die Pressekonferenz leiten und den Leuten sagen, dass wir unbedingt *so bald wie möglich* erfahren müssen, wo Wildcraft sich aufhält. Ihnen vertraut er.«

»Ich glaube, ja. Zumindest teilweise.«

»Dann nutzen Sie dieses Vertrauen aus, um ihn herzubringen.«

»Ja, Sir.«

»Lassen Sie durchblicken, dass wir nicht vorhaben, Wildcraft wegen des Mordes an seiner Frau vor Gericht zu bringen. Deuten Sie an, dass wir ihm in dieser Angelegenheit ein paar Fragen stellen möchten. Lassen Sie ihn wissen, dass der Staatsanwalt nicht vorhat, Anklage gegen ihn zu erheben, weil er diesen Brice bedroht hat, und dass wir wegen der Aussage, er wolle sich das Leben nehmen, in großer Sorge um ihn sind. Sie werden Mr Wildcraft sagen – denn nur seinetwegen veranstalten wir den ganzen verdammten Zirkus –, dass wir in erster Linie um sein Wohlergehen besorgt sind. Fordern Sie ihn auf, sich gefälligst bei der nächsten Polizeistation oder im nächsten Krankenhaus zu melden, und zwar so schnell wie möglich. Und sobald wir ihn haben, Sergeant Rayborn, werde ich diesen Fall an Wheeler und Teague übergeben. Habe ich mich unmissverständlich ausgedrückt?«

»Ich glaube, Sie machen einen Fehler, Sir.«

»Danach habe ich Sie nicht gefragt.«

»Jawohl, Sir, Sie haben sich unmissverständlich ausgedrückt.«

»Sergeant, Ihre persönlichen Gefühle in Bezug auf Wildcraft interessieren mich nicht. Der Mann steht unter Mordverdacht, ob Ihnen das gefällt oder nicht. Seine Fingerabdrücke befinden sich auf seiner Waffe. Seine Frau wurde mit seiner Waffe getötet. Er hat mit der Waffe geschossen. Er hat nicht nur das Krankenhaus ohne Erlaubnis verlassen, sondern ist anschließend untergetaucht. Das sind *Fakten.*«

»Ja, Sir, da haben Sie Recht. Aber bitte, lassen Sie mich weiterhin in dem Fall ermitteln. Ich habe Fehler gemacht, aber die werde ich ausbügeln. Ich werde diesen Fall lösen. Das ist keine Frage von Gefühlen. Vergessen Sie meine Gefühle. Mir gefallen sie nicht besser als Ihnen. Aber ich muss diesen Fall erfolgreich abschließen. Das ist für mich von größter Wichtigkeit. Wenn Sie mich von dem Fall abziehen, können Sie mich auch gleich aus der Mordkommission werfen. Das wären zwei Katastrophen auf einmal. Tun Sie mir das nicht an, Sir.«

Während des darauf folgenden Schweigens versuchte Merci, laut zu denken, versuchte, ihre Gedanken deutlich hörbar zu machen, denn sie würde diese Worte mit ins Grab nehmen, würde sie niemals einer Menschenseele gegenüber aussprechen, so wahr sie auch sein mochten. Aber Abelera musste sie hören, und sie bot all ihre Willenskraft auf, ihm die Worte in die Ohren zu senden, während sie ihn mit ihren dunkelbraunen Augen fixierte.

*Ich habe dich auf diesen Stuhl gebracht. Mein Blut und meine Schande haben dir diesen Posten verschafft. Ich wäre beinahe gestorben für dich. Ich brauche jetzt deine Hilfe. Lass mich nicht im Stich.*

Diesmal wandte der Sheriff sich ab, schaute aus demselben Fenster wie Merci, blickte in denselben feuchten, warmen Morgen hinaus. Dann schob er seinen Stuhl nach hinten und erhob sich.

»In Ordnung, Rayborn. In Ordnung.«

## Vierundzwanzig

Das Büro des FBI in Orange County ist in einem vierstöckigen Gebäude untergebracht, nicht weit entfernt vom Sheriff's Department. Das Gebäude beherbergt außer dem FBI noch andere Mieter, darunter die Politik-Redaktion des Orange County *Journal*. Im weiten Innenhof, in dem große, in Kübeln gepflanzte Palmen Schatten spenden, ist es an Augustvormittagen angenehm kühl. Merci war so früh dort, dass sie noch Zeit hatte, im Erdgeschoss die Damentoilette aufzusuchen, die jedoch mit einem Zahlenschloss gesichert war, deren Kombination sie nicht kannte.

Komer führte Merci und Zamorra in sein Büro im ersten Stock und schloss die Tür hinter ihnen. Aus einer großen Kanne füllte er drei Tassen mit schwarzem Kaffee, die er wortlos verteilte.

»Tja, inzwischen ist wohl offensichtlich, dass Sistel einige Probleme mit MiraVen hat«, sagte er.

»Das habe ich bis heute Morgen nicht gewusst«, sagte Merci.

»Das wusste fast niemand. Sistel hat es so lange wie möglich geheim gehalten – man will schließlich die Aktionäre nicht unnötig beunruhigen.«

»Was ist denn passiert?«, wollte Zamorra wissen.

»Das weiß ich noch nicht. Aber die Leute von Sistel behaupten, es gebe ein großes Problem, ausreichend Schlangengift zu beschaffen. Der geringe Vorrat wurde aus gutem Grund während der Verkaufsverhandlungen von OrganiVen nicht erwähnt.«

»In betrügerischer Absicht?«, fragte Zamorra.

»So würde Sistel es gern darstellen, damit wir gegen OrganiVen ermitteln können. Das ist meine Aufgabe – festzustellen, ob Betrug im Spiel war oder nicht. Und falls ja, die Betrüger dingfest zu machen. Das braucht Zeit und wir haben alle genug zu tun. Außerdem können geschickte Betrüger eine Menge Geld absahnen, ohne Spuren zu hinterlassen.«

Komer verschränkte die Hände und stützte sich auf die Ellbogen. Er war jünger, als Merci erwartet hatte, vielleicht vierzig. Er hatte kurze, braune Haare, trug braune Schuhe und ein braunes Halfter an der Hüfte, in der eine Neunmillimeter Smith & Wesson steckte.

»Ich befasse mich seit fast einer Woche mit OrganiVen. Aber erst gestern habe ich Gwen und Archie Wildcraft mit der Firma in Verbindung gebracht.«

»Sie haben fast zwei Millionen an OrganiVen verdient«, sagte Merci.

Komer nickte. »Und es wird Sie interessieren zu erfahren, dass sie nicht nur als Investoren mit der Firma zu tun hatten. Das gilt zumindest für Gwen. Sie war fast ein halbes Jahr lang bei OrganiVen angestellt. Sie hat dabei geholfen, Kapital für das Unternehmen zu beschaffen. Wie viel, kann ich nicht genau sagen. Und ich weiß auch nicht, wie ihr Arbeitsvertrag lautete. Aber sie hat viel Zeit im Firmengebäude verbracht.«

»Wir haben uns schon gewundert«, bemerkte Zamorra. »Bei all dem Werbematerial, das wir in ihrem Schreibtisch gefunden haben.«

Komer lehnte sich zurück und schaute die beiden an. »OrganiVen hat eine Menge Startkapital von einer Kapitalgesellschaft namens SunCo Capital erhalten. Schon mal davon gehört?«

Merci und Zamorra schüttelten den Kopf.

»Da sind Sie nicht die Einzigen«, sagte Komer. »Die Firma hat etwa zwei Jahre lang existiert, dann hat sie sich in Luft aufgelöst. Ich bin darauf gestoßen, als ich die Finanzen von OrganiVen durchforstet habe. Ich wusste sofort, mit welchen Leuten ich es zu tun hatte. SunCo ist ein Synonym für ROC.«

»Russian Organized Crime«, sagte Zamorra. »Russische Mafia.«

Komer nickte. »Mitten in der Heimat von Disneyland und dem Land der mustergültigen Gemeinden. Soweit ich weiß, bestand SunCo nur aus zwei Männern. Sonny Charles ist ein anglizierter Alias für Sergej Tscherbrenko. Netter Zeitgenosse. Ist mit zwanzig Jahren in die USA gekommen. Homosexuell. Hat sich anfangs in L.A. mit Versicherungsbetrug über Wasser gehalten – die übliche Nummer mit Verkehrsunfällen. Aber das große Geld hat er hier in Orange County gemacht, als er eine Firma gegründet hat, die Aidskranken Lebensversicherungspolicen zu fünfzig Cent pro Dollar abgekauft hat. Er nannte seine Firma Rescue Financial. Ein richtiger Wohltäter, nicht wahr? Es war sogar legal. Anfang der achtziger Jahre war er die Geißel von Laguna Beach. Er hat sich eine goldene Nase verdient, während seine Kunden krepiert sind. Vor acht Jahren haben wir ihn wegen betrügerischen Handels mit Wertpapieren verhaftet – da hat er alte Leute mit einer Gruppen-Krankenversicherung reingelegt. Seit drei Jahren ist er wieder auf freiem Fuß und offenbar hat er bei SunCo Capital ein ertragreiches Betätigungsfeld gefunden.«

Komer reichte Merci eine Akte. Auf der Innenseite des Deckels klebten einigermaßen brauchbare Fotos aus dem Gefängnis – zwei im Profil und eins von vorn. Sonny Charles war blond, hatte kantige Gesichtszüge und wirkte etwa so Vertrauen erweckend wie ein Skorpion.

»Natürlich hat Sonny das alles nicht allein bewerkstelligt«, sagte Komer. »Er hat einen Helfer – Slatan Worapin. Worapin hat etwa ein halbes Dutzend Decknamen, einer davon ist Al Apin – der Name, den er für seine SunCo-Geschäfte benutzt hat. Außerdem gibt es in Russland eine umfangreiche Akte über ihn – Raub, Erpressung, Schutzgeld, Wucher. Er ist zweiundachtzig hierher gekommen. Achtundachtzig haben wir in einem Erpressungsfall einen russischen Mafiaboss geschnappt, aber bevor das Opfer vor Gericht aussagen konnte, wurde es durch einen Kopfschuss getötet. Wir nehmen an, dass Slatan der Schütze war, konnten es aber nicht beweisen. 1990 hat die Polizei in L.A. ihn wegen Körperverletzung an einem neunzehnjährigen Mädchen verhaftet. Er brachte arme junge Frauen vom Balkan hierher und ließ sie als Prostituierte arbeiten, damit sie die Kosten für die Überfahrt bezahlen konnten. Aber niemand wollte mit uns reden, schon gar nicht die Frauen. Seitdem war nichts mehr. Wir hatten gehört, dass er und Tscherbrenko hierher nach Orange County gezogen waren, auf der Suche nach ungefährlicheren und ertragreicheren Einnahmequellen. Angeblich haben sie sich inzwischen auf saubere Geschäfte verlegt. Weniger Gewalt, mehr Profit. Worapin ist nicht schwer zu finden, wenn man bedenkt, dass er zwei Meter fünf groß ist und hundertfünfzig Kilo wiegt.«

Mercis Herz klopfte heftig und regelmäßig und sie spürte ihren Puls in den Schläfen. Worapin, dachte sie: wie ein Hammer. Sie schaute Zamorra an, der ein kaltes Lächeln zur Schau trug.

»Wir haben im Garten der Wildcrafts Fußabdrücke Größe sechzehn gefunden«, sagte sie. »Knapp zwei Meter von der Stelle entfernt, wo auf Archie geschossen wurde.«

Komer blickte sie schweigend an.

»Und weitere Fußabdrücke von derselben Person neben einem abgestellten Cadillac, wie dem, der beim Wegfahren vom Grundstück der Wildcrafts gesehen wurde. Zwei Zeugen berichten von einem hünenhaften Fahrer mit dunklen Haaren,

Vollbart und Sonnenbrille und einem blonden, schlanken Beifahrer.«

Ein Lächeln huschte über Komers Gesicht, als er Merci eine zweite Akte reichte. Sie schlug sie auf und betrachtete den riesigen Kopf, die ausdruckslosen Augen und den beleidigten, infantilen Mund von Slatan Worapin. Die Fotos in der oberen Reihe zeigten ihn mit seiner eckigen, dunklen Brille, die in der unteren Reihe ohne.

»O Mann«, sagte sie leise. *Worapin.*

Komer schüttelte den Kopf.

»SunCo ist längst verschwunden, Sergeant. Diese Typen schlagen zu und sind weg – die gründen für jeden Betrug eine neue Firma. Unser letzter Kontakt mit Tscherbrenko war Anfang neunundneunzig. Mit Worapin zwei Jahre davor. Die beiden gehören zu den geschicktesten Gangstern ihres Fachs. Sie tauchen einfach im System unter – mit einer Auswahl an gefälschten Ausweisen, Führerscheinen, Kreditkarten. Und Firmen, die schnell wieder verschwunden sind. Das komplette Programm. Wir haben vier ziemlich gut gefälschte Pässe von Worapin. Fünf von Tscherbrenko. Und das sind nur die, die wir gefunden haben.«

»Und die Russen reißen sich wahrscheinlich auch nicht darum, die beiden für Sie aufzutreiben.«

»Kein Mensch weiß irgendwas. Aber ich sage Ihnen, die Russen sind gut in Aktienbetrügereien, weil sie gelernt haben, in einer Bürokratie zu überleben. Sie finden Möglichkeiten, das System für sich auszunutzen. In einer Bürokratie fühlen die sich wohl wie Fische im Wasser. Siebzig Jahre Leben unter der Herrschaft des KGB macht erfinderisch. Das Leben als KGB-Agent macht skrupellos. Wenn die einen sich dann mit den anderen zusammentun, ergibt das eine äußerst effektive Mischung.«

»Aber Sie wissen nicht, um welche Art von Betrug es sich handelte?«

»Ich bin noch auf der Suche. Ich arbeite dran. Sistel macht ein Riesengeschrei wegen der Beschaffung des Schlangengifts, mehr möchte ich im Moment nicht dazu sagen.«

»Man sollte meinen, dass Klapperschlangen nicht so schwer zu finden sind«, meinte Merci. »In Florida gibt es doch jede Menge Reptilfarmen, wo die scheußlichen Biester über- und untereinander rumkriechen. Dann diese durchgeknallten Schlangenfänger in Texas und Oklahoma. Diese Typen mit Gürteln und Schlüsselanhängern aus Schlangenhaut, die essen sogar Schlangenchili.«

»Ja. Aber nach Angaben von Sistel ist es sehr schwer, an das Gift zu kommen.«

Merci überlegte – konnten sie die Biester nicht einfach melken und das Zeug dann zu Butter und Käse in den Kühlschrank stellen?

»Die müssen diesen Coup äußerst raffiniert durchgeführt haben«, sagte Komer. »Immerhin sind die Leute von Sistel darauf reingefallen. Aber was auch immer ihre Masche gewesen sein mag; dass es Betrug war, ist erst vor ein paar Monaten rausgekommen. Da hat Sistel angefangen, die Sache zu überprüfen. Einen Monat später haben sie mit der Federal Trade Commission Kontakt aufgenommen, die Ermittlungen eingeleitet und uns eingeschaltet. Sistel hat versucht, die Umstrukturierung zeitgleich mit einer optimistischen Gewinnprognose für das zweite Quartal bekannt zu geben. Hat nicht ganz geklappt. Und eins kann ich Ihnen versichern: Wenn bei Sistel von Problemen die Rede ist und Typen wie Charles und Apin damit zu tun haben, dann ist Betrug im Spiel. Und zwar in großem Rahmen. Und wenn eine Frau, die für diese Leute gearbeitet hat, ermordet wird, tja, dann weiß ich nicht, was ich davon halten soll. Auf jeden Fall nichts Gutes.«

Komer lehnte sich kopfschüttelnd zurück.

Merci betrachtete die Fotos. »Kann ich eine Kopie von der Akte haben?«

»Behalten Sie sie. Sie gehört Ihnen.«

»Danke.«

»Sergeant, Sie haben hier Ihren Mordfall und ich meinen Fall von Aktienbetrug. Ich helfe Ihnen, so gut ich kann. Und ich würde es zu schätzen wissen, wenn ich auch mit Ihrer Unterstützung rechnen könnte.«

»Selbstverständlich.«

»Könnten Sie mir bei Gelegenheit eine Kopie Ihrer Akte zukommen lassen?«

»Ich werde dafür sorgen, dass Sie heute Nachmittag eine auf Ihrem Schreibtisch haben. Wäre es Ihnen möglich, für mich ein Gespräch mit Ron Billingham von Sistel zu vermitteln? Er hat mich gebeten, ihn zurückzurufen, sobald ich mit Ardith Day gesprochen hätte.«

Er schaute sie durchdringend an. »Ich werde mich darum kümmern. Ron ist ein anständiger Kerl. Er hat ein paar Jahre lang bei uns gearbeitet.«

»Wissen Sie von einer Verbindung zwischen Apin und einer Autovermietungsfirma hier in der Gegend?«

Komer überlegte, den Blick an die Decke gerichtet. »Nein. Aber die russische Mafia hatte Anfang der neunziger Jahre ihre Finger in einigen Autovermietungsfirmen in Los Angeles. Geben Sie mir ein paar Tage, dann werde ich mal sehen, was ich zutage fördern kann.«

»Ich danke Ihnen, Agent Komer.«

Sie erhoben sich. Komer musterte sie mit einem lässig optimistischen Blick, der unter Polizisten Skepsis ausdrückte. »Ist Deputy Wildcraft immer noch auf freiem Fuß?«

Sie nickte.

»Dieses Video hat großen Schaden angerichtet. Wie ich höre, liegen schwerwiegende Beweise gegen ihn vor und er hat von Selbstmord gesprochen. Aber wenn die Fußabdrücke Größe sechzehn von Worapin stammen, könnte das bedeuten, dass er in der Nacht auf Wildcrafts Grundstück war. Vielleicht haben diese Gentlemen es so aussehen lassen, als wäre Wildcraft der Täter.«

»Das ist durchaus möglich«, erwiderte Merci. Doch im Stillen dachte sie: Ich werde nicht mehr auf den Versuch reinfallen, mir einen Kollegen als Täter unterzujubeln. Nie wieder. Sie spürte, dass ihr Gesicht sie verriet, aber das war ihr egal.

Komer schüttelte ihr die Hand.

Sie gingen zu Fuß zurück zum Sheriff's Department. Die Mittagshitze war erdrückend und Merci dachte über die Russen nach.

»Ich habe mich gestern nach dem Dienst mit Priscilla unterhalten«, sagte Zamorra. »Ich glaube nicht, dass sie hinter Archie her war. Ich glaube, die hat mit ihrem eigenen Mann genug zu tun.«

»Würdest du ihr zutrauen, dass sie ihrem Schwager gegenüber laut über ihren Mann schimpft?«

»Am Abend vor der Party hat Brock Priscilla eröffnet, dass er eine Affäre hat. Darüber war sie stinksauer. Ist sie immer noch. Als sie Archie am nächsten Tag abgeholt hat, ist ihr der Kragen geplatzt, da hat sie ordentlich Dampf abgelassen.«

»Und das kaufst du ihr ab?«

»Ja. Sie musste sich irgendwo abreagieren, sonst wäre sie durchgedreht.«

»Ich an ihrer Stelle hätte meine Wut an Brock ausgelassen.«

»Das ging nicht. Der war in der fraglichen Nacht bei seiner Freundin.«

Die Pressekonferenz fand in einem Konferenzsaal des Gerichts statt. Merci blieb in der Tür stehen, unangenehm überrascht von der großen Menschenmenge.

George und Natalie Wildcraft waren da, neben ihnen saßen Gwens Eltern Lee und Earla Kuerner. Wie hatten sie von dem Termin erfahren?

Und wer hatte die Bürgerrechtlerin Connie Astrahan und ihre drei Mitstreiterinnen informiert, die am Ende der ersten Reihe auf Klappstühlen saßen und tuschelten wie Verschwörerinnen?

Und den Leiter der Sheriff Deputy Association, einen Anwalt namens Dave Dunphy, der ihr einen abschätzigen Blick zuwarf und sich dann wieder seinen Deputys zuwandte. Sie kannte die Männer – alle im Rang von Sergeants oder höher –, übrig gebliebene Getreue aus Chuck Brightons alter Garde, die der Meinung waren, Merci hätte das Department verraten, indem sie die Wahrheit gesagt hatte.

Und die Leute am anderen Ende der Reihe, die Merci insgeheim als »meine Leute« bezeichnete, hauptsächlich junge Deputys, die während dieser schrecklichen, quälenden Zeit im vergangenen Winter zu ihr gehalten hatten.

Dr. John Stebbins saß an einem Tisch neben dem Podium und unterhielt sich mit Gary Brice.

Die hübsche Michelle Howland von CNB war da, ebenso wie zahlreiche Reporter von anderen Sendern. Merci erkannte ein halbes Dutzend Zeitungsjournalisten, die auf Polizeiberichterstattung spezialisiert waren, und deren Fotografen. Und zwei Kolumnenschreiber, die sich auf das Thema »Menschliches, allzu Menschliches« spezialisiert hatten. Ein Journalist, der für eine Wochenzeitschrift schrieb. Und der Herausgeber von *County Weekly*, der zweiten Tageszeitung von Orange County. Die Radiosender CBS und KFWB waren vertreten, sogar ein Reporter des Uni-Senders PBS an der UC Irvine.

Das Podium wurde bereits von Scheinwerfern angestrahlt, die beiden vergrößerten Fotos von Wildcraft rechts und links davon aufgestellt wie die Plakate eines Kandidaten bei einer Wahlkampfveranstaltung. Das Foto auf der rechten Seite stammte aus Brice' Video und zeigte Archie neben dem Pool in einer weniger bedrohlichen Pose und nur bis zu den Schultern, damit die Schrotflinte nicht zu sehen war.

»Ich hasse diese Veranstaltungen«, raunte Merci Zamorra zu.

»Lass sie auf keinen Fall merken, dass du schwitzt.«

»Das ist das *Einzige*, was sie sehen.«

Merci schob sich zwischen Stebbins und Brice, nickte dem Arzt zum Gruß zu und wandte sich an den Journalisten. »Das war eine richtige Sauerei, was Sie mit Wildcraft gemacht haben.«

»War nicht so geplant.«

»Sie haben ihn dargestellt wie einen Verrückten, nur um Ihre Story zu bekommen.«

»Ach ja? Aber für die Schrotflinte und die Drohungen und den wirren Blick in seinen Augen machen Sie mich hoffentlich nicht verantwortlich.«

»Ich wünschte, Sie würden Ihre Grenzen kennen«, sagte sie. »Aber es ist zwecklos, Sie werden es wirklich nie begreifen. Wenn Sie gestatten, würde ich gern ein paar Worte mit Dr. Stebbins wechseln. Scheren Sie sich zum Teufel, Gary.«

Brice versuchte, sich die Kränkung nicht anmerken zu lassen, aber die Röte, die ihm ins Gesicht stieg, sprach Bände. Merci schaute Stebbins achselzuckend an. Sie hatte eigentlich gar nichts mit ihm zu besprechen, aber sie hatte nicht widerstehen können, Brice einen Schuss vor den Bug zu verpassen.

»Tut mir Leid«, sagte sie zu Stebbins.

»Schon in Ordnung. Werde ich Fragen beantworten müssen?«

»Sie können kurz etwas zu Archies Gesundheitszustand sagen und danach die Versammlung verlassen, wenn Sie möchten. Der Gerichtsdiener wird Sie durch die Hintertür rauslassen.«

»Gute Idee.«

Merci ging zu den Kuerners und den Wildcrafts hinüber, um sie zu begrüßen. Die Männer schüttelten ihr die Hand, aber Earla wandte sich ab und Natalie starrte sie an wie eine

Wölfin, die ihr jeden Moment an die Gurgel springen wollte. Merci spürte die ungewohnte Kälte, den klaren Vorwurf, dass *sie* jetzt diejenige war, die versuchte, Archie dingfest zu machen – unter dem Vorwand, ihm helfen zu wollen.

Merci Rayborn trat widerstrebend ans Podium und wartete, bis alle Platz genommen hatten.

Sie dankte allen Anwesenden für ihr Kommen.

Sie stellte Dr. Stebbins vor, der nervös ans Mikrophon trat und über Deputy Wildcrafts Gesundheitszustand berichtete: Gefahr einer Infektion, Gefahr eines Ödems, Gefahr von Krämpfen, Gefahr von Blutungen; Gedächtnisverlust, möglicherweise Halluzinationen, Konfabulation und unberechenbares Verhalten.

»Ist Wildcraft suizidgefährdet?«, fragte Michelle Howland.

»Das ist nicht mein Fachgebiet. Diese Frage kann ich nicht beantworten.«

»Ist er gefährlich?«

Stebbins warf Rayborn einen hilflosen Blick zu, und Merci hob ermunternd die Schultern, versuchte dem Arzt zu signalisieren, es sei an ihm, ob er die Frage beantworten wollte oder nicht.

»Diese Frage kann ich ebenfalls nicht beantworten. Sein Verhalten ist nicht vorhersehbar«, sagte Stebbins. »Wir können es nicht einschätzen. Er muss unbedingt wieder unter medizinische Obhut. Das ist das Einzige, was ich Ihnen mit Sicherheit sagen kann. Ich muss in einer Stunde wieder im Operationssaal sein. Vielen Dank.«

Auf dem Weg zur Hintertür stieß Stebbins sich das Knie an einem Tischbein, aber der Gerichtsdiener erwartete ihn bereits und hielt ihm die Tür auf, sodass der Arzt wie ein Spion nach draußen huschen konnte.

Rayborn trat wieder ans Podium, blickte in die Runde und konzentrierte sich auf den Kameramann von CNB, weil sie ihm noch nie begegnet und er daher für sie ein neutrales Wesen war. Sie gab sich alle Mühe, so zu klingen wie die Polizisten, die man im Fernsehen sah, aber diese Art zu reden lag ihr nicht besonders.

»Wir haben diese Pressekonferenz einberufen, weil es dringend erforderlich ist, dass Deputy Wildcraft sich bei der nächsten Polizeidienststelle oder im nächsten Krankenhaus meldet. Wir bitten jeden, der etwas über Mr Wildcrafts derzeitigen Aufenthaltsort weiß, umgehend mit uns Kontakt aufzunehmen. Es ist zu seinem eigenen Besten. Mr Wildcraft hat eine Kopfverletzung, und wie Sie alle wissen, steckt immer noch eine Kugel in seinem Kopf. Er braucht medizinische Betreuung, wie Dr. Stebbins eben bereits sagte. Wir möchten uns mit ihm über den Mord an seiner Frau Gwen unterhalten, denn er könnte uns als Zeuge dienen. In Bezug auf die Konfrontation mit Mr Brice am frühen Montagmorgen wurde keine Anzeige erstattet. Wir müssen Mr Wildcraft unbedingt vernehmen. Wir haben durchaus Verständnis dafür, dass der Deputy deprimiert ist nach dem Tod seiner Frau, dass er an einer schlimmen Wunde leidet und sich womöglich von gewissen Vertretern der Medien verfolgt fühlt. Wir sind auf Ihrer Seite, Archie«, sagte sie mit einem gequälten Lächeln. »Kommen Sie zurück und reden Sie mit uns. – Hat jemand Fragen?«

Perfekt, dachte sie, den Schluss hatte sie gut hingekriegt.

CBS News Radio: »Hat Deputy Wildcraft seit seinem Verschwinden Kontakt mit Ihnen aufgenommen?«

Rayborn: »Ja. Es scheint ihm gut zu gehen, aber er weigert sich vorerst, sich in medizinische Behandlung zu begeben.«

»Warum?«

»Er ist wütend darüber, dass ein Journalist am frühen Montagmorgen in seinen Garten eingedrungen ist. Er fürchtet, man könnte ihn für den Mörder seiner Frau halten.«

*Er glaubt, dass seine Frau mit ihm spricht, und er glaubt, er kann den 150-Kilo-Killer namens Worapin ausfindig machen, aber ich bin nicht befugt, Ihnen das zu sagen. Und ich würde es auch nicht tun, wenn ich es dürfte.*

»Wird er des Mordes an Gwen Wildcraft verdächtigt?«

»Nein, das sagte ich bereits.«

»Sergeant Rayborn! Sergeant Rayborn – Michelle Howland, CNB. Können Sie uns sagen, warum Deputy Wildcraft nicht des Mordes an seiner Frau verdächtigt wird, obwohl sie mit seiner Waffe getötet wurde, obwohl seine Fingerabdrücke an der Mordwaffe gefunden wurden und obwohl Schmauchspuren an seiner Hand nachgewiesen wurden?«

Rayborn hätte ihr am liebsten den Hals umgedreht und das vielleicht auch getan, wenn nicht so viele Zeugen anwesend gewesen wären. Sie hatte das Gefühl, als würde ihr Blut kochen. Sie stellte sich vor, wie Howland von einem gepanzerten Fahrzeug überrollt wurde, wie sie von einer Dampfwalze zermalmt wurde …

»Selbstverständlich«, sagte sie ruhig. »Die Antwort lautet: Bei der Aufklärung eines Mordes geht es um wesentlich mehr als um Fingerabdrücke und Schmauchspuren. Das müssten selbst Sie wissen.«

Kurzes Schweigen.

»Mehr haben Sie dazu nicht zu sagen?«

»Was gibt es da noch zu sagen?«

Merci hatte den unsichtbaren Pfad, über den die Informationen von Gilliams Labor bis zu den roten Lippen von Michelle Howland gewandert waren, bereits ausgemacht: von Bezirksstaatsanwalt Clay Brenkus zu seinem Stellvertreter Ryan Dawes zu der Medienratte Gary Brice zu Michelle la Belle. Sie stellte sich vor, wie Dawes in einen tiefen Canyon fiel, wie seine Extremsportshorts sich bei dem tödlichen Sturz fest um seinen Hintern spannten.

Aber Michelle war noch nicht fertig: »Warum haben Sie neulich behauptet, die Waffe sei in Arizona gestohlen worden und die Fingerabdrücke seien nicht eindeutig identifizierbar?

Wir haben diese Aussagen auf Band. Welche von Ihren Geschichten entspricht denn nun der Wahrheit, Detective?«

»Dabei handelte es sich um vorläufige Ermittlungsergebnisse, die sich später als falsch herausgestellt haben«, sagte Merci. »Ich habe diese Dinge zwar gesagt, aber das war ein Fehler. Es war noch zu früh, um eine Erklärung abzugeben. Eines Tages werde ich schon noch lernen, in Gegenwart von Ihresgleichen den Mund zu halten.«

Das war ein Versuch, sich über sich selbst lustig zu machen, und wurde von den Medienleuten mit einem leisen Lachen quittiert.

Plötzlich äußerte sich Natalie Wildcraft mit schneidender Stimme in dem angespannten Gemurmel: »Archie hat sie nicht umgebracht, ihr einfältigen Weibsbilder.«

Sofort richteten sich sämtliche Kameras auf sie, und die Scheinwerfer leuchteten die Ecke aus, wo die Wildcrafts und die Kuerners saßen. Ein Stuhl kippte um und landete mit lautem Krachen auf dem Boden.

»Sie hat Recht«, sagte Earla Kuerner. »Sie sollten sich schämen. Sie alle.«

Mercis Freunde und Feinde sprangen auf, um besser sehen zu können, und einen Augenblick lang hatte es den Anschein, als würde ein Tumult losbrechen.

Natalie hielt sich ihre kleine, knochige Hand vor die Augen und ihr Diamantring blitzte in dem grellen Scheinwerferlicht auf. »Gütiger Himmel, schalten Sie diese verdammten Lampen aus.«

Die Kameraleute drängten sich weiter vor, jeder darauf bedacht, sich nicht verdrängen zu lassen. Gleichzeitig bombardierten die Reporter die Wildcrafts mit Fragen, immer lauter, versuchten einander zu überschreien, bis sich der Gerichtsdiener von der Hintertür kopfschüttelnd mit seiner ganzen Leibesfülle an den Tisch drängte, um die Ordnung wiederherzustellen.

Im allgemeinen Lärm hörte Merci Natalie Wildcraft fauchen: »*Macht, dass ihr wegkommt, ihr Blutsauger, ihr feigen Blutsauger!*«

Merci, dankbar für die Gelegenheit, sich körperlich betätigen zu können, verließ das Podium, um dem Gerichtsdiener zu Hilfe zu eilen.

»Immer mit der Ruhe«, sagte Zamorra, der sich ebenfalls erhoben hatte, um nach dem Rechten zu sehen.

Merci erwischte Michelle Howland an einem Arm, aber die fuhr wütend herum und zischte: »*Nehmen Sie die Finger weg, oder ich sorge dafür, dass Sie Ihren Job loswerden, Sie Miststück!*«

»Beruhigen Sie sich, Sergeant«, fuhr der Gerichtsdiener sie an und kam auf sie zu. Schockiert und wütend drehte Merci sich um und stieß mit Natalie Wildcraft zusammen, die versuchte, sich aus dem Gewühl aus Menschen und Kameras bis zur Tür vorzukämpfen.

Natalie Wildcraft schlug Merci mit der flachen Hand ins Gesicht. Merci hatte es kommen sehen, aber es war ihr nicht gelungen, sich der brennenden Wut in den Augen der Mutter zu entziehen.

»Dämliche Weiber!«, schrie Natalie. »Die eine spielt die Richterin und die andere die *Freundin*!«

Erneut hob sie die Hand, aber Zamorra packte sie blitzschnell am Handgelenk und schob es in die ausgestreckte Hand ihres Ehemannes. George Wildcraft bahnte sich seinen Weg zum Ausgang und zog seine Frau hinter sich her.

Rayborn schaute zu dem Kameramann hinüber, der als Einziger seine Kamera auf sie gerichtet hatte.

Sie schüttelte den Kopf und schaute zu Boden, um nicht von dem grellen Licht geblendet zu werden.

Die Ohrfeige und Natalies Worte und der Abgang der Wildcrafts hatten eine plötzliche Stille zur Folge.

Earla und Lee Kuerner hasteten davon wie frierende Flüchtlinge.

Rayborn trat ans Podium, warf ihre Haare zurück und holte tief Luft. Sie fragte sich, ob ihre Wange so rot war, wie sie sich anfühlte.

»Noch irgendwelche *weiteren* Fragen? Nein? Gut. Wir sprechen uns wieder in, ach, sagen wir – hundert Jahren. Käme das Ihren Vorstellungen entgegen?«

In diesem Augenblick ging die Tür auf und eine freundliche, übergewichtige Frau in einem blauen Kleid lächelte Merci an. Sie war umringt von einer Schar kleiner Mädchen, die alle die gleiche, braune Uniform trugen.

»Pfadfinder-Trupp sieben-acht-acht, Tustin«, sagte die Frau. »Findet hier die Führung durch das Gerichtsgebäude statt?«

»Bitte begeben Sie sich zum Informationsstand«, sagte Merci.

Die Pfadfinder standen mit offenen Mündern da und starrten auf Merci, auf die Fotos von Wildcraft und all die Medienleute mit ihren Kameras und Mikrophonen und Scheinwerfern.

»Kinder! Hier entlang!«

Merci saß an ihrem Schreibtisch und wartete auf Abeleras Anruf oder Erscheinen, wartete darauf, dass er ihr Marke und Waffe abnehmen, sie mitten im Großraumbüro mit seinem Gürtel auspeitschen würde.

Sie starrte auf ihre Post: eine Ankündigung für eine Geburtstagsparty für den stellvertretenden Sheriff Collins, empfohlene Spende für ein Geschenk zwanzig Dollar, der monatliche Rundbrief von der Deputy Association, das »FBI Law Enforcement Bulletin«, leere Dienstpläne für die kommende Woche.

Sie schob den ganzen Stapel beiseite und nahm sich Don Leitzels sauber getippten Bericht über die Adressen in dem Bordcomputer des herrenlosen Cadillac STS vor.

Sgt. Rayborn –
die Adressen in dem Bordcomputer des in der Sand Canyon Street aufgefundenen Wagens lauten wie folgt (in der Reihenfolge der Eingabe): 83 Osler Lane, La Jolla (University of San Diego, medizinische Fakultät); 212 Saltair, Newport Beach; 4143 Agate, La Jolla.
Ich habe mir die Freiheit genommen, mich bei der Liegenschaftsbehörde nach den Eigentümern dieser Grundstücke zu erkundigen – ich hoffe, Sie haben nichts dagegen. Bei den Eigentümern handelt es sich um 1. die University of California, 2. Wyatt Wright, Junggeselle, und 3. Dr. Sean Moss, Junggeselle. Mr Wright und Mr Moss haben ihre Häuser beide im vergangenen Jahr gekauft, und zwar für 6,8 bzw. 4,5 Millionen $.
Don L.

»Ich werd verrückt«, sagte Merci laut. Die Peinlichkeit der Pressekonferenz und die Aufregung über diese neue Information wirbelten in ihr durcheinander und ihr wurde ganz schwindelig. »Tscherbrenko und Worapin haben den Caddy gefahren.«

»Wie?«

Sergeant Teague drehte sich mit seinem Bürostuhl um und schaute sie an.

»Crowder und Dobbs haben doch im Morgengrauen zwei Gangster in einem Cadillac beobachtet, der vom Grundstück der Wildcrafts kam – dieselben Typen haben die Adressen von zwei OrganiVen-Gründern in ihren Bordcomputer eingegeben, außerdem die Adresse der medizinischen Fakultät der UCSD, wo ein weiteres Gründungsmitglied gearbeitet hat. Die arroganten Arschlöcher haben sich einen STS geklaut, um beweglich zu sein, und die Karre dann in der Sand Canyon Street abgestellt.«

»Und?« Teague, korpulent und nur scheinbar träge, war ein

ausgesprochener Skeptiker, und Merci schätzte ihn gerade deswegen.

»Gwen hat für OrganiVen *gearbeitet.* Es geht um Aktienschwindel«, erklärte sie. Allmählich ergab alles einen Sinn. »Erst sind alle reich geworden und auf einmal läuft irgendwas schief. Archie hat sie nicht getötet. Und er hat auch nicht auf sich selbst geschossen. Da bin ich mir inzwischen verdammt sicher.«

»Und was machst du mit seinen Fingerabdrücken auf der Tatwaffe?«

»Abwischen.«

»Gut. Ich wusste, dass Archie es nicht getan hat. Er ist ein guter Junge.«

Teague rollte zurück an seinen Schreibtisch und rülpste leise. »Aber den STS haben sie wahrscheinlich blitzeblank geputzt.«

»Allerdings. Ike und Leitzel haben nicht einen einzigen Fingerabdruck gefunden.«

»Profis.«

»Aber dumm genug, um die Adressen auf dem Bordcomputer nicht zu löschen.«

»Genies begehen keine Verbrechen.«

»Ein verdammter Aktienschwindel«, murmelte Merci vor sich hin.

Teague drehte sich noch einmal um. »Archie hat also die Beweise im Hinterkopf – sozusagen. Aber niemand kommt daran, weil es für ihn lebensgefährlich wäre, wenn man die Kugel entfernen würde.«

»Auf den Bildern seines Gehirns kann man nicht erkennen, ob es sich um Kaliber achtunddreißig oder zweiunddreißig oder zweiundzwanzig oder fünfundzwanzig oder neun handelt. Die Bilder sind nicht scharf genug, um einen genauen Durchmesser errechnen zu können, bei all der Zerstörung und Zersplitterung. Aber wenn man an die Kugel herankäme, dann würde man sehen, dass sie nicht aus seiner Neunmillimeter stammt. Sie stammt aus der Waffe von einem von diesen Typen in dem Cadillac. Darauf würde ich mein Haus verwetten.«

Teague zuckte die Achseln. »Wenn Archie dann mit sechsundneunzig eines natürlichen Todes stirbt, dann können sie eine Autopsie machen, die Kugel rausholen und den Fall zu den Akten legen.«

»Mach mich nicht fertig, Teague. Diesen Fall schließe ich ab, bevor du mit Rülpsen fertig bist.«

»Ich hab das dumpfe Gefühl, als könnte das 'n Monat dauern.«

»Gib mir 'ne Woche.«

»Schnapp sie dir, Rayborn.«

»Darauf kannst du Gift nehmen.«

Aber Leitzel, der Gründliche, war nicht der einzige gute Geist, der Mercis Schreibtisch besucht hatte, während sie sich hatte ohrfeigen und beschimpfen und von einem *Gerichtsdiener* herumkommandieren lassen.

Unter Leitzels Bericht lag ein weiterer von Ike Sumich:

Sergeant R – Nach einigen Ferngesprächen konnte ich feststellen, dass die Fußabdrücke Größe 16 von einem Paar Foot Rite »Comfort Strider« stammen. In den USA wurden die Schuhe mit zwei verschiedenen Sohlenprofilen verkauft. Was wir in Wildcrafts Garten gefunden haben, ist das Modell »Versa-Terra« von Markham. BEACHTEN SIE: FOOT RITE HAT DAS MODELL COMFORT STRIDER IN GRÖSSE 16 AUSSCHLIESSLICH PER KATALOG VERTRIEBEN. NICHT EINMAL AUF ÜBERGRÖSSEN SPEZIALISIERTE GESCHÄFTE FÜHRTEN DIESES MODELL. Hier eine Liste mit den sechs bekanntesten Katalogen, in denen Foot Rite die Schuhe in Kalifornien angeboten hat.

Sumich listete die Versandhäuser samt Adressen, Telefonnummern, Faxnummern und Websites auf.

»Die Jungs vom Labor sind einfach großartig«, sagte Merci.

»Alles nette Kerle.« Teague wandte sich wieder seinem Schreibtisch zu.

Merci rief Sumich an und bedankte sich für die gute Arbeit. »Ich muss Folgendes wissen«, sagte sie. »Setzen Sie sich noch mal mit Foot Rite in Verbindung und finden Sie heraus, ob diese Versandhäuser Sondergrößen im Angebot haben.«

»Diejenigen, die ich Ihnen aufgelistet habe, bieten alle Sondergrößen an.«

»Gehen Sie einen Schritt weiter. *Manager* mit Übergröße – dieser Mann betrachtet sich möglicherweise als Geschäftsmann. Groß und dick, spezialisiert auf bestimmte Nationalitäten – vielleicht auf Europäer: Russen, Slawen. Versuchen Sie's mit Anbietern von Militärkleidung, denn die verkaufen eine Menge sowjetisches Militärzeug seit dem Ende des Kalten Krieges. Versuchen Sie's auch mit Angeboten für große, dicke Naturfreunde – Jäger und Angler.«

»Alles klar. Wie kommen Sie auf einen europäischen Geschäftsmann, der auf sowjetische Militärkataloge steht und gern angelt und auf die Jagd geht?«

»Der Typ ist Russe, Ike. Ein Gangster, ein Betrüger und wahrscheinlich ein Killer. Das mit dem Jagen und Angeln ist nur so eine Idee. Mehr nicht.«

»Können Sie mir zufällig was über sein Gewicht sagen?«

»Ich hab was von hundertvierzig Kilo gehört, aber das muss schon ein paar Jahre her sein.«

»Anhand der Fußabdrücke hatte ich hundertfünfzig geschätzt. Aber ich wollte nichts sagen, weil es mir so unglaublich vorkam. Ich dachte, ich hätte mich einfach total verschätzt.«

»Worapin. Slatan Worapin. Auch bekannt unter dem Namen Al Apin.«

»Al Apeman.«
»Er wird schwer zu finden sein.«
»Stellen Sie ihm eine Falle mit Bananen als Köder.«
»Keine schlechte Idee.«

## Fünfundzwanzig

Merci öffnete die Terrassentür an Gwen Wildcrafts Musikzimmer, um die Nachmittagshitze hinauszulassen. Als sie auf die Terrasse hinaustrat und ihren Blick über die Hügel und Häuser schweifen ließ, roch sie Heu und Pferde. Das kann man sich für zwei Millionen Dollar kaufen, dachte sie, und dann wird man wegen zwei Millionen Dollar umgebracht.

Während Zamorra den Computer hochfuhr, trat Merci an einen der hohen Aktenschränke aus Eiche.

Irgendetwas, dachte sie: Die Leute von Sistel behaupten, OrganiVen hätte sie und die Investoren betrogen. SunCo war mit von der Partie. Gwen hat für OrganiVen gearbeitet. Gwen wurde ermordet …

Die Aktenordner waren sauber beschriftet und in alphabetischer Ordnung aufgehängt. Merci fand vier dicke rote Ordner mit der Aufschrift »OrganiVen« von römisch I bis IV. Und je einen gelben Ordner für jedes Gründungsmitglied von OrganiVen – Wyatt Wright, Cody Carlson, Sean Moss und Stephen Monford. Außerdem gab es blaue Ordner für die Gesellschaften mit dem Risikokapital, die in das Unternehmen eingestiegen waren: CEIDNA, Trident Capital und Brown Brothers. Kein Ordner für SunCo. Zu klein? Oder hatte sie die schmutzigen Geheimnisse an einem sichereren Ort aufbewahrt?

Merci rollte mit dem Stuhl nach hinten, bis sie mit dem Rücken am Fenster saß, und öffnete den roten Ordner mit der Aufschrift OrganiVen I. Auf der Innenseite des Deckels klebte ein Blatt liniertes, offenbar von einem Notizblock abgerissenes Papier, an dem eine Ecke fehlte.

Rührend, dachte Merci, dass diese ganze Riesengeschichte mit einer handschriftlichen Notiz anfing:

OrganiVen
großes Potenzial
Tipp des Jahrzehnts
555-5839/Trent Gentry

Der Tipp, der ihr Leben verändert hatte, ging es Merci durch den Kopf. Versuchung. In Gestalt der Schlange namens Trent Gentry. Wahrscheinlich war das auch Gentrys Handschrift, denn Merci hatte Schriftproben beider Wildcrafts gesehen und die hatten mit dieser hier nichts gemein.

Sie erkannte den Namen sofort – Archie hatte irgendwann mal einen Trent Gentry verhaftet. Wegen Trunkenheit am Steuer oder so etwas. Nichts Aufregendes. Der Name war ihr damals überhaupt nur deswegen aufgefallen, weil Trent Gentry in der Newport-Beach-Filiale von Ritter-Dunne-Davis Financial arbeitete.

Sie betrachtete das einfache Blatt Papier und dachte daran, welch großen Schaden ein paar Worte anrichten konnten.

Einem Impuls folgend ging sie zum Wagen, nahm die Wildcraft-Akte aus dem Kofferraum und nahm sie mit ins Musikzimmer. Sie fand Archies billiges grünes Notizbuch, in dem er nach dem Kennzeichen des Wagens gesucht hatte, mit dem zwei russische Gangster zu einem Treffen mit seiner schönen, ängstlichen jungen Frau erschienen waren.

Sie legte den offenen OrganiVen-Ordner auf eins von Gwen Wildcrafts Keyboards, ein Yamaha. Dann blätterte sie ganz langsam Archies Notizbuch durch und suchte nach der kleinen Ecke, die am oberen rechten Rand des Zettels fehlte. Sie entdeckte sie zwischen den Seiten vier und fünf. Sie hielt das Buch neben das Blatt in dem Ordner und verglich die beiden Teile. Sie schienen zu passen. Ike oder Leitzel würden das noch verifizieren, sagte sie sich, aber vorerst ging sie davon aus, dass der Zettel aus diesem Notizbuch stammte.

Also, was war geschehen?

Archie hatte einen betrunkenen Börsenmakler angehalten. In der Hoffnung, glimpflich davonzukommen, hatte der Makler dem Polizisten, der ihn festnahm, einen heißen Tipp für eine Aktie gegeben, hatte dem Deputy sogar den Namen der Aktie und seine private Telefonnummer aufgeschrieben. Trotzdem hatte der Deputy ihn verhaftet. Und dann? Hatte er mit seinem Schwager über den Tipp gesprochen? Seine Frau gebeten, der Sache nachzugehen? Irgendwann musste den Wildcrafts gefallen haben, was sie in Erfahrung brachten, denn sie hatten weitergemacht. Immer weiter. Von Gentry zu Archie zu Gwen zu Charlie zu OrganiVen ...

War Trent Gentry sauer, dass er dem Deputy einen Tipp gegeben hatte, wie er zwei Millionen Dollar verdienen konnte, und dann trotzdem eine Anzeige wegen Trunkenheit am Steuer bekam? Geschah ihm recht dafür, dass er versucht hatte, einen Polizisten zu bestechen.

Sie rief bei Gentry an. Seine Sekretärin sagte, Mr Gentry sei in Urlaub und würde nicht vor Mitte September zurückkommen. In der Zwischenzeit betreue Mr Carnahan Mr Gentrys Kunden. Ob sie Merci mit Mr Carnahan verbinden solle?

»Nein danke«, sagte Merci. »Aber wo kann ich Trent erreichen?«

»Tut mir Leid, Mr Gentry ist nicht erreichbar, bis er wieder hier ist.«

Merci wusste, dass der Mann erreichbar war, aber der

Kampf, den es sie kosten würde, der Frau die Nummer ihres Chefs zu entlocken, war die Mühe nicht wert. Noch nicht. Sie fuhr mit einem Finger über die weißen Tasten von Gwens stummem Synthesizer, bedankte sich bei der Sekretärin und legte auf.

Sie schaute Zamorra an. »Sieht so aus, als hätte Archie den ursprünglichen Tipp wegen der Aktien von Trent Gentry bekommen. Gentry wollte sich offenbar damit von einer Anzeige wegen Trunkenheit am Steuer freikaufen. Archie hat Gwen davon erzählt, die hat mit ihrem Schwager, Charlie Brock, gesprochen.«

»Brock hat also die Wahrheit gesagt.«

»Es muss ihn sonst was gekostet haben.«

Merci kniete sich auf den Boden und ließ die fünf Schnappschlösser an einem der schwarzen Gitarrenkoffer aufspringen. Der Koffer war mit rotem Samt ausgeschlagen und darin lag das Instrument aus lackiertem Holz und mit glänzenden Chrombeschlägen. Die Gitarre roch gut, fand Merci. Sie hatte altmodische Schalter und Knöpfe und F-Löcher im Korpus. Es war eine »Guild«.

»Ich bewundere Leute, die aus nichts etwas machen können«, sagte Merci.

Zamorra schaute erst sie, dann das Instrument an. »Das ist ein Talent.«

»Ich besitze leider kein Talent«, sagte sie, »deswegen habe ich mich mit dem System arrangiert. Ich komme in einem System besser zurecht. Ich brauche den festen Rahmen. Aber Leute wie Gwen brauchen das alles nicht. Sie konnte Musik machen.«

»Sie hätte besser aufpassen sollen, was um sie herum passierte.«

»Sieht so aus, nicht wahr?«

Sie fuhr mit dem Fingernagel über die Saiten. Der Klang war metallisch, aber rund, beinahe schön. Der Deckel schloss sich mit einem samtenen Flüstern. Die Schlösser rasteten mit lautem Klicken ein.

Merci setzte sich wieder mit dem Rücken zur Sonne und blätterte weiter in dem OrganiVen-I-Ordner, dann nahm sie sich die Ordner II, III und IV vor. Die drei ersten Ordner enthielten chronologisch sortierte Belege, während im vierten Recherchematerial abgeheftet war.

Zu Anfang – vor fast zwei Jahren – nannte die Firma sich VenFriendly. Zwei Monate später bekam sie den Namen SeruCure. Merci blätterte weiter, um festzustellen, seit wann die Firma OrganiVen hieß: seit Januar des vergangenen Jahres, also seit etwa zwanzig Monaten. Aha, dachte Merci, sie haben also immer wieder ihren Namen geändert.

Sie legte den Ordner wieder weg und nahm sich die Akte über Wyatt Wright vor. Es dauerte nicht allzu lange, bis sie fand, was sie suchte: ein Interview mit dem Finanzjongleur Wyatt.

»*Wir haben eine Weile gebraucht, um einen passenden Namen zu finden. Wir haben immer wieder versucht, eine Anspielung auf das Biomedizinische mit etwas zu kombinieren, das unser Produkt beschreibt. Es ist gar nicht so einfach, Schlangengift positiv klingen zu lassen.*«

Da musste sie Wyatt Recht geben. Sie hörte Zamorra leise auf der Tastatur klappern und schaute zu ihm hinüber.

»Was hast du gefunden, Paul?«

»Gwen hat OrganiVen vertreten. Ich weiß nicht, wie lange, und ich weiß auch nicht, in welchem Ausmaß, aber auf jeden Fall hat sie Start-up-Aktien verkauft. Ich habe hier E-Mails von zwei Jahren, eingehende und abgehende.«

»Irgendwas Interessantes?«

»Jede Menge Korrespondenz mit Sean Moss. Er war einer der vier Firmengründer. In den Mails scheint es immer um dieselben ein oder zwei Themen zu gehen, aber sie drücken sich ziemlich ungenau aus. Offensichtlich waren sie sehr darauf bedacht, in ihrer Korrespondenz keine Interna preiszugeben.«

»Lies mir mal ein paar vor.«

»›Hallo Gwen, es gibt keinerlei Probleme mit dem *Cerastes*-Rum. Wir haben schon ein paar Ideen, wie wir davon jede Menge auftreiben können. Machen Sie sich keine Sorgen, viel Glück, bis bald, Sean.‹

›Hallo Sean, ich bin mir sicher, dass man noch mehr bekommen kann. Das überlasse ich Ihnen und mache meine Arbeit. Habe heute weitere achttausend aufgetrieben – von ein paar alten Freunden aus der Highschool. Danke, dass Sie so freundlich sind. Ich wünsche *Ihnen* Glück. Herzliche Grüße, GW.‹«

Merci bat Zamorra, *Cerastes* zu buchstabieren, was er tat. Sie stellte sich das Wort vor, wusste, dass sie es noch nie gesehen hatte, runzelte die Stirn. »Was ist *Cerastes*? Eine Rumsorte?«

»Keine Ahnung. Ich hab einen Freund, der im Ritz-Carlton als Barmann arbeitet, den kann ich mal fragen. Das Wort taucht häufig in diesen E-Mails auf. Ich glaube, Gwen und Sean mochten sich ganz gern.«

»Ist Sean verheiratet?«

»Laut Lebenslauf ist er ledig. Hier erwähnt Gwen, dass sie zwanzig Dollar die Stunde dafür bekommt, dass sie für ein Mittel wirbt, an das sie glaubt. Dann meint Sean, sie müsste eigentlich fünfzig die Stunde bekommen, und er würde mal sehen, ob eine Erhöhung möglich wäre. In einer Mail macht sie einen Scherz darüber, dass sie ›bisher‹ hundertachtzigtausend Dollar für OrganiVen an Land gezogen hat.«

Merci betrachtete die vier übrig gebliebenen fotografischen Porträts von Gwen und Archie, die an der Wand hingen. »Sie hat an einem einzigen Tag achttausend Dollar für OrganiVen aufgetrieben und kaum ein Aufhebens darum gemacht. Ich wüsste mal gern, wie viel Geld sie insgesamt für die Firma eingesammelt hat, und ich wüsste gern, wie viel sie selbst bekommen hat.«

»Moment, ich sag's dir gleich. Aber bei zwanzig Dollar die Stunde hat sie sich bestimmt keine goldene Nase verdient.«

»Es sei denn, sie hat sich ihren Lohn in Aktien auszahlen lassen.«

Zamorra schaute sie an. »Das wäre natürlich etwas ganz anderes.«

Zehn Minuten später klingelte Mercis Handy.

»Hallo, Sergeant, hier spricht Bill Jones. Archies Gärtner ist gerade vorgefahren. Ist das Ihr Zivilfahrzeug in der Einfahrt?«

»Ja, Bill, das ist unser Wagen.«

»Ich habe diesen Hünen oder seinen widerlichen Partner nicht mehr gesehen seit dem Tag im Park.«

»Wir treffen uns in einer Minute in der Einfahrt.«

»Alles klar.«

Merci zeigte Jones die FBI-Fotos von Sonny Charles und Al Apin. Jones versuchte sie so zu halten, dass die Sonne ihn nicht blendete. Er drehte sie erst in eine, dann in die andere Richtung.

»Das sind sie. Die beiden, die ich in dem Park gesehen habe.«

»Ohne Zweifel?«

»Absolut. Auf den Fotos sind sie noch ein bisschen jünger.«

»Vielen Dank, Mr Jones.«

»Ich bin hier, um Ihnen zu helfen. Falls ich die beiden noch mal sehe, weiß ich, was ich zu tun habe. Ich habe Ihre Telefonnummer in meiner Brieftasche.«

»Halten Sie mich auf dem Laufenden.«

»Mach ich. Was Besseres hab ich sowieso nicht zu tun. Übrigens, wenn Sie den Gärtner danach fragen, warum Archie und Gwen sich angeschrien haben an dem Tag, als sie gestorben ist, denken Sie daran, dass er Ohrenschützer trägt, wenn er mit dem Laubpuster hantiert, und Kopfhörer, wenn er Unkraut jätet.«

»Danke, Mr Jones.«

»Soll ich Ihnen eine Tasse Kaffee oder ein Glas Cola bringen oder irgendwas?«

»Nein, wirklich nicht. Trotzdem vielen Dank.«

Der Gärtner war klein und stämmig, er trug eine braune Hose und ein weißes T-Shirt und keine Schuhe Größe sechzehn. Er schaute sich ratlos um, als wüsste er nicht, was er tun sollte. Er hat schon gehört, was passiert ist, dachte Merci. Und jetzt weiß er nicht, ob er seinen Job noch hat oder nicht.

»Hier!«, rief sie und winkte ihm.

Er kam auf sie zu, blieb knapp zwei Meter vor ihr stehen. Schwarzes Haar, schwarze Augen, ein freundliches Lächeln, oben zwei blitzende Schneidezähne aus Silber.

Merci stellte sich vor. Er nickte und sagte, er sei Jesus und er spreche Englisch.

»Ich möchte Ihnen etwas zeigen.«

Sie führte ihn den Weg entlang zu dem Chinesischen Flammenbaum, wo Größe Sechzehn gestanden hatte. »Haben Sie hier letzten Dienstag geharkt?«

»Ja.«

»Haben Sie hier unter dem Baum gestanden und in diese Richtung gesehen?«

Sie stellte sich unter die Äste, wo der Mann gestanden hatte.

»Hier, so etwa?«

»Nein.«

»Sind Sie sicher?«

»Ich stehe nicht rum. Ich harke.«

Merci überlegte. »Was für Schuhe tragen Sie bei der Arbeit?«

Er betrachtete seine abgetragenen Stiefel. »Diese Stiefel.«

»Haben Sie irgendwelche anderen Schuhe darüber getragen? Schlammschuhe vielleicht oder Gummischuhe?«

»Nein. Ich hatte nur diese Stiefel an und ich habe nicht da gestanden.«

»Haben Sie gehört, wie Archie und eine Frau sich an dem Tag gestritten haben?«

»Nein.«

»Haben Sie eine Frau hier gesehen?«

»Gwens Schwester. Ihren Namen weiß ich nicht.«

Jesus sagte, er habe die Schwester zuerst gegen drei gesehen. Er hatte keinen Streit, kein Gespräch gehört. Er sagte, er habe mit dem Kopfhörer Musik gehört.

Merci führte ihn den Weg entlang, am Pool vorbei und hinters Haus. Sie zeigte auf das Loch im Fenster, das jetzt notdürftig mit einem Stück Sperrholz und Klebeband abgedichtet war.

»War dieses Fenster kaputt, als Sie letzte Woche hier waren?«

Jesus starrte traurig auf das Fenster. »Ich weiß nicht. Ich habe nicht nachgesehen.«

»Sie wissen es nicht?«

»Ich weiß es nicht. Ist Mrs Gwen tot?«

»Ja.«

»Oh, wie schrecklich! Und Mr Archie? Der ist auch angeschossen?«

»Er lebt. Mehr kann ich Ihnen nicht sagen, Jesus.«

»Archie und Gwen sind nette Leute.«

»Ja. Ich weiß.«

Sie fragte ihn, ob er Leute beobachtet hätte, die sich für das Grundstück interessiert hätten, vor allem zwei sehr große Männer, aber Jesus hatte niemanden bemerkt. Keine fremden Fahrzeuge, nichts Ungewöhnliches, was Archie und Gwen betraf. Er arbeitete seit einem halben Jahr für Archie und hatte sechs Jahre für die früheren Besitzer des Hauses gearbeitet.

Merci notierte sich seinen Namen, Adresse und Telefonnummer und bedankte sich.

Zum Abschied sagte sie *Vaya con Dios*, weil sie diesen Ausdruck für gewählt und bedeutsam hielt, aber Jesus schaute sie an, als ergäben die Worte keinen Sinn.

Zwei Stunden später, als sie den OrganiVen-I-Ordner zur Hälfte durchforstet hatte, fand Merci die Spur, nach der sie suchte. Gwen hatte angefangen, mit einem gelben Marker bestimmte Stellen in den Werbebroschüren hervorzuheben und diese Passagen mit den Ergebnissen zu vergleichen, die sie in dem Ordner mit den Unterlagen über die Forschungsergebnisse gesammelt hatte.

Aus dem OrganiVen-Prospekt vom März 2001: *Die Forscher von OrganiVen haben herausgefunden, dass das reine Gift vieler Vipern bei Tierversuchen sehr wirksam ist, vor allem das Gift solcher Schlangen, die in den Wüsten des amerikanischen Südwesten vorkommen.*

Mit einer handschriftlichen Notiz verwies Gwen auf Forschungsergebnisse von SeruCure vom Oktober vergangenen Jahres: *Die Ergebnisse der Doppelblindstudien 12-C und 12-D haben gezeigt, dass das aus C. cerastes gewonnene Serum das einzige ist, das genug Toxizität besitzt, um Krebszellen in einem ausreichenden Maß zu zerstören, ohne das umliegende Gewebe zu stark anzugreifen. Versuche mit dem Serum von C. ruber, C. viridis und C. atrox ergaben wesentlich geringere sauerstofffreie Reaktionen, aber zugleich eine stärkere Zerstörung gesunder Zellen. Siehe die Diagramme über den Zusammenhang von Giftstärke und daraus resultierender Gewebezerstörung.*«

»Paul«, sagte Merci. »*Cerastes* rum ist kein Schnaps, sondern ein Gift. *Serum.*«

Zamorra drehte sich zu ihr um. »Das deckt sich mit dem, was ich hier in den E-Mails finde. Gwen hat sich Sorgen gemacht, dass nicht genug von dem Serum zur Verfügung stehen könnte. Jede Menge Mails hier zwischen ihr und Sean Moss.

Es geht um irgendein Zuchtprogramm, um sicherzustellen, dass der Bedarf gedeckt sein würde.«

Rayborns Herz machte einen Satz, als sie einen Querverweis in einem OrganiVen-Prospekt las. »Sie hat in den Werbeprospekten Stellen markiert und Querverweise zu den Forschungsergebnissen gemacht. Da ist die Rede nur ganz allgemein von Schlangengift. Auf jeden Fall finden sich in den Werbebroschüren und bei den Forschungsbelegen jeweils zwei unterschiedliche Angaben. Mal sehen, ob ich irgendwas über ein Zuchtprogramm finden kann.«

»Sieh mal nach Dailey oder Dan oder Harvesters – die scheinen alle drei mit im Spiel zu sein.«

Gott sei Dank für Gwens Ordnungssinn, dachte Merci, als sie eine violette Mappe mit Material über *Harvest Specialists* fand. Darin befand sich etwas, das aussah wie eine in aller Eile zusammengeschusterte Werbebroschüre und ein Brief an Sean Moss von Dan Dailey, Chef von Harvest Specialists in Temecula, Kalifornien.

In dem Brief berichtete Mr Dailey von seinem Studium der Biologie, seinem lebenslangen Interesse an Herpetologie und seinen Kenntnissen über die Reptilien des amerikanischen Südwestens.

Zwei Monate später hatte er ein knappes Schreiben an Sean Moss geschickt, in dem er diesem erklärte: *Von allen Klapperschlangen, die wir Ihnen liefern können, ist die Seitenwinderklapperschlange (Crotalus cerastes) am schwersten in größeren Mengen zu beschaffen. Diese Schlangen sind klein und nachtaktiv, sie verstecken sich tagsüber im Sand oder in Felsspalten, sie überwintern nicht in Höhlen. Ihre Giftdrüsen sind winzig. Sieht so aus, dass sie die Schlangen mit dem besten Saft sind. Ich werde tun, was ich kann!*

Kurz darauf begann Dan Dailey die Seitenwinder zu züchten. Die Kosten, die er OrganiVen für die Einrichtung seines Zuchtprogramms in Rechnung stellte – Lampen, Terrarien,

»Heizsteine und Heizstrahler«, Wasserbehälter, Vitamine, Futtermäuse –, beliefen sich auf 5345 Dollar. Er versprach, nach Ablauf eines halben Jahres pro Woche zwanzig Gramm reines, frisches Schlangengift zur Verfügung zu stellen. Wenn die gefangenen Klapperschlangen sich erst einmal vermehrt hätten, würde er noch mehr Serum liefern können.

»Wie viel ist ein Gramm?«, fragte Merci.

»Drei Hundertstel einer Unze. Ein bisschen mehr.«

»Gott, das ist ja richtig wenig. Ich hab das Material über die Schlangenzucht gefunden, Paul.«

Eine Reihe von kurzen, ausgedruckten E-Mails aus einem Zeitraum von fünf Monaten dokumentierte die Hochs und Tiefs des Seitenwinder-Züchtungsprogramms von Dan Daileys Harvest Specialists. Einmal hatte Dailey Schwierigkeiten, die nötige Anzahl von Schlangen zu beschaffen. Ein andermal hatte am Snow Creek bei einer Hitze von 43 Grad der Motor eines neuen Pick-ups den Geist aufgegeben. Dann konnte er die männlichen nicht von den weiblichen Tieren unterscheiden. Einmal hatte er einen halben Tag im Krankenhaus verbracht, nachdem er von einer Schlange gebissen worden war, und stellte OrganiVen die Behandlungskosten in Rechnung. Es gab Probleme, weil die Schlangen in Gefangenschaft nicht fraßen. Dailey verbrachte »zahllose« Stunden damit, Eidechsen zu fangen, weil die Klapperschlangen weder lebende noch tiefgefrorene Mäuse anrührten. Nur vier von den weiblichen Schlangen, die begattet worden waren, wurden trächtig, und nur sechs von den vierzehn Schlangenbabys kamen lebend zur Welt. Vier davon gingen innerhalb einer Stunde ein, die restlichen am nächsten Tag. Die erwachsenen Schlangen wurden schließlich freigelassen, damit sie nicht verhungerten.

*Ich bin total frustriert von diesen verdammten Seitenwindern*, schrieb Dailey im März an Sean Moss. *Von C. atrox oder C. viridis hätte ich Ihnen inzwischen mehrere Liter liefern können. Aber ich werde weiterhin tun, was ich kann.*

»Es hat nicht geklappt«, sagte Merci. »OrganiVen brauchte diese Seitenwinder, aber Dailey konnte nicht genug davon fangen, und dann haben die Biester sich in Gefangenschaft nicht vermehrt. Einmal ist er sogar von einer gebissen worden.«

»Das passt«, sagte Zamorra. »Hör dir das an.«

Lieber Sean, eins kann ich Ihnen sagen: Je mehr Kontrolle SunCo über Ihre Firma hat und je weniger Serum DD liefern kann, desto nervöser werde ich dabei, für uns zu werben. Ich habe Ihnen viel Geld eingebracht, aber ich kann nicht etwas verkaufen, an das ich nicht glaube. Stellen Sie sich mal vor, was passiert, wenn das FBI herausbekommt, welche Probleme wir mit dem Serum haben – die würden uns den Kopf abschlagen. Ich kann Ihnen nur raten, sich von den SunCo-Leuten zu trennen und das Serumproblem in der neuen Broschüre und im Wirtschaftsplan zu erwähnen oder ganz schnell eine Lösung zu finden. Charles und Apin reden schon davon, sämtliche Forschungsergebnisse umzuschreiben und die Unterschiede bei den verschiedenen Giften nicht mehr zu erwähnen. Die halten mich für eine dumme Tippse und unterhalten sich in meiner Gegenwart über alles Mögliche. Vielleicht treffe ich mich einfach mal mit den beiden und stelle sie zur Rede. Schreiben Sie die Forschungsergebnisse auf keinen Fall um – das wäre kriminell. Sie sollten mehr Zeit im Büro und weniger im Labor verbringen, dann würden Sie mitbekommen, was diese Männer für Verbrecher sind. Wenn das meine Firma wäre, würde ich den Leuten von SunCo ihr Geld zurückgeben und sie in die Wüste schicken. Al Apin ist kein Mensch, und ich möchte weder Hunde noch Schweine, Delphine, Tauben, Tausendfüßler oder Seitenwinder beleidigen, indem ich sie mit ihm vergleiche.
Ihre Freundin Gwen.

»Diese Mail wurde am 1. April letzten Jahres verschickt. Fünf Monate vor dem Verkauf an Sistel.«

Obwohl Mercis Herz zu Beginn der E-Mail von Gwen an Moss vor Aufregung bis zum Hals geschlagen hatte, war sie am Ende eher deprimiert.

»Wenn den Russen klar war, dass Gwen Bescheid wusste, Paul, wenn die auch nur im Entferntesten befürchtet haben, dass sie plaudern könnte, dann ist das ein eindeutiges Mordmotiv.«

»Aber warum hätten sie bis letzte Woche damit warten sollen? Der Betrug hatte doch längst funktioniert. Der Verkauf von OrganiVen an Sistel ist letztes Jahr im September über die Bühne gegangen. Alle sind reich geworden, einschließlich Tscherbrenko und Worapin. Und die beiden sind längst über alle Berge. Sistel hat den Schaden, der Konzern schreibt den Verlust in der Jahresbilanz ab und nennt das ganze Umstrukturierung.«

Merci überlegte. »Na ja, Sistel hat den Betrug erst jetzt durchschaut. Vielleicht hatte Gwen gerade angefangen zu singen. Eine Zeit lang hat sie mitgespielt, bis sie genug Geld verdient hatte.«

Zamorra nickte. »Was verständlich wäre, nachdem sie Freunde und Verwandte überredet hat, ihr Geld zu investieren.«

»Aber dann hat sie es sich anders überlegt. Sie hat irgendwas getan, wovon die Russen Wind bekommen haben. Oder sie haben *angenommen*, sie hätte irgendwas vor, und haben sie vorsorglich aus dem Weg geräumt.«

Zamorras Blick wurde hart. »Wer sich mit diesen Typen einlässt, hat keine Möglichkeit, sich irgendwas anders zu überlegen. Die sorgen schon dafür, dass ihnen keiner in die Suppe spuckt.«

»Aber warum hat Gwen es trotzdem getan, Paul? Warum hat sie es sich anders überlegt, nachdem sie alle reich geworden waren? Warum?«

»Schlechtes Gewissen.«

»Aber als sie das viele Geld verdient hat, hat es sich nicht geregt.«

»Druck«, sagte Zamorra.

»Von wem?«

»Von der Familie?«

»Denen hätte sie niemals gesagt, was sie getan hatte. Vor allem nicht, wenn sie Geld investiert oder ihr und Archie Geld geliehen hatten, um es zu investieren.«

»Freunde?«, sagte er.

»Dito.«

»Vielleicht hat sie Sonny und Al falsch eingeschätzt. Vielleicht hat sie nicht begriffen, wie gefährlich die beiden sind.«

Merci war sich darüber im Klaren, dass Unwissenheit einen Mord möglich machen konnte. Wenn das Opfer die Bedrohung nicht sah. *Ich hab's nicht gewusst.* »Das kann ich mir nicht vorstellen. Und Archie hat die beiden bestimmt nicht unterschätzt.«

»Aber war Archie im Bilde? Hat Archie gewusst, dass seine Frau bis zum Hals in einem Aktienbetrug steckte, der sie beide reich gemacht hatte?«

Merci, die daran glaubte, dass jeder Mensch ein Recht auf Geheimnisse hatte, dachte über diese Möglichkeit nach. Der Schluss, zu dem sie kam, überraschte sie selbst. »Archie war ein Polizist. Ein überaus korrekter. Sie hat ihm vielleicht gesagt, dass sie beunruhigt war. Auf jeden Fall hat sie ihm gesagt, dass ihr die Typen von SunCo nicht geheuer waren – das wissen wir von Archie. Aber wahrscheinlich hat sie ihm keine Einzelheiten erzählt. Und zwar, weil er niemals zugelassen hätte, dass sie sich an diesen Machenschaften beteiligte. Nein. Archie hat nicht gewusst, was diese Leute vorhatten. Weil Gwen es nicht übers Herz gebracht hat, es ihm zu sagen.«

Einen Augenblick lang herrschte Schweigen in Gwen Wildcrafts Musikzimmer. Und dann wurde Merci auf einmal alles klar.

»Die hatten es in der Nacht gar nicht auf Archie abgesehen«, sagte sie leise. »Die hatten Gwen im Visier. Sie haben ihn aus dem Haus gelockt, denn sie wussten, dass er Polizist und gefährlich war. Dann sind sie reingegangen und haben die Sache durchgezogen. Weil sie es sich anders überlegt hatte.«

*Aber warum hatte sie es sich anders überlegt?*

## Sechsundzwanzig

Dr. Sean Moss wohnte in La Jolla in einer Villa mit Blick auf den Pazifik. Das Haus aus Holz und Rauchglas schmiegte sich in Schichten an den Hügel, als versuchte es, sich so unauffällig wie möglich zu geben. Die gewundene Zufahrt war betoniert und von Pinien und hohen, sich im Wind wiegenden Gräsern gesäumt.

Die Stimme, die aus der Gegensprechanlage am Tor kam, klang jung und schrill. »Ja?«

»Detectives Rayborn und Zamorra, OCSD. Wir möchten Ihnen ein paar Fragen zu Gwen Wildcraft stellen.«

»Sie sind nicht angemeldet.«

»Sie sind nicht ans Telefon gegangen. Machen Sie das Tor auf, Mr Moss, wir haben nicht den ganzen Tag Zeit.«

»Das ist nicht in Ordnung.«

Doch dann bewegte sich das Tor und schwang zu beiden Seiten hin auf.

Jenseits des Tores war das Grundstück eben. Merci bemerkte einen Tennisplatz, einen Hubschrauberlandeplatz, eine Freikletteranlage, einen Swimmingpool mit einem Zehnmeterbrett, einen Privatstrand mit Volleyballplatz und leuchtend gelben Sonnenschirmen. Zwischen den verschiedenen Anlagen erstreckten sich grüne Rasenflächen. Merci dachte, Ryan

Dawes würde sich glatt in seine Extremsportshorts begeben, wenn er dieses Anwesen sehen könnte. Sie fragte sich, warum Männer sich so schwer taten, ihre Kindheit hinter sich zu lassen, während Mädchen es nicht erwarten konnten, erwachsene Frauen zu werden.

Das Haus war größer, als es von weitem wirkte, und umfasste drei Stockwerke, die sich der Form des Hügels anpassten. Es gab Terrassen und Balkone mit gelben Sonnenschirmen und exotische Pflanzen in Kübeln. Merci parkte in der Nähe des Volleyballplatzes, und sie gingen über einen Kiesweg, der sich durch einen saftigen Rasen schlängelte.

Die wuchtige, doppelflügelige Haustür hatte schmale Fenster mit getönten Scheiben. Ein Flügel wurde geöffnet und ein hagerer junger Mann in Shorts, einem bunten Hemd und Riemchensandalen trat auf die Veranda. Er hatte dichtes glattes Haar, das zu einem Rundschnitt frisiert war, als hätte der Frisör ihm eine Schüssel auf den Kopf gesetzt und daran entlanggeschnitten. Seine Beine waren braun gebrannt und knochig.

»Ich bin Sergeant Rayborn und das ist Sergeant Zamorra. Sind Sie Dr. Moss?«

»Ja. Ich habe nur etwa zehn Minuten Zeit.«

»Ihr jungen Aufsteiger habt es wohl immer eilig, was?«, sagte Merci. »Was für einen Doktortitel haben Sie denn eigentlich?«

»Organische Chemie.« Moss lächelte, entweder jungenhaft oder nervös, und ließ sie eintreten.

Die Eingangshalle erstreckte sich über alle drei Stockwerke bis zu den Lichtkuppeln im Dach. Lackierte Holzdielen, riesige raumhohe Kiefernholzpfeiler. Moss hob den Deckel einer Holztruhe, die aussah wie eine alte Seemannskiste.

»Ihre Schuhe bitte.«

Sie setzten sich auf eine Holzbank neben der Eingangstür und zogen die Schuhe aus. Moss behielt seine Sandalen an.

Merci betrachtete die gegenüberliegende Wand, wo sechs bunte, glänzende Surfbretter nebeneinander aufgereiht standen. Auf Strümpfen ging sie hinüber und las die Schriftzüge auf den Brettern: Wardy, Greg, Noll, Hobie, Velzy, Dewey Weber.

»Gutes Surfwetter heute?«, fragte sie.

»Wir haben leichten Südwind. Am Strand von Trestles waren die Wellen okay.«

Sean Moss, krummbeinig wie ein Rodeoreiter, führte sie durch die Küche, die ganz in Weiß und Chrom eingerichtet war. Glänzender, heller Holzboden. Ein Butcherblock mit einer Arbeitsfläche aus schachbrettartig angeordnetem Kopfholz. Moss öffnete eine hölzerne Schiebetür, die auf eine Veranda führte, und forderte sie auf, an einem langen Holztisch unter einem gelben Sonnenschirm Platz zu nehmen.

Moss setzte sich mit dem Rücken zum Meer und überließ ihnen die schöne Aussicht. Er setzte sich eine Sonnenbrille mit einem schmalen Silbergestell auf, die ihm zusammen mit seinem Topfhaarschnitt und dem ordentlich gestutzten Ziegenbart das Aussehen eines Außerirdischen verlieh.

»Wir haben den Eindruck, dass Gwen Wildcraft sich bei OrganiVen in ziemlich gefährliche Gefilde begeben hat«, begann Merci.

Moss blickte sie schweigend an.

»Fällt Ihnen dazu irgendwas ein?«, fragte Zamorra.

»Gwen und ihr Mann haben während unserer anfänglichen Marketing-Kampagne einige Aktien gekauft, danach hat sie für die Firma gearbeitet. Sie war ganz begeistert von der Idee, den Krebs zu bekämpfen. Sie hat über eine Viertelmillion Startkapital aufgetrieben. Wir haben ihr einen Stundenlohn angeboten, aber sie hat sich lieber in Aktien bezahlen lassen. Sie nehmen doch nicht etwa an, dass ihre Arbeit für OrganiVen etwas mit dem Mord zu tun hat?«

»Sie hat sehr viel damit zu tun«, sagte Merci. »Wer war der Freund, der sie in die Firma gebracht hat?«

»Ein Börsenmakler namens Trent Gentry. Ich meine, Freund ist vielleicht zu viel gesagt. Ich habe mit ihm zusammen studiert und er hat für die Wildcrafts gebürgt.«

Merci machte sich eine Notiz. »Erzählen Sie uns von SunCo.«

Moss hatte einen verkniffenen Mund und ein kantiges Kinn. Mit der Sonnenbrille auf der Nase war sein Gesichtsausdruck schwer zu interpretieren. »Nun«, sagte er, »anfangs haben wir uns mit Kapital von Freunden und Angehörigen finanziert, später kamen kleine Kapitalgesellschaften dazu. SunCo gehörte zu den Ersten, die sich bei uns beteiligt haben.«

Moss lehnte sich zurück und verschränkte die Arme vor seinem bunten Hawaiihemd.

»Hatten Sie mit Sonny Charles und Al Apin zu tun?«

Er nickte.

»Wie viel haben die beiden in Aktien investiert?«

»Etwa eine Million Dollar.«

»Zum Freundschaftspreis?«

»Etwas höher. Ich glaube, bis dahin waren wir bei einem Dollar pro Aktie.«

»Wie haben Sie reagiert, als Sistel gestern die OrganiVen-Abteilung aufgelöst hat?«

»Ich habe mich gewundert.«

»Aber man hat mit Ihnen über die Serumlieferungen gesprochen, über das *Cerastes*-Serum?«

Moss schluckte. »Ja.«

»Dr. Moss«, sagte Zamorra. »Nehmen Sie Ihre Sonnenbrille ab und reden Sie mit uns. Wir versuchen herauszufinden, wer Ihre Freundin Gwen ermordet hat. Ob Sie nicht genug Seitenwinder beschaffen konnten, interessiert uns nur insofern, als dies etwas mit Mrs Wildcraft zu tun hat.«

Moss nickte kaum merklich, nahm die Sonnenbrille ab und sah Merci mit seinen hellblauen Augen trotzig an. Er wirkte wie achtzehn, aber Merci wusste, dass er achtundzwanzig war.

»Okay, meinetwegen. Vor etwa einem Jahr haben wir uns von SunCo getrennt. Nachdem Sistel uns aufgekauft hatte, war Feierabend. Ich meine, wir hatten mit diesen Typen nichts mehr zu schaffen.«

»Sie mögen vielleicht die geschäftlichen Verbindungen zu Sonny und Al abgebrochen haben, aber vergangene Woche haben Sie sich doch mit ihnen getroffen, oder? So lauten zumindest unsere Informationen.«

»Wie kommen Sie denn darauf?«

»Hören Sie, Moss«, entgegnete Zamorra. »Wir können Sie gerne mit nach Santa Ana nehmen und uns bei einer Tasse miserablem Kaffee in einem Raum mit falschem Spiegel und Videokamera mit Ihnen unterhalten. Wenn Sie das wünschen, kein Problem. Wir müssen sowieso dahin zurück, und es wäre uns ein Vergnügen, Ihnen eine Mitfahrgelegenheit anzubieten.«

»Nein, danke.«

»Dann lassen Sie den Blödsinn und reden Sie.«

Dr. Moss schaute Merci und Zamorra betrübt an, dann seufzte er und starrte auf den Tisch. »Also gut. Ja. Ich habe Sonny und Al am Montag getroffen. An dem Tag, bevor Gwen ermordet wurde.«

»Erzählen Sie uns davon.«

»Sie standen auf einmal bei mir vor der Tür. Hatten ihren Wagen mitten auf dem Rasen abgestellt. Sie wollten mich daran erinnern, dass sie nichts damit zu tun hatten, dass wir unsere Forschungsstatistiken frisiert hatten, um ... das Problem mit dem *Cerastes*-Serum zu minimieren. Also, das heißt, *falls* irgendwelche Statistiken frisiert worden waren. Sie haben mir gesagt, wir sollten sie aus dem Spiel lassen, falls Sistel oder die Gewerbeaufsicht anfangen sollten, Fragen zu stellen, welche Rolle SunCo bei der Forschung und Entwicklung von Mira-Ven gehabt hätte.«

»Sonst?«, fragte Merci.

»Sonst würden sie mir die Zunge rausschneiden und die Eier ins Maul stopfen.«

»Ist das ein Zitat?«

»Bis auf den russischen Akzent.«

»Wer hat das gesagt?«

»Al. Al, wie er leibt und lebt, wenn man ihn erst mal kennen gelernt hat.«

Merci vergewisserte sich, dass sie sich alles richtig aufgeschrieben hatte. Sie unterstrich die Worte, aber es bestand kein Grund dazu, ÜB daneben zu schreiben.

»Dr. Moss, beschreiben Sie uns das Problem mit dem *Cerastes*-Serum«, sagte sie.

»Also, das ist ziemlich einfach. Schlangengift ist in erster Linie hemotoxisch, das heißt, es zerstört Blut und Gewebe. Aber es hat auch neurotoxische Komponenten, was bedeutet, dass es auch das Nervensystem angreift. Von entscheidender Bedeutung bei MiraVen war nicht so sehr die Art und Weise, wie es Krebszellen angriff, sondern der Prozess, der es uns erlaubte, Mengen einzusetzen, die die Zellen fast augenblicklich zerstörten. Das ist, aus leicht ersichtlichen Gründen, bei der Chirurgie wichtig. Die Frage lautete: Wie zerstört man möglichst schnell die bösartigen Zellen, ohne die gesunden zu schädigen? Die Lösung war meine Idee. Ich hatte darüber gelesen, dass man bei Menschen wirkendes Gegengift entwickelt, indem man Pferden zuerst niedrige, dann stärkere Dosen Gift injiziert. Wenn das Immunsystem der Pferde ein bestimmtes Niveau erreicht hat, gewinnt man aus ihrem Blut ein bei Menschen anwendbares Gegengift. Wenn man einem Menschen, der durch einen Schlangenbiss vergiftet wurde, das Pferdeserum injiziert, wird das Gift sehr schnell neutralisiert. Wir haben versucht, bei den Testobjekten eine starke Immunisierung zu erreichen, *bevor* das Gift auf die erkrankten Zellen losgelassen wird. Auf diese Weise wurde der Kollateralschaden minimiert, die Nebeneffekte wurden reduziert und die Krebszellen wurden, na ja, extrem schnell zerstört. Aber es sieht folgendermaßen aus: Man kann Säugetiere nicht mit hohen Dosen neurotoxischen Gifts immunisieren, weil es zu gefährlich ist. Andererseits kann man keine zu niedrige Dosis verwenden, sonst würde die erstrebte Wirkung auf die kranken Zellen – aus Gründen, die ich immer noch nicht verstehe – nicht eintreten. Das Ziel war also, die richtige Neuro-Hemo-Mischung zu finden. Die *Crotalus cerastes* besitzt das entsprechende Gift. Aber es ist schwer zu gewinnen. Wir haben versucht, Seitenwinder zu fangen und zu züchten. Wir haben versucht, das Serum künstlich herzustellen. Es hat einfach alles nicht funktioniert. Ich dachte, man könnte es mit Klonen versuchen. Aber das würde Millionen von Dollar kosten und das haben wir Sistel überlassen.«

»Ohne von vornherein auf das Problem hinzuweisen.«

»Richtig.«

»Sonny und Al haben sie überredet, die Werbebroschüren umzuschreiben und die Forschungsergebnisse aufzupolieren, um das Problem zu verschleiern.«

»Na ja ... nicht ganz. Wir haben einfach die Spezies *Cerastes* aus der Gattung *Crotalus* nicht mehr erwähnt. Die Leute von Sistel hatten nie damit gerechnet, dass sie so tief in die Biologie würden einsteigen müssen.«

»Bis vor ein paar Monaten.«

»Sieht so aus.«

»Warum haben Sie getan, was Sonny und Al von Ihnen verlangt haben? Sie wussten doch, dass das zumindest irreführend, wenn nicht sogar illegal war.«

»Richtig.«

»Also, warum? Haben sie Ihnen damals auch schon den Trick mit der Zunge angedroht?«

»Damals waren sie noch etwas subtiler. Sie meinten, es ginge um Hunderte von Millionen Dollar.«

»Und damit haben sie Recht behalten, stimmt's?«

Moss nickte. »Ich habe aber tatsächlich geglaubt, dass es uns gelingen würde, die Schlangen zu züchten. Wir haben versucht, genug Seitenwinder zu fangen. Wir haben versucht, sie zu züchten. Wir haben versucht, sie zu kaufen. Wir haben mit jedem verfügbaren Schlangengift experimentiert, um das gleiche Ergebnis wie mit *Cerastes* zu erzielen. Wir haben zweihundert Lanzenottern aus Costa Rica gekauft, um herauszufinden, wie ihr Serum wirkt. Zu schwach in Bezug auf die anaeroben Fähigkeiten. Wir haben es mit Wassermokassinschlangen von einer Schlangenfarm in Florida probiert. Aber die Neurotoxinspiegel waren zu hoch. Ich bin sogar selbst mit unseren Schlangenzüchtern in die Wüste gefahren in der Hoffnung, dass ich vielleicht mehr Glück haben würde, ein paar von diesen Seitenwindern einzufangen. Dabei bin ich in einen Kaktus getreten und habe fast einen Herzinfarkt bekommen. Was ich sagen will, ist, je stärker Sonny und Al uns unter Druck setzten, die Testergebnisse zu fälschen, umso fieberhafter habe ich nach einer Lösung gesucht. Ich hatte immer daran geglaubt, eine Lösung zu finden.«

»Aber Sie haben sich damit einverstanden erklärt, das Problem zu verschweigen.«

Er nickte seufzend. »Ich kann die Art und Weise, wie die Forschungsergebnisse präsentiert wurden, immer noch verantworten. Ich meine, es ist ziemlich kompliziert, aber man kann Versuche so anordnen, dass man bestimmte Variablen hervorhebt oder minimiert – oder sogar ausschließt. Also, es ist so: Wenn man die Winkel ein bisschen verändert, hat man dieselbe Anzahl von Quadratmetern, aber in anderer *Form*. Ich glaube, ich könnte SunCo auch wegen Erpressung anzeigen. Sonny und Al haben aber gedroht, *uns* wegen *Betrugs* an ihnen anzuzeigen, wenn wir uns nicht bereit erklärten, das Problem mit dem Serum herunterzuspielen, bis das ganz große Geld reinkam. Außerdem haben sie uns mit Anwendung körperlicher Gewalt gedroht.«

»In welcher Form?«

»Al hat mal bei mir im Labor einen Zahn aus einem Taschentuch gewickelt und in eins von meinen Gefäßen fallen lassen. Einen Backenzahn mit Amalgamfüllung. An der Wurzel klebten noch Blut und Fleischfetzen.«

»Und was hat er gesagt?«

»Nichts.«

Moss betrachtete seine Handrücken.

»Dann kamen CEIDNA, Trident, Brown Brothers«, sagte Zamorra. »Etwa sechsundfünfzig Millionen Dollar Risikokapital.«

»Ja.«

»Und haben OrganiVen um satte vierhundert Millionen aufgewertet ...«

»Es waren sogar vierhundertzehn.«

»Und Ihr Anteil?«

Er betrachtete den Tisch. »Achtundzwanzig.«

»Achtundzwanzig Millionen mit achtundzwanzig Jahren«, sagte Zamorra. »Da hat man für den Rest des Lebens ausgesorgt.«

»Genau.«

Zamorra beugte sich vor: »Gwen haben weder die gefälschten Forschungsberichte noch die veränderten Werbeprospekte gefallen. Sie war beseelt von der Idee, dass man ein wirksames Krebsmittel entwickeln könne. Und es gefiel ihr, Geld damit zu verdienen. Aber sie wusste, was Sonny und Al im Schilde führten.«

»Ja«, murmelte Moss.

»Dr. Moss«, sagte Merci, »hören Sie mir ganz genau zu: Wir haben die E-Mails, die sie Ihnen geschickt hat. Wir haben die E-Mails, die Sie ihr geschrieben haben. Wir haben den Eindruck, dass sie drauf und dran war, zu reden und SunCo auffliegen zu lassen. Wissen Sie, ob sie es getan oder es zu tun angedroht hat?«

Moss sah erst Merci, dann Zamorra, dann wieder Merci an. »Nein, das weiß ich nicht.«

»Aber Ihnen muss klar gewesen sein, dass Sie es in Erwägung zog.«

»Ja. Wir waren gute Freunde geworden.«

»Was haben Sie ihr über SunCo erzählt? Haben Sie sie zu dem Schritt ermuntert? Ihr davon abgeraten?«

»Ich habe ihr gesagt, dass Sonny und Al sehr gefährlich sind. Dass wir das Problem in den Griff bekommen würden. Ich habe ihr gesagt, sie solle sich über das viele Geld freuen, das sie und ihr Mann und ihre Freunde und Verwandten verdient hatten. Und beten, dass die Gewerbeaufsicht sich nicht einschaltet. Und für den Fall, dass das doch passierte, solle sie behaupten, sie hätte keine blasse Ahnung von dem Problem gehabt. Sie solle die Gewerbeaufsicht zu den Gründern der Firma schicken. Wir hatten SunCo schließlich reingeholt. Wir waren diejenigen, die ... den Schwanz eingezogen haben, als Sonny und Al anfingen, uns unter Druck zu setzen.«

»Das verstehe ich nicht«, sagte Merci. »Seit Anfang vergangenen Jahres wusste Gwen, dass es ein Problem mit dem Nachschub gab. Sie hat es im April in einer E-Mail an Sie erwähnt. Sie wusste, dass Sonny und Al auf Vertuschung drängten. Aber sie hat nichts unternommen. Sie hat mitgespielt und das Geld einkassiert. Hat sich ein neues Haus gekauft, zwei neue Autos. Dann, Monate später, stößt Sistel auf das Problem und Sonny und Al kommen auf die Idee mit den Werbeprospekten. Am Montag tauchen die beiden hier auf, bedrohen Sie, und am Dienstag erschießen sie Gwen. Was hat sie getan, Sean? *Was hat Gwen getan?*«

»Sonny und Al fürchteten eine Untersuchung. Ich weiß nicht, welche Informationen sie besaßen oder woher sie sie hatten. Aber was Gwen *getan* hat? Die Frage kann ich Ihnen nicht beantworten. Das weiß ich nicht.«

»Wann haben Sie zum letzten Mal mit ihr gesprochen?«

»Am Montagabend. Ich habe sie angerufen, um ihr zu sagen, dass Sonny und Al bei mir waren.«

»Und wie hat sie reagiert?«

»Sie hatten sich am selben Tag auch bei ihr gemeldet. Sie haben ihr gesagt, sie soll vergessen, dass es jemals Unregelmäßigkeiten mit dem *Cerastes*-Serum gegeben hat, falls irgendjemand sie darauf ansprechen sollte. Aber sie hat nur gelacht und die beiden beschimpft.«

»Nachdem sie Ihnen mit der Zungentransplantation gedroht hatten, hat sie sie ausgelacht?«

»Davon habe ich ihr nichts erzählt.«

Allmählich fing Merci an zu begreifen. Anfangs war es nur ein flüchtiger Gedanke wie ein kühler Luftzug in einem miefigen Raum. Dann wurde ihr alles klar und die Wahrheit schlug über ihr zusammen wie eine kalte Welle.

»Sie haben ihr überhaupt nie besonders viel erzählt, nicht wahr?«

»Sie hat die beiden nie ernst genommen. Jedenfalls nicht ernst genug. Funny Sonny und Al der Apeman hat sie sie immer genannt. Ich ... Der schlimmste Fehler meines Lebens ist, dass ich ihr nie wirklich klar gemacht habe, wie gefährlich diese Typen sind. Ich ... ich dachte, wenn Gwen erst dahinter käme, dass OrganiVen in der Hand von russischen Gangstern war, würde sie schnurstracks zur Polizei rennen. Wahrscheinlich würde sie als Erstes ihren Mann informieren. Also ... also habe ich ihr nie gesagt, was ich wirklich von SunCo hielt. Eigentlich habe ich die beiden eher verharmlost. Habe ihr gesagt, sie soll bedenken, dass sie aus einer anderen Kultur kommen, dass sie anders mit den Dingen umgehen.«

»Sie haben sie also möglichst im Unklaren gelassen und damit gerechnet, dass sie selbst bald finanziell zu tief drinstecken würde, um einen Rückzieher zu machen.«

Moss nickte. »So haben sie mich auch gekriegt. Die sind ja nicht einfach reinspaziert und haben sich als Monster vorgestellt. Anfangs wirkten sie richtig gebildet, gaben sich humorvoll und charmant. Die haben mehr Geld investiert, als wir je gesehen hatten. Und ich wusste, dass Gwen reich werden würde. Ich wollte nur das Beste für sie.«

»Und Sie wollten sich Gwen gegenüber als ehrbarer Forscher darstellen, der dabei war, ein Krebsmittel zu entwickeln.«

Dr. Sean Moss warf Merci einen Blick zu. Sie meinte darin reuige Wehmut zu entdecken. »Das bin ich tatsächlich einmal gewesen. Ich kann mich fast noch daran erinnern. Ich war ziemlich arm, und ich war ehrlich und stolz auf das, was ich tat.«

Er versuchte, die richtigen Worte zu finden. »Ja«, sagte er. »Am Anfang war ich das. Stolz auf mich, stolz darauf, im selben Raum zu sein wie Gwen. Ich habe sie geliebt. Es macht mir nichts aus, das zuzugeben. Ich habe es ihr nie gesagt. Ich habe es niemandem gesagt. Ich habe auch nie etwas in diese Richtung unternommen, sondern sie einfach still geliebt.«

»Aber nicht genug, um ihr zu sagen, dass sie mit Gangstern zusammenarbeitete.«

»Ich konnte doch nicht zugeben, dass ich mich in einen geldgierigen Feigling verwandelt hatte.«

»O Mann«, sagte Merci.

»Ganz genau«, sagte Sean Moss.

Zamorra trommelte mit den Fingern auf die Tischplatte und lehnte sich zurück. Moss schaute ihn an, dann wandte er sich kopfschüttelnd ab.

»Als ich sie angerufen habe, wollte ich sie warnen«, erklärte Moss. »Ich wollte nicht, dass sie ermordet wurde.«

»Ihr Tod war eine Warnung an *Sie*, Moss.«

»Richtig.«

»Haben Sie mit Wright, Carlson und Monford darüber gesprochen?«

»Mit zweien. Sonny und Al sind auch bei ihnen gewesen.

Haben ihnen dasselbe gesagt wie mir. Cody ist zurzeit zum Surfen auf den Fidschi-Inseln. Gott, da wäre ich jetzt auch gern.«

Merci blickte auf den glitzernden Ozean hinaus, auf Sean Moss' privaten Spielplatz, auf die knorrigen Pinien entlang der Einfahrt.

»Stehen Sie das hier durch, Sean«, sagte sie. »Stellen Sie sich als Zeuge zur Verfügung. Sagen Sie allen, dass Sie nicht die feige Null sind, die Sie zu sein scheinen.«

# Siebenundzwanzig

Archie schob Dr. Sondra Pearlmans »Stärken Sie Ihr Unterbewusstsein – Abenteuer Selbsthypnose« in den Kassettenrekorder des Durango. Er lauschte auf das leise Summen, dann erklang Dr. Pearlmans beruhigende Stimme.

»Willkommen in der Welt der Selbsthypnose«, sagte die Psychologin. »Willkommen bei sich selbst. In der folgenden Stunde werde ich Ihnen zeigen, wie sie sich in einen Zustand tiefer Entspannung versetzen können, damit Sie Zugang zu den Gedanken, Erinnerungen und Gefühlen bekommen, die Sie zwar ständig begleiten, die Ihnen aber nicht bewusst sind. Das ist Ihr Unterbewusstsein. Ihr Unterbewusstsein zu erkunden, kann Ihnen dabei helfen, zu erfahren, wer Sie wirklich sind und wer Sie werden können …«

Die Nacht war warm und feucht und Archie konnte die Leuchtreklame von Air Glide Limousine auf dem Parkplatz auf der gegenüberliegenden Straßenseite sehen. Die Buchstaben waren tiefblau und das Logo von Air Glide – eine lange, niedrige, leicht aufwärts gerichtete Limousine mit Kondenzstreifen, die den Eindruck erweckte, als würde sie gleich abheben – war rot und pink. Jedenfalls für ihn.

Er stand mit seinem Wagen vor einem Surfladen auf dem Pacific Coast Highway, in der Nähe von Newport und Huntington Beach. Der Surfladen war geschlossen, aber Archie hatte einen Platz neben einem VW-Bus mit platten Reifen gefunden, der aussah, als wäre er seit Jahren nicht bewegt worden. Auf der Straße floss der Verkehr, aber vom Sitz seines SUV aus hatte er eine gute Sicht auf den Parkplatz von Air Glide und auf den Eingang zu den Geschäftsräumen der Firma.

Es war zwar nicht dieselbe Stelle, aber derselbe Parkplatz, auf dem er am Abend zuvor gestanden hatte. Kurz nach Mitternacht hatte er gesehen, was er sehen wollte. Einfach Glück, dachte er. Er hatte nicht so recht gewusst, was er tun sollte, und deswegen überhaupt nichts getan. Er war einfach in sein Hotel zurückgekehrt, hatte Fotos von Gwen betrachtet und nachgedacht.

Die Jalousien bei Air Glide waren heruntergelassen, aber nicht geschlossen, und er konnte einen Tresen sehen und dahinter einen Schreibtisch und denselben pummeligen, dunkelhaarigen Mann, der auf dem Bürostuhl saß. Mehrere silbrig glänzende Stretch-Limos standen auf dem Vorplatz, nebeneinander aufgereiht wie Barrakudas. Er fragte sich, ob er ihre Farbe nicht richtig sah, ob sie wirklich schwarz waren oder ob Air Glide sich für die Farbe Silber entschieden hatte, damit die Wagen zum Logo passten.

»Als Erstes«, sagte Dr. Sondra Pearlman, »machen Sie es sich möglichst bequem und entspannen Sie sich. Ich würde Ihnen einen Liegesessel empfehlen oder ein Sofa und gedämpftes Licht. Sie können sich auch auf ein Bett oder auf den Fußboden legen mit je einem Kissen unter den Knien und unter dem Kopf. Bequemlichkeit ist das Wichtigste. Falls Sie leicht einschlafen, entscheiden Sie sich besser nicht für das Bett oder den Fußboden. Wenn Sie sich entspannt haben, suchen Sie sich ein kleines, möglichst helles Objekt, auf das Sie sich konzentrieren können, oder schließen Sie die Augen und stellen Sie sich eine Kerzenflamme vor, eine orangeblau leuchtende Kerzenflamme.«

Archie lehnte sich auf dem Fahrersitz zurück. Nicht weit, nur so, dass er den Kopf an der Kopfstütze und den Arm auf der Armlehne ablegen und das rote Neonauto im Blick behalten konnte, das durch den Nachthimmel flog. Ohne die Augen zu bewegen, konnte er die Eingangstür sehen und den Mann am Schreibtisch, der sich gerade ein Telefon ans Ohr hielt und nickte.

Heute vor einer Woche, dachte er. Da waren wir hier in Newport, im Rex. Jetzt erinnerte er sich wieder daran, wie schön sie war, wie überrascht und wie verlegen zu Anfang und wie dankbar und glücklich danach. Vor wenigen Tagen noch waren diese Erinnerungen – und die damit verbundenen Gefühle – für ihn unerreichbar gewesen. Er dankte Gott für die moderne Medizin. Und für seine Medikamente. Er erinnerte sich daran, wie ihr Kleid ihren Körper umschmeichelt hatte, an das pulsierende Leben unter dem weichen Stoff. Er erinnerte sich, dass er ungeduldig gewesen war und besorgt und nervös, und es tat ihm Leid, dass er an ihrem Geburtstag so unruhig gewesen war. In Wahrheit war er oft in diesem Zustand. Manchmal nannte sie ihn König Sorgenvoll …

Er schmeckte Gwens Schweiß und Körperlotion im Mund, aber das war erst Stunden später gewesen.

»Ich bin immer noch da«, sagte sie.

»Ich weiß«, antwortete er. Er schaute sie an und lächelte. Gwen trug ein kurzes, gelbes Kleid und gelbe Sandalen, das dunkle Haar hatte sie auf einer Seite zusammengebunden. Sie war braun gebrannt, wie immer im August. »Ich wünschte, ich könnte dich berühren.«

»Bald, Archie. Keine Sorge.«

Jetzt bat Dr. Pearlman Archie, sich auf das ausgewählte Objekt zu konzentrieren oder die Augen zu schließen und sich seinen Lieblingsort vorzustellen. Es sollte ein Ort im Freien sein, ein Ort der Stille und Schönheit. Ein Ort der Ruhe und des Friedens. Dr. Pearlman forderte Archie auf, das ausgewählte Objekt als Konzentrationspunkt in die Landschaft zu integrieren. Wenn er zum Beispiel auf eine Kerze starrte, konnte die Kerze sich in die Sonne verwandeln oder in das Licht, das auf einem See reflektiert wurde.

Archie starrte auf die Leuchtreklame und stellte sich vor, es wäre ein Flutlicht in einem großen Baseballstadion. Er stellte sich die anderen Flutlichter vor, rechts und links, dann ließ er seinen Blick über die leeren Tribünen schweifen, über die dunkelgrüne Wand mit den Zahlen drauf, die Aufwärmbahn und den Rand des Rasens, über die grüne Fläche des Außenfelds, den roten Kies des Innenfelds, über die weißen Bases in ihrer unantastbaren Form und die perfekt mit Kreide gezogenen Baselines und Boxen. Dann das makellose Innenfeld, gekrönt von der Wurfhöhe mit dem ordentlichen weißen Gummi und den kreisförmig geharkten Furchen, die der Platzwart mit seinem Rechen hinterlässt. Schließlich das elegante Fünfeck des Schlagmals.

»Und nun«, sagte Dr. Pearlman. Ihre Stimme war leiser geworden und ein bisschen strenger. »Während Sie sich diesen Ort der Ruhe und des Friedens vorstellen, atmen Sie langsam und tief ein. Ein und aus. Ein und aus. Bei jedem Einatmen lassen Sie alle Ihre Gedanken los. Bei jedem Ausatmen lassen Sie erneut alle Ihre Gedanken los. Ein und aus. Die Gedanken verschwinden. Alles, was Sie sehen, ist Ihr Ort des Friedens. Alles, was Sie hören, falls Sie überhaupt etwas hören, sind friedliche Geräusche. Einatmen. Ausatmen. Die Gedanken verschwinden. Wieder und wieder. Stellen Sie sich vor, dass Sie diesen Ort der Ruhe und des Friedens nicht nur betreten; *Sie werden Teil davon. Sie verschmelzen mit ihm. Sie werden Ruhe. Sie werden Frieden.*«

»Verzeih mir«, flüsterte er, »dass ich an deinem Geburtstag so angespannt war. Ich wollte so sehr, dass alles gut und richtig wird.«

»Für so etwas Großzügiges und Wunderbares musst du nicht um Verzeihung bitten, Archie. Das lasse ich nicht zu.«

»Was für ein schönes Baseballstadion.«

»Ja, wirklich.«

»Ich habe das Knirschen unter meinen Schuhen immer geliebt. Den ersten Schritt, den ich auf die Wurfhöhe gemacht habe, wenn wir ein Heimspiel hatten. Damals waren die Höhen noch perfekt.«

»Ich war ganz begeistert, als ich dich zum ersten Mal habe spielen sehen, damals gegen Dominguez Hills. Ich konnte es nicht glauben, dass du mitten im Spiel zu mir rübergeschielt hast. Aber das hast du getan.«

Archie lächelte. »Wir haben sie damals geschlagen.«

»Es war wundervoll. Ich war sechzehn und in den schönsten Mann auf Gottes Erde verliebt.«

»Damals wäre ich für dich gestorben. Und an jedem Tag seitdem.«

»Ach Archie. Werd nicht wehmütig. Nicht jetzt, wo wir für so vieles dankbar sein können.«

Archie dachte darüber nach, während eine Möwe durch die Flutlichter des Außenfelds flog, sich weiß gegen die Tribünen abhob.

»Sie wollen, dass ich aufgebe. Dass ich ins Krankenhaus zurückgehe. Wahrscheinlich wollen sie mich verhaften.«

»Du musst tun, was du für richtig hältst.«

»Ich möchte mit dir zusammen sein.«

»Wir werden bald zusammen sein. Und dann für immer. Hör dir das Band an. Es klingt wirklich gut …«

»… in diesem Zustand völliger Entspannung werden Ihre Gedanken zu Ihnen sprechen. Versuchen Sie nicht, Ihre Gedanken zu lenken. Versuchen Sie nicht, sie zu ordnen. Erleben Sie einfach den Frieden, zu dem Sie geworden sind. Spüren Sie die Ruhe, die in Ihnen ist. Lassen Sie Ihre Gedanken treiben wie einen großen, breiten Fluss und folgen Sie ihm, wohin er Sie führt.«

Archie sah Gwen an, die neben ihm war, tat einen Augenblick so, als würde er sie nicht kennen. Das tat er seit zehn Jahren, seit sie zum ersten Mal im Auto neben ihm gesessen hatte. So ein merkwürdiger, prickelnder kleiner Nervenkitzel, eine Frau zu sehen, die sein Herz so berührte wie Gwen, und sich zu fragen, wie es wäre, eine Frau wie sie zu berühren. Na ja, nicht *wie* sie, sondern *sie*. Sie zu berühren. Sie auf jede erdenkliche Art zu berühren. Dann noch einmal. Jahr um Jahr. Was für ein Spiel, und dann konnte man plötzlich aufhören, so zu tun, als ob, und die Erinnerungen zurückfließen lassen. Sie trugen ihn zurück in seine eigene Vergangenheit, rissen ihn mit wie ein Fluss. Dr. Sondra hatte Recht mit dem Fluss: *Gwen, wie sie mich das erste Mal vor dem Kino anschaut, mit Augen, die etwas von dem, was ich war, wegnahmen, und mir etwas von dem, was sie war, zurückgaben, wie ich ihre Hand gehalten habe im Wohnzimmer ihrer Eltern in Norco, und wie ich das erste Mal mit dem Gesicht ganz nah an ihres gegangen bin, um zu sehen, ob sie es zuließ, dass ich sie küsste, und wie sie mir ihre Nägel über den Ohren in die Kopfhaut gekrallt und mich so heftig geküsst hat, und danach war es wie ein Sturm, der nicht plötzlich kam, aber doch ein Sturm war, wie im Wäscheraum bei den Kuerners in dem ersten Sommer, wo es so verdammt heiß und feucht war vom Wäschetrockner, und wir haben die Tür abgeschlossen und den Trockner weiterlaufen lassen, und dann haben wir dasselbe auf der laufenden Waschmaschine gemacht, die unter meinem nackten Arsch vor sich hin dröhnte und rumpelte, und Gwen auf meinem Schoß, und o Mann, das muss eins der besten Gefühle gewesen sein, die ich je hatte, und dann das Zelt im Yosemite Park und der Schlafsack im Sequoia Park und der Strand bei Thousand Stepps und Crescent Bay und Diver's Cove und die Rückbank von meinem Pick-up hinter dem Drive-in und die Motels in ihrem letzten Schuljahr, als wir schon verlobt waren, aber kein Zimmer hatten, und wir liebten uns fünf- oder sechsmal in vier oder fünf Stunden, und trotzdem hatten wir was zu lachen und haben Fastfood gegessen und Bier getrunken und uns jede blödsinnige Kleinigkeit erzählt, die wir getan und erlebt hatten, seit wir uns das letzte Mal gesehen hatten, und trotzdem waren wir pünktlich um Mitternacht in Norco, und nicht zu vergessen das Hotel in Laguna und das Newport Marriott und das Hyatt Newporter in den besonderen Nächten, wenn wir genug Geld hatten für ein Zimmer und Frühstück im Bett um Mitternacht und um acht Uhr morgens, und vor allem nicht zu vergessen die erste Nacht in den Flitterwochen im Disneyland Hotel, die schwarze Spitzenwäsche und der Champagner, o Mann, all ihr Männer da draußen, die ihr in jener Nacht nicht von Gwen Ellen Kuerner Wildcraft geliebt wurdet, ihr seid nie geliebt worden, und solange ich lebe, werdet ihr es auch nicht.*

»Erinnerst du dich noch an die Flitterwochen-Suite?«

»So was vergisst man nicht.«

»Lass uns jetzt gleich zusammenkommen.«

»*Okay!*«

Archie legte seine Hand auf ihren Schenkel, spürte ihn warm durch das Kleid. Er starrte immer noch auf das Baseballstadion, deswegen schaute er Gwen nicht an, aber seine Hand spürte die vertraute Form ihres Schenkels, und er roch den Milch-und-Orangenblüten-Duft, den Gwen an sich hatte, wenn sie ihm nah war. Er spürte ihre Hand an seinem Gürtel, spürte, wie der Reißverschluss sich öffnete, spürte die kühle Luft an seinem Bauch.

»… und in diesem völlig entspannten und empfangsbereiten Zustand wird Ihr Unterbewusstsein sich mit den Gedanken füllen, die Ihnen am wichtigsten sind. Lassen Sie diese Gedanken kommen. Spüren Sie die Emotionen. Werden Sie, wer Sie wirklich sind.«

»Ich wünschte, wir wären zu Hause«, sagte er.

»Jetzt könnten wir den alten Pick-up gebrauchen«, sagte Gwen.

Er entspannte sich ein wenig, wartete, bis sie es sich bequem gemacht hatte, was gar nicht so leicht war ohne durchgehende

Sitzbank. Seine Hand war jetzt in ihrem weichen, dunklen Haar, spürte die wundervolle Form ihres Kopfes, dann das körperliche Hochgefühl, deutlich und zugleich seltsam undeutlich, so als würde sein ganzer Körper verschluckt.

Um zwei Minuten vor Mitternacht auf der Uhr in seinem Durango sah Archie den Riesen und den Blonden über den Parkplatz von Air Glide gehen. Das waren die beiden Männer, mit denen Gwen sich im El Ranchito getroffen hatte, daran bestand kein Zweifel. Sie hatten irgendetwas mit OrganiVen zu tun. Und zwar mit dem Marketing, hatte Gwen gesagt, oder? Der Große drehte sich zur Seite, um durch die Eingangstür ins Gebäude zu gehen, und dann, genau wie am Abend zuvor, streckte er seinen riesigen Kopf vor, sah sich noch einmal kurz auf dem Parkplatz um und warf die Tür ins Schloss.

Archie schloss ganz kurz die Augen und versuchte sich zu erinnern, was er hinter dem grellen Licht gesehen hatte, das ihn geblendet hatte, bevor die Kugel in sein Leben gedrungen war: das Gesicht eines Mannes, vielleicht, aber … war es das Gesicht dieses Mannes? Dieses Gesicht? Er erinnerte sich an das Bild, das er und Kevin gezeichnet hatten, als sie in der dritten Klasse waren, ein Bild von einem bärtigen Mann mit Brille. Der Bart und die Haare des Mannes sahen identisch aus, nur verdreht, und seine Ohren waren rund und saßen mitten am Kopf, sodass er, wenn man ihn auf den Kopf stellte, fast genauso aussah wie andersherum. Sie hatten ihn den »Wendemann« genannt.

Und genauso sah dieser Riese aus. Das war Archie schon vor einem Jahr aufgefallen, als er mit Sonnenbrille und Baseballmütze und einem weiten Hawaiihemd im El Ranchito gesessen und mit Knoten im Magen und einer Fünfundvierziger Automatik im Halfter zugesehen hatte, wie seine junge Frau nervös neben zwei Ungeheuern Platz genommen hatte. Ja, sie hatte etwas von *Marketing* gesagt, daran erinnerte er sich jetzt wieder ganz deutlich. Wendemann. Blonder Schönling. Aber war der Kopf des Wendemannes in der Nacht hinter dem grellen Licht gewesen? Archie öffnete die Augen. Er wusste es einfach nicht.

Um das herauszufinden, würde er mit den beiden reden müssen. Mit mindestens einem von ihnen. Es würde nicht leicht sein und es würde kein Vergnügen werden, aber es war leicht, sich zu entscheiden, welchen er sich vorknöpfen würde.

Um ein Uhr sechzehn bog ein Wagen, der aussah wie ein schwarzer Lincoln, von der Rückseite des Gebäudes her auf den Parkplatz ein. Er fuhr an den silbernen Stretch-Limos vorbei und hielt an der Einfahrt zum Coast Highway an. Archie sah den Wendemann im dunklen Innern des Wagens und wie zur Bestätigung seiner Identität lag die Fahrerseite etwas tiefer als die Beifahrerseite. Ohne zu blinken trat der Wendemann bei der ersten sich bietenden Lücke im Verkehrsfluss das Gaspedal durch und raste in nördlicher Richtung über den Coast Highway. Genau wie in der vergangenen Nacht.

Der blonde Schönling trat ans Fenster, und im nächsten Augenblick wurde die Jalousie geschlossen, sodass Archie ihn nicht mehr sehen konnte. Das Licht blieb noch ein paar Minuten lang an – Archie sah den gelben Lichtstreifen zwischen der Jalousie und dem Fensterrahmen. Dann ging das Licht aus und vierundzwanzig Minuten lang schien sich in den Räumen von Air Glide nichts abzuspielen. Dann ging das Licht wieder an.

Ein paar Minuten später kam ein weiterer schwarzer Lincoln von der Rückseite des Gebäudes und bog auf den Parkplatz ein. Der blonde Schönling, allein, wartete an der Ausfahrt, blinkte und fädelte sich in südlicher Richtung in den Verkehr auf dem Coast Highway ein.

Archie hob das Blaulicht vom Boden auf, legte es auf den

Beifahrersitz und folgte dem blonden Schönling. Es war leicht, an ihm dranzubleiben, es herrschte viel Verkehr, sodass immer genug Autos zwischen ihnen waren. Der Blonde fuhr rücksichtsvoll, hielt sich an die Geschwindigkeitsbegrenzung und blinkte, bevor er die Spur wechselte. Er bog nach Osten in die Jamboree Street ein, fuhr an dem großen Hotel vorbei, in dem Archie und Gwen sich vor Jahren vergnügt hatten, am Newport Center und am Fashion Island vorbei in Richtung Irvine.

Archie klemmte das Blaulicht aufs Dach und hielt den Blonden vor den Tuscany Apartments an. Es gab eine kleine Zufahrtsstraße etwas abseits des Verkehrs, und Archie sah, wie der Mann sich nach links beugte, wahrscheinlich, um seine Brieftasche oder eine Pistole aus dem Handschuhfach zu nehmen.

Archie füllte seine Lungen, als er, die Taschenlampe in der Hand, auf den Lincoln zuging.

Das Fenster an der Fahrerseite wurde heruntergekurbelt.

Archie trat ans Fenster, ein bisschen hinter dem Fahrer, genau wie man es als Streifenpolizist lernte, damit der Fahrer sich umdrehen musste.

»Steigen Sie bitte aus.«

Vielleicht war es Archies grüne Sommeruniform. Oder der Name Wildcraft auf dem Messingschild über seiner linken Brusttasche. Vielleicht war es sein Polizeiabzeichen. Oder der Lauf der Fünfundvierziger, die er dem Blonden an die Schläfe drückte.

»Ja.«

Eine Stunde später stand Archie vor dem Badezimmer in seinem Haus. Sonny Charles lehnte in der Ecke des Badezimmers, genau an derselben Stelle, an der Gwen gelegen hatte. Sie war jetzt bei ihnen, hinter und ein bisschen oberhalb von Archie.

»Sie ist genau da gestorben, wo du jetzt stehst«, sagte Archie. »Stimmt's, Liebling?«

»Ja. Genau da.«

Charles blickte ihn an, ohne den Kopf zu drehen. Er schwitzte sehr und sein blondes Haar glänzte im Licht der Badezimmerlampe. Er hatte ein schmales Gesicht und erinnerte Archie an den Mann, der die Suppendosen gemalt hatte. Seine Augen waren blau und trocken und extrem misstrauisch.

Archie entfernte das Klebeband von Charles' Gesicht und nahm ihm den Tennisball aus dem Mund.

»Lassen wir uns von dem Mann berichten, was passiert ist.«

»Ich war nicht hier«, sagte er. Seine Stimme war hell und brüchig, als könnte sie ihm gleich versagen. »Ich bin noch nie in diesem Haus gewesen.«

»Apin, der Große«, sagte Gwen. »Er ist hier reingestürmt und hat mich erschossen.«

»Stimmt das, Mr Charles? War es Apin?«

»Apin? Ich kenne keinen Mann namens Apin.«

»Ach.« Archie klang enttäuscht, selbst in seinen eigenen Ohren. Er schob die linke Hand in die Hosentasche, nahm das Smith&Wesson-S.W.A.T.-Messer heraus und ließ mit dem Daumen die Klinge aufspringen. Es war ein noch nie benutztes First Millennium Run mit einer kurzen, schwarzen, unglaublich scharfen Klinge.

»Mr Charles, wir haben folgende Situation: Entweder du sagst mir jetzt, was in der Nacht passiert ist, oder ich schlitze dir mit diesem Messer die Kehle auf und lasse dich hier in diesem Badezimmer verbluten. Dein Blut auf das von Gwen.«

»Das ist furchtbar«, sagte sie.

»Ich weiß, dass es furchtbar ist, und ich möchte es nicht tun«, sagte Archie. »Wenn er mir sagt, was ich wissen will, lasse ich ihn laufen.«

Die blauen Augen blickten unsicher drein, als wüsste der Mann nicht recht, ob mit ihm gesprochen wurde.

»Und jetzt«, sagte Archie, »schau in den Spiegel.«

Er machte eine leichte Bewegung mit dem Messer. Charles wich mit dem Kopf aus, aber er konnte sich kaum bewegen, denn er steckte vom Kinn bis zu den Zehen in der Teppichrolle, die Archie in dem Heimwerkermarkt gekauft hatte. Die Rolle war an zehn Stellen dreimal mit Klebeband umwickelt und mit Hilfe von fünf Nylongurten mit Schnappverschluss festgezurrt. Charles' Hände und Füße waren mit Plastikhandschellen gefesselt. Er stand in der Ecke wie eine Mumie. Im Schlafzimmer stand das Wägelchen, auf dem Archie ihn von der Garage über den Gartenweg durch die Küche und den Flur ins Bad geschoben hatte. Den Knebel hatte Archie ihm abgenommen, damit er ungehindert sprechen konnte.

Er ritzte kurz Sonnys Stirn an, dem daraufhin das Blut in die Augen lief.

»O Gott!«, sagte Gwen.

»Sei tapfer«, sagte Archie. Er streckte die Hand aus und drückte das Messer an Charles' Halsschlagader. Perfekt. Blut aus der Schnittwunde an der Stirn lief über die Klinge und auf Archies Handgelenk. »Du hast fünf Sekunden Zeit, um den Mund aufzumachen. Ich mag solche Sachen nicht, also werde ich es auf jeden Fall schnell hinter mich bringen.«

»Ich bin gefahren«, sagte der Blonde. »Slatan hat zuerst dir eine Kugel verpasst und anschließend sie erschossen. – Lässt du mich jetzt gehen?«

»Er hat mir die Pistole in die Hand gedrückt?«

»Ja.«

»Und ihr Blut an meinen Morgenmantel geschmiert?«

»Ja.«

Archie starrte in die harten blauen Augen, die jetzt durch den Vorhang aus Blut blinzelten.

»Was für eine Kugel habe ich im Kopf?«

»Zweiundzwanziger.«

»Automatik mit Schalldämpfer?«

Sonny nickte. Das Blut tropfte ihm vom Kinn und lief über die Teppichrolle.

»Du musst mir jede Einzelheit von dieser Nacht erzählen. Jede Einzelheit. Und auch, wo ich Mr Apin finden kann. Und dann, wenn sich herausstellt, dass das, was du mir erzählt hast, der Wahrheit entspricht, lasse ich dich laufen. Aber du wirst nie wieder einen Fluchtwagen nach einem Mord fahren, das kann ich dir versprechen.«

Archie sah, wie die Hoffnung aus Sonny Charles' Augen wich. Er schaltete den kleinen Kassettenrekorder ein, den er auf die Ablage zwischen den Waschbecken gestellt hatte.

»Du hast mein Wort, Charles. Komm, ich mache dir ein Pflaster auf den Schnitt, damit du mir besser erzählen kannst, was du getan hast. – Liebling, haben wir irgendwo Alkohol zum Desinfizieren?«

# Achtundzwanzig

Rayborn und Zamorra saßen vor dem Ascension-Friedhof in ihrem blauen Dienstwagen und hofften, dass Archie zur Beerdigung seiner Frau erscheinen würde. Sie waren eine halbe Stunde vor Beginn des Trauergottesdienstes eingetroffen, hatten die Fenster heruntergekurbelt und warteten.

Wenige Minuten später erschienen die ersten Trauergäste. Merci sah zu, wie sie neben der Trauerkapelle parkten, sah die Leute in schwarzen Anzügen und schwarzen Kleidern langsam und respektvoll durch die Hitze gehen.

Die Kuerners und die Wildcrafts trafen getrennt ein, gingen jedoch gemeinsam in die Kapelle. George hatte den Mercedes, ein Geschenk seines Sohnes, mit beinahe ehrfürchtiger Vorsicht abgestellt. Merci sah Brad Eccles, Archies angeblich besten Freund, in Begleitung einer kräftig gebauten Frau mit einem breitkrempigen Hut in die Kapelle gehen. Einen Moment später kam Damon Reese in einem neuen schwarzen Pick-up mit dröhnenden Auspuffrohren und einer Plastikplane über der Ladefläche, über der die Luft in der Hitze flimmerte. Merci beobachtete, wie er die Tür zuschlug und allein die Kapelle betrat. Sie musste daran denken, wie er ihre Stirn berührt hatte, fragte sich, ob er anrufen würde, wie er es angekündigt hatte, fragte sich, ob sie das Gespräch annehmen würde.

»Und wie geht es Kirsten?«, fragte sie. Sie erkundigte sich hin und wieder nach Kirsten, warum also nicht auch jetzt?

»Gut. Sie meint, wir sollten heiraten.«

»Und, was meinst du?«

»Ich bin noch nicht so weit.«

»Ihr seid doch auch erst ein Jahr zusammen.«

Zamorra sagte eine ganze Weile nichts. Dann: »Seltsam, wie derselbe Zeitraum einem je nach Stimmung einmal wie fünf Minuten und einmal wie ein Jahr vorkommen kann. Und wie geht's Frank?«

»Wir treffen uns unregelmäßig. Gehen ins Kino, ins Restaurant. Er geht sehr nett mit Tim um.«

»Ich würde ihn gern kennen lernen.«

»Irgendwann laden wir euch beide mal zum Abendessen ein. Mein Vater ist ein guter Koch. Tim würde dich gern mal wiedersehen.«

»Gute Idee.«

»Vielleicht, wenn wir diese russischen Gangster geschnappt haben? Dann haben wir alle einen Grund zum Feiern.«

»Perfekt.«

Aber sie würde Paul und Kirsten niemals einladen, das wusste sie genau und das war in Ordnung. Wenn sie Zamorra anschaute, empfand sie Interesse und Zuneigung, aber weniger als früher. Sie empfand Enttäuschung, aber auch das weniger. Merci glaubte nicht daran, dass Menschen »aus guten Gründen« zusammenkamen oder dass sich immer alles »zum Besten fügte«. Sie kannte eine Menge netter Leute, die aus schlechten Gründen zusammenfanden. Allerdings glaubte sie, dass sie und Paul ein gutes Paar sein würden, und es kränkte sie in ihrem Stolz, dass sie es irgendwie nicht geschafft hatte. Aber was genau fehlte ihr? Frag ihn, dachte sie.

Priscilla Brock traf mit ihrem Mann ein. Merci sah, wie sie die Kapelle betraten, offiziell ein Paar, Charles zwei Schritte voraus, ohne auf sie Rücksicht zu nehmen. Priscilla schien sich nicht daran zu stören. Merci fragte sich, ob Gwen dieselbe lässige Ausstrahlung gehabt hatte.

Eine Minute später fuhr ein Behindertenbus vor, und ein Pfleger half einer sehr alten Frau dabei, ihren Rollstuhl in Position zu bringen. Die Ladebühne ächzte und die Frau rollte auf die Straße. Merci beobachtete sie: weißes Haar und weiße Hände, Kopf schief gelegt, nagelneue schwarze Schuhe. Der Pfleger schlug die Wagentür zu und schob die Frau in die Kapelle.

Als Nächste kamen ein paar junge Deputys etwa in Archies Alter, modisch gekleidete junge Männer, keine kraftstrotzenden Cops wie Damon Reese. Männer, die auf Stil achteten. Archies Freunde, dachte sie, und Gwens Bewunderer. Sie rechnete es ihnen hoch an, dass sie hier erschienen.

»In den letzten Tagen ist eine Menge über diese Beerdigung geredet worden«, sagte Zamorra. »Die Kollegen sind in zwei Lager gespalten. Die einen halten Archie für den Mörder, die anderen meinen, dass er sich nur in etwas hat reinziehen lassen, von dem er besser die Finger gelassen hätte.«

Merci beobachtete, wie einer der schicken jungen Polizisten mit der Frau im Rollstuhl sprach und dann den Pfleger ablöste.

»Ja, das habe ich auch gehört«, sagte Merci.

Unausgesprochen blieb die Tatsache, dass die Hälfte der Kollegen sich weigerten, mit Merci zu reden. Die anderen waren größtenteils die jüngeren Kollegen, Männer und Frauen, deren Karriere von Mercis Aussage über die korrupten Seilschaften unter Chuck Brightons Ägide profitiert hatte. Nach Mercis Meinung bestand der schlimmste Nebeneffekt ihrer Aussage darin, dass einige gute alte Polizisten zusammen mit Brighton untergegangen waren, während einige jüngere unverdienterweise auf deren Posten befördert worden waren. Nach ihrer Aussage vor der Grand Jury hätte Merci am liebsten dem Department Lebewohl gesagt, ihre mageren Ersparnisse zusammengekratzt und Tim mit nach Mexiko genommen, um nach dem rosafarbenen Haus an dem weißen Strand zu suchen, von dem sie schon so oft geträumt und das sie noch nie gesehen hatte. Aber Zamorra hatte sie daran gehindert, ihre Polizeimarke wegzuwerfen.

»Diese Deputys«, sagte sie. »Ich finde es anerkennenswert, dass sie gekommen sind.«

Merci hatte noch nie erlebt, dass bei einer für das Department so brisanten Sache wie dem Fall Wildcraft so große Zurückhaltung vorherrschte. Es gab keine offiziellen Vorgaben, keine Besprechungen oder Memos, keine Spur der inoffiziellen »Strategie«, die meist durch die verschlossenen Türen des Büros des Sheriffs sickerte. Diejenigen, die von Archies Unschuld überzeugt waren, hielten sich bedeckt, und die, die an seine Schuld glaubten, machten sich erst recht nicht bemerkbar. Später würde es von allen Seiten heißen: *Ich hab's dir ja gleich gesagt*, dachte Merci. Und es würden eine Menge Wettschulden zu begleichen sein.

Sie beobachtete, wie ein paar junge Polizisten mit ihren Ehefrauen oder Freundinnen aus einem Kleinbus stiegen. Nachdem alle draußen waren, verriegelte der Fahrer die Tür mit einer Fernbedienung. Dann begutachtete er in einer der getönten Fensterscheiben sein Spiegelbild und fuhr sich mit den Fingerspitzen durch die Frisur.

Vielleicht hatte Wildcraft sich das alles selbst zuzuschreiben, dachte Merci. Er hatte eine Mauer um sich herum gezogen, er hatte Brice mit der Waffe bedroht, er war jähzornig, er hatte eine schöne Frau, bei einem glücklichen Aktiengeschäft war ihm mehr Geld in den Schoß gefallen, als seine Kollegen jemals zu Gesicht bekommen würden. Wenn Archie ein bisschen offener, ein bisschen entgegenkommender gewesen wäre, dann würden die Leute vielleicht jetzt wie ein Mann hinter ihm stehen und sich für ihn einsetzen. Sie war schon lange davon überzeugt, dass Offenheit und Entgegenkommen häufig nicht Zeichen von Charakter, sondern egoistisch motiviert waren, aber was spielte das schon für eine Rolle?

Noch mehr Meinungen, dachte sie. Laute, sinnlose Meinungen.

Merci, zu jung, um weise zu sein, aber alt genug, um sich ihrer selbst überdrüssig zu sein, schüttelte seufzend den Kopf und starrte in die Hitze hinaus, als die Tür der Kapelle geschlossen wurde.

»Ein Polizist kriegt eine Kugel in den Kopf«, sagte sie. »Und seine Frau wird in ihrem eigenen Badezimmer von zwei Kugeln tödlich getroffen. Er kann nicht an der Beerdigung seiner Frau teilnehmen, weil er fürchtet, wir würden ihn ins Krankenhaus bringen oder verhaften oder beides. Er versucht, den Mörder selbst zu stellen, weil er uns das nicht zutraut. Da stimmt doch irgendwas nicht.«

Nach dem Gottesdienst fuhren die Trauernden zum Grab. Der Trauerzug bewegte sich langsam über den Friedhof, und Merci hielt gebührenden Abstand, um die Kuerners und die Wildcrafts nicht mehr als unbedingt nötig zu belästigen. Am liebsten wäre sie an das offene Grab getreten, um ihnen zu sagen, wie Leid ihr das mit Gwen tat, um ihnen zu versichern, dass sie Archie auf jede erdenkliche Weise zu helfen versuchte, dass sie alles daransetzte, diesen Fall zu lösen und ihrer Tochter wenigstens ein bisschen Gerechtigkeit zu verschaffen. Stattdessen parkte sie am Wegrand und ertrug einen langen, hasserfüllten Blick von Natalie Wildcraft, als diese aus ihrem Mercedes stieg und zum Grab ging.

Vom Wagen aus konnte Merci die schwarz gekleideten Trauergäste sehen und den grünen Hügel und den Haufen frisch ausgehobene rote, mit einer blauen Plane bedeckte Erde. Daneben standen zwei große, schwarze Kisten, die aussahen wie Lautsprecher – viel zu groß für so ein kleines Publikum, dachte sie. Der Sarg war metallgrau mit goldenen Verzierungen. Sie musste an Gwen in ihrem Morgenmantel denken – den Morgenmantel und ihr Blut und das Handy im

Waschbecken –, und sie dachte: Was für eine Art, aus dem Leben zu scheiden. Mit sechsundzwanzig.

Merci war zu weit weg, um zu hören, was der Pfarrer sagte. Doch sein ernster Bariton wurde über den Rasen und den Asphalt bis zu ihr getragen, und sie dachte, diese Stimme gehörte wahrscheinlich zu diesem Ort wie ein Teil der Natur, wie die leichte Brise. Warum benutzte er nicht die Lautsprecher?

Um elf Uhr siebenundfünfzig sah Merci einen Hubschrauber auftauchen, und sie fragte sich, ob Archie vielleicht Freunde bei der Air Patrol hatte. Dann kam ihr eine Fernsehanstalt in den Sinn. Der Hubschrauber schaukelte in der Luft über dem Friedhof, sein Heck wippte wie der Schwanz einer Katze, als er langsam immer tiefer schwebte.

Es handelte sich aber weder um einen Polizeihubschrauber noch um einen Medienhubschrauber, zumindest wies er keine entsprechende Markierung auf. Merci notierte sich die Nummer auf dem Heck.

Jetzt schwebte der Helikopter etwa hundert Meter über dem Grab und Merci sah Haare und schwarze Kleider flattern, hörte das durchdringende Dröhnen der Rotorblätter. Der Hubschrauber sank noch knapp zwanzig Meter tiefer. Die lockere Erde an den Rändern der Plane wurde aufgewirbelt und die Plane knatterte im Wind.

Und dann passierte etwas Merkwürdiges: Natalie Wildcraft, die neben dem Pfarrer stand, hielt sich mit einer Hand an ihm fest und streckte die andere in die Luft, winkte und versuchte, den Trauergästen etwas zuzurufen.

Merci sah, wie der Mann mit der Baseballmütze hinter dem Piloten sich aus der offenen Passagiertür lehnte. Er streute etwas aus einem eimerähnlichen Gefäß. Etwas Rosafarbenes wurde sichtbar und zerstob im Wind der Rotorblätter in alle Richtungen.

Zwei Deputys gingen auf die Knie und richteten ihre Waffen nach oben.

Einige Trauergäste hoben schützend die Arme über den Kopf und flüchteten in verschiedene Richtungen.

Merci sprang aus dem Wagen, griff instinktiv nach ihrer H&K, sagte sich jedoch im gleichen Augenblick, dass es keinen Zweck hatte, und schaute einfach zu. Noch ein rosafarbenes Gestöber, dann noch eins. Jetzt sah es so aus, als würde der Mann ein Laken ausschütteln, und erneut füllte sich die Luft mit einem Feuerwerk aus Farben.

Natalie Wildcraft stand neben dem Grab, beide Arme hoch in die Luft gestreckt. Plötzlich begriff Merci. Die Trauergäste, die nicht geflüchtet waren, winkten und jubelten, und der Hubschrauber sank noch ein bisschen tiefer. Noch mehr rosa Farbe wurde aus Eimern geschüttet, während die ersten Konfettiteilchen wie Schneeflocken auf das Grab und die Trauernden und auf die Deputys rieselten, die mit gezogenen Waffen auf dem Rasen knieten.

Merci ging auf das Grab zu und schaute zu, wie Wildcraft einen weiteren Eimer rosafarbenes Konfetti in die Luft leerte. Sie beobachtete, wie die Schnipsel zu Boden trudelten, und als sie so nah war, dass sie ein paar davon fangen konnte, hielt sie Blütenblätter und Rosenblüten und kleine Stückchen gekräuseltes Goldband in den Händen. Gänseblümchen und Ringelblumen und Nelken und Geranien und Löwenmäulchen und alle möglichen Blüten, die sie nicht kannte.

Natalie trat an die Lautsprecher, bückte sich kurz und dann erklang Musik. Trotz des ohrenbetäubenden Hubschrauberlärms erkannte Merci Gwen Wildcrafts weiche, klare Stimme. Archie leerte einen weiteren Eimer mit Blüten aus, dann noch einen und noch einen, dann schien er noch ein Laken auszuschütteln. Wo hatte er bloß all die vielen Blüten aufgetrieben?

*I've got to get through to you*
*I've got to get next to you*

Zamorra stand neben ihr, ein rotes Rosenblütenblatt im schwarzen Haar und einen Ausdruck zorniger Verblüffung im Gesicht.

»Teufelskerl«, murmelte er.

»Du sagst es.«

Merci versuchte ein paar von den Blüten zu fangen, die vom Himmel regneten, aber es war schwieriger, als es aussah, so wie die Blütenblätter im Wind trudelten und die Blüten wie Fallschirme schaukelten.

Die kleine Natalie Wildcraft schaute sie von dem offenen Grab her an, die Fäuste in die Luft gereckt wie ein neuer Fliegengewichtschampion, den Mund weit aufgerissen in einem Ausdruck von Triumph oder Herausforderung – unmöglich festzustellen bei dem Lärm der Rotorblätter und der Postmortem-Stimme von Gwen Wildcraft, die aus den Lautsprechern dröhnte. Merci schien es, als wollte Natalie allen klar machen, dass Archies spektakuläre Aktion nicht nur der endgültige Beweis seiner Liebe zu Gwen, sondern auch seiner Unschuld war.

Ein weiß und orangefarbener Kleinbus des Fernsehsenders CNB bog hinter ihnen um die Ecke und kam schlitternd auf dem Kies zum Stehen. Heraus sprangen ein Kameramann und Michelle Howland.

»Unsere Leute sind in der Luft«, sagte Zamorra. »Abelera hat angeordnet, dass für alle Fälle ein Helikopter in Bereitschaft ist, falls die Medienleute im Hubschrauber aufkreuzen.«

»Ruf sie her.«

Aber sie selbst machte keinerlei Anstalten, ihre Kollegen zu rufen. Der Hubschrauber hatte bereits abgedreht und gewann schnell an Höhe. Ein letzter Blütenregen ergoss sich über die Trauernden, während Archie in den sonnigen Mittagshimmel entschwand.

# Neunundzwanzig

Sie standen auf der Veranda eines hübschen Reihenhauses am Stadtrand von Costa Mesa, der letzten bekannten Adresse von Sonny Charles.

»Den Namen Sonny Charles habe ich noch nie gehört«, sagte Ruth Greider, eine rothaarige, korpulente Frau von etwa Mitte fünfzig. »Ich habe dieses Haus von einem sehr sympathischen Ehepaar gekauft.«

Merci erklärte der Frau in knappen Worten, wie wichtig es war, dass sie einen Mann fanden, der einmal in diesem Haus gewohnt hatte. Sie ließ durchblicken, dass es um Leben und Tod ging. »Stammte das Ehepaar zufällig aus Osteuropa?«, fragte Merci.

»Aus Russland. Sie hießen Selatsin – Jerry und Mary.«

Eine Stunde später saßen sie in Huntington Beach im kühlen Wohnzimmer von Mr und Mrs Wsewolod »Jerry« Selatsin, die aussagten, sie hätten das Haus in Costa Mesa im März 1999 von einem Sonny Charles gekauft und es acht Monate später an Ruth Greider verkauft.

»Es war in gutem Zustand, als wir es gekauft haben«, sagte Jerry. »Und auch, als wir es wieder verkauft haben.« Er war ein untersetzter, weißhaariger Mann mit einem kräftigen Hals und freundlichen blauen Augen, die den Eindruck erweckten, als könnte man auf der Stelle Zutrauen zu ihm haben. Etwa sechzig Jahre alt. Seine Frau, die er als Marina vorstellte, war schlank und anmutig, mit einem blassen Gesicht und dunklen Augen. Etwa halb so alt wie Jerry. Ihr Lächeln wirkte traurig.

»Wir müssen mit Mr Charles reden«, sagte Zamorra. »Wissen Sie, wo wir ihn finden können?«

»Wir kennen Mr Charles nicht. Wir haben nur das Haus von ihm gekauft«, sagte Jerry.

Marinas trauriger Gesichtsausdruck verfinsterte sich, während sie sich noch tiefer in ihren Sessel drückte. Sie bewegte sich geschmeidig wie eine Katze oder ein Wiesel, dachte Merci.

»Bevor Sie das Haus gekauft haben, waren Sie ihm noch nie begegnet?«

»Nein.«

»Hatten Sie je von ihm *gehört*, Mr Selatsin?«

Jerry Selatsin rollte zuerst seine kräftigen Schultern und dann seine blauen Augen. »Wissen Sie, jeder hatte von Mr. Charles gehört. Er hat an den Homosexuellen in Laguna viel Geld verdient. Alles legal.«

»Wie haben Sie erfahren, dass Mr Charles' Haus zum Verkauf stand?«

Jerry nickte und Marina versank noch tiefer in ihrem Sessel. »Von Freunden, die Sonny kennen. Sie haben uns zusammengebracht.«

»Wer? Ich brauche die Namen. Ich muss mit ihnen reden. Möglichst bald.«

Marina Selatsin sagte etwas auf Russisch. Es klang zugleich trotzig und flehend. Merci meinte etwas Bekanntes herauszuhören.

»Slatan Worapin?«, fragte Merci. »Al Apin?«

Jerry warf seiner Frau einen durchdringenden Blick zu, dann schaute er Merci freundlich an.

»Mr Al Apin, ja, der war es. Er ist oft in mein Büro gekommen. Ich mache Steuererklärungen für Einwanderer, die das komplizierte System nicht verstehen. Er hatte Arbeit für mich. Er arbeitet bei der Einwanderungsbehörde, hilft Leuten, in die USA zu kommen. Wir haben uns über Moskau unterhalten. Ich habe ihm erzählt, dass wir ein Haus suchen.«

»Und er hat Sie mit Sonny zusammengebracht.«

Marina rutschte nervös auf ihrem Sessel herum und zündete sich eine Zigarette an. Sie hustete leise. Merci spürte die Wut, die sie ausdünstete, versuchte sich vorzustellen, was der Grund dafür sein mochte.

Weil Apin auch Marina dazu verholfen hatte, in die Staaten zu gelangen, dachte sie. Und sie hatte, wie all die anderen jungen Frauen, ihre Schulden abgearbeitet, bis sie einen Ehemann gefunden hatte. Zweifellos ein deutlicher Aufstieg.

Das freundliche Strahlen war aus Jerrys blauen Augen gewichen. Merci sah die Sorgenfalten auf seiner Stirn.

»Und Sie haben das Haus in Costa Mesa zu einem sehr günstigen Preis gekauft, weil Sonny es für die Hälfte seines Wertes einem Sterbenden abgekauft hatte.«

»Das ist richtig. Alles legal.«

»Wo ist Apin?«

»Das weiß ich nicht. Das weiß ich nie. Einmal ist er hier. Dann ist er wieder weg.«

Marina rollte sich auf dem Sessel zusammen wie eine Katze.

»Er ist ein verdammter Verbrecher, genau wie Sonny Charles«, flüsterte sie kaum hörbar. »Verbrecher in Wladiwostok und Verbrecher hier, die sind alle gleich. Erzähl ihnen vom Nachtclub Zar, Wsewolod. Sonst tu ich es.«

Jerry Selatsin zuckte die Achseln, sah erst seine vor Wut schäumende Frau, dann Merci, dann Zamorra an. »Ach, die Bar Zar. Auf der Lincoln Street in Anaheim. Kleiner Laden. Lauter Russen.«

»Al?«

»Vielleicht, vielleicht auch nicht. Grüßen Sie ihn nicht von mir. Sagen Sie ihm nicht, dass Marina von ihm erzählt hat. Sie würde ihn gern vergessen. Ich möchte am Leben bleiben. Alles klar?«

Vic Elbe, dem das Zar gehörte, war ein kleiner, schmächtiger Mann mit einer sonnengebräunten Glatze und grünen Augen. Er trug Jeans und ein groß kariertes Hemd wie ein Countrysänger und einen Gürtel mit einer riesengroßen Schnalle in Form eines Bären.

Er sagte, er habe Al Apin und Sonny Charles seit Jahren nicht gesehen, was Merci ihm nicht abkaufte. Er versprach, sie sofort anzurufen, falls einer der beiden bei ihm auftauchte, was Merci ihm ebenfalls nicht glaubte. Er riet ihnen, es in einem Stripteaselokal namens Hot Zone in Santa Ana zu versuchen, schließlich wisse jeder, dass Al etwas für Mädchen übrig habe.

Das Hot Zone lag in einem Gewerbegebiet in der Nähe des Freeway 55. Der Laden gehörte Johnny Reno, einem gepflegten jungen Mann mit einer Narbe, die sich von der Stirn bis zum Ohr zog. Reno – mit Janet weder verwandt noch verschwägert, wie er erklärte – sagte, er habe Al Apin nicht mehr gesehen, seit er ihn das letzte Mal aus dem Hot Zone geworfen hatte, weil er sich ohne Eintrittskarte Zutritt verschafft hatte. Reno fand es sehr seltsam, dass Vic Merci und Zamorra zu ihm geschickt hatte.

Apin habe Reno gesagt, er habe europäische Mädchen, die tanzen könnten, schöne Mädchen, Blondinen, nicht diese Mulatinnen, die man normalerweise in Südkalifornien fand. Er habe Apin erklärt, er und seine Gäste seien ganz *begeistert* von den dunkelhäutigen Mädchen in Südkalifornien, und er habe Apin vor die Tür gesetzt. Das sei das letzte Mal, dass er den Mann gesehen habe. Am Eingang hänge eine Liste, so Reno, mit den Namen derjenigen Personen, die Hausverbot hätten. Apin stehe an oberster Stelle.

»Wie wirft man denn einen Mann aus dem Haus, der zwei Meter groß ist und hundertfünfzig Kilo wiegt?«, wollte Merci wissen.

»Er hat drei von meinen Türstehern krankenhausreif geprügelt. Danach haben wir die Polizei gerufen. Mit denen wollte er nicht reden.«

»Wo können wir ihn finden? Und sagen Sie mir nicht, ich soll Vic Elbe fragen.«

Reno grinste, die große Narbe verrutschte ein wenig. »Sergeant, wenn ich wüsste, wo Al Apin steckt, würde ich seine Bude höchstpersönlich ausräuchern.«

»Das ist genau das, was wir vorhaben.«

Immer noch grinsend, schüttelte Reno den Kopf: »Ich habe gehört, er hat vier Mädchen und das Camino Newport Hotel in der Hand. Die Mädchen verdienen für einen Blowjob fünfhundert Dollar, und das in einer guten Nacht jede drei bis vier Mal. Da kommt schön was zusammen. Ich würde ihn nicht in der Bar erwarten, aber Sie könnten sich eins von den Mädchen zur Brust nehmen. Ich meine, Sergeant Zamorra könnte das machen. Ich bin mir nicht sicher – ich habe das nur gehört. Ich hab mit dem Gewerbe nichts zu tun. Ich führe einen sauberen Laden, da können Sie meine Tänzerinnen fragen.«

»Ja«, sagte Merci, »und wenn's noch sauberer wird, können Sie bald Führungen für Pfadfinder anbieten.«

Sein verblüfftes Lächeln sagte ihr, dass er keine Ahnung hatte, wovon sie redete.

Sie waren unterwegs zum Camino Newport, als Mercis Handy klingelte. Grant Nolan, der Eigentümer von Pace Charters und des Hubschraubers, der Wildcraft über den Friedhof geflogen hatte, rief Merci zurück.

Als sie ihm erklärte, was vorgefallen war und was sie brauchte, schwieg er, dann bat er sie, einen Augenblick zu warten.

Eine Minute später war er wieder in der Leitung. Er seufzte. »Ja, diesen Flug hat ein Larry Gray aus Laguna Hills gebucht. Eine Stunde zu fünfhundertsechzig Dollar als eine Überraschung für eine Geburtstagsparty. Er hat in bar bezahlt, und wir haben ihn geflogen. Der Pilot war nicht besonders begeistert über die Geschichte mit der Beerdigung.«

Er gab Merci die Adresse und die Telefonnummer, die Wildcraft benutzt hatte, um den Hubschrauber zu chartern.

»Was für einen Wagen hat er gefahren?«

»Einen Durango.«

»Danke. Falls er sich noch mal bei Ihnen meldet, rufen Sie mich bitte sofort an.«

Sie gab ihm ihre Nummer und schaltete das Handy aus.

Sie gingen in die Bar des Camino Newport Hotels und nach genau vierzehn Minuten wurde Zamorra von einer jungen Frau angesprochen. Das Camino, das auf Fashion Island lag, wurde hauptsächlich von wohlhabenden Touristen frequentiert. Die Parkplatzwächter trugen khakifarbene Safarianzüge mit roten Paspeln, und an der Rezeption konnte man die Währungen aus zwölf verschiedenen reichen Ländern zu Kursen, die nur unwesentlich über den banküblichen lagen, in Dollar umtauschen.

Merci, die in die Bar vorausgegangen war, saß an einem Tisch für zwei Personen. Ihr Handy lag vor ihr auf dem Tisch, abgeschaltet. Während sie aus dem Fenster sah, warf sie immer wieder einen Blick auf ihre Armbanduhr und versuchte den Eindruck zu erwecken, sie sei gerade im Begriff, einen schwerreichen Liebhaber zu verlieren.

Die Frau stieg aus einem schwarzen Porsche. Sie war etwa Mitte zwanzig und hatte eine Einkaufstüte von Neiman-Marcus in der Hand. Ein wadenlanges schwarzes Kleid betonte ihre umwerfende Figur. Sie trug Riemchenpumps, über der Schulter eine mit Strass besetzte Handtasche und das blonde

Haar zu einem strengen Zopf geflochten. Sinnliche Lippen. In ihren dunkelblauen Ohrringen spiegelte sich das Licht, als sie Merci mit einem vernichtenden Blick ansah. Der durchgestylte Zamorra im schwarzen Anzug saß an der Bar und die Frau setzte sich auf den übernächsten Hocker neben ihn. Einige Minuten später lachte sie. Merci konnte ihre und Zamorras Stimme hören, aber nicht, was sie sagten. Zamorra lächelte und machte dem Barmann ein Zeichen. Die Frau rückte auf den Hocker neben ihm auf und bekam einen Drink, der aussah wie ein Martini, eine klare Flüssigkeit in einem Cocktailkelch. Nachdem die Frau ihren Martini ausgetrunken hatte, nahm sie Zamorras Arm und das schöne Paar verließ die Bar in Richtung Lobby. Merci sah, wie sie auf dem Weg zum Aufzug die Köpfe aneinander schmiegten wie zwei Verliebte, die sich auf ihrem Weg zur Ekstase Zeit ließen. Sie musste an Mike denken und an das Callgirl, in das er sich verliebt hatte, fragte sich, ob die beiden auch so durch Hotellobbys geschlendert waren, und hätte sich gleich darauf wegen des blödsinnigen Gedankens am liebsten in den eigenen Hintern gebissen.

Zehn Minuten später traten die beiden wieder aus dem Aufzug heraus. Die Frau berührte Zamorras Wange, hauchte ihm einen Kuss auf und ging in Richtung Ausgang. Sie machte dem Portier ein Zeichen, der den Parkplatzwächter heranpfiff. Durch das Fenster sah Merci, wie der Parkplatzwächter einen Schlüsselbund aus einer Kiste hinter seinem Tresen nahm, um einen Pflanzkübel mit einem Wacholderstrauch eilte und verschwand.

Zamorra setzte sich.

»Na, wie war's?«, fragte Merci.

»In jeder Hinsicht perfekt. Worapin hat zwei Frauen hier und zwei im Castaway. Sie bezahlen ihn einmal um eins, dann noch mal um neun Uhr früh. Die gute Nachricht ist, dass die Geldübergabe immer am selben Ort stattfindet – in der Zar-

Bar. Die schlechte Nachricht ist, dass Worapin höchstens einmal pro Woche persönlich aufkreuzt. Er schickt verschiedene Mittelsmänner. Manchmal Sonny, manchmal einen anderen. Sie weiß es nie im Voraus.«

Merci stöhnte leise. Der schwarze Porsche kam mit einem dumpfen Röhren hinter dem Wacholderstrauch hervor und der Parkplatzwächter sprang aus dem Wagen.

»Da können wir ja eine Menge Nächte im Zar verbringen«, sagte sie.

»Mehr konnte sie mir nicht sagen. Das hat das Department hundert Dollar gekostet.«

»Kein Wunder, dass Sie dir einen Kuss auf die Wange gedrückt hat.«

»Sie war wirklich sehr nett.«

»Keine Telefonnummer von ihrem Boss? Keine Adresse, nichts?«

»Worapin kommt und verschwindet wieder. Wenn man hundertfünfzig Kilo wiegt, lernt man, sich zu verstecken.«

»Paul, Worapin ist ein Profi. Selatsin hat ihn wahrscheinlich längst gewarnt. Elbe hat ihn garantiert gewarnt. Reno vielleicht. Diese Frau wird ihn ebenfalls warnen. Wir werden diese Typen nicht unverhofft erwischen. Wir machen keine Fortschritte, im Gegenteil.«

»Wir müssen denen Feuer unterm Arsch machen.«

»Du redest mit Abelera. Auf mich ist der zurzeit nicht gut zu sprechen.«

Sie verließen das Hotel, und kaum hatte Merci ihr Handy wieder eingeschaltet, rief Ike Sumich an. Er hatte einen Katalog entdeckt – in russischer Sprache, in New York gedruckt und im ganzen Land verschickt –, der Kleidung und Schuhe in Übergrößen anbot, unter anderem Schuhe der Marke Foot Rite. Er hatte zwei weitere Kataloge für elegante Kleidung in Übergrößen gefunden, die in Kalifornien verschickt wurden und ebenfalls Schuhe der Marke Foot Rite im Angebot hatten.

Er hatte einen Katalog für Militärkleidung aufgetrieben, der auf sowjetische Produkte und Militaria spezialisiert war und *gelegentlich* Auslaufmodelle von bekannten Herstellern anbot. Dieser Katalog – Dinky Durkee's Surplus – hatte in den Ausgaben von Januar, Februar und März das Modell Comfort Strider von Foot Rite in »XXXL-Größen« angeboten.

Merci wusste, dass sie ohne einen Durchsuchungsbefehl für Worapin kein Versandhaus zur Herausgabe von Informationen zwingen konnte. Sie wusste, dass die Versandhausbetreiber freiwillig keine Informationen über ihre Kunden herausrückten. Ganz selten konnte man sie dazu überreden, einen Namen zu bestätigen. Noch seltener zur Herausgabe einer Adresse.

»Rufen Sie sie alle an«, sagte sie. »Verlangen Sie die Kundenlisten für Orange County, falls es eine gibt. Für ganz Kalifornien, wenn sie die Adressen nicht nach Countys sortiert haben.«

»Das werden sie nicht machen.«

»Ich weiß. Sie sollen einfach nur die Vorarbeit für mich erledigen.«

»Ike, der *Picador*.«

»Ganz genau. Und dann werde ich mich mit meinem unglaublichen Charme auf sie stürzen und sie in die Knie zwingen.«

»Hmm.«

Sie bedankte sich bei Sumich und schaltete das Handy aus.

Eine Stunde später stimmten sie mit Abelera und Brenkus das weitere Vorgehen ab. Es war fünf Uhr nachmittags und ein Stockwerk tiefer war Schichtwechsel. Merci schaute vom Fenster von Abeleras Büro im vierten Stock auf die Straßen des County hinunter, durch die sich dichter Verkehr wälzte. Das County war inzwischen so dicht bevölkert, dass es Stunden dauern konnte, von einem Ende zum anderen zu gelangen. Sie erinnerte sich, wie Clark ihr einmal erzählt hatte, dass er zu

Beginn seiner beruflichen Laufbahn vom südlichen Orange County nach *Los Angeles* fünfundvierzig Minuten gebraucht hatte.

Zamorra legte die Verdachtsmomente dar, und Merci konnte sehen, wie Abelera den Köder beäugte, aber nicht anbiss. Brenkus war schwerer einzuschätzen.

»Bringen Sie sie her und vernehmen Sie sie«, sagte Abelera. »Das kann nicht schaden.«

»Das täten wir ja gern«, sagte Zamorra. »Aber es kann Wochen dauern, bis wir sie finden. Die sind längst abgetaucht. Die arbeiten im Untergrund. Die wissen inzwischen, dass wir überall Fragen stellen. Was wir brauchen, ist eine öffentliche Fahndung, wir brauchen die Unterstützung der Öffentlichkeit. Wir müssen sie ausräuchern.«

Der Sheriff schaute Zamorra durchdringend an, immer noch unsicher.

»Der Zeitpunkt wäre günstig«, fuhr Zamorra fort. »Die Öffentlichkeit interessiert sich für den Fall Wildcraft. Nach dem Fernsehbericht und nach der Pressekonferenz gestern reden die Leute über Archie. Heute Abend werden sie die Beerdigungsaktion mit den Blumen in den Nachrichten bringen. Die Leute werden sich sagen, dieser verrückte Deputy kann *unmöglich* seine Frau erschossen haben. Der liebt sie viel zu sehr. Jetzt ist der richtige Zeitpunkt, um die Bombe platzen zu lassen, dass es zwei mögliche Zeugen für den Mord an Gwen Wildcraft gibt, die wir unbedingt verhören müssen. Benutzen Sie die Fotos aus dem FBI-Archiv. Hängen Sie es an die ganz große Glocke. Leiten Sie die Pressekonferenz persönlich, Sir. Lassen Sie die Leute wissen, dass wir diese Russen suchen. Die Bürger da draußen werden uns helfen. Diese Geschichte geht ihnen an die Nieren. Entweder wir wagen diesen Schritt oder wir müssen die nächsten vier Wochen oder womöglich noch länger die Bar Zar überwachen und abwarten.«

Merci beobachtete schweigend, wie Abelera sich das alles

durch den Kopf gehen ließ. Sie sah Erleichterung in ihm aufkeimen bei dem Gedanken, dass sein Deputy vielleicht doch unschuldig war.

»Es könnte auch noch einen weiteren Vorteil haben«, legte Zamorra nach. »Wenn Archie mitbekommt, dass wir nach den Tätern fahnden, meldet er sich vielleicht bei uns. Dann können wir ihn ins Krankenhaus bringen, ihn noch mal nach den Ereignissen der Nacht befragen. Wenn er kräftig genug und willens ist, können wir ihn hypnotisieren und alles in Erfahrung bringen, was er gesehen und gehört hat. So wie Stebbins es darstellt, kann man auf diese Weise seine traumatische Amnesie überwinden. Das ist ein durchaus übliches Verfahren.«

Brenkus lehnte sich zurück und verschränkte die Finger über seinem flachen Bauch. »Paul, Merci, sind Sie wirklich davon überzeugt, dass diese beiden Männer Archie hereingelegt haben?«

»Ich bin davon überzeugt«, sagte Merci.

»Ich halte es für sehr wahrscheinlich«, sagte Zamorra.

»Warum sollten sie einen Mann erst reinlegen und ihn dann töten oder zumindest versuchen, ihn zu töten?«

»Um ihre eigene Haut zu retten«, sagte Merci. »Aber ich glaube nicht, dass sie es so geplant hatten. Die Gelegenheit bot sich und sie haben sie ergriffen. Nachdem er auf Archie geschossen hatte, ist Worapin auf die Idee gekommen, es wie einen Mord mit anschließendem Selbstmord aussehen zu lassen. Er hat sich Archies Waffe geschnappt und ist ins Haus gegangen. Als sie mit Gwen fertig waren, haben sie ihre verdammten Handschuhe an Archies Morgenmantel abgewischt, ihm die Pistole in die Hand gedrückt, während er blutend am Boden lag, und mit seinem Finger den Abzugshahn betätigt. Eine Sauerei, aber ganz einfach.«

Brenkus hob die Brauen, skeptisch und zugleich optimistisch. »Ich würde wesentlich lieber zwei russische Gangster vor Gericht bringen als einen Orange County Deputy. Reden

Sie mit den Russen. Damit habe ich kein Problem, vor allem, wenn es Wildcraft den Hals rettet.« Brenkus schaute Abelera an. »Und ich übernehme die Statistenrolle bei Ihrer Pressekonferenz, Vince.«

»Vielleicht würde Ryan sich dafür gern zur Verfügung stellen«, schlug Merci vor.

Sie saß an ihrem Schreibtisch und ging Ike Sumichs handschriftliche Notizen zu den Versandhäusern durch. Alle hatten sich geweigert, ihm ihre Kundenlisten für Orange County zu geben. Zwei hatten verlangt, seinen Vorgesetzten zu sprechen, und angedeutet, dass sie bereit wären, mit jemand Wichtigerem als einem Tatortspezialisten namens Ike Sumich zu reden.

Sie rief bei den Versandhäusern an und erklärte, es gehe ihr nicht um die Kundenliste des gesamten County, sondern nur um einen bestimmten Namen: Al Apin.

Der Geschäftsführer des Versandhauses für elegante Kleidung in Übergrößen weigerte sich erneut, Informationen herauszugeben, und riet Merci, sich an seinen Anwalt zu wenden.

Ein anderer erklärte sich bereit, diesen einen Namen zu überprüfen, konnte jedoch in den Kundenlisten der letzten zwei Jahre keinen Al Apin entdecken.

Das New Yorker Büro des Katalogs in russischer Sprache war geschlossen.

Gail Durkee, die Verkaufsleiterin von Dinky Durkee's Surplus, lehnte es höflich ab, ihre Datenbank nach dem Namen Al Apin zu durchsuchen.

»Es wäre mir eine große Hilfe, wenn Sie das tun würden, Miss Durkee.«

»Es tut mir wirklich Leid, Sergeant. Aber ich kann das wirklich nicht machen. Es verstößt gegen unsere Geschäftsgrundsätze. Dinky – ich meine Ernie – würde mir den Kopf abreißen.«

»Verstehe. Aber lassen Sie mich Ihnen von Frau zu Frau ein bisschen über den Fall erzählen, Miss Durkee.«

Es widerstrebte Merci, sich auf diese Masche zu verlegen, aber sie tat es trotzdem. Sie erklärte Miss Durkee, dass eine junge Ehefrau kaltblütig ermordet worden war, eine junge Frau, die sich schon als Schülerin in ihren Mann – einen guten, anständigen Polizisten aus Mercis Department – verliebt und gemeinsam mit ihm hart gearbeitet hatte, um sich ein Leben in Wohlstand zu ermöglichen. Merci enthüllte sogar, dass die junge Frau mit Mafia-Gangstern zu tun gehabt hatte, die die Firma aufgekauft hatten, bei der sie arbeitete. Als sie sich weigerte, die verbrecherischen Machenschaften zu decken, war sie in ihrem eigenen Haus erschossen worden, ihr treu sorgender Ehemann hatte eine Kugel in den Kopf bekommen und war schwer verletzt zurückgelassen worden.

Zamorra grinste.

»Ach, Sie meinen die Frau mit dem komischen Namen?«, fragte Durkee. »Wildman oder Wildflower oder so ähnlich?«

»Ja, Gwen Wildcraft – aber das ist streng vertraulich, Gail.«

»Die Zeitungen sind voll davon. Ich dachte, der *Ehemann* steht unter Mordverdacht.«

»Nein, nicht mehr. Wir suchen jetzt nach einem Mann namens Apin. Al Apin.«

Merci buchstabierte den Namen. Schweigen. Dann hörte sie das Klappern einer Tastatur.

»Sergeant, kann ich Sie in fünf Minuten zurückrufen?«

»Bitte enttäuschen Sie mich nicht, Miss Durkee. Ich brauche Ihre Hilfe.«

»Fünf Minuten.«

Merci legte enttäuscht auf, denn sie wusste, dass Gail Durkee nicht zurückrufen würde. Sie lehnte sich zurück und dachte daran, wie Archie Wildcraft eimerweise Blumen über dem Grab seiner Frau ausgeschüttet hatte, während die Trauergäste in alle Richtungen geflüchtet waren und verschreckte Deputys ihre Waffen auf ihn gerichtet hatten. Sie fragte sich, wie das im Fernsehen aussehen würde.

Eimerweise Blumen.

In dem Augenblick fiel ihr etwas ein. Sie ging an Teagues Schreibtisch, um sein Telefon zu benutzen. In ihrem blauen Notizblock fand sie die Nummer von Archies Gärtner Jesus, der sie so verständnislos angeschaut hatte, als sie ihm gesagt hatte, er möge mit Gott gehen.

Als er sich meldete, nannte sie ihren Namen und erklärte Jesus, er sei verpflichtet, ihr zu sagen, welche Nummer Archie ihm gegeben hatte wegen der Blumen.

»Blumen?«

»Die Blumen, die Sie für ihn besorgen sollten. Sie wissen schon, wovon ich spreche, Jesus – er hat Sie doch gebeten, große Mengen Blumen zu beschaffen. Nur die Blüten ohne Stiele.«

»Er hat gesagt, ich soll nichts sagen.«

»Mir können Sie es sagen, Jesus. Es ist sehr wichtig. Wo war er? Wie sollten Sie Kontakt zu ihm aufnehmen, nachdem Sie die Blumen besorgt hatten?«

Das Telefon auf Mercis Schreibtisch begann zu klingeln. Zamorra wollte schon rangehen, doch sie bedeutete ihm, es zu lassen. »Jesus? Ich sage Ihnen jetzt, was Sie tun werden. Sie holen die Adresse und die Telefonnummer, und Sie halten den Hörer am Ohr, bis ich wieder da bin. Verstanden?«

»Verstanden.«

»Können Sie das machen?«

»Ja, okay.«

Sie drückte die Stummschaltung, lief zu ihrem Schreibtisch und nahm nach dem vierten Klingeln ab.

»Sergeant, hier ist Gail von Dinky's. Wir haben im vergangenen März ein Paar Comfort Striders von Foot Rite an Al Apin aus Fullerton verkauft. Ich habe die Lieferadresse und eine Telefonnummer.«

»Ich höre.«

Sie wunderte sich beinahe, als sie wieder an das andere Telefon ging und feststellte, dass Jesus tatsächlich noch dran war. Er gab ihr eine Adresse in Irvine und eine Telefonnummer.

»Er ist in Zimmer zwei … siebzehn.«

»Danke, Jesus, *vaya con Dios.*«

»*Vaya con Dios*, Sergeant.«

Sie zog ihren Blazer von ihrem Stuhlrücken und warf ihn über die Schulter. »Ich habe die Adressen von Archie und von Worapin.«

Die Adresse, die Jesus ihr gegeben hatte, führte sie zum La Quinta Inn, einem kleinen Hotel an der Interstate. Merci fand, dass es aussah wie irgendein ehemaliger Industrieschuppen, aber vielleicht sollte es auch nur so wirken. Sie fuhr einmal um das Gebäude herum und versuchte, Zimmer 217 von außen zu entdecken, aber die Türen waren alle innen. Kein Durango.

Sie stellte den Wagen in einer Ecke des Parkplatzes ab und folgte Zamorra nach drinnen. In der Eingangshalle ließ sie ihren Blick über ein paar ausgestellte Verpackungsmaschinen und die Schrifttafel wandern, die deren Funktion erklärte. Der Aufzug öffnete sich und heraus stürmte eine komplette Familie. Ein brüllender kleiner Junge, dem die Tränen förmlich aus den Augen sprangen, eine mit Koffern bepackte Frau, die ihren mit Koffern bepackten Mann beschimpfte, der auch noch einen Kinderwagen mit einem kreischenden Baby schob. Zamorra eilte den Leuten zu Hilfe und hielt die Aufzugtür auf.

Als der Aufzug sich geleert hatte, hob Zamorra etwas vom Boden auf und gab es Merci: eine kleine, weiße Blüte mit einer gelben Mitte. Sie schauten sich wortlos an.

Der Wagen des Zimmermädchens stand an der offenen Zimmertür. Eine kleine, rundliche Frau schob einen geräuschvollen Staubsauger über den Teppichboden im Flur. Merci steckte den Kopf zur Tür hinein und betrachtete das gemachte Bett, die in Papier gewickelten Gläser auf der Kommode, die zugezogenen Vorhänge. Sie öffnete den Mülleimer auf dem Zimmermädchenwagen: Obenauf lagen zusammengeknüllte Mullbinden, einige davon leicht mit Blut verschmiert, und ein paar inzwischen verwelkte Blumen. Keine Stängel, nur Blüten und Blütenblätter. Sie griff in den Mülleimer und zog einen langen Streifen blaues Segeltuch heraus. Er war fast einen Meter lang und etwa dreißig Zentimeter breit. Die eine Seite war gerade, die andere bogenförmig abgeschnitten. Ein Ende war gerade abgeschnitten, das andere jedoch sorgfältig so zugeschnitten, dass es aussah wie die Spitze eines Schwertes. Sie hatte nicht die geringste Ahnung, wozu der Stoffstreifen diente. Sie steckte ihn zurück in den Mülleimer, löste die Mülltüte aus der Halterung, knotete sie zu und warf sie sich über die Schulter.

Sie nickte dem Zimmermädchen zu, als würde sie von der Frau Befehle entgegennehmen. Sie verfluchte Jesus dafür, dass er seinen Boss gewarnt hatte. Auf dem Weg zurück in die Eingangshalle beruhigte sie sich wieder und sagte sich, dass Jesus womöglich unschuldig war und Archie mehr Glück hatte – oder schlauer war –, als sie gedacht hatte.

An der Rezeption wies Zamorra sich aus und erfuhr, dass Jim Green für Zimmer 217 für drei Nächte in bar bezahlt hatte, aber nur zwei Nächte geblieben war. Er hatte erst vor wenigen Stunden, nämlich um 16 Uhr, ausgecheckt. Der Manager sagte, Mr Green habe eine Baseballmütze und eine Sonnenbrille getragen und sei äußerst wortkarg gewesen. Mr Green habe mehrere große, gerahmte Bilder von einer schönen Frau in seinen Durango geladen. Keine provokativen Bilder, nichts Obszönes, eher Porträts. Möglicherweise von ein und derselben Frau. Außerdem habe er mehrere ziemlich lange, flache, in alte Bettlaken oder etwas Ähnliches gewickelte Gegenstände in den Wagen geladen. Die Gegenstände hätten etwa die Form von Surfbrettern gehabt, sagte er, seien jedoch anscheinend sehr leicht gewesen. Dann habe er noch mehrere auf Ständern befestigte Steine eingepackt. Am Morgen, gegen zehn, habe Mr Green sich mit einem Latino unterhalten, der mit einem mit Jutesäcken beladenen Pick-up vorgefahren war. Es habe sich offenbar um einen Gärtner gehandelt, denn an der Seite der Ladefläche hätten Rechen und Sensen in Haltern gesteckt. Die beiden Männer hatten die Jutesäcke in Mr Greens Durango geladen und dann sei Mr Green, bekleidet mit der Baseballmütze und der Sonnenbrille, weggefahren.

Merci las das Anmeldeformular. Wildcraft hatte seine echte Adresse und Telefonnummer angegeben und nur einen falschen Namen verwendet. Sie steckte das Formular ein, schnappte sich die verknotete Mülltüte und ging zu ihrem Wagen. Sie überließ es Zamorra, sich beim Geschäftsführer zu bedanken.

Für die Suche nach Worapin forderten sie Verstärkung an. Die vier Streifenpolizisten stießen auf dem Imperial Highway hinter einem kleinen Supermarkt zu ihnen, wo Zamorra sie kurz ins Bild setzte. Einer der Deputys sollte sich mit der Schrotflinte aus dem Streifenwagen bewaffnen, ein zweiter mit einer Elektroschockwaffe und die anderen beiden mit je einer Dose Pfefferspray. Der jüngste Deputy erklärte Merci, das neue Spray sei »unglaublich effektiv«.

Auf der Fahrt durch die Hügel um Fullerton öffnete Merci die Sicherungslasche ihres Hüftholsters. Sie dachte an einen Mann, den sie getötet hatte, und an die Kugel, die er ihr verpasst hatte. Als sie sich vorbeugte, um sich zu vergewissern, dass ihre kleine 40er-Pistole im Wadenholster an ihrem linken Unterschenkel steckte, spürte sie die Narbe an ihrer Seite. Sie lehnte sich zurück und verscheuchte diese Erinnerungen. Sie wollte sich nicht von dem quälen lassen, was sie getan hatte. Aber das Töten eines Menschen verändert die Seele und das wusste Merci.

Es war kurz nach sieben. Sie betrachtete die stattlichen Häuser, die geschwungenen Einfahrten, die glänzenden, neuen Autos vor den Garagen, die alten Palmen, die sich unter dem Gewicht ihrer Kronen beugten, als hätten sie alles schon einmal gesehen. Sie fuhren an einem florentinischen Palazzo vorbei, an einem kleinen normannischen Schloss und an einem griechischen Tempel.

»Da links«, sagte Zamorra. »Das Ranchhaus unter der großen Pinie.«

Sie fuhren an dem Haus vorbei. Es war groß und geräumig mit dunklen Fenstern unter einem tief heruntergezogenen Dach. Davor stand eine riesige Norfolk-Island-Pinie, die in der Augusthitze vertrocknete. Die von Rissen und braunen Nadeln übersäte Einfahrt führte zu einer Garage, die von der Straße aus fast nicht zu sehen war. Das ganze Anwesen strahlte eine Atmosphäre heruntergekommener Eleganz aus, die Merci Unbehagen bereitete. Die Narbe an ihrer Seite spannte und pochte immer noch wie ein zu fest gezogenes Pflaster. Warum ausgerechnet jetzt?

Zamorra bog in die nächste Seitenstraße links ein, wendete und fuhr zurück in die Richtung, aus der sie gekommen waren. Etwa fünfzig Meter von Worapins Haus entfernt parkte er am Straßenrand. Wie verabredet kamen wenige Minuten später zwei Streifenwagen. Die Kollegen ließen sich Zeit mit dem Parken und stellten einen Wagen vor dem Zivilfahrzeug ab, den anderen in umgekehrter Fahrtrichtung auf der gegenüberliegenden Straßenseite.

Merci schickte einen Deputy links, einen zweiten rechts um das Haus herum. Dann ging sie auf die Haustür zu, Zamorra zwei Schritte hinter ihr, gefolgt von den beiden anderen Deputys. Sie betrat die Veranda, und als sie nach ihrer Neuner griff, registrierte sie: Spinnennetze unter dem Dach, Staub auf den Fensterscheiben, Risse im Putz und die Sträucher im Garten weitgehend vertrocknet.

Sie drückte auf die Klingel und hörte das gedämpfte Läuten von drinnen. Nach einer langen Weile klingelte sie erneut.

Merci wollte sich gerade abwenden, als die Tür sich öffnete und eine Frau in einem engen grünen Kleid vor ihr stand. Um die dreißig, hochgesteckte braune Haare, Augen mattgrün.

»Nein«, sagte die Frau.

»Nein was?«, fragte Merci.

»Egal was Sie wollen: Nein.«

Die Frau schickte sich an, die Tür zu schließen, aber Merci hinderte sie mit dem ausgestreckten Arm daran. »Ich bin Sergeant Rayborn vom County Sheriff's Office. Wir suchen Slatan Worapin alias Al Apin.«

Merci stellte ihren Fuß zwischen Tür und Rahmen, schob ihre Jacke zurück, um ihr Abzeichen und ihre Neuner zu zeigen. Die Frau wirkte beeindruckt. Hinter ihr befand sich eine geräumige Diele.

»Machen Sie die Tür auf und bitten Sie uns herein«, sagte sie. »Holen Sie Worapin. Es geht um Mord und Sie sollten mich besser nicht provozieren.«

Merci spähte an der Frau vorbei ins Haus, bereit loszustürmen. Hinter der Diele lag ein Wohnzimmer.

»Er ist nicht hier.« Ihre Stimme war kräftig und sie sprach mit einem starken Akzent, doch Merci konnte den Akzent nicht einordnen.

»Dann werden Sie ja sicherlich nichts dagegen haben, wenn wir uns ein bisschen umsehen – das wollten Sie doch bestimmt damit sagen? Kein Problem, wir kommen rein, wenn Sie gestatten, Sie brauchen nur die Tür zu öffnen …«

»Er ist nicht oft hier.«

»Ich heiße Merci, und Sie?«

»Irene.«

»Irene, lassen Sie mich rein, okay?«

»Ich wollte gerade abreisen.«

»Ich werde Sie nicht aufhalten. Geben Sie uns nur ein paar Minuten.«

Irene machte den Weg frei, und ohne Zeit zu verlieren, betrat Merci das Haus, gefolgt von Zamorra, der die beiden Deputys hereinwinkte. Die Hand an der Waffe, folgte Merci Irene ins Wohnzimmer.

Gedämpftes Licht, graues Ledersofa, graue Sessel, ein Couchtisch aus Glas. Zamorra ging in die Küche. Irene blickte den muskulösen Deputys hinterher, die durch den Flur in Richtung Schlafzimmer liefen.

»Sie arbeiten für ihn?«, fragte Merci.

Irene schüttelte heftig den Kopf. »Ja und nein.«

»Sie helfen aus.«

»Ich helfe aus.«

»Sind Sie seine Freundin?«

»So würde ich das nicht nennen.«

»Wo ist er?«

»Das sagt Slatan mir nie. Er kommt, wenn er kommt. Dieses Haus hat er für mich gekauft. Es gibt noch andere. Aber ich kenne sie nicht und ich will sie auch nicht kennen.«

»Kassieren Sie das Geld in der Zar-Bar um eins und um neun?«

»Nur manchmal.«

»Heute Nacht?«

»Das erfahre ich erst heute Abend.«

Merci drückte auf einen Schalter an der Wand und eine Deckenbeleuchtung schaltete sich ein. Merci konnte jetzt deutlicher erkennen, dass Irene etwa Ende dreißig war. Sie war nicht fertig geschminkt, hatte müde Augen und trug einen Perlenohrring. Irene schaute sie an, dann wandte sie sich ab.

»Wo können wir ihn finden?«

»Er ist immer unterwegs.«

»Wo schläft er?«

»Das weiß ich nicht. Das ist die Wahrheit. Manchmal schläft er hier, aber nicht oft. Vielleicht einmal pro Woche.«

»Und Sie kennen keinen einzigen anderen Ort, wo er die Nacht verbringen könnte?«

»Nein.«

»Oder einen Ort, wo er Geschäfte macht, Geld eintreibt, sich mit Freunden trifft?«

»Das Zar.«

»Wann?«

»Kann ich nicht sagen. Ich bin nicht oft dort.«

»Was ist mit Tscherbrenko?«

»Ich kenne ihn und habe ihn schon mit Slatan zusammen gesehen. Die beiden sind Geschäftspartner.«

»Zeigen Sie mir sein Zimmer.«

Irene drehte sich wortlos um und ging voraus den Flur entlang, öffnete eine Tür und schaltete das Licht an. Merci ging zwei Stufen hinunter, die in ein großes Schlafzimmer führten. An einer Wand stand ein Messingbett mit schwarzem Satinbettzeug, daneben auf einem Ständer ein goldfarbener Eiskübel, gegenüber ein riesiges Fernsehgerät. Im ganzen Zimmer roch es nach Eau de Cologne, Schweiß und Zigarettenrauch.

»Hat er hier im Haus ein Arbeitszimmer?«

»Ja. Hier entlang.«

Irene führte Merci durch das Schlafzimmer, vorbei an einem geräumigen Badezimmer mit Whirlpool und Bidet und goldenen Armaturen.

»Der Mann hat ja einen fürchterlichen Geschmack«, sagte Merci.

Irene zuckte die Achseln.

»Warum geben Sie sich mit ihm ab?«

»Er weiß, wo er meine Tochter findet.«

»Vielleicht werde ich ihn wegen Mordes verhaften, dann haben Sie ihn vom Hals.«

Irene machte ein ängstliches Gesicht. »Er ist überall. Sie müssen sie alle verhaften.«

»Nichts lieber als das.«

Sie traten durch eine doppelflügelige Glastür in einen schwach beleuchteten Raum, der in dunklem Holz gehalten war. An einer Wand stand ein mit Papieren übersäter Schreibtisch, an der anderen ein schwarzes Ledersofa und in einer Ecke ein riesiger Fernseher. Irene schaltete das Licht an, woraufhin sich ein Deckenventilator in Bewegung setzte.

»Was sieht er sich auf diesen großen Bildschirmen an?«

»Werbung und Pornos.«

»Nimmt er auch selbst Filme auf?«

Irene errötete tatsächlich. »Nein. Sie zeigen behinderte Menschen und Gewaltszenen.«

»Irene, werden Sie mir sagen, wo wir diesen Mann finden können?«

»Das kann ich nicht.«

»Sie können es, sobald Sie erfahren, wo er sich aufhält.«

»Soll ich Ihretwegen mein Kind in Gefahr bringen?«

»Er würde es nie erfahren.«

»Er wird es erfahren, Sergeant. Ich bin kein kleines, dummes Mädchen mehr. Bitte behandeln Sie mich nicht so.«

Merci ging um den Schreibtisch herum und blieb neben dem Bürosessel stehen. Der Sitz war so hoch eingestellt, dass er ihr beinahe bis zu den Hüften reichte. Die Schreibtischbeine standen auf Hohlblocksteinen, die mit Goldbronze besprüht waren. Auf dem Schreibtisch befanden sich ein sauberer Löscher, eine russische Flagge in einem Ständer, ein Notizblock, ein überquellender Aschenbecher, ein Kalender mit dem August-Model, das sich einladend auf dem Rücksitz einer schwarzen Stretch-Limousine räkelte. Das Werbelogo oben auf dem Foto zeigte eine Neonlimousine, die durch den Himmel flog. Darunter stand in leuchtend blauen Buchstaben der Name der Firma: Air Glide Limousines.

»Air Glide«, sagte Merci.

»Freunde von ihm«, erwiderte Irene.

»Kein Wunder, dass sie mir gesagt haben, sie hätten keinen hünenhaften Fahrer.«

»Niemand spricht über Slatan. Das müssen Sie verstehen.«

»Was muss ich verstehen?«

Irene starrte Merci an und Merci starrte zurück. »Wie er ist, wenn er die Beherrschung verliert.«

»Allmählich fange ich an, das zu verstehen.«

»Dann gehen Sie jetzt bitte.«

Dienen und schützen, dachte Merci.

Sie zog an der mittleren Schreibtischschublade, doch sie war verriegelt. Auch die anderen Schubladen ließen sich nicht öffnen.

»Geben Sie mir den Schlüssel«, sagte Merci.

Irene seufzte, dann ging sie zur Tür und tastete oberhalb des Rahmens nach dem Schlüssel. Sie kam auf Merci zu und ließ ihn auf die Schreibtischunterlage fallen.

Oberste Schublade: Bleistifte, ein Notizblock mit einem Werbeaufdruck einer Firma namens NexLess. Merci hielt den Notizblock ins Licht, konnte keine Abdrücke auf dem obersten Blatt entdecken, riss es dennoch ab und steckte es in die Hosentasche. Ein Vergrößerungsglas mit einem hölzernen Griff. Streichhölzer, Gummibänder, Büroklammern. Ein Schlüsselanhänger in Form einer durchsichtigen, runden Scheibe mit der Aufschrift *OrganiVen*.

»Was hat er über Gwen Wildcraft erzählt?«

»Nichts.«

»Archie Wildcraft.«

»Nichts. Ich habe in der Zeitung davon gelesen.«

»Erzählen Sie mir nicht, dass er nie ein Wort über OrganiVen verloren hat.«

»Hat er nicht. Warum sollte er mit mir über geschäftliche Dinge reden?«

»Bis auf die Mädchen.«

Merci musterte Irene, versuchte sich vorzustellen, was wohl die Ursache dafür sein konnte, dass Irene für Slatan Worapin in jeder Hinsicht ein willenloses Werkzeug war. In Irenes ausdruckslosen grünen Augen, die geradewegs durch sie hindurchblickten, konnte Merci nichts als Angst entdecken.

»Er war hier. Der Mann mit der Kugel im Kopf.«

Merci blieb fast das Herz stehen. Dann spürte sie, wie das Adrenalin ihr in die Adern schoss. »Wann?«

»Heute Nachmittag. Er hat auf der anderen Straßenseite in einem Geländewagen gewartet. Ich habe ihn vom Fenster aus beobachtet. Als er seine Mütze abgenommen und sich im Spiegel betrachtet hat, wusste ich, dass er es war. Vom Fernsehen.«

Irene schüttelte den Kopf, warf einen Blick auf ihre Armbanduhr und fasste sich an das Ohr ohne Ohrring. »Ich muss jetzt los.«

»Danke. Nur damit Sie es wissen: Worapin hat dem Mann eine Kugel in den Kopf gejagt. Und dessen Frau in ihrem eigenen Badezimmer erschossen. Eine Kugel ins Herz, eine in den Kopf.«

Sie reichte Irene eine Visitenkarte, doch die Frau wich zurück.

»Das wäre dumm.«

»Ja, da haben Sie Recht. Sie werden sich an meinen Namen erinnern. Meine Nummer können Sie bei der Auskunft erfragen.«

»Ich habe schon zu viel für Sie getan. Und Sie können nichts für mich tun. Gehen Sie und sagen Sie Slatan nicht, dass ich mit Ihnen gesprochen habe.«

Merci steckte ihre Karte wieder ein und verließ das Zimmer. Zamorra und die beiden Streifenpolizisten waren dabei, die Duschkabine in Worapins Badezimmer zu untersuchen. Einer der Deputys zeigte auf den vergoldeten Duschkopf, der fast einen halben Meter höher hing als gewöhnlich. Merci trat hinzu, irritiert über die Höhe.

»Im Wäscheraum liegen ein paar Zeitungen«, sagte Zamorra. »Aber nur bestimmte Seiten, nicht die ganzen Zeitungen. Sie sind eine Woche alt und auf allen steht irgendwas über Archie oder Gwen.«

»In seinem Schreibtisch hab ich OrganiVen-Unterlagen gefunden«, sagte Merci. Sie schaute zu Irene hinüber, die aus einem Fenster starrte, als würde sie am liebsten davonfliegen.

Auf dem Weg durch den Flur warf Merci einen Blick in eins der Schlafzimmer. An einer Wand stand ein Schminktisch mit einem beleuchteten Spiegel und einem Stuhl davor. Der Stuhl war zurückgeschoben. Eine Zigarette war im Aschenbecher verqualmt und die Asche schlängelte sich vom Filter bis zum Boden des gläsernen Behälters. Ein Perlenohrring lag neben einem Glas mit einer klaren Flüssigkeit, in der ein Eiswürfel schwamm.

Bis sie wieder im Department eintrafen, hatte Zamorra Sheriff Abelera angerufen und ihn dazu überredet, eine zwölfstündige nächtliche Überwachung der Bar Zar, der Firma Air Glide, von Worapins Haus in den Hügeln bei Fullerton und von Archie Wildcrafts riesigem Anwesen in Hunter Ranch anzuordnen.

»Ich weiß, Sir. Verstehe, Sir. Danke.«

Als Zamorra sein Handy ausschaltete, wollte Merci wissen, was der Sheriff gesagt hatte.

»Er hält morgen Mittag eine Pressekonferenz ab, die er selbst leiten wird. Er wird eine Telefonnummer angeben, unter der die Leute eine Woche lang rund um die Uhr anrufen und Informationen erhalten sowie Hinweise geben können. Es war nicht zu überhören, dass er von der Theorie mit den Russen zwar nicht überzeugt ist, aber trotzdem gern daran glauben möchte. Dass Archie schuldig ist, ist das Letzte, was er sich wünscht. Aber er muss so *tun*, als hielte er Archie für schuldig, damit man ihm nicht unterstellt, er würde einen von seinen Leuten decken. So wie Brighton es getan hat. Die Deputy Association sitzt ihm im Nacken, dieses Arschloch Dawes lässt Informationen über unsere Beweislage an die Öffentlichkeit durchsickern und Typen wie Gary Brice schlachten sie aus.«

Merci sagte nichts. Sie betrachtete die dunkle Landschaft, die Rücklichter der Autos, die Verkehrsschilder, die vorüberglitten.

»Ich würde mich nicht um seinen Job reißen«, sagte Zamorra.

»Ich auch nicht.«

Eine Lüge, aber sie hatte Zamorra noch nie von ihrem Plan erzählt. So etwas konnte man niemandem erzählen, ohne übermäßig ehrgeizig zu wirken. Aber der Plan war ohnehin gestorben. Er hatte folgendermaßen ausgesehen: mit vierzig Leiterin der Mordkommission, mit fünfzig Leiterin der Abteilung Verbrechen gegen Personen, mit achtundfünfzig Wahl zum Sheriff. Es hatte eine Zeit gegeben, da war ihr das alles durchaus möglich erschienen. Es war ihr Lebensplan gewesen.

»Du würdest einen guten Sheriff abgeben«, sagte Zamorra. »Aber an deinen Pressekonferenzen müsstest du noch ein bisschen arbeiten.«

»Das kannst du laut sagen.«

»Du hast darüber nachgedacht, stimmt's? Über den Job als Sheriff?«

»Früher mal.«

»Gib's nicht auf. Alles kann sich ändern. Und wieder ändern. Das hast du zu mir gesagt, als Janine gestorben ist, und du hattest Recht.«

Sie betrachtete die Verwaltungsgebäude entlang der Flower Street, die in der Abenddämmerung besonders wuchtig wirkten. Komisch, dachte sie, wie sie einmal geglaubt hatte, ihre zweiundneunzigprozentige Erfolgsquote bei der Aufklärung von Mordfällen würde ihr den Weg ins Büro des Sheriffs ebnen. Ursache und Wirkung. Mädchenträume. Sie fühlte sich inzwischen so viel älter. Aber realistischer, wacher gegenüber den Anzeichen dafür, dass alles schief gehen konnte.

# Dreißig

Tim hatte sich für seine Mutter fein gemacht: karierte Shorts, Gummistiefel, eine Wildlederweste mit Fransen und ein roter Cowboyhut mit seinem aufgestickten Namen auf dem Hutband. In der einen Hand hielt er einen Bogen ohne Sehne, in der anderen einen Pfeil mit Gummispitze.

Er stand erwartungsvoll hinter der Fliegengittertür, als sie nach Hause kam.

»Archie hat Blumen aus dem Hubschrauber geworfen.«

»Ja, das hat er.«

Gut zu wissen, dass ihr Vater den Fall Wildcraft zu Hause verfolgte. Sie sah Clark in der Küche stehen. Er blickte ihr entgegen, während er gleichzeitig Tim Junior im Auge behielt.

Tim machte schwungvoll die Tür auf und kam über die Veranda gestapft. Sie nahm ihn auf den Arm – es erforderte inzwischen gute Standfestigkeit, um ihn hochzuheben –, und er umarmte sie, so gut es mit dem Bogen in der Hand ging. Sie schob ihm den Cowboyhut in den Nacken und sah, dass sein Gesicht mit irgendetwas Orangefarbenem beschmiert war.

»Ist Archie mit dem Hubschrauber weggeflogen?«

»Vorerst.«

»Kannst du ihn finden?«

»Das hoffe ich, Tim. Er braucht einen Arzt.«

Merci ging in die Küche und schloss die Fliegengittertür hinter sich. Als sie Tim absetzte, ließ er seinen Bogen fallen.

»Kann ich deine Pistole haben?«

»Nein. Die darfst du niemals anrühren. Das weißt du genau.«

»Ich darf sie nie anfassen?«

*»Niemals.«*

»Darf ich sie anfassen?«

»Was macht ihr zwei eigentlich den ganzen Tag, Dad?«, fragte Merci über Tims Kopf hinweg. »Überlegt ihr euch die ganze Zeit, wie ihr mir mal wieder den letzten Nerv rauben könnt?«

»Was denn sonst?«, sagte Clark. »Den ganzen Tag zeigen sie Archie und den Hubschrauber auf CNB.«

»Sonst gibt's wohl nichts Neues in der Welt.«

»Du solltest es dir ansehen. Anfangs kann man gar nicht erkennen, was da aus dem Hubschrauber geworfen wird, dann holen sie das Bild näher ran, und man sieht, dass es Blumen sind. Als Nächstes zeigen sie den mit Blüten übersäten Sarg. Das geht einem richtig ans Herz. Anschließend interviewen sie die Angehörigen.«

In seinen Gummistiefeln trabte Tim zum Fernseher und schaltete das Gerät ein, aber gerade lief die Werbung eines örtlichen Autohauses.

»Neues Auto?«

»Nein, danke. Der Impala läuft wunderbar.«

Es war zu heiß und zu feucht, um im Haus zu bleiben, und sie setzten sich auf die Terrasse. Merci scheuchte eine Katze von einem Adirondack-Gartenstuhl, ließ sich darauf fallen und fragte sich im nächsten Augenblick, wie ein angeblich klassisches Modell so unbequem sein konnte. Clark bot ihr Limonade an, doch Merci bat um einen »kräftigen« Scotch mit Wasser und Eis. In der Abenddämmerung spielte Tim auf dem Rasen mit einem Wasserschlauch und nach einer Weile war er von Kopf bis Fuß pitschnass: Hut, Weste, Shorts – alles. Er entdeckte ein Mauseloch, steckte den Schlauch hinein und hockte sich dann daneben, um zu beobachten, wie schlammiges Wasser aus dem Boden blubberte. Sie fand es niedlich, wie er da hockte.

Merci ließ ihren Blick über die Orangenbäume schweifen. Sie war nicht besonders wild auf Orangen, aber sie liebte den Duft, den die Bäume verströmten, nicht nur den Blütenduft, der einen im späten Winter und zum Frühlingsbeginn betäubte, auch den scharfen Sommerduft der Blätter und Früchte. Einen Augenblick lang war sie entspannt und glücklich, dann war das Gefühl wieder verschwunden.

»Gary Brice hat zwei Nachrichten hinterlassen. Und Mike hat vor ein paar Minuten angerufen.«

»Mike? Was wollte der denn?«

»Jedenfalls nicht mit mir sprechen.«

»Darauf wäre ich nie gekommen.«

»Ich weiß es wirklich nicht. Ich sage dir nur, dass er angerufen hat.«

Merci hörte ein Fahrzeug auf dem Weg, der zu ihrem Haus führte. Wahrscheinlich der Grundstücksverwalter, dachte sie. Seltsam, dass Mike angerufen hatte, aber früher oder später musste schließlich einer von ihnen das Schweigen brechen. Es ging nicht an, dass man einen Menschen erst liebte, ihn dann wegen eines Mordes verhaftete, den er nicht begangen hatte, und ihn anschließend für die nächsten fünfzig Jahre ignorierte.

Clark warf einen Blick auf seine Armbanduhr, stand auf und ging ins Haus. »Ich geh uns mal die Abendzeitung holen«, sagte er. »Vielleicht sind ja Bilder von Wildcraft und seinem Hubschrauber drin.«

Als er die Fliegengittertür hinter sich schloss, sah Merci Mike McNallys Pick-up näher kommen. Blitzschnell erkannte sie den Zusammenhang zwischen dem Anruf, Clarks Blick auf die Uhr, dem plötzlichen Bedürfnis nach einer Zeitung und Mikes Ankunft. Es wirkte wie abgesprochen.

Sie sah den Pick-up in die Einfahrt biegen und unter dem Scheinwerfer halten, den sie an der Seite des Hauses hatte anbringen lassen. Mike stieg aus und winkte ihr zu, wie er es immer getan hatte. Sein blondes Haar leuchtete in dem hellen Licht. An der Art, wie er dann die Hände in die Hüften stemmte und den Rücken straffte, sah sie, dass er nervös war.

Dann kam Danny von der Beifahrerseite des Wagens her, ein gläsernes Gefäß in der Hand. Er war jetzt acht, ein verschlossener, ernster Junge, der sich stets die größte Mühe gegeben hatte, Merci zu ignorieren, als sie mit seinem Vater zusammen war. Sie hatte Danny dafür bewundert, dass er zu seiner Mutter gehalten hatte, einer Frau, die, soweit Merci das beurteilen konnte, Mike wie ein Stück Dreck behandelt hatte. Tim, der sich mit dem freundlichen Mann schnell angefreundet und Danny als großen Bruder betrachtet hatte, sprach häufig von Mike und Danny. Merci hatte ihm ihre Trennung mit vagen Gründen erklärt, die ihn nie zufrieden gestellt hatten. Tim war präzise, vergaß wenig, und er konnte es nicht ausstehen, wenn er ungenaue Antworten auf seine Fragen bekam. Merci machte sich insgeheim Vorwürfe, weil sie die beiden aus seinem Leben verbannt hatte, und hoffte, dass er es eines Tages verstehen würde. Seit der Verhaftung war Mike mit Lynda Coiner, einer Kollegin der Spurensicherung, zusammen, und sie fragte sich, was er Danny wohl erzählte.

Tim rannte ans Gartentor.

Jetzt geht's los, dachte sie, trank einen großen Schluck von ihrem Scotch, kippte den Rest in einen Blumenkübel und stellte das Glas mit dem Boden nach oben in die Blumenerde.

Merci entriegelte das Gartentor und Tim öffnete es. Danny gab Tim das gläserne Gefäß – ein kleines Terrarium mit einer Eidechse, die er gefangen hatte –, während er Merci keines Blickes würdigte. Mike streckte ihr die Hand entgegen wie ein Vertreter und Merci schüttelte sie. Sie war zusehends verwirrt, wünschte, jemand hätte sie vorgewarnt, und ärgerte sich, dass weder Clark noch Mike so viel Höflichkeit aufgebracht hatten.

»Danke für die Warnung«, sagte sie.

»Wir können nicht lange bleiben, Merci. Ich habe Clark gesagt, wir würden nur kurz vorbeikommen, um Tim die Eidechse zu bringen.«

»Na ja, ist ja nichts Schlimmes passiert. Schön, dich zu sehen, Mike. Dich auch, Danny.«

Danny warf ihr einen kurzen Blick zu.

»Sollen wir mit dem Schlauch spielen?«, fragte Tim und zupfte Danny am Ärmel. Der Junge blickte seinen Vater fragend an und Mike schaute Merci an.

»Okay«, sagte sie. Tim drückte ihr das Gefäß mit der Eidechse in die Hand und die Kinder rannten in den Garten.

»Wir können nicht lange bleiben«, sagte Mike noch einmal. »Wir wollten nur ... Hör zu, Merci, ich weiß, ich hätte dich nicht so überfallen sollen. Aber ich muss mit dir reden, und ich dachte ... Ich hatte Angst, du würdest nein sagen, und das wollte ich nicht hören.«

»Okay, ist schon gut. Komm rein.«

Mike setzte sich in einen der unbequemen Holzstühle und Merci bot ihm Limonade an.

»Nein, danke«, sagte er. »Ich will mich wirklich nicht lange aufhalten.«

Sie setzte sich neben ihn, und für einen kurzen Augenblick war es ihr, als wären sie ein Paar, das seinen Kindern beim Spielen zusieht. Tim spritzte Danny, der versuchte, dem Wasserstrahl auszuweichen, mit dem Schlauch nass. Merci nahm den Hundegeruch an Mike wahr. Er war im Department für die Abrichtung der Spürhunde zuständig und besaß selbst drei dieser riesigen Viecher – Dolly, Molly und Polly.

»Kommt mir wie eine Ewigkeit vor, dass ich hier gesessen habe«, sagte er.

»Ja, stimmt. Wie geht's dir, Mike?«

»Eigentlich ganz gut. Ich bin froh, dass ich nicht mehr in der Drogenfahndung bin. Einbruch und Diebstahl liegen mir viel mehr. Und du?«

»Alle Hände voll zu tun mit Wildcraft.« Sie hatte das kleine Terrarium auf dem Schoß; die kleine Eidechse hatte sich unter einem Stück Rinde verkrochen.

»Die Pressekonferenz war schlecht. Sorry.«

»Tja.«

»Aber das ist einer der Gründe, warum ich hier bin. Ich meine, nicht direkt, aber es hat damit zu tun.«

»Worum geht's?«

»Die Deputy Association wählt in Kürze für nächstes Jahr ihre Vertreter. In der Regel wird gewählt, wer nominiert ist. Ich bin im Nominierungskomitee und ich möchte dich nominieren.«

Vor Freude wurde ihr ganz warm, doch gleich darauf beschlich sie Misstrauen. Sie stellte das Terrarium neben sich auf den Boden.

»Warum ich, Mike? Das halbe Department hat einen Hass auf mich.«

»Es ist irgendwie schwer zu erklären. Ich versuch's trotzdem.«

Seine Stirn legte sich in Falten, und Merci sah in seinen blauen Augen, wie er um Worte rang. Er hatte ihr einmal gesagt, dass er sich in der Gesellschaft von Hunden wohler fühle als unter Menschen, und das hatte er ganz ernst gemeint.

»Merci, es hat teilweise mit dir und mir zu tun. Also, was passiert ist, war nicht allein deine Schuld. Und auch nicht allein die Schuld von Evan O'Brien. Es war zum Teil auch meine Schuld. Aber noch heute machen viele Deputys dich allein für den Schlamassel verantwortlich. Und viele haben sich auf meine Seite geschlagen, wie du es vorhergesagt hattest. Aber kaum einer von ihnen weiß, dass ich mich in dieses Mädchen verliebt und einen Tritt in den Arsch verdient hatte. Nicht dass ich es verdient hatte, wie es dann abgelaufen ist, aber ... Na ja, sie wissen es eben nicht. Drücke ich mich verständlich aus?«

»Mehr oder weniger.«

»Jedenfalls gefällt mir das alles nicht – dass die einen meine Partei ergreifen, ohne zu wissen, was vorgefallen ist, und die anderen einen Groll auf dich schieben, ohne einen vernünftigen Grund zu haben. Das ist alles ... zu simpel und einfach idiotisch. Die benehmen sich wie kleine Kinder. Als würden wir irgendwas symbolisieren. Aber was du mit Brighton und meinem Vater und deinem Vater gemacht hast, also, das muss verdammt schwer für dich gewesen sein. Aber es musste getan werden, Merci. Das weiß ich. Ich bin froh, dass du es getan hast, obwohl mein Vater sein Fett weggekriegt hat. Aber das hatte er verdient. Clark auch. Und Brighton ebenfalls. Was ich sagen will, ist, ich habe damals hinter dir gestanden, auch wenn alle anderen uns auseinander gerissen sehen wollten. Ich war viel zu verstrickt in meine Gefühle für dich und für das Mädchen und zu verwirrt wegen der Verhaftung, um einen klaren Gedanken fassen zu können, verstehst du? Ich habe mich einfach von der Menge davontragen lassen wie ein verwundeter Held. Es war ganz einfach. Aber inzwischen kotzt mich das an. Es ist erniedrigend. Ich möchte nicht, dass das Department so in zwei Lager gespalten bleibt. Ich möchte, dass wir alle wenigstens halbwegs zusammenhalten. Du hast reinen Tisch gemacht, aber jetzt kommt keiner mehr mit dem anderen klar. Ich kann kein Memo darüber schreiben, weil es viel zu kompliziert ist, meine Gefühle von damals zu beschreiben. Es ist zu persönlich. Meine Gefühle hängen mir zum Hals raus, wirklich. Aber ich hätte dich gern im Deputy-Vertreter-Ausschuss. Und wenn ich dich nominiere, dann kommt alles wieder ins Lot. Dann heißt das, zwei Leute, die Widersacher waren, ziehen jetzt wieder an einem Strang. Ich will mich nicht wichtig machen, aber es wäre ein Signal. Ich würde dem Department damit sagen: Vergesst, vergebt und seht zu, dass der Laden läuft. Das heißt, ich kann die halbe Botschaft beisteuern. Und du könntest die andere Hälfte beitragen, indem du die Nominierung akzeptierst und dich zur Wahl stellst. Ich werde den anderen Deputys so gut ich kann erklären, was passiert ist. Ich werde mich für dich einsetzen. Für uns. Also, du weißt schon, was ich meine, für das ganze Department.«

Er war inzwischen ein bisschen atemlos, und er blinzelte nervös, wie immer, wenn er sein Hirn anstrengte.

»Gott, so viel an einem Stück habe ich schon ewig nicht mehr geredet«, sagte er lächelnd. Seine Stirn war wieder entspannt, aber schweißnass. »Außer vielleicht mit meinen Hunden.«

Merci schaute ihn an. Etwas geriet in Bewegung in ihrem Innern, wie ein Erdrutsch. Es war, als könnte sie auf einmal wieder freier atmen.

»Ich akzeptiere.«

»Du kannst es dir noch ein paar Wochen lang überlegen.«

»Ich akzeptiere.«

Mike stand wortlos auf.

Sie öffnete den Mund, wollte ihm sagen, dass es ihr Leid tat, dass ihr alles Leid tat, was passiert war, aber das stimmte nicht ganz und sie wusste es. Und beinahe hätte sie ihm gesagt, dass er ein anständiger Kerl war, ein richtig anständiger Kerl, aber das könnte er womöglich falsch verstehen. Und sie hätte ihn gern in den Arm genommen wie einen Bruder oder einen guten alten Freund, eine alte Mutter oder einen alten Vater, aber auch das könnte er falsch verstehen. Sie wischte eine Träne fort und riss sich zusammen, um nicht loszuheulen.

»Das war ein verdammt heißer Tag heute, nicht wahr?«

Er schaute sie an. »Dreiunddreißig Grad am Civic Center, das ist ziemlich normal für diese Jahreszeit. Es war schön, dich wiederzusehen, Merci. Du siehst umwerfend aus.«

»Danke. Wie geht's Lynda?«

»Sie hat gesagt, sie würde Schluss machen, wenn ich herkäme, um dich um die Kandidatur zu bitten. Daraufhin habe ich Schluss gemacht. Das hätte alles nie so weit kommen dürfen. Selbst ich bin schlau genug, um das zu begreifen.«

Sie ließ Tim eine Stunde länger aufbleiben und den Bericht auf CNB sehen. Clark saß bereits erwartungsvoll vor dem Fernseher, als käme gleich ein wichtiges Spiel. Merci setzte sich auf das Sofa neben Tim und streichelte seine weichen Haare, während Michelle Howland vor dem Hintergrund einer Montage der Porträtfotos, die die Wildcrafts jedes Jahr von sich hatten machen lassen, die Einleitung abspulte:

»*War es Liebe oder Hass? Hat der Deputy seine Frau erschossen? Oder hat er versucht, sie zu retten – und dabei die Kugel abbekommen, die jetzt in seinem Kopf steckt? Ich bin Michelle Howland, und heute Abend werden wir uns mit dem Leben von Deputy Archibald Wildcraft beschäftigen – dem Mann, den viele für den Mörder seiner schönen jungen Frau Gwen halten. Andere hingegen halten ihn für einen Mann, der falsch verstanden wird, einen Mann, der seine Frau viel zu sehr geliebt hat, um ihr je etwas Böses zufügen zu können. In der folgenden Stunde werden wir uns mit Archies und Gwens Eltern, Freunden und Kollegen unterhalten. Sie werden die Meinungen von Ärzten und Juristen hören. Wir werden Ihnen zeigen, wie Deputy Wildcraft heute an der Beerdigung seiner Frau teilnahm, ohne den Boden zu berühren, und wir werden Ihnen exklusive Bilder von Wildcraft zeigen, die nur wenige Stunden nach dem dramatischen Begräbnis aufgenommen wurden. Bleiben Sie dran, es geht gleich weiter mit ›Held oder Mörder – das Rätsel Archie Wildcraft‹.*«

Dieser *verdammte* Brice, dachte Merci, während sie die Nummer des Journalisten wählte. Brice hatte Wildcraft ausfindig gemacht und es nicht für nötig gehalten, sie zu informieren, noch nicht einmal, *nachdem* er ihn interviewt hatte.

Am anderen Ende der Leitung meldete sich der Anrufbeantworter. Merci versuchte es auf seinem Handy, seiner Nummer beim *Journal* und bei CNB, geriet jedoch überall an Anrufbeantworter.

»Vielleicht wollte er es dir sagen, als er hier angerufen hat«, sagte Clark.

»Unwahrscheinlich.«

Tim schaute sie erwartungsvoll an. »Wirft Archie gleich die Blumen?«

»Ja.«

Sie stand unwirsch auf und ging in die Küche. Tim, immer noch in Gummistiefeln, kam hinter ihr hergelaufen. Er hatte die Stirn in Falten gelegt und seine Augen waren ängstlich geweitet.

»Bist du böse?«

»Nicht auf dich.«

Er wandte sich ab und seine Unterlippe begann zu zittern. Sie nahm ihn auf den Arm, aber es war zu spät. Tränen schossen ihm aus den Augen wie Funken und er heulte jämmerlich. Sie drückte ihn an sich und sagte ihm immer wieder, dass sie böse auf Gary war, nicht auf Timmy, bis er es endlich begriff. Im Stillen verfluchte sie ihren Jähzorn und ihren Egoismus. Sie spürte, wie ihr Herz gegen Tims Kinderbauch pochte. Er hörte ebenso schnell auf zu brüllen, wie er angefangen hatte, drückte sich von ihr ab und schaute sie ernst an.

»Warum hat Archie die Blumen geworfen?«

»Weil er Gwen lieb hatte.«

»Gwen?«

»Ja.«

»Lass mich runter.«

Nachdem sie ihn abgesetzt hatte, marschierte er in sein Zimmer. Er war wieder auf einer Mission. Als sie sich wieder aufs Sofa setzte, war Michelle gerade dabei, die Kuerners und die Wildcrafts zu interviewen.

*»Erzählen Sie mir, wie Archie und Gwen sich kennen gelernt haben, Mrs Kuerner. War es Liebe auf den ersten Blick?«*

Gott, dachte Merci. Sie rief bei CNB an, aber in der Telefonzentrale wollte man ihr nicht sagen, ob Brice im Studio war oder nicht. Sie versuchte es noch einmal auf seinem Handy und beim *Journal*, jedoch ohne Erfolg. Aber Zamorra meldete sich auf ihren Anruf und sie setzte ihn ins Bild.

Sie warf das Telefon aufs Sofakissen und ging im Wohnzimmer auf und ab, während sie die Sendung weiter verfolgte. Sie war einfach zu wütend, um still zu sitzen. Earla Kuerner hatte Tränen in den Augen. Natalie saß reglos und scharfäugig da wie ein Sturmfalke. Lee erzählte, wie seine Tochter sich in einen Baseballspieler verliebt hatte; die Erinnerung entlockte ihm ein Lächeln, während seine verschränkten Hände seinen Schmerz verrieten. George Wildcraft starrte auf den Boden.

»Pass auf«, sagte Clark. »Jetzt zeigen sie gleich die Beerdigung.«

Auf dem Bildschirm sah man einen Wagen nach dem anderen auf den Friedhof fahren, dann Aufnahmen der Trauergäste, die ausstiegen und zur Kapelle gingen. Merci hatte gar nicht bemerkt, dass der CNB-Wagen ihnen gefolgt war, und sie ärgerte sich jetzt, dass sie nicht Ausschau nach ihnen gehalten hatte. Aber was hätte sie tun können? Es war nicht die Schuld von Michelle Howland oder Gary Brice, dass Archie diese Schau abgezogen hatte. Vielleicht hatte Archie die Aufmerksamkeit auch genossen, dachte sie, vielleicht schätzte er die Meinung der Öffentlichkeit ebenso sehr wie jeder andere Mensch auf der Welt.

Tief durchatmen, ermahnte sie sich. Einmal, zweimal. Es half nicht. Das tat es nie.

Sie hörte, wie Tim seinen Koffer auf Rädern den Flur entlangzog. Er liebte diesen Koffer, weil er damit alles Mögliche transportieren konnte: kleine Spielsachen, Schnecken, Apfelsinen, die von den Bäumen gefallen waren. Oder die schwere

Zeitung, die er Merci jeden Sonntagmorgen in die Küche brachte. Dann hörte sie, wie die Terrassentür geöffnet und zugeschlagen wurde. Merci sah, dass die Terrassenbeleuchtung eingeschaltet war, sagte sich, dass sie gleich draußen nach Tim würde sehen müssen.

Im Fernsehen ergriffen gerade ein paar Trauergäste die Flucht, als der Hubschrauber über dem Grab tiefer sank. Die Deputys zogen ihre Waffen, Hüte flogen durch die Luft, rötliche Erde wurde um die blaue Plane herum aufgewirbelt. Dann folgte die erste Farbexplosion in der Luft und Archie Wildcraft winkte der Menge zu. Das hatte Merci gar nicht gesehen. Gwens Musik ertönte, die Blumen fielen vom Himmel und dann stand Archie wieder an der Ladeklappe des Hubschraubers und leerte ein ganzes mit Blüten gefülltes Bettlaken aus.

»Unglaublich«, sagte Clark. »Sieh dir das an.«

Dank technischer Möglichkeiten wie Nahaufnahmen und Standbildern wirkte die Vorstellung auf dem Video viel detaillierter als das Erlebte.

*»Natalie Wildcraft, was haben Sie gedacht, als Sie das gesehen haben?«*

*»Ich habe gedacht, zeig's ihnen, Archie. Zeig ihnen, was für ein Kerl du bist.«*

*»Was zeichnet ihn denn so aus?«*

*»Mumm und Blumen, junge Frau.«*

Clark drehte sich um und lächelte Merci an. Seine Augen leuchteten, und Merci wurde klar, dass er zu Archie hielt, wie er zu den Angels oder den Dodgers oder den Lakers halten würde.

Auf dem Bildschirm war jetzt das Haus der Wildcrafts zu sehen.

Merci trat ans Fenster und sah Tim am Rand der Terrasse stehen. Er versuchte, die Motten zu fangen, die nachts um die Margeriten flatterten, wenn die Beleuchtung eingeschaltet war. Der Koffer lag offen hinter ihm in Erwartung der Schätze, die Tim finden würde.

»*Aber ist Archie Wildcraft wirklich der verwundete Held, der er zu sein scheint?*«

Dann folgte die Videoaufnahme von Archie, wie er Gary Brice mit der Schrotflinte bedrohte. Merci sah noch einmal, wie Archie, unrasiert und mit einem blutigen Verband am Kopf, das Hemd zerknittert und die Augen zornig funkelnd, die Waffe auf die Brust des Reporters richtete und wütend irgendetwas zischte, das sich anhörte wie: er werde sich umbringen oder *sie* umbringen oder was auch immer. Sosehr sie sich auch bemühte, sie konnte Archies Worte nicht verstehen wegen der Geräusche, die Garys Beinahesturz und das Mikrophonknistern verursachten.

Anschließend wurde die Pressekonferenz gezeigt, bei der Michelle Howland Merci gedrängt hatte, Einzelheiten über die Beweislage preiszugeben:

»*Können Sie uns sagen, warum Deputy Wildcraft* nicht *unter dem Verdacht steht, seine Frau getötet zu haben, obwohl sie mit seiner Waffe erschossen wurde, obwohl seine Fingerabdrücke sich auf dieser Waffe befinden und obwohl man Schmauchspuren an seiner Schusshand nachgewiesen hat?*«

Merci lauschte ihrer eigenen wohl überlegten, leicht herablassenden Antwort:

»*Weil es in einem Mordfall um mehr geht als um Fingerabdrücke und Schmauchspuren.*«

Als Nächstes kam ein eleganter, grauhaariger Mann ins Bild, der in einer juristischen Bibliothek saß. Aus dem Hintergrund ertönte Michelle Howlands Stimme:

»*Stimmt das wirklich? Giles Newman war als Staatsanwalt Ankläger in zahlreichen Mordfällen und hat als Strafverteidiger Hunderte des Mordes Angeklagter vertreten. Newman ist heute in Denver, Colorado, als Rechtsanwalt tätig und hat praktisch täglich mit Mordfällen zu tun.*«

Newman: »*Fingerabdrücke und Schmauchspuren nachgewiesen? Verdächtiger am Tatort mit der Waffe in der Hand festgenommen? Das sind schwerwiegende Beweise vor Gericht. Ich möchte weder zu diesem noch zu irgendeinem anderen Fall einen Kommentar abgeben, aber im Allgemeinen kann man sagen, dass es meistens zu einer Verurteilung führt, wenn ein Staatsanwalt solche Beweise in Händen hält.*«

Merci schüttelte den Kopf und schaute wieder aus dem Fenster. Tim war inzwischen bei den Rosen, der Koffer lag immer noch offen da. Anscheinend war er dabei, Marienkäfer zu fangen. Als Nächstes wurde ein Forensiker aus Washington, D.C., interviewt, dann ein Psychiater aus Los Angeles, dann ein Neurochirurg aus Baltimore. Michelle erklärte, weder der stellvertretende Staatsanwalt Ryan Dawes noch Sheriff Vince Abelera noch Dr. John Stebbins hätten für ein Interview zur Verfügung gestanden.

»*Und was hat Archie Wildcraft selbst zu sagen? Wenige Stunden nachdem er das Grab seiner Frau mit Blumen überschüttete, hat er CNB um ein Interview gebeten …*«

Merci atmete tief ein, als Archie auf dem Bildschirm erschien. Ohne seinen Kopfverband, die Haare millimeterkurz geschoren, wirkte er eher verletzlich als bedrohlich. Seine Augen waren stumpf und er wirkte erschöpft. Er hatte ein kurzärmeliges, weißes Hemd an, das er bis obenhin zugeknöpft trug wie ein Jugendlicher. Auf seiner Wunde klebte ein großes, hautfarbenes Pflaster. Merci richtete ihren Blick auf den Hintergrund, konnte jedoch nichts weiter erkennen als eine Ziegelsteinmauer. Offenbar hatte das Interview unter freiem Himmel stattgefunden.

»*Ich möchte meinen Eltern und Lee und Earla sagen, dass es mir gut geht. Ich werde diesen Fall bald abschließen. Macht euch keine Sorgen.*«

Er lächelte ein Lächeln, wie Merci es noch nie gesehen hatte: unschuldig, gerissen, gefährlich und klug zugleich.

*»Und Gwen lässt euch alle grüßen. Es geht ihr gut. Das könnt ihr mir glauben.«*

*»Deputy Wildcraft, haben Sie Ihre Frau ermordet?«*

Immer noch dasselbe widersprüchliche Lächeln.

*»Nachdem ich alle Beweismittel ausgewertet habe, bin ich inzwischen sicher, und zwar ohne den geringsten Zweifel, dass ich sie nicht getötet habe. Und jetzt schalten Sie die Kamera aus. So war es abgemacht. Los, machen Sie schon!«*

»*Wow*«, sagte Clark.

Jetzt kam Michelle Howland wieder ins Bild, die natürlich mit Gary Brice im Studio saß.

*»Gary, was halten Sie von Deputy Wildcrafts seltsam emotionsloser und alles andere als positiver Selbstverteidigung?«*

Erneut schüttelte Merci den Kopf und sah aus dem Fenster. Tim hatte seinen Koffer zugemacht und schleppte ihn am ausgezogenen Griff hinter sich her über die Veranda.

*»Ich glaube, dass er Wahnvorstellungen hat. Als Zeuge für die Ereignisse jener Nacht ist er wahrscheinlich absolut unzuverlässig. Ich möchte ihn nicht verurteilen, aber der Mann hat immerhin eine Kugel im Kopf.«*

*»Warum ist er nicht in Untersuchungshaft?«*

*»Ich finde es äußerst interessant, wie wenig die Polizei bemüht ist, Wildcraft zu verhören und festzunehmen. Er läuft immer noch frei herum, ist womöglich eine Gefahr für die Allgemeinheit und mit Sicherheit eine Gefahr für sich selbst …«*

*»Aber die Geschichte bricht einem das Herz.«*

*»Ja, das ist richtig, Michelle. Und sie ist noch lange nicht vorbei.«*

*»Was ist in Ihnen vorgegangen, als er Sie mit der Schrotflinte bedroht hat?«*

*»Also, ehrlich gesagt, ich dachte, ich würde jeden Augenblick vor meinen Schöpfer treten.«*

*»Wir freuen uns, dass Sie immer noch unter uns sind, Gary.«*

*»Ich auch.«*

»Ich nicht«, sagte Merci.
Sie rief Zamorra an.

Merci sah sich mit Tim das Kinderbuch »Cars and Trucks and Things that go« an und ließ ihn die Figur des »Goldbug« suchen, der sich in allen möglichen Autos, Lastern und sonstigen Fahrzeugen versteckt hielt. Tim wusste ganz genau, wo Goldbug auf jeder Seite zu finden war, tat aber jedes Mal so, als müsste er überlegen. Er war still, vielleicht empfand er Mercis Wut auf Brice immer noch fälschlicherweise als Wut auf ihn. Sie setzte sich in dem abgedunkelten Zimmer auf den Boden und sah, wie das Licht vom Flur sanft auf das Gesicht ihres Sohnes schien.

»Leg dich hin«, sagte er.

Manchmal legte sie sich abends eine Weile neben sein Bett und redete durch die Gitterbettstäbe mit ihm. Sie konnte verstehen, dass er sie heute näher bei sich haben wollte, deshalb streckte sie sich auf den Rücken aus und sah hoch zu ihm.

»Bleib da«, sagte er.

Er kletterte aus seinem Bettchen. Mit geschlossenen Augen hörte sie, wie er den Griff seines Koffers ausklappte und den Koffer neben sie schob. Sie hörte, wie er den Reißverschluss aufzog. In dem Moment, als sie ihren Kopf zur Seite drehte, um zu sehen, was er da trieb, stand er schon neben ihr und ließ mit seinen kleinen Händen feuchte kalte Blumen auf sie herabrieseln. Sie fing ein paar davon auf und hielt sie gegen das schwache Licht: Rosenblüten, Gänseblümchen, Löwenzahn, Geranien.

»Ich hab dich lieb«, sagte er.

Sie bekam keinen Ton heraus.

Am späten Abend goss sie sich noch einen Scotch ein, nahm sich eine Taschenlampe und ging nach draußen, um Frank zu besuchen.

Sie überquerte die Terrasse, den Rasen und ging durch das Gartentor zur Rückseite der Garage. Die Orangenbäume warfen Schatten im Mondlicht. Vor dem Haufen aus Hohlblocksteinen und getrockneten Steppenläuferbüscheln blieb sie stehen, legte die Taschenlampe ab und stellte ihr Whiskeyglas auf den Boden. Dann hockte sie sich hin und räumte die Hohlblocksteine weg. Nacheinander kippte sie die Schalbretter hoch, schleppte sie zur Garagenwand und stellte sie dort aufrecht hin. Die Pflanzenbüschel blieben an den Brettern hängen, sie waren mit Zahnseide daran befestigt. Sie wischte sich die Hände ab und ging zurück zu dem freigelegten Graben. Sie entfernte die Noppenfolie, setzte sich im Schneidersitz auf den Boden und leuchtete mit der Taschenlampe in die Vertiefung.

Da lag Francisco. Alt und reglos, ein winziges menschliches Skelett mit einem Konquistadorenhelm auf dem Schädel. Der vordere Rand des Helms war nach oben gebogen wie der Bug eines Schiffs. Franciscos leere Augenhöhlen starrten sie an. Seine Zähne waren riesig. Seine Hände erinnerten an die eines Äffchens, aber sein Schwert war eindrucksvoll. Unter dem Brustharnisch und der spanischen Rüstung wirkten seine braunen Knochen hilflos.

»Hallo Frank«, sagte sie. Sie hatte ihn Francisco getauft, weil das der wahrscheinlichste Name war. Sie hatte ihn eines Tages hier entdeckt, als sie nach einem Leck in der Wasserleitung gesucht hatte, und nicht gewusst, was sie mit ihm machen sollte. Aber sie hatte das Gefühl gehabt, dass sie ihn behalten und beschützen wollte. Die Tarnung aus Hohlblocksteinen, Schalbrettern und Steppenläufern hatte sie hergestellt, um ihn vor Hunden, Kindern und Kojoten in Sicherheit zu bringen. Sie hatte ihn nur einem einzigen Menschen gezeigt – Hess natürlich –, und der hatte gemeint, er wirke »einsam«.

Sie nippte an ihrem Scotch, dann ließ sie den Lichtkegel ihrer Taschenlampe über Franks Skelett wandern. Es störte sie, dass sie nicht wusste, welche Farbe seine Augen und Haare hatten, was für einen Bart er einmal getragen haben mochte, welchen Farbton seine Haut gehabt hatte. Aus unerfindlichen Gründen hoffte sie, dass Frank einmal irgendeine Art von Ordnungshüter gewesen war. Das Abzeichen wäre mittlerweile verrostet, sagte sie sich. Selbst das riesige Schwert war vom Rost zerfressen.

Jedes Mal wenn sie drauf und dran war, die Universität anzurufen und ihn zu verraten, musste sie daran denken, wie sie ihn auseinander nehmen, seine Einzelteile katalogisieren, ihn überall berühren würden. Also blieb er hier, wo er vor etwa fünf Jahrhunderten begraben worden war.

Eigentlich redete sie nie viel mit ihm. Was konnte sie ihm auch sagen? Aber etwas an ihm inspirierte sie, weil er die Vorstellung eines aktiven Lebens verkörperte. Es gefiel ihr, dass Francisco selbst nach seinem Tod noch eine Rüstung und eine Waffe trug, dass er immer noch kampfbereit war. Er verkörperte ewige Wachsamkeit. Sie hatte von der Wildheit der spanischen Konquistadoren gelesen und sie bewunderte ihn dafür. Und sie ahnte, was Franciscos Schwert für sein Seelenleben bedeutet haben musste.

Sie dachte an Mike und Hess und Evan O'Brien, aber vor allem an Hess.

Sie trank einen Schluck Scotch, betrachtete den Mond, die Umrisse der Bäume vor dem dunklen Nachthimmel, die Orangen, die im Mondlicht erstaunlich deutlich zu sehen waren. Dann schaute sie wieder Frank an. Sie fragte sich, ob es jemanden gegeben hatte, der Francisco nach seinem Tod zurück ins Leben gewünscht hatte, so sehnlich, wie Archie es sich bei Gwen wünschte. So wie sie versuchte, sich vorzustellen, dass Hess wieder da war, was ihr aber nicht gelang. Nur einmal im Traum hatte sie ihn gesehen, da hatte er zu ihr gesprochen und ihr gesagt, es sei alles in Ordnung.

Sie blickte noch einmal auf den Eroberer hinunter und fühlte sich von seiner Geduld getröstet.

»Du weißt genau, dass Archie es nicht getan hat, nicht wahr?«

Kurz vor Mitternacht leerte Merci den Inhalt der Mülltüte aus dem La Quinta Inn auf den Boden der Garage aus und nahm ihn im hellen Neonlicht genauer in Augenschein: Mullverband, teilweise mit Blut und Lymphflüssigkeit verschmiert, benutzte Heftpflaster, Zeitungen von zwei Tagen, Fastfood-Kartons und Pappbecher, eine Plastiktüte von einer Apotheke und eine von einem Supermarkt, zusammengeknülltes, liniertes Papier, drei kleine Wachsbeutel, mit denen in Hotels die sauberen Gläser verpackt werden.

Zusätzlich zu dem langen, schwertförmigen Stück blauem Segeltuch, das ihr zu Anfang aufgefallen war, fand sie noch mehrere kleinere Stücke aus demselben Material. Außerdem sechs kurze Stücke 1-Zoll-PVC-Rohr – vier davon mit dunkelblauem Kleber verbunden – und Dutzende verwelkter Blüten und Blütenblätter.

Sie legte die Schlauch- und Segeltuchstücke zur Seite und betrachtete sie nachdenklich. Hatten sie irgendetwas mit dem Blumenregen zu tun? Vielleicht. Aber was? Archie hatte etwas benutzt, das aussah wie ein Bettlaken. Das war auf jeden Fall keine blaue Segeltuchplane gewesen. Hatte es etwas mit dem Transport der Blumen zu tun? Mit Gwen? Mit seiner Wunde? Mit seinem Plan, Worapin und Tscherbrenko eine Falle zu stellen? *Womit?*

Es war dasselbe Material, mit dem die aufgeworfene Erde neben Gwens Grab bedeckt gewesen war, dachte Merci. Sie erinnerte sich an das Begräbnis, an die frisch ausgehobene rötliche Erde und die unnatürlich blaue Plane, mit der sie bedeckt gewesen war, die schwarz gekleideten Trauernden auf dem grünen Rasen.

Merci nahm ein Stück Plane in die Hand und betrachtete es genauer. An einer der geraden Seiten klebte etwas von dem dunklen PVC-Kleber. Auch an einem der Schlauchstücke klebten Leimreste und verräterische blaue Fetzen, wo die Plane befestigt gewesen und dann abgerissen worden war.

Sie versuchte, die Schlauchstücke in eine sinnvolle Anordnung zu bringen, doch es gelang ihr nicht. Auch nicht mit den Planenstücken. Das Ganze wirkte wie die Überreste von der Bastelei eines Grundschülers; aber was hatte Archie versucht herzustellen? Hatte er es fertig gestellt oder das Projekt aufgegeben?

Die zerknüllten, linierten Blätter waren übersät mit Bleistiftzeichnungen, die anscheinend von Archie selbst stammten. Die meisten erwiesen sich als stümperhafte Versuche, Gwen zu porträtieren. Eine Zeichnung stellte eine Art Gitter dar – ein langes schraffiertes Rechteck. Es konnte sich um alles Mögliche handeln – von einem Zaun bis zu einem neuen Brettspiel.

Sie heftete die Zeichnungen an einen Nagel, der aus der Wand ragte, und beschäftigte sich noch einmal mit dem größten Stück Plane. Es hatte etwa die Form eines Schwertes. Oder eines Flügels. Oder eines Surfbretts. Oder eines Rotorblatts. Ein langes Rechteck mit einem zugespitzten Ende.

Sie nahm einen alten, verstaubten Klappstuhl aus einer Ecke, setzte sich darauf und betrachtete die potenziellen Beweisstücke. Ein paar Minuten später brachte sie den Stuhl in eine andere Position und wieder ein paar Minuten später noch einmal.

Aber es funktionierte nicht. Egal aus welchem Winkel sie die Sachen betrachtete, nichts an den Schlauchstücken, dem Leim und den Planenstücken gab ihr einen Hinweis darauf, was Archie Wildcraft im Schilde führen könnte.

Eine halbe Stunde später packte sie alles zurück in den Müllbeutel, band ihn zu, stellte ihn in eine Ecke und schaltete das Licht aus.

Als sie Brice auf dessen Handy anrief, klang seine Stimme leicht alkoholisiert.

»Wo war Wildcraft, als Sie mit ihm gesprochen haben?«, fragte sie.

»Er stand vor einer Wand, Sergeant.«

»Vor welcher Wand und wo, Gary? Ich kann es nicht fassen, dass Sie mir nicht sagen, wo er war.«

»Ich habe Sie viermal angerufen, Merci. Ich habe *versucht*, Ihnen zu sagen, wo er war.«

»Sie hätten Zamorra anrufen können. Oder den Dienst habenden Captain. Sie hätten sogar bei Vince anrufen können, verdammt.«

»Ich wollte es nur Ihnen sagen.«

Merci hörte eine weibliche Stimme im Hintergrund, sie klang beschwipst.

»Wo war er?«

»Er hat mich zu einer Telefonzelle in Santa Ana bestellt, dann zu einer anderen. Dann hat er mich zu einer geschlossenen Autowerkstatt auf der First Street geschickt. Nachdem er sich vergewissert hatte, dass niemand bei mir war – zum Beispiel *Sie*, Sergeant –, hat er mich hinter das Gebäude geführt und sich filmen lassen. Er sagte, falls ich irgendjemandem gegenüber durchblicken ließe, wo ich ihn getroffen hätte, würde er mich nie wieder wegen eines Interviews kontaktieren. Als wir fertig waren, ist er wie ein geölter Blitz verschwunden.«

Kichern aus dem Hintergrund, dann ein Geräusch wie von einem Klaps.

Merci spürte, wie ihr Zorn der Neugier auf Archie Wildcrafts Zustand wich.

»Er wirkte im Fernsehen ein bisschen … durcheinander«, sagte sie.

»*Durcheinander*? Merci, der Typ ist total durchgeknallt. Erzählen Sie mir von den Russen.«

»Was hat er gesagt?«

»Dass er sich ziemlich bald um sie kümmern würde. Wen meint er? Was sind das für Leute? Gibt es ein paar Verdächtige, über die ich etwas wissen müsste?«

»Abelera gibt heute Mittag eine Pressekonferenz. Mit Fotos und allem Drum und Dran.«

»Ach nee? Die russische Mafia in Orange County? Das wäre ja mal eine Story für mich.«

»Zu spät für die Morgenausgabe«, sagte sie. »Sie werden sich gedulden müssen, bis alle anderen es auch erfahren.«

»Sie könnten mir einen Tipp geben.«

»Das habe ich vor zwei Minuten auch zu Ihnen gesagt.«

»Vergeben Sie mir. Vergeben Sie mir, und bestrafen Sie mich hart, wenn wir uns das nächste Mal sehen. Machen Sie mit mir, was Sie wollen. *Peitschen Sie mich aus. Schlagen Sie mich grün und blau.* Aber nennen Sie mir vorher die Namen der Verdächtigen und sagen Sie mir, was Sie gegen die in der Hand haben. Schicken Sie mir ihre Fotos per E-Mail. Geben Sie mir nur eine ganz kleine Aussage, die ich bringen kann. Bitte, bitte, *bitte*, geben Sie mir irgendwas, damit ich die Story vor der *Times* und dem *Register* bringen kann.«

Sie legte auf und nahm nicht ab, als er sofort wieder anrief.

## Einunddreißig

Während Merci sich den Kopf über die Plane und die Schlauchstücke zerbrach, bog Archie Wildcraft mit dem Durango in eine Parklücke hinter dem Surfladen auf der Fifteenth Street in Newport Beach ein. Einen Augenblick lang blieb er im Wagen sitzen und betrachtete den lavendelfarbenen Lichtkegel der Straßenlaterne und die Motten, die um die Glühbirne herumtanzten. Er konnte den Gestank nach verbranntem Fleisch und Phosphor nicht vergessen. Er hatte sich dreimal die Nase geputzt und seine Nase mit einer nassen Serviette abgewischt, aber nichts half. Vergeblich versuchte er, Mitleid mit Sonny Charles zu empfinden.

Er holte tief Luft und stieg aus. Ein blauer Nebel lag über dem Strand und er konnte die Wellen an die Küste rollen hören. Ein hellgrüner Junge auf einem Skateboard flitzte den Gehweg entlang.

Archie ging um seinen Wagen herum und öffnete die Heckklappe. Er zog seine Krücken eine nach der anderen aus dem Kofferraum und lehnte sie gegen den Durango. Dann die Flügel. Steckte sich einen Schraubenzieher in die Brusttasche. Schlug die Heckklappe zu und verriegelte sie.

Er trug seine Sachen an den Toiletten vorbei zum Strand. Es gefiel ihm, wie leicht die Flügel waren und wie sie es kaum erwarten konnten, in Aktion zu treten: Selbst die leichte Brise, die vom Meer her wehte, bauschte die Plane, die an den PVC-Streben befestigt war. Genial.

»Sie werden mich tragen«, sagte er.

»Das hoffe ich«, sagte Gwen, die im Nebel hinter und über ihm schwebte.

»Tut mir Leid, dass du dir anhören musstest, wie Sonny geschrien hat.«

»Immerhin war er ja geknebelt«, erwiderte sie. »Aber er wird nie wieder ein Fluchtauto fahren.«

»Nein.«

»Meinst du nicht, er wird Worapin warnen?«

»Das macht nichts. Soll der Riese ruhig Angst haben. Er hat allen Grund dazu.«

Er ging über den Strand, bis er das orangefarben leuchtende Wasser sah. Dort kniete er sich in den kühlen Sand und breitete die Flügel mit der Unterseite nach oben aus. Er platzierte die rechte Krücke gegen die Unterseite des rechten Flügels und schraubte sie in die Rohrschellen, die er an den Querstreben aus PVC befestigt hatte. Dann die gleiche Prozedur auf der linken Seite.

»Super«, sagte Gwen.

Archie langte mit der Hand nach hinten. Gwen nahm seine Hand und drückte sie an ihre Wange.

»Ich kann es nicht erwarten, sie auszuprobieren«, sagte Archie.

»Auf geht's!«

Er fuhr mit der rechten Hand an der einen Krücke entlang, schob seinen Oberarm in die Halterung und schloss seine Faust um den Griff.

»Fühlt sich gut an.«

»Sieht auch gut aus, Archie.«

Archie hob seinen rechten Flügel. Zum ersten Mal fühlte er das leichte Gewicht und den starken Auftrieb. Der Flügel wurde von einer Brise, die er nicht einmal auf der Haut spürte, angehoben.

»Oh«, murmelte er.

»Das ist ein Ding!«, rief Gwen.

So vorsichtig wie ein neugeborenes Geschöpf faltete er den großen, gelben Flügel seitlich an seinen Körper.

»Es ist unbeschreiblich, Gwen.«

»Ich bin stolz auf dich. Du bist wunderbar. Und auch die Blumen bei meiner Beerdigung und die, die du im Hotel vor meine Fotos gestellt hast, waren wunderbar.«

Er war viel zu aufgeregt, um zu antworten. Er beugte sich vor, um seinen linken Arm in Position zu bringen. Es war ein bisschen schwieriger, aber er spürte, dass Gwen ihn hielt, und es gelang ihm, den Griff zu fassen und seinen Arm in die Halterung zu schieben. Anschließend richtete er sich wieder auf.

Archie schaute auf das golden glänzende Wasser hinaus. Ganz langsam hob er seine Flügel. Die Spannweite betrug insgesamt fünf Meter. Als Erstes spürte er, wie das Gewicht von seinen Füßen genommen wurde, dann die verminderte Last auf seinen Beinen. Als Nächstes wurde der Rumpf leichter und Brust und Hals hoben sich. Er fühlte sich wie ein großer Heliumballon, der von einem Gewicht unten gehalten wurde, das nur ein wenig schwerer war als er selbst. Als könnte er meilenweit gleiten zwischen zwei mühelosen Schritten. Als könnte er fliegen.

Er ging bis ans Wasser und drehte sich nach Süden. Spürte den Auftrieb. Begann zu laufen. Spürte den ungleichmäßigen Zug an den Flügeln wie bei einer Marionette. Er hörte das Klatschen seiner Schritte im Wasser.

»Wie fühlt sich das an, Archie?«

»Ich will fliegen. Ich brauche nur noch ein bisschen mehr Geschwindigkeit und mehr Luft unter mir.«

Er legte Tempo zu, lief immer schneller. Das Klatschen seiner Schuhe wurde immer schneller, der Horizont schien zu wackeln und die kräftigen, langen Muskeln seiner durchtrainierten Beine schienen die Anstrengung zu genießen. Er machte eine scharfe Drehung, lief die Uferbefestigung hoch, wendete oben und stürmte wieder abwärts. Zuerst lief er auf Zehenspitzen, dann berührten seine Füße den Boden überhaupt nicht mehr. Das Klatschen im Wasser hatte aufgehört, und es kam ihm so vor, als versuchte jemand, ihn an einem Angelhaken in den Himmel zu ziehen. Eine wohltuende Verwirrung erfasste ihn, als ihm plötzlich klar wurde, dass er flog: das Schlagen der Flügel, das Schlingern in der Luft, die erregende, ungebändigte Fähigkeit eines Körpers, sich im Weltraum zu bewegen.

»Mein Gott, Gwen!«

»Archie, es funktioniert ja!«

»Ich komme bald zu dir!«

»Ich kann es kaum erwarten!«

Dann landete er unsanft wieder auf der Erde und stand keuchend knöcheltief im Wasser.

»Absolut cool, Mann«, sagte eine junge, männliche Stimme. Archie hatte niemanden bemerkt. Der Junge näherte sich mit seinem Surfbrett vom Meer her, drehte ab nach Norden und raste davon durch die Gischt.

»Danke!«

Archies Atem beruhigte sich schnell. Er drehte sich um und ging zum Rettungsschwimmerturm an der Fifteenth Street. Er wollte auf die Beobachtungsplattform klettern, stellte jedoch fest, dass die Leiter fehlte. Offenbar wurde sie bei Einbruch der Nacht entfernt. Er musste die Flügel abnehmen und sie einen nach dem anderen auf die Plattform hieven. Dann machte er einen Klimmzug und kletterte selbst hinauf.

Er schob die Arme wieder in die Flügel und stellte sich an den Rand der Plattform, das Gesicht zum Meer gewandt. Der Sand schien knapp drei Meter unter ihm zu sein. Er breitete die Arme aus, dann begann er, mit den Flügeln zu schlagen.

Mit jeder Bewegung fühlte er sich leichter. Mitten in der Abwärtsbewegung der Flügel sprang er hoch und nach vorne, sah, wie sich das Wasser ein Stück entfernte, und spürte, wie die Luft unter der Plane ihn aufwärts trieb.

Und dann das plötzliche Hochgefühl des Abhebens.

Sich nicht auf der Erde, sondern über ihr zu bewegen, die Flügel steif und von der Luft gebläht.

Gwen irgendwo da draußen, ganz nah, fast konnte er sie berühren.

Und diese neue Kraft, die ihm die Leichtigkeit und Ausdauer eines Vogels verlieh.

Im nächsten Augenblick kam ihm das Meer entgegengerauscht. *Kalt!* Plötzlich stand er bis an die Hüften in dem glänzenden, goldenen Wasser.

»Wow«, murmelte er. »*Wow*. Liebling?«

Gwen antwortete nicht. Sie kam und ging, wie sie wollte, und das war der eigentliche Grund, warum er dieses Projekt überhaupt in Angriff genommen hatte.

»Gwen?«

Nur das Rauschen der Wellen auf dem Sand.

Ich brauche mehr Geschwindigkeit, dachte er.

Mehr Luft.

Er musste sie irgendwie einfangen.

Aber zuerst musste er den Hünen fangen.

Das salzige Meerwasser machte sich schmerzhaft an seiner Kopfwunde bemerkbar, aber es war kein gänzlich unangenehmes Gefühl. Er watete durch das eisige Wasser zurück an den Strand und schleppte seine gelben Flügel durch das goldene Meer.

## Zweiunddreißig

Stunden später, kurz nach Sonnenaufgang, wurde von zwei Deputys, die über den Ortega Highway in der Nähe von San Juan Capistrano fuhren, ein torkelnder, orientierungsloser Mann aufgegriffen. Beide Deputys sprangen aus dem Streifenwagen und richteten ihre Pistolen auf ihn. Als sie bemerkten, dass der Mann vollkommen blind war und höllische Schmerzen litt, steckten sie erleichtert und entsetzt ihre Waffen weg.

»Anfangs dachte ich, der ist betrunken«, sagte Deputy Maxwell zu Merci und Zamorra, als die beiden im Western Medical Center von Anaheim eintrafen. »Dann hab ich sein Gesicht gesehen.«

Die drei eilten die Treppe hinauf, Maxwell voraus, die Handschellen an seinem Gürtel klimperten beim Laufen. »Wo seine Augen waren, sind nur noch schwarze Löcher.«

»Und was stand in seinem Führerschein?«

»Steve Charles. Aber die Verbrennungen und sein starker Akzent haben mich stutzig gemacht, deswegen hab ich den Namen in die FBI-Datenbank eingegeben und bin auf Sergej Tscherbrenko gestoßen. Er ist ein Gangster. Dobbs hat heute Morgen bei der Dienstbesprechung davon gehört und Sie daraufhin verständigt.«

Ja, Dobbs schon wieder. Während sie durch die automatische Eingangstür des Krankenhauses ging, fragte sich Merci: Wie konnte ein ehemals ihr gegenüber feindselig eingestellter Deputy so viel Glück haben? Er hatte Tscherbrenko und Worapin gesehen, als sie vom Haus der Wildcrafts kommend den Hügel hinuntergefahren waren. Er hatte den verlassenen Cadillac gefunden, den sie benutzt hatten. Und jetzt hatte er die Verbindung gespürt zwischen einem geblendeten Mann, der über den Ortega Highway geirrt war, und dem Mord an Gwen Wildcraft.

Wenn jemand allzu viel Glück hatte, machte es Merci misstrauisch. Sie überlegte, ob Dobbs womöglich irgendetwas mit den Russen zu tun hatte, ob er in ihrem Auftrag die Ermittlungen zu stören versuchte. Aber wie? Indem er sie in dem Cadillac identifiziert und den Fundort wie ein Profi abriegelte? Idiotisch. Vielleicht beschattete er die Russen für jemand anderen. Vielleicht würde die Sonne am nächsten Dienstag blau aufgehen. War sie immer noch sauer auf ihn, weil er sich bezüglich der Einfahrt der Wildcrafts so unprofessionell verhalten hatte?

Du lieber Gott, dachte sie: Du würdest einen Engel vom Himmel schießen, nur um zu beweisen, dass er echt ist.

Und das Problem, mit dem sie zu tun hatten, war nicht, dass Deputy Dobbs den richtigen Schluss gezogen hatte. Das Problem bestand darin, dass es wahrscheinlich Deputy Wildcraft war, der Tscherbrenko gefoltert hatte.

»Hat er brennende Fackeln dafür benutzt?«, fragte Merci.

»So was habe ich noch nie gesehen«, sagte Maxwell. »Das heißt, mit Ausnahme vom College, am Ende einer dieser alten Tragödien, wo sie dem Bösewicht die Augen ausbrennen.«

»Aber er wollte Ihnen nicht sagen, wer ihm das angetan hat?«

»Nein. Er hat nur vor sich hin gebrabbelt und geheult. Hat das was mit Archie zu tun?«

»Das werden wir noch herausfinden.«

Tscherbrenko lag auf der Intensivstation. Sein Gesicht war mit weißem Mull verbunden und seine Hände waren ans Bett gefesselt. Seine Finger bewegten sich nicht. Seine blonden Haare waren hinter dem Verband zusammengebunden und sahen aus wie ein Bündel Stroh.

»Wir haben ihm starke Schmerzmittel und Beruhigungsmittel verabreicht«, berichtete der Arzt. Er sprach über Tscherbrenko, als wäre er nicht da, würde aber gleich zurückerwartet. »Er kann Ihre Fragen beantworten, wenn er das wünscht. Wundern Sie sich nicht, wenn er einschläft.«

Merci trat ans Bett und betrachtete den Kopfverband. Es gab keine Augenlöcher zu sehen. Sie glaubte, leise sein zu müssen, aber der Arzt war nicht leise gewesen. Sie versuchte sich vorzustellen, wie es sein musste, wenn brennende Fackeln das Letzte waren, was man in seinem Leben zu sehen bekam.

Sie erklärte Tscherbrenko, wer sie war. Er bewegte seinen Kopf leicht nach rechts in ihre Richtung. Ein Seufzer kam aus der Nasenöffnung des Verbands, mehr nicht.

»Sie sind Sergej Tscherbrenko und Sie haben für OrganiVen gearbeitet«, sagte sie. »Gwen Wildcraft hat dort mit Ihnen zusammengearbeitet.«

Keine Bewegung, kein Geräusch. Der Kopf bewegte sich wieder, diesmal von Merci weg.

Dann ein Seufzer und ein leises Flüstern. »*Wildcraft.*«

»Hat er Ihnen das angetan?«

»Ja.«

»Was wollte er?«

»Informationen.«

»Worüber?«

»Den Mord.«

»Den Mord an seiner Frau Gwen?«

»Ja.«

Merci glaubte zu wissen, warum Archie das getan hatte, aber sie wollte es von Tscherbrenko hören. »Er hat gesagt, er würde Sie laufen lassen, wenn Sie ihm erzählen, wer es getan und wie es sich abgespielt hat?«

Ein Nicken.

»Und Sie haben es ihm gesagt?«

Erneutes Nicken.

»Und die Wahrheit ist, dass Sie es nicht getan haben?«

»Ja.«

Merci versuchte, das, was sie über Archie Wildcraft wusste, mit der Grausamkeit in Einklang zu bringen, die er diesem Mann angetan hatte. Mord konnte sie verstehen, aber nicht Verstümmelung. Sie brauchte einen Augenblick, um die Logik dahinter zu begreifen. »Deputy Wildcraft hat Sie nicht getötet. Sie haben ihm gesagt, dass Sie seine Frau nicht erschossen haben, und er hat Ihnen geglaubt, richtig?«

»Ja.«

»Weil Worapin es war, der sie erschossen und Archie eine Kugel in den Kopf gejagt hat.«

Keine Antwort. Ihre Gedanken rasten, gingen alle Möglichkeiten durch.

»Sie haben ihm gesagt, dass es Worapin war.«

»Nein. Wir haben nichts getan.«

»Trotzdem hat Archie Ihnen das angetan?«

Nur ein Flüstern: »Er hat mir gesagt, ich würde nie wieder Auto fahren.«

Da hatte er allerdings Recht, dachte Merci. Und jetzt war ihr klar, warum Wildcraft so gehandelt hatte. Es konnte nur noch eins geben, was er haben wollte. »Er hat Sie leben lassen, weil er etwas von Ihnen wollte. Und Sie haben es ihm gegeben.«

Ein Nicken.

»Und Ihnen ist klar, Mr Tscherbrenko, dass wir, wenn Sie mir sagen, was Sie Wildcraft gesagt haben, gute Chancen haben, Slatan zu erwischen, bevor Wildcraft ihn erwischt, nicht wahr?«

»Ja.«

»Wo ist er? Wo ist Worapin?«

Es dauerte lange, bis Tscherbrenko antwortete. Die Finger an seinen Händen ballten sich zu Fäusten.

»In seinem Privathaus.«

»In dem Haus in Fullerton? Bei Irene?«

»Nein, in dem anderen.«

»Wie lautet die Adresse, Mr Tscherbrenko? Helfen Sie mir, Ihrem Freund Schlimmeres zu ersparen als das, was Ihnen zugestoßen ist.«

Schweigen. Tscherbrenko lag da wie ein Toter, seine ans Bett gefesselten Hände öffneten sich und ballten sich wieder zu Fäusten.

»Wir haben nichts getan.«

»Ich glaube Ihnen. Und jetzt geben Sie mir die Adresse.«

»Zwei-zwei-sieben Palacio. Newport Beach.«

Zamorra rannte zur Tür, aber Merci wartete noch ab. Dann ging ihr ein weiteres Licht auf: Ein Freund lässt einen Freund nicht sterben. »Die Schwester hat für Sie bei ihm angerufen.«

Erneutes Nicken.

»War er zu Hause?«

»Nein.«

»Sie haben ihm eine Nachricht hinterlassen.«

»Ja. Ich hab ihm gesagt, er soll die Polizei anrufen und sie bitten, dieses Missverständnis aus der Welt zu schaffen.«

»Davon bin ich überzeugt.«

»Es ist die Wahrheit.«

»Und was haben Sie ihm noch gesagt?«

*»Er soll sich die Augen ausreißen und darauf herumtrampeln.«*

»Sie sind ja ein richtiges Herzchen, Sonny. Sie beide haben Gwen getötet, weil sie im Begriff war, Sie wegen MiraVen auffliegen zu lassen.«

»Wir haben nichts getan.«

Eine halbe Stunde später waren Merci und Zamorra bei der Adresse in Newport Beach. Die Palacio Road bog in den Hügeln vom Coast Highway ab und führte nach Bella Villagio, einer neuen Wohngegend im italienischen Stil. Die Häuser standen jeweils in Dreiergruppen, alle mit voneinander abgewandter Front und mit Blick auf die umliegenden Canyons.

Durch ein Tor neben Worapins Haus waren ein Hof und eine Garage zu sehen. Das Tor war verschlossen, aber die Garage stand offen. Merci erkannte das Heck eines sauberen, schwarzen Wagens, mehr nicht.

Sie traten ans Tor und schauten durch die schmiedeeisernen Gitterstäbe. Merci fielen die Chromteile an dem Lincoln auf, die Mietwagenkennzeichen und der Nummernschildträger mit dem Air Glide-Logo.

»Er ist zu Hause«, sagte sie.

»Willst du hier Wurzeln schlagen oder sollen wir anklopfen?«

»Wir klopfen an.«

Sie öffnete die Lasche an ihrem Hüftholster und zog die Heckler & Koch heraus. Sie hielt die Waffe an ihren Schenkel gedrückt, während sie an der Gartenmauer entlangging bis in den konischen Schatten dreier italienischer Zypressen. Die Haustür mit Rundbogen war nach innen versetzt und wurde durch zwei massive, aufgeschraubte schmiedeeiserne Bänder verstärkt. Der Klopfer war ebenfalls aus Schmiedeeisen und fühlte sich warm und schwer an.

Merci klopfte einmal, zweimal. Nichts rührte sich.

Dreimal, viermal. Immer noch nichts.

Sie probierte die Klingel.

Dann noch einmal.

Sie ging zurück zu Zamorra und schüttelte den Kopf. Ihre Nerven flatterten und die Neunmillimeter schlackerte gegen ihren Schenkel.

Mit der lässigen Geschmeidigkeit einer Katze kletterte Zamorra über das Tor und öffnete es von innen. Merci schlüpfte in den Hof und hielt sich links, während Zamorra rechtsherum ging.

Der Hof lag im Schatten und war vom Duft der Zypressen erfüllt. Der Weg beschrieb eine elegante Kurve auf das Haus zu und dort fanden sie Worapin. Er lag reglos mit dem Gesicht nach unten in einer riesigen Blutlache. Er hatte Schusswunden im Hinterkopf, im Rücken und im Hintern.

Merci starrte ihn an und stellte fest, dass selbst im Liegen sein Rücken ihr fast bis zu den Knien reichte. Warum erschuf Gott so einen riesigen Mann?, fragte sie sich.

Worapin stöhnte und ihr wäre beinahe das Herz stehen geblieben. Er hustete schwarzes Blut.

»O Gott!«, sagte Merci und blickte am Lauf ihrer Automatik entlang, die sie reflexhaft in Anschlag gebracht hatte.

Worapins Finger verkrampften sich. Sein zerschossener, unförmiger Kopf hob sich und wackelte wie bei einem Säugling, der erste Krabbelversuche macht. Er drehte sich ein wenig, gerade genug, um Merci einen tödlichen Blick zuzuwerfen.

Dann spuckte er erneut einen Blutschwall aus, stieß ein animalisches Grunzen aus, dann krachte sein Kopf auf den Boden.

Einen Augenblick lang war Merci wie benommen. Sie konnte keinen klaren Gedanken fassen. Dann plötzlich fiel ihr Blick auf Slatan Worapins Schuhsohlen.

»Ich rufe den Notarzt«, sagte Zamorra.

»Versa-Terra.«

»Wie?«

»Von Foot Rite.«

Sie ließ ihre Waffe sinken und schaute Zamorra mit leerem Gesichtsausdruck an.

»Ganz ruhig, Merci. Der geht nirgendwo mehr hin.«

»In seinen bequemen Comfort Striders.«

Sie hörte mit halbem Ohr zu, während Zamorra telefonierte. Sie konnte ihren Blick nicht von Worapin abwenden. Sein massiger Körper war obszön. Aber gleichzeitig wirkte er majestätisch, wie Moby Dick oder ein afrikanischer menschenfressender Löwe.

Ihr Handy klingelte. Nach dem dritten Klingeln klappte sie es auf und fragte instinktiv: »*Wer sind Sie und was wollen Sie?*«

»Hallo. Hier ist Archie.«

Mit einem Mal war Merci wieder hellwach und konzentriert. »Wo sind Sie?«

»In zehn Minuten werde ich oben auf dem Santiago Peak sein. Ich bin auf dem Weg zu Gwen. Treffen Sie sich mit mir, dann können wir ein paar Dinge klären.«

»Sie haben Sonny geblendet und Worapin ermordet.«

»Beeilen Sie sich, Sergeant. Ich möchte wirklich bald aufbrechen.«

# Dreiunddreißig

Er nahm die Flügel aus dem Durango und trug sie zum Felsrand. Auf der natürlichen Plattform aus Sandstein waren überall Warnschilder aufgestellt, und weiter oben gab es einen eingezäunten Bereich, in dem alle möglichen Antennen und Satellitenschüsseln und noch weitere Schilder standen. Es war windig und heiß. Von dort oben hatte man einen guten Ausblick auf das Orange County, auf die Reihen von blauen Häusern, die wie Soldaten den violetten Berg hinaufmarschierten, als würden sie ein Fort stürmen. Laut Landkarte befand er sich hier 5687 Fuß über dem Meeresspiegel, auf dem höchsten Punkt des County.

»Es ist schön hier«, sagte er.

»Ja, wirklich.«

Als er ihre Stimme hörte, drehte er sich um, aber sie war nicht zu sehen.

»Liebling, es tut mir Leid, dass du das alles mit ansehen musstest. Aber ich hatte keine andere Wahl. Die beiden sind schuld an dem ganzen Schlamassel.«

»Ich weiß«, erwiderte sie ruhig. »Sie haben es nicht anders verdient.«

»Ich habe überhaupt nichts dabei empfunden.«

»Das liegt an der Kugel in deinem Kopf.«

»Wie so was passieren kann.«

Er setzte sich auf die Felskante und ließ die Beine baumeln. Er sah, wie der Wind in den Manzanita-Sträuchern spielte. Er betrachtete seine schönen, gelben Flügel, überprüfte die Verbindungsstücke und Rohrschellen, die die Krücken hielten.

»Ich werde mich erst in Richtung Meer halten und dann nach Süden abdrehen. Der Wind bläst sehr kräftig hier oben, er wird mich zu dir tragen. Und dann gibt es nur noch dich und mich. Halt dich an meinen Schultern fest. Wir werden durch den blauen Himmel schweben.«

»Ich bin bereit, Archie. Ich warte auf dich. Du siehst fantastisch aus.«

Archie hatte sich im Hotel ein Bügeleisen ausgeliehen und seine Uniform frisch gebügelt, die komplizierten Falten der Brusttasche an seinem Hemd in Ordnung gebracht und sein Abzeichen und sein Namensschild wieder festgenäht. Da er nicht zu viel Gewicht bei sich tragen wollte, hatte er nur das Allernötigste an seinem Gürtel belassen: das Halfter, die Handfeuerwaffe und die Plastikhandschellen – zusätzliche Munition, Taschenlampe, Funkgerät, Spray und Schlagstock brauchte er nicht. Er hatte sich im Drugstore Schuhputzzeug besorgt und seine Stiefel blank poliert. Rasiert hatte er sich natürlich auch und ein frisches Pflaster auf seine Wunde geklebt, aus der seit dem Stress mit Sonny und dem Riesen eine rosafarbene Flüssigkeit austrat. Seit dem Riesen war es noch schlimmer geworden.

»Ich habe Merci Rayborn angerufen, Gwen.«

Sie antwortete nicht gleich. »Warum?«

»Ich möchte etwas wissen.«

»*Über sie?*«

»Nein, nicht über sie, Gwen. Über mich. Ich möchte etwas über mich erfahren.«

»Sei vorsichtig.«

»Ich glaube, ich habe mich ihretwegen geprügelt. Aber ich kann mich nicht mehr genau erinnern.«

Er spürte etwas Warmes am Hals und begriff, dass der Verband wieder blutdurchtränkt war. Er nahm ein frisches Pflaster aus seiner Brusttasche und riss das alte ab, das er in den Abgrund warf. Es wurde vom Wind erfasst, dann trudelte es abwärts außer Sichtweite.

»Schon besser«, sagte er.

Er nahm die Flügel und legte sie auf seinen Schoß. Er spürte die Sonne auf dem Rücken und den scharfen Wind, der den Schweiß auf seiner Stirn trocknete. Die Farben der Landschaft unter ihm hatten sich verändert: Jetzt war das Laub an den Bäumen rot, und die Häuser blinkten blasstürkis und erinnerten ihn an ein Dorf in Baja California, wo er vor Jahren einmal mit Gwen gewesen war. Sie waren mit dem alten Pick-up ganz langsam durch die Straßen gefahren und hatten nach einem Restaurant gesucht.

Archie seufzte und blickte zum Himmel hinauf, wo er schon bald wieder mit seiner Frau vereint sein würde.

In der schrecklichen Verwirrung nach den Schüssen hatte er sich an zwei Hoffnungen geklammert: dass er Gwen bald wiedersehen würde und dass er die Männer töten würde, die sie ermordet hatten. Für ihn waren das zwei ganz vernünftige und berechtigte Wünsche. Gut, er hatte Sonny verschont, weil er das für richtig gehalten hatte. Sonny war gefahren, er hatte nicht geschossen. Aber seltsam, wie wenig befriedigend alles gewesen war. Archie erinnerte sich, wie er zu dem Riesen gesagt hatte: *Das ist für Gwen*, aber die Worte hatten nicht das erwartete Hochgefühl ausgelöst. Er hatte nur eins dabei empfunden, nämlich dass er seine Sache ziemlich gut gemacht hatte und ihn lediglich Einzelheiten mit Befriedigung erfüllten: die Mühelosigkeit, mit der er Mr Charles überwältigt hatte; wie er am frühen Morgen über das Tor des Riesen gesprungen war, ohne ein Geräusch zu machen; dass der Schalldämpfer so perfekt funktioniert hatte. Dieses primitive Gerät, das er sich aus zwei PVC-Rohren mit unterschiedlichem Durchmesser, Stahlwolle und Klebeband selbst gebastelt und am Lauf seiner 45er Smith mit starkem Kleber befestigt hatte, war geradezu lächerlich groß ausgefallen. Aber es hatte perfekt funktioniert. Nach fünf Schüssen war erst ein kleines Stückchen am Ende geschmolzen. Das war also erledigt. Sonny und der Riese hatten ihre Strafe bekommen. Aber die Befreiung von seiner allgemeinen Gefühllosigkeit war ausgeblieben.

Und jetzt, nachdem die Hälfte seiner Wünsche erfüllt war, fühlte Archie sich eingezwängt und erschöpft und einsam und seine Frau fehlte ihm mehr denn je. Er dachte an sein weit zurückliegendes Leben, denn er hatte immer noch eine ganz vage Erinnerung an die guten Gefühle: daran, wie er Julia zur Schule begleitet hatte mit dem großen, süßen Kloß im Hals; wie er in der Little League gespielt und zum ersten Mal begriffen hatte, dass er großes Talent besaß; an die Zeit in der Baseballmannschaft der Highschool, als er alle County-Rekorde gebrochen hatte; schließlich an Gwen und Baseball am College und später an die Monate, als sie das Geld verdient hatte, während er auf der Police Academy gewesen war; und dann an die mageren ersten Jahre, als er im Gefängnis Schichtdienst geschoben hatte und sie ihre Zeit so eingeteilt hatte, dass sie möglichst viel zusammen sein konnten, als sie nur für ihre Liebe gelebt hatten. Dann kamen die Freunde im Department, der regelmäßige Dienst und das Gefühl, ein guter Polizist zu sein, und schließlich die atemberaubenden Monate, die zum Wohlstand geführt hatten, all die Sorgen und das Zusammenkratzen von Geld für den Aktienkauf, ohne zu wissen, ob sich das alles auszahlen würde, dann das Haus und die neuen Autos und die Erinnerung daran, wie er und Gwen immer noch über beide Ohren ineinander verliebt waren und es so ausgesehen hatte, als würde das Leben auch weiterhin nur besser werden. Das waren echte Erinnerungen, nicht die leeren Bilder, die er von den Erlebnissen mit den Russen behalten hatte. Aber die Gefühle, die zu den echten Erinnerungen gehörten, wurden immer blasser. Er musste sich jetzt fürchterlich anstrengen, um sich ins Gedächtnis zu rufen, wie er sich gefühlt hatte, als er Gwen Kuerner damals im Multiplex in Riverside zum ersten Mal gesehen hatte.

So schlagartig, wie ihm ihr schrecklicher Verlust bewusst wurde, schossen ihm die Tränen in die Augen. Es war, als würde seine Seele in sich zusammenfallen. Er hörte seinen eigenen Schrei, der im Wind nur schwach zu hören war, aber in seinem Innern so ohrenbetäubend laut erklang wie das Dröhnen an den Schienen bei Willits, als er als Junge zusammen mit Kevin ausprobieren wollte, wie nah man an den Zug herantreten konnte. Der Zug war an ihnen vorbeigedonnert und hatte mit seinem Luftzug ihre schmächtigen Körper in die Richtung der tödlichen Schienen gezogen.

»Wir hätten die Finger von dieser Schlangenscheiße lassen sollen«, schluchzte er.

»Es war ein schrecklicher Fehler, Archie. Aber ich habe versucht, alles zu unseren Gunsten zu regeln. Wirklich zu unseren Gunsten.«

Tränen liefen ihm übers Gesicht, er starrte durch den Schleier in den Himmel und fragte sich, warum sein Leben sich in Luft aufgelöst hatte.

»Es ist wird alles gut, Archie«, flüsterte sie. »Komm jetzt. Komm zu mir.«

Als er sich umdrehte, sah er Merci, die zu ihm auf den Felsen geklettert kam. Etwa zehn Meter hinter ihr war Zamorra, eine Pistole in der Hand.

Merci geriet auf dem losen Geröll ins Rutschen und musste sich an einem niedrigen Strauch festhalten. Die Höhenluft und die Hitze ließen sie keuchen, aber auch die Ungewissheit darüber, was Deputy Wildcraft hier oben vorhatte.

Sie sah ihn auf der Felskante sitzen. Er hatte sich umgedreht und blickte sie unentwegt an. Wo seine Arme hätten sein sollen, hingen zwei große, blaue Bögen, die aussahen wie Flügel. Sie erkannte die Form sofort: Das schwertförmige Stück blauer Plastikplane im Mülleimer des Hotels war ein Modell dessen, was Archie jetzt an den Armen trug. Die zusammengeklebten PVC-Stücke waren offensichtlich die Gelenke, die die Flügel zusammenhielten.

Und sie dachte: *Verdammt, er hält die Dinger tatsächlich für Flügel.*

Sie hatte keine Erfahrung mit derartigen Situationen, aber sie wusste, dass es wichtig war, ihn zum Reden zu bringen.

»Archie! Danke, dass Sie mich angerufen haben!«

Sie rutschte erneut, griff nach einem Zweig und fand auf einem kleinen Vorsprung, fünfzehn Meter von Archie entfernt, wieder Halt. Sie hörte Zamorra hinter sich, rechnete sich aus, dass er mittlerweile in Schussnähe sein musste. Sie ärgerte sich über sich selbst, dass sie sich die Zeit nahm, darüber nachzudenken, aber sie konnte nicht anders: Das lag an ihrer Ausbildung und ihrer Einstellung.

Archie schaute auf sie hinab, die Flügel angelegt, die im böigen Bergwind flatterten.

»Danke, dass Sie gekommen sind«, sagte er.

»Was haben Sie eigentlich vor?«

»Ich will zu Gwen.«

»Ist sie hier oben?«

»Ja.«

»Haben Sie die Dinger selbst gebaut?«

»Ja, die Idee ist mir im Krankenhaus gekommen.«

Sie blickte sich nach Zamorra um, der breitbeinig dastand, ein Bein angewinkelt, das andere nach hinten ausgestreckt, um Halt zu finden, das Gewehr vor der Brust wie ein Jäger. Er hatte sich links von ihr postiert, um Wildcraft gut sehen zu können.

Sie wandte sich wieder Archie zu. »Hey, Archie, wir wissen, dass die Russen Gwen getötet haben. Sie haben getan, was Sie tun mussten. Sie haben Sonny die Augen ausgebrannt und Worapin erschossen, nicht wahr?«

»Ja. Sonny hat mir alles gesagt. Es ist alles auf dem Kassettenrekorder in meinem Badezimmer. Aber inzwischen hatte ich mich wieder an das Gesicht des Riesen erinnert – das Gesicht, das in der Nacht hinter dem Licht zu sehen war. Als ich ihn das nächste Mal sah, wusste ich, dass er es war.«

»Archie, alle im Department warten darauf, dass Sie wieder gesund werden und Ihren Dienst wieder antreten.«

»Das kann ich nicht. Das wissen Sie.«

»Dann lassen Sie sich pensionieren. Sie können sich doch ein kleines Flugzeug kaufen und diese Flügel wegwerfen.«

»Sie gefallen mir aber.«

»Sie werden Sie nicht weit tragen.«

Wildcraft blickte hinunter ins Tal, und Merci sah, wie er im Wind schwankte.

»Ich brauche nicht weit zu kommen«, sagte er.

»Ich will Ihnen was sagen – wenn Gwen noch lebte, würde sie Ihnen den Kopf abreißen, wenn Sie auf so eine Idee kämen.«

»Stimmt nicht. Wir haben darüber gesprochen.«

»Und was hat Sie Ihnen gesagt?«

»Dass sie da oben wartet.«

»Wo?«

Er schaute in den Himmel. »Da.«

»Was ist mit Ihren Eltern, Archie? Und mit den Kuerners. Und Priscilla. Und Damon Reese und Brad Eccles. Diese Menschen lieben Sie. Sie können sich doch nicht einfach mit einem Sprung von der Welt verabschieden, jetzt, wo diese Leute auf Sie zählen.«

Wildcraft schien darüber nachzudenken. Er blickte in den Abgrund hinunter, dann drehte er sich wieder zu Merci um.

»Ich liebe sie auch alle, sie werden es einfach verstehen müssen.«

»Was sollen sie verstehen?«

»Dass ich es nicht ertragen kann, wenn sie alle einfach immer blasser werden und aus meinem Leben verschwinden. Gwen. Alle.«

»Natürlich können Sie das nicht. Aber das dauert sehr lange. Sie werden wieder gesund werden, Archie. Eines Tages werden Sie sich wieder so fühlen wie früher. Das würde Gwen sich wünschen. Sie sagen, sie spricht mit Ihnen? Dann fragen Sie sie, ob sie wirklich will, dass Sie springen. Fragen Sie sie, was Sie tun sollen.«

Merci hatte das schreckliche Gefühl, dass sie gerade genau das Falsche gesagt hatte. Wildcraft würde Gwen fragen, was er tun sollte, und seine Einbildung oder seine Erinnerung an sie oder die Kugel in seinem Kopf oder was auch immer es war, woran er sich orientierte, würde sagen: Ja, Archie, spring.

Ihr blieb fast das Herz stehen, als Archie sich von ihr abwandte, nach oben schaute und etwas sagte. Er nickte. Dann nickte er noch einmal.

»Archie, verdammt! Sie haben eine Kugel im Kopf und Sie können nicht klar denken. Gwen ist tot, Archie. Sie kommt nicht zurück und sie ist nicht da oben im Himmel, und sie will nicht, dass Sie in den Tod springen. Glauben Sie mir, Archie, ich sage die Wahrheit.«

»Ich komme«, sagte er, aber Merci konnte nicht erkennen, ob er mit ihr redete oder nicht. »Aber zuerst muss ich noch etwas tun.«

»Was denn?«

Archie erwiderte etwas, aber der Wind trug seine Worte davon. Es sah so aus, als würde er Selbstgespräche führen.

»Ich komme«, sagte er zu Gwen. »Aber ich muss zuerst noch etwas tun.«

»Ja, aber was?«

»Ich muss einfach ausprobieren, ob es funktioniert, was ich vorhabe.«

Gwen antwortete nicht.

Er drehte sich um, breitete seine blauen Flügel aus und segelte zu Merci hinunter. Sie konnte es nicht fassen, dass die verdammten Dinger tatsächlich funktionierten. Er landete weich, bremste mit seinen Stiefeln auf dem weichen Sandsteinboden und legte die Flügel an den Körper. Merci sah, dass sein Kopfverband von einer rosafarbenen Flüssigkeit durchnässt war und sich seine Pupillen stark geweitet hatten. Sein Kopf und sein Hals waren schweißnass, aber seine Uniform war frisch gebügelt.

Er ging auf Merci zu. Zamorra hatte das Gewehr lässig gehoben wie ein Mann, der sicher ist, dass er trifft.

Archie trat ganz nah an Merci heran, dann breitete er die Flügel um sie herum aus. Der Wind blähte die Kunststoffplane auf und der Geruch nach Angst und Aftershave stieg ihr in die Nase. Sie nahm ihre Neuner aus dem Halfter.

Er drängte sich nahe an sie heran und schob sie – da war sie sich sicher – in Zamorras Sichtfeld. Aber solange Wildcraft und sie so dicht beieinander standen, konnte Zamorra unmöglich schießen. Sie drückte den Lauf ihrer Automatik in Archies Rippen. Sie hörte, wie Zamorra sich durch das Gestrüpp hinter ihr bewegte. Langsam hob sie ihren linken Arm, streckte die Hand über den ausgebreiteten Flügel aus und bedeutete Zamorra, stehen zu bleiben.

Archie schluckte schwer und küsste sie leicht auf die rechte Wange. Und auf die linke. Dann berührte er ganz vorsichtig ihre Lippen mit seinen, holte tief Luft und trat von ihr zurück.

»Nichts«, sagte er.

Ihr Herz schlug so schnell wie das eines Vogels und ihre Beine fühlten sich schrecklich schwer an.

Sie ließ ihre Hand sinken, legte eine Fingerspitze an seine Wange, den Daumen unter sein schön geschnittenes Kinn und zog seinen Mund gegen ihren. Archie wurde ganz steif, und als er das Gleichgewicht zu verlieren drohte, umfasste sie ihn mit dem rechten Arm, hielt ihn ganz fest und küsste ihn, wie sie Hess einst geküsst hatte, ganz spontan und ohne über die Konsequenzen nachzudenken. Erst als sie keine Luft mehr bekam, löste sie sich von ihm.

»Nein«, flüsterte er. »Ich spüre überhaupt nichts.«

»Ich spüre alles, Archie.«

»Danke.«

Sie ließ die Pistole fallen, versuchte, mit der einen Hand den Kragen seiner Uniform zu packen und mit der anderen seinen Gürtel, aber er war viel zu schnell und viel zu stark, als dass sie ihn hätte überwältigen können.

Wildcraft entwand sich ihrem Griff und hastete zurück auf den Felsvorsprung. Er schaute sie noch einmal an. Dann drehte er sich um, breitete die Flügel aus und sprang in den Abgrund. Der Aufwind hob ihn in die Höhe. Schwebend blickte er sich noch einmal zu ihr um und gewann mit zwei Schlägen seiner kräftigen Arme an Höhe. Er segelte davon, und sie sah die Konzentration und die Hoffnung in seinem Blick, als er elegant mit dem Wind höher stieg und über die weite Fläche schwebte. Dann stürzte er ab. Als Merci an den Felsrand trat, sah sie ihn heftig mit den Flügeln schlagen, aber immer schneller fallen. Er schlug nach hundert Metern auf einen Felsvorsprung, prallte mit einem schrecklichen Geräusch ab, stürzte weiter Hals über Kopf, kollidierte mit einem riesigen Felsbro-cken und verschwand in den dunklen Tiefen des Canyons aus ihrem Blickfeld.

# Vierunddreißig

Den ganzen restlichen Tag über war Merci sehr schweigsam. Es war, als hätte ihr Blut sich in flüssiges Blei verwandelt und ihre Knochen wären zu Eisen geworden.

Sie erbot sich, George und Natalie Wildcraft anzurufen, ebenso die Kuerners. Es war das erste Mal, dass sie im Dienst Menschen über den Tod eines Angehörigen aufklären musste, und in ihrer Ausbildung hatte sie gelernt, rücksichtsvoll zu sein und Hilfe anzubieten.

Sie berichtete ohne Umschweife, was sich abgespielt hatte, und ertrug erst ihre Fragen, dann ihr Schweigen. Den Kuss, bei dem Archie nichts und sie alles gespürt hatte, ließ sie aus. Nachdem sie alles gesagt und alle Fragen beantwortet hatte, brachen sie und Zamorra sofort auf. Die Leute hatten auf sie als Überbringerin der Botschaft mit tödlichem Hass reagiert, genauso wie sie reagiert hatten, als sie anfänglich Archie als Täter verdächtigt hatte.

Sheriff Abelera bat sie, eine Presseerklärung im Fall Wildcraft abzugeben anstelle der ursprünglich geplanten Pressekonferenz, bei der es um die Russen hätte gehen sollen und darum, dass Archie wahrscheinlich unschuldig war.

Sie fühlte sich so schwer und unbeweglich wie eine steinerne Statue, als sie im Konferenzsaal des Gerichts stand und den unruhigen Journalisten erklärte, dass die gemeinsamen Bemühungen von ihr und Zamorra nicht ausgereicht hatten, um Deputy Wildcraft von dem Felsvorsprung auf dem Gipfel des Santiago Peak herunterzuholen. Sie berichtete, dass eine Rettungsmannschaft Archies Leiche auf halber Höhe des Berges geborgen hatte. Von den Flügeln erwähnte sie nichts, nur dass der Tod seiner Frau den Deputy zerstört hatte. Bei dem Wort »zerstört« sah sie vor ihrem geistigen Auge Archies trudelnden Fall, dann seinen Körper, der in den Abgrund aus Schatten und Felsen stürzte.

»Wie haben Sie Archie gefunden?«, fragte Gary Brice. »Ich meine, bevor er gesprungen ist.«

»Er hat uns seinen Aufenthaltsort mitgeteilt.«

»Warum war kein Psychologe mit vor Ort? Und keine Rettungsmannschaft?«, wollte Michelle Howland wissen.

»Wir wussten nicht, was er vorhatte. Uns blieb keine Zeit.«

»Wie lange haben Sie mit ihm gesprochen?«, fragte ein Reporter von KTLA.

»Weniger als eine Minute.«

»Was genau waren seine letzten Worte?«, fragte Brice.

»›Danke.‹«

»Danke für was? Für das, was Sie getan hatten?«

»Ich glaube, dass er zu diesem Zeitpunkt ... völlig orientierungslos war.«

»Sind Sie nahe genug an ihn herangekommen, dass Sie ihn möglicherweise hätten festhalten können?«

»Mein Versuch ist fehlgeschlagen.«

»Es hat also Körperkontakt gegeben, ein Handgemenge?«

»Ja.«

»Wie würden Sie seinen Gesichtsausdruck beschreiben, in dem Augenblick, als er gesprungen ist?«

»Den kann ich nicht beschreiben.«

»Wie war er gekleidet?«

»Er trug seine Sommeruniform.«

»War er bewaffnet?«

»Er hatte seine Handfeuerwaffe im Halfter.«

Abelera hatte sie angewiesen, die Russen vorerst nicht zu erwähnen, da das Labor noch dabei war, Archies Aussage mit den Beweismitteln abzugleichen.

»Die Pressekonferenz ist hiermit beendet«, sagte Merci. »Sie können aber noch bleiben und Fragen stellen.«

Sie schaltete das Mikrophon ab und ging mit Zamorra durch die Hintertür hinaus.

Eine ganze Weile saß sie an ihrem Schreibtisch, starrte auf ihr Telefon, das Foto von Tim, ihren Kalender. Ein kleiner Stapel Post lag in ihrem Korb, aber sie konnte sich nicht überwinden, sie durchzusehen. Zamorra verließ das Büro ohne ein Wort.

Gegen drei Uhr kamen ein paar uniformierte Polizisten, um ihr zu sagen, dass ihnen das mit Archie Leid tue, und um sich bei ihr zu bedanken, dass sie sich für Archie eingesetzt hatte. Sie sagten, sie hätten die ganze Zeit gewusst, dass er Gwen nicht getötet hatte, aber es sei sehr anerkennenswert von ihr gewesen, dass sie an ihn geglaubt habe, obwohl die Beweise gegen ihn sprachen. Sie lud sie ein, einen Moment Platz zu nehmen, doch sie entschuldigten sich ziemlich kurz angebunden, was sie respektierte.

Dobbs kam, um zu fragen, ob er irgendetwas tun könne. »Sie haben wesentlich zur Lösung dieses Falls beigetragen, Deputy«, sagte Merci. »Vielen Dank.«

»Das war das letzte Mal, dass ich aus einem Tatort einen Parkplatz mache.«

»Dobbs, Sie machen Ihre Sache gut.«

»Danke, Sergeant. Wissen Sie, ich würde gern irgendwann in der Mordkommission arbeiten.«

»Seien Sie vorsichtig mit dem, was Sie sich wünschen.«

»Das werde ich.«

Gilliam rief an.

Ihr Vater rief an.

Ryan Dawes rief an, um ihr zu sagen, dass sie in diesem Fall einen guten Instinkt bewiesen und recht daran getan hatte, ihm zu folgen. Er redete wie ein Filmkritiker, der einen schlechten Film über den grünen Klee lobte, und sie legte auf.

Al Madden rief an und erklärte, es tue ihm Leid um Archie, er sei jedoch erleichtert darüber, dass der Deputy sich als unschuldig erwiesen habe. Er frage sich, fuhr er fort, ob seine Ermittlungen Archie in den Selbstmord getrieben hätten, und sie sagte ihm, das sei ihrer Meinung nach nicht der Fall. Madden entschuldigte sich dafür, dass er sich eingeschaltet hatte, und sagte, sie habe tadellose Arbeit geleistet.

Der Nachbar William Jones rief an, um sich zu erkundigen, ob die Informationen, die sie bei der Pressekonferenz über Archies Selbstmord herausgegeben hatte, vollständig seien oder ob sie ihm noch etwas darüber hinaus sagen könne. Sie erzählte ihm, dass Archie geglaubt hatte, er würde Gwen treffen. Jones meinte, an Archies Stelle wäre er auch zu ihr geflogen. Merci entschuldigte sich und legte auf.

George Wildcraft rief an, um sie nach seinem Sohn zu befragen. Er wollte wissen, wie er ausgesehen hatte, in welchem geistigen Zustand er gewesen sei, bevor er gesprungen sei. Sie sagte ihm dasselbe, was sie Jones gesagt hatte. Sie versicherte ihm, dass sie alles in ihrer Macht Stehende getan habe, um ihn lebend von dem Felsvorsprung zu holen. Sie bekam einen trockenen Mund und ihre Augen brannten und sie brachte die Worte nur mit Mühe heraus.

Er bedankte sich und sagte, er sei tief von ihr beeindruckt und habe immer geglaubt, dass sie das Beste für seinen Sohn im Sinn gehabt hätte. Er entschuldigte sich für das »feindselige« Verhalten seiner Frau. Er sprach sehr leise, und Merci vermutete, dass er in aller Heimlichkeit bei ihr anrief.

»Er war ein guter Kerl, Detective. So ein guter Kerl.«

»Ja, das weiß ich.«

Abelera kam vorbei und riet ihr, ein paar Tage freizunehmen. Sie nahm seinen Vorschlag an.

Zamorra tauchte um halb sechs auf. »Ich war auf dem Markt einkaufen. Ich würde heute Abend gern für dich und Tim und Clark kochen.«

Sie sah ihn verblüfft an. »Großartig. Lad Kirsten auch ein.«

»In Ordnung. Sag Frank Bescheid.«

Sie fragte sich, warum ihre Gefühle für Zamorra nicht dazu geführt hatten, dass sie sich näher kamen, während ihre Gefühle für Archie das offenbar bewirkt hatten. Oder war es simples Mitgefühl? So oder so, diese Frage spielte eigentlich nicht so eine große Rolle, wenn man gerade hatte mit ansehen müssen, wie ein Kollege sich in einen Abgrund stürzte, weil er eine Kugel im Kopf hatte und sich nach seiner Frau sehnte. Oder mit einem Mann gesprochen hatte, dem gerade die Augen ausgebrannt worden waren.

Mike trat vorsichtig ein, als fürchtete er, er sei nicht willkommen. Er schüttelte Zamorra die Hand, dann reichte er sie Merci. Während sie ihm die Hand schüttelte, schaute sie in seine klaren blauen Augen, sah, wie er mit seinen Gefühlen rang.

»Ich wollte heute Abend kurz mit Danny vorbeikommen«, sagte er, »und euch ein paar Mehlwürmer für die Eidechse bringen.«

»In Ordnung«, sagte sie.

»Wir haben reichlich eingekauft«, sagte Zamorra. »Wenn du Lust hast, bring eine Flasche Wein mit und bleib zum Abendessen.«

Mike ließ ihre Hand los und nickte Zamorra zu wie der große Junge, der sich in der Männerwelt gut auskannte, aber in Bezug auf Frauen völlig ahnungslos war. Er sah Merci fragend an.

»Gute Idee«, sagte sie. »Bring Lynda mit, wenn du willst.«

»Nein.«

Als die beiden gegangen waren, stopfte Merci ihre Post in ihre Handtasche und machte sich auf den Heimweg.

Es war ein warmer Augustabend. Merci war um zehn nach sechs zu Hause und warf ihre Handtasche auf den kleinen Frühstückstisch. Tim kam ihr entgegengelaufen: rote Shorts, schwarze Cowboystiefel, nackte Knie, ein Gladiatorenbrustharnisch aus Plastik und eine Baseballmütze von den Angels.

Bei seinem Anblick wurde ihr leicht ums Herz. Reinheit. Unschuld. Der kleine Mann. Keine Gewalt der Welt konnte ihre Liebe zu ihrem Sohn mindern; diese Liebe war immer da, wie ein freundlicher Blitz, der die Nacht erhellte.

Clark umarmte sie. Dann wanderte sein Blick zu dem mit Lebensmitteln bepackten Zamorra, und er sagte: »Der Grill steht auf der Terrasse.«

Tim starrte Zamorra an.

»Hallo Tim, freut mich, dich wiederzusehen; eine tolle Uniform hast du da.«

Tim nickte. Paul schüttelte ihm mit ernster Miene die Hand und ging nach draußen zum Grill.

Merci hob ihren Sohn auf die Schultern, sah ihren Vater fragend an und formte mit den Lippen das Wort »*Wildcraft*«.

»Nein, das wollte ich dir überlassen.« Clark drehte sich um und sah zu, wie Mikes Pick-up die Einfahrt hochkam. »Ach, ich sehe, du hast Mike auch eingeladen.«

»Mehr oder weniger.«

»Alles in Ordnung, Liebes?«

»Alles in Ordnung, Dad.«

»Ich werf die Kerle raus, wenn du heute Abend mit uns beiden allein sein willst.«

»Es ist alles in Ordnung, Dad.«

Er blickte sie mit seiner unerschütterlichen Ruhe an. Hinter seinen dicken Brillengläsern wirkten seine Augen unnatürlich groß und erstaunt. Sie beugte sich vor und drückte ihren Vater mit ihrem freien Arm. Er lächelte, dann ging er an die Haustür.

»Und was ist mir dir, kleiner Mann?«, fragte sie. »Wie geht es dir heute?«

»Gut«, sagte Tim. »Ist Archie im Hubschrauber?«

»Archie fliegt nie mehr in einem Hubschrauber.«

»Und die Blumen?«

»Die hat er auch nicht mehr.«

»Weil er seine Frau lieb hat.«

»Ja.«

»*Danny ist gekommen!*«

Er drängelte, von ihrer Schulter herunterzukommen, und sie setzte ihn ab, woraufhin er zur Tür rannte, um Mike und Danny zu begrüßen. Danny ließ die Dose mit den Mehlwürmern fallen, der Deckel sprang ab und ein Haufen Mehl und Würmer verteilte sich auf dem Fußboden.

»Ich kümmer mich darum«, sagte Mike. »Lauft nur.«

Die Jungen flitzten in den Garten, gefolgt von Clark. Mike stellte eine schwere, mit Lebensmitteln gefüllte Plastiktüte ab, kniete sich hin und schob die Mehlwürmer mit dem Deckel zurück in die Dose. »Vielen Dank für die Einladung«, sagte er.

»Schön, dass du gekommen bist.«

»Drei oder vier davon pro Tag«, sagte er.

Sie sah ihn verunsichert an.

»Für die Eidechse«, sagte er.

»Ach so.«

»Am besten stellst du die Dose in die Tiefkühltruhe, aber bevor du die Mehlwürmer verfütterst, musst du sie in der Hand ein bisschen anwärmen. Wenn die Würmer zu kalt sind, verträgt die Eidechse sie nicht.«

»Okay.«

»Und mindestens einmal die Woche frisches Wasser.«

»Machen wir, klar.«

Mike stand auf und hielt ihr die Plastiktüte hin. »Ich habe genug Wein für alle mitgebracht.«

»Ich übernehme das, Mike«, sagte Zamorra, der von draußen hereinkam. Er hatte das Jackett abgelegt und die Krawatte gelockert. »Cocktails?«

»Auf jeden Fall«, erwiderte Merci.

»Für mich einen leichten«, sagte Mike.

Die drei drehten sich um, als Damon Reese mit einem riesigen Blumenstrauß in der Hand vor der Fliegengittertür erschien. Er trug ein buntes Hawaiihemd.

»Ich hoffe, ich störe nicht«, sagte er. »Ich wollte dir nur diese Blumen bringen, Merci.«

Mike schaute sie leicht verwirrt an.

Zamorra öffnete die Fliegengittertür und reichte Reese den Karton mit dem Chablis. »Hier, stell den doch mal eben in die Spüle und schieß mit deiner Dienstwaffe ein Loch rein.«

»Die nehme ich dir schon mal ab«, sagte Mike errötend und griff nach dem Blumenstrauß.

Er sah Merci an, als sein Versuch, galant zu sein, fehlschlug und er betreten dastand, die Blumen in der einen, die Dose mit den Mehlwürmern in der anderen Hand.

Reese klopfte ihm im Vorbeigehen auf die Schulter.

Merci lächelte. Eine richtige Komödie. Was für ein schönes Gefühl. Es war, als wäre sie schon seit Ewigkeiten nicht mehr so aufgeheitert worden.

Sie saß im Schatten auf der Terrasse, zunehmend alkoholisiert durch den Martini, den Zamorra ihr verabreicht hatte. Dagegen war ihr üblicher Scotch mit Wasser ein Klacks und die Zitrone verlieh dem Cocktail eine zusätzliche angenehme Geschmacksnote. Sie trug Shorts, ein uraltes blaues Hemd, das sie ihrem Vater stibitzt hatte, und ein Paar Clogs, von denen ein Vertreter einmal gesagt hatte, sie würden ihre schönen Beine betonen. Während sie abwechselnd Tim, Danny und

Mike zusah, die hinter dem Zaun im Orangenwäldchen spielten, und Zamorra und Reese beobachtete, die darüber diskutierten, wie das Fleisch am besten auf dem Grill zu verteilen sei, musste sie an Archie und seine untauglichen Flügel denken.

Clark setzte sich auf den Stuhl neben ihr. »Diese Cocktails haben's ganz schön in sich.«

»Allerdings.«

»Ich hab gehört, er hat sich Flügel gebastelt oder so was.«

Sie sah ihren Vater überrascht an. Sein immer noch intakter Draht zum Department verblüffte sie stets aufs Neue. Sie stellte sich lauter alte Knacker vor, die von morgens bis abends ins Telefon krächzten.

»Nicht: oder so was. Es waren tatsächlich Flügel.«

»Wow. Und, haben sie funktioniert?«

»Anfangs sah es so aus, aber dann ist er abgestürzt. Bis ich an der Felskante ankam und ihn sehen konnte, war er schon im Sturzflug. Kurz darauf schlug er auf einem Felsen auf.«

Clark schüttelte stirnrunzelnd den Kopf. Er nippte an seinem Glas und ließ seinen Blick zu den Kindern wandern.

»Hat er wirklich geglaubt, er könnte fliegen? Oder war es Selbstmord?«

»Ich nehme an, er hat wirklich geglaubt, er könnte zu ihr fliegen. Er hat mich auf dem Handy angerufen und mir gesagt, er wäre auf dem Weg zu ihr.«

»Eine Zeit lang ist es mir mit deiner Mutter so gegangen. Also, nicht was das Fliegen betrifft, aber ich dachte, ich könnte auf die andere Seite gelangen und sie dort wiedersehen.«

»Menschlicher Optimismus«, sagte sie.

»Wer weiß? Vielleicht funktioniert es ja. Das wird keiner von uns je erfahren, bis es zu spät ist und wir nicht mehr darüber berichten können.«

»Ist vielleicht auch besser so.«

»Geheimnisse sind etwas Gutes. Und dieser Cocktail ebenfalls.« Er trank noch einen Schluck und lachte in sich hinein. »Es amüsiert mich, dass auf einmal drei Männer gleichzeitig hier auftauchen und um deine Aufmerksamkeit buhlen.«

»Sie haben das Gefühl, sich auf diese Weise um mich zu kümmern.«

»Lass sie ruhig.«

Merci musste wieder daran denken, wie Archie seine Flügel um sie gebreitet hatte. Sie dachte an Hess und seinen Krebs. Sie sah Archie vom Himmel stürzen und Hess' Haare aus ihrer Hand gleiten, und plötzlich wurde ihr klar, dass sie beide Männer aus der Einbildung heraus geliebt hatte, dass Liebe heilen könnte.

»Anmaßend«, sagte sie.

»Hä?«

»Hab nur laut gedacht.«

Als sie Tim durch das Orangenwäldchen stapfen sah, wusste sie, dass sie aber auch noch etwas anderes empfunden hatte, etwas, das über Heilung und Wunder hinausging. Es war groß und direkt und sehr simpel. Aber was war es – Verlangen? Leidenschaft? Was war das richtige Wort? Was war es, wonach das Herz sich sehnte, wovon es große Bissen verschlingen und besitzen wollte? Was war das richtige Wort für dieses mächtige Verlangen?

Archie wusste es, dachte sie. Ob er das richtige Wort dafür gekannt hatte oder nicht. Denn wer glaubt, dass er dorthin fliegen kann, der weiß es. Wer an diesen Punkt kommt, der weiß es. Wer handelt, der weiß es. Wer es spürt, der weiß es, und einen Augenblick lang hatte sie es da oben auf dem Berg gespürt.

Einen verrückten, berauschenden Moment lang fühlte sie sich leicht und glücklich und begriff, dass Archie in ihr ein Wunder bewirkt hatte und nicht umgekehrt.

»Soll ich dir noch einen Cocktail besorgen, Dad?«

»Ich glaube, ich hätte lieber ein Glas Mineralwasser mit

Zitrone. Mehr als einen von diesen Drinks verkrafte ich nicht.«

In der Küche tat sie ein paar Eiswürfel in ein Glas und goss Mineralwasser darüber. Sie erinnerte sich daran, wie ihre Fingerspitze in Wildcrafts Grübchen gepasst hatte. Die Worte *Verlust* und *Verschwendung* kamen ihr in den Sinn, als das Gefühl der Leichtigkeit nachließ.

*Ich habe alles gespürt.*

»Hey, tut mir Leid, dass ich nicht vorher angerufen habe.«

Als sie sich umdrehte, stand Damon Reese hinter ihr und grinste sie spitzbübisch an. Er trat auf sie zu und strich ihr die Haare aus der Stirn, genau wie damals vor seinem Haus. Anstatt Fisch und Benzin roch sie Eau de Cologne.

»Alles in Ordnung, Merci?«

»Klar.«

»Ziemlich hart, was du durchgemacht hast.«

»Stimmt.«

»Ich habe ziemlich oft an dich gedacht«, sagte er. »Jeden Tag.«

»Das ist nett«, sagte sie. Sie hielt die Mineralwasserflasche mit dem Daumen zu, schüttelte sie kräftig und spritzte Reese nass.

»Okay, okay«, sagte er. »Ich hab's verdient. Okay.«

»Einen Moment lang hätte ich dir fast geglaubt.«

»Es ist alles ein bisschen kompliziert.«

»Nein, es ist ganz einfach, Damon. Tu mir einen Gefallen. Bring meinem Vater das Glas hier.«

Reese nahm das Mineralwasser entgegen und betrachtete sein nasses Hemd. »Lass uns noch mal von vorne anfangen.«

»Vergiss es und mach, dass du rauskommst.«

»Ich will dich unbedingt wiedersehen. Du kannst die Sprudelflasche gern mitbringen, wenn du willst.«

Grinsend machte er einen Schritt auf sie zu.

»Damon, du bist ein Quatschkopf.«

Aus irgendeinem Grund fasste Reese das als Kompliment auf. Er zwinkerte ihr verschwörerisch zu und ging nach draußen.

Erst da fiel ihr auf, dass Mike Damons Blumenstrauß in eine Vase getan und auf den Küchentisch neben ihre Handtasche gestellt hatte. Die Blumen standen kopfüber im Wasser, die Stiele mit dem weißen Papier aus dem Supermarkt ragten oben heraus.

Jungs, dachte sie. Im Alter zwischen zwei und vierzig sind sie mir am liebsten.

Sie setzte sich an den Tisch blickte aus dem Fenster. Zamorra stand am Grill und starrte gedankenverloren ins Feuer. Bisher hatte sie noch nichts davon mitbekommen, dass er Kirsten angerufen hätte. Reese saß im Schatten und betrachtete sein klatschnasses Hemd. Clark saß immer noch auf demselben Stuhl, das Glas mit dem Wasser in der Hand. Mike und die Jungs kamen gerade durchs Gartentor zurück. Ein rosafarbenes Haus an einem weißen Strand in Mexiko, dachte sie: Tim und Hess und ich.

Sie nahm die Büropost aus ihrer Handtasche und überflog sie kurz, bis ihr Blick an einem interessanten Absender hängen blieb: Sean Moss, La Jolla.

Dr. Sean, dachte sie: Surfer, Biochemiker, Unternehmer, Freund und Bewunderer von Gwen Wildcraft, Feigling. Sie las das Datum des Poststempels – es war von dem Tag, an dem sie ihn in seiner Villa mit Meerblick aufgesucht hatten.

Sie öffnete den Umschlag und las den handschriftlichen Brief.

Sergeant Rayborn – ich hätte Ihnen das hier geben sollen, als Sie bei mir waren. Es enthält eigentlich nichts, was ich Ihnen nicht schon gesagt hätte, aber es ist persönlich, und ich wollte nicht, dass es als Beweisstück in einer Akte landet. Eigentlich hätte ich diese Zeilen jemandem geben sollen, als

es vielleicht noch etwas genützt hätte. Ich hätte mir nie träumen lassen, dass all unsere Arbeit einmal in einer solchen Katastrophe enden würde. Ich fliege morgen zum Surfen nach Tavarua und werde für die nächsten drei Monate nicht erreichbar sein. Bei dem Geburtstagsgeschenk, das sie erwähnt, handelt es sich um eine CD mit ihren Liedern.
SM

Der beigefügte Brief trug den Poststempel vom 20. August, Gwen Wildcrafts Geburtstag:

Lieber Sean,
ich freue mich sehr, dass du deine große Liebe gefunden und die fünfzig Millionen verdient hast, die du brauchst, um sie glücklich zu machen! – War nur ein Scherz. Hier läuft alles gut. Archie arbeitet viel, wir hoffen, dass er dieses Jahr befördert wird und nicht mehr den Streifendienst machen muss. Das Haus ist einfach wunderbar, wir haben noch ein bisschen daran verbessert, seit du es zum letzten Mal gesehen hast. Es ist vielleicht geschmacklos, aber ich liebe es. Ich bin total erschrocken, dass Sonny und Al gestern auf dem Parkplatz am Supermarkt an meinem Auto auf mich warteten, als ich rauskam. Sie haben mir gesagt, ich soll gefälligst die Klappe halten, falls ich irgendwas über die Probleme mit dem Serum wüsste. Diese Idioten haben mir tatsächlich gedroht, MICH bei der GEWERBEAUFSICHT anzuzeigen, weil ich das Problem mit den Seitenwindern nicht veröffentlicht hatte, falls … jetzt kommt's … falls ich nicht bereit wäre, für ihre neueste Firma zu arbeiten, irgendeine neue Ingenieurfirma in Irvine. Apeman meinte, sie bräuchten ein »Cover Girl«, das ihnen das Geld beschafft. Hörte sich so an, als wollten sie eine Hure anstellen. Sie haben mir zwölf Dollar die Stunde angeboten, wenn ich bereit wäre, dasselbe für sie zu machen, was ich

für dich gemacht habe. Ich hab ihnen gesagt, sie sollen ihre verdammten Finger von meinem Wagen nehmen und aus meinem Leben verschwinden, sonst würde ich SIE nämlich nicht nur bei der GEWERBEAUFSICHT, sondern auch beim FBI, der STEUERBEHÖRDE und dem CENTER FOR DISEASE CONTROL anzeigen. Das fanden sie kein bisschen lustig. Die haben nie ein einziges Wort ernst genommen, das ich gesagt habe, als ich bei OrganiVen arbeitete. Weißt du was? Ich werde heute sechsundzwanzig! Hier ist mein Geburtstagsgeschenk für dich. Heute ist mein Tag, da kann ich machen, was ich will, stimmt's?

Bis bald,

Gwen.

Merci seufzte und las den Brief noch einmal. Ein Bluff, der mit drei Kugeln beantwortet worden war. Eine Drohung, die drei Menschenleben und zwei Augen gekostet und schreckliches Leid verursacht hatte. Gwen war einmal gestrauchelt und das wollte sie nicht noch einmal. Ihr Fehler hatte darin bestanden, sich nicht an die Polizei gewendet zu haben. Aber hätte es eine Rolle gespielt? Vielleicht nicht. Al und Sonny hatten weniger als vierundzwanzig Stunden gebraucht, um sie auszuschalten.

Und das alles für ein gutes Leben, dachte Merci. Das alles für die zusätzlichen Dinge, wenn man schon genug hat. Sie stellte sich das Haus der Wildcrafts vor – schön und leer.

Sie steckte den Brief zurück in ihre Handtasche und schaute aus dem Fenster auf ihr eigenes Leben – etwas chaotisch im Moment, aber sehr erfüllt. Ihr Herz schlug kräftig, sie trauerte ein wenig um Archie und Gwen, aber sie war voller Hoffnung für alle, die überlebt hatten.

Nach dem Abendessen trank Mike einen dritten Martini und schlief auf dem Sofa ein. Eine Stunde später weckte Merci ihn und sagte ihm, Clark würde ihn und Danny nach Hause fahren. Mike sah sie mit glasigen Augen an, dann richtete er seinen Blick auf Zamorra, der gerade beim Geschirrspülen war. Sie dankte Mike fürs Kommen – für den Wein und die Mehlwürmer. Sie umarmte ihn und sagte, sein Blumenarrangement hätte den Nagel auf den Kopf getroffen. Lächelnd und ein bisschen unsicher auf den Beinen verließ er das Haus.

Ein paar Minuten später trug sie Tim in sein Zimmer und las ihm vor, bis er in ihren Armen einschlief.

Reese hatte inzwischen Musik aufgelegt. Er hatte sich noch ein Glas Wein eingeschenkt und strahlte Merci erwartungsvoll an.

Als ihr Vater zurückkam, erklärte er, er sei hundemüde, und zog sich in sein Zimmer zurück. Damon wollte mit Merci tanzen, aber sie hatte einfach keine Lust. Als Damon laut wurde, bat Zamorra ihn zu gehen. Einen Augenblick lang sah es so aus, als würden die beiden in einen Streit geraten, doch dann ergab sich Damon gespielt in sein Schicksal, hob die Hände und verzog sich.

Zamorra bedankte sich für den Abend und zog sein Jackett an.

»Warte noch«, sagte sie. »Lass uns einen kleinen Spaziergang machen.«

»Gern.«

Sie holte eine Taschenlampe und ging Zamorra voraus über das kühle Gras, durch das Gartentor und den Weg entlang dem Orangenwäldchen. Sie war ein bisschen beschwipst von dem Gin und dem guten Wein beim Essen. Der Mond war fast voll und tauchte die Bäume in silbriges Licht. Merci hob die Nase ein wenig, um den frischen Zitrusduft der Orangenbäume einzuatmen.

»Ich möchte dir jemanden vorstellen«, sagte sie. Sie war sich noch gar nicht sicher gewesen, ob sie das riskieren wollte, aber jetzt hing der Satz in der Luft wie eine Spinne am Ende eines Fadens.

»Ich hätte meine Krawatte wieder umbinden können«, sagte Zamorra.

»Nicht nötig, Paul.«

»Ich hab Mikes Martinis extra stark gemacht. Tut mir Leid.«

»Schon in Ordnung. Der verträgt nicht viel.«

Sie führte ihn durch das Gestrüpp zu dem Haufen aus Hohlblocksteinen und Steppenläufern. Als sie die Bretter anhob, sah sie die Verwunderung in Zamorras Augen. Er ging ihr zur Hand und half ihr, die Bretter gegen die Garagenwand zu lehnen.

»Noppenfolie?«

»Du wirst schon sehen.«

Sie kniete sich mit den nackten Knien auf die Erde und entfernte die Folie. Dann leuchtete sie mit der Taschenlampe in den Graben.

»Das ist Frank.«

»Ich werd verrückt.«

»Ich hab ihn hier gefunden. Ein Spanier. Er ist echt.«

»Sieht jedenfalls echt aus.«

»Für mich ist er Polizist. Vor allem das Schwert bringt mich auf die Idee. Vielleicht hatte er auch ein *Trabuco*, einen Stutzen, und sein Department hatte die Waffe einbehalten, nachdem Francisco die Farm gekauft hatte. Aber das weiß ich natürlich nicht. Das ist reine Spekulation.«

»Durchaus möglich.«

»Was hältst du von ihm?«

»Gut geerdet.«

Sie lachte leise. »Hess meinte, er wirkt einsam.«

»Das auch.«

Zamorra betrachtete das kleine Skelett. Er hockte am Rand

des Grabens, die Ellbogen auf die Knie gestützt, so wie Tim es immer machte.

»Kirsten ist ihm sehr ähnlich.«

Merci wollte gerade einen Scherz darüber machen, dass beide einen kleinen Schädel haben mussten, als ihr plötzlich alles klar wurde. »Nein.«

»Doch.«

»Das kann nicht wahr sein.«

»Ich hab sie erfunden.«

»Warum?«

»Um mich von dir fern zu halten.«

Beinahe hätte sie so etwas gesagt wie: *Das ändert alles*, aber ausnahmsweise beherrschte sie sich und hielt den Mund.

»Ich wollte mehr sein als nur ein wütender Witwer«, sagte er. »Meine Nerven lagen noch zu blank.«

»Das Gefühl kenne ich gut.«

»Ich weiß. Ich habe dich dafür bewundert, wie du die schlimmen Dinge, die dir zugestoßen sind, bei den Hörnern gepackt hast. Ich habe mich meinem Missgeschick gegenüber apathisch verhalten. Als ich dich und Wildcraft heute gesehen habe, habe ich begriffen, wie stark du bist. Und wie satt ich es habe, mich selbst zu bemitleiden. Dafür danke ich dir.«

Sie wollte etwas Sinnvolles tun. Aber was? Seine Hand halten?

Dann purzelten ihr die Worte aus dem Mund und es war zu spät. »Lass uns nach Mexiko fahren und ein paar Tage am Strand verbringen. In einem rosafarbenen, mit Bougainvilleen berankten Haus am blauen Meer. An einem schönen weißen Strand und mit einem Zimmermädchen, das immer alles aufräumt.«

Er schaute sie an. Sie sah das Mondlicht auf seinem schwarzen Haar, das Funkeln in seinen Augen. Zu schnell, dachte sie. Jetzt hab ich ihn verschreckt. *Du blöde, egoistische, gierige, idiotische …*

»Pack deine Sachen«, sagte er. »Ich hole dich in einer Stunde ab. Tim kann im Auto weiterschlafen.«

»Warte auf mich. Ich brauche keine Stunde.«

»Noch besser. Würdest du eine Kanne Kaffee machen? Ich bleibe noch ein bisschen hier bei Frank und packe ihn wieder ein.«

Sie stand auf, wischte sich den Dreck von den Knien, ließ die Taschenlampe auf dem Boden liegen. Im Vorbeigehen fuhr sie Zamorra mit der Hand durch die Haare. Ein spontaner Reiz. Sie hatte immer schon die Haare von Männern geliebt.

Als sie zwischen den duftenden Bäumen hindurchging, spalteten sich ihre Gedanken in die vertrauten Gegensätze von Hoffnung und Angst auf. Sie dachte an Zamorra und Stachelrochen, Tim und Moskitos, Liebe und die *Federales*.

Sie ging durch das Gartentor. Auf dem Rasen drehte sie sich noch einmal um und blickte zu Zamorra hinüber, der immer noch neben dem Lichtkegel der Taschenlampe hockte und Frank betrachtete. Sie roch an ihren Fingern. Als sie auf das Haus zuging, fühlte sie sich erfüllt. Glücklich. Sie freute sich darauf, mit dem Kopf an die kühle Fensterscheibe gelehnt im Auto zu schlafen, während das Radio leise lief und ein Mann, dem sie vertraute, sie an einen Ort fuhr, nach dem sie sich schon so lange sehnte.

Danksagungen

Ich möchte mich bei Larry Ragle bedanken, dem früheren Leiter des Kriminallabors beim Orange County Sheriff Coroner Department, weil er mir wieder einmal die Richtung gewiesen hat. Larry, wird es dir noch nicht zu viel?

Dank an Cro-Magnon Music dafür, dass sie mir erlaubt haben, Gwen die in die Zukunft weisenden Songzeilen von Tom Bagley und Cat Parker in den Mund zu legen.

Außerdem bin ich Dee Harvey vom Brain Imaging Center of the University of California, Irvine, dankbar, dass er mich zum Robert and Margaret Sprague Symposium eingeladen hat. Für einen einfachen Geschichtenerzähler war diese Konferenz, auf der es nur so von interessanten Leuten wimmelte, ausgesprochen anregend. Mein ganz besonderer Dank gilt Dr. Sam Gambhir sowohl für seinen faszinierenden Vortrag über Molecular Imaging als auch für seine beiläufigen Betrachtungen der Gefahren, die mit der Anwendung von MRT bei Opfern mit Schussverletzungen verbunden sind. Weiterhin bedanke ich mich bei Dr. Larry Cahill für seine fesselnde Darstellung der emotionalen Komponenten des menschlichen Gedächtnisses. Lang lebe die Amygdala.

»Hochspannung«
*Münchner Merkur*

Eine Serie bizarrer Ritualmorde nach dem Vorbild der frühchristlichen Märtyrer erschüttert Rom. Nic Costa, der junge Polizist und Kunstliebhaber, findet heraus, daß alle Opfer eines gemeinsam haben: Sie kannten die junge Wissenschaftlerin Sara Farnese…

»Ein packender Thriller«
*Rhein-Neckar-Zeitung*

**Das Blut der Märtyrer**
Roman
ISBN-13: 978-3-548-26238-3
ISBN-10: 3-548-26238-4

ULLSTEIN

»Dieses Buch wirft einen um.«
*Daily Mirror*

1693 wurden die Siedler der Insel Sanctuary von einem der ihren verraten und niedergemetzelt. – Heute: Eine Bande von Killern will brutal Rache nehmen an einer jungen Frau, die ihren Anführer bestohlen hat. Ihnen entgegen stellt sich nur der melancholische Polizist Joe Dupree. Aber er hat eine mächtige Verbündete, denn er bewahrt die Geheimnisse der Insel und weiß, daß deren Geister weitere Grausamkeiten nicht hinnehmen werden …

»Erinnert an Thomas Harris oder Stephen King: nichts für schwache Nerven.«
*Publishers Weekly*

**Die Insel**
Roman
ISBN-13: 978-3-548-26300-7
ISBN-10: 3-548-26300-3

ULLSTEIN

UB279

»Die Alan-Banks-Krimis sind zur Zeit die beste Serie auf dem Markt.«
*Stephen King*

Mitten auf der Straße wird die brutal zugerichtete Leiche eines Mannes gefunden. Inspector Alan Banks bleibt keine andere Wahl, als drei junge Pakistanis zu verhaften, die Zeugenaussagen zufolge kurz vor seinem Tod eine Schlägerei im Pub mit ihm angezettelt hatten. Doch ist das wirklich die richtige Spur? Alan Banks scheint auf einem Irrweg, während in der Zwischenzeit auch noch seine langjährige Ehe in die Brüche zu gehen droht …

**Das blutige Erbe**
Roman
ISBN-13: 978-3-548-26157-7
ISBN-10: 3-548-26157-4

ULLSTEIN